译文纪实

The Devil's Playbook
Big Tobacco, Juul, and the Addiction of
a New Generation

Lauren Etter

[美]劳伦·埃特 著　　李雪顺 译

魔鬼的剧本

上海译文出版社

献给戴维和我的三颗小星星

目 录

前言　与天使们站在一起 / 001

第一章　探索 / 022

第二章　好人 / 040

第三章　香烟制造商的两难 / 063

第四章　寻找 / 087

第五章　新标记 / 110

第六章　朱尔的诞生 / 129

第七章　卡尔加里牛仔节 / 147

第八章　求爱 / 165

第九章　兴奋因素 / 177

第十章　实验 / 191

第十一章　快速行动，铤而走险 / 200

第十二章　尼古丁让步 / 218

第十三章　树项目 / 228

第十四章　阿瑟顿 / 246

第十五章　A 计划 / 267

第十六章　旧金山反击 / 280

第十七章　朱尔大富翁 / 297

第十八章　接管 / 324

第十九章　恐慌 / 348

第二十章　百乐宫 / 358

第二十一章　血雨腥风 / 382

第二十二章　我来，我见，我征服 / 408

后记 / 427

致谢 / 435

前　言

与天使们站在一起

1999年11月14日，星期日，史蒂文·帕里什（Steven Parrish）乘坐的飞机降落在了波多黎各圣胡安市的路易斯-穆诺兹-马林国际机场。① 天气湿热而阴沉，即将到来的暴风雨让飞机在下降过程中有些颠簸。那天，开曼群岛的上空正在形成一场季末低气压，给该地区带来了数年里最为严重的一次降雨。一连数日，气象专家都在给这场暴风雨构建模型，现在他们推测，它在向东朝着牙买加和海地移动的过程中会加强成为飓风级风暴。

帕里什是世界知名的烟草公司菲利普·莫里斯公司（PM）企业事务部的高级副总裁。② 那一天，即将抵达的还有在他手下工作的400多名菲利普·莫里斯公司雇员。很多人从世界各地——远的有瑞士、罗马尼亚和中国香港——前来参加公司定期举行的企业事务全球会议。本次活动的目的是对公司从事各类业务的全球"企业事务"雇员队伍开展培训，这里所说的各类业务包括与新闻媒体对话、给国会议员耳边吹风、就如何将公司精心炮制的信息传达给全世界制定通用策略。而烟草行业的其他人则专注于销售香烟这件事上更为世俗的各个环节，比如从农民手里收购烟草，操作每分钟能吐出数千支香烟的机器，说服店员将万宝路摆放在比骆驼牌更显眼的位置，在这个高风险的时代里，企业事务雇员就是参与政治白刃战的雇佣兵。他们的好战姿态，以及对公司产品中不光彩的事实的执着关注，使得烟草公司和公众之间本可以是相对暂时性的政策分歧或临时性的意见相左，变成了横跨烟草战争战壕的一次漫长对抗。

十年来，帕里什一直是菲利普·莫里斯公司发动那场战争的核心将领之一。作为密苏里州莫伯利市一位铁路工人的儿子和一名曾经的出庭律师，帕里什在1983年的一桩具有里程碑意义的案件中为烟草行业辩护，此案是关于57岁的家庭主妇罗斯·西波隆罹患的与吸烟有关的疾病。法庭做出了对她有利的裁决，采取的是死后送达，因为在提起诉状一年之后，她因病去世了。尽管到当时为止面临着数百起诉讼，但这次判决标志着这家烟草公司首次在事关产品责任的官司中败诉。哪怕烟草行业通过上诉最终打赢了官司，但它对香烟制造商而言，仍旧无异于煤矿里的金丝雀——海啸般的诉讼即将到来。这场官司里的被告方菲利普·莫里斯集团（尽管只有利格特［Liggett］这一家公司被判应对此负责）把帕里什抢到手里，任命他为公司律师。从这里开始，他快速地爬上了公司的最高层。

帕里什瘦弱的身材，带着南方拖音的说话声，掩饰了他在做出庭

---

① 在整个序言中，1999年在圣胡安举行的企业事务全球会议主要是根据烟草档案中的文件进行场景重现的，这些文件是公司作为主和解协议的一部分公开的。天气报告的描述来自美联社同期的新闻报道，刊登在各种报纸上，包括《迈阿密先驱报》和《奥兰多哨兵报》。对于序言中从烟草档案里提取的其他内容，以及全书中的此类文件，我已经指出相应的文件编号，它们可以在在线烟草档案中搜到。
② 关于史蒂文·帕里什的信息来源于采访、书籍和新闻剪报，其中包括：Roger Rosenblatt, "How Do They Live with Themselves?," *The New York Times Magazine*, March 20, 1994; Joe Nocera, "If It's Good for Philip Morris, Can It Also Be Good for Public Health?," *The New York Times Magazine*, June 18, 2006; Joe Nocera, "Unlikely Partners in a Cause," *The New York Times*, June 19, 2009; Malcolm Gladwell, "Who Will Be the Next Rose Cipollone?," *The Washington Post*, June 19, 1988; Richard Kluger, *Ashes to Ashes: America's Hundred-Year Cigarette War, the Public Health, and the Unabashed Triumph of Philip Morris* (New York: Alfred A. Knopf, 1996); and David Kessler, *A Question of Intent: A Great American Battle with a Deadly Industry* (New York: PublicAffairs, 2001)。

律师时学到的虚张声势，以及他在行使权力方面的举重若轻和强烈意愿。这一点加上他冷静谦逊的举止，把他变成了一头披着羊皮的狼，而正是这种特征使他成为了带领企业事务部度过动荡时代的理想人选。

在菲利普·莫里斯公司最黑暗的日子里，他成了一个无处不在的人。在与包括食品药品监督管理局（FDA）、多名首席检察官、白宫以及数十个类似"无烟草青少年运动"（Campaign for Tobacco-Free Kids）的游说团体在内的一系列利益攸关方展开的拉锯战中，他是一个关键的谈判代表。他在新闻发布会上发表讲话，在闭门会议上制定策略，一直是菲利普·莫里斯公司高层会议的核心圈子里的长期既定人选。他既是基辛格式穿梭外交的行家，也是马基雅维利式政治的能手，正是这两个关键因素指引着菲利普·莫里斯公司渡过了一次次危机。如果说1990年代后半期的菲利普·莫里斯公司是一架正在坠毁的飞机，那么帕里什就是那个帮着它艰难着陆的飞行员，奇迹般地使得乘客没有全部遇难。

至此，菲利普·莫里斯公司已经发展成了一家大型联合企业，旗下集聚了卡夫通用食品公司、米勒酿酒公司等一批经营性公司，销售的家庭主食琳琅满目，如方便午餐盒（Lunchables）、果冻（Jell-O）、奇妙沙拉酱（Miracle Whip）、维尔维塔奶酪（Velveeta）、米勒生啤等。菲利普·莫里斯公司的令人眼花缭乱的品牌由富有传奇色彩的交易商哈米什·麦克斯韦尔拼凑而成，被牢牢地嵌进了美国的时代潮流中。① 不过，没有一种产品能像万宝路那样经久不衰。

传奇广告人李奥·贝纳施展的广告魔法，将万宝路从1950年代

---

① 欲了解更多关于麦克斯韦尔的背景，参见 Kluger, *Ashes to Ashes*, and also Joseph F. Cullman III, *I'm a Lucky Guy* (New York: [s. n.], 1998) (Cullman is a former Philip Morris CEO); also see Maxwell remarks at Yale, October 16, 1989, document number 2501452970。

一种女性专用轻质香烟转变为美国的头号品牌。① 在 25 位科学家、8 家咨询公司、6 家独立实验室和一家民调公司的帮助下，带过滤嘴、红白色翻盖式烟盒的万宝路于 1955 年重出江湖，同时展开了一场充满男性气概的广告代言活动②，主角有绿湾包装工橄榄球队队员和纹身水手，当然还有那位被称作"万宝路男"的方下巴、社会中坚般的牛仔。很快，万宝路就成为了全世界最受欢迎的香烟品牌。菲利普·莫里斯公司不仅创造了全世界有史以来最成功的消费品牌之一，同时诞育了一台华尔街印钞机，它向管理层发放丰厚的薪水，也向股票持有人提供慷慨的回报。③ 该公司将会不惜一切代价保护其难能可贵的资产。

帕里什开展工作时，秉承的是菲利普·莫里斯公司时任总裁杰弗瑞·拜伯塑造成形的精神。④ 后者是个喜欢跟人一起喝啤酒并一根接

---

① 参见一篇关于菲利普·莫里斯历史的未发表手稿的大致提纲，Jerome E. Brooks，"The Philip Morris Century,"文件编号 2075275523；参见李奥·贝纳写给菲利普·莫里斯公司广告总监的信，信中解释了万宝路新的广告活动，日期为 1955 年 1 月 7 日，文件编号 2040320959。
② 万宝路早期男性代言人广告的一些例子，参见以下文件，编号 2061190195、2061190403、2061004622、2061190419、1002761175。
③ 关于万宝路广告活动的历史，参见 "Cigarette Marketing Today, an Address by Joseph F. Cullman, 3rd," October 20, 1955, document number 2023387914; interview notes from Cullman, George Weissman, and Hans Storr, document number 2073841883; obituary for Ross. R. Millhiser in *The New York Times*, dated December 12, 2003; a talk by a Philip Morris executive on November 12, 1958, titled "Where There's Smoke, There's Fire," document number 1002353218; the *Roper Report* dated February 26, 1957, document number 1001753346; and Kluger, *Ashes to Ashes*, and Allan M. Brandt, *The Cigarette Century: The Rise, Fall, and Deadly Persistence of the Product That Defined America* (New York: Basic Books, 2007)。
④ 关于杰弗瑞·拜伯的详细信息来自烟草业的文件和新闻剪报，尤其是《鳄鱼邓迪》和拳击包的参考资料，参见 Patricia Sellers, "Geoff Bible Won't Quit," *Fortune*, July 21, 1997; also see Suein L. Hwang, "Smokers' Game: Philip Morris's Passion to Market Cigarettes Helps It Outsell RJR," *The Wall Street Journal*, October 30, 1995; also from Bible speech in Bermuda, May 8, 1995, document number 2073767482。其他细节参见 Patricia Sellers, "Rising from the Smoke," *Fortune*, April 16, 2001; the Gyrfalcon painting gift, document number 2076383572; also see personal letter from Bible to shareholder, dated April 4, 1995, document number 2046042448；（转下页）

着一根抽香烟的澳大利亚人,一个同事曾经形容他是"烟草行业的鳄鱼邓迪"。拜伯有着斗牛犬一样的好斗天性。随着公司在 1990 年代面临的产品责任官司不断增加,拜伯出言安抚一群投资者,叫他们不要被这种事惹毛——"我们不会成为任何人的出气筒,"他告诉他们,"我们将会战斗、战斗、战斗不停。"为了表彰他的领导才能,他的同事们曾经送给他一幅画,上面画的是矛隼,一种猛禽,也是地球上最大型的猎隼。拜伯的好斗性铭刻进了他多年来在给客户写的信、给员工做的演讲,以及给投资者做的汇报中不断提及的那些标志性用语里:"如果你是对的并且你肯为之一战,你就会获胜。"

但在这一刻,随着风暴在圣胡安的上空聚集,正如岛上的数百名雇员即将感受到的那样,菲利普·莫里斯公司已然失去的东西让帕里什感到非常沉重。

1953 年,恩斯特·温德尔(Ernst Wynder)和埃瓦茨·格雷厄姆(Evarts Graham)在《癌症研究》(*Cancer Research*)杂志发表了他们具有里程碑意义的研究成果,[①] 该研究将香烟焦油涂抹在老鼠背上,并观察肿瘤的生长情况,从而将香烟与癌症联系了起来。这一发现成果成为了轰动全国的新闻。《生活》杂志爆炸性地扩散消息,并醒目地配上了多张格雷厄姆与生了肿瘤的老鼠在实验室里的照片。《时代》杂志给图片配了一行文字:"致吸烟者的一则骇人预言"。[②]

这项研究成果引起了烟草公司最高层的恐慌。"业内销售人员极

(接上页) Bible speech to employees, dated April 9, 1996, document number 2048334053; Bible remarks at annual shareholder meeting, April 25, 1996, document number 2073760382。

[①] Wynder and Graham study from Ernest L. Wynder, Evarts A. Graham, and Adele B. Croninger, "Experimental Production of Carcinoma with Cigarette Tar," *Cancer Research* 13, no. 12 (December 1953): 855–64.

[②] 杂志上关于温德尔和格雷厄姆的新闻以及相关照片,参见"Smoke Gets in the News," *Life* magazine, December 21, 1953; and "Beyond Any Doubt," *Time* magazine, November 30, 1953。

度惊慌。"一份行业备忘录中如此写道。① 数天后，来自各大烟草公司的一群高管和来自伟达国际公关顾问公司（Hill & Knowlton）的数名公共事务战略顾问在曼哈顿广场酒店举行了一次秘密会议，讨论如何就不断增加的证据——以及吸烟者群体日渐严重的不安情绪——做出统一回应，因为这些证据可能会毁了他们的生意。他们决定抹黑科学家，质疑其研究结果——比如关于他们产品的成瘾性以及它跟科学家所说的"那个"（癌症）之间的关联。②

此后40年间，上述硬碰硬的策略成了烟草行业的必做之事。1970年代，一部英国纪录片描述了一名罹患肺气肿，随身携带氧气瓶的骑在马背上的"抽万宝路的男人"，③ 菲利普·莫里斯公司强迫纪录片制作人毁掉了胶片。当欧洲各国政府开始对二手烟的危害越来越担忧时，菲利普·莫里斯公司组建了一个科学家网络，支付他们酬劳，称他们为"白大褂"，让他们给这场争论注入怀疑成分。④ 当维克多·德诺布尔（Victor DeNoble）从菲利普·莫里斯公司的多个实验室了解到，老鼠对尼古丁上瘾，以至于多选择它而不是食物和水时，⑤ 菲利普·莫里斯公

---

① See Hill & Knowlton, "Background Material on the Cigarette Industry Client," December 15, 1953, document number 2023335285.
② 关于"那个"（you-know-what）的提法，参见 August 17, 2006, court opinion in the U. S. government's case against the tobacco industry, page 20；有关最终意见和相关审判材料的链接，参见 U. S. Department of Justice, "Litigation Against Tobacco Companies Home," https://www.justice.gov/civil/case-4。
③ 参见如 Adam Hochschild, "Shoot-Out in Marlboro Country," *Mother Jones*, January 1979, https://www.motherjones.com/politics/1996/03/shoot-out-marlboro-country/。
④ 参见 DOJ's August 17, 2006, court opinion, for example, page 1286；亦可参见公司关于"白大褂"的信件往来，document number 2023542534 dated November 16, 1987；以及关于公司使用"白大褂"的更多通信，参见 from November 25, 1987, at document number 2501254715; also see Naomi Oreskes and Erik M. Conway, *Merchants of Doubt: How a Handful of Scientists Obscured the Truth on Issues from Tobacco Smoke to Climate Change* (New York: Bloomsbury Press, 2011)。
⑤ 德诺布尔一事作者经由采访得到了广泛的证据，2011年的电影 *Addiction Incorporated* 也有记录；好几本书里也提到了，比如 Kluger, *Ashes to Ashes*, and Philip J. Hilts, *Smokescreen: The Truth Behind the Tobacco Industry Cover-Up* (Reading, MA: Addison-Wesley, 1996); articles, including Philip J. Hilts, "Scientists Say Cigarette Company Suppressed Findings on Nicotine," *The New York Times*, April 29, 1994。

司的高层解雇了他,并命令他销毁自己的实验室。

然而,随着20世纪最后十年的到来,菲利普·莫里斯公司的城防已经削弱了。一个日渐壮大的联盟开始从各个方面对它发起攻击,从它的含糖谷物类食物导致的肥胖症,到使用转基因食品,再到它的啤酒品牌是否助长了青少年的豪饮行为。1970年代发端于旧金山的反吸烟运动已经发展成了一场羽翼丰满的全球性运动。被该公司通常称为"反对者"的这些人,变得越来越激进,他们向大学和退休基金施压,要它们从所谓的罪恶股票中抽走资金,他们抵制麦斯威尔咖啡、卡夫通心粉和奶酪,并到菲利普·莫里斯公司资助的艺术展上去抗议。

对于自己的对手,菲利普·莫里斯公司表现出了强硬的态度和带有挑衅性的不屑。它将这些攻击认定为一个没有公平可言的保姆式国家①的恶意中伤,这个国家不顾一切要监管该公司的产品,要将它们消灭于无形。因此,该公司采取的措施不是与一众对手展开对话,而是竭尽所能地打垮对手。

"请千万不要忘记,"时任企业事务部高级副总裁克雷格·富勒在1992年的一次企业事务大会上对菲利普·莫里斯公司的一群员工说,"我们的对手非常不同。他们不喜欢我们生产的东西。他们不喜欢我们销售的东西。他们不喜欢我们获得高利润的事实。他们的这种态度不仅仅针对烟草,而且针对啤酒、奶酪、红肉,以及菲利普·莫里斯公司生产的其他很多产品。我可以列举出一整套指控,这些指控凑在一起组成了一个平台——如果你愿意,也可以把它叫做一个思想体系——而这个平台上的人都不希望我们过好日子。"②

---

① nanny-state,指过度保护其公民并使他们过于依赖政府的国家。——译者
② 可以在富勒写的备注中找到,1992年3月6日,文件编号2073706153v。

监管问题成了对付烟草公司的狗哨①。它被肆意用作一种策略，以恫吓吸烟者，使其相信政府不仅仅冲着他们的香烟而去，也会拿走他们生活中所享受的每一样东西。他们表示，毕竟，吸烟跟言论自由和拥有枪支一样，是美国人的基本权利，这也是为什么菲利普·莫里斯公司将自己与亚历西斯·德·托克维尔相提并论。②

1990年，医生兼律师戴维·凯斯勒出任FDA局长一职，随即对烟草行业展开了一项调查，最终目的是将烟草纳入他所在机构的监管范围——这在烟草监管史上是一个关键时刻，它不仅引发了一连串震撼性事件，而且至今余震不断。③ 从弗吉尼亚州的农田到北卡罗来纳州和巴西专利局布满灰尘的海关档案室，凯斯勒派卧底特工、线人，采取暗中刺探手段，一心弄清楚烟草行业是否在偷偷操控香烟中的尼古丁含量，如能揭露该公司的产品以某种意图对人体的结构或功能施加了影响，那么该调查将证实其符合药物或药品器械的法定定义。一旦证明，那么他所在的机构就有理由像对待泰诺和一种吸入器那样对香烟实施监管。

菲利普·莫里斯公司有充分理由害怕这一法定名称得出的逻辑结论：决不能让FDA发现香烟符合它对药品的定义，因为这会规定香烟必须安全有效，这几乎确定无疑地会导致对香烟的全面取缔。针对凯斯勒的不依不饶，该公司发起了一场"勇猛的保卫战"，将他描绘成一个思想激进的官僚，企图剥夺美国人抽烟的权利。④ 该公司制作了

---

① dog whistle，政治学里有个术语叫狗哨政治，是一种政治手段，就是政客用特定名词和话题来吸引和取悦特定人群，就像狗哨一样，只要他吹响，所有的狗都会跟着他。意在以此转移对其他问题的关注。——译者
② 有多份文件显示，菲利普·莫里斯公司资助了亚历西斯·德·托克维尔研究所。
③ 关于FDA局长凯斯勒试图监管烟草业的这段历史，其著作 *A Question of Intent* 中有全面而扣人心弦的讲述。
④ 参见一封"绝对机密"的电子邮件，发出者是公司某高管，日期是1994年3月7日，标题是"Ferocious Defense"，文件编号2023002837；另见1994年3月11日的备忘录，关于威拉德酒店会议上讨论的"勇猛的保卫战"，文件编号2048917940。

胸章和棒球帽，上面印着"别让 FDA 靠近农场"或"FDA 走入了歧途"等句子，同时把 FDA 的英文缩写放在了中心位置。① 公司把这些东西拿到吉瓦尼斯俱乐部②的活动现场、州里的市集、赛马场和在迈阿密举办的卡拉奥乔节③上分发。④ 其中一位高管夸口说，他们打算请来一位颇受敬重的名叫菲尔神父的神职人员，并让他在接过菲利普·莫里斯公司的一张超大尺寸的支票的时候，戴着一枚反 FDA 的胸章拍照。⑤

但到了 1990 年代中期，屋顶上的瓦片开始掉落。1994 年，密西西比州总检察长麦克·摩尔（Mike Moore）成了第一个对烟草业提起诉讼的人，他要从对方身上找回获得烟草业为治疗患病的吸烟者所需的数十亿美元费用。⑥ 与此同时，原告律师开始雪崩般地提起集体诉讼。来自烟草公司内部的揭发者，一个接一个地开始打破此前对该行业具有约束作用且牢不可破的沉默法则。德诺布尔在国会作证时表示自己被噤声了。⑦ 杰弗瑞·维甘德（Jeffery Wigand）是布朗 & 威廉姆森（Brown & Williamson）烟草公司的前高管，他那段扣人心弦的故事后来被拍成了电影《局内人》（*The Insider*），片中展示了他的雇主是如何掩盖香烟的成瘾性和致癌性的。与此同时，各大报纸的调查记者炮制出了一个接一个遭人唾骂的故事。《华尔街日报》记者阿里克斯·弗里德曼与人合写了一篇名为《烟与镜子》

---

① 关于反 FDA 的棒球帽和胸章的商品的描述，文件编号 2047577218、2047577217；关于万宝路大奖赛"赛车日"上分发反 FDA 商品的事，文件编号 2070134408。
② Kiwanis Club，美国工商业人士的一个俱乐部。——译者
③ Calle Ocho，西班牙语意为"第八街"，每年 3 月在迈阿密的小哈瓦那社区举行一天，有音乐、舞蹈、美食等，是美国境内最大的拉美文化庆祝活动。——译者
④ 例如，文件编号 2046039282。
⑤ See document number 2047029607A.
⑥ For details see Carrick Mollenkamp, Adam Levy, Joseph Menn, and Jeffrey Rothfeder, *The People vs. Big Tobacco: How the States Took On the Cigarette Giants* (Princeton, NJ: Bloomberg Press, 1998).
⑦ See the Waxman hearings on April 28, 1994, https://www.c-span.org/video/?56436-1/tobacco-research-disclosure.

(Smoke and Mirror)的文章,① 随后因其对烟草业的报道获得普利策奖。这篇文章首次揭示了烟草业是如何偷偷资助一场长达数十年、对吸烟与疾病的关系散布疑云的公关活动的,多位作家将其称为"美国商业史上持续时间最长的一次信息误导运动"。

如果能够在多层面的烟草战争中确定一个突破点,那么无疑是在1994年4月15日的国会山雷伯恩大厦的2123号房间。② 那天上午,七大烟草巨头的首席执行官来到国会的一个委员会面前,举起右手宣誓自己相信他们的产品所含的尼古丁不具有成瘾性。

那一天,菲利普·莫里斯集团美国公司的时任首席执行官威廉·坎贝尔(William Campbell)跟他人一样站到证人席上,言辞犀利地为香烟辩护。③ "凯斯勒局长及其下辖委员会的成员们声称尼古丁是一种成瘾性药物,因此,吸烟者都是药物成瘾者,"他带着一丝不屑地说道,"我拼尽全力反对这样的预设前提。我强烈反对这样的结论。香烟中含有尼古丁,是因为烟草中天然含有这一成分。尼古丁使香烟的口感更好,提升了吸烟的乐趣。然而,尼古丁的存在并不会使香烟变成药物,也不会使吸烟变得上瘾。主席先生,咖啡中含有咖啡因,似乎没有人喜欢不含咖啡因的咖啡。这会使咖啡变成药物吗?喝咖啡的人就是瘾君子吗?我看不是。"

有意思的是,至此,差不多每个人,包括公共卫生专家、律师、父母、科学家、政治家、医生和教师都已经知道了香烟的真相。就连

---

① See Alix M. Freedman and Laurie P. Cohen, "Smoke and Mirrors: How Cigarette Makers Keep Health Question 'Open' Year After Year," *The Wall Street Journal*, February 11, 1993.
② 关于七大烟草巨头的首席执行官在国会作证一事,不少报道都讲得很全,比如Philip J. Hilts, "Tobacco Chiefs Say Cigarettes Aren't Addictive," *The New York Times*, April 15, 1994; 关于首席执行官们作证的那场听证会,参见 https://www.c-span.org/video/?56038-1/oversight-tobacco-products-part-1。
③ 有关威廉·坎贝尔在众议院能源和商业委员会健康与环境分组委员会上的证词的书面记录,参见文件编号 2055543062; 现场报道见 https://www.c-span.org/video/?56038-1/oversight-tobacco-products-part-1。

克里斯托弗·哥伦布和他的同伴也通过对土著人抽烟的观察知道了这一点。"我知道有西班牙人模仿这一习俗,"誊抄哥伦布日记的多米尼加修道士巴托洛梅·德·拉斯·卡萨斯(Bartolome de Las Casas)写道,"当我斥责这一野蛮行为时,他们回答说自己沉迷于此,克制不了。"① 研究人员早在1920年代甚至更早就了解了尼古丁的生理效应。② 烟草公司早在1960年代就对此有过讨论,并在这个问题上进行了长达数十年的内部研究。1988年,美国时任公共卫生事务最高行政长官(surgeon general)C. 埃弗里特·库普(C. Everett Koop)在他长达600页的报告中说:"香烟和其他形式的烟草能使人上瘾,与海洛因和可卡因之类的毒品没什么区别。"

这就是为什么看到一排穿西装打领带的男人在对全国播放的电视节目上否认一个当时差不多全民都认识到的事实,会显得烟草公司的立场是多么荒谬。他们坚持认为,自己的产品可能"使人形成习惯",但它不符合"使人上瘾"的法律和科学定义。在烟草业饱受责难的漫长历程中,这成了最厚颜无耻的"爱丽丝漫游仙境"时刻之一。就好像公众手里握着一张黑色卡片,而烟草公司的高管们板着脸一个劲地坚称那是一张白色卡片。不过,这个行业被逼到了角落,四面楚歌的菲利普·莫里斯公司所受到的攻击,对它的形象和它获利异常丰厚的生意都构成了严重威胁。

在20世纪的大部分时间里,无论身为种植烟草的农场主,还是

---

① 关于卡萨斯所述的哥伦布遭遇,来自1924年出版的讲述烟草和尼古丁的开创性著作,Louis Lewin, *Phantastica, Narcotic and Stimulating Drugs; Their Use and Abuse* (New York: Dutton, 1931); also more generally see Jerome E. Brooks, *The Mighty Leaf: Tobacco Through the Centuries* (Boston: Little, Brown, 1952); *Phantastica* 一书是最早解释尼古丁是人们吸烟的原因的著述之一。
② See Jack E. Henningfield and Mitch Zeller, "Nicotine Psychopharmacology: Policy and Regulatory," *Handbook of Experimental Pharmacology* 192 (2009): 511–34; and Jack E. Henningfield, Christine A. Rose, and Mitch Zeller, "Tobacco Industry Litigation Position on Addiction: Continued Dependence on Past Views," *Tobacco Control* 15, Suppl 4 (December 2006): iv27–iv36.

烟草公司的高管，为烟草公司工作都是一种荣耀，对来自南方的商人尤其如此。但那是吸烟行为成为主流且大受追捧的时代的事，那时候从弗莱德·弗林斯通①到詹姆斯·迪恩②再到劳伦·白考尔③每个人都在吞云吐雾，广告上播放的是医生青睐某个香烟牌子甚于其他牌子。突然在社会上被如此妖魔化，让这些人感到相当不悦，因为他们这类人的 DNA 里没有一丝退让的基因。他们不会听取任何批评，只会直接让全世界闭嘴。这就是为什么公司外一些有头有脸的人会抓住他们的领子，瞪着他们说："有些事情必须改改了。"

该公司的股票已经开始表现不佳，但并没有伤筋动骨。菲利普·莫里斯一直是有史以来表现最佳的股票之一。④ 它是在纽约证券交易所交易的坚挺的蓝筹股之一，吸引到的是养老基金、机构投资者以及其他追求稳定增长和可靠分红的长期投资者。正如一位业内人士所说，菲利普·莫里斯的投资人一直有着非常朴素的需求，"挤出牛奶，支付红利，不要多话"。而菲利普·莫里斯公司就是这样做的。过去 50 年间，该公司的收入稳步增长，加上丰厚的股息，年复一年地令股票持有人感到满意，这也有助于打消那些人的罪恶感，否则他们可能会考虑从一家售卖害人性命产品的公司抽走资金。

但到了 1990 年代中期，情况已经变得越来越明显，官司和监管

---

① 动画片《弗林斯通一家》中的男主角。——译者
② 与马龙·白兰度同时代的美国著名男影星。——译者
③ 与玛丽莲·梦露同时代的好莱坞女星，有"蛇蝎美人"之称。——译者
④ 菲利普·莫里斯公司的股票是有史以来表现最好的股票之一，参见 Wharton professor Jeremy Siegel's 2005 research paper, titled "The Long-term Returns on the Original S & P 500 Firms"。文中写道："原始标准普尔 500 指数中表现最好的公司是菲利普·莫里斯，最近更名为 Altria 集团。菲利普·莫里斯的年回报率为 19.75%，并且自该指数创立以来每年超过了标准普尔 500 指数近 9%。1957 年 2 月 28 日，标准普尔 500 指数中的 1 000 美元，加上再投资股息，到 2003 年 12 月 31 日将涨到 12.5 万美元。但投到菲利普·莫里斯的 1 000 美元将涨到近 460 万美元。"

风险这两个问题并不是暂时的。① 与此同时，香烟消费量继续疲软。到 1997 年，仅有不到四分之一的美国人抽烟，比起 1965 年——那位公共卫生事务最高行政长官第一次指出吸烟会导致肺癌的次年——少了近一半。② 多年来，菲利普·莫里斯公司的股票持有人已经学会了忍气吞声，但有一件事他们不会容忍，那就是股票的业绩不佳。

与此不谋而合的是，董事会已经在努力对付围绕公众对抽烟的看法所产生的越来越响亮的刺耳声音。多年来，香烟公司一直表现得斤斤计较——坚持认为尽管已有研究结果表明抽烟与癌症之间存在着统计学关联，但始终没有确凿的证据，而且就算有证据，该公司也履行了自己的责任，在烟盒上贴上了警示性标签。如果某人抽烟并死于癌症，那也是他自己的选择。有段时间，陪审团接受了这一论点。但随着原告律师调整了他们的法学理论，陪审员开始调转观点，并站到了抽烟者这一边，抽烟者们辩称烟草公司的广告极具欺骗性，因而事实上应该对其产品造成的伤害负有责任。很快，该公司就面对这样的情况，美国各地的陪审团都在考虑做出向抽烟者支付六位数甚至七位数赔偿的裁决。日子一天天过去，菲利普·莫里斯公司的高层越来越难以对这件无可辩解的事进行辩护。

不管公司的高管们曾经多么的自傲和桀骜不驯——"我们是菲利普·莫里斯公司。我们的钱比上帝还多。"一位高管董事曾夸口道③——公司现在面临着令人痛苦的清算。越来越多有关抽烟与健康的官司、政府开展的调查和群众监督已经让菲利普·莫里斯公司变得

---

① Tomkins, "Bible Spreads the Gospel About Philip Morris"; 此外，参见 1999 年对多位烟草公司高管的采访笔记，文件编号 2082444241，这些高管在采访中解释了官司如何造成了股价下跌。
② 1965 年，有 42% 的美国成年人吸烟；关于吸烟者的历史数据，参见 1999 年 11 月美国疾控中心的出版物 *Achievements in Public Health*, 1900 – 1999: *Tobacco Use—United States*, 1900 – 1999, https://www.cdc.gov/mmwr/preview/mmwrhtml/mm4843a2.htm。
③ This comes from Kessler, *A Question of Intent*.

越来越不堪重负，以至于这家挣钱比上帝还多的公司真有可能会破产。这家烟草公司如果最终承认失败，它就得想好怎么面对黯淡的前景，而不一定是对抽烟者造成的伤害。

1995年4月，菲利普·莫里斯公司的董事会成员乘坐公司的飞机来到位于佐治亚州的海洋岛（Sea Island），在幽静、奢华的地中海风格的克劳斯特尔酒店参加董事会的年度务虚会。① 这次会议的开头与往年没有太大区别，讨论的还是公司的五年计划，从烟草消费税到资本支出再到欧式甜食和奶酪无所不包。

那一刻，就连极端务实的帕里什也仍在战斗。他在事先准备好的对董事会的发言中说，公司有必要对凯斯勒的雄心壮志保持警觉。"一场新的像禁酒令那样的全国性实验将会造成无比巨大的政治和经济代价。"他说。不过，"我非常高兴地向大家报告，反对者的这一策略没有奏效"，大家已经开始把凯斯勒视作"仗势欺人的家伙"和"恶棍"，他说，这将有助于他们想办法避开他。

但是，一批外部董事带着一种截然不同的策略来到了海洋岛。约翰·里德（John Reed）自1975年起就是菲利普·莫里斯公司的董事会成员。他做过纽约证券交易所的主席和花旗集团的主席兼首席执行官，是任职时间最长的董事会成员之一，在公司内部极受尊敬。他得到了另外两位外部董事的支持，一位是弗吉尼亚州的知名律师罗伯特·亨特利（Robert E. R. Huntley），一位是曾在吉米·卡特任内当过国防部长，也是康明斯公司董事之一的哈罗德·布朗（Harold Brown），而康明斯公司正因其柴油发动机产品面临健康审查。

"我们就要不被允许在这个社会上存在了。"里德告诉董事会。董事会的会议记录记下了他想法的精髓。"这是一次具有分水岭意义的会议。过去的路我们已经走到头了，继续往前……我们需要对公司重新定

---

① 1995年4月董事会在海洋岛的务虚会是通过作者对与会高管的采访以及会议笔记和文件（包括文件编号2046656184和2044046538）进行场景重建的。

位。我们比任何人都更关心事实。如果我们反驳,给人的印象就是我们会说谎,我们会压制真相。我们需要改变这一点。我们这个行业在别人眼里是面对真相死不认账。我们应该把自己重新定位为追寻真相之人。我们现在是不可信的,在这个问题上也没有被视为正确的一方。"

另一位董事约翰·尼克尔斯(John Nichols)是制造业巨头伊利诺斯工具公司(Illinois Tool Works)的主席,他赞同里德的观点,并简要表明了自己的想法。他说,公司要采取更多措施,不仅要看起来是在"构建对我们的善意的认知",而且是在"寻找各种事实"。

他言辞恳切地说,公司所要做的,就是"站在天使那一边"。

史蒂文·帕里什要去波多黎各告诉公司那 400 名企业事务员工,他们现在站在天使那一边。然而他还没有把握这个消息将会引起什么样的反应。

自从约翰·里德恳请菲利普·莫里斯公司的帕里什、拜伯和其他董事改弦更张面对现实,已经过去四年多了。在这段时间里,尽管帕里什在内部承认对手像墙一样逼近并包围他们,但他在公开场合还是拒不让步,就公司的所作所为摆出咄咄逼人的姿态予以否认,由此招致新闻记者、立法者及其他人越来越多的攻击。但最终,随着 FDA 的凯斯勒在将烟草纳入监管方面取得进展,随着时任总统比尔·克林顿站出来反对烟草巨头,随着州和解协议不断升温,他毫不费力地放下了对抗姿态,摇身一变成了和平缔造者帕里什。

他抵达波多黎各的时候带着革命性讯息:现在的世界已经有所不同,随着新千年的即将到来,菲利普·莫里斯公司深层次的文化变革也近在眼前。组织内部有必要来点令人不安的变化。因此,圣胡安会议的主题才被定为 PM21,这是最近才公布的一个由帕里什帮忙完成的倡议,它代表了 21 世纪的菲利普·莫里斯公司。[①] 帕里什向心存

---

① See "PM21 Internal Toolkit" document number 2072446701.

疑虑的员工们介绍了"向社会看齐""建设性参与"和"真相"等流行用语——多年来，这些概念在菲利普·莫里斯公司内部基本上属于矛盾修饰语（oxymoron）。

1999年的11月，菲利普·莫里斯公司的员工在圣胡安钻出飞机，走向了那些穿着亮蓝色Polo衫，举着印有企业事务全球会议的英文缩写CAWC字样的司机们。他们被带进几乎散架的面包车，像沙丁鱼一样挤在一起——那些瞥见帕里什等高管坐进豪华轿车扬长而去的人着实感到恼火。

不管他们有多心烦，当他们抵达目的地后，一切都烟消云散。威斯汀里奥马尔是一家豪华的高尔夫和赌场度假村，坐落在云雀热带雨林国家公园和福图纳沙滩之间，后者是一片僻静的白色沙滩，长着一排排棕榈树，树与树之间挂满了吊床。鬣蜥懒洋洋地趴在开满三角梅的泳池边上。晚上，考齐蛙（coqui frog）的鸣唱声此起彼伏。在举办这样的会议方面，菲利普·莫里斯公司从不吝啬一分一厘。所以按照惯例，每个人走进房间时，都会有几样礼物在恭候：一件万宝路T恤衫，一件绣着菲利普·莫里斯公司徽标图案的夹克衫，吸烟者还会得到一条菲利普·莫里斯公司的香烟，是他们提前在"香烟申请表"上选好的牌子。所有人都会在床头柜上看到一摞纸，上面印着"祝您赌场好运"字样。

那天晚上，帕里什站在酒店房间的窗前，凝视着波涛起伏的海面，看着暴雨狂风中棕榈树纷纷折腰。他知道接下来会发生什么。这对会议来说不是好兆头，会议计划了几项户外活动，包括露台上的鸡尾酒会、星空下的萨尔萨舞会，以及间或在沙滩上晒日光浴、打高尔夫，还有前往圣胡安老城区购买小饰品。可是就现在这情况，包括首席执行官拜伯在内的几位主讲人甚至可能无法飞临该岛发表讲话。

第二天早上，暴风雨变成了飓风，风速高达每小时80多英里。这场现在被命名为莱尼（Lenny）的飓风已经横扫牙买加南部，位于迈阿密的国家飓风中心预测，它可能在几小时之内正面袭击波多黎各。"风眼正在形成。"一位气象预报员说道。如果说这条消息会扰乱人心,那就太保守了。大家都守在气象频道跟前,有的人不禁要问,是什么东西迷了公司的眼睛,要在飓风季节的中间时段到加勒比海举办全球会议。

但没有时间可以浪费。自1998年11月16日以来,差不多刚好一年,那一天,来自46个州的总检察长和大烟草制造商签署了一份协议,明面上结束了那场持续多年的法律战——它把烟草行业为掩盖自身产品的危险性而采取的长达一代人之久的焦土战术暴露无遗。那份所谓的"总和解协议"(Master Settlement Agreement)要求烟草公司永久性地每年支付数十亿美元——到2025年总额预计为2 060亿美元——用于报销各州与吸烟有关的开支,以换取各州今后不再提出任何"吸烟与健康"方面的索赔。这份协议还揪着各公司针对孩子的营销行为不放,这些营销行为导致1990年代青少年吸烟现象的大幅增加,高中生吸烟率在1997年几乎高达40%。

接下来的三天里,菲利普·莫里斯公司的不同运营公司的首席执行官们,包括卡夫、米勒和国际分部来的,都将谈论自己公司的业务计划如何在这个全新的世界里求生。

员工们鱼贯进入一间会议厅,在那里,他们看到了一段迎接他们的视频,讲述了几位重要的历史人物战胜逆境并最终获胜的事情,而这正是帕里什急于让大家接受的几种基调。视频里有温斯顿·丘吉尔比出获胜手势挥舞的照片,有巴勃罗·毕加索在画室里的情景,有甘地表情坚毅的镜头,也有贝利带球进门以及特蕾莎修女的照片。然后,视频切换成某位田径明星越过跨栏、迈克尔·乔丹灌篮的画面。"要怎么做,"解说员用低沉的嗓音说,"才能扭转乾坤?"

帕里什走上讲台,向全体与会人员发表开幕辞。斑白的头发和浓密的眉毛勾勒出他的脸庞。他作为一个秘密社会里深受敬重的成员受到欢迎。他是菲利普·莫里斯公司的大祭司。

"你们刚才看到的开场视频,为今天上午乃至我们接下来在一起的三天定下了基调，"他说，"有所作为。改变世界。尽你所能做到最好。实现你定下的目标。"

在外人看来，这次会议的激励人心的主题似乎可笑得过了头。做最好的你？这是那个在过去40年里一直在含血喷人、混淆科学并诋毁反对者的公司吗？现在，他们要把自己等同于特蕾莎修女。

但在帕里什看来，这就是全部的重点。如果公司对未来还有希望，那就必须彻底地改造。"我们已经从一次次烟草战争中吸取了很多教训，这些战争，你们中的很多人曾经听我讲过，"他对着下面的人说，"首先，我们学到的是，我们千万不能简单地拒绝或者对批评置之不理。我们必须把批评当作参与讨论的机会。事实并不总是问题，在媒体环境下尤其如此。如果你不做出回应，就连最离谱的指责也能获得关注变得可信。问题提出来的时候，我们不能干坐着，我们必须参与讨论和争论。"如果某位40年前的烟草公司高管穿越过来碰巧听到帕里什的讲话，可能会认为自己进入了平行宇宙。

"如果我们保持沉默，"帕里什继续说道，"我们就会被视作漠不关心、浑不在乎，或者，最糟糕的是，心怀愧疚。"对菲利普·莫里斯公司来说，罪恶感一直是个问题。法庭上有过太多的有罪判决。有太多心怀愧疚的吸烟者要摆脱一种对自己的健康造成危害的习惯。而且帕里什知道，有那么一部分雇员喜欢过去那种好时光，他们觉得前方的新路子其实是心怀愧疚的高管们在压力下屈服的结果。甚至，还有一种遭人背叛之感。当帕里什在达成最终协议之前首次宣布与几位总检察长达成提议的和解时，他从所有业务领域请了同事来，一起开诚布公地讨论这一变化。虽然他预计会听见一些批评之声，但让他感到惊讶的是，当他在与菲利普·莫里斯集团美国公司的高管们举行的私人聚会上遭到责难时，他们不但痛斥了他，还指责他患上了斯德哥尔摩综合征。其中一人对他说："我们不要让这个家伙的说辞牵着鼻子走。"

所以，他已经习以为常，他的钢筋铁骨现在更硬实了。于是，在圣胡安，就算有几个相当顽固的企业事务雇员可能会对这种鞭笞性诱导转向大感诧异，帕里什也会心平气和地让他们相信，他们所热爱的公司不知何故正在翻车或者正在变弱的观点与事实根本不符。帕里什向任何心存疑虑的人保证，"建设性参与""向社会看齐"以及支持公司履行社会契约等态度，都"不是一种颠覆性策略"。这是一种革新，也是一种策略性地重新定位，为的是公司品牌能够再生存下去。这不是把每一位批评家都当作"狂热分子和极端分子"，而是坐到桌前倾听人们的关切。是在建立信任。

不过，帕里什向各级人员保证，这绝不意味着全面且无条件地投降。"我们都要记住，'如果你是对的并且你肯为之一战，你就会获胜。'"帕里什提到了拜伯那句名言。"这话仍然是一句实话。但永远都要从第一步做起才会是对的。那意味着，我们必须谨慎选择我们要打的仗。"

到星期二，莱尼飓风的外围开始携暴雨袭击波多黎各。里奥马尔酒店的内部变成了汉弗莱·鲍嘉主演的《盖世枭雄》（*Key Largo*）里场景的现实版。酒店员工热火朝天地为这场暴风雨的到来做准备，每个人都蹲守在室内。焦躁情绪不断升级，人们甚至在猜想菲利普·莫里斯公司为谨慎起见，是不是应该取消这次会议，把大家都送回家算了。"我相信大家想的都一样，都觉得自己被困在了酒店里。"其中一个参会人员描述道。但为时已晚。暴风雨已经落到了他们身上。

计划中的户外活动被移到了室内。娱乐活动被取消。没有深海钓鱼。没有圣胡安老城区购物。不同于日程安排所说，没有十八洞高尔夫。相反，他们被困在一间通风情况糟糕、烟雾弥漫的会议厅里。尽管后面有一个禁止吸烟区，但菲利普·莫里斯公司的很多雇员就在室内大肆抽烟，也许这并不奇怪。

在会议厅里面，雇员们不仅要学会倾听，而且要内化帕里什提出的新理念，并思考如何将它融入他们操办的业务里。让雇员听进去至关重要。因此，他们参加一次几个小时的露营，并学会了与社会展开互动的新"工具"。他们参加了名为"创意咖啡厅"的小型头脑风暴活动，就在会议厅里摆上小圆桌，再铺上红白格子桌布，围坐下来展开讨论。他们谈论起了在21世纪为一家烟草公司工作所需承担的全新责任，包括不做对抗者而要做搭桥人的重要性。他们分析了雇员应该如何知道在什么时候投入"战斗"（当"战斗符合公司政策的时候[或当]我们明显具有更好的事实性/法律性论据时"），以及在什么时候做出妥协（"当妥协具有长期优势时"）。

他们了解到菲利普·莫里斯集团美国公司最近如何启动了一个1亿美元的旨在防止青少年吸烟的项目，以及公司正如何在电视上到处播放有关其各项举措的广告，并将自己的新讯息扩散至扶轮社和家长教师联谊会（PTA）。雇员们接受了训练，还要与家人和朋友分享有关菲利普·莫里斯公司的好消息的"故事"，即它是一家令人自豪的公司，不仅生产香烟，也生产早餐麦片和熏肠、巧克力和咖啡之类的适合家庭的品牌。他们收到指示，对批评之声要学会倾听而非心存抵触，并以基于建设性参与理念的非对抗性方式加以回应。

多少有些可笑的是，当帕里什告诫他的雇员摒弃地堡心态时，这些雇员实际上正被困室内。"我们都已知道，遭遇进攻的时候爬进地堡是错误的做法，"他说，"躲进地堡这么多年之后，我们终于要掀开顶棚了，我觉得没有事情比这更加令人激动。"古老的"菲利普·莫里斯堡垒"——帕里什曾经如此描述自己的公司——成为了历史。

因为天气恶劣，杰弗瑞·拜伯最终不得不取消了波多黎各之行，转而通过视频发表了讲话。"总有一天，"他说，"当我们回顾这次会议，会说：'就是那次我们终于做对了。'"

星期三早上，风暴最终将在波多黎各登陆。岛上已有多处房屋遭到毁坏，近15万波多黎各人缺水断电。但在最后一刻，莱尼飓风突然折向东面，以时速150英里的狂风袭击了圣克罗伊岛。

到傍晚时，波多黎各很显然躲过了这场祸事。在里奥马尔酒店内举行的一个鸡尾酒会上,当帕里什致闭幕辞时,雇员们纷纷举起香槟酒杯庆祝,并调侃说终于开完了公司历史上"最湿的"企业事务会议。针对这种轻佻的口吻,他一本正经地告诫雇员们:"我们在任何时候、任何地方都不能与社会脱节。"

随着圣胡安的大风停歇,太阳在海面升起,帕里什也给人们留下了希望的讯息。毕竟,每个人都松了一口气,考验终于结束。这两大考验,一是飓风,一是烟草战争。

"我就知道,"帕里什说,"任何飓风都阻止不了我们。"

第一章 探　索

一生只有一次青春。

——亨利·华兹华斯·朗费罗

早在霍华德·A. 维拉德三世眼里闪现完美电子烟的梦想之前——并且在他成为奥驰亚公司（Altria）的首席执行官，并将向一家使数百万美国孩子沉迷于尼古丁的电子烟初创公司投资128亿美元之前——这位一生都在担任烟草公司高管的人手头有一份任何烟草公司高管都会感到极其两难的工作：菲利普·莫里斯公司青少年吸烟预防项目的负责人。[①] 从表面来看，这项工作研究的是认知失调。维拉德被认为有助于让被菲利普·莫里斯公司曾经视作未来客户的那群人相信，购买该公司的产品其实是不对的。

这证明了烟草行业在21世纪之初所处的尴尬境地，即该公司正在推行一个阻止青少年吸烟的项目。然而，该项目是继续营业所要付出的代价的一笔关键的首期投入。使吸烟非正常化，尤其是在青少年中，是总和解协议的驱动核心，该协议不但严禁烟草公司将自己的产品植入电影作品或贴上广告牌，而且禁止其以任何形式向青少年宣传香烟。不再有骆驼老乔（Joe Camel）背包，或者万宝路男T恤衫。通过提前阻止烟草公司部署其无底洞般的广告预算、滑头的营销和标志性的形象向青少年——他们一度被烟草公司的高管称作"替代顾客"——推广，这份法律上的和解协议为烟草行业开辟了一个新时代，事实证明，它不逊于地壳运动。

菲利普·莫里斯公司启动青少年吸烟预防项目并非纯粹出于利他主义。上述烟草和解协议要求签字的公司"发布或重申"一系列与青少年吸烟有关的"企业文化使命",并"指派"一名高管致力于减少青少年的烟草消费。同时,在公司面临的法律问题远未得到完全解决的时刻,青少年吸烟预防项目看起来是个好东西。2000年春季,当佛罗里达州一桩集体诉讼案的陪审团正在权衡是否裁定向原告支付数十亿美元的损害赔偿金时,时任菲利普·莫里斯集团美国公司首席执行官迈克尔·希曼奇克(Michael Szymanczyk)站到证人席上,并就公司新采取的青少年吸烟预防措施作证,以说服陪审团对其公司网开一面。重要的是,菲利普·莫里斯公司需要让监管部门、法庭和立法者相信,它会致力于向整个社会"看齐",并愿意为了更大的利益而放弃未来吸烟者的气管。对一个出售万宝路香烟——它是最受高中生追捧的品牌——的公司来说,这可不是件容易的事。

在此过程中,需要某个特定类型的公司员工来代表公司的脸面,这个人要兼具侵略性和野心,并对受到诽谤的雇主表现出赤胆忠心。霍华德·维拉德就是这样的公司员工。

维拉德是一个历史故居修复师的儿子,一个古玩销售商的孙子,在康涅狄格州维瑟斯菲尔德这个古色古香的小镇长大。这是一个古老的清教徒聚居区,也是一座海港,当地的农民和商人把亚麻籽和红皮洋葱卖到西印度群岛。维拉德留着一头蓬乱的鬈发,戴着一副让人觉得勤奋好学的眼镜,在东北部那些好交际的圈子里如鱼得水。他毕业于科尔盖特大学,这是一所预科文科院校,位于纽约州北部产奶乡村里的绵延起伏的群山里,他在那里学的是计算机科学和经济学。他还从美国顶尖商学院之一的芝加哥大学获得了工商管理硕士学位。

维拉德很早就明白成为宇宙的主宰需要什么。1985年,他在所

---

① See Howard Willard written direct testimony in Civil Action No. 99-CV-2496 in the U. S. District Court for the District of Columbia.

罗门兄弟公司（Salomon Brothers）做并购分析师，这家颇具传奇色彩的华尔街投资银行，现已倒闭，它在一场债券交易丑闻中颜面尽失，成了汤姆·沃尔夫的小说《虚荣的篝火》（*Bonfire of the Vanities*）和迈克尔·刘易斯的内幕交易账户小说《说谎者的扑克牌》（*Liar's Poker*）的故事基础。后来他跳到了贝恩咨询公司（Bain & Company），1991 年，他被分到的账户即包含菲利普·莫里斯集团美国公司，而这家烟草公司的管理才能给他留下了深刻印象。次年，也就是在 1992 年 11 月，他接受了菲利普·莫里斯公司的首席财务官哈里·斯蒂尔（Harry Steele）向他提供的职位。

身高 6 英尺 6 英寸的维拉德身材瘦削，常露出一脸傻笑，这让他在菲利普·莫里斯公司显得十分出众。一位前高管说年轻的维拉德酷似出演《开放的美国学府》（*Fast Times at Ridgemont High*）的演员祖德·莱茵霍尔德。尽管他具有和蔼可亲的销售员性格，但他并不是天生外向的人。他的大声说笑有时候显得有些牵强，几乎是刻意为之，以迎合这家乱糟糟的烟草公司里那种互相拍肩示好的好老弟文化。另一位同事说他有点像《反斗小宝贝》（*Leave It to Beaver*）里的那个小家伙艾迪·哈斯凯尔。"我的头脑里冒出的就是那样一幅场景。比如，'克里夫太太，你今天看起来好漂亮'。"这位前高管模仿着电视里的那个角色讨好腔调回忆道，"他一向很好。很讨喜。但我无论如何都不会说他活力四射。也没什么主见。有人来跟他说话他就说。"

菲利普·莫里斯公司内部僵化且等级分明的文化会奖掖那些顺从和尊重权威的人，维拉德也许就是凭着他乐于取悦他人和高度敏锐性，从而在那里干得风生水起。1995 年 4 月，一份内部职业规划文件大加赞扬了维拉德的成绩，说他"展示出了全面的战略规划能力"，还说他"身先士卒"。①

在担任中西部销售副总裁一职期间，维拉德表现得像一个忠诚的

---

① See the career planning memo, document number 2042765535.

连队士兵,他亲自给客户写信,敦促他们向公司的政治行动委员会捐款,并联系他们认识的立法者对可能损害烟草生意的立法表达不满。① "FDA 一旦找上门来,"维拉德在一封信里写道,"毫无疑问,就会很快往禁售烟草产品的方向发展。"这一公共政策角色使他顺理成章地当上了信息服务副总裁,并最终被任命为公司新组建的电子商务部门的负责人。

烟草公司的工作从来都不适合那些胆小的人,而且它一直以来总有办法让人变得铁石心肠。在世纪之交时担任菲利普·莫里斯集团美国公司首席执行官的迈克尔·希曼奇克曾经回忆说,就在圣诞节前夕,一群抵制烟草活动人士出现在他位于康涅狄格州的家门口,一边高唱着粗俗的圣诞颂歌,一边在他家的前门挂上一个插满烟蒂的花环。尽管他的妻子很伤心,但他不为所动地说:"我是不会为这样的人分心的。"②

维拉德终究从没分心,并且早早地就在菲利普·莫里斯公司内部找到了自己的节奏,因而获得了比其他人更快的晋升。后来,他被提名为菲利普·莫里斯公司高级领导团队一员,并从 2000 年 9 月开始直接向希曼奇克汇报工作。这意味着维拉德在以最好的员工为榜样。希曼奇克是个深受爱戴且天赋异禀的高管,他身高 6 英尺 8 英寸的高大体格与洪亮的嗓门相得益彰,似乎能让任何靠近他的人感到一种威压。在进入卡夫并于 1990 年最终作为经验老到的高管加盟菲利普·莫里斯公司之前,希曼奇克在宝洁公司已经有了一段成功的职业生涯。1997 年,就在烟草战争开始打响时,他被任命为这家国内香烟公司的首席执行官。一如他的上司杰弗瑞·拜伯,希曼奇克的身上具有公麋鹿一般的好斗精神,并有一股与之匹配的自信心。他在会上总

---

① 关于维拉德给客户和业务联系人的政治信函,可参见 1995 年 10 月 25 日的一封,文件编号 2047593589,或者代表菲利普·莫里斯政治行动委员会的信函,文件编号 2040968829。
② 关于圣诞节一事参见 Byrne,"Philip Morris: Inside America's Most Reviled Company";至于希曼奇克的生平,参见文件编号 2069700157。

是第一个发言,这让有的人送给他两个字:自大。不过,他的商业敏锐性在很大程度上让人原谅了他的自负。

希曼奇克将维拉德招入了自己的麾下。这位冉冉升起的高管如此敬重自己的导师,以至于公司里的人都开玩笑地把他叫做"小迈克"。不过,依旧顶着祖德·莱茵霍尔德的光环的维拉德,从没有他老板那种难以言表的出色。尽管维拉德也是高个子俱乐部的一员,但他还是比希曼奇克至少矮了那么几英寸。虽然维拉德也总是在会上第一个开口说话,但他给人的印象往往是一个盛气凌人且自以为是的人,而不是一个开明的经理人。不过,他有希望,有抱负,而且这两点很早就很明显。

维拉德的崛起正好碰上菲利普·莫里斯公司那一段由帕里什发起、希曼奇克阐释透彻的强制唤醒时期。1999 年 10 月,该公司推出了第一个网站,身为信息服务副总裁的维拉德曾帮助进行监管。① 在自己的网站上,菲利普·莫里斯公司第一次公开承认,香烟不仅会导致癌症,而且会使人上瘾,这让多年来就这一确切事实隔空高呼的公共健康倡导者大感惊诧。"诚实、信任、热情、创造、品质与分享,"网站上说,"这些都是指引作为公司与个体的我们的价值观。"

帕里什在波多黎各透露的 PM21 计划,只是该公司的重新定位文化计划的冰山一角。与当时的其他高管一样,维拉德参与了具有强制性质的总和解协议中的"培训环节",并出现在全国各地的市政厅。当时,菲利普·莫里斯公司的总部还在位于曼哈顿中城公园大道 120 号的那栋大楼里,会议室放着装满香烟的木箱子,电梯间和小便池上方都摆着烟灰缸。② 公司请来了当时的顶尖思想领袖,协助向雇员们传授新规范。雇员们被要求阅读山姆·金恩的《敌人的面孔》(*Faces of the Enemy*)等书籍,以便更好地理解公司何以遭到如此贬低。由

---

① 关于公司网站上线的往来信函,参见文件编号 2072597591、2071711096。
② 关于电梯间和小便池的烟灰缸,参见 Byrne,"Philip Morris: Inside America's Most Reviled Company"。

哈佛法学院的谈判专家主持的一场场企业社会责任会议，讲的都是"治愈与和解"之类的主题和从"真相委员会"得来的教训，讨论的都是"什么是'烟草巨头'？"和"怎样才能消除愤怒？"等问题。①一份字迹潦草的会议记录上写道："菲利普·莫里斯公司之外的人确实认为我们都是些坏人。（我可不是美杜莎女妖！）"

在一次活动中，菲利普·莫里斯公司花了 20 多万美元聘请了一家咨询公司，让它根据 20 世纪著名的英国探险家欧内斯特·沙克尔顿（Ernest Shackleton）与他的船员在南极探险时乘坐的"耐力号"搁浅的故事写一个剧本并变成舞台剧演出。② 这出戏的制作团队包括四名演员、一个编剧、一名执行制片人和一个戏剧导演，作品讲述了那次以轮船沉没告终的悲惨旅程，沙克尔顿和全体队员在漂流的冰山上被困数月，最终被智利海军的一艘轮船救起，令人称奇的是，所有人都幸免于难。事后，咨询公司的工作人员领着这家公司的一帮雇员就这一英雄壮举所包含的教训，以及其中所能得出的象征意义展开了讨论。这些雇员无一不知这出戏的寓意。菲利普·莫里斯公司触了礁，目前正在拼命自救。

尽管有烟草行业和解协议在背后支持，但菲利普·莫里斯公司仍受到鞭挞。1999 年，美国司法部援引更常用于起诉黑手党的《反勒索及受贿组织法》（RICO），对该公司提起诉讼。③ 在 FDA 开展调查、各州总检察长展开侦查和数百起集体诉讼案件爆出诸多黑幕之后，联邦检察官最终对多家烟草公司提起诉讼，指控后者参与了一场长达数十年的阴谋，意图误导公众对烟草产品的了解。最终，联邦法官做出

---

① 关于哈佛培训的材料，参见"Corporate Social Responsibility Meeting"from August 14, 2000, document number 2080985186。
② 关于沙克尔顿的剧和导演访谈，参见 The Associated Press,"Acting Like a Leader: Consultancy Uses Role-Playing to Drive Home Business Savvy to Employees," July 21, 2002; and document number 2067169444。
③ U. S. v. Philip Morris: 1,683 Page Final Opinion, Civil Action No. 99 - 2496, U. S. District Court for the District of Columbia, August 17, 2006.

了不利于各大公司的裁决,在一份接近 1 700 页的意见书中,痛斥"烟草巨头"的所作所为。

它写道:"被告满腔热忱地推广和销售其致命产品,带有欺诈,一门心思专注于经济回报,丝毫不考虑经济成功带来的人类悲剧和社会成本。在 50 多年的过程中,被告在吸烟对健康所具有的破坏性影响方面,对包括吸烟者和被视作'替代性'吸烟者的年轻人在内的美国公众撒谎、误导和欺骗。"

在司法部这起持续数年的诉讼案中,菲利普·莫里斯公司决心要跟自己那段日渐遭到非议的过去做个干净的了断。它着手给母公司重新命名。尽管菲利普·莫里斯集团美国公司这个名字仍将用于这家烟草经营公司,但高管们都急于改变其中说法。

"我们的目标是被视作——尽可能——一家常态的公司,它注定会在法律、监管和公众舆论方面受到挑战,但这些挑战是可控的,不会威胁到公司的合法性或生存。"帕里什在2001年8月对菲利普·莫里斯公司董事会如此表示。① 据一份对外沟通计划书显示,该公司预计会受到批评,但希望自己推出的新名称能阻止他人将更名行为说成是"烟草巨头披了件新衣服"。②

他们聘请了一家与联邦快递(FedEx)和朗讯科技打过交道的品牌公司。③ 后者进行了数百个小时的调查和研究,最终为菲利普·莫里斯公司提出了 1 000 个备选的新名称。他们将备选名单缩减至 100 个,再精简到 10 个。菲利普·莫里斯公司新名称中排名第二、第三

---

① Parrish remarks at board meeting; see document titled "Capricorn Board Presentation" dated August 29, 2001, document number 2085241497.
② "Putting on a new dress" phrase from "Altria External Communications Plan" dated January 17, 2002, document number 2085247109.
③ 关于更名的更多信息,参见 2001 年 10 月 17 日的高管之间电邮,标题"Clarification of name",文件编号 2085246804;2001 年 12 月 17 日的内部通讯,文件编号 2085781485。提议备选的名称见文件编号 2085241616,并参见 Gordon Fairclough, "Philip Morris Seeks to Change Name; Critics Claim Move Is a Smokescreen," *The Wall Street Journal*, November 16, 2001。

的分别是马卡德（Marcade）和康苏马克（Consumarc）。公司最后在 2001 年 11 月宣布将在 2002 年 4 月召开的下一次年度大会上，请求股东批准拟议的新名称：奥驰亚（Altria）。这个词源自拉丁语单词 altus，意为"高大的"（high）。据一封讨论更名事宜的内部电邮显示，公司决定在后面增加 ria，以"平衡单词"，并以"一个更柔和的后缀"使"读音平衡"。新名称顺利获得通过，雇员们很快就开始相互称呼对方为"奥驰亚人"。

大约一年之后，奥驰亚的烟草部门，即菲利普·莫里斯集团美国公司，宣布将其总部从纽约市搬到弗吉尼亚州里士满市。[①] 该公司急需削减开支，而搬离该市每年将节省 6 000 万美元。尽管其母公司，也就是奥驰亚暂时仍旧留在纽约市，但搬迁之举标志着公司将从位于麦迪逊大道的营销老巢退居到一个典型的烟草小镇，那里浸润着该作物的民间传统。[②]

尽管启用了新名称，但争议还是不断。其中一条是不变的，即青少年抽烟问题。这个问题出现于 1990 年代后期，已经成为该公司所面临的最具争议和最伤脑筋的问题之一。事实证明，向社会看齐要从解决青少年抽烟这一流行问题开始。尽管隐瞒与吸烟有关的真相被视作违反道义之举，针对青少年的蓄意营销行为却被视作有罪。成年人有能力对是否养成一种致命的习惯做出理智的决定，但青少年往往既没有意识，也没有事实为据做出同样的行为。如果菲利普·莫里斯公司希望以清白面对社会，那么它必须从这里做起。2002 年初，当维拉德受命负责青少年吸烟预防项目时，他被猛地推到了这项并不令人窘迫的任务当中。

---

① 关于该公司搬迁到里士满的公告，见 Philip Morris USA, "Philip Morris USA Will Relocate Corporate Headquarters and Employees to Virginia; Move Will Help Streamline Operations and Result in Long-Term Cost Savings," press release, March 4, 2003。
② 关于烟草作为重要经济作物的历史，参见 Kluger, *Ashes to Ashes*, and Brooks, *The Mighty Leaf*, among many others。关于搬到雷诺兹大楼一事，尤可参见 Terry Pristin, "Philip Morris USA Starts Its Move to a Historic Building," *The New York Times*, November 26, 2003。

> 这禁忌是给你的
>
> 玩火
>
> 禁果
>
> U.B.U
>
> 荣誉徽章
>
> 真疼
>
> 敢于成为我
>
> 以此仪式成为我①

这并不是一首蹩脚的诗，而是菲利普·莫里斯公司一位名叫卡洛琳·莱维的高管在该公司 1991 年针对儿童心理状况展开问询时手写笔记的部分内容。长期以来，争夺年轻顾客一直是烟草行业的一个焦点，主要是因为这部分人群被纯粹视作未来的顾客。随着吸烟者戒烟或死去，香烟公司寻找并培养最新最年轻的顾客，成为了至关重要的事情。基于自己所做的研究，烟草公司早就知道，一家公司越早吸引吸烟者使用自己的品牌，他们作为自己顾客的时间就越长。像"品牌忠诚度"这样的术语，早就被转化成了"我们如何才能让顾客沉迷于我们的而非别人的产品？"。在半个多世纪的时间里，围绕越来越年轻的顾客而展开的争夺，已经成为了一场旷日持久且（就算对烟草公司自己来说也算是）出奇地惨烈的混战。

1940 年代，菲利普·莫里斯公司付钱让大学生向朋友们免费分发香烟。② 1960 年代，该公司刊登报纸广告，宣传万宝路是"全美 50 个州最受青睐的校园品牌"，"从南加州大学到耶鲁大学，各高校

---

① 这首关于"烟草"的诗，见莱维的手书，文件编号 2062145828。
② See "More Cigarets?" in *Time* magazine, March 26, 1945; for "Marlboro, campus favorite in all 50 states" and a "top seller at colleges" see document number 2061001258; and for more generally about Marlboro on college campuses, see a report titled *Exploratory Work on Marlboro's Dominance Among College Smokers* dated June 17, 1969, at document number 2042789212.

最畅销品牌"。到 1970 年代，随着万宝路香烟在青少年中间名气逐渐下降，菲利普·莫里斯公司的高管们感到非常紧张，公司开始瞄准 12 岁的孩子。① 1974 年，公司建议在里士满各公立学校的一批表现出"超级活跃"行为的三年级学生身上开展一项长期研究，以验证一种假设，即这类孩子将成长为吸烟者。竞争对手雷诺公司将自己的年轻顾客称作"替代性吸烟者"。②

1981 年，菲利普·莫里斯公司一份名为《年轻的吸烟者》的内部报告告诫大家理解这个人群是多么重要。③ "今天的青少年，可能是明天的稳定顾客，"该报告写道，"至少，万宝路红标在其最快速的成长期所取得的成功，部分原因就在于它是青少年会选的品牌。"

那个十年的后半段时间里，也就是在 1988 年，菲利普·莫里斯公司的消费者研究总监戴维·丹古尔（David Dangoor）要求青少年研究专家卡洛琳·莱维就这一关键人群进行更为正式的研究。④ "我们能否更好地理解年轻的吸烟者？"总监问道。这个问题引发了一个持续多年的跨部门项目，以"确定美国吸烟者的原型"。⑤ 该项目的开展得到了知名的品牌咨询师、深受弗洛伊德和荣格影响的"文化心理学家"克罗泰尔·拉派尔（Clotaire Rapaille）的帮助，旨在揭示年

---

① 有关"刚开始吸烟者"和年仅 12 岁的吸烟者，参见菲利普·莫里斯公司的内部报告 Market Potential of a Health Cigarette from June 1966 at document number 1001913853。

② 有关提议对三年级学生开展研究的详情，参见"Behavioral Research," dated August 2, 1974, at document number 2048370180, and "Plans and Objectives for 1976," dated November 21, 1975, at document number 2021615312; also see John Schwartz, "Tobacco Firm's Nicotine Studies Assailed on Hill," *The New York Times*, July 25, 1995。

③ 关于这份报告，参见"Young Smokers Prevalence, Trends, Implications and Related Demographic Trends" from March 31, 1981, at document number 2077864711。

④ 见 1988 年丹古尔和莱维之间的通信，标题为"Critical Consumer Research Issues"，文件编号 2080009511。

⑤ 关于原型的讨论，参见"Purpose of the Archetype Project" at document number 2062146874; for the "Archetype Project Summary," dated September 1991, see document number 2062146863。

轻吸烟者身上的"人格特征、信念、价值观、生活方式"和总体动机，以更好地确保他们会蜂拥选择万宝路香烟，把它当作自己的"起步"品牌，而不是把菲利普·莫里斯公司当作头。①

1994年，首席执行官杰弗瑞·拜伯在亚利桑那州斯科茨代尔市举行的一次会议上向分析师们吹嘘，万宝路在与其竞争对手的竞争中表现得如此之好，以至于它"依旧是年轻人会选择的品牌"，而其吸烟者的年龄中位数正趋于"比最直接竞争对手的还年轻"。② 即便在此时，公司的官员们也非常清楚，吹嘘这样的事情并非明智之举。在手写笔记的页边空白处，有人字迹潦草地写了句"你也许想把这一点公之于众"，边上画了一个感叹号和两个问号。

次年，FDA的戴维·凯斯勒在哥伦比亚大学法学院发表演讲，将烟草问题描述成"儿科病症"。③ "烟草行业一直辩称，决定抽烟和继续抽烟是成年人的自由选择，"凯斯勒说，"但你问问抽烟者是在什么时候开始抽烟的。你很可能会听到一个孩子的故事。"整个1990年代，随着成年吸烟者的减少，未成年吸烟者一直在增加，这主要是因为烟草行业每年拿出50亿美元针对他们做广告——这是当时仅次于汽车行业的第二大重磅广告商品。④ 在1991年至1997年间，报上来的高中生吸烟人数增长了32%，这个数字令人心惊。⑤ 公共卫生官员惊慌失措，当凯斯勒匆匆将烟草行业纳入其机构的监管范围时，他将注意力集中在这一事实上，以此推动公众对烟草的反对浪潮。

---

① 关于拉派尔，参见 Danielle Sacks, "Crack This Code," *Fast Company*, April 1, 2006。
② 拜伯的讲话在1994年2月24日，文件编号2041225018。
③ 凯斯勒在哥伦比亚大学的演讲是在1995年3月8日，文件编号2073667629；也可参见 *Preventing Tobacco Use Among Young People: A Report of the Surgeon General*, 1994; and see David Kessler, "Nicotine Addiction in Young People," *New England Journal of Medicine* 333 (July 20, 1995): 186–89。
④ 参见凯斯勒在哥伦比亚大学的演讲。
⑤ See data from the CDC's Youth Risk Behavior Surveillance System, and also see Centers for Disease Control and Prevention, *Cigarette Use Among High School Students—United States*, 1991–2005, *Morbidity and Mortality Weekly Report* (*MMWR*) 55, no. 26 (July 7, 2006): 724–26.

"如果我们能撼动一代人的抽烟习惯，那么我们就能大幅减少与抽烟有关的死亡和疾病发生率，"凯斯勒在这次演讲中说道，"而未染上烟瘾的第二代人将会看到尼古丁成瘾最后跟天花和小儿麻痹症是一样的结局。"

一年以后，也就是在 1996 年 8 月，比尔·克林顿总统宣布，他将授权 FDA 对香烟和无烟烟草所含的尼古丁按照成瘾性药物进行监管，此举对凯斯勒和那些为对烟草行业实施广泛监管而奋斗多年的反烟草者而言，是一次全面的胜利。① "这股风气绝非偶然，"克林顿在玫瑰园的一次演讲中指出，听众是一群身穿印有"无烟少年"字样的红色 T 恤的青少年，"孩子们每天都会受到大量营销广告的狂轰滥炸，它们利用了孩子的脆弱性、缺乏安全感以及想有所作为的强烈愿望。"他承诺，"通过这一历史意义的行动……万宝路将永远地远离我们的孩子"。

这场胜利为时不长。② 尽管菲利普·莫里斯公司公开表示改弦更张，但它和另外三家香烟制造商还是发起了一场针对克林顿和 FDA 的诉讼战。这件官司一直打到了美国最高法院，后者于 2000 年 3 月推翻了联邦监管行为，认为国会从未授权 FDA 对烟草产品实施监管。

与此同时，菲利普·莫里斯公司组建了新的青少年吸烟预防部门，目的在于宣示其声称的减少青少年吸烟行为的承诺。③ 当他们找人负责该部门的时候，他们选定了莱维，让这位曾经的青少年营销专家负责确保该公司不再针对青少年开展营销活动。

几乎是在转瞬之间，青少年吸烟预防项目就把菲利普·莫里斯公司推入了更深的争议漩涡，而非让它抽身上岸。该项目每年的预算资

---

① 关于克林顿在玫瑰园的讲话，参见他的文字稿 "Remarks Announcing the Final Rule to Protect Youth from Tobacco" on August 23, 1996。
② 关于最高法院的裁决，参见 FDA v. Brown & Williamson Tobacco Corp., March 21, 2000。
③ 关于青少年吸烟预防项目的基本情况和预算，参见 Philip Morris internal messaging in document number 2071718509。

金高达一亿美元。部分资金将用于一项大规模的心理测量研究，以在青少年吸烟者的态度和行为方面发现更多的信息。① 该公司聘请一家电话调查公司，拨通住宅电话向数万名青少年提出了一系列问题——在放学后的个人时间段里做些什么、性格特征、与父母亲的关系、抽烟习惯等等。从表面看，调查结果是为公司提供更准确的信息，以便其对青少年吸烟预防项目加以调整，然而这项调查根本算不上诚心诚意的反吸烟研究，反而是一次赤裸裸的市场调研。

没有人叫菲利普·莫里斯公司这么做，但它觉得向尽可能广泛的潜在受众宣传自己全新的青少年吸烟预防项目信息是一件好事。该公司在2000年1月的超级碗期间，在中场休息之前，发布了作为"想想好，不要抽烟"（Think. Don't Smoke）运动一部分的首批大广告之一。② 这条广告针对的是10岁至14岁的青少年，旨在"让孩子们知道，他们不需要为装酷或为重新定义自己而抽烟"，莱维在一份新闻通稿中说："预计将有620万个目标年龄段的孩子在观看超级碗杯，是观看《恋爱时代》《少年女巫萨布丽娜》《吸血鬼猎人巴菲》等其他热门青少年节目人数的两倍多。"

不过，菲利普·莫里斯公司并不是唯一一个推出反吸烟广告的企业。总和解协议的要求之一是烟草行业为一家独立基金会提供资金，用于创办针对青少年的吸烟有害健康教育活动。其结果是催生了一家名为美国遗产基金会的组织，它推出了一系列具有争议性的"真相"广告活动。2000年夏季奥运会期间，该基金会播放了一则模仿万宝路男人的广告，画面上几匹骏马驮着印有万宝路标志的运尸袋，在一片草原上疾驰而过。广告词是"如果烟草广告说的是实

---

① 关于青少年调研的信息，参见内部通信，文件编号 2085698132、2085073173、2080139189。
② 参见公司关于超级碗广告的新闻通稿，"Philip Morris U. S. A. Introduces Newest Youth Smoking Prevention Ad During Super Bowl XXXIV" on January 31, 2000, at document number 2071375659。

话会怎么样?"。① 另一则广告上有三个正在蹦极的孩子。轮到第三个孩子时,他在半空中爆炸了。广告词说:"其实只有一种产品能杀死其三分之一的用户。烟草。"

不足为怪的是,这两场形如决斗的广告运动背后的人——分别来自菲利普·莫里斯公司和独立的遗产基金会——最终发生了冲突。当菲利普·莫里斯公司向全美各地的学校免费派送几百万个包书皮时,遗产基金会立即扑了上去。② 包书皮上画着一个色彩鲜艳的滑雪运动员,正跃向一片雪云中,雪云上写着"不要垮掉"的字样。遗产基金会和其他批评者指责道,这样的包书皮无耻地违反了总和解协议中禁止针对青少年的广告行为的内容,因为上面印了该公司的名字。他们还指出,滑雪板看起来疑似一支香烟,而白雪像烟雾。由此引发了轩然大波,学生、家长、校长和学区纷纷投诉,说菲利普·莫里斯公司利用隐性信息向孩子们进行欺诈性营销。"这是菲利普·莫里斯公司的营销策略,简单明了。"美国肺脏协会首席执行官约翰·加里森在《今日》节目上就包书皮一事对凯蒂·库里克和马特·劳尔如此说道。

莱维按照损害控制模式③,给全国各地的校长们写了信。④ "我可以向你保证,我们发放包书皮以及我们所有努力的目的,都是为了帮

---

① See Chris Reidy, "Controversial TV Ads to Run During Olympics," *The Boston Globe*, September 19, 2000, and document number 2085043877; also more generally see Wendy Melillo, "Anti-Tobacco Ads Stir Protest," *Adweek*, March 6, 2000; and Gordon Fairclough, "Antismoking Ads Directed at Teens Begin Airing on TV," *The Wall Street Journal*, February 8, 2000.
② 关于包书皮的详情,参见 CBSNews.com staff, "Cigarette Maker Under Fire," January 4, 2001; also see transcript from the *Today* show, on January 5, 2001, at document number 2081043020。公司内部关于包书皮的通信,包括高管们给校长们的信件,文件编号 2072833555。
③ damage control mode,就是采取措施将造成的损害降到最低。——译者
④ 参见莱维给一位校长的电邮,文件编号 2080002449;亦可参见 "Groups Request Investigation of Philip Morris Schoolbook Covers," press release, January 3, 2001,其中详细说明了要全国总检察长协会调查此事的请求。

助减少青少年吸烟现象。"她在其中的一封信中写道。

不过,美国遗产基金会的批评者大为恼怒。他们不但认为菲利普·莫里斯公司开展的青少年吸烟预防项目没有发挥作用,还收集了该公司正在利用青少年吸烟预防项目继续偷偷向青少年进行广告活动的证据。

2001年10月,全国总检察长协会遵照总和解协议的要求,举行了第一次三年一度的会议。① 该协议规定每三年要与各州总检察长、美国遗产基金会和烟草公司举行一次"重大会议"。这么做是想让所有利益相关者就该协议取得的成绩进行评估,并协调各方举措继续减少青少年吸烟现象。那一年的会议在堪萨斯州欧弗兰帕克市的双树宾馆召开。好几个人做了陈述,其中包括莱维和其他几大烟草公司的几名高管。午餐期间,一群青少年表演了名为《烟草:音乐剧》(Tobacco: The Musical)的节目。

接着,美国遗产基金会的执行副主席林登·哈维兰德出席了一个专门探讨青少年吸烟预防项目的小组。她讨论了基金会已经开展过且即将公开发表的研究。该研究表明,菲利普·莫里斯公司的青少年吸烟预防广告实际上在引诱孩子们去吸烟,这与该公司的承诺背道而驰。"想想好,不要抽烟"活动中的广告"正在延长青少年吸烟的风险期",据此次会议的文字记录显示,哈维兰德如此说道。② 这些广告似乎"让人联想到未来对吸烟行为的开放态度"。

哈维兰德的意见在菲利普·莫里斯公司炸开了锅。③ 第二个星期,莱维在一封写给哈维兰德的信中开了火。"您所做报告的诸多结果让我深感不安,"她在信中写道,"我迫切希望与您后续面谈……与此同时,请注意,您所提及的两则广告已经不再投放。"

---

① See the NAAG agenda for that conference, at document number 2085190418.
② 相关文字记录,参见"Notes from Triennial Conference on Youth Smoking Prevention," dated November 2, 2001, at document number 2085190421。
③ See the letter from Levy to Haviland, dated November 8, 2001, at document number 2085317364.

4 个月后,哈维兰德发来了遗产基金会使用的部分数据,并表示她希望"这批数据能在 5 月中旬前放到我们的网站上",这是在以一种菲利普·莫里斯公司不舒服的方式对其展开攻击。①

大约一个星期后,哈维兰德收到了回信。这一次,写信人不是莱维,而是万宝路的销售员霍华德·维拉德。

莱维刚刚宣布,自己已在菲利普·莫里斯公司工作 30 年,即将离职。多年来,维拉德和莱维已经相互了解,原因之一是他们的办公室一度紧挨着。在设法给青少年吸烟预防项目寻找新的负责人的过程中,希曼奇克问莱维,维拉德是否适合这份工作。"我觉得这是个好主意,"她告诉他,"他很聪明,年富力强,我觉得他会相当不错……霍华德是大有前途的年轻的高级副总裁之一……他头脑聪明,精力充沛,是个好领导,很受推崇。"②

对维拉德来说,这是一次不太可能发生的职业变动,但这几乎立刻提升了他在公司内外的知名度。实际上,他正被拖入泥沼。他在 2002 年 3 月写给美国遗产基金会的哈维兰德的一封回信中,抨击了菲利普·莫里斯公司的所作所为都是在引诱孩子的说法。

"我们相信,关于我们的青少年吸烟广告,你们所收集的数据存在严重瑕疵。"维拉德写道。③ 三天后,哈维兰德在回信中反驳维拉德:"因为你之前没有参与过与遗产基金会的任何讨论,所以你可能完全不清楚在我们的 12 月会议上究竟发生了什么,"她写道,"我坚信,我们所收集、分析并分享的数据是准确的。"此后数天,维拉德和哈维兰德又你来我往地写了好几封信,其中的火药味一次比一次浓。

---

① See response from Haviland to Levy, dated March 14, 2002, at document number 2085317428.
② 莱维关于维拉德的话,参见"Written Direct Examination of Carolyn Levy"in Civil Action No. 99-CV-02496, at document number 5000943653。
③ 参见维拉德给哈维兰德的电邮,日期 2002 年 3 月 25 日,文件编号 2085317426,哈维兰德的回信日期是 2002 年 3 月 28 日,文件编号 2085317361。

几个月后，也就是在 2002 年 6 月，遗产基金会在《美国公共卫生杂志》上发表了其研究成果。① 研究报告写道："我们发现，与那些未接触过［该广告］的人相比，接触'想想好，不要抽烟'的人对烟草业产生了更大的好感。"该报告成为了全国的头条新闻。不出三个月，菲利普·莫里斯公司屈服了。维拉德的青少年吸烟预防工作组取消了该公司的"想想好，不要抽烟"广告活动。

美国遗产基金会认为这形同一场政变。"我们从来没有让他们参与制作预防青少年吸烟的广告，"纽约大学全球公共卫生学院院长兼美国遗产基金会创始负责人谢丽尔·希尔顿说，"此举无异于让狐狸去守鸡笼。"她说，他们的广告活动"绝对是在鼓励青少年吸烟。效果如此好，以至于几乎不可能不认为它不是为这种目的而设计的。"

尽管广告活动被迫搁置，但维拉德并没有退缩，反而顽强地捍卫公司在青少年吸烟问题上的立场。对报纸上刊登的任何带有侮慢的只言片语，维拉德都要提笔反驳。② 2004 年 3 月，他在写给《奥兰多哨兵报》的一封"致编者信"中表示，菲利普·莫里斯公司已经要求佛罗里达州停止刊登某些"真相"广告，因为其中存在"多个事关公司的经营行为及其雇员的不实之处……"。次月，他在《阿拉梅达时代星报》的"读者来信"上对专栏作家"电影小子"做出回应，起因是后者在一篇关于奥斯卡的专栏文章中信手写道，烟草公司出钱

---

① Matthew C. Farrelly, Cheryl G. Healton, Kevin C. Davis, et al., "Getting to the Truth: Evaluating National Tobacco Countermarketing Campaigns," *American Journal of Public Health* 92, no. 6 (June 2002): 901 – 7; for more information on the fate of the "Think. Don't Smoke" campaign, see Jennifer K. Ibrahim and Stanton A. Glantz, "The Rise and Fall of Tobacco Control Media Campaigns, 1967 – 2006," *American Journal of Public Health* 97, no. 8 (August 2007): 1383 – 96.

② For Willard letter to the editor, see "Philip Morris on 'Truth,'" *Orlando Sentinel*, March 11, 2004; for his response to the Movie Guy see "Butts Out in the Movies," *Alameda Times-Star*, April 19, 2004; for letters to the editor in response to "Big Tobacco's Poison," see *Florida Today*, July 23, 2004; finally, for "Philip Morris Is Doing Its Part to Discourage Kids from Smoking," see the *Tallahassee Democrat*, September 26, 2005.

在电影中展示其品牌。2004年7月,他在《今日佛罗里达》(*Florida Today*)发表社论,就早前一篇名为《大烟草有毒》的社论做出回应,因为后者暗示像菲利普·莫里斯这样的公司仍在通过"巧妙的广告"向青少年推销其产品。"自1998年以来,我们已经削减了在报纸和杂志上刊登香烟广告的费用。"他如此写道。2005年,维拉德在《塔拉哈西民主报》的"我的观点"专栏发表文章,题为"菲利普·莫里斯公司正在为阻止青少年吸烟尽自己一份力"。

然而,尽管青少年吸烟问题已经成为特别敏感的话题,全国各地的学校和社区新发起的青少年吸烟预防措施还是开始出现了成功的迹象。截至2007年,高中生中的吸烟者人数已经降至20%左右,几乎相当于十年前的一半。[1] 公共卫生官员和反吸烟倡导者感到欢欣鼓舞。他们的努力奏效了。

尽管菲利普·莫里斯公司公开对青少年吸烟者人数的下降态势表示了祝贺,但它对烟草业而言,无疑是另一个不祥预兆。事情摆在那里。菲利普·莫里斯公司正在失去成年吸烟者。菲利普·莫里斯公司正在失去青少年吸烟者。[2] 看起来美国就要迎来第一代读完高中却从未抽烟的青少年。虽然烟草公司能够通过涨价抵消消费下降所产生的财务影响,但它无论如何仍会面临一个不祥的数学公式。菲利普·莫里斯公司需要一份计划。公司要是能够一劳永逸地推出一款不会要人命的产品就好了。

---

[1] 关于青少年中吸烟者比例,参见美国疾控中心的数据 Youth Risk Behavior Surveillance System。
[2] 关于成年人中吸烟者比例,参见美国疾控中心的数据。

第二章　好　人

> 硅谷……它是一个凭空构想出未来、做出原型、加以包装并最终卖掉的地方。
>
> ——亚当·费舍尔，《天才谷》

《吸烟的理性未来》。[①]当灯关掉，教室暗下来时，黑板前的投影屏幕上闪现出一张幻灯片。那几个字的旁边放着一张图片，一个男人正在吮吸一根细长的黑色吸管样的东西。他身后是一个全世界通用的"禁止吸烟"标志——一个红色圆圈内画着一支香烟，一根斜线划过它。

"这个东西的名字叫做慰藉物，"做报告的学生詹姆斯·蒙西斯头发蓬乱，他站在讲台前，照着一台打开的苹果笔记本电脑说，"但现在叫普鲁姆（Ploom），至少暂时如此。"

时间是2005年春季学期的尾声。蒙西斯和亚当·博文正在一起做毕业论文答辩自述报告，以完成他们在斯坦福大学的学业，拿到产品设计研究生的学位。他俩相识于"阁楼"（Loft），这是每一个产品设计专业学生都极其熟悉的地方。它是挤在机械车间和校园消防站之间的一座大建筑，位于这个长满棕榈树的田园般校园的中心地带。

阁楼里无论白天黑夜都能看见产品设计专业学生的身影，他们正在那个叫做鲁布·戈德堡之梦的杂乱空间里修修补补，里面到处都摆放着一圈圈线缆、拆开的电子设备和木工凳，凳子上堆放着原木、金属片和印有"易燃物"字样的箱子。这个地方是设计师的乌托邦,学生们可以在此利用各种工具把自己最新的发明制作出来。早前,蒙西斯做出过几件与这个理想空间相得益彰的产品,如沏茶装置、自行车,以及一种可以变成各种形状的新奇家具。他学会了如何焊接。博文学习的是商业设计——它可以是一个概念,如采用内置无线射频识别器的小雕像(或者叫做"图腾")来替代名片交换,也可以是一张可以折叠起来而杂物仍留在原处的桌子。自然,因为两个人都在阁楼里度过了相当长时间,他们常打照面,不过他们之间的关系是在大楼外面那个小庭院一起抽烟的间隙形成的,院子里还摆着一个篮圈、一个烧烤架,橡树上还挂着一张吊床。

蒙西斯早就开始抽烟了,但他比大多数人都更清楚这是一种多么愚蠢的习惯,因为他那个在二战中做过轰炸机飞行员的祖父,在他出生前就死于肺癌。抽烟在他家一直是个有争议的话题,所以,每当他点燃香烟的时候都会感到十分纠结。博文偶尔抽烟,最喜欢这种仪式感。考虑到他们的研究方向,他们最终开始深入思考自己双唇之间的那一小段燃烧物。他们得出结论,香烟是一种愚蠢的原始之物,更不要说是令人丢脸,尤其在这个位于加州中心地带的精英社会里,吸烟不仅不受欢迎,还会遭人鄙视。十多年来,斯坦福大学校园一直坚持严格的无烟环境政策。② 在斯坦福大学校园里抽烟,意味着要在偏僻陋巷里偷偷摸摸地抽,并且习惯遭人耻笑、侧目、鼻孔朝天视而不见。

"我和亚当都对事关社会变革的设计感兴趣,"蒙西斯当着全班同学的面说道,"而且我们马上就认识到,抽烟也许是一个比较容易的目标。有很多抽烟的人确实自己也很矛盾。他们确实很享受抽烟的

---

① See the presentation on YouTube, https://youtu.be/ZBDLqWCjsMM.
② 关于斯坦福大学禁烟一事,参见校园新闻稿"Tough New Smoking Policy Takes Effect at Stanford Oct. 15," October 5, 1993。

过程，但与此同时，每点一支香烟都是在自毁。"

两个人放了一张幻灯片，上面是一根香烟，这时他谈起了人们抽烟的各种理由。口欲滞留。礼节。诱惑。好玩儿。帮助我思考。帮助我放松。

接着，蒙西斯放了一张幻灯片，展示的是一根香烟被撕开，亮出其各组成部分——一张纸、一个滤嘴、一根根烟丝——边上写着一支香烟的解剖图。"这是目前的解决办法，"蒙西斯说，"它满足上述所有这些基本的人类需求。"教室里响起一阵笑声。蒙西斯爱讲冷笑话，幽默中带着讽刺，有时候他开的玩笑逗不了人。但这句话的效果很明显。多么原始的产品啊！工业时代的遗物！

他们把注意力集中到了吸烟的核心问题，即燃烧上。尽管香烟是一种简单的产品，但当你把它点燃的时候，它会产生 7 000 多种化学物质，其中很多是致癌物质。[①] 这些毒物会在香烟的烟雾中形成细小的焦油颗粒，经年累月地吸入后，它会积聚并使肺部内膜退化，由此导致癌症。抽烟还有其他不利于健康的后果，包括心脏病和中风。总的来说，抽烟引发的疾病每年在美国造成 48 万人死亡，因而成为了头号可预防的死因。

接着，蒙西斯切入正题："实际上，香烟就是用来输送尼古丁的。"他说。是的，人们喜欢吸烟的诱惑力，那也是詹姆斯·迪恩-玛丽莲·梦露的审美观。但是，博文和蒙西斯很快便了解到——也就是现在的每个人都知道的事情——人们之所以保持这个习惯，主要因为一个原因：尼古丁。这一事实可以解释，尽管人所共知一半以上的

---

① 如需更深入了解烟草烟雾中发现的致癌物，参见 U. S. Department of Health and Human Services, National Toxicology Program, *14th Report on Carcinogens*, November 3, 2016; also see Centers for Disease Control and Prevention, National Center for Chronic Disease Prevention and Health Promotion, Office on Smoking and Health, *How Tobacco Smoke Causes Disease: The Biology and Behavioral Basis for Smoking-Attributable Disease: A Report of the Surgeon General*, 2010。

人会因此丧命，但美国仍然有 3 800 万烟民。①

  尼古丁极易成瘾——跟海洛因不相上下——而且它会对儿童发育中的大脑产生非常严重的负面影响。② 不过，与人们普遍认为的相反，作为烟叶中主要活性成分的化合物，并不是香烟中的首要致命物质。尽管尼古丁与心脏病有关，且高浓度的尼古丁可能是致命的毒物（这也是为什么它被用作杀虫剂和杀人武器），但它的好处已经得到证实，包括提高注意力，以及治疗帕金森症等多种神经紊乱。③ 更不要说它能带来的简单愉悦了。

  博文和蒙西斯想弄清楚：如果这个世界如此需要尼古丁，为什么不直接把人们要的给他们，同时去除所有能致人死亡的东西？这似乎是明摆着的。全世界有 10 亿烟民。然而，自 1880 年，也就是邦萨克卷烟机让全世界见识了机制卷烟以来，香烟已经一个多世纪没再被设计过了。④ 此前难道真的没人想过这一点吗？

---

① For the "up to half of all its users" reference, see the World Health Organization website on tobacco, https://www.who.int/news-room/fact-sheets/detail/tobacco; also see the expert on cigarettes and smoking Robert N. Proctor in his epic book *Golden Holocaust: Origins of the Cigarette Catastrophe and the Case for Abolition* (Berkeley: University of California Press, 2011); and his paper, "Why Ban the Sale of Cigarettes? The Case for Abolition," *Tobacco Control* 22, Suppl 1 (2013): i27 – i30; see also National Center for Chronic Disease and Health Promotion, Office on Smoking and Health, *The Health Consequences of Smoking—50 Years of Progress: A Report of the Surgeon General* (Atlanta: Centers for Disease Control and Prevention, 2014).
② 关于尼古丁的成瘾性如同海洛因一句，参见 Centers for Disease Control and Prevention et al., *How Tobacco Smoke Causes Disease*。
③ Neal L. Benowitz, "The Role of Nicotine in Smoking-Related Cardiovascular Disease," *Preventive Medicine* 26, no. 4 (July – August, 1997): 412 – 17; for murder reference, see Dan Good, "Paul Curry Convicted in 1994 Nicotine-Poisoning Death of His Wife; Closure into Linda Curry's Death Eluded Investigators for Years," ABC News, September 30, 2014; for nicotine and Parkinson's, see Maryka Quik, Kathryn O'Leary, and Caroline M. Tanner, "Nicotine and Parkinson's Disease; Implications for Therapy," *Movement Disorders* 23, no. 12 (September 15, 2008): 1641 – 52.
④ 关于邦萨克卷烟机的广泛历史及其在现代社会香烟风行中的作用，参见 Kluger, *Ashes to Ashes*, and Proctor, *Golden Holocaust*。

身处这座世界顶级设计学院——它坐落在硅谷中部，从汽车到吐司机，每一种东西都被拆散过——博文和蒙西斯有一种预感，自己已经碰上了一种特别的东西。于是，在斯坦福大学标志性的建筑胡佛塔的阴影下，在棕榈树和砂岩拱门（上面曾经刻有一句话：美国文明的进步）之间，博文和蒙西斯着手将香烟这种一个世纪以来都无人肢解的东西大卸八块。

蒙西斯在圣路易斯市的一个中上阶层家庭里长大，他的母亲是医生，他做电气工程师的父亲向他灌输了一种修修补补的创业精神，还教会他如何使用计算机。他不喜欢玩具，却钟情于在家里的工作间里拆开计算机和吸尘器等家用物品。他进了圣路易斯市的上流预科学校惠特菲尔德学校，并在俄亥俄州的私立文理学院，即凯尼恩学院获得了艺术与物理本科学位。就在他对热力学日益精通的同时，他也养成了对艺术的热爱，并耗时数月用硬木和铜等材料制成了几个超大型的珠光雕塑。

蒙西斯长着一头褐色的头发，蓄着时常显得蓬乱的络腮胡，有着中西部滑板少年的那种举止，喜欢搞恶作剧、穿宽松的牛仔裤、说几句讽刺的话。他身上略带一点技术男的傲慢态度，因为他会毫不犹豫地逗傻取乐，却仍旧保留着知识分子应有的好奇心，这在很大程度上让他不至于沾染硅谷里极其糟糕的狂妄自大。蒙西斯毕业后的第一份工作是在一家自行车店，之后是圣路易斯市的一家产品设计工作室。在美塔菲斯设计集团（Metaphase Design Group）工作期间，他接触到的是一个热闹繁忙的环境，到处都是在给美敦力之类的公司设计膝关节置换套件，给吉列等公司设计一次性剃须刀的工程师。据该公司老板布莱斯·拉特回忆，蒙西斯是一个"尤为聪明的年轻人"，但因为他随心所欲的想象力和野心，有时候需要对其加以约束。"具有那种天资的人，别人要跟上他的步伐是很有挑战性的，"他说，"那就好比在说'詹姆斯，你慢一点，让别人跟上你的想法。'"当他得知蒙西斯将离开圣路易斯市，去硅谷追求财富尝尝冒险的滋味时，他一点也不觉得奇怪。"詹姆斯需要去能行动的地方。"蒙西斯收拾好他的车子，往西开去。来到斯坦福大学时，他23岁。

稍大几岁的博文出生在加拿大安大略省，但他小时候全家就搬到了亚利桑那州。他是个高大的细胳膊细腿的金发男孩，维持着公路自行车手的身板。他说起话来带一点加拿大口音，语气果断，不过他那张棱角分明的脸上总是带着一点忧郁的表情。博文是个非常内敛的人，是那种只愿简单地向人介绍自己叫"亚当"的人，从不透露他是谁，或者他会成为谁。他很早就在内心里认为自己是艺术家，绘制并做出纸飞机，设计细节丰富的以铅笔素描出的奇特装置，比如"功能简单、由轿车牵引升空的自制发明"，或他所演绎的核动力气垫船。他先进入亚利桑那大学，后来转入波莫纳学院，在那里学习诗歌、建筑学和哲学，最终确立了学习他所喜爱并了解甚多的学科：物理学。博文有着真正的科学家的头脑——不仅希望想出好点子，而且会专注于实验式学习。当他在波莫纳学院得到机会进行微重力研究时，他穿上橄榄绿连体装，登上了美国航空航天局（NASA）一架被大家戏称为"呕吐彗星"的实验性零重力飞机，先是升到3.4万英尺的高空，接着俯冲1万英尺，再以一系列引起失重的抛物线形式反复上下。博文还有着很深的技术敏锐性，这让他在斯坦福大学工程学院攻读了机电一体化研究生课程——一个结合了机械、电气和软件工程的多学科领域。这可不是一个轻量级的学科领域。

为了拆解香烟，博文和蒙西斯意识到，除了如何点燃之外，对它多一些了解也许会有所帮助。他们提出的首批问题之一是，为什么以前没有人开发出像这样的新型烟草产品？的确，如果有谁能从制造不会置人于死地的香烟中获益，那就是烟草业，对吧？

在他们为写论文而着手调研的过程中，他们闯入了一个令人难以置信竟然存在的宝库。① 总和解协议和其他烟草诉讼案要求烟草公司向公众公开各自在多年的诉讼案中提供的文件来源。加州大学旧金山分校将它们全部放到了一个在线数据库中。加在一起，各大公司共公布了超过9 000万页的文件，现在任何人都可以通过互联网来搜索。

这些文件中包含内部电邮和手写信件、科研报告和商业计划、专利书和产品研究，它们犹如一扇窗户，难以置信地让人一窥这个隐秘的行业，其在近半个世纪的时间里花费数十亿美元试图开发一种全新的非燃烧式香烟。对博文和蒙西斯来说，那是一个"踏破铁鞋终于找到"的时刻。早就有人试图拆解香烟：就是烟草公司自己！只是在多年的尝试中，烟草公司败得一塌糊涂。

博文和蒙西斯满怀热情地一头扎进档案，一连沉迷好几个小时，他们通过搜索引擎翻找，梳理着一个又一个爆炸性的档案。他们发现了雷诺公司那款名为普瑞米尔（Premier）的炭滤嘴香烟，通过加热香料珠而非烟草，形成一种气雾剂而非烟雾。他们发现了菲利普·莫里斯公司生产的一款名为艾可德（Accord）的烟具，它采用一种看起来像卡祖笛的设备来加热香烟而非点燃。他们发现了利格特的"XA项目"，它在烟草中使用钯，试图让燃烧更充分，并减少烟雾中的有害成分。他们发现了复杂的化学研究结果，揭示了如何造出更有口感的香烟，或者让吸烟者获得更多冲击力。毕竟，烟草业创新的时机已经十分成熟。

有一张令人生畏的蓝图在手，博文和蒙西斯便开始创造一种全新的吸烟式的体验。它会让吸烟者得到他们喜欢的与吸烟相关的东西——礼节的、社交的——同时去除了燃烧过程，使它更健康，更容易被社会接受。他们研究了香烟的替代品，如多为医用大麻使用者使

---

① 欲查看相关文件，可访问网上档案 Truth Tobacco Industry Documents，由加州大学旧金山分校托管 https：//www.industrydocuments.ucsf.edu/tobacco/；另请注意，个别烟草公司在维护自己的可供公众搜索的文件档案，包括菲利普·莫里斯公司，参见 www.pmdocs.com。

用的水烟袋和桌面雾化器,并决定要做出一种更时髦、更便携的东西。

最终,他们做出了一种烟草加热装置,仿照的是香烟的细长圆形外观,但采用了不同的式样和结构。它以丁烷为动力,让纸中包裹的几束松散的烟叶蒸发。他们把这个设备拿到校园和公共场合使用,以观测人们对它的反应,并很高兴地发现,人们非但没有像对二手烟那样表现出厌恶,反而表现出好奇心,经常就如何喜欢它的烟草蒸汽所带来的淡淡香味进行一番评价。当他俩去见论文导师和其他老师时,"他们都对这个想法很兴奋",博文说。

在论文自述报告的最后环节,博文和蒙西斯放出一张幻灯片,是一份 1986 年的文件,上面标着"秘密"字样,它解释了烟草公司当时一种最先进的产品背后的技术,称为斯巴计划(Project Spa),这是雷诺公司早期销售的一种名为普瑞米尔的低危害香烟的代号。"这是一份绝密的烟草文件,我们刚开始的时候觉得非常好玩,"蒙西斯苦笑着说道,"这是雷诺公司的一个 10 亿美元投资项目,1980 年代的美元啊。难以置信的大项目,几乎从未见过天日,而现在免费公开,可以自由搜索。至此,你们可以了解它的全部内容。而我们从中学到的,再加上阅读大量专利文件并花大量时间与消费者打交道所得,就是雾化是件挺棒的事。"

这是个重要时刻。蒙西斯在此说明了他和博文是如何在烟草巨头的宏大史诗戛然而止的地方重新抽丝剥茧挖出历史线索的。这条雏菊花环般的创新链,带着它所有意外收获的辉煌,跳过了一代烟草高管——恰如柯达早前错失了数码相机一样——然后被斯坦福大学的两个学生一如在垃圾场里捡到钻石一般捡了起来。

博文和蒙西斯毕业后,蒙西斯应邀留在了斯坦福大学一段时间,帮助完成一个雄心勃勃的项目。斯坦福大学工程学院最近收到了德国软件商萨普(SAP)公司的亿万富翁创始人哈索·普拉特纳(Hasso Plattner)一笔 3 500 万美元的赠礼,用于创建一个多学科设计实验室，以供斯坦福包含工程、医药、商业和人文学科在内的所有领域的人使用。① 蒙西斯受命帮助建立一个后来被简称为设计学院（d. school）的新的研究机构，并以研究员身份加入其中。

该设计学院是戴维·凯利（David Kelley）的智慧结晶，他是著名的设计工程师，并长期在斯坦福大学担任教授。② 1980年代，当史蒂夫·乔布斯需要找到一种新的方式供人们操作个人电脑时，他给凯利打去电话，后者与他手下的工程师们一道，用一支除臭剂和一个黄油碟罩，摸索着做出了一个小滚球，捣鼓出苹果第一只鼠标的原型。这个装置使他成为了整个硅谷最为抢手的产品设计大师之一。《60分钟》节目称他是"我们这个时代最具创新精神的思想家之一"。凯利的设计公司艾迪欧（IDEO）先后为North Face、芬达乐器、三星和美泰等大公司提供服务，做出的产品从牙刷上的软性把手到礼来（Eli Lilly）的自动注射器，应有尽有。

凯利像斯坦福大学校园里的摇滚明星，学生们抢着来接受这位大胡子教授的指导。凯利传授的是他自己的设计理论，称为"设计思维"，它是一种方法论，旨在将激进的以人为本的方法融入到艺术和工业设计当中。就其核心而言，设计思维理论不只是开发一种技术、设计一件花哨的产品，或提出一个商业计划。它植根于路德维希·密斯·凡德罗（Ludwig Mies van der Rohe）的理念"少即是多"和乔布

---

① "Stanford University Launches Hasso Plattner Institute of Design with $35 Million Gift," press release, October 3, 2005; also see Anne Strehlow, "Institute Launched to Bring 'Design Thinking' to Product Creation," *Stanford Report*, October 12, 2005.
② 有很多关于凯利及其设计思路原则和苹果鼠标的文章，包括在IDEO的网站上的https：//www.ideo.com/case-study/creating-the-first-usable-mouse; Betsy Mikel, "How the Guy Who Designed 1 of Apple's Most Iconic Products Organizes His Office," Inc.com, January 24, 2018; Kyle Vanhemert, "The Engineer of the Original Apple Mouse Talks About His Remarkable Career," *Wired*, August 19, 2014; and Josh Hyatt, "David Kelley of IDEO: Reinventing Innovation," *Newsweek*, May 20, 2010。如欲更深入了解他的设计思路，参见他与他兄弟合著的书：Tom Kelley and David Kelley, *Creative Confidence: Unleashing the Creative Potential Within Us All* (New York: Crown, 2013)。

斯的理念"在宇宙里留下痕迹"。凯利解释说,这是"关于人类需求的更深层理解"。通过同理心和创造的力量,学生们能够做的不仅仅是设计一个小部件。凯利要求他们思路再开阔一点。他们可以改变世界。

凯利的学生还学到了快速做出原型的重要性,也就是能够在几个小时而非几天或几个星期内拿出设计方案,然后尽快交到测试人员的手里。在消化反馈意见并迅速纳入必要的改进之后,他们会做出另一件原型,并开启一轮新的循环,如此反复多次,直至产品正好合适。凯利的门生从设计学院或艾迪欧出师后,往往在硅谷产生了巨大的影响:他们成为了苹果产品、特斯拉、小鸟(Bird)滑板车、无人机和可穿戴设备——对了,还有未来——的创造者。

蒙西斯一边帮着让设计学院开始运转起来,一边和博文继续他们毕业论文的项目。凯利要求他们的想法要有可行性。于是,他们捡起这项工作,转移到了博文那套合租的破旧五居室房屋里。房屋位于校园外,边上是一个废弃的苹果园。这套住户基本上全是博士和研究生的单身公寓,被朋友们戏称为果园,收拾得很整齐,后院里种着玉米,还有小鸡四处溜达。博文和蒙西斯搬进来一台车床,摆在了一个储藏室大小的房间,地方小到连放几把椅子的空间都没有。就是在这里,他们拿出了根据毕业论文做的粗糙原型,并开始给那个他们希望成为商业产品的东西注入活力。史蒂夫·乔布斯和史蒂夫·沃兹尼亚克(Steve Wozniak)、比尔·休利特(Bill Hewlett)和戴维·帕卡德(David Packard),以及其他著名的技术创始人有着被神话化的车库作为创新殿堂,而博文和蒙西斯有的是这个果园。

沉浸在斯坦福大学的浪漫主义中的情况并不罕见——学生们仿佛听到了海妖之歌,这诱使他们相信自己是天选之才,注定要创造出下一件伟大的东西;他们被教授和导师的迷人魅力,这些人加入了位于沙丘路的风投公司构成的金钱网络;吸引他们的还有从一个破烂车库里诞生的点子取得的简单胜利;以及相信自己的生活能"以乔纳森·埃弗（Jonathan Ive）设计苹果手机的方式"来设计的大胆想法。① 正是在这里，成功、自我、权力、帕洛阿尔托淘金热的财富，全都垂吊在红杉树上，等待着被采摘。

因此，沉浸在斯坦福泡泡中的那一刻，博文和蒙西斯也许可以被原谅，因为他们没能完全弄清自己创造的东西所具有的分量。设计学院的天花板上有一根横拉的电线，上面挂着一幅巨大的黑白标语，写着：凡事皆无错。没有胜利。没有失败。只有创造。

把硅谷及其周围地区称作湾区的反烟草运动，并没有很好地抓住这个地方的灵魂和这件事的重要性。② 对烟草业的一种深深的、本能的鄙视，已经烙进了它的DNA里，如同半导体、《全球概览》（*Whole Earth Catalog*）和拉姆·达斯③。扎根于旧金山的反烟草运动肇始于1960年代，并在其后延续三十多年，先是乱糟糟，后来却声势浩大。④ 这个由草根活动人士组成的网络，先是以"反吸烟污染组织"（GASP）的名称开展活动，后来更名为"加州人争取不吸烟者权利组织"，很早就已煽动把吸烟这个话题拔高到与时下最热门的问题相提并论。反吸烟活动人士庆祝了一系列胜利，包括伯克利1977年通

---

① 关于如何设计你的生活，参见 Steven Kurutz, "Want to Find Fulfillment at Last? Think Like a Designer," *The New York Times*, September 17, 2016; and Ainsley Harris, "Stanford's Most Popular Class Isn't Computer Science—It's Something Much More Important," *Fast Company*, March 26, 2015。
② 关于硅谷的主要影响，参见 Adam Fisher, *Valley of Genius: The Uncensored History of Silicon Valley, as Told by the Hackers, Founders, and Freaks Who Made It Boom* (New York: Twelve, 2018); also see Walter Isaacson, *The Innovators: How a Group of Hackers, Geniuses, and Geeks Created the Digital Revolution* (New York: Simon & Schuster, 2014)。
③ 20世纪60年代哈佛大学心理学教授，后为追求人生真义，赴印度灵修数十年，著有《活在当下》一书。——译者
④ 关于加州反烟草斗争史，参见 Stanton A. Glantz and Edith D. Balbach, *Tobacco War: Inside the California Battles* (Berkeley: University of California Press, 2000); also see Sarah Milov, *The Cigarette: A Political History* (Cambridge, MA: Harvard University Press, 2019). There was widespread coverage of Berkeley's smoking ban, including "No-Smoking Ordinance Approved," *Berkeley Gazette*, April 27, 1977, and "Tough Anti-Smoking Ordinance," *Napa Valley Register*, April 28, 1977。

过了一部反吸烟法令，之后在 80 年代和 90 年代又针对烟草业开展了一系列激烈斗争，结果是出台了多部更加严苛的法律，以限制公共场合和工作场所的吸烟行为。

巧的是，最著名的反吸烟人士之一、加州大学旧金山分校医学助理教授史丹顿·格兰茨突然拿到了一部名为《西部之死》的盗版纪录片，随即引发了一场风暴。① 这部拍摄于 1976 年的电影，把对菲利普·莫里斯公司高管们否认吸烟致命的采访与西部地区一群看起来像万宝路男的终身吸烟并患上肺病的牛仔剪辑在一起。牛仔们或在牧场上骑着马——其中一人的马鞍上挂着氧气罐——或围坐在火炉边谈论着即将死于吸烟有关的疾病，这样的场景以前从没有人见过。

但是，仅在英国播放了一次之后，菲利普·莫里斯公司就将电影制作人告上了法庭，并获得了胜诉，另一方保证该纪录片永远不会再播放。五年之后，也就是在 1981 年，格兰茨私底下获得了这部争议性影片的一份拷贝，并将一份母盘藏匿在加州大学旧金山分校图书馆，以防落到菲利普·莫里斯公司那些咄咄逼人的律师手里。最终，格兰茨向世人公布了《西部之死》，全国各地的电视台和学校都进行了播放。

十年才过去没多久，格兰茨和加州大学旧金山分校图书馆再次成为关注的焦点，1994 年 5 月 12 日这天，格兰茨在他位于加州大学旧金山分校的办公室收到一个盒子，里面装有数千页烟草公司的内部文件，很多都标着"机密"字样，寄件人是一个自称"巴茨先生"（取

---

① 该片可在加州大学旧金山分校的工业文献图书馆（UCSF Industry Documents Library）完整观看，见 https://www.industrydocuments.ucsf.edu/tobacco/docs/#id=kgcd0111。美国全国广播公司（NBC）1983 年制作的关于该片的节目，见 https://industrydocuments.tumblr.com/post/156048184716/anything-can-be-considered-harmful-applesauce-is。有关该片的全面描述，参见 Hochschild, "Shoot-Out in Marlboro Country"; for further details by the filmmaker of *Death in the West* see Peter Taylor, *Smoke Ring: The Politics of Tobacco*; Kluger, *Ashes to Ashes*。此外还有烟草档案中的几个文件可帮助了解，文件编号 2501188108、2501188095、2501188122、2501007620、2024978801、2501007949。

自《杜恩斯伯里》系列漫画中的角色）的匿名人士。① 就在格兰茨翻阅这批密件的过程中，他发现文件的日期涵盖了自 1950 年以来的几十年时间。这批文件出自烟草公司布朗 & 威廉姆森公司及其跨国母公司英美烟草集团，其中包含公司内部备忘录和文档，详细说明了法律策略、科学研究、公关计划等。这些文件加在一起，说明这个行业数十年来一直知道（并竭力掩盖）吸烟的致命后果和尼古丁的成瘾性，以及各大公司是如何对其产品进行设计以使尼古丁的成瘾性变成资本。

大约在同一时间，国会议员亨利·瓦克斯曼（Henry Waxman）的办公室和《纽约时报》记者菲利普·希尔茨（Henry Hilts）也收到了同一套文件，后者 5 天前在一篇名为《烟草公司对危害避而不谈》的文章中报道了这些文件的内容。FDA 局长戴维·凯斯勒最近已开始对烟草业展开调查，也在加紧寻找这样的文件。

知道自己屁股下坐着一枚炸弹之后，格兰茨愤怒地开始复印这批文件，并为确保安全而将它们存进了加州大学旧金山分校图书馆的档案室。这批文件引起了轰动，图书馆位于学校横跨六个街区的帕纳苏斯高地校园内的一幢大楼里，校园与金门大桥公园和旧金山植物园毗邻，络绎不绝的来访者让档案保管员应接不暇。

为拿回这批文件，布朗 & 威廉姆森公司的律师将这所大学告上法庭，声称它们属于被盗材料。烟草律师们非常恼怒，还要求加州大学旧金山分校的图书馆员交出接触过这些材料的人的姓名。但学校支持格兰茨，声称该校有权将这批材料公之于众，并如愿以偿。

格兰茨当时并不知道，但巴茨先生的文件只是加州大学旧金山分校图书馆新藏品的开始。他与图书馆员们一道将布朗 & 威廉姆森公司的原始文件扫描并刻成光盘。随着互联网的到来，他们开始将这些

---

① 关于布朗 & 威廉姆森公司文件的来龙去脉，参见 Stanton A. Glantz, John Slade, Lisa A. Bero, et al., *The Cigarette Papers*（Berkeley: University of California Press, 1996）。

材料上传到一个在线数据库，随着烟草公司和解协议和其他诉讼案的文件越来越多，数据库的规模不断增长。2001年，格兰茨获得来自美国遗产基金会（创立这家烟草预防实体的资金，来自1998年达成的总和解协议）的1 500万美元赠款，以加快建烟草文件永久数字档案的进程。这笔来自遗产基金会的资金，还资助了加州大学旧金山分校烟草控制研究与教育中心的创建，格兰茨曾长时间担任该中心负责人。最终，加州大学旧金山分校的档案达到了1 400多万份，总共超过9 000万页。

加州大学旧金山分校很早就有一所声誉卓著的医学院和一所教学研究型医院。现在，随着烟草业的劣迹暴露出来，该校医学院已经成为全世界最大的烟草公司内部文件库之一。对从事控烟工作的研究人员、律师和其他任何希望对烟草巨头最隐秘的勾当有所了解的公众来说，这是一处重要的必访资源。"对烟草而言，它们相当于人类基因组。"格兰茨曾在谈到这批文件时如此说。[1]

不时有人前往他在加州大学旧金山分校的办公室，或者参观存放巴茨先生原始烟草文件的图书馆，格兰茨已经对此习以为常。因此，2006年左右的某一天，当两个来自斯坦福大学的学生拿着一个样子有趣的烟草加热装置前来拜访他时，他也没有太过惊讶。两个年轻人告诉格兰茨，他们十分敬仰他所做的事，还说在他们想出那个即将彻底改变吸烟行为的点子的过程中，那些档案是多么有用。格兰茨和他们聊得很高兴，并对他们的点子表示赞同，是的，它似乎十分有趣。不难想象，由于没有燃烧，它可能比抽烟安全。不过，他也告诉他们必须对一件事特别谨慎："这几乎可以肯定会对孩子很有吸引力。"他说。

---

[1] "人类基因组"之说引自Stephanie Irvine, "Tobacco Documents to Be Placed on the Web," *Nature Medicine* 7, no. 4（April 2001）: 391; and "American Legacy Foundation's $15 Million Gift Creates Permanent Home for Tobacco Industry Documents at UCSF," University of California, San Francisco, press release, January 30, 2001。

过去一年里,博文和蒙西斯一直在捣鼓他们那个烟草加热装置的原型机。现在,进入 2006 年,他们在多帕奇区找到了一处办公场地,这里是旧金山最奋发勤勉的街区之一,巨大的仓库、船坞和工厂曾经矗立在一片片野茴香地和野狗成群的田里,大量生产着过去某个时代赖以生产的产品,如火药、绳子、船只等。过去十年间,技术财富的流入渐渐改变了多帕奇区,让参差不齐的衰败地带蜕变成一个光鲜却又不算太漂亮、年轻人爱打卡拍照晒上网(Instagrammable)的乌托邦。这里刚建好一条轻轨线,将多帕奇区和这座城市的其他部分连接了起来,加快了一切的流动过程。贫民区或锈迹斑斑的船坞的玻璃窗非但没有贬损于它,反而吸引来了一群艺术家、制造者、怀揣钞票的梦想家,他们开起了卖洞穴陈化(Cave-aged)格鲁耶尔干酪的奶酪店,卖屠夫手工切割的短肋排的肉铺,还有将皮革和木头定制成一双双价值 300 美元的木屐的精品店。

博文和蒙西斯来到了这里的中心区域。斯坦福大学的一个朋友和"阁楼"伙伴把那栋庞大的美国工业中心大楼里的一张桌子送给了他们,大楼原是一座大得吓人的旧工厂,曾经生产铁皮罐,早已被改成了 WeWork 风格的联合办公空间,入驻了工作坊、办公室和商铺。他们就在这间俯瞰海湾的临时性办公室里忙活起来,为自己的最新想法绘制效果图,起草商业计划书。他们不在办公室的话,就正在敲风险投资人的门,试图加入那些人的游戏。没有投资人的支持,硅谷的初创企业就什么也不是。随着他们一轮轮的走访,两位创始人变得越来越精明。但在硅谷,根本不缺精明。

"这可不像走进了埃隆所在的房间,而像是走进去发现里面有个托马斯·爱迪生和巴兹·埃尔德里奇(Buzz Aldridge),你不禁汗毛倒竖说了句'天啊',"早些时候被他们找上门的一位投资人说,"他们好像找到了一条赚钱的路子。那个阶段的公司嘛,你最多只能说这个计划不算失心疯。"

他们的计划不是发神经,但也不是立刻人见人爱。尽管他们身上那股子斯坦福人的真情实意本该成为沙丘路上屡试不爽的破冰器，但投资人并未对他们奇思妙想出的香烟感到兴奋。流淌在文化里的崇尚健康的特征基本上是极度冷淡的。不少投资机构早就放弃了跟烟草有关的公司，仿佛它们身上带着地雷、种族隔离和酒精。

几十家风险投资机构和天使投资人对普鲁姆表示拒绝。博文和蒙西斯很快就明白，要在诞生反烟草运动的同一片土地上兜售烟草制品，无异于自投罗网。

拉尔夫·埃森巴赫（Ralph Eschenbach）从一个朋友的朋友那里听到博文和蒙西斯的事情后，产生了好奇心。这位久经风霜的风险投资人一直待在硅谷，他先是在1970年从斯坦福大学获得了电气工程硕士学位，随后进入位于帕洛阿尔托的惠普实验室工作，在惠普，他用军用卫星技术绘制出了加州高速公路图后，发明了第一个商用全球卫星定位系统接收器。[1] 在成功地协助开办多家导航技术初创公司后，他加入了沙丘天使公司（Sand Hill Angels），这是一个由高净值人群和硅谷天使投资人组成的团队，因向芯片制造商、生命科学公司和IT公司提供种子基金而名声大噪。自那之后，这群人分头成立了多家公司，更广泛地从事"颠覆性、可扩展技术"方面的生意。

埃森巴赫一生没沾过烟。实际上，他讨厌香烟。他母亲吸烟，死于肺癌。他第一次听说普鲁姆时，立马就对这个点子产生了兴趣，认为这可能是一种全新的方式，能够在不产生致癌副作用的条件下得到香烟的好处。于是，在2007年初，在帕洛阿尔托一个阳光明媚的平常日子里，他和他的几个合伙人一起来到当地一家律师事务所的会议室听这场游说活动。

---

[1] 关于埃森巴赫早年对GPS的研究，参见Kai P. Yiu, Richard Crawford, and Ralph Eschenbach, "A Low Cost GPS Receiver for Land Navigation," *Navigation*, *Journal of the Institute of Navigation* 29, no. 3 (Fall 1982): 204–20。

博文和蒙西斯在房间的前面摆好了笔记本电脑，打开了一套他们精心准备的幻灯片。这样的事情，他们已经做过几十次了，都是白忙一场，但这一次他们感觉很好。埃森巴赫满头白发，脸上皱纹深陷，一副老练的派头暗示着他就像一棵老树，身上拥有硅谷的所有学问。他似乎听明白了。到此时为止，博文和蒙西斯已经做过无数次报告，早已为他们自己、他们的公司和他们的产品精心打磨出了一个有说服力的故事。

无可否认，他们的故事引人入胜。他们一边切换着投在大屏幕上的幻灯片，一边解释说自己并不是一家传统的烟草公司。实际上，他们跟大家一样痛恨烟草业巨头。他们的产品普鲁姆对这个行业是个威胁，要是他们的公司能起步，他们就能与那个长久以来逍遥法外的行业针锋相对。他们解释说，从公共卫生的角度而言，这是个巨大的机会，但因为这个行业整个都在受人指责，以致没有哪个好心又足够聪明的局外人愿意抓住这个机会。他们再三说明，抽烟是全世界的头号可预防死因，就跟避孕套、安全带和安全气囊一样，存在着拯救生命的潜在公共卫生解决方案。此外，整个可触达市场（TAM，硅谷的核心术语）的规模大得令人难以置信。如果他们能够说服全世界10亿烟民中的一小部分人使用他们的产品，他们就能躺在钱上睡觉，同时拯救无数生命。他们带来了几个普鲁姆的原型机，交给天使投资人传阅。它还没有完成，不算完美，但基本概念就是那样。

埃森巴赫被打动了。两个来自斯坦福大学的毕业生看起来精明又专业，他们很明显做过了研究。虽然他们并没有为他们的产品比香烟更安全的说法提供太多的科学根据，但如果只是凭直觉，似乎很明显，既然大多数燃烧型产品都是致癌的，那么如果不燃烧了，也就没了致癌物质。并非所有的同事都立即认可这一点——有人甚至对于投身烟草业感到局促不安。但埃森巴赫个人觉得，其中潜在的健康优势比任何不利因素都重要。一如投资界的多数做法，往往既基于本能也基于数据，埃森巴赫有种直觉。普鲁姆可能有戏。

博文与蒙西斯已经从家人和朋友那里凑了一些资金，但并不够。他们至少要找到 50 万美元。埃森巴赫说，沙丘天使公司只能投一部分钱，不过他们草拟了一份条款清单，可以据此继续寻找其他投资人。

碰巧，就在跟沙丘天使公司的人会面后不久，他们真就又找到一个投资人。斯坦福大学一位教授建议博文和蒙西斯在斯坦福大学商学院的电子邮件群发系统里发一封邮件。学生和校友利用这个平台获取创业建议或进行筹资活动是很平常的事情。于是，他们写了邮件，简要说明自己正在尝试用一种新的非燃烧式烟草产品来结束死亡和疾病。各种回应不时传回。但其中一封看起来尤其有希望。此人不是斯坦福商学院的校友，但他收到了转发给他的信息。他名叫里亚兹·瓦拉尼（Riaz Valani）。

瓦拉尼是个风险投资人，在旧金山成立了一家名为全球资产资本（Global Asset Capital）的投资公司，他不是硅谷圈子里的支柱，名声也没有马克·安德烈森或约翰·杜尔那么响亮。大家对他的反应往往是"里亚兹是谁？"。这个矮小健壮、一头黑发、带有印度口音的男人，总以一种大家陌生的架势出现在硅谷的边缘场合。他来到这里，既不是通过斯坦福大学，也没有工程学学位在手。瓦拉尼的职业生涯始于 1990 年代纽约那个乱哄哄的投资银行界，供职于美国最古老的经纪公司之一、后来垮掉的格兰托尔公司（Gruntal & Co）。[①] 最终，美国证券交易委员会和联邦检察官先后盯上了格兰托尔内部的一个涉及虚假账户和盗窃客户资金的挪用款项计划，该公司的一名高管因此锒铛入狱。"格兰托尔对那些'不太讲规矩'、该去蹲班房的人而言是片绿洲，"2003 年 3 月《财富》杂志的一篇文章写道，"格兰托尔

[①] See "Gruntal Agrees to Fraud Fine as U. S. Indicts Former Official," by David J. Morrow, *The New York Times*, April 10, 1996.

就是个错位玩具岛①。"②

那是瓦拉尼大学毕业后的第一批工作之一。作为一个小型资产证券化团队的一员,瓦拉尼结识了一个同事,后者正在处理一桩事关大卫·鲍伊的异乎寻常但前景不错的交易。③ 1990 年代,鲍伊急需额外的现金流,通过各种机缘巧合,他在大卫·普尔曼(David Pullman)这个喜欢夸夸其谈、穿着懒汉鞋的格兰托尔公司银行家帮助下找到了。普尔曼发行了 5 500 万美元的债券,由鲍伊的音乐目录中未来的出版及版权版税提供担保,当他炮制这笔交易时瓦拉尼一直都冲在最前面。交易完成之前,就在格兰托尔即将沉船之际,普尔曼弃它而去,带着瓦拉尼跳槽到了另一家投资机构法内斯托克公司(Fahnestock & Co)。④ 在那里,两位银行家完成了"鲍伊债券"的交易,成就了华尔街的一段传奇。

兜里有些钱之后,还想在职业生涯有一番作为的瓦拉尼去了西部。他相信,鲍伊债券这样的交易有机会在硅谷,尤其是那里的软件公司复制,他认为它们也有类似于版权费和许可费的资金流,可以证券化。他还瞄上了主要的联盟大赛赛场。"巨人队和 49 人队没有理由不采用资产担保债券(asset-backed bonds)为体育场馆融资。"瓦拉尼在 1997 年时对《旧金山观察家报》(*San Francisco Examiner*)说。第二年,他成了旧金山的全球资产资本有限公司普通合伙人,并为重

---

① Island of Misfit Toys,出自一本儿童读物,所有奇怪的、不被接受的玩具都会被流放到该岛,但岛上的玩具都自认非常特别。——译者
② See "The Shabby Side Of The Street:The collapse of a 122-year-old brokerage firm opens a window on Wall Street's unseemly ways," by Richard Behar, *Fortune* magazine, March 3, 2003.
③ See "Smart Bonds:David Bowie's brokers set their sights on Silicon Valley's intellectual property," by Anastasia Hendrix, *The San Francisco Examiner*, March 25, 1997; also see "Rock Royalties," by Debora Vrana, *Los Angeles Times*, June 3, 1997.
④ See "Monsters of Rock Bonds Clashing Over Who Dreamed Up Bowie Deal," by Aaron Elstein, *The American Banker*, August 6, 1997.

金属团队"铁娘子"完成了一笔证券化债券交易。① 接着,他拓宽思路,将目光投向了技术产业,瞄准了新兴的 MP3 音乐文件领域,与他一起的是为微软 Windows 做出一款革命性的音频播放器应用程序 Sonique 的开发者。②

Sonique 这单交易最终为瓦拉尼带来了可观的收益,但同时也让他与该应用的开发者和其他相关人员产生了嫌隙。经由一位投资人朋友的介绍,瓦拉尼认识了索尼克公司(Sonique)的两位创始人,并在完成对该公司的投资后对它进行了志在必得的控制。他自称联合创始人,尽管他除了开支票外,什么也没有做过。直到公司取得成功,并在 1999 年与莱科斯(Lycos)签署了一笔 7 000 万美元的交易文件后,其创始人和其他人方才意识到,他们的股份已经被稀释,而瓦拉尼、瓦拉尼的一帮朋友和投资工具却股票大涨——跟电影《社交网络》中的场景一模一样。这让参与交易的很多人感到被算计了,后悔自己当初没把交易条文看得更仔细一些。"我们上当了。"交易文件签署之后没多久,其中一个创始人这样告诉同事。

几年后,在 1990 年代的互联网泡沫破灭时,索尼克公司早已不复存在,莱科斯也已支离破碎,但瓦拉尼毫发未损。当硅谷的财富被一卷而空时,瓦拉尼却通过一笔笔投资保持着快速发展。2003 年,他的公司经过苦战,终于夺得法国娱乐集团维旺迪环球公司风险投资部门的控制权。③ 他投资过格菲希(GoFish)公司——这是一个数字视频聚合器和广告平台,以"专为互联网生产的"内容为特色,比如《美国梦幻之约》(*America's Dream Date*)和《偷拍名人》(*Hidden*

---

① See the press release, "GEC Strikes Gold in Heavy Metal: $30MM Securitization of Record Masters and Copyrights for Sanctuary Group's Iron Maiden," February 9, 1999.
② See "Hooked on Sonique: How two college dropouts from Montana made the world's coolest MP3 player," by Eric Hellweg, *Spin* magazine, November 1999.
③ See the press release, "Global Asset Capital Finalizes Agreement To Take Over Viventures Partners," July 16, 2003.

Celebrity Webcam）等。① 他投资过一个针对"6岁以下儿童的家长"制作"广告游戏"的公司。

到2007年春季，第一轮融资终于结束，这让博文和蒙西斯感到心花怒放和如释重负。瓦拉尼投入了他们所需的种子资金的剩余部分，大约40万美元，这足够让他们开始干活儿了。

风投资金打入账户后，"普鲁姆二人组"改进了他们在那座旧铁皮罐工厂的驻地，并最终找到一处空地，裸露的房梁、高达30英尺的天花板让现场有了一种戏剧氛围。与他们共用这个空间的另外几个斯坦福大学毕业生中，有个名为约翰·佩罗奇诺（John Pelochino）的机械工程师，正在用他的产品欧拉（Ola）——被描述为"智能愉悦产品"——改进震动器。整个地方洋溢着原始的真实感和毅力。它体现了旧金山未来派、网络朋克资本主义。这边的人在把火焰变成蒸汽，旁边的人在捣鼓性高潮。蒙西斯很早就打趣说，他正在创造"烟草的反乌托邦未来"。② 他没有意识到这话会有多准。

他们在一名猎头的帮助下，雇了他们的第一个员工——红牛的营销经理库尔特·松德雷格（Kurt Sonderegger）。在松德雷格接到电话前，他从未想过要为烟草公司工作。但这激起了他极大的好奇心，于是他接受了。

他觉得博文和蒙西斯清楚而富有感情地表达了自己产品的前景，尽管他们不过有了点种子资金和几套设计出的原型机。他的条件是博文和蒙西斯同意在他的聘用合同中写入一个"火人节条款"，允许他每年前往内华达沙漠参加狂欢节。松德雷格辞去了红牛的工作，去巴

---

① See the press release, "GoFish Names New President," February 26, 2007; also see, "Online Reality Show Comes to Life with America's Dream Date," July 3, 2006; and "GoFish and Icebox to Launch Made-for-Internet Program Featuring New and Exclusive Episodes of Hidden Celebrity Webcam," May 14, 2007.
② See "Pax Labs: Origins with James Monsees," by Gabriel Montoya, Social Underground.

厘岛来了个短暂的冲浪之旅后,便在 2007 年 9 月初去多帕奇区报到了。

他到办公室那天,才待了几分钟,博文和蒙西斯就让他坐上一辆面包车,跟他们一起前往家得宝公司。他们需要买一些门板,用来改装成办公桌。松德雷格被惊到了——这可真是一家初创公司。

不仅没有办公桌,普鲁姆尚处于原型机阶段,大家甚至没有为它想出一个 Logo 来。松德雷格在头几天帮着充实品牌的理念,以及人类与它互动的方式。他们提出了很多问题,比如:"正在使用普鲁姆的人如何与酒吧里的人互动?"松德雷格忙于这些基本的东西时,博文和蒙西斯正在如火如荼地捣鼓原型机,并将其交到使用者手中,以便他们能很快开始迭代和打磨设计方案。

尽管博文和蒙西斯都吸烟,但他们仍旧在尽可能多地学习烟草知识。烟草就像好酒——可以有不同的调配方式和风土①。博文尤其迷恋烟草混合的艺术和科学。他遍访顶级烟叶店,并买回不同品种的烟叶——弗吉尼亚烟叶、肯塔基烟叶、伯莱烟叶、烟斗烟叶、雪茄烟叶等。他们甚至向烟叶供应商发出请求,想要些样品,以为自己也许会收到一小袋产品。结果,第一个样品送达时,居然是个大箱子,看起来像是装着一大捆烟叶。当他们划开箱子时,切细的烟丝飘得到处都是。

博文会把这些烟丝混起来放在厨房用的大号金属碗里,并浸泡进不同的香精——桃子味、咖啡味、薄荷味——这些他已经提前从不同的香料公司买回来了。他要做出不同浓度和口味的测试批次,从 1 到 10 编起号来,供大家品尝打分。烟草蒸汽弥漫在整个作坊里,既有祖父的烟斗味,也有甜甜的香水味。

2007 年 12 月,瓦拉尼把这个研制普鲁姆的小型团队请到了他位

---

① terroir,法语词,多用于葡萄酒,在英语里很难找到一个确切的对应词。它包含了烟草受自然影响的方方面面,通俗地说是烟草借以在香气和口味中反映地理来源的特征现象,其中涵盖了气候、阳光、地形、土壤和水分供给。——译者

于旧金山市中心的顶层豪华公寓里参加一个假日聚会,并建议他们趁此机会测试一下普鲁姆。当他们到达他的公寓时,他把他们领到一个角落,那里放着一张小桌子,算是大家的"品尝台"。整个晚上,瓦拉尼请来的客人——包括来自格菲希和索尼克的生意伙伴——都在试用那个烟草装置,瓦拉尼则不断吹捧这件产品背后的神童。对于博文和蒙西斯,瓦拉尼有一种说不清的本能的信赖,并从一开始就乐于为他那笔小额投资背后的两个人造势。瓦拉尼打理博文和蒙西斯的初创企业的架势,活像一只母鸟呵护着鸟蛋。他当时并不知道,自己身上有着法贝热①的品质。

瓦拉尼的支持和帮助,带给博文和蒙西斯勇往直前所需的动力。他把博文和蒙西斯的使命听进了心里,相信这是一家能够改变世界、拯救生命的公司。于是有了一种志同道合的感觉,他们可以团结起来对付一个共同的敌人:烟草巨头。"这就是为什么这件事如此激动人心,"普鲁姆的一位早期员工说,"我们是好人。"

---

① Fabergé,17世纪该家族因受宗教迫害从法国逃亡俄国,后在圣彼得堡创立著名珠宝品牌,以制作帝国彩蛋闻名,罗曼诺夫王朝覆灭后,其家产被没收,重新在法国开办公司。——译者

第三章　香烟制造商的两难

> 世界在前进，一家满足于已有成绩的公司很快就会被甩在后面。
>
> ——乔治·伊斯曼，伊斯曼柯达公司创始人

"这是个什么鬼东西？"2004年的一天，菲利普·莫里斯公司的一位高管一边随手将一块金属扔到办公桌边，一边这样问道。在里士满的那间办公室里，他身边的其他人一脸茫然。

关于这个尼古丁分配装置的传闻已经闹腾了好几个星期。那年5月，一名员工分发了一篇来自中国政府主办的《科技日报》的文章，讲的是一种不锈钢"香烟"，它不燃烧烟叶，而是依靠锂电池对一种含有尼古丁的液体进行加热和汽化。该设备被称为"如烟雾化电子烟"。"如烟"，意思是"像烟"，研发者是一个名叫韩力的中国药剂师和草药研究者，"文革"期间十几岁的他被送到一个烟草农场后开始吸烟，后来极度希望戒烟。[①]

韩力买了个加湿器，将液体尼古丁倒进去后，用一根吸管吸入它产生的蒸汽。大约20分钟后，他意识到自己要干点什么。他带着这东西来到位于沈阳的金龙药业的实验室，尽自己的最大能力完善尼古丁的配方。他找到一个车间，用一块电池、一段加热丝和石英纤维组装了一个简陋的装置。最终，在韩力的设备于2000年代初上市时，有了外形各不相同的几款，有的像烟斗，有的像香烟，取名为"天使之爱""子爵"等，还配了不同尼古丁浓度和口味（如茉莉花茶）

的药筒。②

　　菲利普·莫里斯公司的研发团队开始想方设法要搞到一套这样的设备。③ 长期以来，菲利普·莫里斯公司和其他厉害的烟草公司一样，都习惯于打听市面上的新发明、收集情报并对竞争对手的产品进行测试。④ 目的在于收集秘密，并确定是否要开张支票出来将某样东西从市场上清除掉。因此，当研发部门听说中国人的这款新发明已经在北京的商店售罄时，便迫不及待地想搞到手并拆开看个究竟。

　　截至6月底，身在美国的这个团队已经购买到5套，于是，"新产品攻关团队"开始测试如烟。到了9月，针对该产品的操作分析已经完成，把它拆成了一个个部件，并对从流量传感器到电路板、雾化器再到使用者吸吮时发光的LED头等所有物件进行了评估。

　　然而，不出几个月，尽管这件来自中国的设备已经正式经过公司

---

① 关于韩力的材料、作者访谈以及各种文字新闻报道，包括由Sarah Boseley所写，参见"Hon Lik Invented the E-Cigarette to Quit Smoking—But Now He's a Dual User," *The Guardian*, June 9, 2015; and Kaleigh Rogers, "We Asked the Inventor of the E-Cigarette What He Thinks About Vape Regulations," Vice, July 18, 2016。
② 关于"天使之爱"等产品，参见文件编号3005249798、3005249791。
③ 关于菲利普·莫里斯公司在北京采购该设备一事，参见以下电子邮件："Simulated Smoke Atomization Electronic Cigarette/Ruyan Atomizing Nicotine Inhaler," dated June 2, 2004, document number 3012410731; and email titled "FW: Fax Regarding Electronic Cigarette-Like Device," dated June 7, 2004; and email titled "Cigarette-like Electronic Device," dated June 9, 2004, document number 3005249776。关于菲利普·莫里斯公司的内部分析，参见以下电子邮件："Operational Analysis of SBT Ruyan Atomizing Nicotine Inhaler" see document number 3014801382; and also see "New Product Focus Team Test Plan & Status Report for Beijing Saybolt Ruyan Technologies Product," document number 3116215720, and "FTIR Analysis of Electronic Cigarette-Like Device from China," document number 3005250988。
④ 关于早期调研以及韦克厄姆（Wakeham）向董事会做的有关"武器系统"（weapons system）"和"干冰（dry ice）"烟草的介绍，见文件编号1000276219；这几个代号的例子出自布朗&威廉姆森公司高管，文件编号2046817009；另见1960年发给韦克厄姆的备忘录，文件编号1001801050。关于"猫肺（cat lungs）"，见文件编号1003115883、1003115691；关于"吸烟的狒狒（smoking baboons）"，见文件编号1000151979、1002646842-A、1000020934、1000268489；关于"切开气管的比格犬（tracheostomized beagles）"，见文件编号1003120238；另见Proctor, *Golden Holocaust*。

的测试，并在位于里士满的各间办公室里传看，但公司还是失去了兴趣，忙起了别的事情。几个内部团队都专注于开发自己的产品，这件东西从未引发它们过多的好奇心。菲利普·莫里斯公司的多位高管甚至对它不屑一顾。

"没人会买这个，"菲利普·莫里斯公司的一位高管说，"里面没有烟草。"

跟其他几乎所有的烟草公司一样，菲利普·莫里斯公司始终在致力于对香烟的各个方面加以改进，并开发新产品。此举始于1970年代，目的主要是为了应对吸烟者和公共卫生领域对吸烟危害的日渐增加的忧虑。不过，各大公司仍旧持否定态度，所以，早期的研究开展得比较隐秘，要么在美国烟草公司窗户紧闭的内部实验室里，要么在布鲁塞尔、科隆、纳沙泰尔等偏远地区的秘密研究中心。这些研究项目以代号相称，如利博拉、征服者、吉卜赛、真相等。为了开展研究，科学家们拎着装有猫肺的罐子跑来跑去。他们切开比格犬的气管，让狗不由自主地吸入香烟烟雾。他们训练狒狒吸烟。这些研究一再证实吸烟具有致癌性和成瘾性。然而证据越多，烟草公司就越是大声否认。同时也越是热情地捣鼓，想开发一款能最大程度地减少或消除固有危害的2.0版香烟。

到1980年代时，菲利普·莫里斯公司的科学家已经开始捣鼓未来时代的香烟———一种由金属线圈、小型闪光灯灯泡和宝丽来相机中的电池组成的电动香烟；一款外形模仿松下微型录音机的设备，特点是一个用柔软的烟丝卷成的微型"磁带"，可以在设备内部转动、加热和抽吸。[1] 一

---

[1] 关于宝丽来相机和闪光灯设备，参见如"New Cigarette Technology," dated 1984, document number 2001115502, and 2022210511；关于"Ambrosia"，见文件"Ambrosia: Abstract," dated September 1990 at document 2021557414；关于"supercritical extraction"，见文件编号 2024272906；另见公司一位分析化学家的陈述，他解释了不同的技术，见文件编号 3990077745；有关"Case"的图纸和信息，参见"Design and Performance Evaluation of GIZMO1 Smoking Device," dated March 14, 1995, at document number 2050811248；also see "Beta Update," dated September 17, 1993, at document number 2051805420。

种叫做安布罗希亚（Ambrosia）的香烟散发出香草味，对日渐反感二手烟的不吸烟者具有安抚作用。该公司甚至借鉴其麦斯威尔牌咖啡生产脱因咖啡时所用的超临界萃取工艺，试图制作一种不含尼古丁的香烟。

1987 年，雷诺公司宣布将很快推出一款"革命性"的无烟香烟——在一根铝制圆筒里装入涂有尼古丁和甘油的绿色微珠，再在末端堵上炭嘴，点燃后的炭嘴会加热微珠并产生蒸汽。① 这款名为"普瑞米尔"的产品投放到市场进行试销，广告宣传中称其为"更清洁的烟雾"。然而，尽管研发投入高达 3.25 亿美元，普瑞米尔还是以失败收场。《门口的野蛮人》（*Barbarians at the Gate*）一书可谓是华尔街所经历的艰难而混乱的杠杆式收购时代的编年史，雷诺纳贝斯克公司就是那时被吞并的，该书作者描述说，这款产品的早期用户说它闻起来像大便。还有人说它味道怪怪的，有点像覆盆子，还有点球鞋味儿。

尽管普瑞米尔失败了，雷诺公司还是率先推出了一种全新的香烟，这无异于丢出了一枚炸弹。香烟行业本就激烈竞争，这意味着菲利普·莫里斯公司突然面临危机，它只好加班加点地用自己的减害产品来应对。菲利普·莫里斯公司 1990 年代初的一份名为《未来的产品》（*Products of the Future*）的内部白皮书中描述了它当时的心情："普瑞米尔可能永远地改变了香烟行业。"②

---

① 有大量关于普瑞米尔香烟的文献，包括雷诺公司于 1988 年编写的专论"New Cigarette Prototypes That Heat Instead of Burn Tobacco," dated 1988；关于普瑞米尔的有趣内幕，参见 Bryan Burrough and John Helyar, *Barbarians at the Gate: The Fall of RJR Nabisco* (New York: Harper & Row, 1990)；关于减害烟草产品的综合分析，参见 Institute of Medicine Committee to Assess the Science Base for Tobacco Harm Reduction, *Clearing the Smoke: Assessing the Science Base for Tobacco Harm Reduction*, ed. K. Stratton, P. Shetty, R. Wallace, and S. Bondurant (Washington, DC: National Academies Press, 2001)。
② 关于 1992 年的这个白皮书，见文件编号 2046741012；该文件中还有对于 10 亿美元市场的评估。

整个1990年代，日渐明显的一点是，烟草公司再也不能指望依靠那棵阴燃的摇钱树，哪怕它已经旱涝保收地滋养了这个行业几十年。尽管烟草业竭力掩盖吸烟有害的事实，但公共卫生领域已有越来越多的证据证明吸烟是多么致命。此外，菲利普·莫里斯公司还担心制药业带来的竞争加剧，后者已经开始用尼古丁口香糖和尼古丁贴片之类的戒烟产品打入香烟市场，并在1990年代形成了10亿美元以上的产业规模。而更麻烦的是一系列药品级的尼古丁吸入器正在申请专利，据公司的一份内部备忘录显示，它们"可能会演变成香烟的替代品，而不是戒烟装置"。①

在普瑞米尔宣布上市之后，菲利普·莫里斯公司几乎立马开始仓促推出一种与之竞争的减害产品，尽管它对推出一款有可能吞噬自己利润丰厚的香烟市场的产品显得非常谨慎。② 该公司早在博文和蒙西斯之前就知道，燃烧是问题所在。他们加大了对统称为"希腊语"（The Geeks）的产品——名称分别是贝塔（β）、德尔塔（δ）和西格玛（Σ）——的研发力度。每一种技术都采用不同的热源，如炭或氮化铁，并用石墨等新材料包裹可被加热的烟草微珠。他们加快了飞跃项目（Project Leap）的工作（因为可能会带来"范式上的飞跃"），这款尼古丁雾化器的设计思路是经由一个叫做"毛细管气溶胶发生器"的吸入器以一种细水雾的形式释放"理想的烟雾"。③

---

① 参见1992年的一份内部报告，题为 Situational Analysis，见文件编号2050890432。
② 关于"希腊语"的内部讨论，见文件编号2020156856、2020135802；更全面的报告，参见 Delta/Sigma/Beta Status，1990年2月15日，见文件编号2020129040；另见董事会报告，题为"Beta Board Speech"，1990年6月27日，见文件编号2026229350。关于各种技术的高级概述，参见1996年的一份报告，题为 Alternative Smoking Devices and New Products，见文件编号2079071197；另见1992年开始的"五年研发规划项目"，文件编号2057718975，其中详细说明了"戒烟者是我们产品销售下降的主要原因"。
③ 关于"理想的烟雾"，参见内部备忘录"1994 CASE Activity Annual Report, Summary Version"，1995年5月9日，文件编号2051989653；另见"Problem: How Do We Get to Ideal Smoke?"1993，文件编号2021507610。关于"毛细管气溶胶发生器"的更多信息，见文件编号2078755855，关于这个技术如何成为"范式上的飞跃"，见文件编号2079072086。

开发那款被称作贝塔的电加热香烟,同时继续研究雾化过程,成了菲利普·莫里斯公司投入最大热情的两条平行路线。尤其是贝塔,早期遇到了一些障碍。菲利普·莫里斯是一家植根于烟草种植农业的公司,对新兴的半导体产业和电池微型化技术几乎一无所知。而且,由于贝塔需要用到特殊材料,如电池技术、传感器、电子器件、微型电路等,这些东西大多在亚洲生产,它不得不拼凑出一个由不熟悉的生产商和承包商组成的网络,其中一些人开始重新考虑自己的工作跟烟草产品挂钩后的公开报价。

由于公司内部半拉子技术比比皆是,没个关注的重点,高管们逐渐失去了耐心,因为每个部门似乎都在为一组还没显示出商业前景的技术砸钱。诀窍在于制造出某种东西,让吸烟者真的觉得味道不错,并能以一种被认为是"令人满意的"方式——这是业界最重要的流行语——向他们提供尼古丁。但是,没有人能就它到底是什么样子达成共识。该公司确实对人类的感官开展过诸多高深的研究,包括研究三叉神经,它早已被证明与香烟的感官满足有关。他们将尼古丁滴到人的舌头上,并测量其反应。他们将镀金电极连接到人的头皮上,以监测人体对不同尼古丁含量的香烟的反应。[1] 在如何推进以及公司是否在把钱投进无底洞等问题上,菲利普·莫里斯公司的科学家存在不同意见。

"我们今天听到的那些东西让我好奇,我们究竟在干什么?"菲利普·莫里斯公司的一名产品研发副总裁在 1990 年关于感官研究的一次内部研讨会上说,"我们应该把受体分开处理,将电极插入细胞,观察神经元中的发光点吗?那离人们边吸着烟边说'我喜欢这玩意儿'还远得很。你们是在跟我说,针对受体端下的那些功夫对

---

[1] 参见内部文件 *Psychophysical and Electrophysiological Studies of Nicotine and Related Trigeminal Stimulants* at document number 3102906523;关于接到(比如)头皮的电极,见文件编号 2025988646。

在斯托克顿大街的角落里抽烟的某个人会有用吗？"①

大约在 1995 年，该公司成立了一个小组来审查自己的非传统烟草产品。② 史蒂文·帕里什受命协助领导这个取名为"办公桌项目"（是的，就是取自办公桌）小组，组员来自菲利普·莫里斯公司的各个部门，包括营销、法律、行为研究和产品研发等。

帕里什领导的这个小组深入研究了烟草的历史，并将其作为决定公司下一步最佳战略举措的机制。③ 他们查阅了有关吸烟行为和习惯的文献。他们阅读了《吸烟赛神仙》（*Cigarettes Are Sublime*），这本书既是在否定对吸烟日渐增长的文化性蔑视，也是"一首写给香烟的颂歌和挽歌"——它吸引过包括尼采、康德、伊拉斯谟和比才在内的众多思想家。他们还讨论了在菲利普·莫里斯公司内部设立一个单独的臭鼬工厂④的必要性，它将摈弃公司那套僵化的等级制度，转而奉行"灵活、创造和创新"。这个内设的初创公司将仿照"硅谷"的"计算机行业"，同时（也许是不祥地）以"伊斯曼柯达这样的产业公司"为蓝本，因为后者"已经按照其组织方式和经营方式做出了重大改变"。

最终，"办公桌项目"的成员用一份报告描述了自己的发现。这份报告列举了数十项被认为是竞争产品的专利和各类"尼古丁输送设备"，包括其他品牌的香烟、雪茄、烟斗、鼻烟、尼古丁口香糖和尼古丁贴片，甚至还有一种注射型尼古丁。

这份报告可能并没有引起波澜，只有一件事除外。就在他们为卷烟技术的下一个进展做出设想时，FDA 时任局长戴维·凯斯勒开始

---

① 关于研讨会上的内部讨论，见文件编号 2023148612。
② 关于这份报告（*Table*），见文件编号 2021113522；另见对该报告的实时报道 Alix Freedman, "Philip Morris Memo Likens Nicotine to Cocaine," *The Wall Street Journal*, December 8, 1995。
③ Richard Klein, *Cigarettes Are Sublime* (Durham, NC: Duke University Press, 1993).
④ Skunk Works, 最初指洛克希德·马丁公司的高级开发项目，以承担秘密研究计划为主。——译者

了对烟草行业的调查行动。事情就是那么巧,他的主要调查方向就是证明香烟制造商人为地操纵了香烟中的尼古丁含量,以达到向人体输送的最佳水平,从而提升和维持成瘾性。如果这一点属实,那香烟不就成了一种纯粹的药物输送设备了吗?而如果它是药物输送设备,那FDA为什么不监管它呢?

来自"办公桌项目"的报告多多少少引起了哗然,主要是因为其中一句话在当时等于惊人地承认了一个事实:"吸烟的原因因人而异。但主要原因是尼古丁被送进了他们的体内。"这份报告如此写道,还说尼古丁与包括可卡因在内的其他有机化学物质一样。突然间,菲利普·莫里斯公司在其实验室里构想的所有新型香烟,似乎都成了凯斯勒正在寻找的确切证据,为的是证明该公司实际上是一家销售尼古丁输送装置的制药公司。

1997年,菲利普·莫里斯公司悄悄地发布了一款商业版的加热式烟草产品——艾可德,但只在里士满几家零售店出售,并在日本以绿洲(Oasis)之名进行了试销。[1] 该公司投入巨资研发的这款产品是一种全新的吸烟方式。使用者不必点燃香烟,而是将一根特制的艾可德香烟的一部分插入一个跟小型手机差不多大的"打火机"中,再将它拿到嘴边吸。每吸一次都会激活电池,接着,电池对烟草进行渐进式加热而不是让其燃烧,因此没有烟灰,烟味也小,而且从理论上说,产生的有害物质也少。由于销量不好且对消费者缺乏吸引力,艾可德最终退出了市场。

与此同时,飞跃(Leap)雾化装置的研发很大程度上被束之高阁,尽管它已经申请了专利,公司内部对它的研究仍在持续。就在菲利普·莫里斯公司如此接近于撼动烟草市场之际,公司的创新工作很

---

[1] 关于艾可德,参见如 Judann Pollack, "Philip Morris Tries Smokeless Accord: Tobacco Marketer, Cautious About Brand, Doing 'Consumer Research,'" *Ad Age*, October 27, 1997; and Glenn Collins, "Analysts Mixed on Philip Morris's Smoking System," *The New York Times*, October 24, 1997。

大程度上却偃旗息鼓了。它要跟上硅谷时代风潮的所有宏大抱负都被那个时刻来自总检察长、吹哨人、诉讼和 FDA 的重压所吞没。随着世纪尾声的到来，菲利普·莫里斯公司的宏大抱负也迎来了曙光。

2000 年 3 月 21 日，美国最高法院做出一项震惊世人的裁决，这让烟草公司有理由怀有希望。在 FDA 诉布朗 & 威廉姆森一案中，法庭推翻了 FDA1996 年的规定，该规定宣布烟草产品为药品和药物输送设备，因而归 FDA 管辖。法官们以 5 比 4 的结果做出裁决，认为国会从未授权 FDA 对"常规性销售的"烟草产品实施监管，因此判定该部门对管辖权的主张属越权行为。

作为对大多数人的交代，桑德拉·戴伊·奥康纳承认该案涉及"我国目前面临的最棘手的公共卫生问题之一"。但她写道，由于 FDA 的授权本质上只允许销售被认为安全有效的产品，因此该机构将被迫将香烟清除出市场，"法庭认为这一结果明显违背了国会的意图"。奥康纳写道，考虑到烟草的危害性人所共知，"不可能证明蓄意使用是安全的"。"无可争辩的结论是，在［该机构］监管格局中，烟草制品没有立锥之地。如果它不能安全地用于任何治疗目的，但又不能被禁用，那么它就无处容身。"奥康纳写道。

对烟草公司而言，法庭的判决是一次令人瞩目的胜利，尽管只是暂时的。判决出来的那一天，烟草公司一片狂欢，菲利普·莫里斯公司发表了一份声明对此表示了赞扬，说它幸免于"步禁酒令后尘"。①然而，法庭此举等于给国会开了门，使其可以建立一个全新的烟草监管格局一劳永逸地解决"烟草问题"。球传到了国会手中。

做出该判决的时候，正好赶上围绕香烟产生新思维，它无关烟雾和燃烧所产生的健康风险，而是事关香烟存在的理由：尼古丁。尽管

---

① 关于该公司的回应，包括对最高法院的裁决做出的"禁酒令"评论，见"Philip Morris Responds to FDA Decision by Supreme Court," press release, March 21, 2000.

香烟的真相已经进入公共视野40多年,但抽烟现象仍然长期存在,这让健康倡导者不得不面对一个令人不安的事实,即尼古丁的魔咒对美国具有强大的控制力,不能轻易等闲视之。这一认识引发了一种不断加剧的担忧,即随着香烟变成一个如此有争议的问题,主要集中在青少年吸烟的祸害上,成年吸烟者已经被妖魔化,而要独自羞愧地应对这种致命的成瘾行为。前外科医生库普是1988年指出尼古丁成瘾的那份重要报告的作者,他在《华盛顿邮报》发表专栏文章《别忘了吸烟者》(*Don't Forget the Smokers*),鼓励制定监管方案,以允许FDA"将烟草预防措施与确保吸烟成瘾者能得到有效治疗的努力结合起来",包括尼古丁替代疗法,如贴片或口香糖。①

然后,在2001年,美国国家科学院医学研究所发布了一份备受期待的报告,这份由FDA委托撰写的报告,标志着美国顶级公共卫生专家对尼古丁的思考发生了深刻改变。② 该研究所近年来认可了一种已经流传了超过10年的概念,它根植于这样一种思想,即有些公共卫生问题不是通过根除不健康行为,而是通过减轻它所造成的危害来解决,比如鼓励静脉注射吸毒者进行安全的针头交换和漂白剂分发,以减少艾滋病的传染。类似理念能应用到烟草流行上吗?

这个问题的讨论很热烈。在公共卫生领域,有人认为彻底戒绝香烟或至多使用受FDA严格监管的短期戒断产品,如尼古丁贴片和尼古丁口香糖,这符合公众的利益。他们辩称,默许烟草公司推出的一大堆新产品根本不是一个值得追求的目标,哪怕它们可能号称比传统香烟安全。包括烟草业人士在内的其他人则认为,如果存在危害性较低的尼古丁产品,而监管机构和政策专家却不积极让公众获得,那就是他们的失职,哪怕它们的相对危害性没有降到零。

---

① See Koop's op-ed, "Don't Forget the Smokers," *The Washington Post*, March 8, 1998.
② 该报告谈到了干净的尼古丁:Institute of Medicine, *Ending the Tobacco Problem: A Blueprint for the Nation*, ed. Richard J. Bonnie, Kathleen Stratton, and Robert B. Wallace (Washington, DC: The National Academies Press, 2007)。

2001年，一个专家组在一份名为《明辨烟雾：评估烟草减害的科学基础》的报告中，试图找到一个中间地带。"减害是可行且合理的公共卫生政策，"这个由全国吸烟相关健康问题和尼古丁依赖方面顶尖专家组成的小组写道，"但前提是要认真执行。"该专家组警告说，这种产品可能对青少年有吸引力，并可能加深前吸烟者的尼古丁成瘾。此外，他们还认为，尚无足够的研究对新型产品的健康或安全性得出明确结论。不过，该专家组呼吁立法机关制定一个框架，供FDA评估这种能让吸烟者以危害较小的方式修复尼古丁造成的问题的所谓"潜在的减少接触产品"的安全性和功效。

但是突然间，就在烟草战争之后，围绕尼古丁及其社会角色出现了一场新的全国性对话。尼古丁研究领域沸腾了。包括FDA高层官员在内的健康专家开始谈论用"干净的"，而非香烟这种"肮脏的"途径来解决尼古丁问题。[①] 越来越多的人接受了一种思想，即想要戒烟的吸烟者不必完全戒掉尼古丁。他们认为，一如喝咖啡或喝啤酒的人，有些人就喜欢自己的生活里有尼古丁，而且作为成年人，他们有权这么做。

这种突然转向的对话对烟草公司本身具有深远影响。多年来，它们第一次没有面临死路。相反，就像看起来那样神奇，它们很可能会重获新生。是的，政府以这样或那样的方式实施监管已成定局。但到目前为止，菲利普·莫里斯公司已经宣布过，作为其向社会"看齐"的具体举措的一部分，它将支持FDA的监管，而不再处处阻挠。这不只是一种善意之举。在帕里什的授意之下，菲利普·莫里斯公司巧妙地定位了自己，这样一来，它不再跟政府的监管部门对着干，而是要跟它们合作，共同推敲国会必然会制定的各项法案的有关细节，不管那可能是在多么遥远的将来。

---

① 参见，如Mitch Zeller 2000年1月在印度新德里举行的"Global Tobacco Control Law: Towards a WHO Framework Convention on Tobacco Control"大会上发表的精彩演讲，题为"Regulation of Tobacco Products"，文件编号2081371694。

该公司很早就已经接受 FDA 对其监管的想法，只要 FDA 将香烟作为一种复杂的产品来对待，即不管它的致命性如何，成年吸烟者仍可以弄到以便继续合法使用。更重要的是，菲利普·莫里斯公司正在推动制定监管政策，它将为决定"减害"烟草制品的构成要素而建立标准。此举将使商业环境更具有可预测性，这样，其工程师才能重新投入减害产品的研发工作，而不会被人视作毒害人的公司。

像幽灵一样，菲利普·莫里斯公司开始变身。人们不再谈论 FDA 可能会如何让烟草公司停业，谈话的内容像变戏法一样变成了烟草公司可能会如何协助解决最初由他们自己造成的问题。

2005 年 4 月，菲利普·莫里斯公司时任运营与技术部总裁约翰·R."杰克"·尼尔森与弗吉尼亚州时任州长马克·沃纳并肩站在里士满市中心的一块土地边上。① 两年前，奥驰亚将菲利普·莫里斯公司美国总部搬到了这座历史悠久的烟草小镇的南边。现在，这家香烟公司正在一个日渐到来的后香烟的世界里为自己的未来做准备。

尼尔森是个仪表堂堂的绅士，一头白发。作为菲利普·莫里斯公司一名精明的烟草商人和忠诚的得力干将，有些东西让尼尔森耿耿于怀。他于 1979 年在北伊利诺伊大学取得了经济史博士学位，本可以轻松成为学界精英。然而，他选择投身烟草行业，并自 1982 年起一直效力于菲利普·莫里斯公司，时间长到足以亲眼见证公司艰难地爬出欺诈的深渊，又历经一个充满未兑现的承诺的痛苦时代，再因为公司陷入诉讼而走进了闷热的律师办公室提供锥心刺骨的证词。

尼尔森多年来初心不改，随着级别的晋升，在公共与企业事务中应对香烟税、吸烟限制、广告禁令等方面的工作，甚至在"办公桌项目"上与帕里什并肩工作。最终，他当上了运营与技术部总裁，掌管 8 000 多名雇员，并与公司的研发计划密切合作。那一天，他正

---

① 关于尼尔森的生平，参见一份法庭证词，文件编号 3990014745。

是因为这个角色而出现在了里士满市中心的那个地方,也就是两年之后菲利普·莫里斯集团美国公司的研发中心所在地,那座 45 万平方英尺的大楼最终将花费 3.5 亿美元,是它几十年来耗资最大的项目。它将聘用 500 名科学家、研究人员和工程师,其中很多人有博士学位,他们来自世界各地,精通从纳米技术到植物基因组学的各个领域。

"创新将引领我们走向未来。"尼尔森在纪念仪式上说。① 在菲利普·莫里斯公司的每一天,未来都变得越来越重要。这仅仅因为美国最高法院和不断转变风向的对话给了公司免死金牌,并不意味着公众会觉得它们的产品更值得尊敬。截至 2005 年,美国的香烟销量已降至 3 520 亿支以下,比 1998 年减少近 25%。② 每一年,该公司都要提高香烟价格,以抵消它因为遵守烟草和解协议而支付给各州的费用。这造成更多的当下或未来消费者因价格而却步。

"过去十年间,"尼尔森继续说道,"菲利普·莫里斯集团美国公司将大量资源用于科学研究、新品开发和商业化方面,这可能有助于解决吸烟产生的危害。该中心是向这方面努力的又一步。"

这是个有些庄严或许又自相矛盾的时刻:在依然存在烟草农场、熟化室和烟叶贸易公司的弗吉尼亚州中心地带,有一家香烟公司要在那里研发可以消灭香烟的产品。尽管如此,代表这种重生意图的物理表现是即将倾泻而下的混凝土,很快就要竖起的钢架,以及注定要重塑里士满市中心空间的那栋大楼。

按照菲利普·莫里斯公司的设想,该中心不仅要有嗡嗡作响的研

---

① See John Reid Blackwell, "A Step Toward Better Products? Philip Morris Facility Part of Effort to Develop Less-Harmful Tobacco," *Richmond Times-Dispatch*, April 6, 2005; also see The Associated Press, "Center to Focus on Reducing Harm Caused by Cigarettes," April 6, 2005; Anna Wilde Mathews and Vanessa O'Connell, "Philip Morris Gears Up for FDA Regulation," *The Wall Street Journal*, June 21, 2007; and Matthew Philips, "The $300 Million Lab," *Richmond Times-Dispatch*, April 6, 2005.
② See the annual *Federal Trade Commission Cigarette Report* that contains total domestic cigarette unit sales dating back to 1963.

究实验室，还要包含一个灵感孵化器，烟草业最优秀最聪明的人可以在此一边喝咖啡，一边构想出新的香烟概念，或者在"创新长廊"，也就是一片既有图书馆也有"网咖"的区域内就新的烟草调配进行头脑风暴。① 据董事会的报告显示，该研发中心可能致力于开发更先进的香烟过滤嘴。或者制作出放在一种叫做口含烟②的小袋子里的更香的烟草。他们可能会从最新测序的烟草基因组中取得减害产品方面的突破。

长期以来，菲利普·莫里斯公司一直自许为创新者，尤其是因为它通过创新的方式登上了香烟市场的顶层，并在那里待了超过一代人的时间。它在1950年代推出的翻盖式烟盒，的确是那个时代的一场产品设计革命。公司发明了"万宝路男人"。如果这不算创新，那它算什么呢？但是归结起来，自工业革命以来，香烟的基本原理并没有发生太大改变，而且公司的大多数创新成果——如果它们可以以此归类的话——一直集中在市场推广和包装技术方面，而不是改变这一行业的核心要素。

全公司上下都清楚地感受到了这样做的压力。"要成为创造力与创新的引擎，"该公司的研究与技术部门负责人理查德·索拉纳在2004年6月的一次为廓清促进创新能力所需的步骤而举行的规划会议的演讲稿中写道，"未来会是什么呢？"③

索拉纳的部门当时刚刚明确提出了一项新的任务，即设计出的各款产品要"给成年人带去愉悦的万宝路吸烟体验，而健康风险要显著低于传统香烟"。2004年，一位同事勾勒了一连串的"产品愿景"。④

---

① 关于"创新长廊"（Innovation Alley），见文件编号 3034259161。
② snus，也称唇烟、湿鼻烟，样子像立顿茶包，但小很多，使用者可将这样的小袋放在上唇与齿龈之间 30 分钟，无需吐渣。口味包括薄荷、水果、蜂蜜等。——译者
③ See the "Research and Technology Planning Meeting," dated June 16, 2004, document number 3009165388.
④ See the report titled *Health Sciences Research（HSR）: Role, Structure, Direction*, dated October 15, 2004, at document number 3008375432; and also a report, *Research and Technology, Proposed Plan*, from July 14, 2004, at document number 3009737276.

它是一个系列,一端是较为健康的"美味"香烟,中间是能提供类似于香烟抽吸体验的新型烟草产品,另一端是非烟草产品,它的外形和味道均不像香烟,但仍能给吸烟者提供尼古丁那样的满意度。上述三个类型所包含的想法应有尽有,甚至包括一种"虚拟香烟"的研发,也就是把它连上一个虚拟现实(VR)耳机,让使用者"抽吸"一个装有"抽吸探测器"和"香味筒",可在"交互式计算机生成场景"中使用的设备。

在头脑风暴中形成的一些点子,就像是一家以烟草为主题的威利·旺卡巧克力工厂①的产物。比如:一种"药丸,在嘴里部分溶化,并释放出可口味道——一旦吞下,其余部分将在胃里溶化,并给人一种吃过饭的感觉";"烟草味爆米花";"带玫瑰花香或香草味等奇异芳香,并能掩盖烟叶燃烧气味的香烟";"用于气溶胶输送装置的烟叶提取物,消费者可以在烟具中装入烟弹或其他……含有'白兰地、玛格丽特鸡尾酒、白俄罗斯鸡尾酒、巧克力、甘草精、糖块、法国白兰地'等特定香味的东西来提升感官体验。②消费者可根据心情或意愿选择特定的烟弹","绿烟茶","把啤酒和尼古丁混起来怎么样?"。

2005年,菲利普·莫里斯公司的高管们被派到宾夕法尼亚大学沃顿商学院,参加量身定制的为期一周的"战略创新"课程的学习,其内容丰富,涵盖了从理念产生到项目选择再到商业化的方方面面。③同一年,菲利普·莫里斯公司成立了企业创新委员会,它旨在汇集公司的各种资源,筹集资金帮助最有前景的技术得见天日。该委员会由顶级高管组成,其中包括菲利普·莫里斯集团美国公司时任首席执行官、早年曾担任宝洁公司高管的迈克尔·希曼奇克。

---

① Willy Wonka factory,源自一部美国经典奇幻电影。——译者
② 关于这些创意,参见一份指向多个类似创意的内部电子数据表,见文件编号 3008372872、3116015004、3009578596。
③ See "Wharton's 'Strategic In-novation' Program Custom Course for PM USA," dated September 2005, document number 3016543922.

希曼奇克的门生霍华德·维拉德参加过数次会议。维拉德最近刚获得了一个新头衔——"企业责任官",其工作以青少年吸烟预防项目为基础,包括了与吸烟有关的各种争议性问题。他还帮忙管过一个新组建的"责任领导小组",它旨在确保公司所追求的机会和产品与公司作为负责任的社会成员的角色相一致。

2004 年,维拉德监管过菲利普·莫里斯公司一个名为 QuitAssist(戒烟助手)的戒烟网站的推出过程。然而,一如菲利普·莫里斯公司制作的备受争议的"想想好,不要抽烟"广告,一些研究成果显示,该网站实际上在阻碍戒烟,因为它让尝试戒烟者暴露在太多"反复提及吸烟以及跟香烟有关的视觉和听觉元素中",以至于他们实际上做出的反应是"对戒烟的信心下降,并且尝试戒烟的可能性降低"。[1]

同一年,维拉德与杜克大学达成协议,向该校医学院提供 1 500 万美元资金,新设一个"尼古丁与吸烟戒断研究中心",由知名尼古丁研究者杰德·罗斯(Jed Rose)领导。[2] 在日益发展的尼古丁替代领域,罗斯已经成为一名备受追捧的专家,同时也是突然被各方高度需求的杰出科学家小圈子中的一员,这些杰出科学家研究的是尼古丁的复杂世界,从这种药物的药代动力学、滥用倾向到经由替代途径(如咀嚼口香糖或经皮吸收的)给药的效力。1980 年代,罗斯与人共同发明了尼古丁贴片。1989 年,他把他在加州大学洛杉矶分校的尼

---

[1] 关于"戒烟助手"项目的研究可参见 Patricia A. McDaniel, E. Anne Lown, and Ruth E. Malone, "'It Doesn't Seem to Make Sense for a Company That Sells Cigarettes to Help Smokers Stop Using Them': A Case Study of Philip Morris's Involvement in Smoking Cessation," *PLoS One* 12, no. 8(August 28, 2017): e0183961。

[2] 关于菲利普·莫里斯公司与杜克大学就尼古丁研究中心达成的协议的其中一例,见文件编号 3007220650;关于菲利普·莫里斯公司在杜克大学资助设立的尼古丁研究中心的更多信息,参见 "Smoke-Out," *Duke Magazine*, September–October 2004; also see Marsha A. Green, "Department Spotlight: Duke Center for Smoking Cessation," *Duke Today*, September 12, 2012; 关于罗斯的背景,参见 Thomas H. Maugh II, "UCLA Pharmacologist Invented Nicotine Patch," *Los Angeles Times*, May 14, 2008。

古丁研究项目转移到杜克大学。自烟草企业家、"美国现代香烟制造业之父"詹姆斯·"巴克"·杜克做出了载入史册的捐赠之举以来,杜克大学就是一所与烟草业有着深厚关系的研究机构。这家由菲利普·莫里斯公司提供资金的杜克大学新中心,旨在依托菲利普·莫里斯公司"帮助决定戒烟的吸烟者更成功地实现戒烟"的各项举措,开展针对成人的戒断研究。

与此同时,菲利普·莫里斯公司苦于不知道该拿早期的"毛细管气溶胶发生器"发明怎么办,该发明可以说是电子香烟的一个成熟前身。① 2000 年,公司就已成立名为"蝶蛹技术"(Chrysalis Technologies)的子公司,以实现尼古丁气溶胶技术的商业化,而不是取名艾瑞亚(Aria)作为医用肺部吸入器。2005 年,蝶蛹将该技术授予一家生物技术公司,后者谋求将该吸入器作为平台,把其专有药品输送到新生儿重症监护室里呼吸受损婴儿的肺部。

菲利普·莫里斯公司正在经受蜕变的痛苦。公司的未来就在眼前。霍华德·维拉德正在帮着重塑这个转型,尽管它步履蹒跚。

菲利普·莫里斯集团美国公司的创新窗口期很短,导致其关闭的原因是母公司的拆分。2007 年 8 月,奥驰亚宣布将菲利普·莫里斯集团国际公司分出来成为一家独立的实体,这成了公司发展史上一直在酝酿的一个标志性时刻。随着烟草公司寻求降低成本、剥离资产和重塑自身,这家成立已经二十多年的全球性食品-啤酒-香烟集团正在分崩离析。就在几个月前,卡夫食品已经拆分成一家独立公司。更早之前,米勒啤酒品牌被卖给一家南非酿酒公司。该公司最近宣布,它

---

① 更多关于毛细管气溶胶发生器在商业化方面的尝试,参见 Vanessa O'Connell, "Rx from Marlboro Man: Device That Delivers Drugs, Not Smoke," *The Wall Street Journal*, October 27, 2005; and Myron Levin, "Philip Morris in Inhaler Deal," *Los Angeles Times*, December 13, 2005。

将关闭位于北卡罗来纳州的一家曾经非常重要的香烟制造厂，理由是需求萎缩以及希望每年节省3.35亿美元成本。①

过去几年间，菲利普·莫里斯集团美国公司与国际公司之间的紧张关系一直在发酵，而各自的战略性长远前景是原因之一。在菲利普·莫里斯集团国际公司所在地瑞士洛桑，高管们已经越来越厌倦不得不处理这家美国分公司令人窒息的法律难题，他们认为这家分公司已经或多或少变得平庸。此次拆分让菲利普·莫里斯集团国际公司摆脱了美国诉讼的桎梏，并可防止其海外市场被拖入泥淖。它还让菲利普·莫里斯集团国际公司产生了逐鹿全球香烟市场的兴趣。在全世界很多地方，尤其在印度尼西亚、中国和巴西等发展中经济体，香烟消费仍处于增长状态。而且，关键是，它摆脱了那些严格的广告限制及和解费用，在一定程度上也摆脱了死硬的对手——反烟草人士。

不过，刚独立的国际公司也做出决定，要走一条跟里士满的公司截然不同的道路。菲利普·莫里斯集团国际公司的高管们深信，尼古丁行业最终必将迎来新一代减害产品，因此将开始看起来不像消费品行业，而更像是制药或医用设备行业。于是，该公司着手专注于一项几乎完全以开发减害、非燃烧式的烟草产品为基础的新战略，以履行其构建"无烟未来"的承诺，哪怕它仍在世界各地大力推广万宝路红标产品。该公司在纳沙泰尔新建了一座耗资1亿美元的研发中心，几乎全用玻璃做成，坐落在波光粼粼的湖泊边，与花园和台地为伍，可欣赏瑞士阿尔卑斯山的风光。这座被称作"方块"（The Cube）的研发中心，看起来更像隶属于一家高科技制药公司，而非一家黑心的卷烟厂，这正是关键所在。②

---

① See Ken Elkins, "Philip Morris to Close Concord Cigarette Plant," *Charlotte Business Journal*, June 26, 2007; and Stella M. Hopkins, "Philip Morris Plant Closing May Signal Spin-Off," *The [Rock Hill, SC] Herald*, June 27, 2007.
② 关于这个"方块"，参见PMI's 2009 annual report。

在菲利普·莫里斯集团国际公司与奥驰亚的资产分配上，新组建的国际公司继承了各种技术的权利。其中包括与艾可德加热香烟装置有关的知识产权，因其多年来在试销市场上销售惨淡，奥驰亚在公司拆分之前就把它撤出了市场。尽管美国的领导层已经判定该产品在美国不会有任何前途，但菲利普·莫里斯集团国际公司还是捡起这一旧技术干了起来。他们在艾可德的基础上，开发出了更好的电池系统，改进了旧的加热而非燃烧技术，最终发布了一款名为艾可斯（IQOS）的加热香烟产品。菲利普·莫里斯集团国际公司还开始研究基于尼古丁气溶胶的非烟草产品。菲利普·莫里斯集团国际公司似乎总在忙着推出面向未来的产品。

与此同时，刚刚独立的奥驰亚任命迈克尔·希曼奇克担任首席执行官。它还宣布，其新总部将搬出里士满，入住菲利普·莫里斯集团美国公司已经使用多年的那栋楼。那是一座历史悠久的建筑，曾是铝业巨头雷诺兹金属公司（Reynolds Metals）的大本营。拆分这事儿发生时，菲利普·莫里斯公司的高管为自己刚获得的自由感到兴高采烈，以至于在办公楼内的草坪上开香槟庆祝。当奥驰亚的总部还在曼哈顿时，里士满总部的很多经理就已经对曼哈顿的主宰者们心存不满。一些高管的态度是"我们终于不必再对奥驰亚低三下四了"，那举动就像他们那些参加了独立战争，从实施殖民统治的国王那里获得了独立的祖先。有的高管甚至（最终徒劳）要求把公司的名字改回菲利普·莫里斯公司。毕竟，既然现在只能靠过去的烟草产品带动公司运营，何必还要继续藏在一个公司的门面后面呢？这种想法造成了傲慢的气氛。"里士满的那帮人，以为地球离了他们就不转了。"一位知情者说。

这种态度是希曼奇克创造的公司文化的功能之一。甚至在拆分之前，菲利普·莫里斯公司就已经时常显得有些僵硬刻板、等级森严、孤立保守。而在希曼奇克的强化控制下，情况愈演愈烈。即便在这位塔尖人物巧妙地率领菲利普·莫里斯公司度过了最黑暗的日子期间，他也在组织内部引起了担心,有人把他比作黑武士维达大人①,能让人坐在椅子上瑟瑟发抖,能在进入房间让全场鸦雀无声。对不知情的人而言,要在会上纠正希曼奇克,或者不按顺序发言,无异于自寻死路。他在里士满总部大楼为行政领导团队预留了前排的停车位,而最好的位置属于他和他那辆法拉利。奥驰亚一位前高管说,停车位策略经过了刻意设计,以形成一种健康的嫉妒心,从而激励低层员工在这个斗得你死我活的公司阶梯上拼命往上爬。

"迈克尔什么事情都管,"另一位知情人说,"每个人都怕得要命。迈克尔会说一些话,听着就像皇帝的新衣那故事——而他们会说:'迈克尔,你说得绝对正确。'"

一位前高管说,在新组建的奥驰亚工作,就像在中央情报局工作。深色镶木板的会议室是高管开会的地方,那里有一面墙是玻璃的。开关一按,帘子就会拉下来,就不会有人看见高管们靠着皮质座椅,围坐在那张巨大的红木会议桌四周。几面隔音墙能防止隔墙有耳,而安保团队——多半是从特勤处或联邦调查局退休的——还会在重要会议举行之前彻底检查这个房间,以防有窃听器。"很有烟草特色,"一位前高管说,"真的极其疑神疑鬼。"

这就形成了一个非常抱团的环境,在此工作几十年,久到经历过所有烟草战争的人们,视彼此为同盟,共同对抗整个世界,再从另一头出去。对外来者,眼里充满怀疑。新员工很少能进入最高管理层。人们公开谈论过这里面的成功秘诀。"你必须是个混蛋,"一位前高管说,"每个人玩的都是马基雅维利那套。"

希曼奇克有他偏爱的人,其中一个很明显是霍华德·维拉德。维拉德之所以干得风生水起,其中一个原因是他渴望讨好希曼奇克。他升得很快,这让他周围的一些人感到十分困惑,他们都不明白究竟是什么品质造就了他的成功。当很多人被问及是什么推动着维拉德在公

---

① Darth Vader,《星球大战》中的反派,黑暗之主。——译者

司里飞黄腾达时，他们回答的那句话都很类似，它似乎已经变成了一种传说：他是"缩小版迈克尔"。维拉德一直勤勉地追随着希曼奇克的脚步，模仿着他的语气和声调，由此得到了这个此后一直跟随着他的绰号。"如果迈克尔说了什么，总是霍华德第一个站出来说：'我们绝对应该采取行动把这事做成。'"奥驰亚一位前高管说。

"霍华德嘛，他就是迈克尔的马仔。"另一名高管说。

刚一接手，希曼奇克就提名维拉德进入他新组建的一个管理团队，并提拔他为战略及业务发展部门执行副总裁，其职责之一是处理公司的并购事宜。当类似交易被视为对公司的未来和生存越来越重要时，处于这个职位的维拉德成为了公司高层的一位大权在握的交易人。

与国际部分道扬镳后，希曼奇克要带领这家人所共知的美国烟草公司走向未来。尽管这家总部位于美国的公司一直在谈论投入数十亿美元搞创新研发，而且位于里士满市中心的那栋大型研发中心近期也已经落成，但它面临一个严峻的事实。虽说几十年来一直在调整和测试，并投入数十亿美元用于"希腊语"、"办公桌"、安布罗希亚、艾可德等项目，以及其他关于香烟和尼古丁的未来主义想象，但基本上，位于里士满的奥驰亚新公司所剩下的创新路径，都是对其已经销售了一个世纪的香烟的毫无想象力的各种变体。

不过，希曼奇克坚信，相比追逐那些属于遥远未来的稀奇古怪的装置、烟草茶或者甘草香型气溶胶等产品，公司追求风险更低的未来才更靠谱。他尤其相信，瑞典式口含烟和微湿的无烟烟草等无烟型烟草产品可能就是公司的战略前进方向。艾可德在美国市场遭遇了销量灾难，与此不同的是，无烟烟草已经在美国市场的多个区域得到广泛接受，包括在南方各地以及职业运动员中。这意味着他们不会历尽千辛万苦地去说服消费者。它是个已知数。与此同时，希曼奇克相信，能够利用斯堪的纳维亚国家几十年来的健康结果为证有一个额外的好处,因为这些证据表明,口含烟的确给人们提供了一个潜在的降低风险的选项——当然,口腔癌除外。这会让公司在复杂的临床试验方面节省宝贵的时间和金钱。更重要的是,这样的战略几乎不需要想象力。

于是,就在其他公司准备向市场推出新产品时,希曼奇克却在老式烟草型产品上加倍投入。高管们开始制定他们所谓的"邻近"战略,它要求将自己的核心烟草业务扩展至更多烟草产品,并把现有品牌资本化,以拓展产品线。2007年11月,奥驰亚斥资29亿美元收购了雪茄制造商约翰·米德尔顿公司(John Middleton Inc.),它是Black & Mild牌雪茄的制造商,出售的"小雪茄"有樱桃味和香草味,不管是不是巧合,它最近很受年轻人的欢迎。它拓宽了万宝路品牌下一种全新的"免吐"烟袋产品——叫做口含烟——的分布范围。

然而,与当时的主流无烟品牌,如斯科尔(Skoal)和哥本哈根(Copenhagen)相比,奥驰亚的新型无烟产品从未获得过有意义的认可。上述两种产品的所有者是无烟产品巨头UST公司,菲利普·莫里斯集团美国公司一直在关注它,并将其视为成熟的收购目标。2006年,其竞争对手雷诺公司斥资35亿美元收购了康伍德(Conwood)公司,这是美国第二大无烟烟草制品生产商,自1980年代以来一直掌握在芝加哥巨富普利兹克(Pritzker)家族的手里。从这一点看,收购甚至有更大的意义。拆分之前,希曼奇克在里士满的手下至少曾在一个场合向纽约的奥驰亚管理层提出过收购UST的想法。他们被拒绝了。什么理由?标价太高了。

但是现在,已经没有人能拖他们的后腿,而且征服的可能一如既往的诱人。希曼奇克已经相当信任维拉德。而维拉德有很多理由想取悦自己的导师。同时,刚被授权操办企业并购这一全新任务的维拉德急于展示自己在这方面的能力。而在一项将会成为公司——以及维德拉——的首选发展模板的决定中,奥驰亚的高管们作出抉择,让从头开始推出新产品并打造品牌的想法见鬼去吧。与其跟这家无烟产品巨头针锋相对,不如部署自己手里最有力的武器:现金。

2008年9月,在与菲利普·莫里斯集团国际公司分家仅仅6个月之后,维拉德就协助达成了一桩当时算得上大手笔的交易。[①] 奥驰亚出资104亿美元收购了UST,此举不仅让该公司获得了优质的湿鼻烟品牌,还拥有了UST旗下的优质葡萄酒品牌,即圣米歇尔酒庄有限公司。

收购UST是奥驰亚自剥离卡夫和菲利普·莫里斯国际公司以来的首次重大交易,投资者密切关注着这家公司,推测着这个没有负担的新实体会有怎样的管理理念。那些质疑该公司是否出价过高的分析人士中不无惊讶之声。"以每股68美元左右的价格计算,奥驰亚支付的费用大约是UST收益的18倍,"《华尔街日报》写道,"这比奥驰亚自己的估值倍数高出50%。也比UST在星期四收盘时的市值高出20亿美元。"

维拉德在承担新任务后的第一笔大买卖正在获得一般性评价,而尽管在奥驰亚签字的时候他可能并不知道,但时机不可能比这更糟。大衰退正在打击美国经济,市场处在崩溃的边缘。UST收购案于2008年9月公布,仅仅一个星期之后,雷曼兄弟申请破产。这桩买卖不只价格惊人,而且没有留下逃生通道或者不可抗力条款。这意味着一旦金融危机来袭,公司将没有退路。

接着,就在该交易宣布仅仅一个月之后,奥驰亚表示,该交易将应债权人的要求推迟。最终,为注资完成交易,奥驰亚被迫以高于平常的利率发行债券,到头来又推高了交易成本。当时公司内部有人感到震惊,奥驰亚竟然做出如此菜鸟的举动,签署了这么个没有为意外留出任何余地的东西。不过,因为高层已经定下调子,几乎没有马后

[①] See "Costs Tangle Bid by Altria Buying UST Would Require Cleaning Out Expense Line to Justify Premium, Price," *The Wall Street Journal*, September 6, 2008; and Mike Barris, "Lenders Advise Altria to Put Off UST Deal," *The Wall Street Journal*, October 3, 2008.

炮的空间。"迈克尔把宝押在了无烟烟草产品上,所以这就是我们要走的路。"奥驰亚另一位前高管说道。

当时还不明显的是,维拉德只是初尝当一个狂热的交易撮合者的滋味。他才刚刚开始。

第四章 寻 找

艺术无处不在。

——安迪·沃霍尔

2009年年中，当博文和蒙西斯坐在位于多帕奇区的工作间，用他们创造烟草产品普鲁姆的经历打动史蒂文·帕里什时，他听得专心致志。作为一个烟草公司高管，帕里什抱着一种出奇的温和且开放的态度。他接到了瓦拉尼的电话，答应走这一趟。在经历了一段漫长而举足轻重的职业生涯后，他最近从菲利普·莫里斯公司退休，并已经开办了自己的公关和危机管理咨询公司。普鲁姆团队想知道帕里什会不会考虑加入他们的公司，担任首席执行官或者顾问。

不难看出，他们为什么需要帕里什。尽管多年来一直在为烟草公司打掩护，但他已然180度大转弯，把自己从美国最受非议的公司之一的招牌人物，变成企业责任的典范。尽管人们表示怀疑，但帕里什似乎真的发自内心地变了。他不再抽烟，他那瘦削的身板表明他有时间把健康放在首位。现在，他更喜欢牛仔裤、T恤衫，脖子上戴根银项链，而不是穿着他通常的那套令人沮丧的西装，戴着形如绞索的领带。经过了这么多年，他似乎已经洗心革面了。

他在奥驰亚的深厚业内经验使他成为了各大公司争抢的英才，因为他可以运用自己在烟草战争中积累下来的时髦用语培训管理团队，比如"向社会看齐"和"允许存在"，并对它们重新包装，供那些想学习商业伦理、董事会战略和企业责任的高管们使用。他趁着在一次备受瞩目的成瘾及药物滥用会议上相邻而坐的机会，公开向他曾经的宿敌——FDA 的戴维·凯斯勒赔罪，希望冰释前嫌。他多次在扶轮社发表演讲，对烟草业多年来的"沉默和不作为"予以谴责。

"你们的最终目的是什么？"帕里什最后向两位创业者提出了问题？"你们是希望把这个发展为生意还是想让你们的技术拿到许可证？"

"我们还不太清楚，"蒙西斯一边抽着普鲁姆，一边回答道，"不过我想告诉你的是，它会撼动整个烟草业。"

最终，帕里什对跟他们一起弄普鲁姆没什么兴趣。"你看，伙计们，"他说道，"我觉得不错，但我已经退休了。"他的日程已经安排得很满，不想再去管任何其他事情。不过，他亲切地拿出自己的名片盒，提供了几个像他这样的、可能考虑加入他们事业的前烟草高管的名字。

博文和蒙西斯背靠着墙。他们一直全身心倾注在普鲁姆上面，但它仍旧只是学校的一个实验之作。[1] 他们又招了几个员工，并开始在中国台湾的一家工厂生产普鲁姆的部分设备，该工厂还生产丁烷卷发棒。蒙西斯一直没日没夜地工作，在旧金山和台湾之间来回奔忙，跟代工厂搞好关系并教授专业知识。他会在台湾忙上一整天，然后回到他那间廉价的汽车旅馆，给加州打通宵电话，这让他的亲朋好友担心不已，怕他一根蜡烛两头烧。与此同时，博文担任公司的首席执行官，努力维持公司的运转。但几个月过去了，该产品仍旧没有准备好发布上市。

作为普鲁姆唯一的也是最大的股东，瓦拉尼开始紧张起来。这家初创公司的资金即将耗尽，而他并不急于下注，尤其是在产品投产之

---

[1] 关于普鲁姆的早期报道，参见如 Daniel Terdiman, "Stanford Grads Hope to Change Smoking Forever: Ploom Aims to Make Smoking More Efficient And Greener. The Company Has a Patent Pending on Their Model One Vaporizer," cnet, May 13, 2010; and "Ploom: A Smarter Way to Smoke?," SmartPlanetCBS, November 5, 2010。

前。他看着两个联合创始人埋头处理基本的日常管理工作。虽然首席执行官博文是位天才工程师，但他并不是个精打细算的账房先生。账簿主要靠手工，向他和董事会汇报的财务数据有时候让人摸不着头脑，让人无法了解公司状况的全貌。

瓦拉尼已经开始非正式地寻找一位外人来担起公司的领导职责，这就是帕里什被召唤到旧金山的原因。但找一个人来领导这家小本经营的初创公司并不容易。一天晚上，身在台湾的蒙西斯接到了瓦拉尼打来的怒气冲冲的电话。博文也在电话线上。据一位得知这通电话内容的人说，瓦拉尼告诉他俩："有些事情必须改改了。"博文和蒙西斯可能有着全世界最纯粹的使命，但瓦拉尼是个目光敏锐的风险投资人，而不是慈善家。

博文和蒙西斯恳求瓦拉尼再给他们一点时间。为找到自己所需的东西，他们天南海北地到处跑，因此不可能现在放手。瓦拉尼最终同意了，但有几个条件。博文和蒙西斯必须调换角色。博文将担任首席技术官，一个更多是对内的角色。蒙西斯将担任首席执行官。不仅如此，作为首席执行官的蒙西斯还要承诺以争取更多的投资者为己任。瓦拉尼不想自己过多地抛头露面。他们达成了一致，而结果证明，"詹姆斯就这样变成了一个更合格的经理和财务人员。"一个熟悉这番安排的人说。

随着瓦拉尼加紧对两个年轻创业者的掌控，他成为了一个高度参与的投资人。他坚持要掌握每天的最新情况——比如新的筹资前景、战略决策、日常事务细节——以确保事情不会偏离轨道。

终于，到2009年春季时，普鲁姆 I 型产品做好了面世的准备。不同于他们最初在斯坦福的那个把一缕缕烟丝裹入纸片后进行雾化的设计方案，I 型产品使用丁烷对装有烟草的类似克里格咖啡机的小型铝质油仓进行加热。压电点火器会启动加热器，对油仓中的碎烟叶进行雾化，烟叶有各种口味，包括热肉桂和天然薄荷味（Rocket）、黑咖啡味、超强薄荷味等。各种闪闪发光、色彩斑斓的油仓被整齐地装在一个时髦的白色盒子里，包装得像是一部苹果手机。为了庆贺，博文和蒙西斯把他们在多帕奇区的办公室弄成了一个聚会地点，邀请一帮朋友来喝啤酒听音乐。他们在一个角落摆了张桌子充当品尝区，好让大家试用这个设备，尝尝不同的口味。

不过，庆祝活动没搞多久。博文和蒙西斯还有事要在限定时间内完成，压力很大。为了履行他跟瓦拉尼达成的协议，蒙西斯成了一台筹资机器。在他忙于产品发布的过程中，他拼命地试图引起投资人的兴趣，给认识的每一个人——斯坦福的、风投界的，甚至完全不沾边的——打电话。这一行为激发了一些心里不太舒服的自我反省。情况几乎立马就很明显，有一大笔资金此刻就待在他们一向视作禁忌的地方：烟草巨头的保险柜里。不管博文和蒙西斯在头脑中如何妖魔化香烟行业，但那就是他们创业故事的基石，他们都意识到，径直走到魔鬼的门口或许会有收获。

克里斯·斯齐林是一位具有良好社会关系的烟草公司高管，最近刚从干了近20年的奥驰亚离开。2009年春，蒙西斯接到小道消息后与他取得了联系。他在菲利普·莫里斯集团国际公司的瑞士办事处工作过，也在里士满工作过，最后一个职位是企业事务发展部主任。他最近接到几个跟烟草行业有业务往来的投资银行家的电话。银行家们告诉他，他们听说旧金山有两个年轻人，正在鼓捣一个新奇的项目，并打算从烟草行业里找一个有财务头脑的人。

斯齐林飞到旧金山，见到了博文、蒙西斯和瓦拉尼。坐在多帕奇区办公室的一张会议桌旁的他深感吃惊，这两个创始人似乎对烟草行业有很深的了解。当他们向他展示普鲁姆时，它那独特的外形和那个时髦的油仓让他耳目一新。事后，他立马给菲利普·莫里斯国际公司的一些老同事打电话，心想他们可能会感兴趣。他们的确如此。

自2007年同菲利普·莫里斯集团美国公司分拆以来，菲利普·莫里斯集团国际公司一直渴望在一个他们认为具有光明前景的市场里淘金。不同于菲利普·莫里斯集团美国公司那帮把减害产品的宝押在无烟烟草上的里士满人,身在瑞士的这帮人正在让公司转型为高端研究公司。很快,洛桑就迎来了一波波重量级人物,有来自制药公司的,比如诺华制药,还有熟知如何开展临床试验和收集安全数据以符合监管条例的专家。所有这一切,都是为了开发一种能取代燃烧型香烟的新产品。

菲利普·莫里斯集团国际公司管理层迫切地要加快其下一代产品的开发,并开始在全球搜寻新兴技术。在 21 世纪第一个十年中后期,他们在洛桑那座令人赞叹的罗达尼运营中心走马灯似的接待了一大批技术人员,其中包括韩力的如烟电子烟的制造商,一种推进剂驱动的室温吸入器公司,以及几年前在杜克大学与菲利普·莫里斯集团美国公司签署研究协议的世界著名尼古丁专家杰德·罗斯。罗斯一直在对一种尼古丁"盐"配方进行开创性研究,该配方有望为不满意当前戒烟产品的吸烟者带去更令人满意的尼古丁。①

2009 年 5 月,博文、瓦拉尼和斯齐林飞往洛桑,在菲利普·莫里斯集团国际公司的办公室会见了两位高管,即"下一代产品"项目总裁西蒙·朗热利耶和研发部高级副总裁道格·迪恩。正如斯齐林料想的那样,菲利普·莫里斯集团国际公司的人似乎很感兴趣。他们喜欢这款产品背后的斯坦福智慧,觉得它的样子像咖啡胶囊,看起来很小巧。但普鲁姆团队的人声称他们的产品某种程度上比香烟更安全,却对这种说法所具有的潜在监管含意一无所知。更重要的是,几个明显的设计缺陷让他们吃了一惊。有一回,菲利普·莫里斯集团国际公司那帮久经沙场、见多识广的管理人员拿着普鲁姆的原型机传看,朗热利耶在试图点火的时候被它的电子点火器吓了一跳。这似乎

---

① 关于罗斯的"盐"技术,参见 "New Smoking Cessation Therapy Proves Promising," Duke University Medical Center, February 27, 2010; and "New Smoking-Cessation Therapy Uses Novel Technology for Delivering Nicotine to the Lungs," *Oncology Times* 32, no. 5 (March 10, 2010): 25。

让人想不通，没有哪个头脑正常的人会把一个装有烧到发烫的丁烷气罐的玩意儿挨近自己的脸，更别说放到双唇之间。

另外，在博文给大家留下了聪明又有趣的印象的同时，菲利普·莫里斯集团国际公司的两位高管不明白瓦拉尼出现在此有何用处。他给人的印象是对这件产品的技术一窍不通，除了谈论金钱，没有任何实质性的东西可以对谈话进行补充。有一回，当这位投资人不合时宜地询问菲利普·莫里斯集团国际公司打算为普鲁姆付出些什么时，朗热利耶突然打断了他。第一次会面就提这个问题，显得非常不恰当。

尽管如此，菲利普·莫里斯集团国际公司并没有明确地拒绝普鲁姆团队。相反，他们签订了一份保密协议，让博文另寄几件设备给研发部进行详细的技术评估。但是，经过三个月的内部审查，菲利普·莫里斯集团国际公司认为该技术根本不是他们想要的，于是婉拒了向该公司投资。

到了这个节骨眼，有人可能会思考，博文和蒙西斯的新方向是否把他们变成了伪君子——或者，他们是否有某种认知失调，才要着手建立一种生意，表面上看是通过打入香烟销售网络来达到摧毁烟草业的目的。但是，这两个人没有丝毫疑虑。若论打败敌人的办法，没什么比用敌人自己的武器来对付敌人更好了。这是一条早就经过实践证明的战争策略。正如孙子所说："知己知彼，百战不殆。"

无论是命运使然，还是纯粹因为时间问题，碰巧有一大批烟草公司高管在这个行业干了大半辈子之后眼看就要退休。有人所要做的就是拿起电话打给他们。

蒙西斯履行着他的诺言——他弄了个令人眼前一亮的名片夹，里面全是答应提供帮助的烟草公司高管，有几个将会有偿担任顾问。为尽早获得法律和监管方面的建议，他们聘请了查尔斯·布里克斯，他曾在雷诺公司工作，是一名好斗的高管，并长期担任其总法律顾问。为帮助自己更好地理解吸烟的科学，他们聘请了克里斯托弗·柯金斯,也是一位从雷诺公司退休的高管,他是全世界最顶尖的吸入毒理学家之一,尤其值得一提的事,他还因为推动了普瑞米尔香烟的开发而受到广泛赞誉。他们请来了布拉德利·英格布莱森,这是雷诺公司一位知名的烟草气溶胶颗粒专家,也在1990年代早期发明过一种尼古丁气溶胶吸入器的初级产品。① 他们很快又拨通了雷诺公司前科学家兼尼古丁盐专家托马斯·普菲蒂的电话。

很多业内人士在接到"斯坦福小子"——他们有时候这么称呼——打来的电话前,实际上已经听说过博文和蒙西斯的名字。烟草公司高管们与间谍没什么不同。他们引以为豪的是自己拥有深厚的人脉,它从位于里士满的公司董事会会议室,到位于纳沙泰尔的研究实验室,再到位于华尔街的各大投资银行,这些银行从烟草公司的合并、收购、拆分和债权资本的高额交易中赚得盆满钵满已经有一代人的时间了。

与此同时,除普鲁姆之外,电池供电的电子烟(e-cigarettes)和加热烟液使之雾化的电子烟(vaping)才刚刚开始成为时尚。即便烟草商店在过去几十年间陆续关门,但电子烟商店开始在全国涌现,街角、报亭和小广告上随处可见。人们开始用自己能找到的一切东西进行蒸发实验,比如烟草和大麻、维生素C和伟哥。各种叫"火山"之类的名字的巨型台式雾化器受到了热烈的追捧。有业余爱好者给自己的设备取名为"改进型"——这种经过改良的雾化器,可调节不同的温度和瓦数。他们干的这些事有着各式各样古怪的名字,比如叫"滴"——用线圈而非罐子对电子烟油进行加热,比如叫"亚欧姆"——控制热度并调节铜线圈,以产生猛烈的大股蒸汽。文了身的和身上穿孔的"追云者"常常相互比拼,看谁能生成最大的蒸汽云,而旁边总有一帮被称作"观云者"的观众为他们欢呼叫好。突

---

① See Ingebrethsen's patent, titled "Aerosol Delivery Article," patent number US5388574A.

然之间，一个新的人类变身的喷火龙似乎正在地球上行走。

独立经营的门店在自己家里或商用厨房里以丙二醇、植物甘油和各种口味（如可乐味、可颂味、土耳其烟草味、橡皮糖味或木槿花味）的香精调成的粗制尼古丁液，勾兑出雾化电子烟的"烟液"或"电子烟油"。雾化电子烟引起了顽固的福音派教徒的注意，他们发誓要借助它的威力一劳永逸地消灭香烟。随着它成为一种自然而然蓬勃发展的亚文化和家庭手工产业，它传遍全国。

不同于大型烟草公司生产的普瑞米尔或艾可德等早期无烟型香烟，消费者正在接受这一最新的创新成果。跟吸烟有关的文化早已发生巨变，人们对烟雾缭绕的香烟越来越反感，以至于到2009年时，烟民们对电子烟这种新型替代物跃跃欲试，它既能体面地满足尼古丁瘾，也能让他们在越来越多的禁止吸味道难闻的香烟的场所抽几口。

随着各种外来电子烟和雾化烟装置在美国逐渐流行开来，韩力的电子烟产品火了起来，山寨公司开始大量仿制，以满足日渐增长的市场需求。中国的电池和微电子技术已经有了惊人的进步，所有组件都已实现微型化，如今可以挤进跟一支香烟差不多大的细长圆柱筒里发挥作用。数百家公司雨后春笋般冒了出来，人们对其中一些的了解不过是网页上的那点信息，以及跟中国某家工厂有点联系。电子烟开始通过船运抵达美国海岸。一轮新的尼古丁淘金热开始了。

突然间，老牌烟草公司的业务面临着一个潜在的外来威胁，它也许是自尼古丁贴片发明以来他们见过的最大威胁。传统烟草公司高层的守旧派开始品评这个新行业，就像歌利亚斜着一只眼睛打量捡石头的大卫。这就需要派代表团到中国调查主要的厂家，与生产商建立关系，并发掘潜在人才。"就跟烟草行业一样乌烟瘴气，"跟烟草公司做过几笔大买卖的一位银行家说道，"每个公司都在争抢技术，找机会插一杠子。"

因此，当博文和蒙西斯打来电话时，很多烟草公司高管在得知这两个胆大的天才小子要跟烟草巨头较劲时，就算没被逗乐，也是好奇心骤起。好像吧，他们中很多人都是这么想的。如果没别的事，他们会接受博文和蒙西斯的邀请，去旧金山走一趟，也许还有点幸灾乐祸，想顺便看看那些喜欢生事的反吸烟人士在与这样的初生牛犊交锋时是怎么摔得鼻青脸肿的。

一些烟草公司高管毫无愧疚地乘着公司的直升机去旧金山见这两个创业者，就算不是为了摆谱或者想离开他们在南方的舒适老巢，至少也是为了看看到底什么情况并调查一下普鲁姆的事。但"杰克"·尼尔森不是这样。

博文和蒙西斯找上门时，尼尔森已被任命为奥驰亚的首席技术官，直接向希曼奇克汇报。烟草公司设置"技术"官员似乎有点奇怪，但刚刚独立的奥驰亚几乎是不顾一切地想要成为创新者，而创新者需要有个首席技术官，以此告诉全世界，这家公司有大思想家应对重大挑战。

当博文和蒙西斯请求与他会面时，这位身材高大、喜欢高谈阔论的高管无意从那座牢牢地矗立在烟草巨头发源地的富丽堂皇的办公大楼中移步。菲利普·莫里斯公司内部从来不缺极富个性的人，而尼尔森就是这样的人。也许没有人比他更相信太阳每天为万宝路升起又落下。要他飞去西部跟普鲁姆团队会面，除非地狱结冰。他的心态是：我是那个拿支票本的人。如果你们这两个小子想要我手里的东西，就该自己屁颠颠地跑上门来。在这一点上，博文和蒙西斯不比谁笨。他们要找的就是支票本。

博文、蒙西斯和瓦拉尼飞到里士满，来到了尼尔森位于该公司那座华丽的新建创新中心的办公室，那里离烟草大道只有几个街区，本是沿着詹姆斯河两岸而建的一个工业区，曾经到处是烟雾弥漫的卷烟厂和散发着香味的烟草仓库，后来改成了高档的跃层公寓和商店，一派中产阶级化的迹象。尼尔森急于展示新的环境——那也是一个信号，不只有硅谷的技术人员会搞创新。

有人已对博文和蒙西斯提前做过简要介绍。尼尔森在菲利普·莫里斯公司是个广受尊敬的老人,有点喜欢虚张声势,给人的感觉是盛气凌人。他专横地指引着公司的创新活动,有些人干脆称他为杰克船长。

当三位访客进入杰克船长的领地时,他与他们握手后的第一个动作是靠在椅子上,晃起了双脚。他解释说,他们此刻是坐在菲利普·莫里斯公司创新活动的大本营。"你们几位在做的事挺有趣的,"他说,"但在菲利普·莫里斯,我们在烟草科学上已经有几十年的经验。如果有人要在这个领域有所创新,那应该是我们。"

博文和蒙西斯都不是那种卑躬屈膝的人,杰克船长的话惹恼了他们。至于双方的较劲过程,一位得知本次会面经过的人做了如此总结:奥驰亚这边,"这些人想让博文和蒙西斯知道,'你们算老几?'"。反过来,博文和蒙西斯这边,"他们的反应是'你们以为你们是老几,我们会把你们当点心吃掉'"。

来自加州的创业者随身带着普鲁姆套装——几个小小的丁烷罐、五颜六色的克里格咖啡胶囊样油仓,以及他们非常珍爱的烟草雾化装置——这是他们在斯坦福大学时做出的,并在此后为之倾注了全部心血。尼尔森不为所动。在烟草公司干了差不多30年的他,已经见识过所有东西——贝塔、西格玛、VR香烟、玫瑰味香烟、柯达闪光灯——博文和蒙西斯那时候甚至都还没有出生。他习惯了听到外人说只有他们独家拥有搞定香烟生意的灵丹妙药。

当博文和蒙西斯讲解说,他们之所以对自己的产品如此充满信心,其中一个原因是他们曾带到加州的一些酒吧和派对上,而大家都会走过来说它很酷,听到这话时,尼尔森几乎翻起了白眼。对一个习惯于闭着眼睛听取大量研究报告和数据的人而言,这种轶闻般的调研似乎并不成熟。女孩子当然会说普鲁姆的好话,尼尔森后来告诉其他人,因为是两个来自斯坦福大学的帅小伙在向她们推销。

此外,更要紧的是,尼尔森觉得普鲁姆做得很差劲。博文和蒙西斯给他看的东西就是个儿童玩具。它几乎不能产生像样的尼古丁击喉感,它倒确实产生了击喉感,但那非常不纯,使用者会立马不由得咳嗽。很显然,这两个人懒得去完善烟气化学的科学。还有,这个玩意一旦用起来,就会变得非常烫手,让人几乎抓不住。他们明显是业余水平。

对于尼尔森和奥驰亚的其他人而言,得出一个相当自信的结论一点也不难——他们不会在普鲁姆上浪费时间。他们的预算比一些小国的 GDP 还要多,而且就在那一刻,他们手上有一批科学家和博士在辛勤工作。博文和蒙西斯不光空手而回,而且感到筋疲力尽。

普鲁姆的首位员工库尔特·松德雷格已经开始拿着 I 型产品在旧金山四处转悠,尽可能让更多的人拿到它。他带着它去了海特街的烟店、酒类商店和高档便利店。他在酒吧安排过试吸活动,用定制的发光托盘摆上两件设备和油仓,这样人们就可以在光线昏暗的夜总会或酒吧里使用。他给酒保留了一些小丁烷罐,可以分给顾客用。

2009 年 9 月,在后来称为"普鲁姆使者"项目的 9 天里,博文和蒙西斯向火人节送出了多个普鲁姆设备,硅谷的初创企业长期以来都用这个内华达州的节日进行产品的贝塔测试,包括特斯拉的原型车、谷歌地图的早期版本等。人们想知道自己的产品将如何抵御黑岩沙漠里的极端条件。

其中一个贝塔测试者在奥庞特神庙(Opulent Temple)建了个营地,一个随着电子舞曲变幻光线喷射火焰的地方,并记下了自己的体验。第一天:"普鲁姆在沙漠里的使用情况很快就弄清楚了。它比我想象的要困难,"其中一条写道,"我犯了个错,来之前没找到合适的盒子装普鲁姆。因此,我只好把它放在衣袋或裤兜里。根本不行。我每次从口袋里取出时,烟嘴都会掉下来。有点烦人。"

第二天:"我正打算跟一个营员一起用普鲁姆。但我很快发现燃料没了,忘了带丁烷。又发现一个不便之处。"

最后,这位贝塔测试者成功地跟火人节伙伴们分享了普鲁姆,它的口味和概念他都很喜欢。但有一点很明显："恶劣的沙漠条件和高强度的营地维护工作跟普鲁姆的体验很不相配。为什么呢？少即是多。用普鲁姆的过程比点根烟费劲得多。组件太多，步骤太多（丁烷、普鲁姆、普鲁姆烟嘴、带滑动托盘的烟油仓、老式油仓、新式油仓）。还是香烟简单……烟盒、香烟、打火机……一嘬，一喷。"

在火人节上试用的砸锅只是应和了从其他地方不断传来的反馈，不仅有来自潜在投资者的，还有来自出售该产品的烟店、酒吧和便利店的。销售情况乏善可陈。那些经常试用这种产品的人，要么说这款设备过于笨重，要么说它给的尼古丁不如香烟，要么这两种情况兼而有之。改进的希望似乎不大。为解决非常棘手的发烫问题，普鲁姆团队给设备贴了个写有"热"字的标签。就连既是销售员又是烟民的松德雷格都在抱怨，说普鲁姆给的尼古丁量不够大。他有时候将两个普鲁姆绑在一起，才能获得他想要的分量，这让蒙西斯大为光火，禁不住狠狠地瞪他一眼。"他觉得那是在暗示他不是个合格的工程师。"松德雷格说。

情况越来越明显，这件产品可能是死路一条。对于创始人而言，这是一颗难以下咽的苦果。他们为做出普鲁姆投入了太多时间，从斯坦福大学那个羽毛飘飞的"阁楼"到这里，以至于很难接受失败的前景。当得到来自零售商的负面反馈意见时，蒙西斯当即驳回，并将责任推给了卖货的人。有一次，松德雷格感到非常沮丧，恳求博文陪他一起去销售，亲眼看看遇到的各种问题。某次在商店，有人被电到了。还有一次，一个人烧伤了嘴唇。博文感到非常难堪。这一趟让他大开眼界。

到那年年底，博文和蒙西斯已经吃够了败仗，并开始意识到可能需要调整方向。他们开始构思一种电池驱动的普鲁姆装置，以换下丁烷。他们还琢磨换上大麻会不会赚更多的钱。随着越来越多的州开始允许大麻用于医疗和消遣目的，越来越多的人想要以更加新颖而洁净的方式去消费他们钟爱的大麻烟或大麻制品。有趣的是，这个想法受到了那些根本不想跟烟草沾边的投资者的欢迎。

2009年秋季,博文和蒙西斯已经能筹到更多的资金。① 这一次,他们获得了近85万美元,一部分来自瓦拉尼和沙丘天使公司,更多的来自风投公司,包括"量子技术"(Quantum Technology)和"美源"(Originate),对普鲁姆估值1 000万美元。资金注入使公司得以继续发展。

任何一个想要拥有最新版苹果手机的人都知道,现代消费技术——乃至整个硅谷的核心——都以设计为基础。从小鸟滑板车到VR眼镜,再到自动驾驶汽车和联网门铃,这些新式玩意的美学高度与其功能不相上下,有时甚至更高。

设计在硅谷被拔高到一种狂热的程度,以至于设计大奖得主乔纳森·伊夫和托尼·法德尔被尊为神的化身。在硅谷,如果一家企业的产品缺少妙不可言的设计或者恰到好处的完形,有朝一日能被送入旧金山现代艺术博物馆展出,那它机会很渺茫。

还有苦果要吞,博文和蒙西斯不得不拿起电话打给了伊夫·贝哈尔(Yves Béhar)。是的,他们上过斯坦福大学设计学院。是的,他们对自己的能力很有信心,但事实是,他俩之前谁都没有做过拳头产品。但旧金山肯定有人做出过。贝哈尔就是其中之一。

这位精力充沛的瑞士设计师长着一头乱蓬蓬的金色鬈发,他凭着那间名为Fuseproject的工作室已经在硅谷留下了难以磨灭的印迹。贝哈尔是旧金山的大腕儿,以其优美时尚的高端设计而闻名,比如赫尔曼-米勒公司的人体工学椅,SodaStream公司的一款瓶子,还有卓棒(Jawbone)的产品等。他被《福布斯》杂志评为"全世界最具影响力的工业设计师"。② 在一场TED演讲中,贝哈尔用富有磁性的瑞士

---

① 关于普鲁姆的筹资和估价的信息,参见PitchBook的数据。
② See Peter High, "Yves Béhar Is The Most Influential Industrial Designer in the World," *Forbes*, August 25, 2014.

口音讲述了他那条朴素的设计原则："拿掉所有技术性的东西"——他笑了笑——"并把它尽量做得漂亮。"他在设计上有过很多不确定的时刻，包括那款价值 400 美元的榨汁机，后来人们发现，花那么多钱买的那件高度工程化的设备，实际上对完成榨汁这项基本任务完全没有必要，它就成为了硅谷自恋的经典之作。① 还有他的公司早期协助设计的艾迪森（Edison）——一款丑闻缠身的血液检测设备，是名誉扫地的斯坦福大学辍学生伊丽莎白·霍姆斯在其创办的瑟兰诺公司（Theranos）发明的。②

但在 2009 年，贝哈尔愿意提供帮助，这才是关键所在。尤其是普鲁姆的创造者希望把他们的烟草设备转变为可雾化大麻的设备。吸引他们的不光是贝哈尔的人气，还有他做出能装入微型电子设备的非凡产品的能力。人们对大麻合法化的认知程度越来越高，这对贝哈尔这样的人来说是一个成熟的时机，此人有办法在半途介入项目时令项目引人注目的、带有环保的或具有社会良知的光环。

截至 2010 年初，也就是完成第二轮融资之后不久，博文和蒙西斯与贝哈尔达成协议，由他帮助设计一款新的大麻雾化器。

正当博文和蒙西斯在努力地让他们的初创企业运转起来的时候，在城市的另一边，另一种初创公司已经在旧金山市中心的诺伊谷社区一家维多利亚时代的老店铺里出现了。它被称为霓虹怪物（Neon Monster）。这家阳光斑驳的商店窗户内侧装饰着样子怪异的填充玩具甜甜圈和一只断脚，带着一种嬉皮士天堂画廊的氛围。金色的木质书架上摆放着《银河战星》（*Battlestar Galactica*）和《美国队长》等老

---

① 关于这款榨汁机（Juicero），参见 Ellen Huet and Olivia Zaleski, "Silicon Valley's $400 Juicer May Be Feeling the Squeeze; Two Investors in Juicero Were Surprised to Learn the Startup's Juice Packs Could Be Squeezed by Hand Without Using Its High-Tech Machine," Bloomberg.com, April 19, 2017。
② 关于瑟兰诺公司一事，参见 John Carreyrou, Bad Blood: Secrets and Lies in a Silicon Valley Startup (New York: Alfred A. Knopf, 2018)。

漫画书，并排放着的还有菲利普·K.迪克的《仿生人会梦见电子羊吗?》等书，以及一摞摞深紫乐队（Deep Purple）和野兽男孩（Beastie Boys）等艺术家的黑胶唱片。不过，这家店的特色是它那些奇形怪状、色彩鲜艳的设计师限量版玩具和稀有杂件，比如乔·莱德贝特（Joe Ledbetter）的糖果消除（Candy Smash）游戏、淘奇多奇[1]的足球和弗兰克·科齐克的老烟枪兔（Smorkin' Labbit）。

"霓虹怪物"的创办者，以及毛绒填充动物玩具的共同制作人，跟博文和蒙西斯没有什么不同，他们也是潮男，希望在旧金山这个创意天地里闯出一条路子。但不同于普鲁姆的创办者，他们的创业资金非常充足。那是因为它的老板，也就是雅各布和艾萨克，是凯悦酒店继承人、亿万富翁尼古拉斯·"尼克"·普利兹克的儿子。

尼克是已故的杰伊·普利兹克的堂亲，后者不仅是凯悦酒店老板，还建立了一个涉及各大领域的实业集团，拥有轨道车、油箱、电缆、起重机、管道以及全球经济支柱中的其他关键产品。[2] 杰伊·普利兹克的财富在几十年间不断增长，使他和他的一帮兄弟姐妹以及之后的多代继承人成为了全世界最富有的家族之一。普利兹克家族也在烟草业的边缘地带积累了财富。1985年，这个家族斥资4亿美元收购了康伍德——一家总部位于孟菲斯的无烟烟草公司，该公司也卖爆米花。

1988年，雷诺纳贝斯克（RJR Nabisco）公司的时任首席执行官F. 罗斯·约翰逊制订了一个计划，以杠杆收购的方式将这家食品-烟草公司收入囊中，结果在华尔街引发了一场激烈的竞购战，招来了多

---

[1] Tokidoki, 灵感来自日本文化的潮流品牌，2007年由意大利艺术家西蒙·来诺等人创建，展现的是一个充满想象力、可爱、快乐且纯真的世界。——译者
[2] 关于普利兹克家族的背景，参见 Jay McCormick, "Financial Wizards Pritzkers Maintain Low Profile," Gannett News Service, February 5, 1989; and Sandra M. Jones, Wailin Wong, and Kristin Samuelson, "Industrialist Robert Pritzker Dies," *Chicago Tribune*, October 29, 2011。

个金融大亨。① 当然，赢家是著名的企业收购高手亨利·克拉维斯和他的科尔伯格-克拉维斯-罗伯茨公司（KKR & Co.）。输家有好几个，其中包括杰伊·普利兹克，他是在华尔街投资银行第一波士顿银行（First Boston）的一位高管说服他在最后一刻出人意料地出价竞标后，才加入了这场战争。2006年，普利兹克家族以35亿美元的价格将其生产咀嚼型烟草的公司康伍德卖给了雷诺美国公司。② 在这笔买卖中赚得盆满钵满的普利兹克家族，随时都在找寻新的、有赚头的投资项目。

尽管普利兹克家族因其与芝加哥和华盛顿的交情而闻名（他们的亲戚J. B. 普利兹克于2018年11月当选为伊利诺伊州第43任州长，佩尼·普利兹克是奥巴马总统的商务部长），尼克和他的家族早就是旧金山的名门望族。③ 他和他的妻子苏珊于2002年组建了非营利性机构里布拉基金会（Libra Foundation），向旧金山的众多进步性事业捐款，其中包括计划生育协会、美国公民自由联盟（ACLU）和药物政策联盟。他们是湾区为数不多的富裕家庭中为加州民主党州长加文·纽瑟姆的崛起提供资金者之一。尼克经由自己名为淘资本（Tao Capital Partners）的旧金山家族办公室，对硅谷最热门的几家初创公司进行过早期投资，如特斯拉、太空探索技术公司（SpaceX）、沃比·帕克④和谷歌的深度思考⑤等。⑥ 为向旧金山的潮人圈表示感谢，

---

① 关于普利兹克竞标雷诺纳贝斯克的详情，参见 Burrough and Helyar, *Barbarians at the Gate*。
② See "Pritzkers to Buy Conwood," *Chicago Tribune*, June 24, 1985; and Sharon C. Forster, "Local Snuff Plant Sale Won't Affect Operations," *Leaf Chronicle* [Clarksville, TN], June 26, 1985.
③ 关于普利兹克家族对加州政治的影响，参见 Seema Mehta, Ryan Menezes, and Maloy Moore, "How Eight Elite San Francisco Families Funded Gavin Newsom's Political Ascent," *Los Angeles Times*, September 7, 2018。
④ Warby Parker, 互联网眼镜品牌的鼻祖。——译者
⑤ DeepMind，谷歌旗下的人工智能开发商。——译者
⑥ 淘资本的投资信息来自 PitchBook。

该公司与黑胶唱片制造商"联合唱片压制公司"做过一笔生意。

普利兹克的另一个儿子约瑟夫,通常被人叫做约比,是加州一带合法大麻圈子里的中坚人物。作为大麻政策项目的董事会成员,他时常去了解该领域的最新技术成果。近年间,他一直忙于一家名为"星彩蓝宝石意识事件"的组织的运营,它每年都在旧金山举办一次"宇宙爱情舞会"。当约比和他父亲听说旧金山一家初创企业正在生产一种新的高端雾化器时,他们心生好奇。而且,老普利兹克的妻子也是个烟民,他自然对博文和蒙西斯打造的那个减害烟草世界感兴趣。

2011年5月,尼克为普鲁姆发起了新一轮300万美元的融资行动,他的公司提名长期担任普利兹克家族顾问的托马斯·戴克斯特拉为普鲁姆董事会的第四名成员,其余三人是博文、蒙西斯和瓦拉尼(普利兹克本人随后也加入其中)。

没过多久,约比和艾萨克就开始带着他们的父亲一起出现在多帕奇区。当他们大步穿过那座老工厂挑高的内部空间时,显得那么悠闲而不起眼。尤其是尼克,他虽然头发花白,但仍然高大且威风凛凛,不时出现的他身上带着一种长辈般的风范,同时还透着精明商人的架势。他就战略思维给出了注意事项和商业建议。有人觉得普利兹克家族的人有点居高临下。"他们觉得这家公司的人就是一帮什么都不懂的小屁孩。"一位前雇员说。

然而,随着普利兹克加入董事会,现场有了一种明显的感觉,就是普鲁姆的办公室里第一次有了个成年人。"大多数人都不知道他是谁,身家有多少个亿,"有人回忆说,"他完全不显山露水。我打量着他,心想'哦,他能带我们挣大钱,我们可能就要成功了。'"

与此同时,另一家烟草企业——日本烟草公司——自身正在经历一场因监管变动、卷烟需求下降、消费者的口味变化而产生的动荡。这家总部位于东京、部分归日本政府所有的公司正在雄心勃勃地实行一种新的增发模式，它包括开发新的产品类型和发掘新的品牌，以增加收入，并践行公司的使命——为股东和客户提供"无法替代的愉悦"。① 跟其他人一样，该公司设在瑞士日内瓦的国际部的高管们一直在密切关注刚刚兴起的电子香烟产业，试图确定它会引起真正意义上的关注，还是不过一阵风而已。

一如其他烟草公司，他们此时也已经听说了普鲁姆。日本烟草公司的高管们很欣赏这款旧金山设计师作品的独特设计，原因之一是它不同于其他电子烟公司，即不是一个仅仅销售中国产品的网页。是博文和蒙西斯拥有自己的知识产权这一事实使得他们与众不同。当时，很多早期的电子烟公司都在售卖韩力的如烟电子烟或没有任何知识产权的其他牌子的廉价仿制品。对日本烟草公司而言，没有知识产权是绝不会考虑的。

最终，日本烟草公司的管理团队成员前往旧金山做了一次考察。在博文和蒙西斯的安排下，公司代表来到了他们位于多帕奇区的加工车间。抵达时，其中一个代表走进去并且吓了一跳。工作台上到处都是震动棒，边上还有其他乱七八糟的玩意儿。不苟言笑的日本代表团看到这样的陈设会怎么想呢？

尽管如此，日本公司代表团与博文、蒙西斯、瓦拉尼和尼克·普利兹克的会谈还是如期举行了。一向不好对付的烟草律师查尔斯·布里克斯协助普鲁姆进行了谈判。他们讨论了采取什么样的交易框架行得通、潜在所有权股份，以及是否可能把该产品的国际版权摆到台面上谈。事情进展顺利。几个星期后，日本人来做最后一趟尽职调查（due diligence）。初创公司的创始人给人留下了很好的印象，他们让人觉得聪明、放松、渴望看到自己的产品投产——并赚到他们货真价实的第一桶金。没有人去想自己看见的那些情趣玩具。

---

① 关于"无法替代的愉悦"，参见如 Japan Tobacco's 2006 annual report。

最终，普鲁姆和日本烟草公司在2011年12月签署了一份价值数千万美元的协议。① 博文和蒙西斯授权该公司在美国之外的地区将普鲁姆商业化，并拥有普鲁姆的少量股权。这不仅仅是一份协议，也是一种极大的如释重负。虽然日本烟草公司不是万宝路，但与一家世界级烟草公司合作在全球销售数十亿支香烟并不是件让人嗤之以鼻的事。面对普利兹克家族的财富、作为盟友的一家世界级烟草公司，以及一位如秘密武器般的产品设计者，博文和蒙西斯终于开始看到真正的星星之火。

普鲁姆的工程师们全力以赴地投身两个项目。他们没日没夜地忙活着普鲁姆的 II 型产品。产品设计日臻完善。他们弃用丁烷罐，改用锂电池，并在日本烟草公司的协助下完善了烟草的调配。现在，博文和蒙西斯已经不再以临时拼凑的小队手工制作油仓，而是背靠可进行全球化制造的强大基础设施，同时还有日本烟草公司的科学家帮助一起生产这些设备。

与此同时，新注入的资金也使得普鲁姆的团队可以开始捣鼓大麻雾化器。贝哈尔对手头的工作有着独到的眼光。依他的独特风格，他追求的是一种感性与功能性，以实现简洁和优雅。博文和蒙西斯在这位设计师的工作室进进出出，它就位于多帕奇区北部的设计街区，在一座工业建筑内。

蒙西斯和贝哈尔都有极度膨胀的自我意识，从使用哪一类电池到设备的外形尺寸，再到谁想出了某个主意，他们在所有问题上都意见不合。"他们总是在较劲，"一位知情人说，"比如'这是我做的'，'不，这是我做的'。"

不过，事情总算完成了。2012年6月，新型雾化器问世。它被

---

① See "Innovative Partnership for Ploom and Japan Tobacco International JTI to Take Minority Share in Ploom," press release, JTI, December 8, 2011.

称为帕克斯（Pax）。① 无疑，它的设计是革命性的，不仅博文和蒙西斯这样认为，整个雾化器界都这样认为。这件装置看起来更像是硅谷的产品，而不是出自某个破破烂烂的学生作坊。帕克斯很容易就被认为是苹果设计工作室诞生的产品。它的零售价是 250 美元，算得是货真价实。科技博客 Gizmodo 称赞它"令人叹为观止"。另一科技博客 TechCrunch 说它"超酷"。与 I 型产品受到的一大堆批评相比，这些好评是一个可喜的变化。

该产品用不锈钢制成，外观呈磨砂钴蓝色，机身印着一个简单而醒目的十字花形图案，当电池驱动设备时，它会被点亮。它的简洁外观下藏着它那具有未来感的内部结构，其中包括一个加速器，使用者晃动设备即可确定剩余电量，将其置于"派对模式"则十字图案中的紫-蓝-绿三色灯就会闪烁。帕克斯摒弃了依靠烟油仓的"封闭式"克里格咖啡机式系统，改在底部配置小型空仓——也叫"烤箱"——能装入任何你喜欢的东西——烟叶？没问题。干洋甘菊花？干嘛不呢。产自兴都库什山的小金块？绝对没问题。

博文和蒙西斯一开始并没有把帕克斯当作大麻用具来推销，尽管其设计初衷确实是为了满足这一人群，尽管人们很显然出于这个目的而购买。美国各地关于大麻使用的法律仍然参差不齐，他们不希望触犯任何法律条款。此外，他们的日本投资者来自一个文化上对大麻避之不及的国度，这些人连拿这种产品打个擦边球都没有一点兴趣。尽管如此，产品在眨眼间就卖掉了。总之，博文和蒙西斯总算获得了成功。他们要竭尽所能地赚钱了。

---

① 关于帕克斯问世的报道，参见 Andrew Tarantola, "Ploom Pax Vaporizer Lightning Review: Whoa Baby, Where You Been All My Life?," *Gizmodo*, June 8, 2012; and Andrew Tarantola, "This Workshop of Wonders Makes Vibrators and Vaporizers," *Gizmodo*, October 18, 2012; also see John Biggs, "Smoke Up: An Interview with the Creator of the Ultracool Pax Vaporizer," *TechCrunch*, June 17, 2012; and see David H. Freedman, "How Do You Sell a Product When You Can't Really Say What It Does?," *Inc.*, May 2014。

为加大宣传力度，普鲁姆聘用了旧金山一家著名的品牌营销公司，开始将帕克斯推向全世界。2013年，该公司在圣丹斯电影节上获得令人垂涎的营销赞助资格。① 普鲁姆和胜狮（Singha）啤酒一道在电影节举办了经受邀方可入场的"帕克斯小屋"派对。一支车身带有"X"标志的林肯车队将一群受邀者送入"神秘"场所。客人们被带到一个开放式酒吧，享用醒拓（Tito）手工伏特加和特库（Tyku）清酒。烹饪食物的是"顶尖主厨大对决"的获奖者伊兰·霍尔。当然，大家还拿到了分发的帕克斯雾化器。

宣传起了作用：帕克斯成了热卖品。不过，那也是一把双刃剑。帕克斯卖得越好，日本人就越恼火。"日本烟草公司不想跟大麻沾上任何关系。"一个知情人士说。这样的关系成了定时炸弹。

截至2013年初，II型产品也开始了收尾工作。② 它的造型比I型产品更优美，功能更强大。小型油仓的味道也更好了。帕克斯的营销活动十分成功，势头正旺的普鲁姆营销团队开始为其烟草产品设计同样前卫的东西。尤其是，他们开始招募网红来展示该烟具。

其中有个年轻的纽约人，他名叫利亚姆·麦克穆兰，是个大有前途的社交名流，他父亲帕特里克·麦克穆兰是社交界著名的摄影师，与安迪·沃霍尔是多年好友，经常为其著名的时尚杂志《采访》（*Interview*）拍摄名人照片。③ 利亚姆是名人八卦杂志《第六页》（*Page Six*）的非定期专栏作者，也是各种热闹的社交聚会和艺术活

---

① 关于圣丹斯电影节和"帕克斯小屋"，参见"Singha Brings You into the Ultra-Secret Pax Cabin at Sundance," singhabeerusa. com, January 24, 2013; and Jean Song, "Shall We Sundance?" *Variety*, January 22, 2013。
② 关于II型产品的报道，参见Damon Lavrinc, "Review: Ploom Model Two; Unlike the Cheap, Chinese-Made E-Cigarettes at 7–11 or the Martian Sex Toys Coveted and Customized by 'Vapers,' Ploom Is Doing Something Different," *Wired*, July 1, 2013; and Samara Lynn, "Ploom Model Two Review," PCMag, June 23, 2014。
③ 关于利亚姆·麦克穆兰，参见Drew Grant, "Purple Prince Promotes Ploom," *Observer*, May 15, 2013。

动的常客，身后似乎总是跟着一群面容姣好的长腿模特。2013年5月，在曼哈顿西村的一次明星云集的聚会上，《观察家》的一名记者问他是怎么当上普鲁姆的品牌大使的。当时他的边上站着坎耶·维斯特的制片人和他那位模特女友，三人都在抽着普鲁姆，他这样回答："我去了仙境，见到了爱丽丝，我们就和疯帽人一起去了茶话会。"

抛开麦克穆兰的疯言疯语不说，在普鲁姆正在建立的那个越来越受到社会营销驱动的天地里，他是个早期参与者。2013年8月，II型产品在一家名为"礼拜堂"的酒吧举行的盛大宴会上正式推出，该酒吧坐落在旧金山教区的一座改建的教堂里面，屋顶有40英尺高。① 石狐乐队（Stone Foxes）现场演奏，博文和蒙西斯一整晚都在一边抽着普鲁姆，一边跟该市的上流人物，如贝宝支付（Paypal）的早期投资人布鲁斯·基布尼、约比·普利兹克等人合影。为方便大家品尝并确保巨大的活动现场满满当当，他们从一家模特机构请来了品牌大使和模特。

很快，《旧金山》杂志和《现代奢侈品》的网站就刊出了这次活动的照片。9月，普鲁姆亮相了纽约时装周，并与色情杂志 Treats! 共同为罗宾·西克举办了专辑发布会。② 活动举办地点位于切尔西的一家俱乐部，四处挂着半裸女郎的图，以及妮可·威廉姆斯等人的时装照。对于这场营销上的颠覆之举，《纽约时报》是这样报道的：

> 电子烟女郎们正在卖力工作。那是个星期三的晚上，聚会的主办方是 Treats! 杂志。这是一家新创刊的时尚杂志，它多数时候都特意避开衣物，偏爱以几近全裸的方式展示顶级模特。
>
> "我们有薄荷味的，温和的，够劲的。"她说，身旁是一个

---

① 关于普鲁姆II型发布，参见 "Ploom SF Launch Party," *San Francisco*, August 21, 2013。
② 关于纽约的一系列活动，参见 Jacob Bernstein, "No Sleep for the Wicked," *The New York Times*, September 6, 2013; and "The Start Up's Cool Brother—Ploom," *Social*, May 30, 2014。

举着装有各种颜色的烟弹托盘的年轻男子。

什么牌子的？有人问了一句。

"普鲁姆，"她回答，"P-L-O-O-M。非常受欢迎，很有国际范儿。"

一股怪味飘散而出。"闻着有点像饼干。"她说，仿佛这是另一个卖点。

充分利用社交媒体、知名人士和高端派对，这种粗略的模式看起来可能是一个十拿九稳的公式。《社交：生活方式》杂志也报道了这次活动，作者一针见血：

> 这次活动热闹非凡，名流们进进出出，一边拍照，一边小心翼翼地吸着用普鲁姆吞云吐雾。罗宾·西克表演了节目，人群嗨极了。忘记那些尘土四起的车库、死气沉沉的会议室、充满稚气的学生宿舍吧。这是初创企业的派对，这是一个品牌的确立方式。

第五章 新标记

凡是过往，皆成序章。

——威廉·莎士比亚，《暴风雨》

那是 2009 年春，创办了恩乐电子烟公司（NJOY）的马克·维斯和克莱格·维斯兄弟对 FDA 十分光火。这两兄弟是专利及知识产权律师，跟他们的父亲和另外两个律师兄弟一起在位于亚利桑那州斯科茨代尔市的家族律师事务所工作。作为执业的惯例，他们时常与创业者和发明者会面。2005 年，马克在中国某交易会上见了一个客户，看到了一款像一根大号电子雪茄的简陋产品。他正在寻找野火般在中国各地蔓延的一种雾化设备，技术上跟韩力开发的产品有些相似。

马克立即被这种设备吸引了。当时，美国几乎没有类似的产品。他买了一件，并认定这个东西很有潜力，很可能会成为一种产业，只要他能把产品尺寸缩小到跟一根香烟不相上下。第二年，马克创办了恩乐，作为这家家族律所的附属企业，并开始跟中国的一个代工厂合作，后者非常乐意将一批批新型产品送往美国。

菲利普·莫里斯公司对韩力的发明不屑一顾，恩乐却成为了最早采用这种技术并做成生意的美国公司之一，其产品还打进了如希茨（Sheetz）、OK（Circle K）这样的便利店巨头的门店。这款产品成了美国最受欢迎的"仿真烟"[①]之一，这种早期版本的电子烟设计得像一根传统的香烟，有着圆柱形外观、纸状釉质涂层、发光的 LED 头，看起来像是香烟点燃的余烬。

但接着,就在销量开始上升时,恩乐接二连三遭遇了两场重创。2008 年 4 月,维斯兄弟深爱的律师父亲去世了,他一直是这个家族律所的主心骨和业务支柱,他的去世令这个家族律所飘摇欲坠。接着,一年后,差不多就是他们父亲忌日的那几天,两兄弟得知,FDA 已指示美国海关官员在美国边境扣押了发给恩乐的电子烟。该机构宣布,这些产品是未经批准的药品设施,上市销售属于非法行为。②

随着初创公司成功引入风投公司和烟草公司的投资,从而把这种新型尼古丁烟具迅速变成受欢迎的产品,FDA 从一开始就措手不及。液体尼古丁雾化器尤其让监管部门感到为难。随着这股热潮的兴起,它滑向了危险的边缘,有了关于尼古丁中毒和雾化器电池爆炸的新闻报道,有的爆炸威力巨大,竟然炸掉了某人的下巴。③ 但特别让监管部门越来越担心的是,这种产品存在被滥用的危险,尤其是青少年使用者。"尼古丁成瘾是最难戒除的成瘾行为之一,"美国儿科学会烟草协会乔纳森·温尼科夫在 2009 年就这类产品被扣押与记者通话时表示,"越来越多未经批准的尼古丁产品吸引了青少年,这可能会增加终身依赖尼古丁并随后抽传统香烟的总人数。"

与此同时,在总和解协议达成之后促成卷烟使用量降到历史性低

---

① cigalike,最古老的电子烟类型,得名于它类似普通香烟的设计。这种外观背后的想法很简单——保持这种风格,但要提供更健康的选择。它用电子烟油而不是烟草,因为电子烟油的危害较小。通常由设备的单次拖动来激活,随着吸入,线圈被加热,这是模仿香烟感觉的部分。通常,仿真烟是一次性且预填充的。——译者

② 关于 FDA 早年将电子烟设备视作药物设备集成的相关背景,参见 FDA 报告,编号 DPATR‑FY‑09‑23,标题 "Evaluation of E‑Cigarettes",2009 年 5 月 4 日;亦可参见该机构的报告 "E‑Cigarettes: Questions and Answers";"FDA Acts Against 5 Electronic Cigarette Distributors",2010 年 9 月 9 日新闻通稿;以及该机构发给 Matt Salmon 的公函 "Electronic Cigarette Association",日期为 2010 年 9 月 8 日。FDA 就该话题与媒体的电话会议内容的文字转录稿,可见于 2009 年 7 月 22 日的 "Transcript for FDA's Media Briefing on Electronic Cigarettes"。

③ 有关尼古丁中毒和雾化器爆炸的信息,来自依据《信息自由法案》提出申请而获得的公共档案。

位的公共卫生组织，如今正在收集有关这一新型尼古丁装置的报道，又开始煽风点火。这些新产品均未设法定年龄限制，它们以诱人的口味作为卖点，很可能对年轻人产生特别的吸引力。FDA 还担心，这些产品刚刚问世，所以还没有对这种新型烟草产品的安全性进行临床研究。该机构自己的实验室对市场上的产品进行了取样，并已经发现一些端倪，他们在那年夏天的一份报告中指出，已发现"含有对人体有毒的成分"，其中包括"二甘醇，一种用于防冻剂的有毒化学物质。另外多份样品中发现含有致癌物质，比如亚硝胺"。①

到 2009 年，FDA 仍不确定如何从法律角度来处置这些新产品，但他们决定不能再继续听之任之。于是，他们开始指示海关部门在边境拦截这些产品。在第一批被扣押的货物中，就装有发给维斯的恩乐公司的烟具。

随着该机构开始拒绝中国制造的烟具入境，监管者相信，当他们坚称这些产品应被视作药品输送设备时，他们是有切实的法律依据的。他们推断，这些产品输送尼古丁的目的是为了影响人体的结构和功能，并设计成对尼古丁成瘾的戒断症状有治疗作用。

但在 2009 年 6 月 22 日奥巴马总统签署《家庭吸烟预防和烟草控制法案》这天，其法律地位变得模糊起来。② 此时，克林顿在玫瑰园举行的那次仪式已经过去 13 年了，最高法院将这一问题踢给立法部门也差不多 10 年了。这一次，是奥巴马站在玫瑰园举行仪式，签署一项旨在消除吸烟祸害的法律。这是控烟人士的大日子。FDA 被一下子授予了完完全全的法律权力，通过对烟草行业的监管来保护公众健康。

有了这项法律，FDA 在内部新设了一个烟草产品中心，以执行该机构获得的最新授权，包括对青少年的吸烟苗头开展预防工作。该

---

① 关于 FDA 对该产品所做的实验室分析，参见该机构报告 "FDA Warns of Health Risks Posed by E-Cigarettes"，日期为 2009 年 7 月。
② 关于 2009 年版该法案的一篇精彩综述，参见公共卫生法律中心的网站 https://www.publichealthlawcenter.org/topics/special-collections/tobacco-control-act-2009。

法律限制烟草产品登上巨幅广告牌，禁止其赞助音乐节和其他娱乐活动，并将公司免费发放产品样品定为违法行为。它还要求在新的烟草产品上市销售前对其进行重新审批。

这一套包罗万象的监管措施旨在让该机构对已经上市销售的烟草产品实施监督，并使其远离青少年，同时也对未来寻求进入烟草类别的新产品把关。但是，尽管凯斯勒和其他人对此期待了这么多年，这部新法律对公共卫生而言并不是一次轻而易举的胜利。相反，它是公共卫生当局的要求和烟草公司的要求之间的一次妥协，后者曾大力游说，以便这部法律能符合他们的心愿。例如，虽然 FDA 刚刚获得授权，对香烟中的尼古丁含量具有控制权，但该机构被明确禁止对香烟下全面禁令，也不能要求彻底消除香烟中的尼古丁，这两点正是烟草公司长期担心的事。

此外，根据新法律，烟草公司被禁止做出减害表述，如"轻型""低焦油""安全"等，经 FDA 批准后，方可使用"风险缓和""危害降低"等说法。为此，他们必须提交申请，证明自己的产品符合该机构的一系列标准，而该机构可以据此开展严格的科学证据审查。那意味着，香烟公司有史以来第一次有机会从这个世界顶级健康和安全监管部门获得各类许可，这可能会让公司具有巨大的竞争优势。

尽管 FDA 有了新的烟草监管框架，但电子烟似乎处于法律的灰色地带。它们没有被明确列入新的烟草控制法案，而且也不清楚是否该由该机构专设的药品管理部门监管。身为律师，处在极度绝望的时刻的维斯兄弟决定冒险一搏，将 FDA 告上法庭。[①] 该公司的律师团队联合另一家被 FDA 盯上的电子烟生产商，要求禁止该机构拦截他们的进口商品，理由是 FDA 对其产品的分类是不合法的。他们坚持认为，这些产品并不像该机构声称的那样，是为了治疗尼古丁戒断症状而设计的。相反，该产品的设计纯粹是为了娱乐目的而输送尼古

---

① 恩乐公司那桩案子，名为 Sottera Inc. 诉美国 FDA。

丁——这是在享受尼古丁。

华盛顿一家联邦地区法院于2010年1月发布了初步禁令，11个月后，一家上诉法院维持了这项禁令的判决。法官同意下级法院的意见，即FDA不能将电子烟作为药物设备予以监管，除非它们是为治疗戒烟才上市销售的。法院还指出，无论如何，新签署的烟草控制法案赋予FDA的是监管非治疗性、"习惯性使用"烟草产品的固有权力，而电子烟也属于这一监管框架。

然而，问题在于，国会在那场多年未决的立法过程中，并没有明确将电子烟纳入该法案。相反，该法案只适用于传统香烟、无烟烟草和自己卷的烟草。虽然它授权FDA在今后将监管范围延伸至"其他烟草产品"，比如电子烟，但它需要颁布一项规则，"认定"电子烟应被纳入其监管范围。而"认定"这个词说起来简单，却忘了该机构在规则制定方面的现实，那可是一个折磨人的、技术性的、官僚主义的浩大工程，可以耗时数年。

对烟草和电子烟行业而言，这意味着时间至关重要。他们如果想把电子烟或其他新型尼古丁产品推向市场，就要抓紧时间，赶在联邦政府干预之前弄出来。

认识到这个漏洞，并感觉到问题的紧迫性后，FDA于2011年4月阐明它打算发布一项将电子烟和其他新型烟草产品纳入其监管范围的新规定。[①]

但是，这项规定的最终确定需要几年时间。于是，就目前而言，维斯兄弟和整个烟草行业都尽情享受着法院给予的胜利果实，以及国会拱手送上的大好机会：尽管电子烟行业至今都在一个模糊的法律领域运营，但现在它突然变得明朗起来。没有哪个政府部门有权监管电子烟。

[①] See the April 25, 2011, "Dear Stakeholder" letter by the FDA titled "Regulation of E-Cigarettes and Other Tobacco Products" in which the agency states that it "intends to propose a regulation that would extend the Agency's 'tobacco product' authorities in Chapter IX of the FD & C Act."

想象一下，走到一扇紧闭的大门前，而门后就是成堆的黄金。再想象一下，用力一推，门应声而开时的惊喜。电子烟现在就是这种情况。门大开，大家开始往里冲，在被赶出去之前赶紧往口袋里装金子，越快越好。

就在燃烧式香烟成为美国受到最严格监管的消费品之一时，电子烟却几乎没有受到任何约束。虽然烟草公司被禁止销售糖果味香烟，电子烟公司却可以自由兜售他们想造的各种口味的产品，比如火箭泡泡①味、迷你水果糖味（SweeTarts）、辣味糖味（Atomic FireBall）、橙汁苏打味等。尽管联邦法律禁止香烟公司向青少年宣传自己的产品，但电子烟公司可以向它们喜欢的任何人开展推销。最让人吃惊的是：联邦法律禁止向 18 岁以下的人销售烟草制品，但电子烟没有这样的联邦限制。突然之间，电子烟广告比比皆是——巨幅广告牌、《滚石》杂志、社交媒体，而最让人惊讶的是，电视也不例外。电视上最后一次播放烟草广告是 1971 年 1 月 1 日，在联邦政府针对此种行为的禁令生效前（那是菲利普·莫里斯公司在约翰尼·卡森的《今夜秀》上为维珍妮牌女士香烟做的广告，"在午夜时分最后时限到来前正好一分钟播出"）。②

在新的烟草法诞生和恩乐公司得到法庭判决之间，最近发生的一系列事件对烟草公司来说是一个全面利好消息。对奥驰亚而言，它的所有游说活动都开始有了回报；2009 年通过的法律很符合其预期。特别是，"危害降低"产品的监管路径得到法律认可一事大有前途。不仅烟草产品不再处于被监管灭绝的边缘，而且新法律几乎确保了烟草行业在未来几代人的时间里还会继续存在下去。国会显然给了烟草巨头免死金牌。

---

① rocket pop，极受欢迎的一种口味，名字源于美国一款著名的红白蓝三色冰棍。——译者
② See The Associated Press, "Cigarette Commercials Off Television for Good," January 2, 1971.

然而,奥驰亚的首席执行官迈克尔·希曼奇克尤其显得半信半疑。他完全想象不出监管部门和控烟人士会长时间容忍这些正在销售的新型娱乐性尼古丁产品。"别以为他们会允许又一种基于烟草的吸入产品上市销售而不是把它逐出市场,这种事是不可能发生的。"一位奥驰亚前高管说。

一度,希曼奇克"甚至无法容忍人们谈论电子烟",另一位前内部人士说。在 2012 年 4 月的一次投资者会议上,一位股票分析师问希曼奇克,奥驰亚是否考虑进军电子烟市场。"嗯,看吧,"他回答说,"我们留意到了,正在关注。我只能说这些了。"

但在后台,该公司的研发部门欣喜若狂。现在,既然法院已经说得明明白白,这些产品不能被视作药物设备,奥驰亚的律师就有足够的默契,相信该公司不会因为开发了一种 FDA 的某个官僚会称为医疗设备的尼古丁产品而被起诉,落得个灰飞烟灭的下场。

公司的研发工作仍旧由首席技术官"杰克"·尼尔森领导,现在开始全力以赴,奥驰亚的实验室也开足了马力。突然之间,毒理学家、化学家、调味师、工程师、物理学家都投入到一种雾化烟草产品的研发工作中,因为它有可能在这个新兴的疯狂市场上赢得一席之地。后烟草和解协议时代的奥驰亚的可笑之处在于,公司对研发新品显得极为谨慎,因为担心被起诉。因此,它在进入电子烟市场方面比别人更小心,新产品上市前也会进行严格的安全性研究。

为此,奥驰亚位于里士满研究中心的科学家们于 2011 年启动了一项研究,以评估定期吸入雾化丙二醇的安全性,这是用于尼古丁气溶胶输送设备中的一种主要溶剂。[①] 一群科学家从纽约的一家农场找来了二十几条比格犬幼崽,并把它们带进了实验室。在 28 天时间里,

---

[①] To read the beagle study, see Michael S. Werley, Paddy McDonald, Patrick Lilly, et al., "Non-Clinical Safety and Pharmacokinetic Evaluations of Propylene Glycol Aerosol in Sprague-Dawley Rats and Beagle Dogs," *Toxicology* 287, no. 1 – 3 (September 5, 2011): 76 – 90.

这些幼犬要戴上口罩，口罩通过一根管子接入一个气室，气室每天向它们输送数量不等的丙二醇。科学家们使用了菲利普·莫里斯公司的科学家多年前在名为"飞跃"的气溶胶项目下开发出的一种技术——"毛细管气溶胶生成器"技术——的变体，以细密的气溶胶形式输送溶剂，以便其易于吸入并深入动物的肺部。研究结束后，科学家们对这些动物实施了安乐死，并对它们的尸体进行了评估。虽然他们发现这些动物的"肺、肝、肾并没有明显的组织毒性"，但确实在它们的红细胞计数中看到了阴性反应。他们还报告，在肺部"零星发现"了炎症、充血和出血现象，但研究报告的作者们认为这些发现不具有"生物学意义"。

与此同时，里士满的研究小组开始为更传统的无烟产品市场推出其他"创新产品"。① 2011 年左右，奥驰亚开始让各种无烟产品亮相，比如"万宝路烟叶棒"和"斯科尔烟叶棒"，这两种产品看起来很像一种名为百奇（Pocky）的日本巧克力饼干棒。这种两英寸半长的棒子由桦木制成，顶端涂有一层经过精细研磨的烟草，意在让人含在嘴里，通过转动、舔舐得到满足，用完丢进垃圾桶即可。他们还推出了万宝路 NXT，这种香烟在过滤嘴上装有一个"可压碎胶囊"，能释放出薄荷味。

这些产品都没能成功。然而，市场竞争变得一天比一天激烈。除了数量众多的电子烟品牌，还有一片新型的含尼古丁产品形成的不折不扣的乐土，这些产品在缺乏明确监管的情况下被任意地推向世界。骆驼牌香烟所含的"骆驼球"（Orbs）和"骆驼条"（Strips），能在人的舌头上融化，很多品牌现在开始出售小茶袋，里面装的精研烟叶

---

① 关于烟叶棒，参见如 Linda Abu-Shalback Zid, "Altria Smokeless Tobacco Sticks; Skoal and Marlboro Products in Test Markets in Kansas," CSP, April 5, 2011; and John Reid Blackwell, "Altria Companies to Test New Smokeless Tobacco Stick," *Richmond Times-Dispatch*, February 24, 2011。关于万宝路 NXT，参见 "Altria Expands Marlboro NXT, Preps for E-Cigarette Entry," *Convenience Store News*, July 23, 2013。关于 Tju，参见该公司 2013 年 6 月 11 日投资者陈述的文字稿。

可塞进两颊。就连所谓的小雪茄,如甜斯维什(Swisher Sweets)和 Black & Mild,也不在法律管辖范围,因为这种带滤嘴的小雪茄烟里面的烟草是用烟叶而非纸包裹。所以现在,尽管禁止生产带风味的卷烟,但这些樱桃、橙子或香草味产品以及它们的丁香烟(kretek)和比迪烟(bidi)兄弟们却可以在各地的7-11便利店随意出售。

不过,最重要的是,电子烟市场一派欣欣向荣。投资银行瑞银集团(UBS)的一位分析师说,2012年的电子烟销量将比2011年翻一番。① 美国富国银行的知名烟草行业分析师邦妮·赫尔佐格2013年表示,电子烟的零售额到当年年底有望超过10亿美元。② 更令人吃惊的是,据她预测,未来十年间,主要烟草公司的电子烟收入将超过传统香烟。

恩乐在2012年的美国超级碗上投放广告,让4 000万受众知晓了它的产品以及商标口号:"香烟,你有对手了。"③ 该公司还在包括科切拉(Coachella)在内的多个音乐节上派发电子烟样品,并在纽约时装周上向模特分发电子烟样品。④ 它在推特上的广告主角是科特妮·洛夫(Courtney Love)和布鲁诺·马尔斯(Bruno Mars)。

---

① See Nik Modi, "Clearing the Smoke on E-Cigarettes," UBS Investment Research, US Tobacco, May 14, 2012.
② See Dan Mangan, "E-cigarette Sales Are Smoking Hot, Set to Hit $1.7 Billion," CNBA, August 28, 2013; Chris Burritt, "E-Cigarette Pioneers Holding Breath as Big Firms Invade," *Bloomberg*, June 21, 2013; and Melissa Vonder Haar, "Are E-Cigs the Wave of the Future? Herzog to Big Tobacco: Electronic Cigarettes Are 'More Than Just a Fad,'" CSP, August 13, 2012.
③ See NJOY Super Bowl ad and more, and see Matt Richtel, "The E-Cigarette Industry, Waiting to Exhale," *The New York Times*, October 26, 2013。关于电子烟广告亦可参见一份由民主党国会议员撰写的宽泛报告, *Gateway to Addiction? A Survey of Popular Electronic Cigarette Manufacturers and Targeted Marketing to Youth*, April 14, 2014; and see Michael Felberbaum, "Firms Dust Off Tobacco Marketing Playbook amid Pending Regulation of Electronic Cigarettes," The Associated Press, September 10, 2013; also see Stuart Elliott, "E-Cigarette Makers' Ads Echo Tobacco's Heyday," *The New York Times*, August 29, 2013。
④ For Fashion Week reference, see Carly Cardellino, "Electronic Cigarettes Available for Free at Fashion Week," *Cosmopolitan*, September 5, 2013.

该公司当时的主要竞争对手是一个叫布卢（Blu）的牌子（因为它的烟嘴部位会发出蓝色闪光），它通过在社交媒体和电视上展示带有性挑逗的图片以及一群网红的影响力来帮助该品牌在夜总会和音乐节上获得年轻人的关注。该公司找来了《花花公子》的模特珍妮·麦卡锡，她在广告中柔声说，接吻再也不必像在亲"一个烟灰缸"了。结实性感的演员斯蒂芬·多尔夫受聘担任品牌代言人，他在平面媒体和电视节目上一边鼓励顾客们尝试布卢，一边对着公司的座右铭迷人地吞云吐雾，座右铭是："在灰烬中重生。"雷诺公司开始发布自己的一系列广告，标榜自己的 Vuse 牌产品是"完美的香烟"。2012 年至 2013 年间，电子烟公司花在电视广告上的费用不断飙升，单是恩乐和布卢就各自投入了数千万美元。①

2012 年 1 月，希曼奇克在为公司服务了近 25 年后宣布退休。② 几个月后，在奥驰亚的年度股东大会上，马蒂·巴林顿接任奥驰亚的首席执行官，他是一位精明的律师，已在公司服务了近 20 年时间。巴林顿在公司历史上是一个不可或缺的角色，在总和解协议谈判之前的若干年里，他的名字就已经出现在了具体的协议文件中。

在瞬息万变的时刻，没了希曼奇克的奥驰亚多少有些六神无主。这个高瞻远瞩的人曾经带领奥驰亚度过了最为黑暗的一段日子，见证了它从那个大块头企业中解脱出来，并使它走上了崭新的自主之路。虽然巴林顿也是一个备受敬重且能力超群的领导者，但他跟他前任的语气和调子完全不同。不同于希曼奇克的维达大人式的做派，巴林顿是个和蔼可亲的律师，他的性格更像是一位小联盟的教练。当他取消了管理人员停车位，转而将它们留给残疾员工和怀孕员工时，他赢得

---

① 关于电子烟的电视广告费用，参见 Mike Esterl, "Holy Smokes: E-Cigarette Ads Debut on TV," *The Wall Street Journal*, December 26, 2013。
② See John Reid Blackwell, "Altria Group CEO to Retire in May; Szymanczyk Being Succeeded by Longtime Richmond Executive," *Richmond Times-Dispatch*, updated September 18, 2019.

了奥驰亚员工的高度赞誉。他被看作普通员工中的一员。

在奥驰亚的残酷环境里，这样的性格特征立即挫伤了管理团队的其他人，他们早就习惯了一个干劲更足、步子更快的环境。就在烟草业即将被掀个底朝天的时候，巴林顿凭借他那小心、慎重的个性登上了奥驰亚的最高位置。外来者纷纷涌入烟草高管们所在的这座超级孤岛，遍地都是他们推出的产品。这个行业的发展速度，是奥驰亚几十年来从未见过的。对一批上了年纪的领导者而言，这一切令人生畏，因为他们习惯了慎重谋划、小步前进，满足于花钱搞研发，几乎从不指望有产品真正得见天日。

一个在这一行干了一辈子的人描述那时的奥驰亚的话，也适用于故步自封的整个烟草行业，他是这样说的："有很多头发花白的人注定要丢掉饭碗。是什么都不做，还是冒险去走一条新路，头发花白的人往往选择前者。"从历史上看，一如众多其他传统产业，大型烟草公司通常只有在意识到一种新产品开始抢走顾客或者开始朝着必须采取行动的方向发展时，才会有所动作。他们一旦决定采取行动，就可以碾碎其前进道路上的一切。但是，要不要迈出这一步对于那些公司来说往往是一个更难的选择。

正是巴林顿所纠结的这个选择——采取行动还是无动于衷——在此时此刻让奥驰亚陷入了瘫痪。在一次会议上，当高管们讨论如何推进公司的"邻近"战略——寻找能与香烟业务邻近的新产品时，其中一人向在场的所有人，包括巴林顿和维拉德发起了挑战。"我们创造出万宝路的时候，你们有谁在场？"据当时会议室里的人说，这个人如此问道。每个人都面面相觑，现场一度落针可闻。"我们创造的最后一件产品是万宝路，那是1954年的事情。"

尽管奥驰亚在过去几十年间投入了数十亿美元搞研发，但公司自那以后从没有推出过一款成功的新产品。除了万宝路，公司产品系列中几乎所有产品都是买来的，而非研发出来的。随着香烟销量持续下滑，这一令人痛心的事实前所未有地沉重地压在了每个人的心头。

此时，霍华德·维拉德已经被任命为首席财务官。尽管他的导师希曼奇克已经走了，他在公司最高层却变得越来越有权势。然而，他的新上司巴林顿跟他的前老板有着天壤之别，他那种近乎本能的孤注一掷正是承自后者。"一个深思熟虑，一个想速战速决。"有人这样描述巴林顿和维拉德。不管是好是坏，他们在"高管团队里正好是一阴一阳"。

对任何一位烟草公司高管而言，这一行的算术题一直都维持着一种令人苦恼的简单：通过销售渠道战来增加市场份额，同时每年适度提高香烟价格，足以抵消销售下降和税收上涨，但不至于吓到顾客。这不是复杂的火箭科学。但现在有各种迹象表明，电子烟已开始破坏这道简单的计算题。有人彻底离开烟草行业是一回事，比如死亡或者辞职，这已经纳入了长期预测。但是，让他们流向一个菲利普·莫里斯公司拿不出一件竞争产品的全新领域，那就是奇耻大辱。

接着，2012 年 4 月，在以 1.35 亿美元收购了人气疯涨的布卢品牌后，美国顶级香烟制造商之一罗瑞拉德公司（Lorillard）成为了第一家进军电子烟业务的大型烟草公司。① 现在有了大玩家参与到游戏当中，这个市场很明显正在蓄势待发，它让奥驰亚的内部弥漫着一股焦虑情绪。一个月后，也就是 2012 年 5 月，奥驰亚宣布成立"新标"（Nu Mark），这是一家致力于下一代烟草产品的新品牌子公司。巴林顿任命何塞·"乔"·穆里洛为其首任总裁兼总经理。一接手这个新工作，穆里洛就在他那间位于里士满的奥驰亚总部的办公室挂上了一块写有"创新不止"字样的牌子。② 这牌子挂得再合适不过了，因为

---

① See "blu ecigs the Leading Electronic Cigarette Company Acquired by Lorillard," press release, blu, April 25, 2012; and Mike Esterl, "Got a Light—er Charger? Big Tobacco's Latest Buzz," *The Wall Street Journal*, April 25, 2012.
② 关于穆里洛那块"创新不止"的牌子，参见 Mitch Morrison, "What Altria's Nu Mark Says About Vaping: President Joe Murillo on The Past, Present & Future of a New Category," CSP, November 3, 2014。

组建新标公司的目的就是做烟草公司的新产品孵化器。

对穆里洛的任命是一个让人不明就里的选择。他既不是科学家，也不是工程师，而是长期任职于菲利普·莫里斯公司的监管事务律师。对穆里洛来说，"创新"通常采取的形式是奥驰亚在法庭上的全新表现，或者在公司法律文书中字斟句酌的表述。乍看之下，任命一个监管事务律师负责公司的顶级创新工作，就像是一个不好笑的笑话里的关键句子。但其他人认为，巴林顿安排他担任那个职务，其实是一个绝妙的主意。从法律的角度来说，最近出现的减害产品前途未卜，谁能比律师更适合带领大家冲锋陷阵呢？

这是奥驰亚的一个经典动作。该公司比以往任何时候都更饱尝烟草战争带来的长期遗留问题之苦。菲利普·莫里斯集团国际公司那些态度倨傲的同事说得没错：奥驰亚的高管里律师人数太多，以至于把公司变成了一个碰巧销售烟草产品的老牌律师事务所。该行业已经变得如此回避风险，很大程度是因为它的生存有赖于遏制现有诉讼和防止未来诉讼，以至于它竭力要找到一种策略，以消除像乌云一般笼罩在公司头上的法律困境。

即便在正常时期，奥驰亚所做出的每一次努力似乎都不过是为摆脱具有破坏性的诉讼案而发出的或长或短的声音。不管你是秘书还是副总裁，公司的人如果不签保密协议，几乎连洗手间都进不去，如果未经律师团队的审查，他们连一封电子邮件都发不出。公司的很多高管都经历过烟草战争，至今仍对那些令人如坐针毡的证人陈述、冷血的诉讼、被骂得体无完肤的国会听证会、狂轰滥炸的媒体报道记忆犹新，以至于生活在条件反射式的恐惧中，害怕踩到埋在烟草和解协议里的地雷，再次将公司推上法庭。

现在，还是那些高管，面临的是一个汗如雨下的局面，它已经显现出一些很可能会演化为烟草战争第二幕的初期迹象。这是因为电子烟的整个前提建立在这样一种设想之上，即如果想要吸烟者成功地改用电子烟，就要给他们跟燃烧式香烟一样的"用量""满意度"或者

"餍足感"，而它们差不多就是人们需要尼古丁的代称。对一个多年来一直试图掩盖并否认这一确切事实的公司而言，这是个令人痛苦的话题。在1990年代，如果烟草公司承认自己在操纵香烟中的尼古丁含量，等于是在向FDA的监管人员坦白自己的产品是在输送成瘾性药物，那简直是在自寻死路。现在，大家不但期待它们公开谈论尼古丁的药理作用，而且大家对电子烟的称呼，正好说明人人都知道它其实就是电子尼古丁输送系统。香烟一直就是这么回事：尼古丁输送系统。当时人们就知道，现在也同样知道。

"奥驰亚花了好几年讨论'我们能否设计一种我们公开声称就是在输送尼古丁的产品？'"奥驰亚一位前高管回忆说，"然后，如果你说这款产品的目的是真的往你身体里注入大量尼古丁，那就好像在说，嗯，我们只是没想到这一点。"

"我们都为尼古丁、诉讼、成瘾心神不宁，"奥驰亚另一位前高管说，"它留下的影响和伤疤的确是一道障碍。我们花了好长时间才恢复过来。突然之间，你必须能对餍足感和满意度侃侃而谈，否则你就永远吸引不了烟民。我们花了好长时间才学会坦率地谈论。"

总之，事实证明，从烟草巨头转变为尼古丁巨头让奥驰亚感到非常不自在。

尽管如此，新标公司在2012年5月推出了自己的首个产品，一种叫做维尔（Verve）的薄荷味尼古丁烟片。① 该产品与电子烟截然不同。对初用者而言，它并不酷。该公司吹捧维尔烟是一种"不用吐掉"的产品，但这正好是烟草业惯用的修辞，该尼古丁烟片实际上采用一种不溶于水的纤维材料制作而成，使用者要么咀嚼要么吸吮，然后像口香糖那样吐掉。如果这就是奥驰亚的创新理念，那么它

---

① See "Altria Subsidiary Nu Mark Introduces Unique New Tobacco Product; Verve Discs Created to Appeal to Adult Cigarette Smokers," press release, May 23, 2012.

与哥伦布在16世纪见到土著人咀嚼烟叶和碾碎贻贝壳所得之物相比，似乎算不上多大的发展。① 奥驰亚给人的感觉，不但没有朝着新世界的方向勇敢前进，反而是在倒退。

"我并不认为有人找到了神奇的无烟草产品。"在产品发布会上，"杰克"·尼尔森接受《华尔街日报》采访时承认。②

这一切都让负责公司财务的首席财务官霍华德·维拉德感到沮丧。如果他无法实现股价的充分上涨，或者无法维持一个能满足快速变化的消费者需求的"系列"产品，投资者和分析师无疑会找他的麻烦。跟巴林顿不一样，维拉德并不以有条不紊而著称。在有些人看来，维拉德似乎总在寻找证据来证明他想采取的立场是正确的。他身边的人都明白，让他在大批新来者抢夺公司的市场份额时作壁上观会把他逼疯。

"电子烟的空间在我们周围迅速膨胀。它很显然是一种邻近产品，而我们不在那个空间之内，"奥驰亚的一位前高管说，"就好像突然之间，天啊，这类产品就极大地威胁到了占我收入75%的核心业务，而我没有在那个空间搏一把。我只能眼睁睁地看着消费者离去，却没有能力留住他们。"

突然在奥驰亚周围爆发的这类产品不只是让维拉德感到焦躁不安。据与他共事的公司同事描述，他几乎陷入了恐慌状态。于是，他试着做一点自己知道如何做到最好的事——拿出支票本，找到一个已经发展良好的品牌，然后买下来。随后，或许给它贴上万宝路的商标，并把它吹得天花乱坠。

2012年秋季，没有哪家公司比维斯兄弟的恩乐更热衷于此。该

---

① 关于贻贝壳，见 IARC Working Group on the Evaluation of Carcinogenic Risks to Humans, *Smokeless Tobacco and Some Tobacco-specific N-Nitrosamines*, International Agency for Research on Cancer, 2007。关于其他类型的本土咀嚼烟，参见 Lewin, *Phantastica*, *Narcotic and Stimulating Drugs*; *Their Use and Abuse*。
② See Mike Esterl, "New from Altria: A Nicotine Lozenge," *The Wall Street Journal*, May 21, 2012.

公司刚刚在美国超级碗发布了广告,并已经发展成为美国市场上最大的电子烟品牌,在全国的两万家商店有售。那年的4月份,这家初创公司从卡特顿公司(Catterton Partners)获得一笔2 000万美元的投资。[①] 这是一家位于康涅狄格州格林威治市的私募股权公司,它已经投资了多家消费品公司,包括甜叶茶公司和凯拓薯片公司。恩乐公司最近发布了一款改良产品,似乎走上了一条势不可挡的增长轨道。恩乐有了X因子,这让维拉德垂涎三尺。他想把它买下来。

2012年夏末的一天,克莱格·维斯的电话响了。他现在是恩乐的首席执行官。打来电话的是一个投资银行家。"奥驰亚想跟你谈一谈。"那位银行家说。那时的维斯已经习惯了别人有求于他。他已经接到过其他几家大型烟草公司的"电话"。事实上,他很惊讶奥驰亚没有早一点打来。

维斯极力反对卖给大型烟草公司。他完全相信自己的产品中所包含的减害成分,并告诉每一个愿意听他说话的人电子烟能够拯救生命,他还聘用了顶尖专家,甚至任命前公共卫生局医务总监理查德·卡莫纳担任公司的董事。他乐于跟顶级制药公司——包括那些制造尼古丁口香糖和尼古丁贴片的——展开讨论,但跟烟草公司做买卖的想法让他感到反胃。那位投资银行家一再向他保证,奥驰亚早就不是20年前的烟草巨头了,该公司诚心实意地致力于开发危害性较小的产品。最终,维斯觉得自己至少对董事会有信托责任(fiduciary duty),于是决定去见见。

9月初,他来到了那家投资银行位于曼哈顿中城的办公室,在那里见到了一群银行家和奥驰亚的高管,其中包括菲利普·莫里斯公司的元老——萨尔·曼库索和乔迪·比格里——以及奥驰亚的一位工程副总裁兼公司律师。维斯给他们讲起了自己的故事。比如,他是如何

[①] "NJOY Electronic Cigarettes Receives $20 Million Investment from Leading Consumer-Focused Private Equity Firm Catterton," press release, April 9, 2012.

肩负一项淘汰香烟的使命的,以及往后20年人们如何不再点燃香烟并放入口中吸。他一边播放幻灯片,一边讲述以前那么多产业——比如,轻便马车、内燃机、胶卷式相机——是如何被颠覆者超越的。他就是个颠覆者。

奥驰亚的高管们听得专心致志。维斯等着他们提问,或者表现出某种迹象,证明那位银行家说他们公司有了新去处的承诺是真的。"我希望他们看着我的眼睛,说'我们不会再为了钱杀人了'。"维斯说。实际上,高管们几乎一个问题也没有提,全程板着脸。维斯离开了会场,既没有对这次会面感到高兴,也没把握会达成协议。

大约3个月过后,他又接到那位投资银行家打来的电话。奥驰亚想以2亿美元的价格收购恩乐。大约同一时间,也就是在2013年初,维斯正在就新一轮融资进行前期讨论,本轮融资的估价将使该公司的估值达到奥驰亚开价的2倍多。维斯拒绝了万宝路男人。6月,恩乐从多位投资人那里筹到了7 500万美元,其中包括纳普斯特公司的创始人西恩·帕克和贝宝支付的联合创始人彼得·蒂尔,他们对公司的估值超过4亿美元。[①] 第二年,恩乐又获得一笔注资,这让公司的估值达到了惊人的数字:10亿美元。从这一刻来看,奥驰亚似乎严重低估了该公司的价值。

在变为独角兽公司之后不久,维斯离开了他帮助建立的公司。随后,两年经历了四位首席执行官,恩乐申请破产,在快速变化的潮流和更新更具有创新力的市场新手面前败下阵来(恩乐现在以重组后的法律实体待价而沽)。这家公司的快速崛起和衰落,成为一个警世

---

① 关于西恩·帕克等人,参见 Kelly Faircloth, "Sean Parker Has Invested in E-Cigarette Maker NJOY, Because Disruption," *Observer*, June 11, 2013; and Teresa Novellino, "Sean Parker and Peter Thiel Follow NJOY's Vapor Trail in Scottsdale," *Phoenix Business Journal*, June 10, 2013; and Mike Esterl, "E-Cigarettes Fire Up Investors, Regulators," *The Wall Street Journal*, June 9, 2013; also see Alexandra Stevenson, "NJOY, E-Cigarette Maker, Receives Funding Valuing It at $1 Billion," *The New York Times*, February 28, 2014; 亦可参见 PitchBook 上关于多轮融资的规模和估值的详细信息。

故事，它会一直在烟草巨头之间回荡。

2013 年 6 月，在曼哈顿一间豪华的活动大厅，雷诺公司宣布将推出自己的电子烟品牌微优思。罗利市《新闻与观察者报》的一名记者捕捉到了该公司的这一关键时刻。"在为微优思揭幕的过程中，穿着运动夹克、没打领带的公司总裁达恩·德伦在纽约 Pier 59 的舞台上一边踱步，一边讲述着苹果公司已故创始人史蒂夫·乔布斯的故事。"杰伊·普莱斯写道，"在采访环节，雷诺的高管们时常用'变革性''改变游戏规则'等词语来形容他们的新项目。"

在奥驰亚内部，事实已经摆在那里：公司别无选择，只能推出自己的电子烟品牌。但因为香烟巨头自己那个庞大的研发中心里找不到现成的银弹，而且稍有名气的电子烟公司都已经被其他巨头收入囊中，奥驰亚另起炉灶的时间已经不多了。考虑到该公司的律师坚持要完成所有的测试，以及任何产品推出前都要跨越的官僚主义泥淖，从零开始做出一件东西需要几年时间。

于是，奥驰亚的一队高管开始满世界搜寻，以增进对这个行业的了解，他们为此去过菲律宾、瑞士、以色列等地。情况一下子明朗起来，打入市场的最快捷办法是去几乎其他所有电子烟公司都去过的地方：中国。

到奥驰亚开始来中国发展业务时，在香港以北，也就是深圳市郊，已经掀起了一波电子烟生产浪潮。这些长期以来生产全世界大部分电子产品——从苹果手机到 PS 游戏机——的那些大型工厂，现在正生产电子烟。那里是韩力电子烟的发源地，成为世界烟草业新中心的不是北卡罗来纳州和弗吉尼亚州乡下的烟草田。以女性为主的工人大军组成了庞大的装配线，他们在那里手工制作电子烟的线路板、电池以及其他所有硬件。尽管多年前就已经进军日本电子产业，但这一切对奥驰亚而言都是外国地盘。这家公司知道如何烘烤和调配烟叶，但不知道如何焊接电容器。

最终，奥驰亚跟中国一家制造服务公司做起了生意，后者又与中国一家名为吉瑞（Kimree）的大型电子烟制造商签订了合同，吉瑞已是许多电子烟公司必选的代工厂。① 突然之间，里士满按中国时间工作了。

2013年6月11日，奥驰亚公布了自己的第一款电子烟，这是用白纸包裹起来的一根金属圆筒，每吸一下，它的LED端就会变成亮黄色，它的名字叫马克滕（MarkTen）。②

---

① 此间详情，参见美国证券交易委员会网站上吉瑞公司自2004年以来发布的多份初步募股书。
② 关于马克滕的试销，参见 Sonya Chudgar, "Altria to Launch MarkTen E-Cigarette in Indiana," *Ad Age*, June 11, 2013。

第六章　朱尔的诞生

全力以赴时，意志要足够。

　　——克里斯蒂安·威廉·波塞尔特和卡尔·路德维希·莱曼，德国科学家，于 1828 年首次分离出尼古丁

你得把神奇的分子……放到富有魔力的受体上。

　　——菲利普·莫里斯公司科学家，化学感知研讨会，1990 年

2013 年春季，邢晨悦意外接到一个猎头打来的电话。那个人解释说，一家名为普鲁姆的公司正在寻找化学家帮助开发一种新型电子烟。

邢晨悦很吃惊。他们为什么会给她打电话？的确，她是个化学家，但她职业生涯的大部分时间都在生物技术和制药领域工作。邢晨悦不是烟民。实际上，她讨厌香烟。

我的客户们也是！那位猎头回答道。他解释说，这家初创公司的两位创始人其实正在钻研一种新技术，可以让全世界摆脱吸烟。

邢晨悦有点动心。她是英语教授和历史学教授的女儿，在上海长大，赴加州大学戴维斯分校获得化学工程博士学位之前，她在上海的复旦大学攻读化学专业。在她的童年时期，中国抽烟成风，她至今还清晰地记得在餐馆和差不多所有公共场合被二手烟包围的情形。不仅能帮助全世界摆脱难闻的气味，还能摆脱重大的公共卫生威胁，这个想法对她很有吸引力。她也对在硅谷光鲜的初创企业里工作很感兴

趣。在挂断那位猎头的电话前，她同意去参加面试。

博文和蒙西斯的普鲁姆遇到了瓶颈。他们非常清楚Ⅰ、Ⅱ型产品最大的痛点：两者输送的尼古丁都达不到足够的数量和感官满足。事实证明，让大家放下香烟比他们想象的要棘手。他们需要另起炉灶。当他们真的这么做的时候，已经无法否认电子烟市场正在他们身边蓬勃发展。

至此，已经有十几家公司在销售韩力的仿真烟产品的各种变体，包括布卢、恩乐、微优思和马克滕。尽管日本烟草公司已经拿到了普鲁姆的国际版权，但很明显，这件产品在美国并没有一席之地。市场变化如此之快，局势已经日渐清楚，博文和蒙西斯如果要想生存下去就必须转换思路。再者，监管环境还是那样，他们一路上不会遇到大的障碍。实际上，所有人要做的就是到中国从俯拾皆是的代工厂中找一家来生产硬件，然后找一个调味师调出几款尼古丁药液，并建一个网站。但这似乎都遇到了同样的设计缺陷——它们无法提供足够的尼古丁，因此吸烟者基本上都会觉得产品相当不够味。

就着博文和蒙西斯这么多年已经学到的一切，再加上帕克斯雾化器的成功带来的大量收入，他们于是得出结论，他们不仅能打入这个市场，而且可以做出一种领先竞争对手的产品。博文已经着手学习尼古丁化学知识，但因为普鲁姆主要出自产品设计师和机械工程师之手，因此他们需要一位化学家——像邢晨悦那样的化学家。

当那位猎头找上邢晨悦的时候，她已经在加州尔湾市的MAP制药公司工作多年，该公司开发了一种治疗偏头痛和小儿哮喘的口腔吸入药物。在近两年的时间里，邢晨悦一直致力于研究加压计量药物吸入器，以将药物输送至患者的肺部深处。她是粒子工程领域的专家，懂得如何调制可溶解性并适合以细雾状输送的药物配方。

接到电话之后没多久，邢晨悦就来到了这家位于多帕奇区的旧罐头厂。这个创业大本营的内部环境让她感到非常吃惊，它跟生物技术公司的无菌大厅截然不同。博文和蒙西斯在普鲁姆加工车间边上的一间会议室里等她。跟他们坐在一起的还有一个名叫盖尔·科恩的人，他是拥有斯坦福大学分子和细胞生理学博士学位的咨询师，也很早就通过沙丘天使公司成为了这家公司的投资人。过去十年间的大部分时间里，科恩一直在协助制药、生物技术和医疗器材公司制定战略营销计划和企业发展规划。其工作内容包括对产品机会进行详尽的商业分析、确认公司需要开展哪些临床试验、确定公司采购药品原料的地点、测算出这一切的成本等等。他最近服务的客户之一是一家总部位于旧金山的生物技术公司，名叫内克塔治疗（Nektar Therapeutics）。如果邢晨悦能帮助普鲁姆的尼古丁雾化烟设备在这场电子烟竞争中坚持到最后，科恩就等于为自己的老雇主打开了新视野，那里已经有一群神奇的生物化学家在那里努力解开赢得竞争的秘密。

约翰·帕顿在任何人的心目中都不是那个某一天可能会在新兴的尼古丁吸收领域率先取得重大突破的科学家。[1] 帕顿是个越战老兵，很早就开始吸烟，后来开始学习海洋生物学，并取得了生物化学博士学位，还在生物医药领域做过两个博士后，其中一个是在哈佛大学医学院。他涉足的领域鲜为人知，主要研究鱼类和蛤蜊如何消化脂肪并吸收环境毒素。后来，他将自己的研究成果应用于人类的脂肪消化以及如何通过消化道吸收药物。

1985 年，他被总部位于南旧金山的制药巨头基因泰克公司招入麾下，领导一个小型的药物输送研究小组，并开发了一种主要用于治疗侏儒症的吸入式生长激素。公司后来停止了这个产品的生产，虽然尚未得到确证，但他们担心该产品会对肺部组织造成长期性损伤。帕顿坚信，相对于针头注射方式，吸入式治疗才是药物输送的最终解决方案，于是他自行开辟出路。1990 年，他跟斯坦福研究院的气雾剂

---

[1] 关于约翰·帕顿的背景，参见 "He and His CEO Inhaled," *Wired*, March 28, 2006; also see "John Patton: A Lifetime of Adventure," PharmaVoice, December 2003; and John S. Patton, "Interview with John Patton," *Therapeutic Delivery*, 2010。

专家鲍勃·普拉兹在加州圣卡洛斯市联合成立了自己的公司——吸入疗法公司（Inhale Therapeutics），开始开发自己的肺部给药药物。

肺部是迄今为止药物进入身体并快速到达大脑的最快捷有效的输送路径。[①] 这是因为肺部的吸收能力和大得惊人的表面积，形成了一个由气道、肺泡和毛细血管组成的网络，几乎能立即将吸入的小分子药物输送到血液中，并随后抵达大脑。相比之下，经由皮肤或消化系统进入的药物需要花更长时间才能抵达大脑，而在药物进入大脑之前，它可能已经被代谢或分解。正因为这样，香烟才如此令人成瘾——肺部吸收尼古丁，并将其迅速输送到大脑，令其感受到冲击感或飘飘欲仙感这样的尼古丁精神刺激效应。

帕顿的公司在1995年与辉瑞制药联合开发了一种可吸入型胰岛素，并在2003年将公司更名为内克塔治疗。2006年，该药物获得FDA批准，并以Exubera的名称上市销售，成了市场上首款吸入型胰岛素产品。[②] 尽管病人喜欢这种通过一个形如水烟筒的设备输送胰岛素气溶胶的产品，但它遭到了激烈的反对，而反对者主要是传统胰岛素生产商中的既得利益者。投入的费用接近30亿美元，但辉瑞的销量甚微，于是将该产品撤出市场，"这使之成为了制药业历史上代价最高的败绩之一"。

帕顿有些垂头丧气，但即便败了，他还是改变了比赛。虽说Exubera以失败告终，帕顿的工作所具有的前景却导致了新的吸入型

[①] 关于肺部及其吸收情况的信息，参见Proctor, *Golden Holocaust*; also see Neal L. Benowitz, "Clinical Pharmacology of Inhaled Drugs of Abuse: Implications in Understanding Nicotine Dependence," in the monograph published by the National Institute on Drug Abuse research monograph series called "Research Findings on Smoking of Abused Substances" and published in 1990。

[②] 关于Exubera的封面报道，"Pfizer Receives FDA Approval for Exubera, the First Inhaleable Form of Insulin for Controlling Type 1 and Type 2 Diabetes in Adults," press release, Nektar Therapeutics, January 27, 2006; then see Matthew Herper, "Pfizer Kills Exubera," *Forbes*, October 18, 2007; and Alex Berenson, "Weak Sales Prompt Pfizer to Cancel Diabetes Drug," *The New York Times*, October 19, 2007。

药物公司的爆发式增长，并在制药公司之间引发了一场竞争，因为他们认识到，从治疗糖尿病到偏头痛，几乎所有的药物都可以改造成吸入型。制药公司的任何一种专利药转换成吸入剂后，都可能将市场扩展至那些长期害怕皮下注射（且数量不少）的人身上。他们还看到了一种价值，即为自己的专利药打造全新的输送平台，从而延长专利的寿命。

经历了 Exubera 带来的失望之后，帕顿和他"内克塔治疗"的同事们开始集思广益，研究所有有可能制作成吸入剂的分子，包括用来治疗偏头痛、焦虑症、感染等各种疾病的抗生素、咖啡因、大麻素等。然后，在 2005 年前后，突然灵光一闪。干嘛不开发可吸入的尼古丁呢？这个想法既简单又天才。

帕顿早已戒掉了抽烟的习惯，但他非常清楚吸烟造成的恶果。尼古丁最近被吵得沸沸扬扬，尤其是它的减害原理。有人已经开始推出新型尼古丁输送设备，比如含尼古丁添加剂的牙线和尼古丁棒棒糖，甚至还有尼古丁水（这些全都被 FDA 取缔了），以及各种用于戒烟的尼古丁吸入器。然而，这些产品的成功有限，其中一个关键原因是，它们大多无法足够快速地将尼古丁输送到大脑，因此使用者从来没有满意地感觉到那些东西真正缓解了自己的渴求。使用上述产品后重新开始抽香烟的人数居高不下。

尼古丁吸收并随后输送到大脑的速度，是决定使用者对任何一种烟草产品的"满意度"的关键因素。点燃香烟的全部意义就在于立即感受到它的效果——吸一口烟，从而引起反射性的向后靠在椅背上，然后心满意足地呼出一口烟雾。

帕顿和他的研究人员发现，很多尼古丁吸入器无法带来那种放松感的原因之一，是因为它的气溶胶颗粒太大。结果就是，它们在口腔内壁和上呼吸道被缓慢吸收，而不是被迅速输送到香烟的已知最佳位置——肺部最深处。

内克塔的董事会对跟烟草业打交道的想法不太起劲，但帕顿还是派出了一小组科学家想看看这个项目是否可行。其中一个研究人员偶然发现了烟草战争结束后公开的一批烟草文件,于是埋头阅读起来。在这个庞杂的文件堆里翻查了几个星期之后,这名研究人员结束了自己关于尼古丁化学和烟草植物药理性特征的速成课。他的发现既有启发性,也让人心潮澎湃。这些文件包含了烟草公司内部实验室的化学家们在几十年间积累起来的大量研究成果,他们发现,烟草烟雾的感官特征——以及由此产生的愉悦因子——可以通过调节其 pH 值来加以控制,pH 值表示的是某物的酸性(如醋、柠檬,pH 值在 7 以下)或碱性(如清洁剂、碱液,pH 值在 7 以上)的程度。

烟草烟雾的科学原理出奇地复杂,这就是为什么烟草公司自己的实验室长期以来稳定地维持一批精英化学家在岗,以处理烟草的调配、烟雾颗粒的大小和烟雾化学物质等问题。他们的目标之一是设计出既能让烟味好闻,又能满意地产生击喉感的香烟产品。当吸烟者吸烟时,尼古丁会经由极其微小的烟雾颗粒进入肺部,接触肺部表面并由此进入血液中。随后,它穿过血脑屏障,附着到乙酰胆碱受体上,该受体随之释放包括多巴胺在内的多种神经递质。[①] 就吸烟而言,这一切发生在 15 秒内。随着时间的推移,血液中的尼古丁逐渐消散,大脑渴望得到下一波神经递质的猛增,这会促使吸烟者再次点燃香烟。然后一而再,再而三。

尼古丁分子属于碱性物质,这意味着在最纯的游离态下,它的 pH 值很高,能在口腔和喉部留下强烈的灼烧感。但人们发现,从土

---

① 关于尼古丁和神经递质的基本知识,参见 Neal L. Benowitz, "Nicotine Addiction," *The New England Journal of Medicine* 362 (2010): 2295 - 2303。关于尼古丁盐的基本知识,参见 the seminal Reynolds study: Thomas A. Perfetti, "Structural Study of Nicotine Salts," *Beiträge zur Tabakforschung International/Contributions to Tobacco Research* 12, no. 2 (February 1983): 43 - 54。关于酸性物质如何让香烟口感更柔顺,并对年轻人更有吸引力,参见雷诺公司 1973 年的内部文件,其中一份日期为 12 月 4 日,标题是 "Cigarette Concept to Assure RJR a Larger Segment of the Youth Market"; and "Research Planning Memorandum on Some Thoughts About New Brands of Cigarettes for the Youth Market"。

壤里长出的绿色烟叶中所含的尼古丁以晶体状的"盐"形式存在，这是由于尼古丁与烟叶中天然存在的有机酸发生反应，以致烟草烟雾的 pH 值被中和。

雪茄和过去其他类型的欧式"风干"香烟的 pH 值相对较高，因为长达数周的风干过程使烟叶的自然代谢过程持续数天，降解了它的糖和有机酸，从而形成了更多的游离态尼古丁。① 这就是为什么抽这些产品的人往往会将烟雾在嘴里打几个转，而不是径直吸入，这意味着尼古丁在面颊内侧缓慢吸收，而不是瞬间经由肺部吸收。吸入雪茄或高卢烟（Gauloises）的烟雾会引起剧烈的咳嗽。那是因为这样的烟输送了大量具有挥发性的、pH 值较高的游离态尼古丁。

相比之下，现代香烟的 pH 值相对较低。那是因为其中所采用的"烘烤"烟叶（在谷仓里采用高温快速干燥）极大地保留了其天然存在的促进尼古丁盐形成的糖和酸性物质。低 pH 值可以产生柔顺的烟雾，从而更容易吸进肺部，也令人更舒畅。

1960 年代，烟草公司拥有大笔的研究预算，并且陷入了异常激烈的竞争。其结果是，它们开始对自家烤烟的口味开展了各种研究，试验枫叶、橘子或甘草等微妙的味道，想找出吸烟者最喜欢的烟草"调制"口味。这与菲利普·莫里斯公司在 1950 年代的一项开创性的——并有可能是偶然的——发现有关，当时该公司开始在万宝路品牌下的烟草中注入磷酸氢二铵。其目的是让烟草的叶和茎更易于做机械化加工，但结果是让烟草带上了一点"巧克力味"，而这似乎得到

---

① 关于烟雾化学物质的 pH 值和游离态尼古丁，尤其可参见 Proctor, *Golden Holocaust*; also see Anna K. Duell, James F. Pankow, and David H. Peyton, "Free-Base Nicotine Determination in Electronic Cigarette Liquids by H NMR Spectroscopy," *Chemical Research in Toxicology* 31, no. 6 (June 2018): 431–34; also see Centers for Disease Control and Prevention, National Center for Chronic Disease Prevention and Health Promotion, and Office on Smoking and Health, *How Tobacco Smoke Causes Disease*; and see Jack Henningfield, James Pankow, and Bridgette Garrett, "Ammonia and Other Chemical Base Tobacco Additives and Cigarette Nicotine Delivery: Issues and Research Needs," *Nicotine and Tobacco Research* 6, no. 2 (April 2004): 199–205。

了消费者的喜爱。添加碱性氨也会增加烟草烟雾的 pH 值的附带效果，并向吸烟者输送更高比例的游离态尼古丁。研究结果显示，烟雾中释出的尼古丁比例越高，能带给吸烟者的"刺激"越大，因为这会让吸烟者感受到他们似乎颇为喜欢的更厉害的"击喉感"，并可能让尼古丁更快地被吸收进血液中。

这种新的氨化烟草配方被称作万宝路品牌的"秘密"和"灵魂"，似乎能让吸烟者越发对它们的产品上瘾，万宝路的销量由此飙升，成了全世界最受欢迎的香烟。① 一位有名的专家证人在 1998 年作证称，万宝路本质上是一种"快克尼古丁"——这是个贴切的比喻，因为加热吸食的快克可卡因也是类似的原理。②

为了香烟销量更好，烟草公司很快纷纷开始在自家的香烟中添加氨，以便有万宝路那样广受欢迎的刺激感，于是它们很快就成了氨的最大消费者之一。到 1975 年时，万宝路已经超过市场上所有其他品牌香烟，成为了美国销量第一的品牌。

与此同时，尽管吸烟者被更能产生愉悦感的自由基香烟所吸引，但在烟草公司内部有一个平行的研究，它研究核心是做出一种"吸引青少年"的香烟，让其更易被"预备吸烟者"或"学习吸烟者"所接受，这些人可能会因万宝路型香烟的刺鼻感望而却步。科学家们没有嘲讽那些为了产生更强烈的击喉感而在烟叶中添加氨的行为，反而意识到自己也可以减轻香烟的刺激性，方法是以弱有机酸处理烟草，从而降低烟雾的 pH 值，并使其产生较为柔顺温和的冲击感。这样一来，新的年轻顾客更容易开始尝试，因为他们吸进的第一口烟并不会覆盖他们的肺部。

---

① 关于万宝路"灵魂"之说的背景以及加氨的烟草，参见 Terrell Stevenson and Robert N. Proctor, "The Secret and Soul of Marlboro; Phillip Morris and the Origins, Spread, and Denial of Nicotine Freebasing," *American Journal of Public Health* 98, no. 7 (July 2008): 1184–94; also see Proctor, *Golden Holocaust*.
② 关于快克可卡因的证词，参见 "Expert Report of Channing Robertson" in the state of Minnesota's case against the tobacco industry, 1997。

烟草公司很快就意识到，它们可以像拨电话拨号盘那样调节烟雾的 pH 值。在烟草中添加柠檬酸盐或苯甲酸盐等弱有机酸来降低 pH 值，并制出对肺部很温和的"柔顺型"香烟。添加少量碱性化学物质，如氨，便能提升 pH 值，从而制作出一种更有冲击力的香烟。找到那个完美的"刚刚好"（Goldilocks）的调制烟，成为了烟草业永不停步的目标。①

就在菲利普·莫里斯公司开创了尼古丁游离化先锋之时，雷诺的科学家领先一步利用弱有机酸和其他化学物质做"表面处理"的技术，精心制作一种更能吸引青少年的香烟。"实话实说，如果我们公司要生存和发展，从长远来看，我们必须在青少年市场占有一席之地。在我看来，这要求我们为青少市场量身打造全新品牌。"雷诺的研究部门主管克劳德·提格在一份写于 1973 年、如今尽人皆知的备忘录中如此写道。他解释说，就供"预备吸烟者"或"学习吸烟者"用的香烟而言，必须改变其刺激性和粗糙度。"应当通过降低 pH 值来保证尼古丁的低吸收率，"他写道，"初学吸烟者对烟雾刺激的耐受力较低，因此烟雾必须尽量温和。"他还指出，面向青少年的香烟中的烟草调制应当避免使用"浓烈"的香味。"一个人养成对烟味的品味，好比学着喜欢吃橄榄。"他写道。

当电子烟进入市场时，上述深奥的科学知识几乎毫无用处。大多数制造商只需将纯的游离态尼古丁浸入一种溶液中，再把它们装入瓶子或者药筒，几乎没有应用烟草公司在几十年间开发出来的复杂的烟雾化学物质和经过仔细校准的尼古丁输送机制。

约翰·帕顿的研究小组发现了某种东西。在烟草行业故纸堆的仔细指引下，他们意识到跟烟雾一样，pH 值的调节可以应用到尼古丁的药物气溶胶的制备中。但起点不同。装进瓶子的尼古丁基本上只是

---

① See Anna K. Duell, James F. Pankow, and David H. Peyton, "Nicotine in Tobacco Product Aerosols: 'It's Déjà Vu All Over Again,'" *Tobacco Control* 29, no. 6 (October 17, 2019): 656–62.

油性的蒸馏尼古丁浓缩液，这意味着它碱性较重，因此更有刺激性。为制作出适合吸入的溶液，尼古丁必须跟丙二醇之类的赋形剂或惰性载体系统相混合。所得到的溶液，肺部能承受，但尼古丁含量相对较弱，因此令吸烟者不满意。

帕顿的研究人员意识到，从理论上说，在游离态尼古丁中添加弱有机酸可以使尼古丁含量更高（且更令人满足），同时吸起来更舒服。他们计划采用一种计量吸入器——用于治疗哮喘的那类——来输送这种药物配方，并在2005年6月申请了"含尼古丁的可雾化配方"的专利。

但是，存在两个大问题。首先，该研究团队将想法告知FDA多名前任官员后，他们收到了警告。该机构可能会对帕顿团队申请的产品类型高度谨慎，因为其高效的尼古丁输送模式可能会导致极高的滥用风险。其次，从始至终，研究该尼古丁配方的科学家还没有对其进行任何人体试验。当帕顿最终拿到试吸样品时，他的喉咙有严重的灼烧感，花了两个星期才恢复。这个配方不对。帕顿当即毙掉了这个项目。

但是，盖尔·科恩，也就是坐在会议室跟博文、蒙西斯和邢晨悦会面的那位咨询师，在服务内克塔的五年里了解了不少这方面的知识。普鲁姆实际上正在变身成一家混合型的烟草-生物技术公司。他们只需要自己的帕顿来往前推进，并瞄准正确的配方。

当邢晨悦在普鲁姆的会议室坐下后，蒙西斯问她是否介意他们点上那个奇怪的烟草装置。它跟她之前见过的都不一样。"我不介意。"身材娇小、一头黑发、脸庞秀丽的邢晨悦回答说。两个年轻人点了烟，吞云吐雾，邢晨悦感到很吃惊，比起那些飘到人脸上令人作呕的烟雾，这烟的副产品一点也不令人反感。

大家向她提出了很多问题，似乎很佩服她对肺部这个话题的了解程度。让邢晨悦印象深刻的是，这两位创业者知识渊博，尤其是博文,似乎对其中的基础科学掌握得非常扎实。邢晨悦表示自己无意使用他们的产品,但博文和蒙西斯似乎并不介意。她已经告诉过招聘人员,她不打算也永远不会使用烟草产品。

做出普鲁姆的两个小伙子解释说,他们此刻正在使用的这套烟具其实不同于她做过的那些产品。相反,他们现在尚处于一种新产品研发的起步阶段,这就要求有人既懂化学又了解吸入式药物的研发工作。真有趣,邢晨悦心想。她就是个独一无二的理想人选。

她在基因泰克公司主要从事的就是小分子配方工作,随后转到 MAP 制药公司,这家公司的主打产品都是吸入式产品。她在 MAP 做了一种可吸入的偏头痛药物,后来取名 Semprana 上市销售。邢晨悦的专长是药物如何在体内代谢,以及肺部如何成为高效的药物吸收部位。她对粉剂吸入器、气雾剂吸入器和药物喷雾器了若指掌。

面试以邢晨悦被说服告终。博文和蒙西斯给她留下了好印象。尽管一开始充满了担忧,但她还是喜欢在一家快速发展的初创企业尝试某种新东西的想法。在生物科技领域,通常要花很长很长时间才能看见一种产品上市销售;而在邢晨悦的经历中,她还从未看见过一种药物从开始到完成的完整生命周期。普鲁姆可能让她得到这样的机会。此外,她原来对于在烟草公司工作感到的恶心已经烟消云散了。她告诉自己,在生产治病药品的制药公司工作,跟普鲁姆要达到的目标没有什么不同。毕竟,吸烟连同它所产生的后果,都是一种疾病。她觉得这可以成为一种疗法。

2013 年 7 月,她来上班了。她几乎立刻被那些为这种尚未命名的产品而工作的人所具有的才干打动了。他们来自苹果、特斯拉以及硅谷的高端设计公司。他们都很年轻,才华横溢,大家似乎都对能在一家酷酷的有远大抱负的初创公司工作感到兴奋。因为普鲁姆的员工大多是工程师,她发现自己需要给大家讲解基础化学知识,还要给办公室里的那些人讲解科学知识。尽管她在办公室给人的印象是有些文静,但她所做的工作完全不是这样。在实验室里,她以艺术家的天赋

The Devil's Playbook

试验了各种尼古丁液体，混合成各种口味并测试不同的化学配方。这间临时搭建的实验室位于那个天花板挑高的房间的一个通风较好的角落，部分被遮挡住了，不能一下子尽收眼底。

博文和蒙西斯给邢晨悦安排的任务简单而具体：调制出一种比其他所有配方都更好的尼古丁配方。再具体地说，就是两位创始人正在寻找的一种完美的配方，它能让使用者在喉部产生一种恰如其分的"刺激感"，但又不会刺激到引发咳嗽，同时还能提供足量的尼古丁，以产生一种他们所说的那种"兴奋感"。① 解决两大问题，即兴奋感和击喉感，成了普鲁姆的指导原则。

邢晨悦之前从未研究过尼古丁，但幸亏博文、蒙西斯和盖尔·科恩都对此有所了解。他们给她提供了那些烟草公司档案，尤其是各大公司在尼古丁盐和有机酸方面的一些研究成果。她开始了彻底的文献检索工作，仔细阅读了讲述吸烟和烟雾化学方面的基础文献，了解了吸烟者在点燃香烟后所吸进的化学物质和天然物质。她研究了尼古丁的化学成分，学着如何解构烟叶以找到适合吸入的成分。

邢晨悦一边研究天然烟草植物中所含有的数千种化学物质，一边从普鲁姆聘请的烟草业顾问们那里挖掘专业知识。当她试图整理那数百万页的文件并进行筛选，以找出那些最有希望、最重要因而需要优先处理的发现时，这些人的专业知识派上了用场。他们给她讲了自己和他人在之前所做的研究、他们所采取的研究方向，以及现在能否顺着这个方向继续前进。她对这些三十多年前的研究成果的水准感到吃惊，并且觉得很鼓舞人心的是，这些发现中有太多的智慧可以挖掘。"这里面有太多经验，"邢晨悦在谈到这些烟草行业的帮手时说，"他们本身就是了不起的化学家。"

有了这些档案和烟草研究人员的帮助，邢晨悦、博文和其他人给

---

① 有关普鲁姆对于"兴奋感"和"击喉感"的兴趣的解释，以及相关心率图，参见 the Amended Consolidated Class Action Complaint against Juul, in the case In Re: Juul Labs, Inc., Case No. 19-md-02913-WHO。

休眠多年的烟草科学注入了活力，让古老的智慧焕发出生机。邢晨悦开始从烟叶中筛选出几十种天然存在的有机酸，它们可能有助于中和烟叶中的游离态尼古丁，从而降低其 pH 值，那么就可以加更多的游离态尼古丁到电子烟中，但又不会过于刺激。她研究了每一种有机酸的理化特性，试图确定哪一种最适合于尼古丁烟油。

邢晨悦列了个有机酸简表——丙酮酸、乙酸、苯甲酸、乙酰丙酸——并开始调配各种尼古丁混合液在志愿者身上做测试。他们要找到能让人心率加快、身体兴奋起来的那一组配方。

博文自己就是首批实验者之一。正如他在大学期间为研究微重力而坐上"呕吐彗星"，这次他也渴望试用邢晨悦的研究成果。另一个贝塔测试者名叫阿里·阿特金斯，他是个拥有斯坦福大学机械工程学位的产品设计师，发明过一款能与苹果手机连接的电吉他，还设计过一款高端的精密咖啡机。盖尔·科恩也是一名贝塔测试者，或者用他们的话来说，是一只小白鼠。

志愿者们来到多帕奇区办公大楼里的一间会议室，拿到了一款能输送不同的尼古丁气溶胶配方的电子烟烟具，其中几件被普鲁姆的工程师们做成了各种形状。请了一些人来做外行的观察研究，比如，根据指示在两分钟吸十口，并在尼古丁开始起作用后记录自己的感受。焦虑？满足？警觉？恶心？他们要根据自己的尼古丁欲望是否得到满足、吸入的过程是难受还是顺畅来对各种配方进行评分。"我很想参加实验，"其中一个小白鼠说，"我知道，从某种程度上说，我们吸入的是神秘的化学物质。"有一次，一位志愿者尝试了其中一种尼古丁配方，立马觉得天旋地转，差一点就要失去意识。等他回到桌子旁，意识清醒过来后，这位志愿者和邢晨悦击了一下掌，并大声说："我今后再也不会抽烟了！"

因为尼古丁是一种兴奋剂，其效果可以通过心率来加以测量，因此贝塔测试者们监测了自己的心率，看哪一种尼古丁配方具有令人期待的兴奋效应。一张图表显示，博文在吸了含有尼古丁和苯甲酸的溶液后，他的心率在不到两分钟的时间里上升了70%。与其他溶液相比，这是个很好的指标，说明就提供他们所寻找的那种"兴奋劲"而言，尼古丁苯甲酸溶液可能是一个不错的选项。很快，志愿者们便开始报告，这种产品不是一般的好。他们现在伸手去取的是它，而不再是他们的香烟盒。

现在，他们需要通过临床试验来证实他们的结果。尼古丁研究者们采用的黄金标准是抽取吸完香烟的某人的血液，以确定其中的尼古丁含量。这件事，他们无法在多帕奇区完成。

从旧金山到克莱斯特彻奇大约要飞30个小时，那是一座远离尘器的毛利人定居点，后来变成了欧洲捕鲸站，现在是新西兰南岛上最大的城市。① 2014年初，普鲁姆团队的人刚一降落，就在这座城市里穿行，此时，当地人仍在清理三年前一场毁灭性地震后留下的瓦砾。

在市中心，距离遭到难以挽回的破坏的那座历史悠久的大教堂才几个街区的地方，矗立着一栋外表亮丽的玻璃幕墙建筑，街道对面是克莱斯特彻奇医院，医院的一边朝向停车场，另一边朝向一家保时捷经销店。它的外墙上挂着一块硕大的牌子：克莱斯特彻奇临床研究信托基金（CCST）。

近年来，新西兰已经成为世界各地寻求进行早期临床试验的生物技术和制药公司的热门地点，原因之一在于它相对精简的监管要求，给开展人体试验所需要的快速审批创造了条件。克莱斯特彻奇医院开办于2000年，开办者是一位名叫理查德·罗伯森的肾病医生和一位名叫克里斯·维恩的肿瘤医生。过去十多年里，这座医院已经多次开展早期药物代谢动力学临床试验，其间，有偿志愿者在接受不同剂量的药物后提供自己的血液样本，以便研究人员更好地了解人体是如何

---

① 关于朱尔公司早期在新西兰的试验公开细节很少，我所得到的信息来自采访，以及澳大利亚新西兰临床试验注册中心维护的在线数据库的信息；此外，在博文和那晨悦提交的专利申请中也有有关试验的信息。

处理药物的。

制药公司来这里进行临床试验之前，通常已经在培养皿里或在猴子或者老鼠身上测试了某种活性成分，并已经做好人体给药的准备。全套设备包含数十张病床、现场病理学家和护士、一套诊断设备以及伙食供应。维恩和罗伯森负责招募病人，并付费让他们参加研究过程，时间一般持续24小时至4个星期。

博文、邢晨悦、科恩和阿特金森来到医院后，乘坐电梯上了四楼，进入一间墙上挂着艺术品的接待室，接待员坐在放着一株粉色兰花的桌子后面。阳光从附近的飞马湾照进房间。几道门的后面便是病房，普鲁姆的志愿者会在研究期间来到这里，同时还有一组自愿样本（volunteer subjects）。

博文和邢晨悦带来了各种各样的电子烟，包括一款中国产的仿真烟和各种尼古丁配方。他们还买了几条波迈香烟（Pall Mall），计划用作参照香烟。志愿者全是男性，是根据年龄选出的——不低于18岁，不高于45岁。他们必须是每天至少抽5支烟的烟民。

这项研究的目的是让志愿者通过电子烟设备吸入不同浓度和配方的尼古丁调制品。他们还被要求抽一支传统的燃烧式香烟，以评估电子烟油的堆积情况。

过去几十年间，血液研究对于香烟是那么重要，因为它是测量血液中尼古丁浓度的一种手段，而多少有些令人吃惊的是，针对电子烟进行类似的血液研究并不多见。该领域相对较新，这意味着邢晨悦和博文在问的都是一些基本问题：比起电子烟，传统香烟中有多少尼古丁会进入血液？每一种产品的尼古丁在血液中达到最高水平的速度有多快？使用每一种产品后，呼气中会含有多少二氧化碳？

所有受试者都拿到了留置导管，因为随时需要抽取血液。每个自愿样本都要抽一支波迈香烟，然后抽电子烟，顺序随机，间隔90分钟。在抽不同配方产品之前和之后都要在30分钟内的不同时间点采集血液样本和二氧化碳样本，以测量他们血液中的尼古丁浓度。

邢晨悦会在场帮助确保研究工作顺利进行。对于在克莱斯特彻奇临床研究医院开展的类似试验而言，志愿者通常一大早就赶到试验区域，在 5 点 30 分左右开始试验，先抽吸一根作为基准的香烟，然后去吃早餐。吃完之后，试验日就开始了。志愿者们排队领取电子烟配方的盲样——有的含有较高水平的游离态尼古丁，其他的含有数量不等的有机酸，邢晨悦则在一旁观察。在抽电子烟前后，有临床医生负责测量心率记录数值，并采集血样。试验参与者还接受了调查，回答问题，以衡量他们对每种产品的满意度，并记下他们在吸入各种配方后的评价。

随着分析工作的进行，要点变得清晰起来。在满意度调查中，血液中尼古丁吸收速度最快的尼古丁盐配方最受青睐。这些配方的评分也很接近于来自波迈香烟的满意度。一种含有苯甲酸混合物的尼古丁盐配方尤为显眼。它们越来越接近于秘密配方：像香烟那样，被血液快速吸收。

普鲁姆团队飞回旧金山后不出几周，就提交了专利号为 9215895 的申请："用于气雾剂装置的尼古丁盐配方及其制备方法。"发明人是博文和邢晨悦。专利中提到了内克塔公司。

"我们偶然发现，某些尼古丁盐配方给人带来的满足感优于游离态尼古丁，也更接近于抽传统香烟所得到的满足感。其满足效果与尼古丁有效地转移到人的肺部以及血浆中尼古丁吸收量的迅速升高是一致的。"

后来的研究表明在邢晨悦的帮助下达到了理想状态。最终上市销售的首选配方能输送大量的尼古丁，超过了市场上的任何电子烟，而有机酸具有降低 pH 值并缓和刺激性的作用——就像一勺白糖帮助药物下肚一样。后来的一项研究将最终上市销售的那个配方称为"相当于万宝路的电子烟版"。① 在邢晨悦的帮助下，博文、蒙西斯有了这个可遇不可求的好东西。

---

① 关于"相当于万宝路的电子烟版"，参见 Duell, Pankow, and Peyton, "Nicotine in Tobacco Product Aerosols：'It's Déjà Vu All Over Again'"。

与此同时，蒙西斯和他的工程师团队已经开始为新产品设计硬件。伊夫·贝哈尔在完成帕克斯的设计工作后，基本上已经淡出了他们的视线。他与蒙西斯的性格冲突达到顶点并闹僵了。有人这样描述贝哈尔和蒙西斯，说他们两个人都个性极强，他们一打交道，就像是"两个原子碰到了一起"。后来，他们的冲突升级为与帕克斯有关的版税和知识产权纠纷，两人彻底一刀两断。

博文和蒙西斯向贝哈尔曾经的两个商业伙伴求助。乔西·莫伦斯泰因是贝哈尔的 Fuseproject 工作室的合伙人，担任过七年多的创意总监。此时，他刚跟 Fuseproject 的另一个知名设计师尼克·克洛南一起成立了自己的设计公司。

蒙西斯告诉莫伦斯泰因和克洛南，他想要一种电子烟，外形上要跟已经充斥于市场的那些廉价中国产品完全不一样。市场上已经到处是电子烟，大多仿造的是燃烧式香烟的外形。最重要的是，它们做工粗糙，缺乏想象力。莫伦斯泰因问他们做这个能拿到多少报酬，蒙西斯回答说预算不太多。这两位设计师的公司刚刚开业，盼着有进账，于是答应了事后看来微不足道的数目：2 万美元。

他们回到了唐人街附近的那间小工作室——它坐落在一条小巷子里，边上是一家法国餐馆和一家脱衣舞俱乐部——并站到了白板跟前。他们一边用白板笔勾勒出自己的想法，一边相互问一个简单的问题：以后抽烟会是什么样子？莫伦斯泰因把手伸进口袋里。里面碰巧装着一个小巧的长条形电脑优盘。他把优盘举到嘴边说："应该是像这个样子。"

2013 年底的一天，蒙西斯把所有人召集到那间并不宽敞的会议室里。十几个人挤了进去。蒙西斯手握一张餐巾纸，抬了起来。上面胡乱地画着一个长方形，看起来像一个优盘。

"这就是未来。"他说道。

这个设备的里面有一个微型的一次性尼古丁液填充盒，打开后会发光。它会是某种金属做的,也许是黄铜,会像硬币一样带有漂亮的淡雅光泽。

一时之间,公司所有的努力都再次集中到了这件新产品上。电气工程师科尔·哈顿已经进入该公司两年多了,现在被分派专攻电子器件。差不多同时进公司的史蒂文·克里斯滕森负责机械工程部分。蒙西斯将协助完善工业设计。

要把那张餐巾纸上画的草图转换成一件可以使用的原型机可不是一件容易的事。对工程师们而言,把那个小烟油盒子和电池装进小小的烟具里,真是一项巨大的挑战,就像是把一头大象塞进鞋盒子。但他们一个接一个地捣鼓出了原型机。"这些东西我们都得塞进去。怎么可能?"参与该项目的某人后来回忆说,"那得要一次又一次把不可能变成可能。压力巨大——我们似乎将一事无成。"

然后是把出自博文和邢晨悦之手的尼古丁盐与工业设计结合起来,一位前雇员把这叫做"金门票"①。博文和蒙西斯坚持认为,小烟油盒里装的尼古丁要与一包香烟中所含的尼古丁等量,这样一来,该设备才能在这个方面形成直接竞争。他们还希望它的长度跟一支香烟大致相当,以带给吸烟者一种熟悉的抓握感。与该产品相关的其他一切都是为了讨伐燃烧式香烟,恰如其分地宣布要与香烟决裂。

所有产品细节都是集体努力的结果,包括开会讨论最终产品所采用的颜色。他们最终选定了蓝灰色。至于名字,他们想投票决定。有人建议取名为"宝石",有人建议取名为"焦耳"——向热量单位致敬。一开始,"焦耳"被否决了,因为它听起来"显得蹩脚而无趣,没有人会接受"。但其他人实际上很喜欢它的读音,因为它会让人想起一些珍贵的东西。有人建议简单地改动一下拼写。就这么定了。大家最终决定叫它"朱尔"(Juul)。

---

① golden ticket,出自《查理和巧克力工厂》,金门票是人人梦寐以求的通行证,拿着它的人可以进入威利·旺卡戒备森严的糖果工厂。——译者

第七章　卡尔加里牛仔节

> 我们不是在卖香烟，而是在卖一种生活方式，一个拥有自己的歌曲、密码和数百万会员资格的专属俱乐部。
>
> ——国会报告，1966年，语出某烟草广告人

2014年前后，新标公司的一位名叫约翰·摩尔的营销主管与巴林顿、维拉德、穆里洛和奥驰亚的其他高层人员举行了一次会议，商量公司的新款电子烟马克滕的推销事宜。"我今天站在你们面前，"他说，"想谈两件我以为我永远不会在奥驰亚谈论的事。一件是电视广告，另一件是尼古丁。"

尽管马克滕在一年前已经宣布下市，但在2014年春季向全国推出之前，它只试销过。[①] 至此，该公司成了最后一个加入这个竞争激烈的电子烟市场的大烟草公司。

各大公司也已经开始在美国超级碗和西南偏南音乐节（SXSW）等重大赛事中投放广告，那个架势就像是1960年代那些老烟草广告的回归——魅力十足的模特、喜欢玩乐的情侣、粗犷帅气的年轻男子，他们全都在抽最新款的尼古丁调制品。自从联邦上诉法院的裁决驳回了FDA将电子烟归为药品输送设备的意图后，该局未再采取任何后续的监管措施，各种烟具的制造商便不受限制地大举涌入媒体市场。

摩尔恳请他的同事们在新的现实面前赶紧醒来。如果奥驰亚想参与竞争，它就必须停止畏首畏尾，而要乐于谈论在另一个时代曾经让

他们坐立不安的话题。尤其是初期的消费者反馈显示，该公司的产品仅含有1.5%的尼古丁，已经因为尼古丁没有什么劲而收到了负面反馈。"如果我不能从中得到任何满足感，我为什么要改用它？"摩尔问，"我们要明白，尼古丁产生满足感。我们必须在香烟以外的产品中复制这一点。伙计们，我们不得不说说尼古丁的事儿了。"

奥驰亚的高管们听进去了。几个月之后，马克滕开始推出一种尼古丁含量为2.5%的电子烟。[②] 又过了几个月，该公司推出了XL号的马克滕，它是"加大版"，可以输送两倍量的尼古丁烟油。但它仍旧只是一种老式的仿真烟，既没有朱尔那样的创新点，也不含尼古丁盐。

摩尔说，它的广告也需要更刺激点，公司不应该羞于做电视广告——这个行业里的其他所有人都在这么做！2014年6月，公司发布这一品牌之后，当月拿出不到300万美元花在了广告上。

摩尔一番鼓舞士气的讲话让钱动了起来。截至2014年底，奥驰亚每个月的广告费用已经超过700万美元，而马克滕的广告费用总计超过了3 500万美元，比其他任何一家公司都多。[③] 马克滕的广告登上了 *Elle*、《马克西姆》和《体育画报》等杂志。接着，奥驰亚像它的竞争对手一样，推出了一则以马克滕为主角的电视广告，这是该公

[①] 关于马克滕在全国的推广，参见 Mike Esterl, "Altria to Launch MarkTen E-Cigarette Nationally; The Maker of Marlboros Is Playing Catch-Up in the E-Cigarette Field," *The Wall Street Journal*, February 19, 2014; also see Melissa Vonder Haar, "Altria Takes MarkTen National; Lorillard Also Planning to Expand blu Globally," CSP, February 19, 2014。

[②] 关于尼古丁含量增至2.5%以及加大号产品的推出，参见 Altria's presentation at the Consumer Analyst Group of New York Conference, on February 18, 2015。

[③] 关于公司在马克滕上的广告开支，即3 500万美元这个数字，以及马克滕广告的出版物，参见 Jennifer Cantrell, Brittany Emelle, Ollie Ganz, et al., "Rapid Increase in E-Cigarette Advertising Spending as Altria's MarkTen Enters the Marketplace," *Tobacco Control* 25 (2016): e16-e18；关于马克滕的众多广告，以及所有烟草公司有史以来所做的5万多条广告，参见斯坦福大学针对烟草广告的影响力所做的研究，创建者是斯坦福大学教授 Robert Jackler，部分成果曾在史密森尼美国历史博物馆做过展览。

司数十年来的第一次。马克滕广告的主要内容是宣传它那造型优美的烟具，几个模特一边抽一边面带微笑。广告语是"点燃它"（Let It Glow），听起来似曾相识，很像是迪士尼影片《冰雪奇缘》里的流行曲。

电子烟营销风险日益增长的局面引起了公共卫生专家的警觉。近20年来，所有致力于削弱烟草巨头的工作使青少年吸烟率处于20年来的最低水平，但突然间，它似乎面临着功败垂成的危险。

2013年9月，美国疾控中心发布了一份题为《实地笔记：2011—2012年美国初中生和高中生的电子烟使用情况》的简短报告，称从2011年到2012年高中生的电子烟使用量翻了一番，达到了10%。① 疾控中心时任主任费和平（Tom Frieden）在一份新闻稿中表示："青少年越来越多地使用电子烟令人深感担忧。尼古丁是一种高度成瘾的药物。很多开始使用电子烟的年轻人可能会注定终身沉溺于尼古丁和传统香烟。"

10天后，一群立法者给时任FDA局长玛格丽特·汉伯格写信求助，其中包括长期担任加州民主党众议员的亨利·瓦克斯曼，他曾在1994年那场如今已声名狼藉的听证会上，诘问过那些声称香烟不会致瘾的烟草公司首席执行官。② "我们给你写信的目的，是敦促FDA立即采取行动，对这些产品采取适当的监管措施，"他与另外三名民主党立法者写道，"目前电子烟完全不受监管。电子烟制造商正利用这个监管漏洞，以儿童为目标。传统香烟生产商被禁止在其产品中添

---

① See Centers for Disease Control and Prevention, Notes from the Field: Electronic Cigarette Use Among Middle and High School Students—United States, 2011-2012, Morbidity and Mortality Weekly Report (MMWR) 62, no. 35 (September 6, 2013): 729-30; also see Centers for Disease Control and Prevention, "E-Cigarette Use More Than Doubles Among U. S. Middle and High School Students from 2011-2012," press release, September 5, 2013.
② 2013年9月16日致局长汉伯格的信由Henry A. Waxman, Diana DeGette, Frank Pallone, Jr., and John D. Dingell等立法者共同起草。

加对孩子具有诱惑力的香料,但这道禁令不适用于电子烟。因此,有的电子烟制造商正在生产的产品是受青少年喜欢的口味,比如'樱桃汁'味以及'饼干和奶油奶昔'味。"

与此同时,40位总检察长组成的一个团体致信FDA,几乎是在请求该局采取措施来管管这个随心所欲的行业。① "各州总检察长长期以来一直在致力于保护本州公民,尤其是青少年,免受烟草产品的危害,"信中写道,"每个州的总检察长都因大烟草公司的产品具有危害性而对其提起过诉讼。为了一如既往地保护各州公民,以下具名总检察长致信强调有必要立即对电子烟采取监管措施,这是一种越来越多人使用的致瘾产品。"

2009年的那部法律对"烟草产品"的构成进行了狭义的定义,也授权该局来"认定"符合该法律定义的其他烟草产品。但FDA认定规则的准备过程一拖就是数月乃至数年。2013年11月,管理和预算办公室(OMB)开始召开会议,讨论FDA迫切需要制定的认定规则,而这个过程持续了数月,因为它被卷进了华盛顿的危局中。② 来自反吸烟人士、电子烟制造商和烟草公司等各方的几十名游说者把白宫官员的日程表排得满满当当,想方设法左右规则的内容。2014年4月,FDA公布了拟议的规则,公开征求意见。根据拟议的规则,FDA将依2009年的法律将电子烟定为"烟草产品",令其受FDA监管常规香烟的那些法规的监管。拟议的规则收到了公众十多万条意见。③

---

① 这封总检察长的信由全国总检察长协会交给汉伯格局长,日期是2013年9月24日。
② 关于各方会见管理和预算办公室一事,我依据的是以下网站的会议记录 https://www.whitehouse.gov/omb/oira_0910_meetings/。
③ 关于该拟议规则,参见《联邦登记》网站的"Deeming Tobacco Products to Be Subject to the Federal Food, Drug, and Cosmetic Act, as Amended by the Family Smoking Prevention and Tobacco Control Act; Regulations on the Sale and Distribution of Tobacco Products and Required Warning Statements for Tobacco Products, a Proposed Rule by the Food and Drug Administration on 04/25/2014", at the document citation 79 FR 23141, Pages: 23141–23207 (66 pages), and the Docket No. FDA-2014-N-0189。

FDA 用来准备对电子烟的监管措施的这段时间，实际上成了电子烟生产商的狂欢时刻。截至 2014 年 1 月，已经有近 500 个电子烟品牌和约 8 000 种口味在线销售。① 同一年，公共卫生局医务总监发布了一份有关吸烟对健康的影响的 50 年总结。② 这份报告将电子烟标为一个越来越令人担忧的问题，很大程度上是因为青少年使用电子烟的数量小幅上升。"烟草业继续推出和营销这些新产品，它们能令人对尼古丁上瘾并维持这种成瘾性。"费和平在转发医务总监的报告时写道。

2013 年至 2014 年间，随着奥驰亚和其他公司在媒体上展开广告大战，初、高中生使用电子烟的人数增加了 3 倍，达到近 2400 万人，这标志着电子烟首次超过传统香烟，成为最普遍的烟草使用方式。③

与此同时，规则缺失的监管环境恰好是硅谷初创企业赖以生存的条件。

克里斯·尼兰德的卡尔特营销公司（Cult）总部设在卡尔加里，2014 年夏天，当他开始跟詹姆斯·蒙西斯商谈时，他的第一个念头是，这是一家烟草公司吗？尼兰德从不抽烟，对吸烟文化几乎一无所知。因此，他对可能开展的合作自然而然地打了个问号，正如他也会自问是否跟色情产品公司、酒类品牌或者其他作恶的产品合作一样。但当蒙西斯说起自己的公司，以及他已经做好上市准备的产品时，他明确表示它跟任何一家烟草公司都不一样。他告诉尼兰德，这是一家

---

① 关于截至 2014 年 1 月的品牌数和口味，参见以下研究 Shu-Hong Zhu, Jessica Y. Sun, Erika Bonnevie, et al., "Four Hundred and Sixty Brands of E-Cigarettes and Counting: Implications for Product Regulation," *Tobacco Control* 23, Suppl 3 (July 2014): iii3–iii9。
② See National Center for Chronic Disease and Health Promotion, Office on Smoking and Health, *The Health Consequences of Smoking—50 Years of Progress*.
③ 关于电子烟使用的成倍增长，参见美国疾控中心的新闻通稿 2014 National Youth Tobacco Survey: Centers for Disease Control and Prevention, "E-Cigarette Use Triples Among Middle and High School Students in Just One Year," April 15, 2015。

科技初创公司，即将发布香烟界的 iPhone。该产品将帮助数百万吸烟者戒掉香烟，从而挽救他们的生命。这人有一点救世主情结，尼兰德一边听着蒙西斯大谈自己的宏愿，一边在心里思忖着。但他很欣赏这个人发自内心的自信。蒙西斯不仅仅是个商人。他对自己的公司和产品深信不疑。

这一点引起了尼兰德的共鸣。作为一家所谓的受众参与事务所，他创办的并不是四处登广告竖牌子那种普通事务性广告公司。这是一家战略公司，专门为新旧品牌注入活力，让顾客不只是购买其产品，而且接受其品牌精神和志向。哈雷-戴维森是尼兰德的客户之一，他总是喜欢谈论购买本田摩托的顾客跟购买哈雷摩托的顾客之间的区别，在于"本田只是想卖给你一辆摩托车，而哈雷想卖给你一种生活方式"。"只有最好的公司，"尼兰德告诉蒙西斯，"最好的品牌，才能拥有狂热的追随者。"

蒙西斯听得津津有味。他急需追随者，更不要说是死心塌地的追随者了。虽说帕克斯雾化器一开始引起了一些轰动，但它仍旧是一件非常小众的产品，因为人们多半用它来做的事——吸食大麻——在很多地方都是非法的。头两款烟草产品，即普鲁姆 I 型和 II 型根本就没有火起来。因此，好多事情都要指望朱尔这件新产品——它的预定上市时间是 2015 年春季。

不仅这个问题成了公司内部的压力源，而且纷乱的氛围也几乎没给产品的前景留出战略思考的空间。公司目前没有首席营销官，普鲁姆的首位营销人员松德雷格已在一年多前离开了这家初创公司。博文和蒙西斯对营销一窍不通。董事会的其他人同样如此。蒙西斯急于从外部找到一个能做好这件事情的人。

尼兰德飞来旧金山与蒙西斯会面的时候，普鲁姆已经因规模扩大而搬离了原来的多帕奇区办公室，在教会区找到了一处更大的空间，跟火人节的行政办公室在同一栋楼里。

在附近一家餐馆吃午饭的过程中，蒙西斯继续谈起了自己的使命和他的最新产品朱尔。他说，仍有将近 4 000 万美国人以点燃烟叶、吸进烟雾的方式自杀，这太野蛮了。还说到，这个行业的竞争很激烈，市场有令人眼花缭乱的电子烟，比如布卢、微优思和马克滕等。蒙西斯根本不想把产品做得像一支烟，只不过靠圆柱形外观和发光的烟头来区分，而是想把它做得不像香烟。他说，他相信朱尔会把别的品牌杀得片甲不留，因为它具有一种独特的能力，能输送别的品牌输送不了的东西，也就是将尼古丁大量送入肺部，甚至能让烟瘾极大的吸烟者满意，他们会想："我干嘛还要继续抽香烟？"

就在他和尼兰德你来我往地沟通想法的过程中，营销构想的早期种子已经就此种下了。蒙西斯真正要表达的，就是他的产品如何催化一场吸烟的变革。没过多久，尼兰德与普鲁姆签署了一份七位数的协议。回到卡尔加里后，他和他的卡尔特公司团队立即投入工作，实施他和蒙西斯在会面中形成的想法。他们起草了一份"宣言"来列举朱尔的特别之处，以及它背后的各种理念。"两个世纪以来，尽管被大多数人视作不健康、反社会、危险、浪费钱、对环境不负责任，但抽烟依旧是这个星球上获取尼古丁刺激的首选方式，"宣言如此写道，"普鲁姆是一家科技公司，而不是烟草公司。因此，我们能够从一个非常不同的角度来看待这个问题。我们忘掉了香烟、电子烟、其他种类的雾化器，甚至忘掉了烟草，而是专注于终局。尼古丁。凭借我们在物理和化学领域拥有的专有技术进步，我们决心发明一种更清洁、更简单、更有效的尼古丁输送机制。"这份宣言为营销计划的第一次迭代奠定了基础。

但尼兰德当时并不知道，幕后发生的一些事情将会把他的营销构想搞砸，并将朱尔拖向一个完全不同而且非常重要的方向。聘用卡尔特公司后没多久，普鲁姆的董事会意识到，公司内部没有一位营销主管可能有些鲁莽了。于是，他们在 2014 年秋季招募了理查德·芒比，他最终成为首席营销官。作为贝恩咨询公司的前咨询师，芒比通过在吉尔特（Gilt Groupe）和波诺波（Bonobos）等时尚公司的营销工作在业内冉冉上升。吉尔特是一个仅受到邀请才能加入的奢侈品购物网，是一个线上销售的男装流行品牌，由两个斯坦福大学毕业生创办于 2007 年，其中一人一开始是在他的汽车后备厢里销售一系列手工裁剪的色调柔和的斜纹布裤。在芒比的协助下，波诺波通过采用积极的社交媒体和移动营销技术实现了销售额的增长，而当时脸书和推特都还是比较新的社交平台。

芒比的背景和谈吐非常对博文和蒙西斯的胃口。作为密歇根大学经济学系本科生和达特茅斯学院工商管理硕士，他口齿伶俐、气质高雅、长相帅气，留着一头飘逸长发，有着无可挑剔的着装品味。他可以就欧洲面料和意大利扣子侃侃而谈，也可以津津乐道客户获取、客户印象和税息折旧及摊销前利润（EBITDA）等话题。

得知芒比被录用时，尼兰德心生疑窦。没有人提前咨询过他，而任何公司在引进新的团队时通常都会这么做。有一天，他接到一个电话，打电话的人只简单说了句："嗨，我是理查德。我是新来的营销。"尼兰德一下子就感受到了来自芒比的威胁。他们似乎不是同一类人。他已经跟普鲁姆签了合同，但他担心的是自己现在要向一张新面孔汇报工作。

2014 年 12 月中旬，芒比和蒙西斯飞到卡尔加里与尼兰德会面。他和他的卡尔特创意团队已经计划好以实体模型来展示他们的想法，并将其作为朱尔的营销活动的基础。芒比和蒙西斯来到了市中心的英格尔伍德社区，这个位于弓河岸边的历史悠久的社区里随处可见独立美术馆、酒吧、书店和咖啡店。卡尔特创意团队位于一栋古老的红砖建筑里，门口立着一尊骑着马的骑士铜像，拱形玻璃门的两边各蹲着一头白色大石狮。

他们聚到会议室，尼兰德的团队放起了幻灯片。卡尔特团队汇报的第一张幻灯片上写着："了解自己。"该公司已经对这家初创企业及其产品进行了深入分析并得出结论，虽然其动力来自"一个高尚的事业"，但它还有一些工作要做——早期的贝塔测试版产品表现不一致，企业的核心原则需要在营销沟通中更明确地阐述。但还是有希望的。朱尔在众多产品中很出众，有了卡尔特团队的协助，这个品牌会大放异彩。

卡尔特团队解释说，他们的构想是将朱尔定位为从模拟香烟到电子香烟这一革新过程的代表性产品。他们说，做到这一点的最好办法是将色彩绚丽的朱尔与不合时宜的技术并置：广告上，留着大胡子的查尔斯·达尔文拿着朱尔；广告牌上，雅达利游戏机（Atari）的控制杆旁边放着朱尔；手提录音机伴着烟雾缭绕的朱尔。他们播放了一段模拟广告，翻唱的金发女郎合唱团1978年的歌曲《玻璃心》，配上"一支香烟的轮廓渐变成了朱尔产品的实物图片"。模拟的电台广告号召大家："是时候丢掉燃烧的烟叶、放下吸一会儿就空空如也的电子烟，来试试某种无需吸的东西了。一切最终都会改变。"所有的广告都打出了"吸烟进化论"的口号，跟朱尔这个品牌一样，"进化"一词上也增加了一个u（evoluution）。

尼兰德对自己团队的方案感到自豪。他觉得这份方案以一种悦耳易记、有品味又负责任的方式，恰如其分地完成了一种表面上有争议的产品的规划工作。但很明显，他们的展示并没有收到预期的效果。此后的几天里，每当尼兰德或他的团队试图继续铺陈卡尔特的原创想法或者抛出什么新东西时，芒比几乎每次都是同一套说辞。

尼兰德开始从他的创意团队那里听说，芒比觉得他们的宣传活动缺乏性感。这让尼兰德火冒三丈。

芒比对卡尔特的工作完全提不起兴趣，他几乎立即告诉蒙西斯，朱尔需要重新设定一个愿景。问题在于普鲁姆跟卡尔特签订过合同，而违约的代价过于高昂。蒙西斯让芒比跟卡尔特的团队合作，并用他们来协助实施芒比提出的任何构想。换句话说，芒比跟尼兰德绑在了一起，而让尼兰德懊恼的是，它受到了芒比的牵制。

没过多久，尼兰德就意识到他的整个计划基本上已经泡汤了。卡尔特做完汇报约三个星期后,芒比请来了常活动于曼哈顿的知名创意总监史蒂文·贝利,曾经担任波诺波的执行创意总监的贝利帮助波诺波品牌摆脱了它那土气、幼稚、男性趣味,并让内容中张口闭口的花灯芯绒裤子和蹩脚的俏皮话——"这条裤子让你的臀形看起来不错"——变成了一种文雅、绅士的肮脏马提尼①美学,却使其依然保有一种不敬且值得为之击节的天赋。

贝利对于高档时装有着无可挑剔的眼光。在泽西海岸长大且上过艺术学校的贝利在当地扬名立万,很快成为了一位声名显赫的艺术指导和摄影师,为《纽约时报杂志》《花花公子》和 GQ 的封面拍摄活泼性感的名人照片。对黑色皮夹克情有独钟的贝利长着一双苏格兰人那种锐利的栗色眼睛,他将自己的才能带到了高端广告公司,并在此为零售商担任艺术总监,帮助打磨并重新推出了塔吉特(Target)和盖璞(Gap)等品牌。

2015 年 1 月,贝利飞到旧金山,在芒比阔气的家里跟芒比及他的同事罗琳·莱文古德和切尔西·卡尼亚见面。他们吃饭、喝酒,彼此渐渐熟了起来,第二天,贝利来到普鲁姆的办公室,被介绍给了博文和蒙西斯。那天,贝利对帕克斯雾化器和朱尔的营销计划有了些了解。芒比向他简要介绍了卡尔特公司的事、该公司为朱尔所做的各项工作,以及这段关系处理起来可能需要点技巧。他警告说,那些人的自尊可能已经受了伤。贝利才不管那该死的自尊——他迫切想在这件炫酷的初创品牌上施展魔法。

拉贝利入伙后,芒比更清楚地表明了自己要把朱尔带到什么方向。贝利对使命感、拯救性命和达尔文之类的情绪化说辞没有丝毫兴趣。这位曾经自称"麻烦制造者"的人,对有干劲的生活方式类品

---

① dirty-martini,一款颇有争议的鸡尾酒。据说始于 1901 年,纽约某调酒师从经典的橄榄装饰中找到灵感,初时将橄榄混入饮料中,然后加少量橄榄盐水制成,味道独特。至于怎么个"脏"法,视加入的材料而定,此处所说是传统做法。——译者

牌和狂欢的乐趣视若性命，不管是面对盖璞还是高仿的潮流资讯网站Hypebeast上的街头品牌、朋克摇滚、手持链锯仅着内衣的女人，抑或是跟堪比传奇但现在因#MeToo运动而名誉扫地的时装摄影师特里·理查森这样的朋友开派对。

有了贝利的加盟，这就不再是一件风格简约的硅谷事务。贝利懂得像部署武器一样摆弄相机的镜头。他把推出一个生活方式品牌的公式做到了学问的高度：有性、流行和敬畏感。他将跟芒比一道，把普鲁姆这帮傻傻的西海岸土老帽直接带到曼哈顿时尚机器的无底洞里。

当贝利着手制定帕克斯和朱尔的营销构想时，芒比问他是否介意时不时去卡尔加里的办公室工作一下。蒙西斯不希望跟卡尔特的合同白签了，所以他让芒比尽量安排卡尔特的人参与进来，并从他们那支庞大的产品设计专家身上汲取经验。贝利去过卡尔加里几次，跟卡尔特的一些人相处得很好，并跟他们一起共事。但是没过多久，贝利和尼兰德之间就出现了权力斗争。

在尼兰德看来，贝利就是个典型的傲慢自大的纽约人，对合作没有丝毫兴趣。在贝利看来，尼兰德的创新意识老掉牙，他觉得尼兰德那个"这可不是你父亲抽的那种烟"的调调会让朱尔错失良机，不仅如此，它还缺乏现代性和趣味性。当尼兰德的团队抛出什么想法时，贝利或芒比几乎总是立即否决。

很快，贝利和芒比就把尼兰德的员工当成了产品设计血汗工厂里的初级接单员来用，让他们制作了成百上千个横幅广告、电子邮件模板、山寨网站和店内展示图。一下子听命两个人，这让尼兰德抓狂，他把他俩称作"综艺节目里的那对活宝史蒂文和理查德"。还令他恼火的是，他经验老到、成绩卓著的公司基本上被阉割了。但更为重要的是，尼兰德根本不认可贝利的想法，在他看来，其中一些完全是胡说八道。

贝利最初想从帕克斯身上找到灵感——尤其是帕克斯机身上那个

可以点亮的十字花形徽章。他在这个徽章上看到了一种近乎宗教神秘主义的东西，不由得想起斯坦利·库布里克的《2001：太空漫游》中的黑色巨石，片中有一块黑色方尖碑状的东西被一群人猿当作外星物体来崇拜。贝利解释了他是怎么想到用玻璃或者某种半透明材料制作一批 8 英尺高的帕克斯模型，然后带到世界各地，如里约热内卢的贫民区或者印度的萨凡杜尔加，拍些照片供宣传用。他想把同样的美学和灵感用到朱尔身上，这个机身有发光的菱形窗口的产品被他视为一个与苹果不相上下的令人惊叹的工业设计，他认为它值得被打造成"上帝般的全球势力"，当时他为帕克斯也是这么设想的。贝利相信，无论是音乐节还是时装秀，朱尔都应该受到世界各地狂欢者的追捧。尼兰德曾鼓吹过创建狂热型品牌的重要性，但即便连他也觉得贝利走得太远了。

当时，贝利一直在听一个名叫"净化"（Spiritualized）的英国太空摇滚乐队的音乐，他从中获得灵感，创作出了最终被用作朱尔的广告宣传语的词"雾化"（Vaporized）。他设想用外形粗犷但具有视觉冲击的模特，到了需要确定面部长相时，他借鉴了朋友特里·理查森非常具体的美学理念。这位偶像级的时尚摄影师长期为名人拍摄未经处理、没有程式、光线昏暗、低保真肖像，其中包括 Lady Gaga、丽莎·明奈利（Liza Minnelli）、本·斯蒂勒（Ben Stiller）和蕾哈娜，而且多年来他收集的包括普通人和模特（总是赤裸上身或者一丝不挂）在内的照片，已然成了个照片库，并取名为"特里日记"。当贝利在为"雾化"广告创建情绪板时，他收进了理查森拍摄的几幅人像，并借用涅槃乐队（Nirvana）的歌曲将其命名为"本色依旧"（Come As You Are）。

在纽约期间，贝利的工作地点位于西切尔西著名的斯塔瑞特-里海大厦，这是一座巨大的旧货运站，入住其中的有汤米·希尔费格、拉尔夫·劳伦、玛莎·斯图尔特等知名设计师。他想办法在其中租到了一个壁橱大小的空间，它位于令人瞠目结舌的杰克工作室（Jack

Studios）里，后者占地 5 万多平方米，是一间全白色摄影工作室，可将曼哈顿的风景尽收眼底。他还说服房主允许他发展自己的客户，让他把外面那些更大的空间当成他自己的一样出租掉，这样他就可以把这个地方变成他创意事业的一站式商店。

为给朱尔拍摄照片，贝利请来了著名的选角导演道格拉斯·佩雷特（Douglas Perrett），大家都知道他善于发现模特，他选出的模特能上"维多利亚的秘密"走秀或者《时尚芭莎》的封面。佩雷特的任务是帮助找到有"特里日记"里那种炫酷风格的真人，并邀请他们参与广告试镜。2 月初的选角日那天，贝利、芒比和卡尼亚看着一百多人鱼贯进入杰克工作室拍照。随后，他们把所有的宝丽来快照摆到桌子上，并根据多样性和新鲜感挑出各自中意的照片。他们并不追求十全十美，他们想要的是存在于纽约街头的真人。

没过多久，芒比和贝利就缩减出了朱尔广告的演员阵容，几天之后，选中的模特再次被叫到杰克工作室进行正式拍摄。他们请来了一位名叫马里·凯特的摄影师，她专门给邦戈（Bango）等品牌和《17 岁》等出版物拍摄年轻的时尚女性。包括模特兼足球运动员弗洛伦西亚·加拉扎在内的模特们把朱尔含在涂成深红色的唇瓣间；他们穿着写有"Sonic Youth"（音速青年乐队）和"Jim Morrison"（吉姆·莫里森）字样的 T 恤衫；套着黑色皮夹克；他们一手拿着朱尔，一手弹着电吉他。这些照片被嵌在一幅流行艺术的背景布里，满是鲜艳色彩、棱角分明的设计和发光宝石的重复图案。这次广告宣传的全部美学已经完全不同于尼兰德当初提出的"吸烟进化论"模型，用的是柔和的红色、蓝色和灰色。贝利和芒比的"雾化"广告宣传根本没有传达出博文和蒙西斯希望提供更好的吸烟替代品的诚挚感。相反，它着重强调的是那个带有霓粉色和翠绿色的闪光调色板所表达的纯粹、十足的消费主义炫酷——这正是贝利的长项。它完美地抓住了千禧年时刻的时代精神。

尽管两个营销阵营针锋相对，但谁占上风一目了然。朱尔的新广告宣传活动基本上被全权委托给了芒比。普鲁姆内部似乎没有人会收回掌控权,蒙西斯不会,博文也不会。芒比和贝利很谨慎,不但没有录用未成年模特,甚至尽力保证所用模特在 25 岁以上,但模特们年轻的外形是否会无意中吸引未成年人却是一个关键的盲点,但在这上面没遇到太大阻力。当普鲁姆的董事会在 3 月份开会时,"雾化"营销广告的图样呈现在了他们的面前。[①] 他们讨论过模特们看起来有多"年轻",但最终一致同意广告内容看似是有效的。董事会批准了。距离朱尔的发布只有几个星期了。

心照不宣的是,尽管通过使用他们的产品让吸烟者远离燃烧式香烟是博文和蒙西斯自许的长期使命,但这个产品的营销方式似乎并不符合这一愿景。因为吸烟行为在过去十年间已经变得落伍了,这意味着吸烟者群体不大可能来切尔西参加仓库派对。因此,这显得很不协调。如果他们不瞄准吸烟者,那么该瞄准谁?

蒙西斯和博文满脑子想着日渐临近的上市推介活动,芒比和贝利一门心思在打造正确的时尚元素,几乎没有时间和空间退一步问:"这件事情做得对吗?"所有事情都围绕着将产品推向市场,并让它畅销,这跟限量版运动鞋或者某个小玩意的最新版,或者某个名流使用的新款香水没什么不同。一切都进展得太快。

春天来临,普鲁姆正在经历巨大的变化。该公司与日本烟草公司的交易开始出现嫌隙。这家日本公司对这家初创公司的大麻业务越来越感到不舒服,不想再跟它有所瓜葛;与此同时,普鲁姆也有被辜负的感觉,因为有些支持该业务的承诺并没有完全兑现。两家公司达成了协议,并在 2 月份宣布,普鲁姆将回购日本烟草公司的少数股权,该日本公司将继续持有普鲁姆的商标和 II 型产品的相关知识产权。

[①] See the Amended Consolidated Class Action Complaint against Juul, in the case In Re: Juul Labs, Inc.

此举意味着博文和蒙西斯需要给自己的公司取个新名字，他们于是将其改为帕克斯实验室（Pax Labs）。通过跟普鲁姆切分出来而不是成为它的阻碍，博文和蒙西斯得以把精力放在了未来。

与此同时，帕克斯实验室开始将公司董事会的规模扩大到了博文、蒙西斯、普利兹克和瓦拉尼这个核心集团之外。他们请来了胡浩英（音译，Hoyoung Huh），他是硅谷的一名医学博士和生物科技投资人，曾在药物吸入剂公司内克塔治疗跟盖尔·科恩共事。他们任命（由伊夫·贝哈尔设计的）卓棒的联合创始人亚历山大·阿塞利为董事。他们还引入了斯科特·邓拉普担任董事兼首席运营官，他也是斯坦福大学的毕业生，曾经任职于贝宝支付和多家品牌事务所，擅长用社交媒体和移动应用程序将初创公司带入超高速发展模式，并使其营销广告实现病毒性传播。开始在帕克斯实验室工作后，邓拉普在接受男装公司 JackThreads 的采访时谈到了该公司的设计理念："我们在帕克斯实验室成天念叨着设计。我们努力打造的是大家会垂涎并炫耀的产品，是可以跟你的苹果手机和古驰手包一起摆在咖啡桌上的东西。"

在这种氛围之下，帕克斯 2 号做好了发布的准备。芒比和贝利在自诩为"纽约独具慧眼的时尚孵化器"的苏荷区一家名为奥丁（Odin）的高端男装精品店内安排了一场"独家"发布会。① 这场聚会仅限受邀者参加，活动的重点是免费赠送帕克斯 2 号、产品机身上有个性化雕刻、免费鸡尾酒、几位 DJ（贝利称他们为"我们这个时代的弗兰克·辛纳屈"）的音乐，以及来自纽约时尚精英的客人。一位受过帕特里克·麦克姆训练的摄影师为芒比、时尚博主和一帮精英设计师拍摄了照片。

那个春天，芒比和贝利一直在积极地向网红群体推荐帕克斯 2

---

① 关于奥丁的发布会，参见 PAX Labs, Inc., "PAX Labs, Inc. Announces First Fashion Retail Partnership with Odin New York; Leading Vaporizer Innovator Exclusively Launches PAX 2 at Pioneering Menswear Boutique," press release, March 26, 2015。

号。他们请来了精英时尚设计师理查德·蔡（Richard Chai），纽约男装周期间，他在自己的秀场上向前排来宾分发了帕克斯 2 号雾化器。①"它在某种程度上跟这个方兴未艾的郊区居民生活方式密切相关。"理查德·蔡在《纽约》杂志的一篇文章中谈到帕克斯大麻雾化器时说。在汉普顿一家名为特尼特（Tenet）的潮流生活精品店内举办的一次快闪式小规模展会上，芒比安排了产品销售，并免费提供机身雕刻。帕克斯甚至跟格莱美奖获奖艺术家威肯（The Weeknd）联名推出了一款售价 325 美元的限量版雾化器，它能在开机后播放这位歌手的热门歌曲《群山》（*The Hills*）。②

正如他们期待的那样，市面上有了动静。"时尚用品提示！理查德·芒比谈帕克斯 2 号的魅力。"《每日前排》（*The Daily Front Row*）杂志的一篇文章写道。③"帕克斯精明地将自己定位为时尚雾化器。"在线时尚杂志《货架》（*Racked*）的一篇文章写道。纽约《观察家报》（*Observer*）引述芒比的话说，他给帕克斯定的目标是"在时尚与艺术之间建立牢固的联系，就像德雷（Beats by Dre）耳机所做的那样……很显然，时尚界的人感兴趣的是设计得好、考虑周到、有美感的产品。他们对设计和一流的功能充满热情"。④

与此同时，贝利正在敲定朱尔的大型发布会派对的最后细节，他

---

① 关于理查德·蔡的事，参见 Tahirah Hairston and Véronique Hyland, "Vape Life Hits New York Men's Fashion Week," *New York*, The Cut, July 15, 2015；关于汉普顿的展会，参见 PAX Labs, Inc., "PAX Labs, Inc. Announces Fashion Retail Partnership with Tenet Southampton; Leading Vaporizer Innovator Partners with Upscale Hamptons Boutique and Lifestyle Brand," press release, September 3, 2015。
② See Evan Minsker, "The Weeknd's Custom Vaporizer Plays 'The Hills,'" Pitchfork, November 3, 2015.
③ See Tangie Silva, "Chic Gadget Alert! Richard Mumby on the Allure of the Pax 2," *The Daily Front Row*, September 18, 2015; see Nicola Fumo, "Pax Has Brilliantly Positioned Itself as Fashion's Vaporizer," *Racked*, October 13, 2015.
④ See Dena Silver, "Vapes Are the Next High-End Fashion Accessory; Pax Is Collaborating with Designer Richard Chai to Introduce Their Smoking Product to the Fashion Industry," *Observer*, July 21, 2015.

决定将这次活动放在6月4日，地点就是他位于杰克工作室的地盘。①他发出了邀请。为确保活动能顺利进行，朱尔请了一家名为格利特创意小组（Grit）的网红工作室。② 格利特收费1万美元，为此，它会在发布会之前进行"网红培育"（influencer seeding），这里面包括承诺将该产品发放到网红或社会名流手中，并确保网红会现身这场派对。

最终，在6月4日这天，大约400人涌入了贝利在杰克工作室租的空间，庆祝朱尔的发布。与会者呷着鸡尾酒，混在一群穿着裁短的T恤衫的年轻女子和不穿T恤衫的肌肉男中间。在闪烁的蓝色灯光映照下，他们跟随着DJ Phantogram的节拍起舞，边上是印有"朱尔"和"雾化器"字眼的鲜艳海报。这样的安排，是想重现贝利摆拍过的照片场景，只不过这次是实时的。摄影师一边拍照，一边把照片投到一块超大的电视屏幕上。房间里弥漫着白色烟雾，其源头正是"全电子烟吧"正在向来派对的人员分发的朱尔。

发布会大获成功，只有一处小问题暂时不好表态。年轻面孔让一些与会人员感到不安，他们不明白为什么没安排人手查看进门者的身份证明。有几个玩滑板的小混混在杰克工作室外面转来转去，这不是什么好兆头。新任首席运营官邓拉普说，在朱尔早些时候的某场发布会上，参加者显然无法归入25岁到45岁这个群体。哦，老天，你看，全都是些年轻人，他心想。

---

① 关于6月4日发布会的邀请，参见 Robert K. Jackler, Cindy Chau, Brook D. Getachew, et al., "JUUL Advertising over Its First Three Years on the Market," Stanford Research into the Impact of Tobacco Advertising, Stanford University School of Medicine, January 31, 2019。

② 关于含有格利特创意小组的段落中的信息，参见 Subcommittee on Economic and Consumer Policy of the House Committee on Oversight and Reform 举行的国会听证会 "Examining JUUL's Role in the Youth Nicotine Epidemic: Part I" 所形成的文件，可以通过访问 U. S. House of Representatives Committee Repository 网站搜索获取；另见 Jackler, Chau, Getachew, et al., "JUUL Advertising over Its First Three Years on the Market"。

尽管如此，跟之前和往后的任何一家公司一样，这家硅谷公司的任务只有一个重点：让尽可能多的人入手朱尔。随着成千上万年轻人在上述发布会上——往往经由极富魅力的年轻女性之手——拿到赠送的朱尔，朱尔迅速席卷了美国的文化热点，从纽约到芝加哥，从迈阿密到洛杉矶，仿佛一阵尼古丁浪潮。朱尔这才刚刚登场。

贝利和芒比坚持要在尽可能多的地方贴上朱尔的海报。贝利会说"我们要把这个东西放到大家的面前，就像一支又大又华丽的露华浓唇膏"，或者"我们要把它放在高处，大大的，就像一幅明星产品的照片"。他不想看到朱尔产品的中等尺寸照片。他想要大的。真的很大。

终于，在 2015 年夏季，"雾化"广告登上了时报广场这个全世界最著名的广告位的广告牌。很快，一个几层楼高的巨型朱尔无比荣耀地出现在那里，每天接受数百万崇拜的目光的凝视。贝利终于找到了他自己那块"太空漫游"里的黑色巨石。

第八章 求 爱

> 如果不是因为烟草烟雾中的尼古丁，人们对烟的喜好不会比吹肥皂泡或放烟花高多少。
>
> ——迈克尔·拉塞尔

当博文和蒙西斯在2015年夏季推出朱尔时，奥驰亚内部的反应是漠不关心和愤愤不平兼而有之。正是这群小混混曾经来到里士满，并在"杰克"·尼尔森面前吹嘘他们那个蹩脚的丁烷加热装置。现在，他们在时报广场的广告牌上闪亮推出这一款未来太空时代的创新产品。

奥驰亚的人在心里盘算着，那几个硅谷小子似乎没有搞清状况。他们似乎并不知道，卖尼古丁不同于卖智能手机。或者说，他们正在踏入的市场，是美国政治和文化的不可触碰的第三条轨道。关于朱尔的一切都让奥驰亚的人心烦意乱。他们的傲慢。他们的硅谷泡沫。但他们推销朱尔的方式似乎有些不计后果，而这一点让大家很恼火。的确，奥驰亚在给马克滕做广告，但不是这么做的。马克滕没在Instagram开一个页面，更不要说登上时报广场的广告牌了。

朱尔的这些销售人员胆子也太大了！他们没有经历过烟草战争。他们没有被推到过毁灭的边缘。他们没有穿过地狱烈火才爬回文明社会。烟草战争的老将们说起那段往事时，就好比他们在越南战场逃过一劫。他们之所以能走到这一步——挽救了数十亿美元的生意——是因为他们每做出一项战略举措都有条不紊。他们已经悔过了，并为更美好的未来制订了销售减害产品的计划。他们最不希望看到的，就是有人再冒出来把这一切毁掉。

数十年来，青少年中吸传统香烟者的数量一直在稳步下降，这就算不能为烟草公司赢得商誉，也至少给了倡导控烟者以喘息的空间。"我们高度关注未成年烟民数量的减少，"一位公司员工说，"我们知道，这个问题是烟草控制的避雷针。只要这个数字持续下降，他们就会允许我们继续营业。"

与此同时，有一点尚不清楚，那就是朱尔是否会构成直接威胁，这就是为什么奥驰亚内部有些人对此漠不关心。的确，他们的广告看起来很花哨，在穿着破洞牛仔裤和朋克摇滚T恤衫的年轻模特旁边是万花筒般闪闪发光的钻石。但电子烟市场发展得如此之快，似乎要不了几个月的时间就会有新的公司后来居上，然后又被另一个新的品牌取代。朱尔也会熄火。

但话说回来，也可能不会。这就是为什么在朱尔6月份的产品发布会开过11天后，菲利普·莫里斯集团美国公司的律师团队向帕克斯实验室发来了一封勒令停止通知函，声称朱尔在抄袭万宝路。[1] 该烟草公司宣称，朱尔的标识和设计——广告上的菱形图案和烟弹装入时机身上呈现的菱形——与万宝路的标识过于相似。

全世界售出的几十亿包万宝路香烟中，每一包都采用了鲜明而简单的"红屋顶"设计。[2] 自从这一设计在1950年代创作完成，公司一直严格加以保护，它出自著名包装设计师弗兰克·贾安尼诺托之

---

[1] See PAX Labs, Inc. v. Philip Morris USA Inc., August 17, 2015, in the U. S. District Court California Northern District (San Francisco), docket number 3：15-cv-03766-WHA.

[2] 关于"红屋顶"设计的背景，参见Kluger, *Ashes to Ashes*；亦可参见档案中的菲利普·莫里斯公司各种内部文件，如"Marlboro—The Pack People Picked"，文件编号2045214257；还有Alfred E. Clark, "Louis Cheskin, 72, Studied Motivation and Effects of Color," *The New York Times*, October 10, 1981。

手,其中还有著名营销心理学家路易·切斯金的协助,是后者设计了一系列消费者测试——包括由烟草公司高管假扮收银员,以及暗藏的跟踪眼球运动过程的摄像头——之后,帮大家选定了红色。最终,菲利普·莫里斯公司定下了用带白色背景的"翻盖式盒子",白色背景向上变细,直抵一个对开唇形,顶部形成一个尖角和一个盖住万宝路标识和版面文字的"红屋顶"。

一直以来,万宝路不仅被公认为全世界最有价值的烟草品牌,而且是有史以来价值最高的消费者品牌之一,与苹果、可口可乐、迪士尼、麦当劳和耐克并列于万神殿。[1] 万宝路每年产生近 200 亿美元的销售额,占该公司总收入的四分之三以上。在奥驰亚,万宝路就像是太阳系里的太阳。一切都围着它转。

因此,只要有迹象表明有人可能离他们无比看重的万宝路标识过近,公司就会调动其律师大军。多年来,菲利普·莫里斯公司向无数公司发出过威胁或提起过诉讼,其中包括水枪制造商、糖果香烟制造商以及雅达利游戏开发商,后者的赛车街机游戏《最后一圈》中出现了类似红屋顶的图案。[2]

于是,当朱尔的广告闪电战横扫美国,公司律师在朱尔的菱形设计图案中看到了跟万宝路著名的红钻图案有一点罗夏测验所说的相似性时,奥驰亚已经做好了伏击的准备。2015 年 6 月 16 日,也就是朱尔发布不到两个星期时,菲利普·莫里斯公司的律师向朱尔发出一封简短信件,要求其立即停止使用其标识及设计。律师们还要求帕克斯实验室停止使用一切菱形图案,包括毁去所有带有朱尔产品形象的宣传材料。这实际上意味着所有的东西都要撤下——时报广场的广告牌、杂志广告、店铺展示等。律师们辩称,如果帕克斯实验室不采取行动,他们"可能会接到强制令并要求支付损害赔偿金,包括利

---

[1] See the annual list by *Forbes* called "The World's Most Valuable Brands."
[2] 关于雅达利的游戏、水枪、糖果烟的情况,参见烟草公司内部文件,编号 2062097994、2078020867、2062101645。

润、成本、律师费"。为做足全套，律师们给整齐地排在一起的万宝路全套产品拍了照——包括不同包装的万宝路香烟、万宝路鼻烟以及插入其间的一件朱尔烟具，似乎是在表明这是一个完整的品牌家族。

博文、蒙西斯和帕克斯实验室的董事会勃然大怒。照着奥驰亚的话去做，就意味着要对烟具和烟弹彻底重新设计，而这对一个初创企业而言是难以招架的。帕克斯的律师提起了反诉，要求加州北区的一名法官阻止奥驰亚"垄断包装上的装饰设计的企图，并允许帕克斯实验室继续使用菱形窗口"。他们提出，菲利普·莫里斯公司的侵权索赔给该公司营销自己产品的能力"蒙上了一层阴影"。他们进一步表示，很明显，这位竞争对手"想要阻止帕克斯实验室的发展"。

这似乎正是菲利普·莫里斯公司的意图。在朱尔稍后变成更大的麻烦之前，最好现在就一下子解决掉。尽管奥驰亚的律师说他们不过是在保护自己的品牌，但似乎很明显，之所以朱尔内部的人对正在发生的事感到恼怒，是因为奥驰亚的玩阴招。

然而，到了那年年底，博文、蒙西斯和董事会决定不跟奥驰亚对着干。如果与这家拥有全世界最精于谋算、手段最残忍的法律战略家的公司较量，那就是在找死。光是律师费用就会弄垮任何一家初创公司。博文和蒙西斯悄悄地投降了。到 2015 年 11 月，案件已经结案。最终，朱尔不得不逐步停止在其烟具机身上使用菱形镂刻形状，并去掉那个一度构成"雾化"营销活动核心内容的独特菱形。这是手段卑劣的一击，很伤人。"他们想让我们元气大伤。"朱尔的一位员工在谈及自己的看法时说。

与此同时，奥驰亚也在为自己收入的大量流失而担忧。2016 年 1 月某天，首席执行官马蒂·巴林顿宣布，该公司 2015 年第四季度的收入低于华尔街的预期，奥驰亚的香烟销量也有所下滑，万宝路的出货量与上年同期相比减少了3%。① 当天，巴林顿还宣布公司将裁掉近500名雇员，约占其员工总数的5%，以节省3亿美元用于"品牌建设"和比如马克滕这样的"减害产品"等领域的再投资。

无可否认，奥驰亚的香烟业务正在萎缩。该公司已经关闭了其在美国仅有的两家香烟厂中位于北卡罗来纳州夏洛特市郊区的那家，并裁掉所有员工，并将里士满作为菲利普·莫里斯公司在美国唯一的香烟厂。与此同时，像朱尔这样的电子烟市场新进入者正在对该公司的核心产品构成新的威胁。

但巴林顿领导下的奥驰亚正在努力寻找落脚点。巴林顿已经从之前的董事会副主席改任首席执行官，而他原来负责的多项工作中就包括创新。他刚担任首席执行官，就看到了电子烟行业的爆炸式发展，最初他急切地想让自己的公司尽快加入其中，相比希曼奇克觉得电子烟行业不过是一时兴起，这是一种改变。

巴林顿有着非常具体的战略计划。他认为，为了赢得一席之地，奥驰亚应该培养自己的有机创新力量，同时下点小的战略赌注，而不是进行大型合并或收购——这一业务步伐与维拉德喜欢的支票本式增长模式背道而驰。为离这一目标更近，巴林顿协助监督在奥驰亚内部建立一个类似于宝洁和百事公司那样的企业风险基金，以支持那些有前景的，可以成为烟草业自然邻接的技术。

这个名为"奥驰亚风投"的基金由战略及业务发展部门管理，该团队安排了奥驰亚历史上的几笔最大额的交易，包括维拉德领导的将哥本哈根和斯科尔的咀嚼烟草品牌纳入公司旗下的UST收购案。

---

① 关于奥驰亚2015年第四季度的财报，参见奥驰亚的公司财报"Altria Reports 2015 Fourth-Quarter and Full-Year Results; Delivers Full-Year Adjusted Diluted EPS Growth of 8.9%，"press release，January 28，2016；亦可参见财报会议的文字转写稿。关于裁员的报道，参见Tripp Mickle and Chelsey Dulaney，"Altria Group to Lay Off Workers to Cut Costs; Tobacco Company's Earnings and Revenue Increase Slightly，" *The Wall Street Journal*，January 28，2016；and John Reid Blackwell，"Altria Planning 490 Job Cuts, with 200 to 250 in Its Richmond-Area Operations，" *Richmond Times-Dispatch*，January 28，2016。

不过，这些类型的交易规模如此之大，以至于往往要投入大把时间和尽职调查才能完成。风险基金将会更灵敏，行动更迅速，部分原因在于它会专注于较小的交易。这笔资金为战略团队提供了一个执行较小的战略赌注的工具，以便其有更广的自由度去创造性地思考，如何在传统的烟叶之外发展业务。

战略及业务发展部门的办公区位于奥驰亚总部的较低楼层，夹在健身房和餐厅当中，员工们称餐厅为"红区"，那里供应汉堡包和沙拉。该团队的房间装有磨砂玻璃，这使得路过的人都想知道里边在干什么，给该团队所做的工作罩上了一层神秘面纱。"大家都开玩笑说，我们最深不见底最阴暗的秘密都藏在地下室里。"一位内部人士说。十多名员工在此从事各种工作，从企业并购战略，到为奥驰亚各运营公司的高管提供研究和咨询。该团队经常在实地充当耳目，挖掘趋势，识别竞争方面的情报。

"奥驰亚风投"完成的第一批投资之一，是向一家名为鲨纹科技（Sharklet Technologies）的公司注资200万美元，该公司模仿鲨鱼的皮肤纹理，做出了"抑制细菌的微纹理表面技术"。[①] 从理论上说，该技术可以帮助延长卷烟烟叶的保存期限。2012年左右，在奥驰亚多年担任高管的凯文·卡莱·克洛斯威特被派往瑞士，代表"奥驰亚风投"推出一款名为Tju的烟草口香糖。这个想法是为了开发一种更可口的尼古丁口香糖，但它的设计意图不是戒烟产品，而是纯粹给尼古丁使用者再提供一种享用方式。克洛斯威特与富有的丹麦巴格尔-索伦森（Bagger-Sørensen）家族成立了一家名为瑞奇马克（Richmark GmbH）的合资企业，后者经营口香糖生意已经超过一个世纪。Tju在丹麦销售，后来扩大到西班牙和意大利。

到2015年底，"奥驰亚风投"一直在加紧寻找投资机会，并将

---

① See Sharklet Technologies, "Sharklet Technologies Closes $2 Million in Series B Financing," press release, December 11, 2012.

范围扩展至烟草和尼古丁领域之外,开始涉足奥驰亚的高管所称的"成人感官产品"这把大伞下更广泛的公司和产品。此举可能有助于让公司摆脱被藏在便利店柜台后面的局面,那里是香烟和口香糖通常放置的地方。

圣米歇尔酒庄是 UST 收购案的一部分,因为该公司已经通过它拥有了葡萄酒业的股份,高管们开始考虑进军烈酒类别的各种途径,包括关注威士忌生产商。横跨多个部门的数十名奥驰亚员工着手开发一种专有的基于油仓的鸡尾酒系统,它类似于一把用来装酒精饮料的克里格壶。油仓可以装入各种不含酒精的浓缩口味,比如玛格丽特、苏格兰威士忌、朗姆可乐、大都会等。使用者可以弹出油仓(而不是像克里格壶那样在里面灌满水),在里面倒满烈酒。当时的想法是,这样的装置在销售时,可打出家庭的私人酒吧概念,或瞄准像假日酒店(Holiday Inn)这样的没有酒吧的连锁酒店。高管们对这个项目非常认真,飞到德国会见高端厨房电器制造商博世(Bosch)的高管,以商讨建立伙伴关系。奥驰亚获得了该设备的专利权,但一直未完成商业化。①

该部门探查了其他归入成人刺激物或感官类别的非烟草产品。能量饮料便是这样的产品之一。奥驰亚的高管们考虑过投资 5 小时能量(5-hour Energy),它生产的小瓶能量饮料在加油站有售。他们也考虑过投资海博(HiBall)有限公司,它生产的气泡能量饮料,所含成分有咖啡因、瓜拉纳和人参。自可口可乐以略高于 20 亿美元的价格收购怪兽饮料公司(Monster Beverage Corporation)的股份以来,该行业就一直热度不减。② 2017 年,啤酒巨头百威英博完成了对海博的收购

---

① See "Disposable Beverage Pod and Apparatus for Making a Beverage," patent number US20200138232A1.
② 关于可口可乐和怪兽饮料的交易,参见 Mike Esterl, "Coca-Cola Buys Stake in Monster Beverage; Coke to Pay $2.15 Billion for 16.7% Stake in Deal That Merges Energy Drinks," *The Wall Street Journal*, August 14, 2014; 关于海博的交易,参见 Jennifer Maloney, "AB InBev to Buy Energy-Drinks Maker Hiball for Undisclosed Terms," *The Wall Street Journal*, July 20, 2017。

工作。

该战略部门还开始对大麻展开调查,在大麻成为主流之前,派出员工去已将大麻合法化的科罗拉多州和加州等地打探。奥驰亚的员工拜访毒品铺子①,并与行业里的专家进行了交流。因为从技术上说大麻仍旧是联邦法律规定的非法之物,包括巴林顿在内的奥驰亚高管对该类别仍感到不安,所以要求员工用于处理相关工作的笔记本电脑不能接入公司网络,并锁在保险箱内。

世界在改变,奥驰亚心知肚明。尽管如此,有些董事和雇员还是对所有这些非核心业务的关注感到困惑,他们看着电子烟变得不只是一闪而过的光点。追求创新的奥驰亚开始偏离它的核心烟草产业。与此同时,随着新的类别即将喷涌而出,它自己的电子烟业务面临着掉队的危险。

到 2016 年时,朱尔已经从电子雾化市场上的一缕烟变成一团正在聚集的风暴。没有人比霍华德·维拉德更清楚这一点,也更不耐烦。

奥驰亚的总部位于里士满郊外,坐落在高大的黑色栅栏、一排排紫薇和一道道冬青篱笆后面,挡住了布罗德街外面那个交通拥堵的十字路口行人们的视线。在玻璃幕墙后面,公司高层职位的继任战正在升温。

马蒂·巴林顿只还差三年就满 65 岁了,奥驰亚的高管们通常会在这个年龄退休。奥驰亚长期以来形成了一种非正式做法,即在首席执行官退休前几年,鼓励少数高管展开竞争。被选中的三四个人知道另外几人是谁,他们会施展手段,直至最终只剩下两人对战。然后,随着时间的临近,只有一个人会获胜,拿到通往奥驰亚王国的钥匙。

---

① head shops,专卖瘾君子感兴趣的(如大麻烟斗、香、招贴画、念珠等)东西的店铺。——译者

巴林顿自己就曾经是其中之一。2012年，他击败另一位高管，即时任首席运营官戴夫·贝兰。巴林顿担任首席执行官三年之后，贝兰辞职，留下的空位由维拉德接任。这一连串事件反过来推动维拉德进入了下一轮争夺最高职位的比赛。

如果维拉德还有什么对手的话，那就是威廉·"比利"·吉福德。这位道地的弗吉尼亚人曾就读于弗吉尼亚联邦大学，1994年——比维拉德晚两年——加入菲利普·莫里斯公司，之前在一家著名的会计师事务所工作。吉福德其人，如果他抽出一个哥本哈根长条肉罐头，他不会轻挑细拿，而是会将手插进罐头盒，拔出一大块，放在他那鼓起的下唇上一把拢住。

吉福德在奥驰亚一路高升，最终在2010年当上菲利普·莫里斯集团美国公司的首席执行官，然后在战略与业务发展部门任职。2015年，维拉德由首席财务官升任首席运营官后，吉福德接替了这一职位。但是，尽管吉福德以出色的财务能力而闻名，知道如何扭转商业局面，但人们并不知道他拥有什么超凡个人魅力。问题在于，维拉德就是没有。奥驰亚有个自然形成的天才替补席，几十年前它让这家烟草公司有过多位具有传奇色彩的首席执行官，但目前奥驰亚的人才梯队数量不足，因为很多后起之秀都逃到了洛桑。此外，它曾经被贴上过"美国最遭人恨的公司"这一标签，其副作用便是难以吸引到顶级人才，这对那些自视甚高的烟草董事而言是一个无尽的沮丧之源。而僵化的"老好人"文化也无法促进人员流动，这使得年轻人才很难升到顶层。

2016年，克洛斯威特被任命为战略与业务发展部门的副总裁。从瑞士回来之后，他担任过一段时间的万宝路副总裁，后又担任了监督企业发展的角色。作为威斯康星州私立教会学校马奎特大学的毕业生，克洛斯威特在1990年代末一出校门就加入了奥驰亚。他和维拉德被视作关系密切的同事和朋友，以至于一位前高官说他们是"蝙蝠侠和罗宾"。很多人都知道，克洛斯威特很害羞，有时候害羞得厉害，以致如果某个问题或对话让他措手不及，他就会满脸通红。"如果你去出席某个商业活动，每个人都端着饮料四处走动，而他更多时间是站在摆放食物的地方，他就是那种人。"奥驰亚一位前高管说。

然而，他一旦开口，他的答案总是充满见解，而且表达干脆利落。重要的是，他从心底里忠实于奥驰亚。高级管理层越来越喜欢他，原因之一是他乐于服从命令，并且虚心受教。这并不是说他容易受骗上当，或者轻易就能说服，而是说他不是那种会挑衅、针锋相对或者以引发冲突的方式公开顶撞管理层的人。在等级森严的奥驰亚，这对他很有帮助。自他走出大学进入公司的那一天起，他就抓住了抛向他的每一次机会，原因之一是他有一种本领，知道该说什么、何时说、向谁说。长着一张跟彼得·潘有些相似的脸，带着唱诗班少年那种文静举止的克洛斯威特，以他的诡诈让一帮同龄人刮目相看——他像彗星一样冉冉升起，很快便进入了奥驰亚行政办公区的内室。

克洛斯威特在2016年春季进入战略部门的时候，是和朋友们一起的。维拉德和吉福德都对从这个部门出来的东西抱有浓厚兴趣。

自从恩乐那笔交易落空以来，维拉德便一直渴望进行一次战略收购，以便让公司在这个快速发展的电子烟市场迅速占据更大的份额。2014年，当他还在担任首席财务官的时候，他主导推动了以1.1亿美元收购一家名为"绿烟"（Green Smoke）的以色列电子烟公司。①"绿烟"在中国有着复杂的关系网，这使得该公司在那里稳稳地站住了脚跟。此外，它那强大的在线业务让奥驰亚能够立即进入不断扩大的市场，以扩大其实体分销渠道。但事实证明，"绿烟"根本改变不了游戏规则。该公司的仿真烟产品阵容掀不起大浪，它以区区4 000万美元的年收入继续在那个蓬勃发展的市场上扮演着无足轻重的角色。"绿烟"对改变奥驰亚的现状作用甚微，这让维拉德更加沮丧。

---

① See The Associated Press, "Altria Acquires E-Cig Maker Green Smoke for $110M," February 3, 2014; and Altria, "Altria Announces Agreement to Acquire E-Vapor Business of Green Smoke, Inc.," press release, February 3, 2014.

在当上首席运营官时，他一直在积极寻找更好地在该领域竞争的办法。2015年6月的一次会议上，也就是朱尔发布几天后，维拉德的任务是就菲利普·莫里斯公司在该领域的创新举措向投资者做出说明。① 维拉德吹嘘说公司发布了一款名为"马克滕 XL"的仿真烟，它应该能为吸烟者提供更令人满意的东西。不过，他也承认目前市场上的产品之间存在"性能差距"，电子烟市场"仍在发展之中"。"我们仍旧相信，成年吸烟者对创新型烟草产品的渴望总有一天会通过正确的技术得到满足。"他说。

当朱尔没有一闪而过，而是开始被人们关注，奥驰亚现在才想起这家初创公司的创始人，也就是博文和蒙西斯其实早在几年前就拜访过里士满。现在，那两个小伙子做出的产品，已经被《连线》等出版物报道了，标题是"这可能就是第一支伟大的电子烟"。② 围绕着创新话题的焦虑再次冒了出来。人们不禁想知道，多年前的那一天，如果尼尔森等人没有拒绝博文和蒙西斯会怎样。奥驰亚可能会给他们写一首歌。

维拉德已经对奥驰亚时断时续地涉足这个快速变化的市场越来越感到不安。他也对巴林顿小心谨慎的决策方式日渐感到失望。眼看朱尔崛起，维拉德怒火中烧。很快，朱尔就会逼近，会让维拉德对这家公司及其时髦烟具的追求成为一种困扰。

旧金山和弗吉尼亚州里士满市相隔3 000英里，但这段距离也可以用光年来衡量。硅谷和烟草巨头之间的文化鸿沟非常巨大。一个诞生于半导体、软件和互联网，另一个诞生于肥沃的土壤、烤烟房和种植园，除了这一显而易见的事实外，烟草巨头的自负性格与硅谷那种自命清高的思维模式一打交道就会发生冲突。

---

① 维拉德在2015年6月的讲话，是在23日的投资者日演讲中发表的。
② David Pierce, "This Might Just Be the First Great E-Cig," *Wired*, April 21, 2015.

对一向自视为宇宙中心的奥驰亚而言，它很难接受公司的引力正在从自己身上离开，转移到一个拥有脸书、亚马逊和谷歌等公司的全新经济体。当战略部门在全球寻找新的交易时，他们不断对自己的遭遇感到困惑。例如，当苹果拒绝允许新出现的万宝路应用程序进入它的应用商店时，奥驰亚的高管们都惊呆了。"他们只是不习惯想到别人也可以对它们说不。"一位内部人士说。

尽管如此，作为公司的首席运营官和实际上的二号执行官，维拉德开始温和地估量人们对朱尔的兴趣。鉴于两家公司的那一段历史，他希望小心行事。既然有那么多利益攸关的事情，维拉德对于重启他跟博文和蒙西斯的关系没有任何迟疑。但博文和蒙西斯也会这样认为吗？到2016年中期时，维拉德已经让自己公司的投资银行佩雷拉·温伯格公司去试探，以了解提议会受到欢迎还是遭到拒绝。

维拉德和克洛斯威特跟战略部门的其他人一道，开始擦去奥驰亚手头留有的朱尔创始人的卷宗上的灰尘：斯坦福大学毕业生、曾经的烟民、普鲁姆的创始人、几年前跟尼尔森见过面。与此同时，多个部门展开了密集的努力，尽可能查清关于朱尔及其产品的所有信息。一如十多年前他们对如烟所做的，奥驰亚的科学家和工程师拆开了一台台朱尔烟具，一番鼓捣，以尽可能了解它。[①] 这个烟具是怎么设计的？使用了哪种塑料？雾化器里面有什么？尼古丁配方里有哪些成分？

但关于朱尔，有一个事实是最难向维拉德和奥驰亚的其他高管解释的。"你得了解这些科技创始人的思维模式，"一位内部人士说，"他们根本不在乎我们。"

[①] 关于奥驰亚对朱尔进行的内部检测的一些细节，参见奥驰亚员工 Jason Flora 2019年10月2日在佛罗里达州布劳沃德县第十七司法巡回法庭针对烟草公司的诉讼案（Engle Progeny）之一的法庭证词，编号 07-036719。

第九章　兴奋因素

你不敢进入的洞穴装着你要寻找的宝藏。

——约瑟夫·坎贝尔

它"给人的感觉过于年轻",2015 年夏季,"尼克"·普利兹克在谈到"雾化"的广告宣传时如此表示。①

随着朱尔在纽约、洛杉矶和汉普顿斯以及它们之间的几站面向大众推广,"雾化"的宣传广告在东海岸和西海岸之间掀起了一波尼古丁狂潮。结果是,它开始引起不必要的关注。这让帕克斯实验室的有些高管感到不安。

尤其是,时报广场上闪耀的朱尔广告似乎是对那些等着对类似现象施以打击的烟草控制界的人的一种不必要的嘲讽。在被总和解协议禁止以前,烟草公司因为在那个位置竖了铺天盖地的广告牌而臭名昭著。1941 年,骆驼香烟在时报广场竖起了一块传奇般的广告牌,它能昼夜不停地吹出两英尺宽的烟圈。②后来,该公司又在那个位置放了一个 72 英尺高的"骆驼老乔"霓虹灯。多年来,一个巨大的"万宝路男人"俯视着纽约市熙来攘往的繁忙交通。现在,几乎是在 20 年之后,一个巨幅的朱尔广告出现在了同一位置,以一种胜利之姿傲视人潮。

印刷广告也同样令人烧心。该公司在 Vice 杂志上推出了系列"雾化"广告,这是一本杂凑、玩世不恭的出版物,拥有令人垂涎的千禧一代读者群。③当然,数十年来,纸张光滑的各种杂志是烟草公司为争取新的顾客而依赖的另一种广告形式,直到被总和解协议禁止。现在,就在登上时报广场几个星期之后,一位梳着高马尾辫的年轻模特抽朱尔的形象与《矛盾的车臣共和国肖像画》《与蒙特利尔地下城的鉴赏家一起醉心泡茶》等文章标题放在了一起。

朱尔凶猛的广告攻势已经开始招致批评。④ 就在产品发布之后不久,《广告时代》(*Ad Age*)杂志刊登了一篇关于朱尔广告宣传的文章,它援引"无烟草青少年运动"组织的一位人士的话说,人们因为"雾化"广告而开始对"电子烟等不受监管的产品做出的不负责任的营销行为"感到担忧。

过去几个星期里,蒙西斯、普利兹克、瓦拉尼和亚历山大·阿塞利这位卓棒的共同创办人兼帕克斯的董事一直在就"朱尔的路径"进行激烈的讨论。7月初,阿塞利给瓦拉尼和普利兹克写了一封电子邮件,同时抄送给"雾化"广告活动的设计师芒比。⑤ 这场广告活动让人联想到烟草业早年间备受诟病的广告战术,这让阿塞利感到有些棘手。

"我们对烟草/尼古丁的担心并没有散去,"阿塞利写道,"这些物质几乎无可辩驳地让人联想到商业史上最不堪的公司及其行为,如果我们不接受这一事实,我们将会继续焦虑不安下去……需要采取一种路径让我们主动地、最好也是含蓄地跟[烟草巨头]拉开距离,比如:我们如何说、如何销售、如何管理公司、强调什么东西、聘用什么人等等。"

感受到问题的严重性并对后果有所担心后,芒比和其他人开始剔

---

① See the Juul class action complaint, In Re: Juul Labs, Inc., Case No. 19-md-02913.
② See Brandt, The Cigarette Century.
③ 关于 *Vice* 上的这些广告,参见 Stanford's Research Into the Impact of Tobacco Advertising。
④ See Declan Harty, "Juul Hopes to Reinvent E-Cigarette Ads with 'Vaporized' Campaign," *Ad Age*, June 23, 2015.
⑤ 这些电子邮件/对话摘自朱尔的集体诉讼中的控诉, In Re: Juul Labs, Inc., Case No. 19-md-02913。

除"雾化"广告活动的有些成分,弃用年轻的面孔和年轻人的形象,代之以徒手抓握烟具的图片。上述分流既不足以平息日渐高涨的愤怒,也不足以减弱社交媒体和美国街头已在发挥作用的魔力。

推出朱尔之前,帕克斯实验室的高管们委托做过一项深度竞争性评估,仔细研究了主要竞争对手,如微优思、马克滕和布卢等发布的电子烟广告和社交媒体策略。该报告的一个主要结论是,上述品牌都未能在社交媒体平台上做足功夫。[1] 例如,它说马克滕和微优思都没在推特、脸书和 Instagram 上正式亮相。这给了朱尔开垦差不多是处女地的机会。没有其他烟草公司所背负的包袱、历史,也没有围绕年轻人市场营销的拘束感,帕克斯实验室加倍努力要做一代美国人以来,也可能是有史以来最耀眼、最炫酷、最性感的烟草营销广告。

2015 年夏秋之际,该公司在东西海岸之间来回奔忙,在突然冒出来的"朱尔雾化器休闲室"举办的一次次派对上免费分发了数万个样机。有的休闲室建在一个 20×8 英尺的钢制集装箱里,涂着明亮的白色油漆,装饰着该品牌的荧光色几何图形,摆放着粉色家具,吧台陈列着亮光照射的珠宝盒子,里面展示着各种尼古丁器具。来宾拿到免费的朱尔套装之后,会被邀请站到博斯克(Bosco)快照拍摄亭跟前拍下照片,然后转成看起来有些滑稽的动态视频,并以各种不同的标签,如"#朱尔时刻""#朱尔生活""#朱尔烟弹""#朱尔雾化器"等大量上传到社交媒体。

随着发样机活动一个接一个地降临到炫酷的酒吧、时尚地点和俱乐部,模特们有时候在一个地方就要分发 5 000 多个免费样机。[2] 连同在其他场合——游艇、艺术展、电影放映、品酒会——开展的试用活动,朱尔不费吹灰之力就在 2015 年夏季发出了数十万个免费的朱尔雾化器。公司文件显示,所谓的集装箱之旅预计将"把朱尔送到

---

[1] 作者亲眼看到的 2014 年 12 月的内部评估。
[2] See, for example, Jackler, Chau, Getachew, et al., "JUUL Advertising over its First Three Years on the Market."

12 500名网红手中,随后他们会把朱尔介绍给150多万人"。此外,公司鼓励营销团队以他们的电子邮件地址为他们注册,以帮助传播品牌知名度,并使他们更可能加入朱尔的"自动派送"项目,从而在不需要他们动一根手指头的情况下将产品径直送到人们家门口。

朱尔正在遵循一个老生常谈的、已经用来定义新兴科技初创企业的公式。与其将大把大把的钱投到麦迪逊大道进行传统且昂贵的电视和广播广告宣传,不如在网红们的帮助下更有效地利用社交媒体的无限影响力。所谓的用户生成内容,也就是依靠真人在推特或Instagram上发布关于产品的内容,已经成为初创企业的首选策略,以此给品牌营造一种真实氛围,并生成用钱买不到的X因子。反传统的品牌对它的使用已经非常娴熟。还在波诺波的时候,芒比就协助在社交媒体上举办过"#裤形挑战赛"等竞赛活动,让顾客将自己的照片上传到Instagram,赢取前往纽约的旅游机会,这已经成为该公司官方营销活动的一大特色。初创潮流眼镜企业沃比-帕克就发起过名为"#沃比-帕克在家试戴"活动,让人们分享自己戴着该品牌眼镜拍下的照片。

广告牌和精美的纸媒广告等老派营销手段与21世纪营销技巧的结合,是一种强强联合。

并不是说博文和蒙西斯对烟草业过去的广告行为毫不知情——他们在烟草档案上花了足够多的时间来了解烟草公司面向青少年的营销行为所引发的愤怒。几年前,他们甚至拜访过斯坦福大学一位名为罗伯特·杰克勒的教授,他建了一个旧烟草广告档案,是烟草广告的专家。但帕克斯实验室高管们的思维方式被训练得几乎只考虑一件事,而这件事就是:获取顾客。

阿塞利警告说,这样的策略可能会弄巧成拙。"'别人做我也做'的麻烦是,正如尼克恰当地指出的那样,我们最终会陷入跟他们一样的道德困境,这不是我们想要的,不管回报如何(我认为)……。世界是透明的,越来越不会忍受乱七八糟的东西。不是说假装——而是说要做得对……这可能意味着不要做那些我们认为我们要做的事,比如让我们的广告海报中出现年轻人，或者跟市场上那些大玩家有样学样。"

但朱尔的广告活动似乎正在奏效。不仅关于这个品牌的议论越来越多，这是其任何竞争对手都无法企及的，而且该公司引起了另一种它希望得到的关注。朱尔"可能是一个价值数十亿美元的机会"，投资银行施蒂费尔（Stifel）在2015年8月给帕克斯实验室做的一次报告时说。[①] 这家银行正在向该公司推荐战略替代方案，其中包括出售给一家大烟草公司，以"实现朱尔增长轨迹的最大化"。该报告中指出，烟草业已经"积极但徒劳无益地进入了电子烟范畴"，并推出了"尚不引人注目的产品"。如此一来，该行业在电子烟行业的短板就成为了朱尔占领市场的"绝佳机会"。

朱尔上市才几个星期，尽管董事会绞尽脑汁而且争议不断，博文和蒙西斯的尼古丁初创企业已经进入状态。而财大气粗的烟草巨头是个明显的追求者。

但就在这时，发生了一些意料之外的事情。到那个夏季结束的时候，尽管有口口相传的社交媒体持续发力、盛大的尝用派对，以及全国性的巡回试用之旅，更不要说时报广场上引人瞩目的广告牌，但朱尔没有收到新的订单。

为满足销售预测，公司拿出大量的资金扩大生产：提升在北卡罗来纳州的电子烟油产量。加大在中国的制造业投入。让朱尔进入加油站，包括加油站共设型便利店Speedway和OK便利店。然而，几个星期过去，加油站并没有打电话来要求补货。顾客也没有回头再次光顾。

朱尔烟具本身的质量是问题之一。顾客们投诉说，电池失效，卡在烟具的小烟油仓漏液，导致尼古丁液体进入了使用者的嘴里。公司

[①] 关于施蒂费尔报告的一些细节，参见朱尔案的诉告，In Re: Juul Labs, Inc., Case No. 19-md-02913-WHO。

收到了很多关于"液体进嘴"(JIM)的投诉,以致研发团队将这个首字母缩写词当成了动词使用——"又一个进嘴了"(jimmed)或者"如果出现进嘴情况"(jimming)。尽管工程师们相信这些问题跟生产难题有关,但对这个兴奋的初创公司来说,产品遇到的明显问题并没有明显的快速解决办法。

一个更为根本性的问题是,朱尔原定的销售预测过于冒进。蒙西斯和时任首席财务官蒂姆·达纳赫尔从一开始就警告过董事会,企业的发展可能需要一定的时间,因为还有巨大的障碍需要克服,其中包括打进那些通常被烟草公司锁定的实体企业的货架,以及努力说服心怀疑虑的零售商相信尽管其他电子烟品牌表现平平,但朱尔跟它们不一样。

不过,还有一个阵营,那就是帕克斯实验室的董事会,它迫切想要把事情推向高速发展,并开始赚钱。帕克斯董事会不是个一般的企业董事会,即定期开会审查敷衍的提议,并确保基本的控制措施落实到位,以防公司脱轨。从一开始,从瓦拉尼为博文和蒙西斯系上链条开始,董事们就异乎寻常地亲力亲为,对这家初创企业的大小事情施以极大的控制,而且随着时间的推移,这种控制变得有增无减。并不罕见的是,里亚兹或其他董事,甚至董事会观察员(没有投票权),总在办公区转悠,并向坐在办公桌前或正在厨房用微波炉加热午餐的雇员发问,所提出的问题关乎这家企业、他们的工作、行业趋势、销售预测。

"你知道还有哪家价值数十亿美元的公司的董事会成员会走进前门,随机坐在某个员工旁边,然后开始向他们提出一大堆问题?"朱尔的一位内部人士说道,"这种行为完全不合适。"

当时,有一个董事会观察员名叫查克·弗兰克尔,他是个罗德奖学金获得者,先后在高盛集团和彼得·蒂尔创立的大名鼎鼎的旧金山风险投资公司"创始人基金会"工作。弗兰克尔是看好朱尔,并想让业务量井喷的人之一。在朱尔启动上市前的几个星期,身为瓦拉尼的亲密伙伴的弗兰克尔跟其他人一道向蒙西斯和达纳赫尔施压,要求在销售预测中写入大数字,理由是该产品前景非常好,预测数字肯定能够完成。两个人进行了反驳,但在压力之下最终屈服了。结果是,他们陷入了这份计划中的井喷数字,似乎永远也实现不了这个目标。

于是,到2015年秋季时,当公司位于加州弗里蒙特市的仓库堆满了尚未售出的朱尔盒子,员工们急得抓耳挠腮时——究竟是怎么回事呢?——蒙西斯等人很快意识到,要实现那个过于狂热的预测已经无望。也许那些数字并不值得大惊小怪,但董事会不高兴。尤其是瓦拉尼,他已经失去耐心。作为公司最早和最大的持股人,他曾经目睹Ⅰ型产品以惨败收场。随后,他站在一旁,看着Ⅱ型产品几乎同样一败涂地。帕克斯可拆卸式大麻雾化器卖得相对较好,但朱尔是博文和蒙西斯在七年时间里做出的第三个尼古丁产品,而且是博文和蒙西斯的最后一搏。不幸的是,朱尔在这个时候似乎遭遇了同样令人沮丧的命运。"我们以为,那又是一个Ⅱ型产品。"一个前员工说道。

与此同时,公司与菲利普·莫里斯公司就朱尔的菱形镂空图形引起的法律纠纷进入最后阶段,这个问题的解决最终既要花时间又要花金钱。除了官司、低迷的销售、质量问题,还有围绕产品本身而出现的争议,形势变得非常糟糕。作为首席执行官的蒙西斯成了靶子。

董事会的一些人已经对蒙西斯的傲慢态度心生恼怒。这位联合创始人喜欢反驳别人,并直言不讳地表明自己对所有事务——从设计到战略——的态度。尽管这种行为可能是为了显示一个首席执行官的雄心大志,但那个时刻的蒙西斯算不上是。

10月中旬,蒙西斯被带到一个宾馆房间,早已等候在此的有瓦拉尼、普利兹克、弗兰克尔和帕克斯实验室董事会的其他成员。他们表示,现在是蒙西斯辞去首席执行官职务的最佳时机。"个人能像公司需要的那样快速成长,这是很少见的事情,"对帕克斯董事会当时的想法心知肚明的一位人士说,"能够像比尔·盖茨、史蒂夫·乔布斯、马克·扎克伯格那样从创业者成长为大公司掌门人的寥寥无几。"

蒙西斯不是乔布斯，而且很显然，他对这件事情没有多少发言权。他告诉董事会，他乐于在正确的时间将公司的掌控权移交给正确的人，并希望那个人能够实现他和博文当初要取代香烟的使命。他想知道，取代他的人是谁？董事会的回答就算不令人不安的话，也有些出人意料：他们没有接替者。

之后不久，蒙西斯被免去了首席执行官职务（他继续担任董事和首席产品官），普利兹克和瓦拉尼开始清理门户。他们裁掉了所有跟他们步调不一致，或者没有表现出跟上步伐的意愿或能力的人。首席运营官邓拉普被解聘。帕克斯实验室的主管亚历山大·阿塞利对营销活动提出质疑，最终被踢出董事会。一大批工程师和其他人员遭到解聘。

为代行首席执行官之职，董事会成立了一个执行委员会，由普利兹克、瓦拉尼和曾在内克塔治疗跟盖尔·科恩共事的医学博士兼生物科技投资人胡浩英共同负责。董事会启动了寻找蒙西斯的替代者的工作，但最终耗费了好几个月的时间。在此期间，在公司急需有人领导的时候，首席执行官的位置一直空着。

到11月份时，菲利普·莫里斯公司和帕克斯就朱尔的设计达成了和解。虽然条款保密，但它的结果是明确的：烟具必须重新设计，最后一块硬件必须重新加工，以去除惹了麻烦的菱形镂刻图案。这一点，再加上销售低迷，最终导致了业绩下滑。很快，替朱尔生产烟油仓和烟具的中国生产线几乎被叫停。位于北卡罗来纳州的一家烟油仓填充生产设施被关闭，工人全部被遣散。董事会将资源调到了帕克斯大麻雾化器上。朱尔的形势急剧恶化。一度，局势变得非常暗淡，以至于刚刚获聘的工程副总裁布莱恩·怀特将一群员工叫到公司位于旧金山办公区的一间会议室，宣布了有关朱尔的坏消息："我们就要结束这个产品的生产了。"怀特说道。

"一只蝴蝶扇动翅膀可能会引发一场龙卷风。"麻省理工学院著名的数学家和气象学家、"混沌理论之父"爱德华·洛伦兹在 1972 年说过。到 2016 年初时,也就是公司的危机刚刚过去,随即出现可怕的平静后没多久,朱尔开始引发波澜。漏斗正在形成。

似乎有些出人意料,朱尔员工的电话响了起来。新的分销商打来了电话,说他们听说了朱尔的情况,很有兴趣拿货。已经存有朱尔的店铺挨个打来电话,说他们的货已经售罄,还想要更多。在员工们看来,突然而至的兴趣显得有些可疑,但朱尔就是开始出现了拐点。随着该产品进入更多更大的零售商店,它到达了更多人的手里,他们反过来又在电子烟商店、派对和社交媒体上口口相传,直至该产品开始滚雪球。

工程师们如火如荼地投入工作,完成了新的油仓和烟具的设计,全力避开菲利普·莫里斯公司的商标元素。他们定下了六边形图案,将其置于烟具和油仓之间的狭小镂刻空间里。改动不大,但也不简单,因为它要求对图案做烫压处理,而这要求对生产线进行重组。到 2016 年初,在中国的生产已经恢复。位于北卡罗来纳州的油仓灌装生产线终于恢复了工作,到春天来临时,它的产能已经翻了一番,并昼夜不停生产。为满足需求,后来又引入了第二家油仓填充代工厂。

整个 2016 年,朱尔的供应链被压得喘不过气来。公司一发货,零售商就马上卖断货。很快,几个星期前还堆满朱尔货箱的仓库几乎空空如也。零售商对员工大喊大叫,抱怨公司补货不够迅速,还因为订单完成不准时而向他们收取滞纳金。

顾客在抱怨,说哪儿都找不到朱尔。一旦他们找到存货,就会批量购买,以最快的速度将货架一扫而光。零售商手上的朱尔留不到第二天。这种稀缺性让大家像寻宝一样追踪这件产品,他们一旦发现哪家商店有货就会到社交媒体上发帖。"PSA:位于伯德街和 81 街的 Speedway 店将于下午 5 点补货朱尔油仓。"推特上的一条帖子如此写道，而下面的回复有"该死的，为什么那么晚"。

帕克斯内部的沮丧情绪已经彻底变了。至此，顾客和零售商的需求纷至沓来，以至于员工们周末也要上班，待得太晚就叫点比萨。博文和蒙西斯时常帮上一把，亲自处理客户票证，并回答询问。不足为奇的是，瓦拉尼和普利兹克以及其他董事会成员也不时光临，有时候会跟着这支肾上腺素飙升的团队一直待到深夜。这个地方突然就像通了电一样。

"每个人都很惊奇，都想成为其中的一员。"一位曾经的员工回忆说。就在几个月前，朱尔还在苟延残喘，而现在有了一种越来越强烈的感觉，他们正在见证一个大家伙的诞生。"这是一家千载难逢的公司。"

在朱尔突然走红的众多原因中，有一个是无可争辩的：朱尔正在留下自己独特的印记。它已经跨过了美国的血脑屏障，开始泵入这个国家的各个地方。早在这件产品发布之前，还是博文当初在新西兰献血的时候，该公司就在追求完美的尼古丁快感。日渐清楚的是，他们似乎已经找到了它。再加上烟具紧凑、小巧的硬件设计，让这件产品带着难以置信的诱惑力，令人神往。

当性格开朗、为人直率并有着快言快语的魅力的帕克斯营销经理艾丽卡·哈尔韦森于 2016 年开始为朱尔工作时，她的任务是为全国的电子烟商店制订一份营销计划。尽管便利店是朱尔的一条重要销售渠道，但基本上独立拥有和运营的电子烟商店也至关重要。不过，吸电子烟的人跟跑去 OK 便利店加油的人是大为不同的。电子烟商店主打蒸汽朋克文化，里面满是蓄胡须、身上到处打孔的男人，他们最爱通过挤油电子烟（squonk mods）吸入大量尼古丁来戒除积年烟瘾。铁杆爱好者像狂热的科学家那样，在玻璃瓶里手工混合尼古丁液体调和物，并用铜丝来调整阻力。他们像愤怒的公牛一样从鼻孔里喷出一股股蒸汽。正如朱尔的一位前高管所描述的那样："他们就是一群爱凑热闹的石头人①。"

当哈尔韦森提着装有小巧精致的朱尔的珍贵小盒子，第一次来到烟雾弥漫的电子烟窝点时，没有人正眼看她。跟大盒子的 Mod② 相比，朱尔似乎就是一件玩具。其他品牌的烟具可以释放出滚滚的蒸汽云，而朱尔的轻雾如羽，短暂且谨慎。不过，当她在店里支起小摊并允许试吸时，那些硬汉很快便发现朱尔可以让他们爽翻天。

它那 5% 的尼古丁浓度使它成为当时市场上最强劲的电子烟。当哈尔韦森告诉大家，一支小小的朱尔油仓所输送的尼古丁相当于一整包万宝路红标时，人们总是感到惊诧不已。尽管朱尔专有的苯甲酸-尼古丁盐配方让它的冲击性比其他产品平稳，但它的效力能带来强大的刺激。很快，就连最铁杆的电子烟民也抽起了朱尔。

"那是营销信息的一部分——我们正在竭力地展示，朱尔长得像香烟，但它不是香烟。"哈尔韦森说。

与走进电子烟商店或加油站相比，向全世界介绍电子烟需要多得多的考量。公司收集了有关成人吸烟者的各种数据，目的是给公司的营销战略提供信息。根据这些数据，公司请了一批贝塔测试员来到公司办公室跟内部的焦点小组③碰面。他们围坐在桌旁，桌上放着朱尔，营销人员则对他们进行观察。他们抽烟的频率如何？某人吸一口要多长时间？他们请来了数据科学家，从尽可能多的途径获取各种信

---

① stoners，流行文化倾向于将这类人归纳为：年轻的白人男性，留着一头长长的可能是辫子的头发，穿着一件 baja 连帽衫（这种衣服是 70 年代冲浪和毒品文化的象征），一双 hacky sack 鞋，戴着某种大麻首饰。他们经常眼角下垂或眼睛充血，极爱零食，说话缓慢且废话居多。但归根结底他们的共同特征唯有一个：喜欢抽大麻。——译者
② 跟朱尔用的 pod 截然不同，如果是经验丰富的电子烟民，vape mods 可能是最佳选择，它因为会产生巨大的蒸汽云而受欢迎。设计上比仿真烟更先进、更复杂。vape mods 意味着它们带有大电池和低电阻线圈，允许更长的阻力，通常最适合高 VG（乙醇类化学物质）液体。vape pods 比 vape mods 更紧凑、更纤薄，也更适合新手。——译者
③ focus group，焦点小组源于精神病医生采用的一种群体疗法，一般由 12 人组成，在一名主持人的引导下对某个主题或观念进行深入讨论，目的在于了解和理解人们的想法及其成因。——译者

The Devil's Playbook

息,包括发给测试者的朱尔测试版设备,为的是记录他们的使用模式。他们购买了现有吸烟者的第三方数据,并根据地理和人口统计数据对其进行细分。例如,芝加哥的吸烟者一般在什么地方出没?他们跟洛杉矶的吸烟者有什么区别?他们像一个硅谷公司那样大肆了解电子烟使用行为。

然而,公司开展的消费者调查发现,就连有些烟瘾大的人都觉得朱尔过于强劲。不同于香烟,朱尔既没有开始也没有结尾,所以,人们甚至可以在没有意识到的情况下吸入大量的尼古丁。"他们被输送的尼古丁量击倒了,而且不知道该怎么控制。"受雇进行消费者测试的研究人员说。研究对象给出的评论是,"我吸第一口的时候朱尔让我不知所措""劲大得让我受不了"或者"让我猝不及防"。根据2017年朱尔召开的一次内部科学会议的记录,大家曾就该产品的尼古丁含量是否过于强劲进行过内部对话,并且讨论了强劲是否可理解为"更快上瘾"。"考虑到当前对奥施康定成瘾性的态度,该数据的呈现方式需要认真考虑。"[①]

哈尔韦森的任务是教会商店老板和主顾们,乃至吸香烟的人或经验丰富的电子烟民,吸第一口朱尔时呛肺也是完全正常的。她一再向他们保证,那纯粹是因为朱尔用的是非同寻常的令人满足(即高尼古丁)的配方。要不了多久,肺部难受的现象就会缓解,而他们会回来再吸几口。

果不其然,两周后,当她回到店里,她得知那些一直在咳嗽和咳得断断续续的人,现在抽了朱尔就完全不咳了。"人们吸得越深,吸得越久,他们使用该设备的时间就越长,"哈尔韦森说,"我们发现人们——我不想说他们上瘾了,因为更重要的是,烟具本身很容易拿起来使用,而且人们会习惯于随时随地使用这个东西。"

要不了多久,情况就会完全如她所说,随时随地。

[①] 参见集体诉讼中对朱尔的控诉。

不只是随时随地,而且是任何人。随着大众嚷着要买朱尔,青少年开始意识到这种产品买起来容易得出奇。早些时候,年龄验证要求并不严格,因此几乎任何拥有电脑的人都可以打开网址,订购一箱朱尔油仓,然后要求送货到家。顾客很快琢磨出这套系统中有一个漏洞,可以让他们获得免费送来的朱尔。因为客户服务部门忙得不可开交,客服系统的各个板块都实行自动化处理。如此一来,如果客户打来电话说,油仓漏液或者烟具损坏,就会被转到一个在线门户网站。到了这里,顾客要在弹出的页面输入保修信息和序列号,以便获得免费的产品更换。该系统并没有双重查验序列号是否唯一,这意味着人们可以用同一个序列号提交多份保修申请。① 一名大学生就能使用同一个序列号免费拿到 150 多个朱尔,然后转手卖掉。

任何一家初创企业都会千方百计想要达到朱尔此刻引发的狂热程度和病毒式线上参与的广度。卖断货和无法跟上需求,是初创企业创始人做梦都想给潜在投资人讲的故事。对朱尔的一些员工而言,看着自己辛辛苦苦做出的产品登上成功的塔尖是一件令人振奋的事情。网红策略正在奏效,因为公司派发了朱尔的馈赠品,并向关键的网红——比如,那些在播客提到朱尔的人,以及受追捧的时尚博主——提供了大折扣的产品。公司已经有能力培养出一批知名的朱尔用户。极为难得的是,那天有人碰巧看见凯蒂·佩里走上金球奖的红毯,身着粉色普拉达礼服的她在和奥兰多·布鲁姆低语时手里握着一支朱尔。

但是,随着销量猛增,"在后端却没有人想知道是谁在使用这些产品",一位前员工说。很明显,人们在用假名购买朱尔,比如"帕特里西娅·朱尔""约翰·朱尔·阔达尔""?zge·菲拉特"。朱尔向旧金山一个名叫"啤酒罐"的人寄送了 41 个朱尔油仓包裹。② 他们

---

① 关于保修系统和年龄验证的细节,参见对朱尔的集体诉讼中的控诉,In Re: Juul Labs, Inc。
② 关于"啤酒罐"等名,参见加州针对朱尔提起的诉讼。

很快就从网上的购买行为中发现，到处都是尼古丁上瘾的青少年，他们不惜一切代价也要弄到朱尔。

"孩子们干的错事儿太多了，"另一位前员工说，"比如偷用他们父母的信用卡，盗用他们父母、祖父母的名字。个个都像是老奶奶！我的意思是，这事儿已经失控了。"

到 2016 年夏季时，朱尔内部出现一种使人不得安宁的情绪，有些事情要变糟。一位前员工回忆起了自己在旧金山的街头看到像烟头一样乱扔的朱尔油仓时的沮丧心情。像是一个坏兆头。

另一个前员工回忆起了当初对朱尔品牌的所有在线业务量和人们趋之若鹜的参与产生的激动心情。看着 Instagram 上的一个个网页完全被朱尔占据——看看那些使用我们产品的大学生潮人！——真是一件乐事。但他们不禁注意到，很多账号吸引进来的似乎都是越来越年轻的人群。

其中一个 Instagram 的账号尤其令人讨厌。账户名叫@朱尔男孩，拥有数量不菲的粉丝。详细查看就会发现，那些粉丝似乎都是些十来岁的孩子，就读于五花八门的私立学校，比如马萨诸塞州的预科学校迪尔菲尔德学院，以及康涅狄格州一家名为霍奇基斯的寄宿学校。突然之间，问题变得严重起来。这个品牌已经从切尔西前卫的仓库派对扩散到了曼哈顿上东区上流之家的联排别墅，进而扩展到了美国最富有的一块块飞地。它正在变得过酷。同时过于无孔不入。

"哦，他妈的，"一位员工一边滑动浏览@朱尔男孩的网页，一边用手捂着脸说道，"尽是些小混球。"

第十章 实 验

通往地狱之路,常由善意铺就。

——民间谚语

教未成年的松鼠猴抽电子烟不是一件容易的事。但它是一项重要的科学任务,尽管处于早期阶段,却已经在 2016 年时进行了。

早在几年之前,十几只年龄在 10 至 14 个月的公猴和十几只成年猴子就被带到了阿肯色州小石城郊外一片松林中央的政府实验室。根据那项授权它对烟草业开展监管的开创性法案,FDA 于 2009 年成立了烟草制品中心,目前正在新任主任米奇·泽勒的领导下实施一个雄心勃勃的项目,他自 2013 年到该中心以来,一直在谋划如何执行他所说的烟草"终局"策略。[①]

泽勒有一段与烟草业斗争的漫长而辉煌的历史。在烟草战争打得正酣的时候,他曾经是戴维·凯斯勒在 FDA 的得力助手。作为该局一名直率而聪明的律师,他曾在其奥德赛般的秘密行动中担任主角,偷偷进入香烟工厂,挖掘烟草业的秘密文件,会见秘密知情人,在世界各地追踪走私的烟草种子。在 FDA 的烟草管辖权遭到美国最高法院质疑的时候,他正好辞职,但从很多方面来看,他的旅程才刚刚开始。

他的经历使他成为了下一份工作,即美国遗产基金会副总裁的天然人选,该基金会是用烟草业的和解协议的钱建立的非营利组织,它还用这笔钱制作了骇人的反烟草广告,如在菲利普·莫里斯公司总部门前堆放裹尸袋的那个。后来，他在平尼公司（Pinney Associates）工作了十年时间，这家咨询公司是传奇的反吸烟倡导者约翰·平尼1990年代创办的，这位以前一天三包的吸烟者曾是美国疾控中心吸烟与健康办公室主任、哈佛大学吸烟行为与政策研究所联合创始人。②平尼是一位顶尖的戒烟专家，泽勒进入该公司后，立即加入他老板与制药公司旨在帮助吸烟者戒烟的早期药用尼古丁产品的合作研发中。

让吸烟者摆脱燃烧式香烟，转而使用尼古丁输送的替代品，它对公共健康的潜在作用立即让泽勒着迷不已。被他选作守护神的是一位名叫迈克尔·拉塞尔的英国精神病医生和成瘾性科学家，此人同时也是最早提出吸烟"其实是一种经过精细调整的吸毒行为"的学者之一。③拉塞尔进一步倡导通过危害较小的方式输送尼古丁，可以有助于消除致命的吸烟习惯。"人们为了尼古丁而抽烟，但他们死于焦油"，这样的说法或某种变体，常常被归于拉塞尔。

这成了指引泽勒工作的法则。在平尼公司工作期间，他曾担任一个名为"减少烟草危害战略对话"的全球烟草控制专家联盟的联合主席，该联盟倡导"制定政策，鼓励烟草使用者从危害最大的尼古

---

① 泽勒是 Kessler, *A Question of Intent* 中的主要人物，可参见他的 TED 演讲，名为 "The Past, Present and Future of Nicotine Addiction"。
② 有关平尼的更多信息和他一天三包烟的事，参见 Arlene Levinson, "Research Unit Focuses on What It Takes to Quit: Institute Seeks to Snuff Out Smoking," *Los Angeles Times*, September 25, 1988; and Elyse Tanouye, "FDA Clears Glaxo's Zyban as a Smoking-Cessation Aid," *The Wall Street Journal*, May 16, 1997; Suein L. Hwang, "Drug Makers Use Slick TV Ads to Get People to Quit Smoking," *The Wall Street Journal*, May 21, 1996; Suzanne PETREN Moritz, "Smoking Report Released: Kennedy School Study Aims at Helping Smokers Quit," *The Harvard Crimson*, April 5, 1990; and Jane Gross, "Death Forms in 2 States Ask About Tobacco Use," *The New York Times*, January 27, 1989。
③ 关于迈克尔·拉塞尔的背景，可参见如，他的重要论文 "The Future of Nicotine Replacement" in the *British Journal of Addiction*, 1991；关于吸烟是"一种精细调整的吸毒行为"的引用，参见 *The Smoking Cessation Newsletter* 1, no. 1 (1981)，可在烟草公司档案中找到，文件编号 2021539714。

丁产品改用危害最小的尼古丁产品,从而降低健康风险",并把这一概念叫做"风险连续统"(continuum of risk)。①

泽勒主张实施对减少香烟危害具有促进作用的强制性产品标准,这正是2009年的《家庭吸烟预防和烟草控制法案》赋予FDA的权力。② 2013年,泽勒为《烟草控制》杂志写了一篇题为《对烟草控制"终局"的反思》的文章,文中认为,政府监管部门必须"采取策略,推动消费者在尼古丁输送方式上从最致命、最危险的转向危害最小的"。

> 有一系列或连续统的烟草和医药产品都抱着同一目的,即向使用者输送尼古丁。但与这些产品相关的毒性差异较大。位于这个光谱的一端的是传统香烟,它是蓄意设计出来的,目的是形成并维持对尼古丁的成瘾性……。香烟会导致一半的长期使用者死亡,如果该趋势继续存在,本世纪预计将有10亿人死于烟草,其中绝大部分将归于这种香烟。
>
> 而这光谱的另一端是当前一代的药用尼古丁产品,如尼古丁口香糖、贴片和含片。这些产品不含烟草(尽管尼古丁提取自烟草),风险大大降低,并已经被世界各地的监管部门批准为安全有效的戒烟产品。
>
> 在风险连续统上的其他产品对个人的危害小于香烟,但它对人群健康影响程度很少为人所知。在此,我们可以认定的产品有无烟产品、可溶解烟草产品和电子烟。

---

① 关于该联盟和"风险连续统",参见 Mitchell Zeller, Dorothy Hatsukami, and the Strategic Dialogue on Tobacco Harm Reduction Group, "The Strategic Dialogue on Tobacco Harm Reduction: A Vision and Blueprint for Action in the US," *Tobacco Control* 18, no. 4 (August 2009): 324–32。
② See Mitch Zeller, "Reflections on the 'Endgame' for Tobacco Control," *Tobacco Control* 22 (2013): i40–i41.

泽勒的工作引起了他原来的雇主 FDA 的注意。奥巴马总统刚刚连任，有一些紧迫的烟草问题亟待解决。他会考虑担任新成立的烟草产品中心的主任吗？考虑到泽勒过去十年间所从事的工作，这是个不需要动脑筋想的问题。这个岗位，可能会让他的烟草"终局"在全国范围内付诸实践。

2013 年 3 月，他回到 FDA 担任新职务，适逢他那篇文章获得发表。他的计划的一个基石是，FDA 行使其刚刚获得的权力，将香烟中的尼古丁含量控制在不具有成瘾性的水平以内，此举将有助于成年人戒烟，而更重要的是，不会让青少年上瘾。与此同时，他认为 FDA 应当制定政策，鼓励采用"最清洁最安全的尼古丁输送方式"，例如尼古丁替代性疗法（贴片或含片）和电子烟——这是一种更新且更有前景的技术，可能有助于成年吸烟者丢掉香烟，同时仍旧使他们获得"满意"的尼古丁含量。

问题在于弄清香烟中什么水平的尼古丁会使他们的成瘾性降到最低。监管部门不能凭空给出一个数字。一支香烟中应该允许含有多少尼古丁才能使其不具有成瘾性？该机构应该如何计量呢？而这个水平会不会同样让香烟对青少年不产生成瘾性？

FDA 打算回答这些问题。因此，他们才找来了那批松鼠猴。2014 年 3 月 5 日，该部门批准了 #E0753701 项目，题为《非人类灵长类动物尼古丁自我给药的方方面面》。[1]

泽勒领导的烟草产品中心招募了一组研究人员，跟该机构的国家毒理学研究中心一道开始了一项长期研究，以评估在成年和未成

---

[1] 很多但并非所有关于 FDA 就灵长类动物开展尼古丁研究的文件来自非营利组织 White Coat Waste Project，该组织反对用联邦税收开展动物研究。该组织在得知此尼古丁研究项目后，对 FDA 提起诉讼，并成功获取了 FDA 详细记录猴子实验项目的几百页内部文件。许多文件可见于该公司网站。亦可参见 Amy K. Goodwin, Takato Hiranita, and Merle G. Paule, "The Reinforcing Effects of Nicotine in Humans and Nonhuman Primates: A Review of Intravenous Self-Administration Evidence and Future Directions for Research," *Nicotine and Tobacco Research* 17, no. 11 (February 2015): 1297–310。

年松鼠猴身上导致开始成瘾和停止成瘾的尼古丁阈值水平。这种高智能的物种以其松鼠般的长尾巴、茶壶形脑袋和黑宝石般的眼睛而闻名。它们之所以被选中，不仅因为它们的心血管系统和中枢神经系统与人类相似，还因为它们需要经历一段较长的青春期。此外，这个物种在圈养状态下已知可以存活 25 年，这对于想要多年收集数据以证明尼古丁如何随时间的推移改变大脑来说是理想的。

抵达位于阿肯色州的实验室后，这 24 只猴子——成年猴和未成年猴各 12 只——便被麻醉，并通过手术在颈静脉装入了一个留置导管。它们接受了首次抽血和脑部成像，以此作为实验的基准。接着，它们开始适应实验空间，那是一个金属笼子，里面放着一把有机玻璃小椅子，猴子被以坐姿锁在上面，每天面对一系列操纵杆一段特定时间。猴子接受了按压操纵杆的训练，一开始按压时，猴子会发到一些香蕉味的食物颗粒。最终，当猴子用它们纤细的前肢按压操纵杆时，就会通过静脉注射而不是食物颗粒来分配一定剂量的尼古丁。猴子一旦表现出成瘾性增强的行为指示——为获得尼古丁而自主按压操纵杆——穿着实验室白大褂、戴着粉蓝色塑料手套的研究人员就开始逐步降低每次按压操纵杆而获得的注射量，同时监测猴子的行为、进行大脑扫描和血液水平检测。

在大约一年的时间里，这些研究大多按照计划推进，但在 2015 年夏季，其中一只猴子在做脑部扫描时停止呼吸并死去了。但研究人员仍旧收集有价值的数据，实验继续进行。

与此同时，随着 FDA 在自己的实验室用猴子进行尼古丁实验，全美各地也在进行一场更大规模的尼古丁实验。到 2016 年夏季，随着美国青少年开始使用电子烟，尤其是朱尔，人们越来越担心会出现新一波尼古丁成瘾。具有讽刺意味的是，几乎没有人对抽电子烟开展过长期研究，而且仍有无数问题找不到答案，尽管到 2016 年春季，美国疾控中心已经宣布有 300 万初中生和高中生报告在使用电子烟。① 它是安全的吗？电子烟对肺部有什么影响？调味型电子烟呢——用来做樱桃味、棉花糖味或独角兽汽水味的化学物质有毒吗？它们是否比普通的烟草味电子烟更具有成瘾性？

FDA 的猴子研究人员开始琢磨他们如何加大研究力度，通过在猴子身上测试来更好地了解电子烟的影响。他们已经让猴子自行完成尼古丁静脉注射，但抽电子烟似乎才是日渐紧迫的公共卫生问题。尽管该迭代研究尚未得到 FDA 的资助，他们还是与一家可生产专门香型电子烟产品的公司展开了合作。另一项研究已经处于初级阶段，正为猴子设计一种可调节式吸气室，猴子进入后，一个与一道有机玻璃窗相连接的喷嘴开始分发水。之后，它们吸到的便不再是水，而是尼古丁气雾。他们正处于教会猴子有效使用朱尔的早期阶段。

2016 年 5 月 10 日，FDA 公布了备受期待的最终"认定"规则。自 FDA 获得对烟草产品加以监管的法律授权已有 7 年了，它又花了差不多同样的时间才将电子烟纳入自己的管辖范围。FDA 发布认定规则所花的时间，大致等于博文和蒙西斯用来读研究生、撰写商业计划书、筹集风险投资、创办普鲁姆、抛弃普鲁姆、创办并发布帕克斯，然后创办朱尔所花费的时间。

有史以来第一次，电子烟跟其他在 2009 年那道缝隙中漏掉的众多烟草产品——包括雪茄、水烟、烟斗烟丝以及新型烟草制品，如可溶解式、球形、圆片等——一道，被 FDA "认定"为需要受联邦监管的烟草产品。这项规定于 2016 年 8 月 8 日生效，它将禁止实体店和网店向 18 岁以下的任何人销售这些产品，同时叫停了免费派发样品的行为。它还规定了该行业在之后数月里必须在一系列最后期限做到的事，包括要求制造商在产品包装上贴健康警示，并向该机构提交

---

① See Tushar Singh, René A. Arrazola, Catherine G. Corey, et al., Tobacco Use Among Middle and High School Students—United States, 2011–2015, Morbidity and Mortality Weekly Report (MMWR) 65, no. 14 (April 15, 2016): 361–67.

成分表以及潜在的有害成分报告。

对那些早已习惯无拘无束地做生意的电子烟公司而言，这一套认定规则令人丧气。再也不能仅仅因为对方可以提供信用卡号就把它卖给任何地方的任何人。再也不能采用那些看不见刺眼的尼古丁成瘾性警示标签的华丽包装盒。再也不能不受限制地在全国大卖特卖尼古丁。

其中一项条款尤其击中了该行业的神经。它要求电子烟制造商在产品销售前向 FDA 提交申请书并获得该机构的批准。只有 2007 年 2 月 15 日（它与电子烟无关，而是烟草控制法案在国会获得通过的日期）以前已经上市的电子烟不受新规影响。但因为 2007 年 2 月市场上的电子烟几乎为零，所以它意味着市场上所有的产品都要接受该机构的审查，并获得监管部门的批准。

该机构并不是（像有些烟草控制倡导者所希望的那样）将所有产品逐出市场，而是给了这个产业一个机会。它允许制造商在两年内继续销售产品，直至 2018 年 8 月 18 日。到那时，它们将被要求向 FDA 提交所谓的上市前审查申请，以确定其产品是否符合该机构的"适合于保护公共健康"的标准。如果不符合，产品将不得不退出市场。

追溯性审查要求极具争议，以致在最终的认定规则出台前的几个月时间里，来自奥驰亚、雷诺和其他烟草以及电子烟公司的游说者向立法者施压（但未成功），要求允许它们的产品免于寻求该机构的批准。① 这些公司辩称，两年时间不足以提交冗长而昂贵的申请。小型制造商声称，该申请需要开展深入的科学研究和花费不菲的调研活动，这样的要求显得过高，给它们造成了不公平的负担。尽管面临诸多游说，FDA 没有退让，而是挑起了一场最终将困扰该机构数年的

---

① See Eric Lipton, "A Lobbyist Wrote the Bill. Will the Tobacco Industry Win Its E-Cigarette Fight?," *The New York Times*, September 2, 2016（一定不要错过记者获得并链接到的大量文件，在小标题"烟草战争游说文件"下）。

斗争。

还有一个症结——唯一有资格获得两年的宽限期的产品是截至2016年8月8日已经上市销售的产品。在那一天之后推出的任何产品都会被FDA视为一种"新型烟草产品",除非首先获得批准,否则不能推向市场。这意味着在该规则生效时已经处于市售的电子烟,比如朱尔、马克滕和微优思被禁止向市场推出任何新产品。不仅如此,如果它们对现有产品做出哪怕最细微的设计调整或修改,该机构都将其视为"新型烟草产品"。FDA要尽量限制新产品大量涌入市场,以让自己有机会对目前正在市售的产品做出评估。但这对那些产品不完美的公司而言是一场潜在的噩梦,因为不做改进,就不可能产生利润——而它们几乎全都如此。很多电子烟的设计并不完善,都存在设计缺陷,包括像朱尔的泄漏问题。但截至2016年8月8日,电子烟市场基本上处于冻结状态,生产商们只能卡在已有产品里。

该规则生效后,泽勒写了一篇评论文章,对该机构的想法予以说明。"新规定让我们摆脱了一个基本上不受监控的烟草产品市场,其中的烟草产品越来越受到青少年的喜爱——我把这个市场比作狂野西部——它也让我们进入了一个合理有效的科学监管时代,"泽勒写道,"FDA根据该规定扩大了权力,这是认识新型烟草产品的前沿并预防美国人民过早死亡和过早患病的一个关键的基础步骤。"[①]

是的,这些规定是给高度失序的市场带来秩序的一步。但对于所有的公司来说,该规定的实际效果意味着,包括朱尔在内的目前在售产品可以一边整理销售申请,一边至少可以两年保持现状。

[①] See Mitch Zeller, "The Deeming Rule: Keeping Pace with the Modern Tobacco Marketplace," *American Journal of Respiratory and Critical Care Medicine* 194, no. 5 (September 2016): 538–40; For more on Zeller's thinking about e-cigarettes, also see Lipton, "A Lobbyist Wrote the Bill. Will the Tobacco Industry Win Its E-Cigarette Fight?"; and Melissa Vonder Haar, "Blog: Did Mitch Zeller Just Show His True Colors?; Instead of Building a Bridge, the CTP Director Has Blown Up the Nascent Electronic-Cigarette Industry," CSP, May 10, 2016.

这不过是 FDA 试图采取的高压平衡行为的一部分。该机构正努力培育减害产品的市场，同时确保这些产品不会在非尼古丁使用者中扩大初次使用范围。但是，尽管包括泽勒在内的顽固的减害产品倡导者们满怀希望，最坏的情况还是开始出现——恰是那些设计得看似可以减少对成年吸烟者的危害的产品，正在被那些可能永远不会接触过烟草产品的青少年挑中。

2016 年 12 月，医务总监维韦克·H. 穆尔希发表了一份题为《青少年和青年电子烟使用状况》的报告。报告的结论部分写道：

> 美国青少年使用电子烟现在是一个主要的公共卫生问题。电子烟的使用在近年间增速迅猛，2011 年到 2015 年，它在高中生的增长达到了骇人听闻的 900%。这类产品现在是美国年轻人最常用的烟草形态，超过了传统烟草产品，如香烟、雪茄、咀嚼烟草和水烟。大多数电子烟都含有尼古丁，它能导致成瘾，并危害青少年尚处于发育中的大脑……。至为重要的是，在降低青少年和年轻人吸传统香烟方面取得的进展，不应因为电子烟的兴起和使用而受到影响。

事实证明，尼古丁烟具是潘多拉的魔盒。在给魔盒盖好盖子这件事上，FDA 做得并不够好。

第十一章 快速行动，铤而走险

如果你从未打破过什么，那么可能是你行动不够快。

——马克·扎克伯格，脸书创始人

过去几个月里，帕克斯实验室的高管们一直在紧张地期待 FDA 制定的新规则。他们跟其他人一样清楚，当这套认定规则生效时，竞技环境将发生巨大变化。关键是，2016 年 8 月 8 日之后，没有新产品或经过改造而成的新产品可以上市销售，这意味着朱尔的创新努力将会突然受阻。这种情况很不妙。叫一家科技初创企业不要创新，无异于让必胜客不要做比萨。

尽管如此，在期待这项规定的过程中，公司开始以最大努力捣鼓出尽可能多的产品，以便在"幕布落下"——一些员工在内部如此称呼这部即将出台的规定——之前将它们投放上市。2015 年 12 月至 2016 年 8 月，朱尔推出了几十种特殊口味的电子烟油，包括肉桂味、酥梨味、姜桃味，以扩大其包括水果味、黄瓜味、芒果味、薄荷味和焦糖布蕾味在内的现有产品线。[1]朱尔的高管们非常清楚这是潜在的监管套利在起作用。在 2016 年中期，内克塔前高管盖尔·科恩给博文写了一封电子邮件，说"因为原来的烟草总和解协议关于广告等的限制内容并不适用于电子烟"，因此公司"应该考虑充分利用自由实施[2]"。[3]

认定规则生效两个星期之后，常任领导缺位 10 个月之后，帕克斯实验室终于找到了新的首席执行官。他们选定的是法国迪泽尔

(Deezer)音乐流媒体公司前高管泰勒·戈德曼。公司发了一份新闻稿,大肆吹嘘这位新人:"帕克斯实验室聘请首席执行官泰勒·戈德曼来应对快速发展。"

自董事会赶走蒙西斯之后,胡浩英一直代行首席执行官之责。尽管他无可否认是个聪明人,但他完全不适应那种鼻子戴环、花香弥漫的办公室文化,而这已经逐渐主宰了帕克斯。再者,胡浩英很少去办公室,而他一旦去了,他能展现的最佳领导力似乎就是一句让所有人想翻白眼的虚假励志格言。再加上公司突然开始像一列货车似的咣当作响。朱尔仍旧只占很小的市场份额,但它的销量在不断增加。

董事会仍旧在这个紧要关头选择用戈德曼取代胡浩英,这让一些雇员心生疑惑。作为一个受过训练的律师,戈德曼在他早期职业生涯中曾经经营过一个数字媒体广告平台,做过一大堆意在吸引点击量的流行文化内容品牌,如"名流时尚""精英生活""闷死你自己"。他还推出过一系列运动类网站,经营过一个电影网站(后来被卖给了百视达[Blockbuster]公司),并为《好色客》(*Hustler*)杂志的出版商运营过一个新媒体。

尽管他有多家起步阶段的公司的经历,但还看不太出来他是否具有实际运营一家快速发展且生产供应链遍及全世界的科技初创公司的才能。从社会的角度来看,戈德曼比胡浩英好不到哪儿去。他那漫无边际的幼稚举止跟员工们不太处得来。他不会谈些内行话,而是吹嘘自己生活中的怪异细节,并至少在一个场合用自己曾和凡妮蒂(曾经做过流行歌手,也是歌手普林斯的缪斯)约会的故事来跟下属套近乎。

更糟糕的是,有一种看法是,戈德曼对公司未来的增长引擎朱尔

---

① 参见众议院有关朱尔的大量内部文件,题为"Churn: New Pods, Strengths, and Colors in Place"。
② freedom to operate,FTO,是指在不侵犯他人专利权的情况下,企业对技术自由地进行使用和开发,并将利用该技术生产的产品或服务投入市场。——译者
③ 关于科恩与博文之间的通信,参见科罗拉多州诉朱尔的官司。

从没有真正理解过，或表现出过兴奋。他来到公司后，对大麻领域充满了热情。在多次新闻发布会上，他都提到过帕克斯，但被问及朱尔时，他都是敷衍过去。①"在加入帕克斯之前，你对电子烟市场有多少了解？"一位记者这样问他。"我听说过帕克斯的很多事情，我知道它有很多疯狂的粉丝。我对朱尔知之甚少，因为我在迪泽尔的团队成员大多仍旧抽燃烧式香烟。"

戈德曼走进了一场飓风。到了 2016 年夏季，全国范围内都出现了朱尔短缺现象。西裔美国人的杂货铺和加油站都在囤积朱尔并加价出售，有时甚至价格翻倍。②戈德曼试图治理这种情况，但很快发现自己是在玩打地鼠游戏。零售商给公司打电话，怒气冲冲地要求给他们供更多的朱尔，有多少要多少。最终，销售团队不得不一度停止增加新的零售商，此时，与那些几十年来主宰商店货架的大烟草公司对手相比较，该品牌在零售市场的份额非常小。该公司的烟油生产能力已经达到极限，但仍旧只能满足客户的一半需求。

戈德曼提高了价格，希望以此减缓需求，还在中国购置新机器提高生产速度，试图以此扩大产能。但他们始终满足不了订单的要求。不管根据市场上的其他烟草和电子烟产品建过多少次模，他们都是错的。他们需要生产更多的产品，很多很多，这不断让戈德曼感到吃惊。

烟草公司的行业数据显示，在尝试过电子烟的用户中，约有 10%的人会转而使用该产品。但戈德曼发现，朱尔的"转换率"接近60%——如果他能让所有新皈依者都用上，这将是一个很大的数字。

---

① See Rob Hill, "Corner Office: Pax Labs Inc. CEO Tyler Goldman Is Disrupting the Vape Industry," *mg Magazine*, November 9, 2016.
② See James Covert, "E-Cig Boss Scrambles to End Price Gouging on Vaping 'Pods,'" *New York Post*, October 13, 2016; for other details about Goldman and the industry under his tenure, see "Pax Focusing on Scale and Supply," *Tobacco Journal International*, February 23, 2017; and also Renée Covino, "From the PAX Perch," *Tobacco Business International*, November 27, 2016.

戈德曼还低估了朱尔用户的消费量。事实证明，用户每个星期要用掉 4 到 5 个烟油。根据公司自己的计算，那样的尼古丁摄入量相当于一个人每个星期抽 4 到 5 包香烟，或者每天抽 14 支香烟。就算当时还没有的话，也很快就会明朗起来朱尔身上有某种非同寻常的东西。正如戈德曼所辩解的那样，顾客对该产品表现出了"高附着率"。这是上瘾的委婉说法。似乎没有什么能减缓美国人对这种东西的贪婪欲望。

那是 2016 年秋季。凯文·布祖泽夫斯基最近去了俄亥俄州克利夫兰市郊外的一所当地文科学院，即鲍德温-华莱士学院。他在俄亥俄州阿克伦长大，前一年毕业于里维尔高中，是校棒球队的。现在，他学的是商业营销，跟三个最好的朋友一起住在校外的一所房子里。他们做什么事情都是一起——打印第安人的游戏、去运动酒吧、收集并出售棒球卡。他的其中一个朋友一直在努力戒烟，并正在试吸不同的电子烟。毫不奇怪，他爱上了朱尔。布祖泽夫斯基不常吸烟，但当他试了朋友的朱尔电子烟后，竟然一下子就喜欢上了朱尔带给他的兴奋感。他欲罢不能。于是，他自己到外面买了一个朱尔。

布祖泽夫斯基一直是个社交媒体发烧友，事实上，多年来，他通过在自己创建的社交媒体页面和网站上帮别人打广告，做起了自己的小生意。他制作的第一个这类网站，是一个专门向粉丝介绍克利夫兰布朗足球队的页面，当时他 13 岁，还正在读初中。自此以来，他一直在给各种各样的东西制作不同的页面，从手机壳到棒球卡再到运动衫，不一而足。有时候，他会彻夜未眠地打理它们。

2016 年秋天的一天晚上，布祖泽夫斯基和他的朋友在外面闲逛，一边喝啤酒一边抽朱尔。就在他们上网浏览，查看随机的社交媒体帖子和有关朱尔的各种热梗的时候，布祖泽夫斯基惊讶地发现朱尔好像还没有自己的粉丝页面。于是，知道如何制作粉丝页面的他决定自己去 Instagram 上建一个产品页面。他给它取名为 "@JuulNation"（朱尔王国）。

一开始，他这么做是为了跟朋友开的一个自己人知道的玩笑。在他的 Instagram 页面上，他加上了#JUULnation 和#hellanic 两个标签，并写了一句"如果你还没有入手……那你在干什么??"。他发的第一批帖子中有一条是受了网上一个传言的刺激，说是朱尔计划推出一款全新的限量版椰子薄荷味烟油。他贴出了一张图，上面是一盒椰子薄荷味的朱尔烟油，并写了些大意是"这是真的吗"的话。是真的，那是朱尔的限量版口味之一。这条帖子获得了惊人的点击量——或者用布祖泽夫斯基熟悉的社交媒体行话来说，就是"参与度"。在点击量的鼓舞下，他又贴了一张新口味的图，这次是芒果味。他得到了更多的点赞。一开始，他只有几个粉丝，但每发一条都在慢慢给他带来更多的粉丝。他会把大家发给他的各人抽朱尔的照片贴出来。又有了更多的粉丝。他贴出了码得高高的朱尔油仓的照片，码成了令人震撼的金字塔形。再次获得更多点赞。他发布了市售朱尔中的稀有口味的图片，如栗子可颂味、肉桂味，以及金色等限量版彩色朱尔烟具的图片。他也贴出了他自己和朋友们抽朱尔的照片。

很快，100 个粉丝变成了 500 个，然后变成了 1 000 个。短短几个月的时间里，他每天增加的粉丝量都在 1 000 左右。直到这时他才意识到，他制作的@JuulNation 页面不只是开了个玩笑。电子烟公司开始联系他，想知道他是否有兴趣有偿替他们打广告。那些给朱尔烟具制作"皮肤"或盖子的暴发户也找到他，希望跟他 Instagram 上的页面合作。生产朱尔兼容型烟油的意恩电子烟（Eonsmoke）公司向他提供赞助。很快，他就达成了价值几千美元的交易，并将自己开玩笑的页面变成了一门生意。他心想，哇，这还真可以成为一种职业。

到 2017 年，已经有了数万粉丝的他从大学辍学，一心一意地全职发展@JuulNation 的业务。有免费赠品的比赛总是很受欢迎。"即将公布定制朱尔竞赛的决赛选手名单……美东时间今晚午夜前获得点赞最多的人都将免费获得一款你想要的口味的烟油仓！"照片雪片般飞来，全是装饰得稀奇古怪的朱尔烟具。其中一个在金属机身上刻了个 Fiend（恶魔）字样。另一个喷了个红、黄、蓝三色的拉斯特法里教①图案。还有一个覆满了紫色的孔雀毛。"带上朱尔伙伴的标签加入朱尔王国吧。"他写道。

他发布了人们一边划船一边抽朱尔的照片，还有在派对上抽朱尔的照片，以及什么也不做，只是在抽朱尔的照片。他想出了一些小调查，让粉丝们告诉他他们最喜欢什么样的口味。他甚至开始制作一些潮品——印有 JuulNation 标志的黑色连帽衫和棒球帽。现在这变成了大家的事，跟他一起住的每个人都会加入进来，帮着打包人们赢得的潮品、免费的朱尔油仓或其他"奖品"。@JuulNation 成了 Instagram 上最大规模的朱尔粉丝页面，其帖子的浏览量接近数十万，常规点赞量在 100 万以上。

有时候，他会惊讶地发现有几十个粉丝来自同一所学校——有一天贝勒大学的整个兄弟会似乎都会成为他的粉丝；接下来是路易斯安那州立大学的学生。当照片开始从明显还没有达到大学年龄的青少年那里发来时，他并未多想。"我看得出来，各个学校都在传。"他说。

他贴出了一些青少年对老师没收他们的朱尔的抱怨，以及一张高中走廊里挂出的一幅手写标语牌的照片，上面写着"抽朱尔，不算酷"。他们把朱尔油仓图片 PS 成了激浪汽水或船长脆麦片味（Cap'n Crunch）。他们分享了一些在书里挖个坑把朱尔藏进去的梗。

2017 年秋季迎来了汰渍（Tide）挑战赛，年轻人吃汰渍洗衣凝珠的照片在网上疯传。那一年也成了朱尔油仓挑战赛之年，年轻人要比比看抽多少盒朱尔才会昏过去，或者一口能同时吸多少支朱尔。布祖泽夫斯基觉得这很搞笑。于是，他向自己的数万粉丝发起邀请，接受朱尔的挑战。有个人往嘴巴里塞进 14 支朱尔并同时吸。他成了获

---

① Rastafarian，源于非洲，主要信仰人口在牙买加，多为贫穷黑人，崇拜前埃塞俄比亚皇帝海尔·塞拉西，认为黑人将返回非洲大陆。——译者

胜者。这条帖子获得了近 27.5 万个点赞。

就在朱尔的销量快速增长的过程中，该产品一直存在明显的缺陷，这让一家以自己的质量设计为骄傲的公司感到十分尴尬。最大的问题是烟油仓。小塑料烟油仓里装着的液体叫做电子烟油，使用者以蒸汽的形式将其吸进肺部。① 它的配方很简单，主要成分有五种：尼古丁、丙二醇、植物甘油、苯甲酸和调味剂。初看之下，这些成分似乎无害。尼古丁虽然具有成瘾性，但它不是主要的致癌物质。甘油是戏剧表演场合用到的那种烟雾机中使用的一种物质。丙二醇在工业环境中用作防冻剂，在沙拉酱中用作乳化剂。苯甲酸是一种有机化合物，常用作各种食品中的防腐剂。

尽管这几种成分单独来看并没有什么可令人担忧的——它们大多通常被 FDA 认为摄入是安全的——但在雾化环境下，对于它们是如何与身体相互作用的还有很多需要了解。② 这种产品出现的时间不长，还没有足够的长期临床研究来断定雾化过程是否安全。一般而言，抽了几十年烟才会引起肺部疾病。如果抽电子烟或抽朱尔的后果同样是渐进的，并且只有经过几十年的时间对肺部的损伤才会变得明显，那该怎么办？最近几年，联邦监管部门和研究机构已经开始研究上述议题，探询吸入大多数电子烟油中的基本成分，长期以超细颗粒的形式进入肺部最深处的行为，是否像其支持者所声称的那样安全无虞。

电子烟油中的调味剂尤其让健康专家感到担忧。尽管薄荷或草莓

---

① See Lauren Etter, Ben Elgin, and Ellen Huet, "Juul Is the New Big Tobacco," *Bloomberg Businessweek*, October 10, 2019.
② See Robert Langreth and Lauren Etter, "Early Signs of Vaping Health Risks Were Missed or Ignored; Doctors and Researchers Scattered Around the Globe Saw Problems, but 'Nobody Put Two and Two Together,'" *Bloomberg*, September 25, 2019; and Robert Langreth and Lauren Etter, "How Vaping-Related Deaths Put Cloud over E-Cigarettes," *Bloomberg*, QuickTake, October 10, 2019.

等香味看似无害,但大多数调味剂都含有几十种甚至更多的次级配料,其中一些在加热后有可能变得有害或致癌。在 2015 年向 FDA 做的一场报告中,美国疾控中心的一位研究人员提出警告,有时在一些香烟调味剂中发现的两种成分,即二乙酰(Diacetyl)和戊二酮(Pentanedione),在吸入时可能有害。① 1990 年代,二乙酰与密苏里州一家微波炉爆米花厂几个工人所患的一系列肺部疾病有关,正是吸入这种能让爆米花带上黄油味的化学物质所致。② 朱尔公开坚称其采用的调味剂不含上述成分,但针对朱尔的一起诉讼案中引用的几份内部信件显示,公司并没有绝对的把握。例如,2018 年 4 月,一份题为"'爆米花肺病'——常规角度和二乙酰风险评估"的公司备忘录发现,其清凉薄荷味烟油中被检出"少量二乙酰",而这是公司人气最旺的产品之一。③ 这起官司称,朱尔只是简单地采用"灵敏度欠佳的烟具"做了重复检测,便报告称其薄荷味产品的新结论为:"未检测到二乙酰。"

与此同时,朱尔的员工实时地看到了问题的出现。一个关于客户投诉的内部数据库包含了近 3 000 份客户报告,说在使用朱尔后对健康产生了不良影响(这只占数据库中所有投诉的一小部分),包括口腔疼痛、肺部灼烧感、发热、寒颤、呕吐和头重脚轻感。④ 一名妇女向公司反映,她在使用朱尔后喉咙开始出血。

---

① 关于疾控中心研究员 Ann Hubbs 向 FDA 做的报告"Toxicology of Inhaled Diacetyl and 2, 3-Pentanedione",参见"Electronic Cigarettes and the Public Health; Public Workshop," March 9, 2015。
② See, for example, Joseph G. Allen, Skye S. Flanigan, Mallory LeBlanc, et al., "Flavoring Chemicals in E-Cigarettes: Diacetyl, 2, 3-Pentanedione, and Acetoin in a Sample of 51 Products, Including Fruit-, Candy-, and Cocktail-Flavored E-Cigarettes," Environmental Health Perspectives 124, no. 6 (June 2016): 733–79; and Carrie Arnold, "On the Vapor Trail: Examining the Chemical Content of E-Cigarette Flavorings," Environmental Health Perspectives 124, no. 6 (June 2016): A115.
③ 关于 2018 年 4 月的"爆米花肺病"备忘录,以及总体而言对其调味剂和成分缺乏了解一事,参见科罗拉多州对朱尔的诉状。
④ See Lauren Etter, "FDA's Juul Inquiry Found Consumers Had 2,600 Health Complaints," Bloomberg, January 13, 2020.

这些问题的一个共同根源指向了那个装着尼古丁液体并充当烟嘴的小塑料油仓上。有时候，在使用者吮吸烟具时，烈性液体会漏到他们的嘴唇上或进入他们的口腔内部，从而引起灼烧感、麻木感或者起水泡。

除了健康问题，还存在其他问题。产品上市后不久，客户就开始投诉说薄荷味有时候闻起来不像薄荷。或者烟草味闻起来不像烟草。或者纯粹没有任何味道。对于电子烟油，该公司还没有采用严格的生产规范，也不总是完全掌握其曲折的配料供应链，这个链条上至欧洲高端调味剂公司，包含各大化学品制造商，下至天然尼古丁的源头，即印度的烟草田里。这使得很难立刻确定到底什么地方出现了多少问题，也很难在质量问题出现的地方解决它。

当时，朱尔有一个独家的电子烟油生产商，是一家经营了三代人的家族公司，名字叫做墨菲妈妈实验室（Mother Murphy's Laboratories），它位于北卡罗来纳州格林斯博罗市，其座右铭是"让世界变得更美味"。1946 年，墨菲妈妈实验室以给本地面包店提供混合调味剂起家，后来发展成为最大的甜味剂、芳香剂和提取物供应商之一，为包括甜甜圈、含糖谷物、散装茶和口香糖在内的形形色色制造商供货。它还长期向大型烟草公司供应调味剂，如葡萄干味、巧克力味和朗姆酒味等，以"调制"出有更好口感的香烟。随着电子烟市场在 21 世纪第一个十年中期迅速发展，墨菲妈妈实验室推出了电子烟油制造业务，并取名为"替代性配料"，它后来成为了朱尔的主要供应商，并在开发朱尔的标志性烟油配方——包括深受大众喜爱并最终推动了该品牌销量的薄荷味和芒果味——方面发挥了重要作用。

为了弄清是什么东西导致了电子烟油的跑味现象，朱尔开展了一次持续数个星期的内部调查。这一调查的挑战之一是，朱尔曾经试图找出一台可以测试口味一致性的机器，但一直没能找到。通常情况下，他们会转而雇用人体测试员，简单靠抽不同批次的可疑电子烟油来判断其质量好坏。墨菲妈妈实验室的调味专家和朱尔自己的调味专家会围坐在一张桌子旁,把一支朱尔传一圈,并经常用口罩来防止细菌传播。他们会试吸可疑批次的产品,并跟已知正常的批次做对比。它的味道好到可以拿去卖吗?

墨菲妈妈实验室的一位被安排试吸不同批次朱尔产品的前员工描述了整个过程,大家进入公司研发实验室后面一个没有窗户的房间,围着桌子坐下来,实验室的边上就是公司那栋绿植环绕的红砖总部大楼,总部大楼两边分别是6号汽车旅馆和格林斯博罗拖拉机厂。吸吮调味液(尚未混入尼古丁)这项工作需要一些时间来适应。"有时候,光是吸这个动作本身就会让我噎住。"这位前员工说。

最终,朱尔将问题归咎于一种不合格的配料,它进入了部分电子烟油中,并导致了味道的偏差。[①] 公司还断定,这种配料不会对健康造成威胁。不过,朱尔还是停止了这批电子烟油的生产,并处理了已处于生产过程中的不合格批次产品。这事来得真不是时候。公司已经赶不上销售进度了。此举进一步削减了供应,加剧了朱尔的供应短缺。

与此同时,公司发现,有的不合格产品已经装入油仓并摆上了货架。公司没有发出召回通知,而是对此进行了掩盖,得出的结论是没有理由相信它会让人患病。营销团队得到指示去告诉零售商,如果他们收到客户关于跑味烟油的投诉,只管换上一支公司提供的新产品即可。朱尔没有告诉零售商,他们为什么希望以换货了事。因为零售商已经面临严重的产品短缺,大部分人选择将产品留在货架上继续销售。

朱尔公开淡化了这个问题,公司内部却经历了第一个倒霉时刻,因为人们第一次开始意识到,他们那个时髦而亮丽的烟具至少有可能给人类健康带来危害。他们这次躲过了一劫。但是在没有可重复的流

[①] 关于不合格配料的风波,参见如 Etter, Elgin, and Huet, "Juul Is the New Big Tobacco"。

程或步骤的情况下，如果下次那个有害成分真的有害了该怎么办？

"没有任何制约与平衡措施。"一位参与处理此事的前员工回忆说。

这种随意的经营方式吓坏了那些开始细细思量自己所销售的产品的员工。公司给雇员们免费发放过朱尔产品。它甚至邀请全公司的员工试吸那些由公司的调味师和化学家炮制出来的最新口味。员工们在拿到位于地下室的实验室调制出的一款新口味时，都被要求签一份同意书，他们会试吸，就像试吃新口味的薯片那样。有的人很喜欢。哦，老天，你尝过浆果糖味的吗？另一些人则感到十分吃惊，公司竟然允许这样的事存在。公司在让员工成为新产品事实上的小白鼠之前，难道不应该做更多的质量控制吗？甚至，抽朱尔还安全吗？

"不时会有关于啤酒的假设性问题，还有关于人们如何认为抽烟在50年内是安全的，"一位前高管回忆道，"我们会说：'我们知道我们生产的产品致癌物较少，但我们怎么能知道它是安全的？难道要花50年的时间才能弄清楚吗？我们是不是在错过什么东西？'人们将尼古丁雾化并吸进肺部的时间可没有那么长。"

2017年6月，帕克斯实验室董事会决定将公司拆分为两个独立的实体。帕克斯实验室将继续从事大麻雾化器业务，另一个新命名的实体"朱尔实验室"将只专注于尼古丁业务。随着公司的销量节节攀升，引得希望从中分一杯羹的投资者越来越关注。然而，有的投资者对投资一家在大麻领域有潜在法律风险的公司表达了保留意见，因为大麻在多个州仍被视作管制物品。为了真正释放朱尔的价值，让这两种业务分家，给尼古丁业务松绑明显更有意义。

公司的员工开始一分为二。一部分会留在帕克斯实验室大楼，继续从事大麻方面的工作。其余人员将搬到多帕奇区，入驻位于滨水区的一栋历史建筑里的朱尔实验室总部。

自从发布朱尔以来，该公司的银行家几乎不断在向包括顶级对冲基金在内的投资人分发宣传材料，尽管这些投资人当初对投资一家烟草公司存在诸多疑虑，但他们很难将目光从这份无可否认的非凡的投资建议上移开。它的商业模式跟吉列剃须刀和克里格咖啡机十分相似，要求客户先购买烟具，随后再一遍遍购买替换品，这为公司提供了源源不断的收入来源。

然而，跟剃须刀片不同的是，朱尔含有高度成瘾性物质。这就提出了一个诱人却也充满争议的投资论题，就连朱尔内部的人也不愿意公开谈论：用他们的营销术语来说，就是用户一旦迷上朱尔，他们就成了一个具有高度"黏性"的客户。仿佛你用撬棍也无法从他们的手里撬走东西。好吧，因为全世界有10亿个烟民，所以，潜在的好处将会非常惊人。该公司甚至还没有进入国际市场。就连那些考虑投资却出于道德原因而放弃的人也着迷了。

朱尔是"我见过的最令人印象深刻的电子消费公司之一"，一位潜在投资者这样告诉在线科技媒体《信息》(The Information)，① "先不说他们做的产品。高使用率，高经济效益。有点像订阅业务。"

实际上，朱尔可以成为一个包装完美的投资论题，它可以达到双重目的，一方面让投资者对庞大的市场垂涎三尺，同时也给他们一道德外衣，当一个不可避免的小心翼翼的合作伙伴敢于质疑涉足烟草业是否明智之举，这件外衣可以提供足够的遮掩。"但他们的目的是要弄死烟草业呀，"他们可以这么反驳，"他们的产品是在救命。"

这样的说法并非不是事实。如果有人要抽一辈子燃烧式香烟，那几乎相当于判了死刑；一辈子抽朱尔，可能是染上一辈子的尼古丁瘾，但不大可能患上肺气肿或癌症，而且几乎可以肯定，但不是100%确定，不会铁定被判死刑。如果有人面临这种选择，他们的选择应该是显而易见的。这差不多就是每一个投资朱尔的人的盘算和理

---

① See Alfred Lee and Cory Weinberg, "Juul Soars Despite Investor Discomfort with E-Cigarettes," *The Information*, June 18, 2018.

由。他们这么做是为了世界的利益。为了救人性命。打掉现代美国最臭名昭著的一大行业。当然，如果某个朱尔用户就算不是终身使用，也可能会变成几十年的客户的话，其价值可能高达数万美元甚至更多，这倒也不是坏事。他们何不投资朱尔呢？

硅谷的风险投资家和创业者为了让这个世界洞察他们所取得的惊天动地且举世无双的成功，提出过诸多至理名言，其中最著名——或许也是最被人诟病——的一句可能出自"硅谷之王"马克·扎克伯格之口。在脸书2012年首次公开募股之前的投资者招股说明书中，扎克伯格简要说明了自己这家初创企业的核心价值观。"快速行动能让我们完成更多事情，学得也更快。然而，大多数公司在发展过程中会大幅放慢速度，因为与行动太慢而错失机会相比，他们更害怕犯错误。我们有个说法：'快速行动，打破规则。'这句话是说，如果你从未打破过什么，那么可能是你行动不够快。"

领英（LinkedIn）的联合创始人里德·霍夫曼以这个法则为基础，并以典型的硅谷做法将它推向了极致。他把自己的快速增长理论称为"闪电式扩张"（blitzscaling），不仅是快速行动和打破规则，而且是一个允许公司"以超乎想象的速度实现大规模扩张的框架。如果你的增长速度远远超过你的竞争对手，快到连你都感到不舒服，那么你一定要坚持，你可能是在实现闪电式扩张"。①

正是这种风气把硅谷变成了这样一个地方：马克·扎克伯格那个一度被赞颂为连接世界的平台现在成了心理战和凶残的专横者的地盘；谷歌的那套组织原则成为了当代的圆形监狱；优步的友善司机在从一座城市蔓延到另一座城市的恃强凌弱者和游说者的掩护之下，直至该公司遍布世界各地。不管这些公司可能有过怎样天真的展望和无

---

① Check out Reid Hoffman's theory in Reid Hoffman and Chris Yeh, *Blitzscaling: The Lightning-Fast Path to Building Massively Valuable Companies* (New York: Crown, 2018).

耻的使命表述——比如，不要作恶——最终胜出的似乎总是对利润的无情追逐。

朱尔很可能始于一种使命，即摧毁烟草巨头，但没过多久，它就开始将硅谷的惯例深刻地内化于心。快速行动。闪电式扩张。求得原谅，而非许可。在监管部门找到治理它的法子之前，不管不顾地用自己的产品填满这个世界。

一个残酷的真相是，硅谷的投资者很少是被硅谷创始人的理想愿景打动的，驱动他们的更多是商业模式的具体细节。这种商业模式可以复制吗？这种产品具有黏性吗？也许最重要的是，该业务是否实现了"产品/市场契合点"？让这个概念流行开来的是网景公司（Netscape）的联合创始人马克·安德森，他后来与人合作创立了硅谷最知名的风险投资公司之一安德森-霍洛维茨（Andreessen & Horowitz）。①"在产品/市场契合点的形成过程中，你随时能感受到它，"他在2007年6月的一篇博文中写道，"客户购买你产品的速度，跟你的生产速度一样快——或者说，使用量的增长跟你增加服务器的速度一样快。客户的钱正在你公司的活期账户上堆积。你正在以尽可能快的速度聘用销售人员和客服人员。"

斯坦福大学教授、著名的硅谷企业家和"精益创业"② 商业概念的提出者史蒂夫·布兰克以朱尔为例，对产品/市场契合点做了解释。③ "说得简单点，它的意思就是人们从你的手里夺过什么东西，而在这个案例中，就是把东西塞进他们的嘴里，并且别让他们松口。这时候人们等于在说'我得把它弄到手'。这时候人们双眼圆睁，或

---

① See Andreessen's original blog post, "The PMARCA Guide to Startups—Part 4: The Only Thing That Matters," June 25, 2007, at https://pmarchive.com/guide_to_startups_part4.html.
② Lean Startup，硅谷流行的一种创新方法论，其核心思想是先在市场中投入一个极简的原型产品，然后通过不断学习和有价值的用户反馈对产品进行快速迭代优化，以适应市场。——译者
③ 更多关于史蒂夫·布兰克的"精益创业"理论的信息，参见"Why the Lean Start-Up Changes Everything," *Harvard Business Review*, May 2013。

者就这个案例而言,他们的心跳加速。"他说。

布兰克说,初创企业的崇高理想之所以变成了创造出某种让人上瘾是头等大事的产品,这是有原因的。"公司做的事无非两种。他们要么生产解决某个问题的产品,要么满足某种需求,比如社交媒体或娱乐。而它们都具有成瘾性。脸书会令人上瘾。玩《我的世界》游戏会上瘾。朱尔是最终会致人上瘾的初创企业。"

有了新组建的朱尔实验室,解决烟具问题比以往任何时候都更重要,尤其是因为该公司现在只销售一种产品。如果公司不能优化朱尔,那可能是一个大问题。

最致命的问题也许跟油仓泄漏有关。糖浆状的尼古丁不仅漏到了使用者的嘴巴里,甚至钻进了烟具的电路系统,让电子器件无法工作。工程师对这个问题进行研究后,确定了几个基本的原因。当电子烟油流淌进入烟具的内部通道后,它会接触到一个微小的压力传感器。[1] 该传感器的设计目的是在有人吸吮烟嘴时感知气流,并随即接通电池,把液体加热成蒸汽。如果传感器裹满了液体,它就无法感知气流,也就意味着使用者吸不进烟气。

朱尔工程师从一开始就在解决这个问题,但既然这个产品现在已经卖疯了,它就不再是个小问题。顾客非常愤怒。投诉多到让一个客户服务团队难以招架——团队的规模似乎远远没有大到足以应对这种攻势。

在该公司面临的所有问题中,这是更令人烦恼的问题之一。的确,从基本的健康与安全角度来说,这个问题远不够理想。从设计和美学的角度来说,对于一家自诩为电子烟界的苹果公司而言,这个问题令人憎恶。不过,对一个在激烈竞争的环境里不断力争上游的初创企业来说,更为重要的是,如果它唯一的产品被逐出市场的话,这个

---

[1] 关于油仓泄漏与传感器的问题的细节,参见 Lauren Etter,"Juul Quietly Revamped Its E-Cigarette, Risking the FDA's Rebuke," *Bloomberg Businessweek*, July 23, 2020。

问题可能会危及公司的发展计划。

质量和工程部门竭尽全力查找泄漏的根源。他们测试了各种电子烟油配方的黏度。他们进行了一系列测试,先把油仓偏向一边,再偏向另一边,然后又偏向另一边,以找出问题的根源。他们在不同温度和高海拔观察过油仓,到过落基山,进过货运飞机,以了解热量和压力对泄漏的影响,甚至把仓库搬到了更靠近生产的地方,以避免在炎热的山区路线上长途运输油仓。即便有硅谷最聪明的工程师,该公司也想不出来该如何解决这个问题。

在正常情况下,像朱尔这样的公司可能会草草处理类似问题。但现在不是正常情况。因为 FDA 的认定规则刚刚生效,有各种各样的新规则来监管公司该如何在守法的前提下经营。重要的是,根据该项法规,任何公司都不能以任何方式对产品加以改进,包括改变它的"设计、组件、配方",否则它就会被视作"新的烟草产品",必须获得 FDA 的批准才能上市销售。这将要求生产商向 FDA 提交营销申请,并获得该机构关于产品审查是否符合其标准的决定,而在此之前,要将市场上的该产品扣住不动。整个过程可能会持续数年。然而,违反这项法规会导致民事处罚,以及 FDA 将产品从市场撤下。

有一个人所共知的梗,说一个紧张得流汗的卡通人物站在一块控制板上,一根手指在一个红色按钮和一个蓝色按钮之间徘徊。根据手上要处理的问题,两个按钮下方的标签通常代表两条相互矛盾的路径,走哪条取决于那个人选择按哪个按钮。朱尔就像那个卡通人物。红色按钮:遵守法律,有可能输掉竞争。蓝色按钮:绕过法律,大赚特赚。

到了 2017 年夏季时,尽管该公司正在抢走竞争对手的市场份额,但它还远没有成为头号玩家。① 雷诺的产品,也就是微优思,仍然占据三分之一的市场份额。奥驰亚的马克滕占有超过 20% 的份额。朱尔

---

① 关于朱尔、奥驰亚、雷诺等公司的电子烟的市场数据来自美国疾控中心提供的资料。

的份额仍然不到12%。与此同时,朱尔正在进行新一轮风险资本融资活动。公司的未来还不明朗。

朱尔正在忙于迅速行动和打破规则。它决定按下蓝色按钮。

2017年底时,公司悄悄地对其有缺陷的设备进行了检修,这可能违反了FDA的规定和法律。原来的烟具内部代号为"斯普林特"(Splinter)——它取自《忍者神龟》中一个角色的名字——已经报废。焕然一新的烟具用的内部代号是"杰格沃"(Jagwar)——它取自《忍者神龟》中另一个角色的名字——并于2018年初投放市场。它用上了一个防漏油仓,新换了传感器,如果烟油溅上去也不会停工,主板做了改装,紧固件也改进了。这就像发布一部最新、最棒的苹果手机。

但朱尔2.0版本的发布并没有大张旗鼓地宣扬。新烟具的外观跟原来一模一样。顾客根本看不出差异——除了对现在的朱尔发出像小猫咪一样的咕噜声感到又惊又喜外。FDA毫不知情。

与此同时,泰勒·戈德曼已经风采不再。到2017年底时,该公司每个月卖出的朱尔油仓已经接近500万只,远超戈德曼接手时的75万只。朱尔正在逼近自己的头号对手。但是该公司仍然只能满足一半的需求。戈德曼执掌了公司一年多的时间,公司仍然不能有效地打破供应链上的僵局。对于一个几乎一心专注于增长的董事会而言,这是不可接受的。

朱尔的创始人和戈德曼之间发生过摩擦。为朱尔而活的博文和蒙西斯对戈德曼感到恼火,认为此人对这件烟具缺乏热爱,而且不能带来真正的变革。蒙西斯那种什么都懂的感觉惹恼了戈德曼,不时提醒其他人蒙西斯已经被人从自己公司的最高位置上赶下台了。有一次,当蒙西斯得知戈德曼在他背后攻击他,说他是个"被流亡的国王"时,他怒不可遏。

2017年底,朱尔的增长如此之快,以至于它需要有人来实打实地带领公司实现扩张。公司已经实现了超过 2 亿美元的年收入,月销售额比上一年增加了 600%。那甚至还不算电子烟商店的销售额,因为这是一条非常新的销售渠道,主流零售数据追踪服务公司还没有掌握情况。那也没有算上在线购买的数量,它是朱尔业务白热化的中心,正在飙升。公司用到的全部策略,如 Instagram 上的网红、巡回品鉴活动、受欢迎的口味、获得产品的低门槛、产品的黏性等,都大获成功。

2017 年 12 月 11 日,朱尔宣布,戈德曼的位置将由新任首席执行官、前私募股权高管凯文·伯恩斯取代。一个星期后,该公司以独立实体的身份募集到第一轮风投融资 1.115 亿美元。[①] 普利兹克通过淘资本投入了资金。约会应用程序 Tinder 的创始人贾斯汀·麦丁也是如此。其他投资者包括天使投资人格雷格·史密斯、卡特·罗伊姆和科特尼·罗伊姆兄弟,前者投过甜绿公司(Sweetgreen)和别样肉客公司(Beyond Meat),后两人是洛杉矶的投资银行家,他们的投资公司 M13 曾多次向最引人注目的初创品牌注资。

朱尔甚至抓住了富达投资公司,这家多元化的金融服务公司是全世界最大的资产管理公司之一,为 3 200 多万美国人管理退休储蓄(并提供其他投资服务)。长期以来,富达主要投资的是蓝筹股——通常是财富 500 强上市公司——但在过去十年间,它开始更多地向尚未公开上市的公司投资,这使其在那些等了更长时间申请上市的初创公司面前树立了正面形象。从富达那里获得资金就相当于得到了认可的金印章。它向其他投资人发出信号,这家公司不仅受过华尔街最好最聪明的人的审查,而且有可能就要上市了。

随着知名公司向朱尔注入资金,它已经成了升上天空的一道耀眼光芒,华尔街和硅谷的人全都看得清清楚楚。因为投资者有着根深蒂固的错失恐惧症(FOMO),蜂拥的人群将不管不顾地紧随其后。

---

① 关于这轮 1.115 亿美元融资,参见 PitchBook 的数据,亦可见 Ari Levy,"E-Cigarette Maker Juul Is Raising $150 Million After Spinning Out of Vaping Company," CNBC, December 19, 2017。

第十二章　尼古丁让步

如果人都是天使，就不需要任何政府了。

——亚历山大·汉密尔顿或詹姆斯·麦迪逊

2017 年 5 月 11 日，准备参加宣誓就职仪式的斯科特·戈特列布（Scott Gottlieb）眉开眼笑地站在当时的卫生与公众服务部部长汤姆·普莱斯的办公室，边上站着一帮助手和职员。① 大约两个月前，刚刚就任的美国总统唐纳德·J. 特朗普提名戈特列布担任 FDA 下一任局长。该机构的年度预算接近 60 亿美元，监管美国近四分之一的消费者支出，并通过监督从冰淇淋和汉堡包在内的日常食品到处方药、医疗设备、膳食补充剂和化妆品的一切，触及每一个美国人的日常生活。还有烟草。

这个日子对戈特列布来说很重要。做了 FDA 两届官员的他非常喜欢这个部门，早就想放开手脚大干一场。部长对他寄予厚望。"我深信，戈特列布博士将会做出决定，在保护公众健康的同时减轻监管负担。"普莱斯在贺辞中说。

在特朗普政府时期，华盛顿弥漫着要求逐步减少监管的压力。这种新思想任何部门都不能幸免。随着戈特列布宣誓就任，FDA 也无法避免。特朗普最近签署了一项旨在削减监管的行政命令，他在首次国会演讲中说，他领导下的政府将"大幅削减各种限制"，好让"行动缓慢且不堪重负的"FDA 为有需要的病人提供"奇迹"疗法。② 谣言已经传开，热衷于推翻前任所做的任何事情，包括《平价医疗法案》《童年入境暂缓遣返计划》和《巴黎气候协定》的特朗普，有可能会追击奥巴马时期具有划时代意义的烟草法规。

几个星期前举行的任命听证会上，戈特列布就在共和党人的怂恿下承诺加快审批非成瘾性止痛药、干细胞重建心脏、广谱流感疫苗、艾滋病疫苗、糖尿病人用的人工胰腺等。③ 但共和党委员会主席拉马尔·亚历山大参议员提醒说，为实现上述目的，戈特列布将不得不引入一个"快速高效的监管程序、足以及时为病人带来安全的发现"。

戈特列布是一名医生，他被选中的原因之一是他在上述问题上的清晰表态。过去十年间，他已经很少行医，成了给报纸撰写评论文章的多产作家，也时常在有线电视上露面，倡导放松对卫生部门的管制。他是个自由主义者，作为右倾的美国企业研究所的常驻研究员，在《华尔街日报》的社论版发表评论，也作为《福布斯》杂志的小众生物科技投资者通讯的作者，表达自己的观点。

戈特列布也有着独特的经历，这为他承担这项工作做好了充分的准备。他在 FDA 首次任职是担任医疗政策发展计划的主任，几年之后，他又回来担任医疗和科学事务副局长。他患过癌症，在三十出头时战胜了霍奇金淋巴瘤，这段经历为他提供了一个天然的平台，支持旨在加快药品研发的所谓适应性临床试验，并让病人更容易获得实验性治疗。他还倡导废止《平价医疗法案》，这是特朗普最喜欢的竞选话题之一。

---

① 参见@SecPriceMD 在推特上发布的宣誓就职仪式照片，以及 Health and Human Services, "Secretary Price Congratulates Dr. Gottlieb on His Confirmation as FDA Commissioner," press release, May 10, 2017.
② 关于特朗普的相关政策，参见 Katie Thomas, "Trump Vows to Ease Rules for Drug Makers, but Again Zeros In on Prices," *The New York Times*, January 31, 2017; also see "Presidential Executive Order on Reducing Regulation and Controlling Regulatory Costs," issued on January 30, 2017.
③ 关于戈特列布的确认听证会，参见美国参议院健康、教育、劳工和养老金委员会的视频及完整文字稿 "Nomination of Scott Gottlieb, MD, to Serve as Commissioner of Food and Drugs," April 5, 2017.

在 2016 年总统选举之后的紧张局势和政治分歧加剧的情况下，很多人与戈特列布的看法针锋相对。共和党人欣赏戈特列布的医疗政策专家的背景，他倡导削减针对制药行业的监管，并抨击奥巴马医改。民主党人对他长期在制药公司担任有偿顾问的职业生涯表示不满，并以此挖苦他。在他的任命听证会上，一位参议员说他"与他即将以 FDA 局长身份监管的多个行业有着前无古人的财务纠葛"。

"戈特列布博士，"一位民主党参议员在听证会上说，"你是一家投资银行的合伙人，是一家大型风投公司的风投合伙人，是两家保健公司的首席执行官或联合首席执行官，还是二十多家保健公司的个人投资人。你已在 16 家不同类型公司的董事会任职，其中 2 家还是全世界最大的制药公司。你还经常发表文章和演说，为多家大型制药公司提供咨询，并行医……。你牵涉到那么多家可能与 FDA 有业务往来的公司——包括该机构对那些公司的药品、设备和产品的安全性和有效性做出的关键决定——这是史无前例的。"

戈特列布向各位参议员保证，他会以正直和使命感领导 FDA，并回避任何可能造成利益冲突的决定过程。

戈特列布接手这份工作时预计自己的首要任务是处理美国阿片类药物不断上升的死亡人数。但摆在次要位置上的一种不同类型的流行病正在成形。电子烟在十几岁的孩子中间越来越受欢迎，原因之一是直到一年之前，FDA 还缺乏监管电子烟的权力。尽管在戈特列布的任命听证会上还没有人将青少年使用电子烟的情况称作流行病，但随着各家公司捣鼓出一系列令人眼花缭乱的口味，比如棉花糖味、小熊软糖味、柠檬水味、芝士蛋糕味、跳跳糖味，人们普遍越来越担心它对青少年的吸引力。

"如果你的任命获得通过，你会承诺全心全意地解决调味电子烟给公共健康带来的明显风险吗？"一位参议员问道。戈特列布的回答毫不犹豫："作为一个医生和癌症康复者，我绝不会在我的监管之下让这个国家的青少年吸烟率上升。"

戈特列布走马上任后，第一次会面见的是烟草产品中心的米奇·泽勒。戈特列布刚开始工作就已经身陷困局。任命他的那个政府在他甫一上任时就给他来了个突然袭击。

在认定规则生效后的一年里，已经出现了诸多针对这一新规的法律挑战，其中之一来自电子烟制造商，还有一个来自雪茄和烟斗烟草行业。① 在戈特列布就职前的几个星期里，上述行业的游说者利用权力真空期，试图在下一个截止日期到来之前废止认定规则。尤其是雪茄行业，它正面临2017年8月这个截止日期，这要求雪茄制造商提交如何在其产品上显示警示标志的计划。雪茄行业在起诉书中辩称，该机构的警示标志要求是"专横和反复无常的"。

5月初，就在参议院计划就戈特列布的提名进行任命投票的前一个星期，司法部在雪茄诉讼案中悄悄提出了一项动议，对该行业要求推迟三个月执行其产品的关键截止日期表示支持。② 简报中写道，"新任领导"需要"更多时间对规则及本案中的各种问题详加考虑，并决定如何最好地执行"。

戈特列布并没有提前获知简报。当他在《华盛顿邮报》上看到这件事的报道时非常震怒。他告诉大家，在他看来，这是在他的提名即将得到确认的前几天，有人朝他扔了一颗手雷。《华盛顿邮报》的文章指出，戈特列布持有一家名叫酷锐（Kure）的电子烟连锁店的金融股权，而他早些时候答应，一旦任命获得通过，他将把该股票平仓。文章还提到，法庭简报中提及的代理助理司法部长在任职于司法部之前曾是雷诺烟草公司的代表。

这篇文章给人的印象是戈特列布似乎在华盛顿内部为他的伙伴谋

---

① 针对FDA认定规则的一项重要诉讼是美国雪茄协会等诉FDA，2016年7月15日，哥伦比亚特区地方法院。
② 关于雪茄协会的案子里司法部提出的动议，参见 the Joint Motion to Amend Scheduling Order, dated May 1, 2017; also, Juliet Eilperin, "FDA Delays Enforcement of Stricter Standards for E-Cigarette, Cigar Industry," *The Washington Post*, May 2, 2017。

取利益，而实际上戈特列布被这个决定搞了个措手不及，并已经打算将烟草使用列为自己立威的问题之一。

政府在认定规则上的拖延对戈特列布来说是可怕的，并且在他走进 FDA 大门的那一刻就给他留下了一个政治烂摊子去收拾。他要么屈从于来自白宫的压力，放弃认定规则——风险是惹恼公共卫生倡导者，因为他们多年来一直致力于将它变成现实；要么顶着来自自己政党的压力捍卫它。如果政府没有掺和进来，他会是清白的。这些年来，认定规则一直在推进，速度虽慢却是肯定的。它已经经过了公告期和征求公众意见期。现在，他正在陷入政治泥淖。

尽管奥巴马政府确实在即将结束任期的时候颁布了认定规则（在该机构多年令人生气的无所作为之后），但在备受争议的认定规则得以全面实施之前，仍需要完成大量的繁复工作，包括发布指导意见和规范，为该行业提供一个清晰的操作框架。

FDA 的老资格员工米奇·泽勒处在一个有利位置，能够帮助理清各种矛盾，而且他也渴望利用新局长上任和新政党掌权的机会，推进他自己的烟草"终局"战略的未竟工作。在奥巴马政府时期，他一直遇到阻力。泽勒重回 FDA 的时候，希望该机构能行使自己刚刚获得的权力，将香烟中的尼古丁减少至不会形成或延续成瘾性的水平，但未能如愿，这在很大程度上是因为奥巴马在他的第二个任期内大部分时间都在激烈地捍卫自己的标志性议题《平价医疗法案》。至于电子烟，奥巴马政府的 FDA 曾试图通过扣押进口产品的政策干净利落地禁止电子烟，但该做法在法庭上被扼杀了。

戈特列布对泽勒的想法心有戚戚。作为一名医生，戈特列布亲眼看到过抽烟产生的恶果。作为一个癌症康复者，他对那些患上跟抽烟有关的疾病的人充满同情。而作为一个父亲，他非常清楚自己永远不会希望自己的孩子开始抽烟。此外，他长期有偿担任葛兰素史克的顾问，对烟草问题并不陌生，因为这家制药业巨头就在生产各种尼古丁替代性治疗产品，如尼古丁贴片、口香糖和含片。

因为认定规则的命运悬而未决，戈特列布同意泽勒的看法，认为这个时候最适合干一番大事——拿出一个既能实实在在地拯救生命，又能改变社会对吸烟的看法的政策。

戈特列布走马上任之后的头几个星期里，他和泽勒定期会面，有时一个星期多次。泽勒给这位新任局长灌输了减害产品和烟草控制方面的信条，他们自然不约而同地看到了电子烟等新技术所具有的前景，它们既能够为上瘾者提供尼古丁，又能让他们逐渐戒掉燃烧式香烟。

他们讨论了青少年使用问题，但从最近的一轮数据中感到了些许欣慰。每一年，FDA 都要和美国疾控中心一起收集调查数据，以了解有多少儿童和青少年在使用烟草产品。全国青少年烟草调查是公共卫生界显示青少年烟草使用的模式和比例的黄金标准。过去数年间存在一种令人担忧的趋势，即越来越多的未成年人不仅选用了电子烟，而且电子烟比常规香烟更受欢迎。

尽管如此，2017 年 6 月的调查结果显示，虽然电子烟的使用量在一个五年内有所上升，但实际上它跟前一年相比有所下降。[1] 考虑到年轻人对朱尔的兴趣激增，这是个令人费解的消息，但下降趋势很可能跟调查并没有专门针对朱尔提问有部分关系，也可能因为很多年轻人虽然在使用这种产品，却没有把自己算作"电子烟"使用者。[2] 还有，数据并不完美，调查工作每年只进行一次，因此它报告的结果来自一年前收集的数据，这意味着它不是实际状况的实时反映。不管

---

[1] See Ahmed Jamal, Andrea Gentzke, S. Sean Hu, et al., *Tobacco Use Among Middle and High School Students—United States*, 2011 – 2016, Morbidity and Mortality Weekly Report (*MMWR*) 66, no. 23 (June 16, 2017): 597 – 603; also see Laurie McGinley, "Teenagers' Tobacco Use Hits a Record Low, with Sharp Drop in E-Cigarettes," *The Washington Post*, June 15, 2017.

[2] 关于全国青少年烟草调查数据为什么可能没有反映现实情况的一项分析，参见 Jidong Huang, Zogshuan Duan, Julian Kwok, et al., "Vaping versus JUULing: How the Extraordinary Growth and Marketing of JUUL Transformed the US Retail E-Cigarette Market," *Tobacco Control* 28, no. 2 (February 2019): 146 – 51。

从哪个方面来说，戈特列布和泽勒都相信现在正是推出一项大胆的尼古丁计划的最佳时机。

在计划成形的过程中，他们做得非常保密。他们不想向媒体泄漏任何信息，因此他们通过一名中间人向白宫做了通报，并不让它经过通讯部门的人之手，直到发布时刻即将来临。

7月28日，星期五，一大早，FDA的员工聚集在主楼大堂的中庭，聆听戈特列布谈论他所说的"尼古丁和烟草的综合解决方案"，其目的在于制定"一个多年期路线图，以更好地保护青少年，并极大降低与烟草相关的疾病和死亡"。①

戈特列布说，这份计划的核心内容其实很简单，那就是尼古丁。"为什么是尼古丁？"他问道，"因为尼古丁是这个问题的核心，最终也是成瘾问题和燃烧式香烟引发的危害的解决方案。尼古丁具有惊人的成瘾性……但香烟中的尼古丁并不是每年夺去数十万美国人性命的癌症、肺病和心脏病的直接原因。是的，它让他们上了瘾，并且长期上瘾。而且是让其中大多数人在青少年的时候就上了瘾。但直接和主要导致疾病与死亡的不是尼古丁，而是在烟草和香烟燃烧时产生的烟雾中存在的各种化合物。"

这份计划的主要执笔人是泽勒和他在烟草产品中心的同僚。计划的内容之一是起草规则，以一劳永逸地将可燃香烟中的尼古丁调整到"使之只有最低成瘾性或不具有成瘾性"的水平。这正是泽勒和其他烟草控制倡导者梦寐以求的终局状态。"令人上瘾的香烟"可能是自相矛盾的说法的那一天就要来临。在宣布计划的当天，奥驰亚的股票因其产品可能被有效监管而暴跌。②

戈特列布的计划的第二部分需要营造一种环境，使包括电子烟在

---

① 戈特列布2017年7月28日关于尼古丁的讲话题为"Protecting American Families: Comprehensive Approach to Nicotine and Tobacco"。
② 关于奥驰亚股票的反应，参见Matt Egan, "Tobacco Stocks Crushed as FDA Targets Nicotine in Cigarettes," CNN, July 28, 2017。

内的非燃烧式香烟蓬勃发展。为此,该机构将培育一种环境,让成年吸烟者可以根据泽勒的"风险连续统"选择的尼古丁产品,一端是有害香烟,另一端是药用尼古丁产品,如贴片、含片、口香糖、喷剂和吸入剂等。后一组产品多年不见太多创新,被普遍认为无法促使吸烟者戒掉吸烟。因为这些产品被定义为具有治疗目的——帮助人们戒掉吸烟——所以对它们施以监管的不是泽勒领导的烟草产品中心,而是该局的药物评估与研究中心(CDER),该中心的任务是确保药物安全有效。

戈特列布概述了后来成立的尼古丁指导委员会的计划,它是FDA的两个部门之间协作的结果,将"审查可能的步骤",以"解决"药用尼古丁产品的效用问题。这些产品的主要目的是缓慢输送非成瘾水平的尼古丁,以随着时间的推移减轻戒断症状,而不是输送较高或"令人满意"的水平的尼古丁,以抑制吸烟的欲望。多年来,游说者和顾问一直试图(但基本上没成功)说服药物评估与研究中心批准更具"疗效"和威力的药用尼古丁产品。但该部门一直不愿意批准尼古丁含量高的产品,因为它们可能会使青少年上瘾或(更糟糕的是)产生滥用的可能性。

处于戈特列布的危害"连续统"中间位置的是非燃烧式烟草产品,如电子烟和无烟烟草。"现在有各种技术可以为那些需要尼古丁的人输送尼古丁,却不会带来燃烧烟草并吸入由此产生的烟雾的致命后果。"戈特列布说。

结果证明,戈特列布的"综合性"尼古丁计划中最重要的部分之一,是他宣布自己将"延长"电子烟公司向该机构提交申请的"时线"。根据最初的认定规则,截止日期是该规则生效两年后,也就是2018年8月8日。现在,戈特列布将实施日期推迟到2022年8月8日。这意味着各公司在认定之日前还有四年时间可以在没有得到监管许可的情况下继续销售其产品。四年啊。四年里,什么事情都可能发生——最重要的是,在这段时间里,这些公司可以赚很多钱。

公共卫生官员盛怒不已。自亨利·瓦克斯曼请求奥巴马政府的FDA局长玛格丽特·汉伯格对看似以孩子为目标的电子烟公司实施监管以来，自40位总检察长写信强调同一件事情以来，已经过去四年多了。经过了这么长时间的酝酿，认定规则可能会给人一种亡羊补牢的感觉，但它是避开潜在公共卫生危机的道路上一个不可或缺的标志。而现在，戈特列布似乎要把它搞砸了。

尽管戈特列布说，延后是为美国的烟草问题找到"平衡"的解决办法的必要之举，同时也是确保FDA有"适当的科学的和监管的基础来快速有效地执行"这项法律，但它似乎也成了送给烟草和电子烟行业的一份礼物。多年来，这类公司一直在不遗余力地争取让该机构免予对其产品实施监管。

戈特列布指出，尽管该机构会努力为成年人提供新的尼古丁替代品，但它也会设立一系列的监管门槛，比如可能对电子烟的口味类型进行监管，并尽其所能地确保该政策不会最终在青少年中间形成新的尼古丁成瘾。

但为时已晚。朱尔已经在美国各地青少年的血管中流动。

9月7日，也就是在戈特列布宣布他的尼古丁计划几个月之后，他收到一封奇怪而又令人烦恼的信。是著名的灵长类动物学家简·古道尔写来的。一个名叫"白大褂废物计划"①的动物保护组织得知，FDA位于阿肯色州的研究人员一直在幼年松鼠猴的身上进行尼古丁成瘾实验，还收到一批秘密文件，显示这些猴子是如何被戴上约束装置并服用尼古丁的。该组织请古道尔帮忙提高人们对该问题的关注度，并向FDA施压，要求其停止实验。

"亲爱的戈特列布博士，"古道尔在信中写道，"当得知FDA2017

---

① White Coat Waste Project，一个保守的非营利组织，主要目的是监督美国政府是否滥用纳税人的钱做动物实验。——译者

年仍在对猴子进行残忍且非必要的尼古丁成瘾实验,我感到很不安——实话实说,也感到很震惊。"

这封信到来的时间再糟糕不过了。戈特列布已经在用他那有争议的尼古丁政策扑灭一场大火,现在又来了一场跟尼古丁有关的大火,它预示着有一场新的潜在公关灾难近在眼前。戈特列布对尼古丁的执迷一天比一天糟糕。

2017年9月15日,戈特列布下令立即终止实验,并取下猴子身上的导管。[①] 据后来披露,四只猴子在实验过程中死亡,三只猴子死于为插入尼古丁注射导管而施行手术的麻醉过程。迫于压力,以及因为动物研究而感到个人感情被冒犯的戈特列布终止了猴子实验,并组建了一个向FDA首席科学家办公室报告工作的动物福利委员会。几个星期后,戈特列布飞到阿肯色州视察该实验室。不久之后,他永久性地终止了该研究项目。[②] 他还承诺要将这些动物送到保护区。

FDA一举结束了猴子的尼古丁成瘾。事实将会证明,青少年抽电子烟完全是另一码事。

[①] See an email dated September 15, 2017, with the subject "E07537.01 Suspension" that states, "No further studies should be performed and catheters are to be removed from all animals."

[②] 关于戈特列布的猴子危机的新闻报道,参见 "FDA Chief Visits NCTR," *The Pine Bluff Commercial*, February 9, 2018; and also Sheila Kaplan, "Citing Deaths of Lab Monkeys, F. D. A. Ends an Addiction Study," *The New York Times*, January 26, 2018; and Bill Bowden, "FDA Axes Study at Arkansas Lab; Nicotine Addiction Research Led to Deaths of 4 Monkeys," *Arkansas Democrat-Gazette*, January 30, 2018。

第十三章　树项目

> 和平时期的首席执行官总是有个应急计划。战时首席执行官知道，有时候只能孤注一掷。
>
> ——本·霍洛维茨，风险投资家

2017年11月2日，一群分析师和投资者鱼贯进入位于里士满南城的奥驰亚最古老的香烟制造厂前区草坪上临时搭建的一个会议中心。该中心与公司总部各在城区的一端，需要穿过中心城区，途经奥驰亚剧院，以及几座老式的砖砌烟草仓库，并跨过詹姆斯河。访客们知道自己来到了目的地，因为他们看到了那座高耸在路旁的香烟纪念碑——有点像66号公路上一些做作的遗迹——并且烤制烟叶的味道扑鼻而来。

人们来到里士满的这一片区域，关心的是奥驰亚那个备受期待的"投资者日"活动。这是几乎所有上市公司都会定期举行的活动，目的是让投资者有理由对公司的股票感到兴奋，让他们深入了解公司的战略，或吹嘘他们那些即将发布的产品如何最具雄心和前景。对奥驰亚这个几乎只关心自身股价的公司而言，投资者日就像是奥运会。员工们为这一天做了几个月的准备，直到完成彩排和一场场跨部门会议。

一个个展台展示着公司的看家品牌——万宝路、哥本哈根、Black & Mild，设立这些展台是为了让投资者有机会在此抽卷烟，试试咀嚼烟和电子烟。他们可以看到万宝路新推出的可重新封口的箔纸包装，公司吹嘘说它是"美国香烟市场上同类产品中的第一个"。（有的员工不好意思说它是一项重大创新。在箔纸上加胶贴。重大创新？）客人们也首次瞥见了公司的热议品牌艾可斯，在十年前将该技术转让给自己的姊妹公司后，它从菲利普·莫里斯集团国际公司取得了许可。这个能对一支细小香烟加热的小玩意被摆放在一个模拟的零售商店里，以展示这件外形圆滑的产品一旦在美国上市后将会如何销售。该品牌已经在欧洲和日本推出。现在，它正准备在美国市场试销。新标也有一个展台，这个部门专注于电子烟，展台上打出的口号是"奥驰亚的创新公司"。奥驰亚有个公开的秘密，马克滕并没有多少创新成分，它就是在中国做出来的一个金属块，里面装着少得可怜的尼古丁。

那天上午，投资者们都在寻找能够为之一振的东西。什么东西都行。它甚至不一定非要相当于烟草界的苹果手机。一点点好消息就能让那些开始心神不宁的投资者放心。奥驰亚的股票最近一直在跌——那天上午的股价比当年的最高点下跌了近20%——投资者们越来越焦虑，担心在他们眼前见到的这场烟草行业的质变过程中，这家公司没有竞争力。

当然，股票分析师们一直怀着日渐浓厚的兴趣和痴迷关注着朱尔。这家公司以惊人的速度崛起，到2017年底时已经成为头号在售电子烟品牌，并首次超过了奥驰亚。在与动作敏捷的科技型初创公司的竞争中，这家老牌的万宝路制造商开始看上去越来越像一个反应迟钝且装备落后的巨人。高管们急于证明公司在转型时并没有昏昏欲睡。

10点刚过，结束了品牌之旅的奥驰亚的贵宾们就来到一间大礼堂，在那里一起观看关于该公司的一部华丽影片。[①]"烟草，"一个人

[①] 参见此事的文字稿，题为"Remarks by Marty Barrington, Altria Group, Inc.'s (Altria) Chairman, CEO and President, and Other Members of Altria's Senior Management Team; 2017 Altria Investor Day Richmond, Virginia," November 2, 2017; 此事的网上直播也能找到。

以詹姆斯·厄尔·琼斯①般浑厚的声音说道,"在我们建国的过程中,没有哪一种作物发挥过比它更大的作用。"影片一开始就是一场精心策划的报告会,首席执行官马蒂·巴林顿、霍华德·维拉德和其他人轮流逐字逐句地朗读着写好的文字稿,滔滔不绝地夸耀着公司的未来。

但在那天发布最受期待的消息之一的人是乔迪·比格里,他既是奥驰亚多年的高管,也是新标的总裁。奥驰亚将扩大其"电子蒸汽烟"类别的产品,以更好地跟朱尔等基于油仓的电子烟展开竞争。比格里描述了新标目前在6.5万家店铺的销售情况,自上市以来"市场份额几乎已经翻了三番"。"它现在是电子蒸汽烟品牌的领头羊之一,"他吹嘘说,"我们相信,它未来的道路会更加坚实。"

实际上,大家都知道,没有人嚷着要买马克滕的仿真烟,而它肯定算不上公司发展的神奇驱动力。大家都想谈论朱尔。它那华丽的简约设计,看起来完全不像一支香烟。它那调过味的液体尼古丁"油仓"毫不费劲就能放进机身。它有很强的尼古丁冲击感。

今天,奥驰亚即将改变这一切。比格里宣布,公司将引进自己的基于油仓的产品生产线。产品将被命名为马克滕精英。马克滕精英的外形一点也不像香烟。实际上,它看起来有点像别的东西:朱尔。这款新设备呈黑色,有着长条形的机身,可以装下一块电池,用的是装有少量尼古丁的油仓,一按就进去了。

"总之,"比格里说,"我们有了一个设计各异的产品组合,能满足一系列成年吸烟者和电子烟使用者的期待。而且我们正在研发一些前景广阔的未来电子蒸汽烟产品。"

在奥驰亚,即使是最平常的会议,拿去讨论的计划书数量也堪称

---

① 最成功的黑人演员之一,在舞台演出和电影中成功饰演严肃角色,并以对莎士比亚剧中人物的塑造及旁白的工作而闻名。——译者

传奇。比如，预备在每周高管例会上做五分钟发言的员工，要提前几天排练，通常是在例会前的一系列会议上，并事先将各自的讲话传开，以确保其中不会有令人不快的内容。奥驰亚的高管不喜欢，也不希望自己被搞得措手不及。真到了开会的时候，没有人敢提出想法，当然，也肯定不会出现争议。大家都希望每一个事项都经过了提前审查，等到实际开会的时候，它更像一场精心彩排的仪式。

这一切都说明了在 2017 年 11 月这个光鲜的投资者日报告会到来之前的几天里，奥驰亚内部的事情是多么反常和仓促。奥驰亚被逼到了角落。到公司发现朱尔是一个真正的威胁时，对马克滕进行切实的创新以使其变得更好或更具吸引力的希望都已经破灭了。FDA 的认定规则使这一切都变得不可能。各公司都不再被允许推出任何新产品，也不被允许对任何现有产品加以改进。

公司陷入了无能为力的处境。它不仅不可避免地处在了劣势的市场地位，而且当奥驰亚的管理团队不得不在内部和每个季度当着投资者和媒体的面接受问询时，高管们不得不一而再再而三地回答有关劣势的问题。奥驰亚有什么竞争措施吗？公司能避开竞争对手吗？电子烟会蚕食香烟销售量吗？每过去一天，问题就会变得更频繁，也更尖锐。当股票分析师对朱尔及其迅猛涨势赞不绝口时，他们几乎无暇提及马克滕和它的乏善可陈。奥驰亚不可能坐以待毙。

但是，在政府监管中发现漏洞是奥驰亚的专长。尽管认定规则禁止公司向市场推出该规则生效时尚未入市的新产品，但从技术上说，它允许销售 2016 年 8 月 8 日前已经进入美国商业领域的产品。这就是奥驰亚所需要的全部立足点。

到了 2017 年中期，距离当年的投资者日还有几个月的时候，高管们已经开始在全球范围内寻找曾经在美国销售过的基于油仓的产品，哪怕只在一个店铺销售过，他们也有一线希望跟朱尔对抗。

时不我待，他们最终确定了两条路径。首先，该公司从亚特兰大一家名叫前进电子烟（Vape Forward）的公司收购了一款名为西恩克

（Cync）的基于油仓的产品。过去几个月的时间里，西恩克研制了一系列还算不错的跟风产品，用的是各种充填型烟弹或类似于朱尔的油仓。更重要的是，它在认定规则生效之前已经上市。不过，问题是西恩克的设计和技术需要大动干戈才能对朱尔构成有意义的威胁。

奥驰亚的另一张王牌是地球另一端的中国。公司最初的马克滕仿真烟就由那里的一家代工厂生产。现在，高管们在跟中国的另一家生产商谈判，这家生产商正在生产基于油仓的产品，也有在认定规则规定的日期之前将产品销往美国的文件记录。这家名为思摩尔科技（Smoore Technology）的公司已经发展成为全世界最大的电子烟制造商之一，并且与几家最大的烟草品牌，如日本烟草、雷诺和英美烟草等有业务往来。

整个 2017 年秋天，奥驰亚都在与这家生产商进行谈判，时间在一点点地流逝。离投资者日只有几个星期了，而他们的创新路径跟一年前相比好不了多少。西恩克不足以让那些会掏空公司的投资者满意，这相当于高管们带着刀去参加枪战。

最后，就在高管们举行投资者日报告会的前一个晚上，奥驰亚与思摩尔签署了协议。时间几乎只剩下几个小时了，奥驰亚终于拿到了"创新路径"之星——马克滕精英，只来得及做成幻灯片，让投资们看上一眼。尽管视频拍得场面很大，高管们说起创新头头是道，但这里只有马克滕精英，另一款廉价烟具，它不是来自里士满那座炫目的创新中心，也不是出自从全球招募来的那数百名科学家之手，而是来自中国一家遍地开花的代工厂之手。

"我们没有理由相信自己手里拿着的是下一个朱尔。"一位高管回忆道。

奥驰亚总是给自己的内部项目取一些幼稚的名字——那个叫做贝塔计划的加热而非燃烧型产品，后来改名为艾可德。飞跃项目做的是加热型气溶胶。办公桌项目是其激发公司内部创新的首要举措。树项目？这是奥驰亚用来对付朱尔的绝密项目的代号。

到 2017 年底时，旧金山这家初创公司已经让市场黯然失色。马克滕被打落到了第三的位置，朱尔现在位居第一。虽然马克滕的销量比 2016 年增加了约 32%，但朱尔的销量增加了近 700%。2017 年初，朱尔的市场份额刚好超过 5%。而到了年底，它已经上升到了近 30%，而它还在与日俱增。到 2018 年时，马克滕的市场份额直线下降。

每个星期，巴林顿、吉福德、维拉德和一批轮到的员工都会围坐到主会议厅那张椭圆形大桌旁，举行一次高级领导会议，认真研究销售数据，仔细筛选数据点，并耐心听取来自各运营公司的报告演示——这个星期可能是万宝路，下个星期是哥本哈根。不过，不管他们讨论什么内容，朱尔最终都会主导讨论。谈话一周比一周让人痛苦。

"这个东西不好对付，"一位高管在某次会议上如此打趣朱尔，"它已经跑了。"

"我们千万不要跟这个品牌一起做电子蒸汽烟生意。"维拉德谈起马克滕时如此说道。

维拉德正在推动与朱尔的交易。他觉得，尽快买下这家公司才是明智之举。朱尔长得越大，代价便会越高。再者，在收购朱尔这件事情上，无疑会存在竞争。尽管卷烟正在失势，但奥驰亚仍然有万宝路创造的似乎永远喷涌的现金流。维拉德曾利用公司的资产负债表发挥了巨大作用，尤其是十年之前，他协助达成了 100 亿美元的 UST 收购案，这笔交易说不上不公平，因为它让公司加入了竞争激烈的无烟产品业务。他知道如何做成大买卖，而他一直渴望再做一次，尤其是在电子烟领域。

在 2017 年间，维拉德再次联系上了朱尔，一开始是通过奥驰亚在佩雷拉·温伯格公司的投资银行家来估算博文或蒙西斯到底有多少兴趣。其中有一次，维拉德飞到了湾区，期待跟"尼克"·普利兹克共进非正式午餐。可他到了那里之后，得知普利兹克抽不开身，他多少有些感到慌乱。他退而求其次跟普利兹克的儿子约比会面。从 2014 年起，约比就在他父亲创办的家族公司淘资本起着更积极的作用，但他同时也深度参与了大麻合法化运动，是大麻主题公司的财务后援。他还在一家名为"致幻剂研究多学科协会"的非营利性机构担任董事，这家机构宣传包括致幻蘑菇、LSD 和死藤水（ayahuasca）在内的致幻剂具有保健和治疗作用。

因此，当维拉德回到里士满，同事们得知他意外见到了约比而非尼克时，不禁觉得这是全世界最滑稽的一件事情。当时，奥驰亚几乎没有涉足大麻，但约比向他提出了一起投资这个领域的建议。这个玩笑在办公室里被反复提起，维拉德可能考虑过——哪怕是一闪而过——让保守的奥驰亚试一试致幻蘑菇。毕竟，公司已经研究了其他所有的成年人刺激物。为什么不可以是致幻剂？

尽管维拉德对普利兹克放他鸽子有点恼火，但他也有乐观的理由：他已是局中人。"那次会面之后的维拉德显得信心十足，他就要打开詹姆斯或亚当的思路了。"一位对这次会面知情的人说。

两个公司的会谈取得了进展，维拉德尽其所能地构建融洽的关系。"你可能会觉得我们是一家邪恶的烟草巨头，"他对担任朱尔首席谈判代表之一的尼克这样说道，"但我要在这个过程中让你看到，我们不是你以为的那种人。我们会慎重对待我们的成年顾客，非常慎重地不让这种产品落入未成年消费者之手。"

双方开始非正式地提出潜在的交易估值。奥驰亚愿意以不到 100 亿美元的价格购买整个公司。朱尔团队嗤之以鼻。他们说，一下子买下整个公司，想都别想——公司不整个卖，那样的价格更是不可能。不过，它可以考虑切出一块，只要朱尔仍旧持有多数股权就行。博文和蒙西斯从创业之旅一开始就在说，他们不会把控股权卖给任何烟草公司。这一点没法通融。

某种程度上这是两位创始人在告诉自己，与烟草公司的交易并不纯粹是坏事。好处有很多——烟草巨头跟零售连锁店有长期的买卖协议，它可以让朱尔迅速打入消费者市场。尤其是奥驰亚拥有全球最大的营销数据库之一，如果朱尔能够加以利用，那就相当于拿到了通向那个王国的钥匙。此外，两位创始人开始萌生了一个想法，他们如果能与敌人合作，他们就可以通过敦促公司远离致命的香烟来从内部打倒魔鬼。

不可否认的是，还有另一个好处，那就是绿色。于是，朱尔抛出了天价估值，意在让普利兹克和其他人相信公司就值这个价。如此高价似乎极没有道理，至少在那些没受过硅谷成长型投资艺术教育的烟草公司高管看来如此。但维拉德眼都没眨一下。尽管双方之间存在差距，而且朱尔无疑是在漫天要价，但他还是满腔热情地回到了里士满。很快，他就让自己的团队放开手脚，开始制定能让报价说得过去的财务估算方案，这在内部引起了一些质疑。

现在，维拉德需要打开自己老板的思路。巴林顿不容易糊弄。最近几个月，他似乎一听到朱尔这两个字就浑身不自在。部分原因在于，巴林顿深信奥驰亚不需要通过收购走上巅峰。他并没有经历过把新标和马克滕推向市场的过程，结果却要抛弃他为把公司带入后香烟时代而选择的各种工具。公司只需要一点点时间就能迎头赶上。巴林顿很清楚：先穷尽里士满总部里边的各种选择，再去西部寻找那头独角兽。

"我不想说他用了'有毒'① 这个词，"一名奥驰亚前高管说，"但他的大概意思是'现在还不是时候'。"

巴林顿担任公司的董事会主席兼首席执行官已经超过五年了。他对自己的手下充满信心，相信这些人组装起来的这套电子蒸汽烟产品大有希望，这一点得到了内部很多人的认同。巴林顿以其高超的外交手腕而闻名。他措辞谨慎，这让人很难断定他对某个问题的真实想

---

① toxic，指能引致银行或其他金融机构出现严重问题的高水平债务或高风险投资。——译者

法。有人觉得他这种机智圆滑是卓越领导力的标志，但也有人觉得他是没有胆子。走出会场却不知道老板在某件事情上的立场，这肯定不会让人高兴。

巴林顿还时常向员工和投资者指出，新生的电子烟市场仍处于变化之中。当高盛的一位分析师在一次投资者会议上问他对朱尔的看法时，他以公司内部已经熟知的一种保守意见做了回答。① "我在电子烟类别下至少数出了五个牌子，它们在初期都具有很高的增长率，然后随着时间的推移又回落了，"他说，"我觉得值得记住的历史是，之前有很多火箭未能保持它的轨迹。"

那就是投资者所说的"朱尔很可能成为下一个坠地的火箭"。几个月来，巴林顿和奥驰亚的其他高管一直在说这个。对此，希望也许是个更恰当的词。他们喜欢的不过是看着朱尔坠向地面，消失在它出现的蒸汽云雾之中。

"你能相信吗？"2018年中期，奥驰亚的一名员工在走廊里与一位同事闲聊时说，"我读八年级的女儿说，所有男同学在上厕所的路上一人一口地传着吸朱尔。"

"是呀，朱尔需要停一停了，"同事回答道，"它会毁了我们的。"

朱尔正在往井里投毒。

这不是第一次在奥驰亚的走廊、开水间或会议室发生类似的对话。到2018年初，里士满地区的新闻媒体已经开始就朱尔的崛起对高中生进行采访。"年轻人中间新出现了一股危险的潮流，"当地媒体上的一篇文章写道，"这股潮流叫做'抽朱尔'。"② 另一篇文章写道："里士满地区的几大学校系统意识到一种新型电子烟设备正在进

---

① 参见奥驰亚2018年4月26日举行的2018年第一季度财报会议记录。
② See Kristen Smith, "Parents Clueless About Dangerous New Trend Sweeping Through Area Schools," WRIC-TV, February 19, 2018.

入未成年人的手里。"①

朱尔开始成了一个问题。它受到的关注,足以摧毁整个市场。在巴林顿看来,如果他之前还不大愿意跟朱尔走得太近,现在则是有了不祥之感。报纸上的标题让他心惊胆战。公司可得到的消费者调研数据也预示了一个新问题的端倪。

霍华德·维拉德急于推进。尽管巴林顿并不情愿,但他还是姑且开始了对朱尔进行尽职调查,这涉及尝试根据一系列相互关联的指标来确定一个公平的价格——电子烟品类的总体规模会有多大?它会吞掉万宝路多少份额?还有哪些新型产品可能构成真正的竞争?

奥驰亚的人非常清楚,朱尔是有问题的。公司的几个小组已经被派去进行反间谍活动,对该公司的各个方面加以分析和拆解。目光敏锐的员工早就拆解过朱尔,为的是弄清楚烟具的内部状况。他们偶尔发现了一件事情,那就是朱尔似乎存在不少技术问题(这在奥驰亚内部引发了一种有益无害的幸灾乐祸心理)。烟具时常停工,油仓漏得像筛子。一度,奥驰亚派员工到里士满的各大便利店去买朱尔的油仓,有多少买多少。他们拿着盒子回到公司后,撕开它们的吸塑包装,然后清点有多少漏油了。一项非正式研究显示,至少20%的油仓存在严重的漏油问题,多达40%的油仓存在中等程度的漏油。奥驰亚对质量问题非常痴迷——愿上帝保佑菲利普·莫里斯公司的工厂里那些对质量差错(比如卷烟里掉出烟叶)负有责任的人的灵魂吧。这让他们难以理解,顾客竟然能长时间忍受这样一种存在缺陷的产品。

除了油仓漏油,接下来对烟具进行的详细检查似乎发现,朱尔在烟具中放了一堆新部件。电路板跟几个月前销售的有所不同,新增了一些不同的组件。这可能是一项重大发现。根据认定规则,公司不能

---

① See Karina Bolster, "School Systems Aware of Juul Vaping Device Being Used by Students," WWBT, April 9, 2018.

对自己的产品进行任何改变，哪怕是对组件或包装的最细微调整。这样做可能意味着他们在非法销售自己的产品。如果朱尔真的对烟具做了修改，那不是违法了吗？

员工们被吓住了，朱尔竟然会冒这么大的风险。在新千年前后，奥驰亚勉强躲过了社会的怒火，原因之一是同意严格遵守今后的所有新规则。该公司的合规部门并不敢轻慢其遵守为它制定的规则、法律和监管制度条文的承诺。对奥驰亚而言，优先程度排序基本上是：遵守规则。遵循经济学。然后才是为客户考虑。公司的高管们花了一段时间才意识到，跟其他科技公司一样，朱尔的优先顺序是颠倒的：为客户考虑。遵循经济学。然后才是遵守规则。奥驰亚的员工对朱尔的新旧烟具拍照存证，以防万一。

与此同时，消费者研究小组希望以最大水平的粒度①尽可能地了解朱尔的客户。从一开始，研究就证实了很多人早就知道的问题——使用朱尔的人主要分为两类。一类是30岁至45岁之间的人，这些人是烟民，而且正在改吸朱尔，很大程度上是为了吸食它那威力强劲的尼古丁盐溶液。另一类是21岁至29岁的非吸烟者，研究显示，这部分人最初可能通过某种途径——比如香烟——接触了尼古丁类产品。他们转而抽起了电子烟，而其中大多数人都选择了朱尔。选择朱尔的比例高得惊人。

随着该小组开始对第二类人群抽丝剥茧，他们开始遇到了一个令人不安的问题。21岁至29岁这个群体中的年轻人恐怕不能完全体现是什么东西或者干脆说是哪些人在推动这个类别的增长。第二类人群给奥驰亚出了个难题。多年来，在奥驰亚，没什么比谈论、思考甚至暗示任何与未成年吸烟者有关的事更犯忌讳的了。它是该公司的神圣盟约——公众会让奥驰亚继续出售它那些致命的燃烧式香烟，但如果数据显示未成年人吸烟者出现上升势头，一定会惹祸上身。二十多年

---

① 粒度是同一维度下，数据统计的粗细程度。——译者

来，高中生中的吸烟人数每年都在下降，并达到了历史最低点。这平抑了公众的怒火。

尽管心存疑虑的局外人可能并不相信，但奥驰亚对烟草战争之后它在公司内部划定的法律红线非常认真，尤其是因为从理论上说，这样可以让它在今后免受对它把孩子作为营销目标的法律诉讼。奥驰亚庞大的营销数据库已经被精心剔除了 21 岁以下的用户，它的法律团队更是竭尽全力保持这一点。尽管有的州允许 18 岁的人购买香烟，但包括奥驰亚在内的大多数烟草公司几十年来都坚守自己的营销法则，以防营销材料被 21 岁以下的人拿到。

多年来，奥驰亚登广告的时候，会让出版物证明它的大多数读者都已超过 21 岁。当公司进入酒吧做促销时，他们也不得不采取同样做法。实际上，公司在总和解协议之后到蒙大拿州的克雷兹山脉购买了 1.8 万英亩的牧场，创办万宝路牧场的全部原因就是找一个偏僻的专属地盘，让到达合法年龄的使用者可以去庆祝他们对这个品牌和对抽烟的热爱，不必担心会受惩罚，也不用怕被人指指点点。①

因此，当朱尔和青少年客户的问题在奥驰亚内部浮出水面之后，着实引起了不安。任何有两只眼睛的人都可以读到这条新闻，或者也可能是从自己孩子在饭桌上的闲聊中听到。朱尔已经在全国各地的初高中撕开了口子。社交媒体上铺天盖地都是这个品牌。总体而言，是谁在使用社交媒体？可不是成年吸烟者。这些人都是正在开始被归入尼古丁类别下的新用户，不然他们永远成不了用户。但没有人愿意公开谈论房间里的那头大象。在奥驰亚，"谈论归入这个类别之下是不可饶恕的，"一位前员工说，"这是一条不可逾越的红线……我们不会大声谈论它……公开谈论未成年人的话题是绝对不行的。"

但是，随着公司对朱尔的研究逐步深入，他们几乎不可能将目光

---

① 关于万宝路牧场的精彩故事，参见 Sarah Yager, "Welcome to Marlboro Country: Philip Morris Stakes a Last Claim in the West," *The Atlantic*, March 15, 2013。

从朱尔的青少年问题上移开。奥驰亚的高管们调和这个令人难以置信的极其不舒服的话题的一个法子，是谈论该公司在这个领域具有的无与伦比的专业知识。奥驰亚比谁都清楚青少年吸烟这个问题，以及如何才能修复一家因青少年吸烟泛滥而受到困扰的公司。因此，他们不是说"看看吧！所有高中生都在抽朱尔！"，而是玩起了迂回的话术，比如，"这似乎是一个通过互联网做出来的产品啊"。这就好像他们开始用代码说话。大家都知道彼此实际上在说什么。"那不是什么秘密。"一位前高管说。

尽管如此，一个绕不开的结论是，朱尔已经卖疯了，而奥驰亚的高管们感到害怕的是，它对电子烟的未来可能意味着什么，毕竟电子烟是烟草巨头表面上的继承人。这些对话让人冷汗直冒。奥驰亚自认为是一家多年来一直努力不让青少年购买其产品的公司。卖疯的想法与奥驰亚多年来培养的谨慎、保守的文化背道而驰。随着维拉德奋力向前，奥驰亚的一些内部人员开始感到害怕。

对巴林顿和其他在公司待得久到足以记得过去的高管及员工来说，关于朱尔的闲谈引发了某种创伤后应激障碍。他们经历过烟草战争，也在曾经机密的烟草公司内部文件揭示出烟草公司多年来一直积极地瞄准未成年人的丑陋真相时，忍受了痛苦的后果。他们帮助公司摆脱了困难，因为承诺不再把青少年作为营销目标，还设法使公司重回史蒂文·帕里什为之奋斗的定位——向社会取得生存许可。然后，随着关于减害话题的对话开始获得有意义的关注，人们有了一种感觉，虽然他们可能还没有跟天使站在一起，但他们至少这一次没有站在魔鬼一边。多年来，不管烟草高管被塑造得如何麻木而邪恶，他们终归有一颗跳动的心，而且很多人在看到这个行业朝着良性的方向划出了一个长长的弧形时，都松了一口气。他们敢说，香烟行业正在变得受人尊重。

而现在，对朱尔太过认真的思考在这家烟草巨头内部引发了严重的认知失调。"朱尔在做了很多对的事的同时，也做了很多错的事。"

奥驰亚的一位前高管回忆说。一方面，那些听惯了奥驰亚的领导们大谈创新的员工，现在看待朱尔的眼神既有嫉妒也有敬畏。无可否认——朱尔是第一个，也是唯一一个破解了密码的产品。博文和蒙西斯出色地研发出了一种潜在危害较小的尼古丁产品，同时还能带来跟万宝路红标不相上下的满意度。相比之下，奥驰亚多年来在追求未来的过程中点燃火种的所有时间和金钱，最后都不过是一只空烟灰缸。承认这一点很痛苦，但奥驰亚已经在创新上输了。居然输给了硅谷。

不过，与此同时，正是推动了朱尔的成功的那些原因激起了嫉妒，也正是它突然将奥驰亚再次推到了有青少年在使用这一泥潭的边缘。于是，在 2018 年冬季，随着一种不祥之感降临公司，高管层面感到了阵阵寒意，过往发生的事开始在奥驰亚的会议厅里萦绕。

"是的，这是一件成功的产品，"奥驰亚一位前高管如此评价朱尔，"但监管者和烟草控制人士的清算日就要到来。而且会来得很快，也会很麻烦。你不能忽视这样一个事实，这件事还来不及变好就会成为丑闻。"

这位高管停顿了一下。

"这吓得我魂飞魄散。"

"准备好迎接马克滕精英。很快 MarkTen.com 上就有。"奥驰亚的一则针对朱尔的新产品的广告写道。到 2018 年 2 月，奥驰亚正准备将马克滕精英闪电投放上市。他们没法以足够快的速度将它摆上货架。该产品不能早点上市，原因之一是该公司希望推出产品的日子碰巧赶上中国的农历新年，其间，中国几乎所有工厂都会停工。2 月份之前，马克滕精英甚至根本不可能运抵美国海岸。

但这件新产品一旦上市，它就会在几个星期的时间里迅速进入美国各地的 6 000 多家店铺，并有几种口味可选，包括榛子奶油味、草莓布丁味和苹果酒味。对奥驰亚而言，能有这么快的速度，已经是一个奇迹。

问题是，快并不意味着好。应当说，除了身家性命系于此的奥驰亚高管，几乎没有人会真的在乎马克滕精英的推出。尽管在投资者日那天揭幕的时候鼓噪一片，但精英还是在推出的时候铛的一声掉在地上。的确，它的设计目的就是要作为一种油仓型产品跟朱尔直接竞争，它甚至看起来都有点像朱尔。但无论如何都改变不了的事实是，它相比之下有些笨拙，而最关键的是它并不出自硅谷。还有，它甚至没有那神奇的尼古丁盐配方，而朱尔正是靠它才大获成功。

在网上，Instagram上没有马克滕精英的梗疯传，YouTube上也没有专门针对这一产品的视频，它收到的评论只能说还算不上奚落。"我猜它不会很糟。"一个试抽过马克滕精英的评论者在YouTube上说。"买得起，还可以。"另一个人说。

奥驰亚的回应是向更多便利店提供了更多的马克滕，靠着它一流的货架空间，让消费者一眼就能看见该产品；它还提供慷慨的折扣，并免费向吸万宝路的人邮寄，希望以此逼顾客购买。奥驰亚一位内部人士将公司的马克滕战略比作"拿一小桶水去泼一场森林大火"。

就连负责马克滕的地面销售的人都承认，他们的产品一经比较就是个二流货色。尽管如此，巴林顿和其他人表现得好像马克滕可以跟朱尔展开一场真正的较量。他和他在高管层的支持者似乎对公司的优势有一种盲目自信。理性地说，这两种产品并没有那么迥然不同，如果时间足够，如果奥驰亚有足够庞大的营销预算，马克滕也许能迎头赶上。

这让维拉德和其他看清朱尔本质的人感到焦躁不安。任何关于马克滕未来的乐观说法似乎都是妄想，因为事实已经一目了然。马克滕精英的尼古丁含量为1.8%，而且是劣质、粗糙的游离态。朱尔的尼古丁含量是5%，是优质、和顺的盐形式。这几乎是一个经过科学证明的事实——朱尔会比马克滕精英更能吸引使用者。很显然，朱尔自成一体，以至于当一些人不得不向巴林顿解释"它们甚至不是同一档次的产品"时，他们都快疯了。认为马克滕跟朱尔差不多属于同一档次似乎有点狂妄自大。这就有点像优格①和布加迪②一起参加拉力赛。

2月1日,巴林顿宣布,他在公司已服务25年,即将从奥驰亚退休。③ 一般来说,奥驰亚的高管到65岁即可退休,而他就快到了。他还宣布,维拉德将在5月17日公司的年度股东大会上接替他担任董事会主席兼首席执行官。另一位曾经竞逐过最高职位的高管"比利"·吉福德被任命为董事会副主席。奥驰亚的最近一轮赛马暂时结束了。

在宣布消息不久之后,巴林顿向其下属明确表示,他不会再做出任何重大的改变路线的决定,不管是事关朱尔还是别的东西。突然之间,只要一提及朱尔就会立即被压下。不管什么时候,维拉德或其他任何人只要跟巴林顿提及朱尔,他就开始畏畏缩缩。朱尔的要价从一开始就是个笑话。作为一家上市公司,巴林顿负有信托责任,很难在董事会面前给这么高的开价找到充分的理由,更不要说向投资者证明了。任何参与过朱尔交易筹备的人都被告知:"就此打住吧。"

但是,当巴林顿退下来坐在场边时,朱尔的发展达到了平流层。④ 数据显示,尽管相比马克滕,朱尔只在一小部分零售店销售,但它在这些店铺的销量增长迅速,总是出现断货,而这是衡量产品受欢迎程度的一个重要指标。"它们的需求量简直疯了,"奥驰亚一位前员工说,"你就在心里想着'哦,就快趋于平稳了,快了快了'——但它从没平稳下来。"

4月份,花旗集团一位名叫亚当·斯皮尔曼的股票研究员写了一

---

① Yugo,一款南斯拉夫1980年代生产的入门级轿车。——译者
② 起源于意大利的名车,在赛场上战绩辉煌。——译者
③ See John Reid Blackwell, "Altria Group's Top Executive Retiring in May; Company's Chief Operating Officer to Become Chairman and CEO," *Richmond Times-Dispatch*, February 1, 2018.
④ See "The New World of Tobacco—JUUL Starting to Disrupt U. S. Cigarette Industry," Citi Research, April 18, 2018.

份题为《烟草新世界——朱尔开始颠覆美国香烟行业》的报告。他将奥驰亚的股票评级从"买入"下调为"中性",还说他已经得出结论,该公司单纯提高定价以抵消香烟颓势的能力正变得不堪一击。"美国烟草市场正在开始受到朱尔的干扰——尼尔森的数据显示,美国的香烟销量在2018年第一季度下降了6%,比历史模型显示的还要低1%—2%。原因是朱尔的快速增长。我们不指望暗含的香烟趋势在2018年剩下的时间里会有太大的改善。"

差不多在同一时间,也就是距离奥驰亚内部权力正式交接还有一个月左右的时候,维拉德悄悄开始告诉自己身边的人,一旦成为掌权人,他就尽快重启跟朱尔的谈判。

还在2011年4月时,在谷歌前首席执行官埃里克·施密特退休,拉里·佩奇接任之后,风险投资家本·霍洛维茨就在博客上写到过他们的领导风格的差异。① 他认为,施密特属于他所说的"和平时期的首席执行官",执掌处于快速发展期的公司。相比之下,他认为佩奇则是在他所说的公司需要"战时首席执行官"的时候接任的。

"商业领域的和平时期意味着一家公司在其核心市场的竞争中具有巨大优势且它的市场正处于增长状态的时期,"风险资本公司安德森-霍洛维茨的联合创始人兼合伙人霍洛维茨写道,"在和平时期,公司可以专注于扩大市场,巩固公司的实力。而在战时,公司要抵御迫在眉睫的生存威胁。"

霍华德·维拉德为什么变得如此急不可耐,这便是最好的解释。在享受了多年的相对和平之后,奥驰亚发现自己又要投身战斗。

2018年5月17日上午9点之前,奥驰亚的高管和股东聚集到了里士满城区的那个会议中心。② 尽管周围已经不再有不同时期的卷烟

---

① See the blog post, Ben Horowitz, "Peacetime CEO/Wartime CEO," April 14, 2011, on the website of the venture capital firm Andreessen Horowitz.
② 关于巴林顿在这次年度会议上的讲话,参见奥驰亚的网站,"Remarks by Marty Barrington, Altria Group, Inc.'s (Altria) Chairman, Chief Executive Officer (CEO) and President, at Altria's 2018 Annual Meeting of Shareholders"。

厂和烟草仓库，但奥驰亚仍毫无悬念地被视作里士满的皇冠明珠，奥驰亚剧院便是明证，奥驰亚曾给这座神殿捐了1 000万美元，为的是将它的名字牢牢地刻到它那五颜六色的遮檐上。

宽大的会场里，会议开场并听取了各位股东的提案之后，巴林顿开始正式宣布。"你们之中目光敏锐的人将会注意到，之前选董事的时候，我并不在提名人之列，"巴林顿说，"那是因为今年早些时候，我确实通知董事会我决定退休，不再担任董事会主席和首席执行官之职，因为我很快就要年满65岁，并已在公司服务25年以上。"

接着，他介绍了继任者。"经过长时间的继任规划程序，董事会已经选择霍华德·维拉德担任公司的下一任董事会主席兼首席执行官。霍华德具有领导奥驰亚的非凡资历，他在与我们共同度过的25年的职业生涯中，曾经担任过多个领导职务，包括首席运营官和首席财务官。此外，董事会还选出"比利"·吉福德担任奥驰亚的董事会执行副主席，同时继续担任首席财务官……上述任命表明了他们的领导才能，以及他们为我们的公司做出的重大贡献。在我卸任之际，霍华德和比利已经做好了充分准备，推动我们这家伟大的公司在未来取得更大的成功。因此，我希望你们能跟我一道，向他们两个人表示祝贺。"

掌声响彻会场。会议随之结束。

随着维拉德正式掌权，即将放手一搏。这是一场战争。

第十四章 阿瑟顿

> 如果再有孩子打电话到沃尔格林,问我们有没有朱尔油仓或指尖陀螺①卖,我他妈就辞职。
>
> ——2017 年 4 月 27 日,MATT-@MVTTCLARK 用苹果手机发的一条推特

加州的阿瑟顿是南太平洋铁路线上一个宁静而古老的小站,从旧金山沿着一个冲积半岛往南走,穿过鲜花盛开的圣克拉拉山谷,距离帕洛阿尔托市中心只有几分钟的路程。②尽管这里的住户不到一万人——其中很多人住在高大的篱笆、大片的红杉树林和城堡般的大门后面——但阿瑟顿被列为美国最富裕的城镇。人们的平均年收入在 50 万美元以上,其中一些居民是全世界著名的科技巨头,比如谷歌的埃里克·施密特和脸书的雪莉·桑德伯格。NBA 球星斯蒂芬·库里买下了那里一座价值 3 100 万美元的房产。微软的联合创始人保罗·艾伦有一套价值 3 500 万美元的房产。

相比之下,凯文·伯恩斯在阿瑟顿附近的豪宅,被贴切地称为"国王庄园",尽管看起来并不显眼。2017 年夏末,伯恩斯跟他的儿子和几个朋友正坐在厨房里。那几个人是帕洛阿尔托高中的学生。这所高中被当地人称作帕里(Paly),它并不是这一地区最高档的学校,尽管在那里读书的大多数学生都有着以某种方式出名的父母。

伯恩斯在创造了一个运营奇迹后,于大约一年前离开了酸奶公司乔巴尼(Chobani)。该公司差点毁于一场危机——酸奶变质、冒泡、

杯子漏气以致酸奶发霉,这样的产品进了杂货店的冷柜,导致数十人生病并引发全国范围内的召回——而在此之前,该公司一直大有前途,他是从私募股权公司得州太平洋投资集团(TPG)请过来扭转公司命运的。③他的此次壮举巩固了他作为"救火专家"名声。④ 现在,伯恩斯在考虑接受一份新工作,朱尔的首席执行官。

在老派顾问风格的驱使下,伯恩斯打算自己做一次市场调查。⑤于是,他把他儿子及其朋友叫来一起开个会,向他们了解电子烟的问题。其中三个人都从口袋里掏出了朱尔。最近几个月,抽朱尔已经成了一件大事,课间或午餐时分,越来越多的学生挤进卫生间的小隔间,为的是尽快抽上一口能提神的尼古丁。帕里的艺术教室边上的卫生间最受大家的欢迎,也是老师们的最佳位置——如果进去得正是时候——如果烟雾尚未消弭于无形,正好可以看到学生吞云吐雾。

那年秋天,帕里的校报《钟楼报》(*The Campanile*)做过一次调查,269 名受访学生中有一半多报告自己抽过电子烟。⑥ 其中一半抽的是朱尔。"很显然,抽电子烟已经成为校园里的一种习惯,"《钟楼报》2017 年 9 月的一篇文章写道,"对很多学生而言,抽朱尔成了一种具有吸引力的社交手段。学生们传着抽朱尔,通过这种行为结识新朋友,只要简单地抽一口朱尔,便能破冰。"

---

① fidget spinners,一种低科技含量、舒缓压力的玩具,2017 年春天开始在美国大幅流行,到处断货。——译者
② Atherton, "wealthiest city in America": see Shelly Hagan, Wei Lu, and Sophie Alexander, "In America's Richest Town, $500k a Year Is Now Below Average," Bloomberg News, February 20, 2020.
③ See JoNel Aleccia, "Chobani Officially Recalls Moldy Yogurt After Complaints," NBC News, September 5, 2013; and for the TPG investment, see William Alden, "Seeking to Grow, Chobani Secures $750 Million Loan," *The New York Times*, April 23, 2014.
④ See Josh Kosman and James Covert, "Chobani CEO Being Replaced, May Be Stripped of Chairman Role," *The New York Post*, January 5, 2015.
⑤ 关于伯恩斯家餐桌上的事,参见 Jia Tolentino, "The Promise of Vaping and the Rise of Juul," *The New Yorker*, May 7, 2018。
⑥ 参见该校报上的一篇文章: Johnny Loftus, "Juuling and Schooling," *The Campanile*, September 27, 2017。

当然,伯恩斯的儿子及其朋友们对朱尔非常了解。围坐在餐桌边的几个年轻人在展示了他们的朱尔之后,讨好地给上了年纪的伯恩斯讲起了各种电子烟故事,当初他们是如何买到这个烟具的,它现在变得有多流行等。这场对话清楚地表明了伯恩斯如果在朱尔任职可能会面对的一个挑战。对有的人而言,这可能是一个危险信号。但对伯恩斯不是。他在兵荒马乱的私募股权行业浸染的时间久得让他非常清楚,如果闻到了烟味,你会跑上去,而不是远离。因为那里有钱。

"我们非常高兴地宣布,凯文将担任朱尔实验室的新任首席执行官,"2017年12月11日,蒙西斯在一份新闻稿中宣布,"他为乔巴尼非凡的运营及战略成功做出了关键的贡献,让公司走上了长期发展、财务基础强劲和持续创新的道路。我们满怀期待他会让朱尔实验室获得类似的成功。"[1]

伯恩斯来到朱尔实验室的时候,正好碰上公司把大大小小的箱子搬到位于多帕奇区 Pier 70 的新仓库,这栋占地 3 万平方英尺的货仓距离博文和蒙西斯当初开在旧罐头厂的第一间办公室只有一箭之遥。周围还是环绕着居民区,但这一次他们可以更好地看见旧金山湾区。而且公司的员工再也不是一只手便能数完的那么点,现在超过了 200 人,并且还在与日俱增。在朱尔签下那份为期五年的租赁协议时,并没有怎么大张旗鼓。这是一栋未经改造的文艺复兴风格红砖工业大楼,带有多个拱形门廊,这里曾经是焊接钢质船体的地方。实际上,似乎根本没有人注意到,这有点奇怪,因为你哪怕动了这栋"历史核心"大楼的一块砖,都会被口水淹死。

伯恩斯接掌朱尔的时候 54 岁。他留着一头剪得很短的灰色短发,身材魁梧,散发出一股永不退缩的铁锈带人的架势。《纽约客》杂志

---

[1] See JUUL Labs, Inc., "JUUL Labs, Inc. Appoints Kevin Burns, Previously President & Chief Operating Officer of Chobani, as Its Chief Executive Officer," December 11, 2017.

称他"身上有一种友善的邻家老爸的风度"。他学的是冶金，并在大学毕业后直接进入了通用电气，当时执掌公司的还是"精益制造"的教父、行事果敢的杰克·韦尔奇。在那里，伯恩斯参加了该公司颇有名气的制造管理项目，这使他走上了一条将境况不佳的制造公司锤打成型，有"中子杰克"①那种强悍管理风格的道路。从那以后，他一直在做这件事，在二十多年的时间里，先后为轮胎制造商、太阳能电池板制造商和化工公司工作。

与戈德曼不同的是，伯恩斯似乎生来就是做朱尔的首席执行官的。他一来到公司，就不断地出没在朱尔的各条走廊里，跟员工们说说笑笑，在会上大声强调他那神气十足的管理理念，而与会的高管们深吸一口朱尔，缓缓喷出一股股白烟。尽管他穿着阿迪达斯运动装就来到办公室——这让大家感到吃惊不已，有员工说他那副模样活像一个"立陶宛暴徒"——但毫无疑问，他清楚自己在说些什么。

伯恩斯刚开始工作，似乎就遇到了一系列还算平常、任何一个上过 MBA 的人都可能解决的扩张挑战——问题：对朱尔烟具和油仓的需求远大于供应。解决方案：争取新的代工厂并加快进度。问题：大量的电子烟油正在被废弃。解决方案：加强质量控制。问题：只能在少数几家商店买到朱尔。解决方案：聘用一支销售队伍，将产品打入大型零售店。问题：朱尔只在美国市场有售。解决方案：覆盖全球。问题：社交媒体营销已经达到极限。解决方案：启动一场全国性的广告宣传活动。

这些问题对伯恩斯而言都不算太难。尽管朱尔跟酸奶公司大不相同，但两者有一个共同的问题：它们都扩张得太快，无法跟上发展步伐。再说，随着朱尔获得的新一轮融资，伯恩斯不光有了计划，而且还有一笔战争经费。

但伯恩斯在朱尔遇到的问题的严重程度，让发酸的牛奶和发霉的

---

① 杰克·韦尔奇的绰号。——译者

酸奶看起来像是一场梦。麻烦事持续困扰该公司，多不胜数：坏掉的那批苯甲酸让烟油尝起来有一股怪味。金属碎片不小心混入了电子烟油。芒果味烟油卖的时候贴的是薄荷味标签。薄荷味烟油卖的时候贴的是芒果味标签。有几批电子烟油过一段时间就会变成褐色，但没有人能弄清楚原因。已经讨论过好久，要不要在油仓包装上标明有效期，但它引发的问题让大家目瞪口呆，即在货架上或过热的车里久放的油仓会不会发生有毒化学反应。就这个问题，似乎没有人能说出确定的答案。因为无从确定日期，他们也就干脆不标有效期。

接着是人体试验的问题。伯恩斯吃惊地发现，在开展全面的毒理学试验之前，员工们会定期试用新产品。这种现象值得警醒，因为其中一种成分，叫肉桂味，看似安全，但在加热之后可能变成一种危险的化学物质。"在整个配方接受两轮不同级别的毒理学试验之前，任何人都不要品尝。"伯恩斯宣称。

在一家由消费类电子产品工程师和产品设计师占主导的公司——其中很多人来自苹果和特斯拉这样的科技圣地——这些事情并不是故障，而是高速发展的初创公司的共性特征。快速迭代。回转。出错。

伯恩斯试图通过聘用在受到高度监管的医疗设备行业——比如波士顿科学公司和雅培公司——有过工作经历的人来解决这个问题。随着公司提升产能，这两种文化在一个将在朱尔内部占主导的话题上产生了冲突：速度与质量。

快速扩张加剧了现存的质量问题，这些问题并不总是有确定的答案，这让有医药背景的员工感到心烦意乱。随着人们对朱尔的需求量增加，电子烟油的批次随之增加。因为混合和生产的设计针对的是较小的数量，随着数量的增长，电子烟油的黏稠度也变了。以薄荷味的油仓为例，薄荷脑油会跟其他成分分离，留下一种沙拉酱般的液体。当使用疑似有缺陷的产品引发员工和承包商对安全性的担忧时，大批量的液体在接受检疫和毒理测试。顶层高管最终不是将这些产品扔掉并赔钱了事，而是命令工厂的工人从大桶的底部吸出液体，一直吸到含油的表层。如此一来，他们就只需要扔掉一部分可疑批次的产品。其余的放到市场销售。此举至少引发了一个在这家工厂工作的人的警醒，他要求将整批产品废弃，但没能成功，于是向 FDA 具文投诉。"我几乎是在说，嘿，这批产品好像有问题，"此人告诉该机构，"如果这是 Liqui-Gels 公司①，他们会说，作废了吧。他们知道这是不合格产品。"后来，一位财务主管举报了同一批次的薄荷味电子烟油，并声称该公司拒绝召回含有该物质的 100 万只油仓。② 尽管朱尔后来表示，内部检验显示这批产品对人体健康无害，但这起事件突显了朱尔在运营中的随意本性，哪怕它的产品每天都有数百万消费者在用。

有时候也会遇到差一点就要出事的时刻。在一家电子烟油供应厂，一个负责质量控制的人注意到烟油中悬浮着一些黑斑。细看之后发现，这些黑斑是金属屑，如果没被发现，可能会被吸入人体肺部。这一系列事件让员工们感到后怕，他们不禁开始琢磨，事情的发展是不是太快了。"这不是你戴的手表，你可以跑进苹果商店，"一位吓怕了的前员工告诉其他人，"有人可能真的会死。"另一个员工把整个扩张过程以及由此而来的各种灾难描述成一场引发压力的"狂热之梦"。

不管机能如何失调，伯恩斯都做好了解决供应链问题的准备。但他并没有准备好应对公司最大最明显的责任问题。

Instagram 账号@JuulNation 的创建者凯文·布祖泽夫斯基对于他收到的朱尔的法律威胁根本没放在心上。2017 年 10 月 12 日的这封信里写道："亲爱的布祖泽夫斯基先生，朱尔实验室有限公司指派本律师事务所，就你未经授权通过 Instagram 账号@JuulNation 非法销售并免费赠送朱尔品牌产品一事担任朱尔的代表。除非你立即停止通过你

---

① 该公司生产的是液体凝胶类非抗生素消炎药。——译者
② See Breja v. JUUL Labs, Inc, U. S. District Court, California Northern District (San Francisco), 3: 19-cv-07148.

在 Instagram 的账号（和其他任何网站或社交媒体账号）销售和赠送朱尔产品的行为，并删除所有与销售和赠送行为有关的推广帖子，否则我们将对你提起法律诉讼。"

布祖泽夫斯基并没有慌。他无意照做。他赚的钱太多了，有时候一个月就有数千美元。再者，他那双巧手打造的网页所引发的关注，让他和他的朋友们玩得不亦乐乎。Z 世代像扑向蜂蜜的飞虫那样爱上了朱尔的营销活动。2017 年一开始，推特上还没有太多关于朱尔的内容。但到次年年底时，与朱尔有关的推特数量已经增加了近 70 倍，每个星期就有 10 万条之多。① 这些推文中，只有一小部分来自朱尔的官方社交媒体账号。朱尔引发了用户生成内容的爆炸。很明显，这种兴趣来自何方。社交媒体的内容搜索结果显示，在 2017 年 10 月至 2018 年 2 月之间，有 25 万条推文提到了朱尔或抽朱尔，其中数千条提到了食堂、校园、班级、宿舍、图书馆或学校。尽管宣称的目标是帮助吸烟者戒烟，但这些平台上关于戒烟的讨论并不多。有多个子版块全都在说青少年抽朱尔的事，其中一个名为"未成年人朱尔"的子版块给出小贴士，写的是如何将烟具藏在父母和老师找不到的地方，哪些零售商店不需要出示身份证，甚至有大人提供直达未成年人住址的"保密邮寄"服务，用 Venmo 软件小额付费。

甚至在伯恩斯上任之前，朱尔的高管们就已经意识到了问题的存在。朱尔聘用了一个名为萨德·卫宾伦（Sard Verbinnen）的危机沟

---

① See Yoonsang Kim, Sherry L. Emery, Lisa Vera, et al., "At the Speed of Juul: Measuring the Twitter Conversation Related to ENDS and Juul Across Space and Time (2017 - 2018)," *Tobacco Control*, March 2020; also see Jon-Patrick Allem, Likhit Charmapuri, Jennifer B. Unger, and Tess Boley Cruz, "Characterizing JUUL-Related Posts on Twitter," *Drug and Alcohol Dependence* 190 (September 2018): 1 - 5; for the Reddit material, see Ramakanth Kavuluru, Sifei Han, and Ellen J. Hahn, "On the Popularity of the USB Flash Drive-Shaped Electronic Cigarette Juul," research letter, *Tobacco Control* 28, no. 1 (2019): 110 - 12.

通公司来帮助绘制前进路线。① "雾化"广告活动的设计师理查德·芒比已经离职。伯恩斯恳请他的社交媒体团队开始重塑该品牌的网络形象。"我们必须让这个产品只对成年吸烟者有吸引力。"伯恩斯如此告诉他们。

之前还兴高采烈地酝酿可爱、时髦的内容的朱尔员工突然接到指令,要做180度的大转弯。不能再发让抽朱尔看起来很好玩的帖子了,因为那可能让他们受到指责,说他们是在针对青少年。朱尔烟具或油仓跟那些可能被认为指向青少年的东西摆在一起的照片也不能再发了。不能有亮色。不能有带泡沫的拿铁。图片中可以有植物,但植物上不能有花朵。可以展示整颗芒果,但不能展示切成条的芒果。他们开始积极地策划如何使他们生成的内容偏向明显年龄稍大的人群——眼镜、书籍、填字游戏都成了新帖子的特色。

但是,尽管朱尔日益感到忐忑,Instagram、YouTube、Snapchat等社交媒体公司却乐于继续为越来越多的朱尔网红提供平台,比如布祖泽夫斯基在 Instagram 上的页面,就形成了大量的"参与度"——这个专门术语指的是吸引的眼球能带来广告收益。亿贝(eBay)正通过转卖朱尔油仓大赚特赚,因为该网站几乎不实行年龄验证,它成为了另一个让朱尔落入未成年人之手的强大载体。朱尔扩大了自己的合规及"品牌保护"团队,以追查非法使用其标识的社交媒体账号,但大多数时候发现,自己这种做法并没有多少法律依据。技术上说,布祖泽夫斯基在做的没有违法之处,因此,尽管朱尔请求那些平台关闭这些账号,但各大平台对他的以及其他朱尔粉丝的账号采取了听之任之的态度。

目前,布祖泽夫斯基还在发布各种表情包,并收获了数百万个点赞。他有一种预感,自己的很多粉丝都是高中生。但他忙于吸引网

---

① 关于萨德,参见在旧金山发起的集体投诉;关于 Tower Data,参见马萨诸塞州对朱尔发起的法律诉讼。

红，无暇顾及。

斯坦福大学医学院儿科教授邦尼·哈尔本-费尔舍研究未成年人风险行为已有二十多年时间。作为一个接受过额外的青少年健康训练的发展心理学家，她致力于了解青少年从事冒险行为的原因的发展、认知和社会因素，对青少年涉足的一系列危险行为，如无保护性行为、鲁莽驾驶、酗酒等开展研究。她于1997年成为加州大学旧金山分校的一名初级教员，并收到一笔来自烟草相关疾病研究项目的资助，这是一家位于加州的实体单位，其资金来自香烟税，该税主要用于资助烟草预防和戒烟研究。她还开始与该大学的烟草控制研究与教育中心合作，该机构是在史丹顿·格兰茨的帮助下发起的烟草预防运动的发源地。长期倡导烟草控制的格兰茨，曾在1970年代帮助激发了加州的反吸烟运动。

就在邦尼·哈尔本-费尔舍开始对青少年抽烟现象进行研究的时候，她突然明白了一件事。对于年轻人，至少从理论上说，是有可能跟性和酒精保持健康的关系的，尽管这并不是她所倡导的行为。相比之下，她意识到"跟烟草或尼古丁完全无法形成健康的关系"。吸烟不但致命，而且其中的尼古丁对孩子几乎没有可取之处。

青少年的定义比较宽泛，大致开始于十一二岁或十好几岁。① 然而，包括管理认知活动和冲动控制的前额叶皮层区在内的大脑要到25岁左右才能完全形成。当大脑经历一个"修剪"（pruning）过程以提高神经之间传输信号的效率时，它会保留用到的突触通路，并去

---

① 关于青少年大脑的基础知识，参见美国医务总监的网站，它描述了"直到25岁左右时大脑仍在生长的过程"。每当形成新的记忆或学到新的技能，脑细胞之间就会建立起更为牢固的连接——突触。年轻人的大脑建立突触的速度比成年人快。因为成瘾是一种学习过程，因此青少年比成年人更容易成瘾。

除未用到的。① 这就是为什么如果人类与生俱来的烟碱受体在青春期因使用尼古丁而被激活，大脑就会期待获得持续的刺激，并最终导致成瘾。

而且，尼古丁已被证明会引起"脑细胞发育和突触功能的编程错误"，而这会损害学习、记忆和情绪。② 在青春期的尼古丁慢性接触会对成年之后的认知功能产生长期的减退影响，还会让大脑为未来的药物滥用做好准备。"即便是短暂时间接触低剂量的尼古丁，也会对青少年大脑产生持久的改变。"《生理学杂志》在 2015 年发表的一份研究报告写道。③

正因为上述原因以及更多原因，哈尔本-费尔舍决定重点关注青少年烟草使用的预防和研究工作。截至 2010 年，只有不到 20% 的高中生是抽香烟，而在 1997 年时这一比例是 36.4%。通过主要由烟草和解资金资助的广告活动，青少年对吸烟的诱惑已经变得很不敏感，并对香烟生产商采取的欺骗性做法感到习以为常，因此抽烟习惯开始变得不再时髦。

然而，不幸的是，上述成功具有副作用，即该问题很大程度上已从报纸头版消失，预防吸烟项目也不再被视为优先事项。各州从烟草和解协议中收取的资金被越来越多地转移到烟草预防项目之外，用于需要帮助的学校、州和地方提出的其他的一般性用途，比如缩小预算

---

① 关于"修剪"过程，参见 Linda Patia Spear, "Adolescent Neurodevelopment," *Journal of Adolescent Health*, 2013 Feb；关于管理识别功能的大脑区域，参见 B. J. Casey, Rebecca M. Jones, and Todd A. Hare, "The Adolescent Brain," *Annals of the New York Academy of Sciences* 1124 (March 2008): 111–26；亦可参见 David M. Lydon, Stephen J. Wilson, Amanda Childa, and Charles F. Geier, "Adolescent Brain Maturation and Smoking: What We Know and Where We're Headed," *Neuroscience and Biobehavioral Reviews* 45 (September 2014): 323–42。

② See Theodore A. Slotkin, "Nicotine and the Adolescent Brain: Insights from an Animal Model," *Neurotoxicology and Teratology* 24, no. 3 (May–June 2002): 369–84.

③ See Menglu Yuan, Sarah J. Cross, Sandra E. Loughlin, and Frances M. Leslie, "Nicotine and the Adolescent Brain," *The Journal of Physiology* 593, no. 16 (August 2015): 3397–412.

缺口、儿童早教项目或发行由和解资金支持的债券等。这意味着用于学校开展烟草预防意识教育的专用经费较少，哈尔本-费尔舍觉得这种做法既不幸也不明智。多年的研究工作让她明白，烟草预防仍然很有必要，她非常不愿意看到它渐渐被人漠视。毕竟，学校内部开展的烟草预防工作对青少年烟草使用量的历史性下降功不可没。

2009年，哈尔本-费尔舍获得了资助，把她所说的烟草预防"工具包"聚合在一起，其中包括别的项目并不具备的一些关键要素，如更多关于尼古丁成瘾威力的信息、积极的青少年发展信息、让父母亲参与对话过程等。[1]"家长们告诉我：'我真的很想跟孩子谈谈吸烟的事，但我不知道如何谈起。'"她说。

就在她和她的团队着手创建"工具包"时，电子烟还不在她的关注范围。但经过几年的发展，电子烟开始在校园里出现，她产生警觉，即使吸烟比例持续降低，但一种新型的尼古丁成瘾正初露端倪。她申请了更多的资金，并在2014年为即将开设的完全专注于电子烟的课程编写了一个教学模块。两年后，斯坦福大学烟草预防工具包推出了。

其中，哈尔本-费尔舍准备了一整个部分专门讲述大脑。学生们会看到一组名为《青春期大脑：一个正在进行的工作》的幻灯片，配图是重叠的高速公路和交通拥堵的场面，以象征所有正在形成的大脑通路。还有一张幻灯片上有一张白蚁蠕动的照片，描述的是尼古丁是如何进入未成年人大脑的。这张图片很快被学校广泛采用，看到学生们对它传达的信息做出了积极回应，家长和老师感到又惊又喜。

尽管如此，在她的工具包里，仍然没有提到朱尔。该产品才刚刚在市场泛起涟漪。然而，到了2017年10月，该公司的名字终于传到了哈尔本-费尔舍的耳朵里。她在斯坦福大学校园的办公室距离博文

---

[1] 关于费尔舍的烟草预防工具包，请访问斯坦福大学医学院的网页 https://med.stanford.edu/tobaccopreventiontoolkit.html。

和蒙西斯诞生创意的地方仅一步之遥，当她在那里忙活时，她意识到自己需要加快行动。她新雇了一位项目总监，并告诉他："有个东西叫朱尔。查查它。做成 PPT。放进我们的工具包。"

几个月之后，也就是在 2018 年 2 月 1 日，一门名为《什么是朱尔》的新课程出炉了。她知道这个课程会引起人们的兴趣。但她不知道自己会应接不暇到什么程度，学校的管理者和老师几乎是在求着要她的课程。它的冲击像一场海啸。美国各地的学校都被朱尔攻陷了。

就在伯恩斯把几个孩子送到帕洛阿尔托的公立高中帕里时，阿瑟顿附近的村庄还有一所私立学校，它叫圣心天主教预科学校，位于镇中心，占地 64 英亩，十分宁静。1898 年，一批法国修女创办了这所寄宿制学校，现在它接收的是年龄在学龄前至十二年级之间的上流社会的孩子，他们的父母不吝每年 5 万美元学费，把他们送到了这座带有斜坡屋顶和钟楼的庄严的红砖建筑里接受教育。

2018 年初，艾玛·布里格进入圣心学校读初中。她很有名气，是学校女子长曲棍球队短吻鳄队（The Gators）冉冉升起的明星守门员，已经被任命为校队队长。她是本地区西湾运动联赛的年度守门员，并曾被招到多个全国联赛效力。

作为一名成绩优异的选手，布里格即将带领她的球队参加当年的锦标赛。因此，当她得知几位队友在抽电子烟后，既感到失望也感到震惊。而这不是偶发事件。练习前后，她们都要抽朱尔，有时甚至会抽大麻，练习时状态会很兴奋。这让布里格有些恼火，作为一个优秀学生，她对这样的错处既没有兴趣也没有耐心。但她不知道该怎么办。她不想让自己看起来像个大煞风景的人或打小报告的人。一天晚上，她向自己的爸爸彼得求助。父女俩彼此信任，亲如伙伴，都对体育运动非常热衷。彼得会开车送艾玛参加长曲棍球练习，无论锦标赛在哪里举办，他都会去为自己女儿的球队加油。当他们在位于阿瑟顿的家里的餐桌旁坐下来后,艾玛倒出了她心里的难题。

"不可能吧。"她父亲回答道。

"爸爸,我是真的担心这件事,"她语气恳切地说道,"它会影响整个球队。"

彼得·布里格不是一般的爸爸。他是一位亿万富豪,在堡垒投资集团(Fortress Investment Group)担任联合首席执行官,该公司管理的资产超过450亿美元。布里格曾在高盛集团做过不良债权的精英交易员,为这家众所周知的华尔街投资银行赚了无数的钱,并成为首次公开募股前的合伙人,后来他转去了堡垒集团,并在旧金山为其设立了办公室。一如该地区居住的其他自信的大人物,他也搬到阿瑟顿,住进了圣心对面一栋设备完善的房子里,他决定把孩子送到这里读书。

并不是彼得不相信自己女儿给他讲的事。他只是难以置信。他在这个世间行走多年,知道有人干了蠢事,但肯定圣心学校没有哪个孩子真就蠢到抽嗨了去练球。但在接下来的几个星期里,艾玛回到家里就会讲起这些事情,彼得终于明白过来。他和妻子德雯找到球队的教练温迪·克莱德尔进行了一次私下谈话。

"温迪,你知道,我女儿告诉我说有这样的事情,这可是个问题。"布里格对她说道。

"不可能的,彼得。"克莱德尔回答道。一如当时的其他人,克莱德尔否认了这件事。并不是她天真。只是她跟彼得一样,难以想象圣心学校这些成绩优异的孩子会如此鲁莽。

布里格和克莱德尔关系很好。"拜托你,"彼得请求道,"能不能查实一下?"

几天后,克莱德尔回复了。"我对此感到很吃惊,"她告诉布里格,"但你是对的。"

几个星期后,克莱德尔准备利用春假带领整个圣心女子长曲棍球队前往丹佛,跟那里的另外几个球队进行比赛。一天,训练结束后,她把女孩儿们和她们的父母亲叫到绿茵茵的球场边开了个会，讨论即将到来的行程细节。说完了行程安排和后勤事务后，克莱德尔说起了抽电子烟的事。她说，抽朱尔既不健康还会上瘾，而且违反了校规校纪，因此她会采取零容忍政策。如果这次行程中有哪个女孩被发现抽电子烟，她会被立即送回家，费用由其父母支付。没有人提出疑问。她们还有可能被逐出长曲棍球队。

"不要这么干，"克莱德尔以她那洪亮的教练嗓门说道，"这真的对你们有害。"

接下来的那个星期，球队抵达丹佛，一场雪暴即将来临。彼得·布里格陪着女儿踏上了行程，住进了亲戚家，而所有女孩儿住进了当地一家旅馆，就在她们预定比赛的长曲棍球场旁边。就在第二天，三名队员找到了克莱德尔。"有队员在旅馆房间抽电子烟。"她们说道。

克莱德尔有些情绪失控。在跟旅馆里的几个女孩有过戏剧性的对峙之后，发现其中两个队员一直在抽朱尔。考虑到几天前才对这样的情形发出过警告，克莱德尔别无选择，只得在次日一早将她们送上回家的路。

当布里格从克莱德尔那里得知事态的发展后，他目瞪口呆。女孩们不仅受到过警告，而且这趟行程只有三天时间。"温迪，这太过分了。她们怎么会那么干？"他问道。

第二天上午，女孩们被送上了回到阿瑟顿的航班，从此再没有在圣心短吻鳄队打过球。剩下的行程因此蒙上了阴影。

当布里格回到阿瑟顿后，他情不自禁地思考究竟发生了什么。那几个女孩的父母不管管吗？她们只是受到了迷惑？还是本就不计后果？

后来，他逐渐弄明白了。那几个女孩儿迷上了朱尔，以至于甘愿冒着一切风险也要多抽上一口。这就是上瘾。为此他十分气愤。

伯恩斯别无选择，只能直面青少年问题。大约在 2018 年初，朱尔聘用了前教育工作者朱莉·亨德森负责一个新组建的"教育与青少年预防部"。① 亨德森首先做的几件事之一，是编写一份新的反电子烟课程，并提供给全国各地的学校使用。她还找到了一家名为索特技术（Soter Technologies）的公司，该公司做过一个反霸凌装置，它看起来像一个烟感器，可以装在学校的卫生间，对符合暴力特征的声音进行侦测。这个装置也可以侦测电子烟，但凡测到一点烟味，比如抽朱尔的，就会提醒老师或者学校管理人员。

伯恩斯的处境极其艰难。尽管朱尔董事会交给他的任务是实现快速扩张，他却发现自己在拼命想办法遏制公司发展附带的破坏性后果。这是一家科技型公司，现在却不得不恳请顾客不要使用它的技术。但是，事情还在升温。朱尔如果不对青少年使用问题加以控制，它最终可能落得个被迫停业。

截至2018年春，亨德森和一组教育工作者已经开始前往全国的几十所初高中开设课程，旨在通过"正念""慈心冥想"② 等不同寻常的手段，为广大学生提供"电子烟替代方法"。该公司还为被抓到抽电子烟的孩子开设了一个"周六课程"。

朱尔为采用其预防方案的学校提供一万美元的经费资助，这一危险信号引起了人们的质疑。"下午好，"加州教育局的一位代表在2018年2月1日写给各校管理人员的邮件中写道，"我局已经意识到朱尔产品的生产商对多所学校表现出的友好姿态……如果有朱尔公司的代表联系你们，请务必谨记，我局认为朱尔是烟草行业的一部分……我局强烈建议［你］拒绝此类投石问路的行为。"

朱尔触到了大家的神经。各大学校都不希望朱尔来给自己的学生讲授这种引发了如此痛苦和不安的产品，除此之外，其他事情也让它

---

① 朱尔有个"教育与青少年预防部"之事，来自采访和依据《信息自由法案》申请获得的文件，以及朱尔向国会提交的文件。
② loving kindness meditation，一种积极心理学，在中国也叫慈心禅，意在产生积极情绪、改善对人对己的态度、缓解抑郁等。

们感到苦恼。很多教育工作者的年岁都足以让他们回想起菲利普·莫里斯公司在 21 世纪第一个十年开展的青少年吸烟预防项目,当时它受到了如此多不必要的关注,事实上让吸烟对青少年产生了更大的吸引力。他们永远不会忘记那些针对孩子的广告,比如热情暗涌的万宝路男人、卡通化的骆驼老乔——研究结果显示,它的辨识度比米老鼠还高——以及魅力四射的维珍妮牌女士香烟。

那年的 3 月份,斯坦福大学反朱尔课程的开发者邦尼·哈尔本-费尔舍开始收到针对她和她的团队所开发课程的奇怪反馈。大家似乎以为她正在和朱尔在该课程上展开合作。她发现,那是因为朱尔自己已经开发了一个反朱尔课程,而该公司似乎在其课程中表明,该课程的开发得到了斯坦福大学医学院的某种协助。她还拿到了一份朱尔的课程计划,其中就有一个指向她的工具包的链接。不仅如此,朱尔的有些课程内容几乎就是她的课程多翻版,某些段落是一字不差。她花了数年时间基于大量研究成果做出的一些 PPT 图片,直接出现在了朱尔的演示文稿中,完全一模一样——比如那张,图上有个小小的大脑图,写着"大脑背景",她用来表示青少年大脑中的回馈路径的错综复杂的高速公路,乃至那些她用来描述尼古丁成瘾的大脑的蠕动白蚁。

哈尔本-费尔舍惊得目瞪口呆。"简直匪夷所思。"她对自己的同事说。在这个极度反对抄袭的学者看来,这不但令人不安,而且极不道德。看起来她的劳动成果被扭曲了,成了朱尔的营销乃至所有业务的帮凶。她在自己的工具包网站上发表了一则免责声明:"我们已经获知,一些销售含烟草和/或尼古丁的产品的公司,要么在其营销材料中包含了指向本工具包的链接,要么暗指其与斯坦福大学烟草预防工具包或参与创建该工具包的教职员工有某种关联。这完全不属实。我们致力于使用烟草产品、电子烟以及所有与烟草和尼古丁相关的产品的预防工作。我们不接受来自它们的任何资助,也不以其他形式与它们合作。"

随后，在 2018 年 4 月，她将自己发现的情况报告给了斯坦福大学法律顾问。几天之后，朱尔收到了斯坦福大学，也就是博文和蒙西斯的母校发出的停止令。

梅瑞迪斯·博克曼住在曼哈顿豪华的上西城。① 她嫁的是一位摩根士丹利的前银行家，他也是该市一家著名的私募股权公司的创始人。博克曼的儿子卡莱布（Caleb）在 2017 年秋季刚刚开始上高中。博克曼不明白，当她的儿子和朋友们待在一起时，她为什么总会听到他们打开了卧室的窗户。她探头查看过，但随后放了心，她既没有闻到烟味，也没有发现任何可疑的东西。当卡莱布问她要个香炉时，她并没有多想。她满心欢喜地想，挺有灵性的嘛。

2018 年 4 月初的一天，卡莱布回家后告诉父母，那天学校发生了一件怪事。一位演讲者来到礼堂，给他所在的这座小型私立学校九年级的全体学生举办了一场反成瘾研讨会。老师们都被请出了教室，这样孩子们就可以放心地谈论他们心里的任何问题。这个人谈到了一系列相关问题，包括药物和酒精滥用，最后花时间谈了尼古丁成瘾和朱尔。这令人奇怪，因为后来发现这个人也在替朱尔工作。这个人说，朱尔不适合他们。它是供成年人用的。尽管如此，他还是告诉孩子们："它绝对安全。"他还提到，FDA 正在"批准"它是比烟草安全的产品。对卡莱布的许多早就在抽朱尔的同学而言，这个演讲者的话让他们松了一口气，他们现在相信自己可以放心大胆地继续使用这种产品了。

研讨会结束后，卡莱布和他的朋友菲利普来到了这位朱尔代表的跟前。他们问，如果他们有朋友已经对尼古丁上瘾了，该怎么办？这两个男孩子没有说，上瘾的其实就是菲利普，而且他迷上的正是朱

---

① 部分材料来自博克曼于 2019 年 7 月 24 日向众议院监督与改革委员会和经济与消费者政策小组提交的国会证词。

尔。演讲者误以为那个"朋友"是对香烟上瘾，于是回答道："他应该改用朱尔，它的安全性比香烟高99%。"接着，这个人从口袋里掏出一支朱尔，给两个男孩子演示如何使用。"这是雾化器界的苹果手机。"他说。

博克曼对自己听到的事感到震惊。她给菲利普的妈妈多利安·福尔曼打了个电话。博克曼复述了事情的经过，并问福尔曼是否听说过朱尔。结果她知道。不久前的一天晚上，菲利普参加完一个聚会回到家，她在他身上闻到了一股淡淡的甜味儿。她已经有所怀疑，因为她那个可爱的儿子原本喜欢冲浪、烹调、带着妹妹一起玩耍，但似乎在一夜之间变成喜欢把自己锁在卧室。之后不久，福尔曼在他的裤袋里发现了一个她以为是优盘的东西。直到她发现上面刻着"朱尔"这个词，并用谷歌搜索之后，才将这两件事情联系了起来。与此同时，博克曼还联系了另一位母亲戴娜·阿莱西，令人不安的是，她十几岁的儿子也对朱尔十分熟悉。这迫使她们立刻去把导致她们的孩子陷入危险的尼古丁魔咒弄个水落石出。

那个星期，三位惊慌并感到愤怒的母亲跳进了兔子洞。她们开始疯狂地阅读网上的文章，并一头扎进了对于成瘾的研究。她们通宵达旦地在电话上交流，并在彼此位于曼哈顿的豪华住所里会面。博克曼给自己的儿科医生打了电话。福尔曼联系了她在纽约儿童心理研究所认识的某个人。失望一点一点地涌来，她们了解到的朱尔比她们想了解的多得多。"我们知道得越多，就越感到震惊，"博克曼说，"青少年文化革命已经发生了，而大多数成年人甚至没有注意到，这怎么可能？"

她们认为，一定有针对电子烟的某种类似于反酒驾母亲协会的倡导小组，随后惊讶地发现，并没有致力于这个问题的组织。于是，她们决定成立一个。在这个过程中，博克曼误打误撞地进入斯坦福大学医学院的网站，并看到了那个叫做烟草预防工具包的东西。她又惊又喜地发现，里面有很多关于朱尔和青少年尼古丁成瘾的信息。不过，她随即注意到了页面底部一条神秘短小的免责声明,说该项目与销售尼古丁的一些公司有瓜葛的说法"完全不属实"。博克曼心想,这有点奇怪。她有种预感,这件事远不止这么简单。她滑动鼠标,在页面找到了那个通用电邮地址,并写道自己希望跟此项目的发起人谈谈。两个星期后,她的电话响了。打来电话的是斯坦福大学医学院的邦尼·哈尔本-费尔舍。

两个女人一见如故。博克曼给她讲了所有的事——朱尔的人造访学校、她在跟另外几位母亲一起做的事、她们刚刚开始一起制作的新的反电子烟网站。哈尔本-费尔舍解释了她跟这家公司的奇怪的不谋而合。这时,博克曼问这位斯坦福大学教授是否会考虑加入她们这项刚刚起步的事业。她们正在召集一帮顶尖的医学专家来共同应对青少年抽电子烟的问题。很快,哈尔本-费尔舍就横越美国,坐进了博克曼家的厨房,成为一个组织的顾问委员会首位委员,该组织最终有了一个网站和一个名字:家长反电子烟联盟(PAVe)。

与此同时,斯科特·戈特列布面临的压力越来越大,逼得他必须对朱尔采取一定的行动。FDA 收到了越来越多的针对该公司的投诉,既有来自父母的,也有来自青少年的,说他们看到了朱尔在卡通网站和家庭作业网站上投放的广告,并指责该公司刻意对电子烟的配方和烟具做了设计,使其形成的蒸汽雾更不显眼,让孩子们可以背着老师和家长使用。

3 月 19 日,戈特列布宣布,他领导的机构正在开始研究是否对电子烟的调味实施监管。人们越来越担心,一系列甜点味和糖果味一亮相就引诱青少年开始抽电子烟。[1] 该机构的"拟议的规则制定的预

---

[1] See Food and Drug Administration, "Statement from FDA Commissioner Scott Gottlieb, M. D., on Efforts to Reduce Tobacco Use, Especially Among Youth, by Exploring Options to Address the Role of Flavors—Including Menthol—in Tobacco Products," press release, March 19, 2018.

先通知"差不多是在潜在的调味监管方面迈出的第一步。

但是,正如差不多用了7年时间才制定出一套认定规则一样,规则制定工作是一个人尽皆知的耗时过程,立法者和其他人正逐渐失去耐心。一群儿科医生和包括美国儿科学会、"真相倡议"组织、美国癌症协会、美国心脏协会和无烟草青少年运动在内的各大健康组织,最近将FDA告上了联邦法庭,指控它决定允许该行业在无监管的情况下继续又运营4年。①

大约两个星期后,也就是在4月18日,伊利诺伊州参议员迪克·德宾和另外10名参议员共同致信朱尔和FDA,其中引述了《纽约时报》几个星期前的一篇文章《我无法"停下":学校与电子烟激增的斗争》。② "亲爱的伯恩斯先生,"他们在给朱尔的信中写道,"贵公司广受欢迎的雾化烟具(朱尔)及其配套的调味尼古丁烟弹(朱尔油仓)正在破坏我国为减少青少年吸烟而做出的各种努力,并让新一代孩子面临尼古丁成瘾和其他健康后果的风险。"

在写给戈特列布的信中,他们带着同样的语气要求有所行动。"我们今天写这封信的目的,是要让你知道我们的深切关注,即我们在减少我国青少年烟草使用方面取得的重大进展面临被逆转的严重风险,原因是有些产品对青少年明显具有吸引力并很可能诱使一代孩子迷上烟草产品,而FDA未能针对这些产品迅速采取行动,"信中写道,"如果我们再等四年才采取行动,大烟草公司注定会让无数孩子上瘾,并面临不良健康后果。"

5天后,戈特列布披露,他领导的机构从4月初以来一直在对全国各地的零售店展开"闪电行动",以打击针对未成年人的电子烟售

---

① See American Academy of Pediatrics et al v. Food and Drug Administration et al., in the U. S. District Court in the District of Maryland, 8:18-cv-00883.
② See Kate Zernike, '"I Can't Stop': Schools Struggle with Vaping Explosion," *The New York Times*, April 2, 2018.

卖行为。① 这次突击行动一共查获 40 起向青少年非法售卖朱尔的案件，其中包括遍布全国的 7-11、OK 和 Speedways 便利店。

在公布这次突击行动的同时，戈特列布还宣布，他所在的机构已经要求朱尔交出该公司与营销实践、产品设计和使用产品导致的不良健康经历投诉有关的内部文件。

"FDA 索要这些文件，是基于朱尔产品在青少年中间的流行日益引发的担忧……关于青少年使用朱尔产品的广泛报道引发了极大的公共卫生关注，任何儿童或青少年都不应该接触任何种类的烟草制品。尼古丁会影响大脑发育，青少年可能不明白朱尔含有的尼古丁和其它特性。朱尔产品可能具有某些对青少年产生吸引力和更易于使用的功能，由此增加了青少年的接触和/或使用。"

伯恩斯接手这份工作才 4 个月，而他的公司正在一天天陷入危机。

---

① 关于这场闪电行动，参见 Food and Drug Administration, "Statement from FDA Commissioner Scott Gottlieb, M. D., on New Enforcement Actions and a Youth Tobacco Prevention Plan to Stop Youth Use of, and Access to, JUUL and Other E-Cigarettes," April 23, 2018; and Maggie Fox, "FDA Cracks Down in 'Blitz' on E-Cigarette Sales to Kids," NBC News, April 24, 2018。

第十五章　A 计划

如果有人在夺走我们的生意，那应该是我们自己。

——英美烟草高管

奥驰亚迎来了新的一天，但那天没有阳光。2018 年 5 月 17 日举行的年度股东大会上，霍华德·维拉德被正式任命为首席执行官，之后那个周末，里士满地区连续暴雨，导致山洪暴发并创下了 1889 年以来的最高降水纪录。接下来的那一周继续下雨，因此在奥驰亚的总部，员工们在主门廊的一侧搭起了一块防水布，并在面向舞台的地方摆了几排折叠椅。维拉德要以新任董事会主席和首席执行官的身份，向他的手下发表第一次讲话。

维拉德面临着两难境地。该行业快速变化，正在危及公司的未来，这位刚掌权的首席执行官准备采取大胆的措施。但要在奥驰亚做出冒险之举，从来就不是一件容易或被大家接受的事情。说到快速行动时，奥驰亚的高管们一直抱有一种有益的恐惧心理。这与硅谷正好相反。慢慢来。别打破什么。围绕着香烟销售这一核心业务，实现渐进式变革。实际上，奥驰亚的高管们经常接受导师的指点，用公司那个隐喻性的时钟来了解时间的推移。假定现在是 12 点。全公司的人用尽毕生将分针移动至 12 点 03 分的位置，那就会被看作进步。任何试图将分针移动至 12 点 03 分位置的个人，则不会干得太长。我们可以迈克尔·迈尔斯为例，他出名是因为他是该公司任职时间最短的首席执行官。[①]1994 年，迈尔斯在任职不到 3 年时被赶下台，原因之一是他没把香烟业务放在足够优先的位置，并试图拆分他的前任哈米什·麦克斯韦尔几年之前建立起来的香烟-食品联合企业。麦克斯韦尔可以说是为数不多的把分针成功往前移了3分钟的首席执行官之一，当时他大胆地将烟草生意多元化，以57亿美元收购了通用食品，将吉露果冻和鸟眼食品②纳入了菲利普·莫里斯公司的麾下，又以131亿美元收购了卡夫公司。

无论怎样想象，霍华德·维拉德都不是哈米什·麦克斯韦尔，但他的事业一直干得顺风顺水，一次次地获得晋升，还得到了菲利普·莫里斯公司另一个传奇的首席执行官迈克尔·希曼奇克的精心栽培，因此他没有理由不认为自己注定会干出一番大事业。在他准备担任首席执行官时，他一直在研读各种领导力书籍，包括吉姆·柯林斯的经典著作《从优秀到卓越》，这本书一直受到公司的推崇，尤其是因为柯林斯在书中展示了菲利普·莫里斯公司曾经做过的有名无实的变革。维拉德还一直在阅读其他现代商业经典著作，如达沃斯世界经济论坛创办者克劳斯·施瓦布所著的《第四次工业革命》。维拉德还向哈佛大学商学院的约翰·科特教授求教，这位著名的商业转型大师的八步法讲述了将愿景与战略结合起来的必要性。他对科特深信不疑，指定自己的高级团队阅读科特的《紧迫感》一书。③

如果有什么值得一说的话，那就是维拉德有一种紧迫感。过去两年间，随着电子烟在他们身边呈爆发式增长，有人对未来做过仔细权衡。刚一上任，他就决定将时钟拨至03分的位置，将奥驰亚带入21世纪，如有必要就强拉硬拽。

他上台后，观众都出奇地安静，仿佛所有人都屏住了呼吸。关于

---

① 关于迈尔斯在菲利普·莫里斯的任职的详情，参见 Kluger, *Ashes to Ashes*。
② 冷冻食品中的领先品牌。——译者
③ See Jim Collins, Good to Great: Why Some Companies Make the Leap and Others Don't (New York: HarperBusiness, 2001); and also see Klaus Schwab, The Fourth Industrial Revolution (New York: Crown Business, 2017); and John P. Kotter, A Sense of Urgency (Boston: Harvard Business Press, 2008).

维拉德，大家有着各种各样的情绪和观点。有的人，尤其是那些跟他近距离打交道的人，急盼他开始工作。他已经急不可待地要迎接未来，在有的人看来，这正是圆滑至极的巴林顿所缺乏的品质。其他人则伤心地看着那个被称为"普通员工一分子"的首席执行官离去，对维拉德抱有谨慎的看法。原因之一是在很多人看来，维拉德有点难以捉摸。尽管他在公司已有二十多年，并辗转在多个部门待过，但他并不是那种容易被人看见并了解的人。不管在公司内部还是整个里士满地区，从芭蕾舞剧到艺术博物馆，再到为贫困孩子提供非营利性服务的场合，巴林顿都显得无所不能，而维拉德并不具备这样的全能型长官的本性。维拉德也向上述机构做过慈善捐赠，但人们在里士满的庆典剪彩、支票签字和上流社会场合看不到他的身影。不同于慈祥的巴林顿——说起话来像一个受过良好训练的政治家那样雄辩和稳健——维拉德倾向于保持距离、语调平缓。他似乎没有察觉到自己那6英尺6英寸的身高给人带来的压迫感，有些人觉得吓人，而他时常为闲聊犯难，这可能会让他显得有些不知礼数。

帐篷下的椅子上全都坐满了人，等着听他的第一次讲话。"我非常荣幸地站在这里。"维拉德说。他为得到这个位置做了多年的准备，也已经准备应对挑战。但他不会止步于自己的荣誉。他警告说，在他所见识过的竞争最激烈的烟草市场上，未来将会有诸多巨大挑战。香烟面临着来自四面八方的压力，既来自on!和Zyn这样的尼古丁产品，也来自朱尔这样的基于油仓的电子烟公司——它们跟奥驰亚不是一个路子。朱尔的创始人来自硅谷，奥驰亚需要做好到他们的地盘上竞争的准备。他说，奥驰亚需要甘愿"快速失败"，并能够"边试边学"。跟奥驰亚的其他人一样，维拉德偏爱时下的流行语，尽管听众中的有些人对高层领导们现在似乎才有紧迫感感到有点沮丧。十年前，当电子烟还是新生事物，他们有的是时间的时候，这些人又在哪儿呢？

维拉德说，公司正在经历一场变革。不仅产品市场充满了竞争，人才市场也同样有竞争,因此公司正在努力建立一个更具有包容性的工作场所。奥驰亚的有色员工一直感到被边缘化,很多女性也同样如此,这两个群体看着高管一次次从同一个狭小的人才库中选出来。维拉德曾经承诺将在巴林顿的工作基础上,使奥驰亚的公司领导层面上实现多元化。然而,他自己的两个高级助手,即"比利"·吉福德和K. C. 克洛斯威特都是中年白人男性。

吉福德和克洛斯威特是维拉德在公司里的两个最亲密的盟友,几乎是刚完成权力交接,大家就看见这三个人一起进入走廊,钻进会议室,交头接耳,凑在一起商讨。有些人称他们是"三个火枪手"。有些人觉得这三个火枪手招人喜欢,是三个战略家组成的三驾马车,正在谋求做一些有利于公司的事。其他人对公司突然改由一个秘密小组全面掌控感到局促不安。讲台上的那个人能够胜任吗?这种推测会比他们预想的更早结束。

维拉德以首席执行官身份做出的第一批决定之一,是重组公司高层的管理结构,这在美国企业界几乎是所有新任首席执行官明摆着的一个动作。作为新管理结构的一部分,奥驰亚将采取一种"双重策略",即在以最大限度地提高其传统香烟品牌的收入同时,增加马克滕这样的新型烟草产品的收入。① 该公司将拆分成两个部门——一个负责香烟和鼻烟等核心烟草产品,另一个运营"创新型烟草产品",如电子烟、口服尼古丁产品。维拉德通过这样的拆分,向分析师和其他人传递出一个明确的信息,即奥驰亚正在认真对待烟草市场上的反传统产品,不会对万宝路遭到重创坐视不理。

此前负责新标的高管乔迪·比格里,这次调任主管烟草业务。维拉德任命布莱恩·奎格利接替他的位置,担任新标的新总裁和首席执

---

① See Altria, "Altria Group, Inc. Announces New Structure to Accelerate Its Innovation Aspiration," May 22, 2018; and also John Reid Blackwell, "Altria Changes Its Organizational Structure and Names New Leaders as It Aims to Develop New Products," *Richmond Times-Dispatch*, May 22, 2018.

行官。在此之前，奎格利一直在奥驰亚的美国无烟烟草公司担任首席执行官，它生产哥本哈根和斯科尔两个品牌。现在，他的任务是领导公司的"创新型产品业务"。

与此同时，维拉德宣布，作为转型的内容之一，克洛斯威特被任命为公司的新任"首席增长官"——这是一个已然变得时髦的花哨头衔。在这个位子上，克洛斯威特将"加快创新产品与技术的上市速度"，并负责"构建和获取能力、技术与人才，助力奥驰亚实现成为美国在授权产品、非燃烧式产品和减害产品领域领头羊的梦想"。

新闻稿和公司重组往往是套话，因此观众们一开始并没有弄懂一位分析师所说的不过是"抢座位游戏"背后的动机，这是情有可原的。① 但在幕后，策略很简单。新闻稿中没有提到的是，新结构的主要目的实际上是推动两项战略，维拉德把它们分别叫做 A 计划和 B 计划。作为首席增长官的克洛斯威特负责 A 计划：与朱尔达成协议。作为新标新任负责人的奎格利负责 B 计划：努力通过创新超过朱尔。这是个吃力不讨好的任务。维拉德要在 A 计划上大赌一把。但随着他在等待中度过一周又一周，赌注只会越来越大。

从外面看，假设朱尔愿意在不提出任何问题的情况下接受原始的商业提议，它可能会被视作又一个让一家长期在场的大玩家乱了阵脚的科技初创公司。硅谷充斥着这样的公司，因此对冲基金和投资经理一直在西部设立办公室，前赴后继地参与初创企业的这种游戏。神秘的亿万富豪、老虎环球管理公司创始人查尔斯·佩森·"蔡司"·科尔曼三世是全世界最精明、最狡猾的投资者之一。② 在他 30 岁以前，

---

① 关于"抢座位游戏"之说，参见"Altria Restructures, Forms Two Separate Divisions to Focus on Core Tobacco & Innovative Tobacco Products," *Convenience Store News*, May 23, 2018。
② See "Billionaire Partied as Guests Vandalized His $52M Co-op," *Page Six*, April 26, 2018; and also Hema Parmar, Melissa Karsh, and Sophie Alexander, "The Charmed Life of a Young Tiger Cub with a $4.6 Billion Fortune," *Bloomberg*, June 27, 2019.

他已经把从导师那里弄来的一笔钱变成了全世界最耀眼的投资公司之一,拥有400亿美元的管理总资产。科尔曼作为华尔街有名的历史人物彼得·史蒂文森的后代,已经依靠自己的能力成为了这座城市的一个传奇,他每天乘坐直升飞机上下班,不时举办狂欢派对,地点包括他价值5 200万美元的中央公园合作公寓。该公寓即将启动翻新工程,他邀请自己的客人"在派对进行到凌晨时用喷漆罐扫射那些法式抹灰墙"。

他现在也跟朱尔产生了密不可分的关联。该公司非常符合老虎基金的一条投资理念,而该理念一直可靠地推动该基金公司的经济回报。① 那些遵循所谓的直接面向消费者(D2C)模式的初创企业——该模式的前提是去掉中间商,颠覆大型消费品行业里根深蒂固的老牌企业——可能会成为一个有吸引力的投资目标。一如沃比-帕克,这家直接面向消费者的眼镜公司就颠覆了一直以来的行业巨头,如Luxottica。又如佩洛顿(Peloton),这家自行车初创公司通过将自己的固定自行车并入了线上一个按需分配的骑自行车运动平台,颠覆了健身行业的半壁江山。再如哈里斯(Harry's),这家男性剃须刀初创企业采用时尚包装和直接面向消费者的订购模式,打垮了吉列这一剃须刀巨头。老虎环球管理公司是所有这些公司早期的财务后台。

有可能颠覆烟草巨头,提供了一个比其他任何行业都大几个数量级的机会。全球剃须刀市场价值约为100亿美元。全球健身产业价值约为1 000亿美元。眼镜产业价值1 400亿美元。烟草?接近1万亿美元。科尔曼想要投资是有道理的。2017年,老虎公司已经在朱尔身上小赌了一把。但到了2018年7月,随着这家初创企业的迅速发展,科尔曼的公司又向其投入了6亿美元,作为一个12.5亿美元的

---

① 关于老虎公司的详情,参见PitchBook。

"巨额"投资的一部分,这让朱尔的投资后估值达到了160亿美元。①

如果朱尔的高管还没有对自己卓越的尼古丁发明抱着自命清高的态度,那他们现在比以往任何时候都更能努力做到。他们的公司仿佛是用金子做的。最近一轮融资让朱尔成为了整个硅谷增长最快的初创企业。它不仅是一只独角兽。现在,它是一只十角兽!② 它到达这一疯狂里程碑的速度是脸书的4倍。随着投资人的涌入,朱尔就像一只被人放飞的红色气球,微风中,升上蓝天。上升。上升。上升。无数眼睛盯着它飘走了,在地平线上变成了一个几乎看不见的光点。

7月26日,星期四,当奥驰亚公布了其第二季度盈利报告,维拉德以首席执行官身份准备召开第一次财报电话会议时,数字糟糕到了极点。③ 这些数字表明,万宝路的销量出人意料地比去年同期降低了10%,这一速度超过了投资者在香烟行业缓慢萎缩时预期的2%—4%的正常降幅。一般而言,只要卷烟公司能将卷烟价格提高至抵消销量的降幅,收入就会持平。但在今天,奥驰亚的财务状况显示,价格的上涨不足以抵消销量的下降。

那天上午,维拉德遭到了股票分析师的狂轰滥炸,他们提了一个又一个问题,想知道朱尔跟这些惨淡的数字有多大的关联。在奥驰亚

---

① 参见如, Olivia Zaleski, "E-Cigarette Maker Juul Labs Is Raising $1.2 Billion," Bloomberg News, June 29, 2018; also, Jennifer Maloney, "Juul Raises $650 Million in Funding That Values E-Cig Startup at $15 Billion," *The Wall Street Journal*, July 10, 2018; and Alfred Lee, "Tiger to Invest $600 Million in Juul as Valuation Climbs," *The Information*, July 2, 2018。

② See Alex Wilhelm, "Juul Makes Being a Unicorn Look (Really) Good," Crunchbase, July 5, 2018; and Zack Guzman, "Juul Surpasses Facebook as Fastest Startup to Reach Decacorn Status," Yahoo! Finance, October 9, 2018.

③ 关于奥驰亚2018年7月26日发布的当年第二季度的财报,见维拉德当天财报会议的文字稿,亦可参见 Jennifer Maloney and Austen Hufford, "Marlboro Sales Drop Sharply in a Shrinking Market; Altria CEO Plays Down Threat from Popular E-Cigarette Rivals like Juul," *The Wall Street Journal*, July 26, 2018。

的财报会议上,朱尔从来没有像这次那样被频繁提起。"我在想,你能不能谈一谈电子烟的加速发展势头,以及你认为朱尔的增长有多少是抢夺香烟销量的结果。"其中一位分析师问维拉德。另一个说:"我希望回到电子烟类别上,听听你根据你对朱尔的观察做出的评价……很显然,那个牌子最近的势头很强劲。"

过去几年来,奥驰亚的高管们一直能将该公司的"创新路径"转化为可信的传奇故事,并能对该公司正采取什么措施来抵御朱尔等颠覆性品牌之类的可疑问题避而不谈。但在那一天,这个问题正变得更棘手。那一天,奥驰亚的股票下跌了2.5%,那一年已经下跌了20%。《华尔街日报》用了个要命的标题:《市场萎缩,万宝路销量急剧下滑:奥驰亚首席执行官藐视来自朱尔等热门电子烟对手的威胁》。

在幕后,维拉德正准备以一项积极的增长战略做大。现在,作为公司的董事会主席和首席执行官,他终于可以完成自己的愿景,一劳永逸地消除奥驰亚能否在这个全新的世界里展开竞争的任何疑问。维拉德把某些人拉到一边,告诉他们再也不用对着空空如也的地方大叫了。公司的核心烟草业务面临的压力越来越大,这让不少员工感到沮丧,显然需要做点什么,不管是进军能量饮料、酒精还是大麻。或者朱尔。"我想让你们知道,我们会做的,而且是采取实质性动作。"维拉德告诉他们。

让人精神为之一振的是,奥驰亚的部分高管和员工发现,维拉德抖擞精神,摆出了一副比任何人想象的都更具攻击性的姿态。用一个内部人士的话来说,几乎是在转瞬之间,他就变成了瓷器店里的公牛。如果巴林顿一直在等待——期待——朱尔这枚火箭坠地,那么维拉德则是想抓住火箭的尾巴。

到了8月1日,华盛顿的樱花早已凋谢,但在该市柏悦酒店的大堂,在一个装有这种名贵植物照片的玻璃箱子里,它们还是鲜活的。① 华盛顿的柏悦酒店是普利兹克家族豪华酒店组合中的一颗王冠明珠，该组合拥有世界各地的柏悦酒店，不管是在桑给巴尔、布宜诺斯艾利斯，还是在中国的长白山滑雪胜地。而这一家距离白宫只有几个街区，经常有政要在此居留，里面那个蓝鸭酒馆是奥巴马夫妇举办17周年结婚纪念日的地方。②

那一天，"尼克"·普利兹克出现在了宾客之中，他的已故堂兄杰伊就是凯悦酒店帝国的创始人。如今，"尼克"耗在酒店上的时间越来越少，而在他的新欢朱尔身上花的时间越来越多。两天前，普利兹克给维拉德发了一封电子邮件，其中包括一份跟潜在交易案有关的期初条款清单。现在，他、里亚兹·瓦拉尼和凯文·伯恩斯正在等着跟维拉德和吉福德会面。没有律师在场。

直到那一天，除了巴林顿的反对意见，双方分歧的症结主要是所有者权益问题。奥驰亚从来不喜欢做那些不能让公司至少获得控股权的交易。但截至目前，维拉德已经得到了一个明确的信息：朱尔永远不会在所有权问题上让步，奥驰亚永远不要想获得控股权，更别说把整个公司拿下了。于是，在2018年中期的时候，奥驰亚又提出了一个数字：它可以考虑以64亿美元收购公司40%的股份，这会让朱尔的估值达到160亿美元。朱尔反将一军，把公司的40%股份非正式地提为90亿美元，这等于使公司的估值约为225亿美元。

并不是维拉德有意压低朱尔的估值，只是因为奥驰亚不习惯跟硅谷这地方的人做生意，在那里，技术资本充裕的投资者都非常喜欢追求高估值，它通常比传统消费品公司高出几个数量级。奥驰亚也不习惯跟增长投资者打竞购战，后者游走在一个奇异的世界，其中不乏共享办公Wework、优步和瑟兰诺等公司，在此，估值基本上与利润脱

---

① For the August 1 meeting at the Park Hyatt, see the administrative complaint by the Federal Trade Commission, In the Matter of Altria Group, Inc., a corporation; and JUUL Labs, Inc., a corporation, Docket No. 9393.
② See Sarah Wheaton, "The Obamas' Anniversary Dinner," *The New York Times*, October 3, 2009.

节，而公司声称的价值中的"0"的个数跟奇思怪想的关系比跟基本面的关系大。奥驰亚是一家保守型公司，并不具备冒险的传统。毕竟，公司要全力应付管理风险，首要是诉讼风险。并不是追求成为独角兽。

到2018年夏季时，朱尔的销量几乎每个季度翻一番，投资人排着队向它提供资金，朱尔当然乐于照单全收。在奥驰亚，硅谷的反重力翘曲速度让人有点摸不着头脑。

不过，维拉德决心已定。"你们要知道，"维拉德在老虎公司交易后不久举行的一次内部会议上说，"我们如果想把朱尔收入囊中，就必须付出代价。"

此外，因为朱尔不是一家上市公司，也就很难弄清楚幕后到底发生了什么。电子烟这个类别太新了，以至于公司没有传统烟草类别那些熟悉的度量指标。每个星期，奥驰亚的高管都要查看来自尼尔森和IRI这两家消费者调查公司的销售数据，但这些数据基本上只显示实体零售店里的情况。它们完全没有捕捉到电子烟商店的销售情况，更重要的是，也没有在线销售的。朱尔的财务状况如何，完全是个谜。奥驰亚看不见黑箱里的东西，这使得人们很难知道那些给这家公司投钱的投资者是不是都有妄想症，或者其中是不是真有什么东西。

这让维拉德和其他人基本上都开始琢磨朱尔是怎么走到这一步的。他们会密切关注朱尔新进入的商店数量。他们会努力评估该公司的供应链，以找出其窍门，以及在可能的情况下如何将其为己所用。他们会登录玻璃门（GlassDoor）网站，查看朱尔在哪些地方招聘人员，并将其作为标准让马克滕也去盯着那里。当他们（频繁）得知朱尔在某些商店或地区断货时，马克滕的代表会将这当作一个急需的定心丸，觉得也许这家公司根本没有那么好。接着，他们就会给这些店铺摆满马克滕。

在跟朱尔商谈的过程中，维拉德试图破除偏见，让对方明白潜在合作伙伴关系有何等价值。他说，尽管跟烟草公司做买卖存在诸多疑虑，因为这是朱尔的两位创始人一开始就想摧毁的行业，但奥驰亚实际上是个理想的合作伙伴。他告诉对方，他的公司可以提供庞大的基础设施、销售团队，以及遍布这个已知世界的每一家零售店里的陈列空间。说到复杂的监管环境时，奥驰亚显得像个老圣人。维拉德强调，如果要论青少年预防问题，根本没有哪家公司的处境能比它更好地处理这个问题。奥驰亚一直在干这件事。

到 2018 年春被维拉德任命为新标的负责人时，布莱恩·奎格利已经在奥驰亚工作了十多年，先是在菲利普·莫里斯集团美国公司，后来又在 2012 年担任美国无烟烟草公司的总裁和首席执行官。奎格利在食品行业和烟草行业都拥有消费品高管的任职经历，曾做出受人敬仰的成绩，令这家价值 20 亿美元的无烟烟草公司实现了销售额增长，并帮助奥驰亚定下了将减害问题纳入烟草产品考量的辩论基调。湿润型无烟烟草是奥驰亚收购 UST 后推出的第一个减害策略。作为首席执行官的奎格利帮助各个品牌实现了增长，部分是通过"哥本哈根男人"等活动——派那些信奉"男子气概、传承、正宗和传统等核心价值观"的壮硕男子去各个社区参与整修工程，如维修宾夕法尼亚州麦基斯港的河滨公园等。①

但奎格利也是刚刚逃过一劫。2017 年冬季，有消费者报告说他们在哥本哈根和斯科尔的罐子中发现了尖锐的金属物体。② 那是所有高管的噩梦。这一事件导致了对该产品的大规模自愿召回，使得收入下降 3%，经调查发现，这是该公司的某家计划关闭的工厂员工的"蓄意恶意破坏行为"。但奎格利对这起召回事件的处理，为他在奥

---

① 关于"哥本哈根男人"，参见奥驰亚发布的一份以 2013 年 6 月 11 日投资者日为起始点的公开招股书。
② 关于召回哥本哈根，参见 Jennifer Maloney, "Altria Investigating Whether Recalled Tobacco Products Were Tampered With; Executive Says 'Deliberate, Malicious Act' Done by People Familiar with Quality and Safety Procedures," *The Wall Street Journal*, February 3, 2017。

驰亚内部赢得了赞誉,也让他得到了新标的负责人职位。

刚走马上任,同事们就带着幸灾乐祸看着奎格利几乎立马卷入了跟朱尔的一连串事件里。维拉德希望奎格利对马克滕进行自上而下的审查,并找出需要采取哪些措施来提升它的市场地位。作为现在 B 计划——让马克滕与朱尔竞争——的负责人,奎格利所处的位置特别艰难。到目前为止,朱尔已经获得了 50% 以上的市场份额,而一年前它只有 12%。① 相比之下,马克滕现在只有 12%,而一年前它还是 23%。新品马克滕精英的油仓上市才几个星期,几乎没有机会有所作为。不过,公司的人都知道,以现有的形式,不管给马克滕精英多少时间,它都很难竞争。而且雪上加霜的是,奥驰亚被 FDA 的认定规则束缚了手脚。不管奥驰亚如何创新,这部法律都会把它们拦在外面。在花数月之久走完 FDA 的审查程序之前,公司没办法将更好的产品投放市场。

应当承认,奎格利对一手烂牌尽了最大努力。他的同事们都对他表现出来的乐观态度感到惊奇,不过他们觉得,那只是因为他天生就会往好的一面看。奎格利不是典型的烟草业人士。是的,他在该公司任职十多年,但他没有经历过烟草战争,因此他心里也就没有奥驰亚人的那种愤愤不平。他在完成对马克滕业务的初步审查后,非常直白地将自己的结论告知了维拉德和其他高管:如果我们的目标是用马克滕精英打败朱尔,那是不可能的。

但并不是说马克滕连斗一下的机会都没有。它的另外一大对手是雷诺公司的微优思,也跟马克滕一样,正处于自由落体状态。这让两家烟草公司开始争抢第二的位置。

"这就是我们要做的。"奎格利建议道。向 FDA 提交马克滕的售前审查申请,继续在该品牌上投入资金,继续跟雷诺拼抢,提高市场份额和盈利能力。的确,马克滕目前不可能成为朱尔那样的火箭,但

---

① 这几个市场份额的数字来自美国疾控中心提供的数据。

就玩长线游戏而言,奥驰亚的位置比任何一家公司都有利。两年之后,不排除马克滕有跃居第一的可能。

在 2018 年夏季召开的一次高管会议上,关于朱尔的老话题又被人提了出来,有人大声表达了内心的疑问:"如果朱尔的增速有那么快,那么全行业的香烟销量为什么没有同样快地下降?"奎格利没有乱了心神。如果有人真的关注朱尔为什么会获胜,那么很显然,这个问题的答案很大程度上在于谁在购买他们的产品。会场静了下来。似乎没有人知道如何回答。奎格利的步子过于靠近奥驰亚的红线。但是,答案就跟弗吉尼亚州棕褐色的土壤里冒出嫩绿的烟叶一样一目了然。"因为该公司把新用户引入了这个类别。"那人最后说道。维拉德狠狠地瞪了他一眼,仿佛是在责备他说出了那个被诅咒的真相。

在奥驰亚,谈论未成年使用者不是好事,甚至谈论新的成年使用者也会被禁止。那是因为他们根本不应该讨论将尼古丁产品扩大到任何年龄的非尼古丁使用者身上。但在那一刻,房间里的所有人,就跟奥驰亚内部的大多数人一样,都知道真相。香烟销量的下降没有朱尔销量的增速那么快,是因为在朱尔并没有夺走成年吸烟者。它在给这类产品增加新用户,包括对尼古丁狂热的青少年。

然而,在奥驰亚的行政楼层,这件没有宣之于口的事一天天变得不言自明起来。很快,随着奎格利和其他人开始从战略角度来阐述这个问题,它渐渐深入人心。这家硅谷初创企业有一个潜在的致命缺陷。才过去这么点时间,所以 FDA 以及广大公众才会支持一种被那些本该逃脱终身尼古丁成瘾的青少年如此肆无忌惮地滥用的产品。如果奥驰亚保持沉默,时间终将有利于它。朱尔很可能会玩火自焚。如果奥驰亚出对了牌,谁会笑到最后呢?

第十六章 旧金山反击

如果你不喜欢别人谈论的,那就换个话题。
　　——唐·德雷柏(约翰·哈姆饰),美剧《广告狂人》中的人物

当公共卫生官员开始将焦点对准朱尔的时候,凯文·伯恩斯正在公司踩油门。这家初创公司发展太快,以至于搬入 Pier 70 的办公室后,几乎跟不上节奏。对于所有新员工,很容易忘了谁在干什么。为一个职位意外招了两个人,这种事情至少发生过一次。这家公司完全处于闪电式扩张模式。

2018 年 6 月,莱恩·伍德林在找工作的时候,接到了一个招聘专员打来的电话。朱尔正在寻找一个全球营销运营总监的人选。伍德林有很长的营销方面的职业经历,曾任职于纽约市的多家广告公司,在创意项目的预算和资源的管理方面开辟了一个利基市场。2014 年,他搬到湾区,在苹果公司找到一份监督创意资源的工作,后又进入该地区的大型品牌代理公司约翰-麦克尼尔工作室。他已经听说了朱尔,并知道这家公司惹出了点争议。该公司上了新闻,在这座城市名声很响。他在想,人们会不会认为他是个"为了孩子而把烟卖给孩子"的人。

大约同一时间,伍德林还收到了硅谷另一家大型科技公司的录用通知。他跟朋友和做急诊医生的妻子说起了自己面临的选择,而他们的答复激起了他的好奇心。总体而言,他们有两种思路。其中一种

是，如果朱尔是一家披着羊皮的烟草公司，那你究竟为什么还要替他们工作？另一种主要来自他那几个在科技或风险投资界的朋友——"这完全是件好事"。其中一位做技术的朋友说了一大堆。这位朋友说，老的科技公司"完蛋了"，"你去那样的公司赚不到钱。而朱尔呢，'这是你赚大钱的机会，这是科技公司的每个人都想做的事'，对吧？"

这家公司已经筹集到了大笔大笔的资金，正计划走向国际市场，这样的机会在硅谷越来越难得：趁公司还没完成扩张，赶紧加入。你为什么不这么做呢？伍德林只好在两个完全不同的方向面前做出选择，要么为恶魔的现代化身工作，要么抓住这个毕生难得的机会。

当他来到位于多帕奇区历史悠久的Pier 70，走进朱尔的新办公室接受最后一轮面试时，招聘经理带他参观了一下，并提醒他朱尔不是那种老式的烟草公司。这是一家肩负着终结烟草巨头的使命的公司。朱尔有可能通过帮助人们戒烟来拯救生命。世界上有10亿烟民，这意味着朱尔有可能拯救10亿人的生命。听了公司的崇高使命后，他对在这里工作的前景心潮澎湃。他自己就为戒烟努力了多年。而且，招聘经理当场给他开出了薪酬待遇，超过他在苹果公司挣的。招聘经理说他应该赶快定下来。"你要尽快入职，"她告诉他，"现在的股票行情很好。我想告诉你的是，动作要快。"

这让伍德林感到很奇怪，她似乎要逼他就范。而且好像没有人打电话给他的推荐人。但最终，支票的吸引力足以打消了他的不安。"我就是那个人吗？"他一边思索该怎么办，一边问他的妻子，"我也就是为了一个数字，这是不是庸人之恶？"

他把这个问题抛到脑后，试图只去想那位招聘经理和其他人给他留下深刻印象的使命。10亿人会得救。再说，他在广告业干了那么长时间，知道道德是有梯度的。伍德林接受了这份工作。

就在伍德林开始上班之前，他给自己买了一支朱尔和几个芒果味的烟油。作为一个时断时续的吸烟者，他觉得试一试朱尔是有道理的,尤其是可以让自己熟悉一下几天之后他就要叫卖的产品。那天晚上,他在家里一边抽一边做事,比如洗碗、看电视、外出闲逛。他很喜欢。味道好极了。而且房间里没有留下难闻的味道。但因为没有开/关按钮——你拿起朱尔,一嘬,就激活了烟具——等他想起来的时候,他已经抽完了一整个朱尔油仓。哦,该死,他心想。他无意之中吸收了一包香烟的尼古丁量。这时,他开始冒汗,心跳加快,脑袋感到有点眩晕。他只得坐了下来。在开始上班的前一天晚上,他的头着实痛得厉害。

第二天早上,当伍德林到了朱尔后,这里空间的壮观让他大开眼界。高高的天花板。看得见湾区的风景。厨房里储备充足,应有尽有——康普茶、啤酒,甚至还有必不可少的乔巴尼酸奶。办公场所人头攒动。当时上班的员工有300人左右,他还得知,以后的每一天都会有更多的人员。

不过,他很快就感到有些不对劲。他的上司,也就是从耐克来朱尔担任营销副总裁的安·霍伊怎么也找不到。不仅如此,他没有地方办公。他们忘了给这个新任营销运营总监安排一张桌子。有人清走一些杂物后,把他请了过去。他四处走了走,向别人做了自我介绍,因为这里没有人来尽地主之谊。

伍德林坐下后打量了一下四周,不禁被眼前场景惊呆了。他的手下一边抽朱尔一边做事,包括打电话、开会、四处走动。某台计算机后面不时冒出一阵阵白色的薄雾。人们就那么坐着,在办公桌前吞云吐雾。这样的场景真是超现实——伍德林心想,它们看起来都好像是从21世纪的《广告狂人》里剪下来的。

没过多久,他就看到了每周开一次门的小卖部。里边有包括纸和笔在内的办公用品,也有朱尔烟油。员工们在一个记事簿上签下名字后,依次领到了按周发放的物品:5盒朱尔烟油和2支朱尔烟具。这让伍德林感到很奇怪。为什么每个人每个星期需要2支新烟具呢?还有,因为每个盒子有4个朱尔烟油,那就相当于员工每周可以免费拿到 20 个朱尔烟油。对一个人来说，一个星期内摄入的尼古丁数量相当多。当然，他猜很多人会把它们分给朋友。但要是没有呢？他想到自己那天晚上轻而易举就抽完了一个烟油。他好像回想起早年烟草公司给自己的员工成箱地发香烟的事。他想，这似乎出奇地相似。

抽朱尔能让他融入公司，但这也成了他越来越喜欢的一件事。他不大愿意去想自己已经上瘾了。它已经跟公司的文化融为一体，而这就是他现在的生活。在新口味上市前，员工们有机会试用，写点小评论即可。他尝过木瓜味、野樱桃味，以及一种叫做皇家奶油的口味，嗯，这个口味似曾相识。

"味道很可口，"他对负责调配口味的专家说，"这是什么口味？"
"饼干加奶油。"那个人回答道。伍德林想起来了，100%的奥利奥饼干味儿。

伍德林几乎马不停蹄地开始寻找代理商来处理朱尔的广告事务。伯恩斯觉得，如果没有做过全国性的广告宣传，朱尔就不是一家真正的公司，因此他迫切希望马上做一次。在乔巴尼的时候，这个酸奶品牌已经家喻户晓，部分原因就是通过大规模的广告活动，比如，它出现在 2014 年美国超级碗期间。然而，自 2015 年那场备受争议的"雾化"广告活动以来，朱尔很大程度上是依靠 Instagram 和 YouTube 等社交媒体平台上的用户生成内容来传播该产品的信息。

伯恩斯在让朱尔更具有庄重感，与此同时，他不得不小心行事。随着青少年抽电子烟问题的报道不断出现，朱尔的形势每天都变得不可预料。伯恩斯敏锐地意识到这个问题可能会危及公司，因此他急于绕道而行。

为解决这个问题，伯恩斯做出了一项战略性决定。6 月，他宣布朱尔将停止在 Instagram 和其他社交媒体平台上使用模特。公司今后只会在社交媒体上发布"弃燃烧式香烟而来的前烟民"。不再有年轻的潮人抽朱尔的图。不再有身着紧身 T 恤的可爱姑娘拿着电子烟吞云吐雾的照片。

朱尔也在大力清除那些针对未成年使用者的社交媒体账号。实际上,经过几个月的努力,公司终于成功地让 Instagram 停用了布祖泽夫斯基的账号@JuulNation,这让布祖泽夫斯基非常懊恼。

几乎与此同时,朱尔在全国范围内启动了一项名为"家长需要知道的关于朱尔的事"的活动,其中包括报纸上的整版广告和电台插播广告,它们看起来疑似在给该产品打的时尚广告,它们不但集中展现"朱尔采用的是智能加热机制"和"烟弹所含的盐基尼古丁电子烟油让使用者获得满足感"等卖点,而且在底部写上大大的警告:"朱尔是为成年吸烟者设计的。如果你既不抽卷烟也不抽电子烟,请不要沾染。"

伯恩斯在公司内部加快了进度,将那些成功地通过朱尔实现戒烟的真人故事——他们的叫法是"感言"——做成强调成年吸烟者的一场全国性广告宣传活动。他迫不及待地要让该品牌跟它潜藏的炫酷因素剥离开来。实际上,他是在试图驱除原罪。

最终,伍德林选定了奥姆尼康集团(Omnicom Group Inc)旗下的恒美(DDB),这家大型广告公司的客户包括大众汽车、麦当劳餐厅、联合利华和埃克森美孚。[①] 几个月内,朱尔就要发起有史以来第一次全国范围内的广告宣传活动,在全美各地的电视台播放数千次广告。

随着伯恩斯在美国推行积极的扩张战略,他把分销范围扩大到了包括沃尔格林、来德爱(Rite Aid)和山姆会员店在内的各大零售商,这对不久前还在拼命挤进 OK 便利店的公司来说是一次重大突破。

一开始,零售店出售朱尔是一件不费脑筋的事情。当销售经理选中某些店铺后,他们会带上幻灯片,上面有张表格,将朱尔跟普通的

---

① See Patrick Coffee, "DDB Wins Creative Review for E-Cigarette Company JUUL," Agency Spy, October 17, 2018.

燃烧式香烟以及其他与之竞争的电子烟的血液吸收率进行比较。这将证明，多少朱尔输送的尼古丁相当于多少普通香烟输送的尼古丁含量，又超过其电子烟竞争对手多少，这意味着它会拥有更多的顾客。他们还会展示，出售朱尔具有怎样的盈利能力。以一包普通的万宝路为例，价格约为 10 美元——各州略有差异——便利店每卖出一包大约可以赚到 2.5 美元。如果卖朱尔，50 美元一套包含一支烟具和数只油仓的全新入门套装，或者 16 美元一盒 4 只装的可替换油仓，零售商的利润会高出几个数量级。

到 2018 年夏季时，尽管朱尔正在成为这个星球上增长最快的初创企业之一，但该公司在美国香烟市场占有的份额还是很小，全球的份额就更小了。在老虎基金提供的一轮巨额投资——意在帮助公司实现海外扩张——的帮助下，朱尔站到了跑道上。

据估计，美国有 3 420 万烟民，在全世界 10 亿烟民中的占比非常小。朱尔在美国已发展得如此之快，没有理由认为这个令人炫目的发展故事不可以复制到世界上的其他地方。一代人以前，菲利普·莫里斯公司就做过同样的事，它在 1990 年代将一个个装满万宝路红标的集装箱运进了苏联，并以同样的方式打进了非洲、东南亚，以及全世界的几乎所有角落。向处女市场，尤其是那些反吸烟斗士还未踏足的地方发展，已经成了这家香烟公司对抗被围困的美国行业的一种重要对冲手段。

对朱尔而言，情况已经足够明显，找到海外市场将会是其增长战略必不可少的组成部分，更不要说在美国越来越强烈的抵制声中，其重要性更是日益凸显。如果美国的监管者将朱尔拒之门外，那么它还有其他的盈利市场可以依靠。

不过，其中很多市场的进入会非常艰难。甚至在朱尔投放市场之前，全世界已经有诸多国家开始对新的尼古丁制品设置屏障和法规。欧盟通过了对该产品的严格规定，限制产品的广告宣传，并将产品中的尼古丁含量上限定为 2% 的配方（而美国是 5%）。日本对其采取了严格限制。巴西和中东各国同样如此。

以色列对电子烟尚无任何限制,因此它成了朱尔打入的第一个国际市场,朱尔于2018年5月在那里投放了产品。① 朱尔一落地便摆出一副征服者的架势,将自己的标识和产品摆到了耶路撒冷和特拉维夫的各大商店。

接着,朱尔宣布了进入俄罗斯的意图,这也是一个尚未对尼古丁实施限制的市场。② 该公司聘请了红牛在俄罗斯的前高管格兰特·温特顿来领导那里的工作,并将朱尔的旗帜插到了欧洲和中东地区。在该公司迅速推出其品牌的过程中,它采取了包括优步和小鸟滑板车公司在内的初创企业青睐的监管套利策略,即让自己的产品在尚未实施规则的地方充斥市场。这样的地方恰恰是朱尔在寻找的落脚点——公司要在吊桥拉起之前越过护城河。

但是,几乎是在突然之间,国际战略的执行就充满了挑战。在以色列落脚几个星期后,朱尔发现自己处在了防守地位,因为该国卫生部发起了一场反对该产品的运动,声称朱尔"对公共健康构成了严重风险"。③ 8月,总理本雅明·内塔尼亚胡对尼古丁含量高于2%的朱尔烟油下了禁令。欧盟也采取了同样的政策。后来证明,上述尼古丁限制政策是有问题的。该公司在美国获得成功的一个重要原因,是它那相对较高的尼古丁含量。因为在它的烟油中,每毫升含尼古丁59毫克,或者按重量叫做含有5%的尼古丁配方,所以朱尔输送的尼古丁含量远高于市场上的其他所有电子烟。从理论上说,通过输送更高水平的尼古丁,成年吸烟者可以以一种令人满意的方式获得足够的

---

① 关于朱尔卖到了以色列的新闻报道,参见 Ronny Linder,"Juul, the Hit E-cigarette, Debuts in Israel with No Restrictions on Sales," *Haaretz*, May 14, 2018。
② 关于在俄罗斯投放,以及赶在政府法规出台之前快速上市,参见"Juul добавит пара, Американцы выходят в Россию," Kommersant; and an interview with Monsees by Kommersant on October 31, 2018 at https://www.kommersant.ru/doc/3786934。
③ See Reuters, "Israel Bans Juul E-Cigarettes Citing 'Grave' Public Health Risk," August 21, 2018.

尼古丁，从而摆脱卷烟。换句话说，它会让他们上钩。尼古丁含量较低意味着吸烟者改抽朱尔的"转换率"低，并最终导致使用者越来越少。而且，它也不会把那么多新用户吸引到这个产品类别来，因为该产品从抽第一口开始就不觉得放不下。

尽管如此，在朱尔计划其国际扩张的过程中，伯恩斯和他的执行团队在预测海外销售时，靠的基本上是复制朱尔基于高得超乎寻常的尼古丁含量在美国实现的增长趋势，再将其粘贴到美国之外的市场，其中很多地方将尼古丁含量限制在每毫升20毫克，或按重量计算的2%的尼古丁配方。这种激进的，可以说是有缺陷的预测支撑了该公司的筹资和扩张战略。

那年夏天以及之后的数月间，朱尔开始进军欧洲市场，包括英国、瑞士和法国。因为面临尼古丁的上限问题，朱尔在旧金山部署了工程人员，研究出一种潜在的变通方法，有助于加快其产品在限制更严的市场中的接受速度。在美国，其油仓用的是二氧化硅芯，它能吸收尼古丁液体，后者在被加热后会形成蒸汽。工程师们意识到，如果使用棉芯，它可以吸收更多的尼古丁液体，那么每吸一口都会产生更大的冲击。内部人称之为"涡轮增压油仓"，并认为它是该公司在海外的秘密武器。如果监管机构将尼古丁的上限定为2%，那么涡轮增压油仓只会让使用者更大口地吸，获得的尼古丁"冲击力"也更大。

朱尔内部很多人，包括博文和蒙西斯，都热情地吆喝自己的涡轮增压产品，声称那是确保更多使用者有机会享受朱尔所提供的东西的最佳方式，并因此能拯救更多生命。但其他人觉得，这是对规则的肆无忌惮的戏耍，更像是老烟草公司兵书里的战术。

当然，烟草公司多年来也一直在改进香烟的设计，以实现最大限度地输送尼古丁。烟草战争中出现的最大争议之一，是曝光了香烟制造商一直在卖"清淡型"香烟，而它实际上释放的焦油量并不低于常规款。原因是吸清淡型卷烟的人往往通过吸得更深或更频繁来"补偿"，或者通过堵住滤嘴上的通风孔来获得更大的尼古丁"产量"。从理论上说，涡轮增压油仓的工作原理与之类似。采用棉芯后，只能买到"清淡型"（2%）尼古丁烟油的欧洲用户，仍然可以在每次吸时获得更大的尼古丁"产量"。这意味着烟油的消耗更快，使用者理论上到头来只会以更快的速度抽完更多油仓，并潜在地摄入了类似含量的尼古丁。

公司的有些人在得知涡轮增压油仓后感到不安。"从使命的角度来说，这很棒吗？或者说，算不算阴险？"一位前员工回忆起自己跟同事们的争执。"从来没有人会说'我们是魔鬼'。大家谈论的都是说这是一种基于使命的产品，它将有助于完成我们的使命。说起来容易，但举行过闭门会议吗？于是，你就会开始想，难道他们真的在午餐时谈论过这件事，而我只是不知情？"接着，这位前员工就有了一个难以动摇的想法："也许，它们跟烟草巨头并没有区别？"

旧金山多帕奇社区的东边滨水地带面积不大，但气势很强。[1] 它的长宽都是 5 个街区，一边是旧金山湾，一边是一个名为波特雷罗山的社区。在多帕奇区住了很长时间的都是些跟凯瑟琳·杜马尼一样的守旧人士，她 20 多年前搬入这个社区，当时她是被时髦的工业氛围跟历史、艺术以及她所说的"腐朽"交织在一起所吸引。杜马尼住得够久，亲眼见证了它从一个还在用的船坞变成了一个高新化的科技避风港。

至此，也许曾经让这个地方得名的野狗群已经仅仅存在于传说中。

多帕奇的所有居民几乎都认为这个社区是大城市里的一个小村庄。人们都相互认识。像杜马尼这样的人宛如一只小鸟，总是先打听

---

[1] See Carl Nolte, "The Quest to Save Dogpatch; Dot-coms and Developers Arrive in Tiny, Funky, S. F. Neighborhood," *San Francisco Gate*, March 29, 2000; also see Jacob Bourne, "Balancing Growth and Livability as Neighborhoods Change," *The Potrero View*, July 2016.

到最新的分区决定，或者最新的租户信息，然后像老式的驿站快报那样把消息传到其他人的耳里。如果凯瑟琳·杜马尼都没有听到过，那么这件事情可能不是真的。多年来，社区协会一直在举行会议，讨论大量涌入的科技资金以及加州的新淘金热。自2008年起，为提高工业区的可持续能力，该市开始全面改造其"东部社区"，增加住房单元和公共设施，多帕奇区的长期居民对这里的发展步伐几乎一直感到不知所措。① 2000年的人口调查显示，只有不到1 000人居住在多帕奇区。两个周期后，人口便飙升到6 000多。在一片片废弃的田地、一间间长期空置的仓库和一个个落后街区的吸引下，土地开发商蜂拥而至。

占地69英亩的Pier 70是伸进海湾中的一个地块，曾经是大名鼎鼎的联合钢铁造船厂（Union Iron Works）的所在地，它为两次世界大战制造过战列舰。随着开发大潮的到来，该地区被标注为历史文化中心，却又被定为生产-配送-维修区②，这是该市为小型利基工业企业——书籍装订公司、花艺公司、舞台搭建公司、家具制造公司等——想出来的名字，想在大公司和高层住宅开发商之外培养这些企业。因此，当童装公司"采茶"（Tea Collection）申请租赁Pier 70时，各方面都符合要求。但直到2018年夏季，杜马尼和其他人才得知，"采茶"已经决定转租，入住的是另一家公司：朱尔。

当杜马尼发现这件事后，她非常震惊。她是一个十几岁孩子的母亲，因此非常清楚这家公司的产品。除了在多帕奇社区协会任职外，她还是中央滨水区顾问小组的成员，该小组每个月召开一次会议，就地区发展事务提供意见。她永远不会同意朱尔入住Pier 70的那栋最古老的大楼。它不仅与该社区的特征和历史相悖，而且似乎与各种规

---

① See Alison Heath, "The Eastern Neighborhoods Plan Has Failed Us," *The Potrero View*, July 2016; and the city's Planning Commission site on "Eastern Neighborhoods."
② 旧金山东部是传统的工业区，政府大力倡导发展PDR产业（Production Distribution and Repair），将那里改造为现代制造业区域。——译者

则有冲突。朱尔似乎并不符合"生产-配送-维修"产业的定义。

杜马尼立即找到了邻居丹尼斯·埃雷拉。① 埃雷拉在多帕奇区住了 20 多年,被大家视作该社区的非正式市长。尽管他的性格更适合做出租车司机或渔船船长,但他最终在 2001 年被选为旧金山市检察官。不过,多帕奇区一直是他的真爱,大家经常能看到埃雷拉戴着他那顶旧金山巨人队棒球帽,出入社区的咖啡店,或跟那些时常光顾"地狱天使"俱乐部的摩托骑手聊天,那里离他自己住了近 30 年的 19 世纪维多利亚风格的房子不远。

作为市检察官,他有了个类似于斗牛犬的名声,因为他跟发薪日贷款商和大型医疗保险公司斗。他接替了路易丝·雷恩,这位以顽强著称的市检察长在这个岗位上工作了 15 年,以十字军东征的热情追查许多公司和行业。② 在 1996 年,也就是烟草战争最激烈的时期,雷恩对几大烟草公司提起诉讼,此举让旧金山成为全国第一个这么做的城市,甚至早于某些州的总检察长提起诉讼的时间。她的遗产给埃雷拉留下了长久的印象,他觉得自己有义务继续举起火把。跟烟草巨头做斗争,已经进入了旧金山市检察长办公室的 DNA。朱尔在旧金山诞生并长大,这一点已经让埃雷拉气得不行。他想,这是科技繁荣的结果吗?因此,当杜马尼找到他时,他惊呆了。

"朱尔搬到哪儿去了?"他带着怀疑的口吻问道。他竟全然不知,怎么会有这种事情?一般而言,公司需要经过仔细审查,然后才能搬入为旧金山港所有的如此令人垂涎的城市房产。Pier 70 也不例外。尤其是 104 号楼,它的红砖让人过目难忘,能将旧金山湾尽收眼底,还有它高耸的木梁和直上云霄的窗户。

埃雷拉开始四处打探,看看这一切究竟是怎么发生的,以及应该

---

① 埃雷拉的背景,部分参考了 Julie Lasky, "Dogpatch, San Francisco: A Hub for the Creative," *The New York Times*, December 3, 2016。
② 关于雷恩的更多信息,参见 Lee Romney, "Activism Defines S. F. City Attorney's Office," *Los Angeles Times*, March 23, 2004; and Henry Weinstein and Maura Dolan, "San Francisco Sues 6 Tobacco Firms," *Los Angeles Times*, June 7, 1996。

怎么处置。他还开始了解更多有关朱尔的信息：所有青少年都在用它。它是如何逆转 20 年来在青少年吸烟问题上取得的进展的。它怎么好像全然不顾旧金山所主张的一切。

"这真是滑稽透顶。"埃雷拉告诉自己的下属。他做好了开战的准备。如果他不能阻止朱尔，至少可以把它赶到别处。

在南边 25 英里处的阿瑟顿，戴维·伯克正着手写一封措辞严厉的信。伯克怒不可遏，而他生气的对象是住得离他只有 5 分钟车程的邻居凯文·伯恩斯。

伯克曾经是斯坦福管理公司的总经理，负责斯坦福大学捐赠资金的私募股权和风险投资。他曾经长期担任马克纳资本管理公司（Makena Capital Management）的联合创始人和首席执行官，这是一家价值 200 亿美元的投资管理公司，创始人是斯坦福大学的一位校友。他是一位杰出人物，在多家董事会任职，其中包括卡内基国际和平基金会、弗吉尼亚大学和圣心学校。他那几个孩子跟彼得·布里格的女儿读的是同一所私立学校，而让他感到忧心的是，他开始听说朱尔在这所循规蹈矩的学校里闹出的动静。

不久前，伯克开始注意到自己家里的一些怪事。当他那几个十几岁的孩子请一帮朋友来打篮球时，他看到他们在投篮的时候，将一个个小小的设备插进球场边上的孔里，在泳池游泳的时候则把它们放在折叠躺椅上。他第一次看见的时候，根本不知道那是什么东西——跟很多人一样，他一开始也以为是一种硬盘。但他很快就得出了不同的结论。他家孩子的有些朋友对朱尔很上瘾，以至于不抽上几口就无法打球或者游泳。

伯克自己的父亲从 16 岁开始抽烟，之后奋力挣扎，直至 40 岁才终于摆脱了抽烟的习惯。他死于食道癌。伯克还记得，自己曾对青少年吸烟率逐年下降感到自豪。现在，他感到的不只是背叛。他有一种被骗的感觉。2018 年 6 月 23 日下午，他怀着愤怒的心情，坐在自己位于阿瑟顿家中的电脑跟前，给伯恩斯的领英账号留了言：

> 凯文，
> 　　我相信我们都住在靠近斯坦福大学的阿瑟顿社区。我只是想告诉你，你那个愚蠢的公司已经让我家十几岁孩子的朋友们迷上了尼古丁。从这一刻开始，我要想尽一切办法跟你们在这里弄的那个狗屁玩意作斗争，我不是说说而已。我在投资界交情匪浅，我来自华盛顿，跟那里的关系也算深厚，我会把这些用到极限。我希望你是真的觉得自己赚了那么多钱很了不起，你以帮助传统烟民戒除烟瘾为幌子，却让整整新一代人沉迷在某种从现在起十年后你我都会知道真相的那个东西上，就像在传统吸烟这件事上已经发生过的。就像赛克勒家族的阿片类药物的后患一样，帮助所有处于痛苦中的人，同时使数百万人上瘾，数千人死亡。你将给你自己和你的家人留下一份美好而自豪的遗产，供子孙后代庆祝。
> 祝好，
> 戴维·伯克

几天之后，伯克发现，伯恩斯已经打开了他在领英上的留言。但他没有收到回复。这让他更加恼火。这个胆小鬼竟然连回信的胆量都没有？他决定将自己的怒火公之于众，于是在脸书上发了个帖子。

> 　　这是我对全世界最邪恶的公司的认定结果，它很大程度上是在通过毁掉数百万迅速迷上尼古丁而且难以自控地成瘾的中学生的生活不费力气地大把捞钱。他们非常清楚自己的所作所为，也非常清楚自己的收入来自何处，因为他们用芒果、泡泡糖和清凉黄瓜等口味瞄准了未成年的非法客户。就像时至今日才曝光的赛克勒家族，它让数百万人轻易获得阿片类药物，从而毁掉了他们

的生活，而他们的私人控股公司普渡制药只顾把钱揣进兜里，却对此视而不见。不要相信他们发布的狗屁公关声明，以及他们承诺拿出3 000万美元用于"打击未成年人使用问题"的话，这不过是它们利润的零头。我看过那些数字，太让人震惊。

在脸书上发出这个帖子后没多久，他就收到了另一个邻居，也就是看到了帖子的彼得·布里格打来的电话。布里格还在为几个星期前发生在丹佛的长曲棍球之旅生气，尤其是因为在那之后，他在自己儿子的卧室发现了朱尔。布里格跟伯克说了这件事，伯克也透露了他自己的故事，即朱尔已经渗透了他那几个孩子的朋友圈。这个产品到处都是。随着两个人越说越多，他们也变得越来越愤怒。

"我们得阻止这些人。"布里格说。

"伯恩斯，这个该死的混蛋，你能想到他有多卑鄙吗？"伯克回答道，"我的意思是，他们在给孩子体内注入大量的尼古丁。"

"这些人应该下地狱。"布里格回答说。

他们跟住在阿瑟顿的其他人一样，知道伯恩斯有的是钱，他们会拿他没办法，于是他们开始思考怎样才能让他真正付出代价。"唯一的办法就是跟他们硬碰硬，"布里格说，"让他们感到不舒服。让每个人都知道我们社区里的这些人是在靠这个赚钱。"

戴维·伯克认识一个他可以求助的人。2018年夏季就要结束时，斯坦福大学的橄榄球赛季才刚刚拉开帷幕。那是个星期五的晚上，也是学校开学前的最后一个晚上，斯坦福体育场迎来了首场主场比赛。崭露头角的四分卫K. J. 考斯特罗在对阵圣迭戈州立大学代表队的比赛中表现出色。他度过了一个辉煌的夜晚，带领球队在主场揭幕战之夜获胜。伯克是铁杆的斯坦福大学橄榄球迷。多年来，他买的都是赛季票——座位一直在上层平台。自他记事起，同样买了赛季票，座位在他前面的都是同一个人：吉姆·斯泰尔。

很多人认识斯泰尔，是因为他的弟弟汤姆是旧金山对冲基金公司法拉龙资本（Farallon Capital）的亿万富翁创始人，并曾经是斯坦福大学董事会的成员。① 但是，吉姆自己在湾区也很出色，他既是斯坦福大学受人尊敬的民权教授，也是长期儿童权益倡导者，在数字素养领域是先驱人物。斯泰尔信奉早期教育在建设一个公正繁荣的社会方面的作用，在 1988 年创办了一个名为"今日儿童"的儿童倡导组织，它帮助制定了加州和美国各地关于儿童问题的政策，比如获得医疗保险和免疫接种等。他在媒体和儿童的交叉领域开展工作，成为了重点关注青少年过度接触性、暴力和充斥商业主义的媒体的危险，儿童隐私的重要性以及现在所说的"沉迷屏幕时间"对健康的不利影响等问题的早期倡导者之一。斯泰尔的非营利组织"常识媒体"于 2003 年开始运作，初时是一个电影及媒体分级系统，供父母使用以帮助他们找到合适的内容，但它后来发展成了由 1.5 亿家长及其他热心公民组成的草根"宣传大军"，他们让斯泰尔与权力核心——从华尔街到国会山，再到沙丘路——所具有的深厚联系发挥了应有作用。

球赛开场前，伯克和斯泰尔聊了起来——聊他们的夏季经历、家人、孩子们的学年计划。不出所料，他们聊到了朱尔。伯克一直想的都是这件事儿。

"吉姆，你听说过朱尔吗？"伯克问道。

"是的，当然听说过。我有四个孩子。朱尔有点像新的烟草巨头。"

他们分享了各自的经历，有孩子的，有孩子的朋友的，也有孩子们的学校里抽朱尔的问题。伯克跟斯泰尔讲了彼得·布里格已经在做

---

① 关于斯泰尔的新闻报道，参见 Natasha Singer, "Turning a Children's Rating System into an Advocacy Army," *The New York Times*, April 26, 2015; also see Andrew Anthony, "Jim Steyer: The Man Who Took on Mark Zuckerberg," *The Guardian*, July 5, 2020; Stephanie Simon and Caitlin Emma, "The Steyer Brothers: 'We're Fearless,'" *Politico*, February 24, 2014; and Stephanie Strom, "Hedge Fund Chief Takes Major Role in Philanthropy," *The New York Times*, September 15, 2011; also see James P. Steyer, *Talking Back to Facebook: The Common Sense Guide to Raising Kids in the Digital Age* (New York: Scribner, 2012).

的一些事情。当然,同属于对冲基金圈子的布里格和斯泰尔彼此认识。

"嗯,你管着全国最大的儿童权益倡导组织,"伯克力劝道,"想不想参与进来?"

那天晚上,斯泰尔回到家里,给一位同事马修·迈尔斯打了个电话。迈尔斯长期担任倡导组织"无烟草青少年运动"的总裁,他几乎一生都在跟烟草行业较量,不仅是历史性的总和解协议中的关键谈判代表,早年还推动过FDA对电子烟实施监管。

迈尔斯说,朱尔不是一时风尚,而是一个潜伏的问题。数百万孩子正在对尼古丁上瘾。它逆转了20年来青少年烟草使用量下降的趋势。曾经免于烟草荼毒的孩子们,正越来越多没法不沾染尼古丁。

"我们为什么不能像你当初追击烟草巨头那样对付朱尔呢?"斯泰尔问他,"比如,把那些跟烟草行业打过交道并赢过案子的原告律师召集起来。我们难道不能让他们参与进来吗?"

"我们可以。"迈尔斯回答道。

斯泰尔决定向自己的孩子了解朱尔的情况。这事有多大?当时,他有一个孩子正读高中,另外三个孩子里一个在斯坦福大学就读,两个已经从斯坦福大学毕业。读高中那个孩子不但肯定朱尔是个大问题,而且他自己其实也抽过。斯泰尔听得很生气。"你知道尼古丁的危害有多大吗?"他大声责问道。年龄稍大的几个孩子听到这个天真的问题几乎都笑了。"爸爸,你不知道,"他们回答道,"你在斯坦福大学上课的班上就有人抽朱尔,而你竟然什么都不懂。"

斯泰尔本就已经对硅谷的公司没什么好感,它们赚钱的法子就是用各种各样的东西让孩子上瘾——电子游戏、社交媒体、YouTube等等。2012年,他写了一篇题名为《反问脸书:数字时代养育孩子的常识指南》的文章,在脸书失宠前对其进行了尖锐的批评,使之成为一个象征硅谷所有错处的受欢迎的出气筒。在文章中,他痛斥电子游戏和社交媒体公司在重塑孩子们的大脑,让他们一辈子沉迷消遣和浅薄。

"电子游戏和社交网络不仅仅是一种消遣，"他写道，"它们还是一种强迫，一种消耗肾上腺素的冲动，可能会挤走健康生活的方方面面……数字技术威胁到人际关系的质量，造成注意力分散和成瘾问题，并可能侵犯我们孩子的隐私。"

现在，又出现了一家让孩子上瘾的硅谷公司。它还是一家诞生于斯坦福大学的公司。斯泰尔责无旁贷。

到2018年秋季时，从阿瑟顿到旧金山再到纽约，一群富有的家长组成了一个强大的联盟，他们的孩子是朱尔的猎物，他们要阻止这家公司。

第十七章 朱尔大富翁

贪欲明晰进化精神的本质，然后穿透并抓住了它。

——戈登·盖科（迈克尔·道格拉斯饰），电影《华尔街》中人物

8月2日，也就是朱尔和奥驰亚在柏悦酒店举行秘密会谈的第二天，戈特列布和泽勒在为他们的尼古丁计划举行一周年庆祝活动，他们已将它提升为全国烟草问题的解决方案。戈特列布在美国企业研究所的支持者发表了一篇名为《生日快乐，FDA烟草计划!》的博客。戈特列布和泽勒在FDA网站上共同撰写了一个帖子，以纪念这份综合性尼古丁计划公布一周年。① "过去一年间，为让这份计划得到全面执行，我们采取了多项重要措施，并将其纳入我们的总体目标，即创造一种环境，让香烟不再造成或维持成瘾，仍需寻求尼古丁的成年人可以从潜在的危害较小的途径获取。" 这个帖子的后半部分提到了日益严重的青少年吸烟问题。"我们放眼当今的烟草产品市场，发现家长、教育工作者和卫生专业人士越来越担心青少年使用朱尔和其他电子烟等烟草产品的情况令人担忧，"他们写道，"我们在FDA的使命是保护公众的健康，我们想向广大公众保证，我们正在使用我们所有的工具和权力来迅速应对这一公共卫生威胁。我们不会允许自己的努力……变成让高含量尼古丁产品导致新一代青少年对尼古丁上瘾并沉迷于烟草制品的后门。"

尽管如此，青少年问题的严重性还是没有在马里兰州银泉市安静

的 FDA 总部引起重视。是的，戈特列布已经宣布了针对那些向未成年人非法出售电子烟的零售商采取突击行动，并向朱尔发出了文件索要令。但这家硅谷大公司似乎在把监管机构的客气当福气，拿华盛顿和整个国家当软柿子捏。

眼看该产品一天天变得愈加受欢迎，戈特列布与朱尔和其他烟草公司召开了多次秘密会议——比其他任何行业的都多。从他踏入局长办公室，宣布新的尼古丁政策开始，他就向朱尔和其他烟草公司明确表示，他的办公室愿意随时为他们敞开大门。除了邀请他们提交意见和书面申请，他还让他们有机会来 FDA 总部，与他、他的高级助手以及泽勒在烟草产品中心的同僚坐下来开一系列会议。当时，美国几乎没有其他行业能如此自由地接近 FDA 局长。戈特列布觉得自己想要一个公开、公平的程序对他们有所亏欠，因为他的机构正在进行的如此巨大的监管转向会从根本上改变他们的生意。

这些公司抓住了机会。2018 年间，戈特列布及其手下跟朱尔的高管和法律顾问多次举行会议，要么在他位于 FDA 的办公室里，要么在烟草产品中心，要么是电话会议。到 8 月初时，朱尔已经跟 FDA 的大小官员开过至少六次会了。② 它还向该机构提了很多意见，敦促其在监管前沿动作轻点。例如，在 2018 年春季和夏季，朱尔向 FDA 提交了几份申请，逼迫该机构推迟任何限制调味烟草产品的政策。到目前为止，朱尔最畅销的产品是包括薄荷味和芒果味在内的调味烟油。该公司想避开任何将这些产品逐出市场的监管行为，而这正是"无烟草青少年运动"等烟草预防团体正在推动该机构去做的。朱尔在其提交的一份申请书中写道，随着戈特列布推行其宏大的尼古丁计

---

① See Scott Gottlieb and Mitch Zeller, "Advancing Tobacco Regulation to Protect Children and Families: Updates and New Initiatives from the FDA on the Anniversary of the Tobacco Control Act and FDA's Comprehensive Plan for Nicotine," U. S. Food and Drug Administration, August 2, 2018.
② 作者根据《信息自由法》获得的文件中有戈特列布跟朱尔开的至少六次会的信息，以及该公司就烟草口味向该机构施压而提交的材料。

划,朱尔的调味产品实际上有望成为一种解决方案,并将"有助于提高减少燃烧式香烟中尼古丁含量的项目的成功率"。在另一份申请中,该公司坚称,对调味电子烟的"过度限制""将对公共健康造成重大损害"。

朱尔还利用这样的机会,跟戈特列布及其同僚建立一种意在和解的亲善关系。在跟 FDA 的某位老员工的一次通话中,朱尔的一名高管滔滔不绝地表示,他们愿意跟该机构一起解决青少年问题,并承诺该公司"正在"收集 FDA 要的各种文件,他们还希望"在交出文件的最后期限到来之前提供一份全面的答复"。

在过去的一年间,朱尔在游说方面的支出翻了三倍,还聘用了一批华盛顿内部人士来帮助塑造其对外传递的信息,其中包括曾在乔治·W. 布什手下担任白宫顾问的特维·特洛伊,特朗普的白宫前高级助手、曾与贾瑞德·库什纳和伊万卡·特朗普密切合作的乔什·拉斐尔。① 朱尔还努力在白宫内部打下其他基础。

在华盛顿的柏悦酒店举行的会议结束之后,维拉德把奥驰亚的高管们召集起来商讨各种选项。跟朱尔的会谈几乎一直处于不断的变化之中,这一周看似就要达成协议,下一周协议却又被取消,大家不禁哀叹硅谷的环境是多么让人难以忍受。

起初,奎格利看似得到了维拉德和其他高管的支持,以全力推进新标跟朱尔的竞争,尽管马克滕精英目前面临种种限制。但很快就明了起来,维拉德对 A 计划越来越感兴趣。在一次会议上,维拉德不经意地提起了关掉新标的可能性。马克滕的销售数字十分难看。2018年 8 月,朱尔的实体店零售额接近 2 亿美元。马克滕的销售额还不到2 000 万美元。

---

① See Maya Kosoff, "Josh Raffel, Javanka's Former Battering Ram, Takes His Talent to the E-Cig Game," *Vanity Fair*, October 4, 2018.

"也许，我们应该退出这个业务。"维拉德建议道。

奎格利好似被人一拳打在了肚子上。不仅仅因为他刚刚担任这个业务的负责人，还因为他早就明确表示过，退出这个业务完全是错误的。但他不是三个火枪手之一，因此他就无法知晓跟朱尔协商的细节。

"不，你不能这么做，"奎格利回答道，"你怎么向投资人交代？"他提醒这群人，就在几个月前，在奥驰亚的投资者日大会上，公司的高层全体登台吹嘘过新标的创新路径形势喜人。如果他们现在终止业务，他们将会落得个两手空空。

维拉德面临着一个令人沮丧的模式。当小雪茄的生意开始蒸蒸日上时，奥驰亚才开始研发自己的品牌产品，但最终以接近 30 亿美元的价格收购了 Black & Mild 牌雪茄制造商约翰-米德尔顿公司。当无烟烟草日渐变得畅销时，奥驰亚试图用自己的万宝路无烟产品——万宝路口含烟、万宝路烟叶棒——来创新，然后放弃并以 100 亿美元的价格收购了该类别的领头企业美国无烟烟草公司。不管它的高管看过多少克莱顿·克里斯滕森或克劳斯·施瓦布写的书，或者上过多少约翰·科特办的咨询课，奥驰亚都没法走得离卷烟太远。

因此，对奥驰亚而言，花钱购买电子烟市场的头把交椅并不是个完全牵强的想法。只是到了这个地步，它几乎肯定会有一个让人眼花缭乱的价格标签。但是，每过去一天，朱尔就又大一圈。时间才是根本。几个月来，维拉德跟朱尔的谈判一直时断时续，他现在急于达成交易。

与此同时，朱尔团队加紧向维拉德施压。如果谈判要继续下去，他们需要得到保证他们是在跟有诚意的人做交易。不足为奇的是，双方之间存在互不信任。当奥驰亚也在出售一款跟朱尔竞争的产品时，他们怎么能相信奥驰亚是个合作伙伴呢？市场上容不下这样两种产品。据联邦贸易委员会后来收到的一份投诉，普利兹克在 7 月 30 日向维拉德发出期初条款清单时，表达了一个重要的观点："来自奥驰亚电子烟产品的持续竞争显然是唯一不予讨论的事项。"① 这个信息再清楚明了不过了。如果维拉德想跟朱尔达成交易,那么他也许就不得不放弃马克滕。

与此同时,尽管青少年使用问题变得愈发严重,对朱尔的争夺也越来越激烈。其他烟草公司也表示有兴趣跟该公司达成潜在交易。其他投资者同样如此。朱尔 2017 年的年收入为 2 亿美元,2018 年有望超过 10 亿美元,公司还销售了创纪录的 4.5 亿盒单卖的朱尔烟油,增长了 600%。② 朱尔的股东几乎每天都会收到来自投资人的电话和电子邮件,希望购买他们手中的股票,而开出的价格将公司估值推高至 180 亿美元、200 亿美元,甚至更高。在朱尔内部,已工作多年的员工们十分惊讶地看着自己股票的潜在价值不断飙升。他们一边喝着啤酒,一边谈论自己是多么幸运,能在这家公司迅速上升时正好身在其中。还说该公司的估值只会继续上升,升到什么地步,谁知道呢?600 亿美元? 800 亿美元? 1 000 亿美元? 看起来,没有什么是不可能的。这种形势的认知失调——一边是"青少年抽电子烟",一边是"超级增长的传奇故事"——让部分人感到不自在,但肯定不是所有人。

到了秋初,随着奥驰亚和朱尔之间的商谈时断时续,朱尔的银行家们已经开始筹备另一轮大型融资活动,这是几个星期前那轮"大型"融资——高达 12 亿美元,对朱尔的估值是 160 亿美元——的后续。这轮下来,有望将该公司的估值提高至 300 亿美元。大家在疯狂追捧这家新的尼古丁巨头。

---

① 关于普利兹克告诉维拉德"持续竞争"是唯一不予讨论的事项,参见联邦贸易委员会的行政申诉材料。
② 关于朱尔 10 亿美元的年收入和 4.5 亿个朱尔烟油的数字,参见维拉德在 2019 年 1 月 31 日召开的 2018 年第四季度财报大会上的讲话;亦可参见 Dan Primack, "Scoop: The Numbers Behind Juul's Investor Appeal," Axios, July 2, 2018。

整个夏季，戈特列布和泽勒的尼古丁计划变得越来越摇摇欲坠。不过，在该机构内部，还没有出现普遍的恐慌情绪。一定程度上是因为6月份发布的最新的全国青少年烟草调查数据显示，自2017年以来，电子烟的使用有逐年下降的趋势。① 不过，到此为止，已经有足够多的迹象表明一个问题：在传闻报道和表明朱尔销量激增的每周零售数据之间，政府的数据似乎存在问题。国家最高公共卫生官员所依赖的数据并没有完全反映出地面店正在发生的实情。

其结果是，戈特列布和泽勒仍旧专注于自己那份计划背后的宏大目标——在将燃烧式香烟中的尼古丁含量降至最低成瘾水平的同时，鼓励吸烟者要么完全戒烟，要么从肯定会送命的产品转向"风险连续统"上不那么致命的产品，比如贴片或口香糖、药用尼古丁或电子烟。

但在外人看来，FDA似乎越来越跟不上形势。越来越多的人开始发问，FDA在哪里？怎么会让朱尔在一点儿不受政府监管的情况下做生意呢？7月17日，美国公共广播公司《新闻一小时》(*NewsHour*)以"越来越多的青少年使用朱尔"为题，播出了一期特别节目。② "它看起来像一个优盘，可以藏在任何地方，也不会产生明显的烟雾。在全国各地，这些电子烟在青少年中间的使用量正在激增，但家长们甚至吃不准这是什么东西，而很多青少年错误地认为这种东西不会产生严重的健康风险。"

"我要坦率地告诉大家，这是目前我们最关心的问题之一，"戈

---

① See Teresa W. Wang, Andrea Gentzke, Saida Sharapova, et al., *Tobacco Product Use Among Middle and High School Students—United States*, 2011–2017, Morbidity and Mortality Weekly Report (*MMWR*) 67, no. 22 (June 8, 2018): 629–33. 关于戈特列布的表态，参见"Statement from FDA Commissioner Scott Gottlieb, M.D., on 2017 National Youth Tobacco Survey Results and Ongoing FDA Efforts to Protect Youth from the Dangers of Nicotine and Tobacco Products" from the same day; also see Salynn Boyles, "CDC Report Says Tobacco Use Declining in Teens—but Survey Data May Be Missing Increase in E-Cig Use," MedPage Today, June 7, 2018。
② See Kavitha Cardoza, "Educators Worry Students Don't Know Vaping Health Risks," *PBS NewsHour*, July 17, 2018.

特列布告诉美国公共广播公司记者卡维萨·卡多萨:"如果我们所做的一切只是通过提供这些产品来阻止整整一代年轻人对尼古丁上瘾,那么从公共卫生的角度来看,我们就等于没有尽到职责。因此,我们需要大胆采取压制措施,防止青少年使用这些产品。"

泽勒试图保持平静,并让戈特列布感到放心。他已经见识过范例,它们显示了人们远离香烟对公共卫生的潜在巨大好处,他一直致力于实现他毕生的职业目标——如果该计划管用,数百万人的生命将会得到拯救,这就是他的口头禅。他一直记得二十多年前他的一位偶像说的一番话。那位名叫奈吉尔·格雷的澳大利亚烟草减害专家说,在减害产品领域——有权有势、抵制变革的烟草公司在其中拥有既得利益——成功或失败不会在数月或数年间显现,而要在几十年后才能看到。① 他不断提醒自己和戈特列布记住这一点。他们开展新的尼古丁试验才一年,他们需要把眼光放得长远一些。

但是,在8月中旬的一天早上,那样的希望和长远态度在一瞬间破灭了。泽勒跟戈特列布会定期碰面,但这次的碰面将不同于往常。他拿到了全国青少年烟草调查组织最近一次调查活动的初期数据,这份报告距离公开发布还有几个月的时间。当他看到那些数字的时候,立即从自己的烟草产品中心所在的75号楼,一路穿过FDA的院区,来到了局长办公室所在的1号楼。见到戈特列布的时候,他已经跑得气喘吁吁。戈特列布从泽勒的脸上看出,问题来了。在过去几个月间,他已经对泽勒有了足够的了解,可以看出泽勒那张一向充满禅意的脸上此刻要么是愤怒,要么是震惊。

"那么严重?"戈特列布一边问,一边试图缓解泽勒脸上明显表现出来的紧张情绪。

泽勒没有心思开玩笑。他没有回答,而是滔滔不绝地说起了初步

---

① See Benjamin J. Apelberg, Shari Feirman, Esther Salazar, et al., "Potential Public Health Effects of Reducing Nicotine Levels in Cigarettes in the United States," *The New England Journal of Medicine* 378 (May 3, 2018): 1725 – 33.

的调查结果。2018年,超过300万高中生是电子烟的当前用户,比上一年增长近80%,其中超过20%的中学生现下正在使用这类产品。这意味着,每5个美国高中生中就有1人在抽电子烟,大部分是在抽朱尔。戈特列布听了如遭雷击。

"天哪!"戈特列布终于说了一句。

"天哪!"泽勒回应道。

戈特列布的感觉像是肚子被人打了一拳。这是他担任FDA局长以来感觉最糟的一天。

恐慌与愤怒交织在一起,先是在戈特列布的办公室里飘荡,随即席卷了1号大楼。戈特列布立即打电话给卫生与公众服务部部长亚历克斯·阿扎尔和特朗普在白宫的助手兼国内政策委员会主任安德鲁·布伦伯格。

不仅是戈特列布和泽勒的尼古丁计划面临着从他们眼前消失的风险,而且那一组数据还让人感到十分痛苦。更糟糕的是,戈特列布想立即举行一场新闻发布会,就他担心自己存在严重误判的问题敲响警钟。但是他不能。美国疾控中心的数据还没有最终确定,该机构也不支持提前公布数据。戈特列布感到怒火中烧。青少年抽电子烟这波浪潮正在明显愈演愈烈,而他得到的指令却是袖手旁观。戈特列布和曾是礼来公司高管的阿扎尔是在医药圈子认识的。现在,阿扎尔成了戈特列布的上司,他们时常沟通,并且都认为这条消息应该让公众知晓。在接下来的几天里,他们制订了一个计划。不管戈特列布多么希望自己的尼古丁策略能够起效,这都是五级火警。9月11日,戈特列布发表了一份声明,首次承认了青少年使用电子烟的现状。[①]

[①] See FDA Statement, "Statement from FDA Commissioner Scott Gottlieb, M. D., on New Steps to Address Epidemic of Youth E-Cigarette Use," September 11, 2018; also see Laurie McGinley, "FDA Chief Calls Youth E-Cigarettes an 'Epidemic,'" *The Washington Post*, September 12, 2018.

我们没有预测到我们此刻相信的情况，即电子烟的使用在青少年中如此之广。今天，我们可以看到，当我们去年夏天首次宣布我们的计划时，这种成瘾性流行病正在显现。事后来看，并据我们现有的数据而言，都揭示了上述趋势。对 FDA 的压力可想而知。不幸的是，我现在有充分的理由相信，它的发展速度不亚于一场流行病。

作为声明的内容之一，戈特列布还宣布将对电子烟行业采取额外的行动。对于调味电子烟产品在把青少年拉入这个类别中所起的作用，他表达了担忧，他说他所在的机构"正在认真考虑做出政策调整，这将导致这些调味产品立即被逐出市场"。他还说，自己已经致信包括朱尔、微优思和马克滕在内的五家规模最大的电子烟制造商，给它们 60 天的时间"就如何令人信服地解决自己的产品被未成年人广泛使用的问题制订强有力的计划"。

"关于它们的产品是如何以令人不安的速度被年轻人使用的，它们现在已经收到了 FDA 的通知。"戈特列布说。

接下来的 48 小时内，戈特列布出现在全国的电视屏幕上，愤怒地谴责这些公司造成了青少年抽电子烟这一新的"流行病"。

"很多青少年的使用都是受到了一家制造商怂恿的，那就是朱尔，"他在《财经论坛》（*Squawk Box*）节目里说，"我们正在让新一代年轻人上瘾……这件事情绝对不能容忍。"[①]

戈特列布和阿扎尔没有坐等官僚机构运转，而是迫不及待地将美国疾控中心尚未确定的数据散播出去，他们在《华盛顿邮报》上撰写了一篇评论文章，指出了这个问题的严重性，同时将一些数据提供给了公众。"我们深感忧虑，"他们在文章中写道，"根据全国青少年

[①] 关于戈特列布上《财经论坛》节目，参见 Berkeley Lovelace, Jr., "FDA Chief Scott Gottlieb Blames Vaping Giant Juul for 'Epidemic' of Teens Using E-Cigarettes," CNBC, September 13, 2018。

烟草调查最新的初步数据,从 2017 年到 2018 年,报告使用电子烟的高中年龄青少年的数量增加了 75%以上。初中生的使用人数也增长了近 50%。这就是一场流行病。"①

戈特列布踏上了征程。而朱尔正好在他的准星上。他对这家初创公司越来越感到失望,自从他坐进局长办公室那天起,他就向其敌开了大门。这家公司的高管和游说者抱着一种自命清高的态度,触怒了 FDA 的官员。他们一向摆出的架势是,他们应当受到区别对待,应该享受监管豁免,因为他们是一家来自硅谷的光鲜的科技企业,肩负着拯救世界的使命。与此同时,戈特列布和他的同僚们开始感觉到朱尔在跟他们玩游戏。一方面,朱尔的高管们在一次次会议上花言巧语地介绍他们已经计划好如何帮助降低青少年对其产品的使用。但随后戈特列布听到风声,说朱尔一直在悄悄游说白宫,以扼杀任何遏制青少年使用——这恰是他们承诺过正在帮助终结的——的行动。

戈特列布已经给过这家公司一切机会蓬勃发展,而他们恩将仇报,将青少年迷上尼古丁这个流行病扔给了他。他们曾经承诺会用文件做出回复,但他们似乎在故意拖拖拉拉。戈特列布打算采取行动。

戈特列布关于这场"流行病"的声明开始在朱尔内部扩散开来。那些曾设法说服自己走的是正道的人开始产生怀疑。

一天,伯恩斯站在宽敞的开放式厨房兼每周一次召开全体员工大会的公共工作区。不久之前,这里还有足够的空间供大家放松和抽朱尔。随着伯恩斯不断扩大公司的规模,似乎每过去一个星期,会场都会变得更加拥挤。

---

① See "We Cannot Let E-Cigarettes Become an On-Ramp for teenage addiction," *The Washington Post*, October 11, 2018.

现在已有一千多员工，年初的时候只有二百来人，每个月都有一百多人加入，而公司在世界各地——从特拉维夫到新加坡再到布鲁塞尔——还有数百个职位空缺。① 尽管伯恩斯的性格有时候显得唐突无礼——有人说过，"跟凯文在一起，你一下就能知道他对你所说的话是否感兴趣"——但他自有一套跟普通员工搭上关系的技巧。每次开会的时候，他总是会回答员工提出的问题，从不对刁钻的问题加以阻拦或退避三舍。今天的这次会议上，其中一个人举起了手。"如果我们希望人们通过朱尔来戒烟，那么我们为什么还要拼命挤进如此多像沃尔格林这样的大型零售场所呢？"伯恩斯面不改色。"很简单，"他回答道，"我想要市场份额。"这个答案让每个人都感到惊讶，但它还是让有的人感受到了一阵酸楚，因为事实已经摆在了那里。

与此同时，莱恩·伍德林要在接踵而至的坏消息面前尽力保持乐观。他专注于让成年吸烟者戒烟的任务，但一些小事开始让他感到心烦。在几次营销会议上，法律团队里的某个人几乎总要参会并参与决策。拿掉广告中的这个人——她看起来年纪太小。这个人似乎玩得太开心了——去掉他。在之前的广告工作中，他偶尔会跟法律部门的人打交道，通常是为了确保他们有用于广告的图片的版权，但他从来没遇到眼前的情形。一帮律师不光坐在那里开关于创意的会议，而且开始定期发出提醒，不要做笔记，不要存文件。

这他妈究竟是怎么回事？伍德林心里嘀咕。

不过，他照旧干着自己的事，忙活着即将推出的全国性电视宣传活动，领取每周发的定量烟油。他喜欢芒果味，但这种口味总是最先被一抢而空，因此他只能选焦糖布蕾味。在有的日子里，他发现自己坚信这项使命，并为自己确实是在帮助他人而感到自豪。但接着他犯

---

① See Catherine Ho, "Juul Hiring Aggressively amid FDA Probe, but Troubled Image a Turnoff for Some," *San Francisco Chronicle*, October 19, 2018.

了个错，找错了同事聊这个话题。"我们做的事是对的吗？"他问道。通常情况下，他听到的答案都让人感到沮丧，总是这样的一套说辞："嗯，你知道我们将会多富有吗？"

有太多这样的时刻他都无法在自己的脑子里理清楚这件事。他开始纠结于自己无法摆脱的认知失调。这样的情形日益严重：他回到家后，感到心情低落，于是一边踱步，一边抽朱尔，思考自己如何落到这个地步的。他抽朱尔抽得越来越凶，整天都在抽，下班回到家也抽，后来竟达到了每天抽掉两个油仓的地步。这些尼古丁让他夜里睡不着。次日一早醒来的时候，他会感到筋疲力尽。于是，他又开始抽朱尔，以此帮助自己度过这一天。这样的循环日复一日。他感觉很糟。而且感到很幻灭。

但是，9月底的那个早上，当一队联邦调查员身着印有黄色"特工"字样的海军蓝风衣鱼贯进入朱尔的办公大楼时，他以及朱尔的其他人毫无准备。在四天的时间里，调查员在一间会议室里驻扎。房间里总是会有一位朱尔的高管跟他们待在一起。员工们被带进去回答问题的时候，有速记员做记录。如果调查员需要某份文件，有人会发信息给隔壁两个房间里的人——那里安有电脑和打印机——然后文件就会送过来。

特工们很有礼貌，会稍微寒暄几句，但整个氛围很紧张。不说别的，员工和高管都对公司做出的冒险决定感到担忧，该决定要对低于标准水平的朱尔烟具进行改造，而这有可能违反法律。他们应该向 FDA 如实交代吗？如果他们坦白了，FDA 会不会将朱尔逐出市场？但如果不交代，FDA 会发现公司对其隐瞒的事吗？随着 FDA 调查员入驻朱尔，公司弥漫着一股浓厚的恐慌情绪，担心事情会被发现。

过去的几个星期里，伯恩斯和其他人一直在为 FDA 的到来而做准备。为此，公司参加了多轮培训，旨在教会高管们如何跟联邦官员打交道，如何回答他们提出的问题。有几名员工和高管接受了一种技术培训，学习如何"戴帽子和脱帽子"。① 所谓戴帽子，就是由一名指定人员扮演 FDA 调查员的角色，并提出一些刨根问底的问题。接着就是脱帽子，这个人要对员工的表现做出评估，并给出做得更好的各种窍门。员工们所受的培训包括 FDA 的一些具体技巧，他们被告知，这些技巧可能会被用来让他们不由得多说话。至少在朱尔的首席质量官乔安娜·安吉尔克参加的一次培训课上，员工被指导如何就烟具的改装问题等做出回答。他们被告知，如果被问到，就承认有变化。但别主动提供任何信息。

持续多日的调查接近尾声时，FDA 搬走了几大箱文件和几个存有信息的硬盘。不过，他们从未掌握朱尔的改进工作的全部情况。调查员没有问对问题，或者说没有抓对线索，因此，在联邦工作人员的压力之下，朱尔的高管什么也没说。

FDA 的战斗姿态给整个电子烟行业带来了冲击波。尤其是在朱尔内部，戈特列布威胁说他的机构可能会将它唯一的产品清理出市场，这让人感到不安。朱尔的一位高管回忆起自己当时被"吓坏了"，因为戈特列布大权在握，能摧毁整个行业。不仅如此，戈特列布的敲山震虎还殃及池鱼，破坏了即将进行的多轮私人投资，这些投资已经列入计划，有望带来下一桶金。投资者受到了惊吓。这反过来又引发了多米诺效应，第一个就是，奥驰亚突然间似乎成了一个更有吸引力的求购者。

过不了多久，朱尔和奥驰亚就会重新回到谈判桌上，但此时他们的谈判已经陷入僵局。

与此同时，随着维拉德和他的团队努力在戈特列布给的 60 天的

---

① See Lauren Etter, "Juul Quietly Revamped Its E-Cigarette, Risking the FDA's Rebuke," *Bloomberg Businessweek*, July 23, 2020.

最后期限之前提交一份阻止青少年使用其产品的计划,奥驰亚内部的讨论变得更加激烈。新标内部有一个包括奎格利在内的核心群体,他们主张让马克滕留在市场上。现在,FDA 新摆出的强硬姿态让维拉德重新看到了机会。如果他无法收购朱尔,也许他至少可以加速其消亡。

正如朱尔有严重的致命弱点,奥驰亚也有至关重要的优势。该公司花费了数十年时间在 FDA 的里里外外巩固各种关系。在协助解决一场青少年吸烟危机的过程中,他们已经发挥过关键作用。他们也没有理由不参与这次问题的解决,尤其是因为这甚至不是他们造成的问题。如果维拉德出对了牌,他很可能会说服戈特列布选边站队。站他这边。

奥驰亚已经给过朱尔一击。2015 年,它利用万宝路商标作为威胁,差一点将该公司逼上绝路。公司还掌握了朱尔对烟具所做的冒险改造理论上有害的情报,甚至想过要不要把这件事作为武器。他们如果向 FDA 告发朱尔会怎样?这个想法从未得到太多支持,但奥驰亚的一位内部人士把它称为"核选项"——如果其他手段都失败了,它就是致命一击。这位内部人士如此描述这一投机性思维:"去找 FDA,把水搅浑,干掉竞争对手。"

但青少年使用问题提供了一个完全不同的机会。实际上,这是一个唾手可得的果实,摘它的过程不用那么残忍,尽管也要用到一些冒险的手段。朱尔及其肆意妄为的营销战略已经惹恼了奥驰亚的多位高管。即便在双方洽谈交易的痛苦过程中,大家也对这家公司没有多少好感,因为它可以说是玷污了市场,而这个市场本应是抽烟这件事的第一个有意义且有利可图的未来。

"让我们利用青少年使用问题给他们找点大麻烦吧。"一位高管向维拉德和其他人建议道。公司可以巴结 FDA,以此争取一点时间来提交所有必要的监管材料,并集中精力扩大自己的有机市场。与此同时,这可能会迫使戈特列布对这场愈演愈烈的危机中一个不可否认的罪魁祸首，也就是朱尔，采取行动。如此一来，奥驰亚就可以绝佳位置卷土重来，再次获胜。

不过，到这个时候，维拉德还是一心想要彻底关闭新标，这毫不奇怪地惹怒了公司这个分支机构里的人。实际上，奎格利已经明确反对这一战略，并刻意地疏远了维拉德及其核心圈子。而他最终被扫地出门。

在形势快速变化的情况下，维拉德做出的不是一个单一决定，而是在10月中旬决定来一次全面发力。他不会关闭新标，至少不会马上关闭。相反，他会主动地从市场上撤下马克滕精英这款尼古丁油仓产品，留下马克滕仿真烟。维拉德公开承认问题出在油仓上，他同时将他的公司描绘成一个有责任心的演员——是房间里的成年人——并间接地把朱尔放在火上烤。

这是一场潜在的大师级对冲，而且起码是一场高风险的扑克游戏。如果戈特列布最终取缔了基于油仓的产品，那么奥驰亚将在获得FDA信任的同时，让亦敌亦友的对手再也站不起来，并趁机平整竞争场地。如果戈特列布不把油仓产品踢出市场，好吧，奥驰亚的损失也不会太大，因为马克滕已经是苟延残喘。而且这一策略还有第三个好处：将竞争对手的产品从市场上赶走之后，他就搬掉了跟朱尔达成协议的一个关键障碍。

实现这一切的时机尚不确定。到10月下旬，维拉德一直在跟朱尔的谈判团队定期密集地会面，并已经得到本公司董事会的初步批准去完成交易。高管们讨论了一个十分有趣的问题：如果维拉德成功地让戈特列布相信油仓是问题的根源，但随后又转身去跟朱尔达成协议，会发生什么呢？维拉德无动于衷的回答给了部分人一个措手不及："好吧，这个问题问得好。"

2018年10月18日，维拉德开始实施他的走钢丝计划。他和另外4名奥驰亚高管一起前往华盛顿，在上午10点15分到达戈特列布的办公室和泽勒以及 FDA 的十几名员工会面。① 戈特列布开门见山地说,他仍然致力于抓住电子烟帮助成年吸烟者的潜在机遇。"不过,我们不允许这个机会是以让整整一代青少年对尼古丁上瘾为代价的。"他说。

维拉德说,他跟戈特列布一样担忧,并且他以及奥驰亚的每一个人都认为青少年烟草预防是个严重的问题,也是个优先事项。因此,他的公司愿意采取大胆行动。一周后,也就是在 10 月 25 日,维拉德正式致函戈特列布和广大股东,说公司将从市场上撤下马克滕精英。

> 尊敬的戈特列布局长,
>
> 我谨代表奥驰亚集团股份公司以及我们的下属企业新标有限公司("新标"),对您在 2018 年 9 月 12 日就未成年人获取并使用电子烟产品表示严重关切的来函做出回复。我们认同您的关切,并认为青少年不应该使用任何烟草制品。重要的是,我们对据报道青少年的电子烟使用量已经上升至流行病水平感到震惊,我们担心这些青少年问题可能连累针对成年吸烟者的减害产品……我们相信,基于油仓的产品极大地导致了青少年使用电子烟产品的增加现象。尽管我们并不认为我们目前在青少年获取并使用我公司基于油仓的产品方面存在问题,但我们不想冒险助长该问题。为避免该风险,我们将把马克滕精英和马克滕基于油仓产品的 Apex 电子烟从市场撤下,直至我们收到 FDA 颁发的上市许可令或青少年问题得以解决。
>
> 真诚的,
> 霍华德·A. 维拉德三世

朱尔的压力在 11 月才加剧起来。戈特列布要求采取措施减少青

---

① 维拉德和戈特列布会面的部分细节来自依据《信息自由法案》获取的局长笔记。

少年对其产品的使用，伯恩斯已全身心地投入到计划制订中。在为期四天的突袭检查结束，FDA 的调查员走出大楼后，员工和高管们都松了一口气。但是，这段经历让大家惴惴不安。甚至就在该公司因为自身行为偶然让数百万青少年对其产品上瘾而受到调查的过程中，它也在收获这一行为带来的收益。这让朱尔内部的气氛有些吊诡。这里一方面洋溢着兴奋劲，但同时也有一种挥之不去的担忧，生怕有人会被逮捕。

在旧金山，反烟草人士继续找这家公司的麻烦。社区积极分子凯瑟琳·杜马尼和她的邻居，也就是检察长丹尼斯·埃雷拉，把将朱尔逐出 Pier 70 作为他们的个人使命。杜马尼来到该公司的办公区，溜到楼上拍了很多内景照片。

杜马尼还联系了住在旧金山的其他反朱尔人士，包括克里斯汀·切森，切森是位母亲，在自己儿子的背包里发现了朱尔之后，走投无路之余她先是给凯文·伯恩斯写了一封信，后来又亲自来到朱尔的办公地点，确保后者收到了信，还有一个塑料袋，里面装的是她儿子的违禁物品。11 月 13 日，这两位女士来到旧金山港口委员会的会议现场，恳求该市将朱尔赶出去。① "将公共土地私自用于建造朱尔实验室这样一家受到 FDA、美国疾控中心、加州大学旧金山分校和斯坦福大学批评，且把尼古丁成瘾作为其核心使命的烟草公司，这是有违良心的。"杜马尼在公开听证会上说道。

港务局长伊莱恩·福布斯在听证会上说，他对此无能为力。朱尔签订的转租协议合法有效，并且遵守有关条款。"本市的法律或者政策无法取消它的转租承租人资格。"福布斯说。

这场听证会看似让所有针对朱尔的行动都走入了死胡同，会议结束后，切森和杜马尼催促埃雷拉有所行动，不管是什么，能把朱尔赶

---

① 旧金山港口委员会会议可在其网站上找到。

出旧金山就行。① 埃雷拉开始以城市的名义对朱尔的承租人资格展开了正式调查。

与此同时，堡垒投资集团的亿万富翁高管彼得·布里格联系上了"家长反电子烟联盟"网站的联合创始人梅瑞迪斯·博克曼。布里格碰巧在跟博克曼的丈夫聊天，他们是在投资界认识多年的老朋友。得知了梅瑞迪斯创办的网站之后，布里格找到了她。经过一番交谈，布里格非常佩服她对这件事的热情，鼓励她定一个比做网站更大的目标。她如果真的想阻拦朱尔，就应该考虑正式成立一个倡导组织，以便在全国范围内发挥更大的影响力。最终，她听从了布里格的建议，正式组建了一个501(C)(4)非营利性组织②。布里格是该组织的第一位捐赠者，给她开了一张10万美元的支票，在不久之后又开了一张15万美元的支票。博克曼反过来把布里格介绍给了斯坦福大学的青少年烟草预防专家邦尼·哈尔本-费尔舍。布里格给哈尔本-费尔舍开了一张25万美元的支票，作为对她在斯坦福大学开展反电子烟工作的资助。戴维·伯克也出了一些钱。

与此同时，吉姆·斯泰尔和马修·迈尔斯开始参加或委派政策工作人员参加与州总检察长的圆桌会议，因为一些曾经协助达成烟草总和解协议的当事人之间正在进行对话。北卡罗来纳州总检察长乔什·斯泰因是斯泰尔的多年好友，已经沮丧地看着朱尔入侵他所在州的学校，并很快就启动了针对朱尔的调查。马萨诸塞州总检察长莫拉·希利也对该公司的营销行为展开了深入调查。

这时，伯恩斯和其他高管争相遏制日益高涨的愤怒情绪。11月

---

① 关于埃雷拉对 Pier 70 的调查，参见 Catherine Ho, "SF Officials Seek Proof Vaping Firm Juul Is Following State, City Rules," *San Francisco Chronicle*, November 28, 2018。
② 指根据501C4条款登记的组织，这类组织有免税待遇，但捐赠者不享受减税待遇。这类组织可以参与游说和政治活动，参与政治选举。美国政治游说团体是用C4登记的。相比之下，501C3组织则不需交所得税，捐赠者捐钱给C3机构的话，捐赠的钱数将从个人所得税中减掉。——译者

13 日，伯恩斯应戈特列布的要求宣布了朱尔的"行动计划"。① "朱尔实验室和 FDA 秉持一个共同目标，"伯恩斯在一份新闻稿中写道，"那就是防止青少年沾染尼古丁。用戈特列布局长的话说，就是我们要成为成年吸烟者戒烟的出路，而不是美国青少年沾上尼古丁的入口……我们的用意从来不是让青少年使用朱尔产品。但光有意图还不够，数字才是关键，而各种数字告诉我们，未成年人使用电子烟产品确实是个问题。我们必须解决。"

该公司宣布，它将从实体零售店下架焦糖布蕾味、黄瓜味、水果味和芒果味烟油，不过将继续在网上销售。公司还表示，将关闭其在美国的社交媒体账号，以"完全退出社交对话"。

朱尔处于损害控制模式。不过，因为它跟奥驰亚的谈判现在已经恢复，至少该公司的所有者又在地平线上看到了一个潜在的交割日，其中需要足够的 0 让每一个人感到晕头转向。

两天后，戈特列布终于公开宣布了来自全国青少年烟草调查的有关数据，他已经被迫枯等了很久。② 那一天他面对它时，并不比三个月前他首次从泽勒那里听到时轻松。"今天，FDA 和美国疾控中心联合发布 2018 年全国青少年烟草调查的数据。这组具有全国代表性的数据，以初中生和高中生为调查对象，它表明青少年使用电子烟和其他［电子尼古丁输送系统］的人数惊人地增加，逆转了我国多年来在预防青少年对烟草制品上瘾方面所取得的有利趋势。这些数据让我的良心感到震惊……这种上升势头必须停止。而底线是：我绝不允许这一代孩子通过电子烟染上尼古丁瘾。"

---

① See Juul Labs, "Juul Labs Action Plan, Underage Use Prevention, Message from Kevin Burns, CEO, Juul Labs," November 13, 2018.
② See the Food and Drug Administration, "Statement from FDA Commissioner Scott Gottlieb, M. D., on Proposed New Steps to Protect Youth by Preventing Access to Flavored Tobacco Products and Banning Menthol in Cigarettes," November 15, 2018.

为时已晚。

如果有人曾经怀疑霍华德·维拉德是个赌徒,那么这种想法在2018年秋季得到了证实。就在他扎进跟朱尔的艰难谈判过程中时,他也在跟一家大麻公司密谈收购事宜。12月7日,奥驰亚宣布它已经投资18亿美元收购加拿大一家名为克罗诺斯(Cronos)的大麻公司45%的股份,而这家公司是由一群投资银行家创办的。当时,克罗诺斯身披很多光环——这一年早些时候,它已经成为第一家在美国主要证券交易所上市的大麻公司。同一天,奥驰亚宣布它将关闭马克滕的全部业务,不仅像维拉德早些时候宣布的那样暂时将其烟油撤出市场,而且停止了新标旗下的其他产品的生产及分销业务,包括"绿烟"电子烟和维尔尼古丁烟片。"我们不谋求这些产品的领头羊地位,我们相信现在是时候重新集中我们的资源了。"维拉德在一份声明中说。

维拉德正在清理另一条路的最后阶段。

2018年12月7日晚上,朱尔的数百个员工来到位于中国盆地附近可以俯瞰海湾的旧金山巨人体育场。[①] 每一年,朱尔都要举办一次节日派对,但今年的这一次场面非同寻常地壮观。开放酒吧里的香槟任君畅饮,自助餐台上摆满了虾、烤牛肉和火鸡。员工们去了球员席、练球场、更衣室。他们一路自拍,走上精心打理过,夜色下被泛光灯照得闪闪发光的球场,踏上大联盟棒球名人堂的球员踩过的那片土地。当他们来到陈列巨人队赢得的一众奖杯以及在世界大赛[②]中获得的多枚镶钻冠军戒指和威利·梅斯照片的区域时,音乐响了起来。

---

① 关于克罗诺斯的声明,参见 Altria, "Altria to Make Growth Investment in Cronos Group," press release, December 7, 2018; 关于新标产品的声明,参见 Altria Group, Inc., "Altria Refocuses Innovative Product Efforts," November 7, 2018。
② World Series, 也称世界系列赛,是美国棒球联盟和全国棒球联盟优胜者之间的年度比赛。——译者

这次聚会的高潮安排在了棒球场，原因之一是该公司去年为这个节日派对买下的那家舒适的餐厅酒吧已经装不下这么多员工。不过，选择这个特殊的地点也是因为今年是朱尔的大爆发之年。朱尔的年收入超过了10亿美元，现在入驻美国最大的几家大型零售店，还打进了不止6个国际市场。更不要说"朱尔"现在已经成了一个动词，是硅谷地界上一块耀眼的——如果不说是狂妄自大的——荣誉徽章。如果这一年都不值得办个派对，那要是什么时候？再者，2018年就要在成功的欢呼中收尾了。这晚结束的时候，令人目眩神迷的烟花适时地在夜空中绽放。

就在几天前，《华尔街日报》报道称，朱尔和奥驰亚正在为一项潜在的交易进行谈判，烟草公司有望因此获得这家旧金山公司的少数股权。① 从那以后，人们就一直在紧张地嘀咕这件事。烟草公司收购朱尔？多年来，有不少的人对这种可能性进行了猜测，但这一直被视为一种不太可能的末日情景，大家也就是在私下嘀咕一下，拿它当作下流的八卦或莫大的侮辱。朱尔之所以能够从苹果和优步等公司招募到顶级人才，就是因为公司严格坚守自己的创始神话，它将博文和蒙西斯描绘成反烟草斗士，致力于拯救生命并摧毁烟草巨头。消灭香烟是朱尔存在的理据。正是这样的理念，朱尔的一帮员工——其中很多人都是勉强接受了这份工作——才能在夜里安然入睡。

2018年12月20日上午，朱尔实验室的员工集中到食堂区域，等着参加公司的全体大会。分布在世界各地的其他人则从卫星办公室通过视频会议软件Zoom参会。那天上午，伯恩斯站到食堂，蒙西斯和博文各在一侧，吹响战斗号角这种事，他俩谁都不在行。伯恩斯手里拿着麦克风，平息了所有的传言：朱尔已经与奥驰亚集团达成一项128亿美元的协议，将公司35%的所有权出售给这个国家最大的烟草

---

① *The Wall Street Journal* See Dana Mattioli and Jennifer Maloney, "Altria in Talks to Take Significant Minority Stake in Juul Labs; A Tie-Up Would Represent a Major Reordering of the Cigarette Industry," *The Wall Street Journal*, November 28, 2018.

公司和万宝路香烟的制造商。这是一家设在美国、以风险投资为担保的公司有史以来募集到的最大一笔资金。① 这笔交易将使朱尔的估值达到380亿美元，并让这家电子烟公司成为有史以来最有价值的初创公司之一，超过了太空探索技术公司或者爱彼迎（Airbnb）。就算以硅谷的标准来看，它也是一家大公司。朱尔在服用类固醇后成了独角兽。

这个消息在房间里引发了阵阵清晰可辨的叹息声。迷惑不已的员工彼此看了看，希望从他人的眼里或脸上印证自己的情绪。就这样，这家发誓要用匕首刺穿烟草巨头心脏的初创公司突然之间也变成了烟草巨头。

"玻璃屋碎了。"一名员工说道。

朱尔的管理团队足够精明，知道他们的员工可能从来没有想过会为烟草公司做事。而奥驰亚的高管们也知道，自己可能会遭遇公然的敌意。因此，作为交易的内容之一，伯恩斯说，奥驰亚将付给员工10亿美元的奖金。② 平均算下来，每个员工将拿到60多万美元，虽然实际数字还要看任职年限，这意味着有的人可以拿到100多万美元。这引发了更多的喘息声。其中一个远程参会的员工回忆说自己听到这个消息时不得不坐了下来。不过，其中也有玄机。奥驰亚拿出那么多钱来获得这家公司的股权，其中一个重要原因是为了人才，它承担不了所有员工弃职而去的费用。这笔奖金将在两年内发放，每6个月左右发一次支票。换句话说，如果你想拿到这笔钱，那你必须留下来，干下去。

---

① 源自 PitchBook 汇编的数据。
② See Olivia Zaleski, "Juul Employees to Get \$2 Billion Bonus in Altria Deal," Bloomberg News, December 20, 2018; also, Jennifer Maloney, "Juul's Instant Millionaires: How \$2 Billion from Altria Is Being Divvied Up; Part of Marlboro Maker's \$12.8 Billion Investment Is Earmarked for Cash Awards, Retention Bonuses," *The Wall Street Journal*, December 21, 2018; and Angelica LaVito and David Faber, "Juul Employees Get a Special \$2 Billion Bonus from Tobacco Giant Altria—to Be Split Among Its 1,500 Employees," CNBC, December 20, 2018.

对这笔交易，蒙西斯毫不掩饰地持看涨态度。他告诉手下，是的，他明白可能会有失落情绪，而且这样的合作关系看似违背了直觉。但是，这并不是朱尔在跟烟草业的斗争中投降的标志。事实恰恰相反。他说，这笔交易是迄今为止最响亮的信号，说明朱尔正在赢得这场让大家摆脱卷烟的战争。这说明烟草行业承认了，它的未来取决于非燃烧式产品，这可能会转变为公共卫生的一个有意义的机会。再者，奥驰亚并没有获得该公司的控股权，其高管也已经承诺不插手。

在有的人看来，蒙西斯的这番独白自私到了极点，尤其是因为这笔交易让这个人富到流油。消息公布后，留出了时间供员工提问。有的人问的是这笔交易的定价机制。其他问题则无关痛痒。一位干了快一辈子的老员工举起手问了一个问题，问出了可能每个人的脑子里一直在转悠的东西。尽管这笔交易已经板上钉钉，但在那一刻，很多事情才变得真实起来。

"一个星期的时间不可能谈成这样一笔130亿美元的投资，你一直在骗我们吗？"

这并不是说朱尔的创始神话是个弥天大谎。蒙西斯和博文一直是自己事业的忠实信徒。他们一心致力于战胜烟草业的罪恶，博文甚至曾经雇过一个小型团队来调查是否有可能从合成来源而非烟叶中提取尼古丁，比如从其他开花的茄属植物（如茄子和番茄）中找到这种生物碱。"番茄巨头"听起来就没有那么邪恶了。这只不过证明一点，跟硅谷的大多数事情一样，创始神话至少是可替代的。

到了圣诞节时，随着奥驰亚的支票滚滚而来，朱尔的员工由衷地对这笔交易能令人生改变的性质感到惊愕。首批进入公司的大约100名员工尤其有这种想法。因为奖金在一定程度上是根据年资发放的，这意味着大学刚一毕业就开始在朱尔工作的那帮千禧一代变得像土匪一样。一位从一开始就在这里工作的秘书拿到了好几百万美元。一位当了快一辈子初级项目经理的人突然变得比自己经验丰富的高管上司还要有钱。雇员们把游艇杂志带到办公室。

几乎有一种难以置信的迷茫气氛。比如,这里面有什么玄机?这一切看起来简直不可思议。奥驰亚造就了百万富翁和亿万富翁。有些人开始称他们为朱尔大富翁(juulionaires)!

但是,这笔交易最不可思议的地方,莫过于给创始人和投资人带来的收益。实际上,这是硅谷发生的最令人瞠目结舌的交易之一。一般而言,当一个大投资人进来时,他们会用这笔资金做两件事情中的一件,要么买断早期投资人——这样可以把桌子上的筹码拿走,同时还精简了股东结构——要么用这笔钱发展业务或者偿还债务。但这样的话,这笔资金就被安排成了"特别股息"。这意味着128亿美元几乎全以现金奖励的形式发放了出去,只剩下大约2亿美元计入了资产负债表。朱尔的现有股东继续持有他们的股份,每股可获得150美元的股息。

在投资界,奥驰亚一直被叫做股息之王,因为它50多年来雷打不动地定期向股东支付股息,不管发生什么,风雨无阻。这就是为什么投资人继续站在奥驰亚这一边,尽管它的生意不太受人待见。但是,股息之王以前从没有发过如此丰厚的股息。在办理交易的时候,该公司最大的个人股东瓦拉尼估计拥有该公司20%的股权,因此有望从这笔交易中拿到约26亿美元。普利兹克拥有约13%的股权,拿走了约17亿美元。博文和蒙西斯一共持有约10%的股权,其中蒙西斯持股稍多,这意味着他拿到约6.4亿美元。这两个斯坦福大学毕业生成功了。"蔡司"·科尔曼的老虎环球投资公司拿走总额达16亿美元的意外之财。死心塌地就能拿到钱,而且能拿回更多。在某些情况下,即使小投资人也能让自己的钱翻一倍或者两倍。这只横行全国为所欲为的硅谷独角兽正在大把撒钱。

"这是世界历史上最大的造富机会之一。"一个知晓这次交易内情的人说道。

一个工作多年的员工对这次交易的描述或许最为精准。"我们差不多以130亿美元的代价,就要了一家有一百多年历史、价值千亿美元的烟草公司。"这个人打趣道。

在这个国家的另一边,同一天,在里士满的郊区,气氛迥然不同。随着股市开盘,员工们聚集在一起,通过清早全公司的沟通会听自己的领导正式宣布他们已然听说的这一进展,或者通过新闻得知这件事,具体要看他们碰巧先碰到哪一个。这次搭了个讲台,跟半年多前在奥驰亚总部为维拉德的第一次集会讲话搭的那个讲台有些类似,仍是在主庭院外带顶篷通道的同一个地方。不过,各方面的差异也很明显。

现在的室外不但冷了很多,而且这天上午也看不出任何值得庆贺的气氛。实际上,简直是一派沮丧。几个星期以来,奥驰亚的员工一直听到可能跟朱尔达成交易的传闻。但现在,所有的细节才首次披露。维拉德宣布了这个头号新闻。"我们正在采取重要行动,为一个成年吸烟者基本上都会放弃香烟转而选择非燃烧式产品的未来做准备,"维拉德说,"我们早就说过,给成年吸烟者提供更优质、令人满意并具有减害可能的产品,是实现降低烟草危害的最佳途径。通过朱尔,我们正在为实现这一目标进行我们公司历史上的最大一笔投资。我们坚信,跟朱尔合作,加快完成它的使命,将为成年吸烟者和我们的股东带来长期利益。"①

他谈了这次交易的具体条款——奥驰亚斥资128亿美元,收购朱尔35%的股份,这将使朱尔的估值达到380亿美元。这是奥驰亚历史上最大的单笔交易。随着维拉德深入谈及新闻稿里的内容,他的态度明显发生了改变。他说,凡事都有代价,这一次也不例外。为抵消投资朱尔的成本,维拉德宣布了一项"成本削减"计划,它将在2019年年底前节省高达6亿美元。为此,公司计划进行一轮裁员,可能会

---

① See Altria Group, Inc., "Altria Makes $12.8 Billion Minority Investment in JUUL to Accelerate Harm Reduction and Drive Growth," December 20, 2018.

砍掉数百个工作岗位。①

当维拉德说到这个部分时,他开始热泪盈眶。他停了一下,让自己平静下来。接着,他又说起自己作为首席执行官在过去的6个月里是多么满心感激,以及如何从身边所有的人身上学到了很多东西。在谈到自己跟大家建立起来的私人交情时,他再次流下了眼泪。

没有人想到万宝路男人的公司代言人也会哭。对于奥驰亚通常无可挑剔的高级领导来说,这根本不是惯常行为,至少不会如此公开表现出来,而这让员工们猝不及防。这也让这个时刻更加紧张。如果维拉德——一个年薪1 500万美元而且眼下没有丢饭碗之忧的家伙——都在掉眼泪,那就想想一个中层时薪雇员的感受吧,他们是跟朱尔的这笔巨额交易中的牺牲品。

维拉德讲完之后,同意回答大家的问题。一个年龄稍大的人站起身来,接过了麦克风。那天上午,随着有关这桩交易的新闻传开,美国消费者新闻与商业频道(CNBC)播出了一篇报道,概述了朱尔的1 500名员工如何从奥驰亚手里拿到10亿美元的现金奖金,这让其中一些人成为了百万富翁。那个人明显怒气冲冲。"你能不能给我解释一下,为什么朱尔的这些员工可以拿到几百万美元的奖金,而你却要裁掉自己的员工?"

维拉德像一只被车灯照到的小鹿,嗫嚅着说了几句才最终勉强做出回应,听上去有点像他当初在贝恩做咨询师时会说的。而他回复得并不好。"我们必须这么做,"他的核心意思就是这样,"他们工作也很努力,应该得到补偿。"

问下一个问题的是另一个员工,他没有那么生气,但口吻十分悲伤。"我忍不住觉得做这些事情就是你在抛弃我们。"他说。维拉德再次语塞,几乎不知道如何回答是好。奥驰亚有很多人基本上干了一

---

① See John Reid Blackwell, "Altria Group Cuts 900 Salaried Jobs from Nationwide Operations as Part of Cost-Cutting Plan," *Richmond Times-Dispatch*, January 25, 2019.

辈子——他们在这家卷烟厂工作了几十年，或整个职业生涯里都在公司的一个个办公室里工作。不管外人可能对菲利普·莫里斯公司的员工有什么负面看法，但在公司内部对它有一种深深的热爱。最后，维拉德做出了回答。"这不是我们在抛弃大家，"维拉德试图解释说，"而是我们在努力闯出一条新路。"

奥驰亚一直在努力为这一代人闯出新路。现在，这么做已是当务之急，再多的解释也掩盖不了真相。当奖金像雨点一般落在朱尔的员工身上时，奥驰亚的员工却正在被清洗——就在离圣诞节还有五天的时候。

第十八章 接 管

> 我们并非与天使生活在一起；我们不得不忍受人性并予以原谅。
>
> ——圣玛德琳·索菲·巴拉特，圣心会创始人
>
> 让我们看看在太阳融化我们翅膀上的蜡之前我们能飞多高。
>
> ——苏布拉马尼扬·钱德拉塞卡，天体物理学家

位于东帕洛阿尔托的硅谷四季酒店是一座玻璃幕墙建筑，就在斯坦福大学校园的边上，门前的101号公路沿着海湾一路蜿蜒，向北直通旧金山。考虑到酒店房间的起价在每晚500美元以上，豪华套房的起价更高达数千美元，那年1月，当朱尔和奥驰亚的两个"大男人"首席执行官出现在一大群人的面前时，场面多少有点尴尬。[①]的确，他们刚刚签署了硅谷历史上最大的一笔以风险资本作为担保的交易合同。不过，只有一方完事后相对满面红光。

维拉德仍在执行他的"成本削减"计划，以支付朱尔35%的股份的费用，裁员工作正在进行中。2019年1月，该公司裁掉了近1 000个带薪岗位，占奥驰亚的总员工数10%以上。省下来的钱旨在抵消支付朱尔交易案提供资金的贷款利息。当朱尔的员工拿着现金购买游艇和湾区的房子时，奥驰亚的员工正在被要求收拾办公桌走人。

四季酒店里，伯恩斯和维拉德登上舞台，对着房间里的200多名朱尔高管讲话，把他们刚刚结成的合作关系的好处吹嘘了一番。"我相信五年后，朱尔收入的50%将来自国际市场。"据《纽约时报》报

道,维拉德如此说道。伯恩斯打断了他的话,开玩笑说:"我跟团队讲的是要在一年之内做到这一点!"

虽然这两个人在台上显得亲密无间,但在私下里,他们的关系越来越紧张。伯恩斯向身边人摆出一副趾高气扬的架势,以示他才是那个促成这桩世纪交易的人。他已向自己的同事明确表示,他并不打算听从一个被美化的卖香烟的人的命令。再者,维拉德的公司只持有朱尔的少数股权,因此伯恩斯认为没有理由在奥驰亚的任何人面前卑躬屈膝。自十年前博文和蒙西斯大老远地穿过整个国家来到里士满,有幸将普鲁姆推销给全世界最著名的香烟公司以来,形势已然发生了变化。

与此同时,奥驰亚花费近130亿美元并不是来保持沉默的。维拉德的高级助手K.C.克洛斯威特已经在朱尔的董事会获得了一个观察员席位,旨在等交易案获得监管机构批准之后转为一个有投票权的常规席位。一如同等规模的大多数交易案,这笔交易还需要经过联邦贸易委员会的反垄断审核,待批准后奥驰亚才能对公司治理问题行使合法控制。

在两家公司的谈判过程中,克洛斯威特已经跟朱尔及其领导团队非常熟悉。他在奥驰亚的地位已经升至跟维拉德平起平坐,员工们猜测,首席执行官的位置有一天可能会是他的。

在交易宣布的当天,维拉德上了《商业动态》(*Business Update*)特别节目,为大家描绘了一幅乐观景象。"想象一下吧,"维拉德说,"这是强强联合,朱尔有领先的市场地位、品牌资产和深度创新路径,而我们有强大的零售业务,有跟自己公司数据库中的成年吸烟者直接建立联系并同时避开非预期用户的能力,还有拥有覆盖近23万家门店的市场领先的销售组织以及深厚的监管事务专业知识。"[2] 接

---

[1] 关于四季酒店里的场景,来自 Sheila Kaplan, Andrew Jacobs, and Choe Sang-Hun, "The World Pushes Back Against E-Cigarettes and Juul," *The New York Times*, March 30, 2020。

[2] 关于这期节目的文字稿,参见 "Altria Group Inc. Conference Call to Discuss Investment in JUUL Labs Inc.," December 20, 2018。

着,他抢先谈到了一些预计会被问及的关于这笔交易价格过高的问题,说这代表了"在电子烟类别中创造可观收入的最快且最可持续的机遇"。翻译一下就是:马克滕已经败下阵来,谢天谢地有了朱尔;我们终于可以在电子烟上面赚点钱了。

问题在于,投资者受到了惊吓。交易价格和限制性的交易条款看得人头昏眼花。交易宣布当天,奥驰亚的股票出现了多年来最大的跌幅之一。《华尔街日报》发表了一篇题为《万宝路制造商在为朱尔付出沉重的代价》的专栏文章。[1] 标普全球和惠誉国际两大信用评级机构将该公司的信用等级下调为 BBB 级,这是投资级公司的最低水平,因为奥驰亚为给这笔交易注资而背上了巨额债务。[2]

在投资者会议上,一位分析师问到了"中止协议"的问题,它会禁止该公司在交易完成后的 6 年里在 35% 以上再获取任何额外股份。她说:"考虑到价格和估值,我感到有点奇怪的是居然没有控制的路径。"

"你说得对,"维拉德回答,"考虑到它的业务具有强劲的表现及其预期的上行空间,我们觉得即便没有控制的路径,这笔交易对我们来说也很有吸引力。"

维拉德在整个这次投资者会议上都在解释,他说该公司"在相当长一段时间"以来一直在为朱尔的财务和期待增长轨迹建模,而且他们不断惊讶地发现朱尔的财务数据超过了他们最乐观的预测。至于 380 亿美元的估值?维拉德承认,在朱尔跟 FDA 联手解决青少年使用问题时,可能会出现一定的"混乱",但"我们其实对这样的估值感到很满意,并期待它随着时间的推移还会上涨"。

但不是每个人都这么乐观。奥驰亚的股票通常是个有吸引力的投

---

[1] See Jennifer Maloney, "Marlboro Maker Is Paying a Desperate Price for Juul," *The Wall Street Journal*, December 20, 2018.
[2] See Amanda Jean Dalugdug, "S & P, Fitch Downgrade Altria on $12.8B Juul Investment," *S & P Global Market Intelligence*, December 21, 2018.

资建议，因为它有稳定而可靠的收益。如果投资者想投高速上涨的科技股，他们会把钱放到别的地方或者去拉斯维加斯。花旗银行分析师亚当·斯皮尔曼认为，该笔交易预示着其下可能暗藏令人担忧的弱点，因此劝投资者卖掉奥驰亚的股票。如果该公司愿意为朱尔支付这么高的价格，那说明奥驰亚的香烟业务有怎样的未来呢？奥驰亚"其实是在发出信号，它对自己核心业务的未来充满疑虑"，他写道。随着朱尔现在可以使用奥驰亚庞大的客户营销数据库，这难道不是允许这家旧金山初创公司进一步蚕食奥驰亚的香烟业务吗？此外，因为朱尔是一家私人公司，投资者无法足够了解朱尔的财务内部运作，并做出明智决定。他们只能相信维拉德的说法。

2019年1月10日，星期四晚上，几十名家长大步穿过位于阿瑟顿的圣心学校校园，爬上那座仿巴黎沙特尔大教堂而建的错综复杂的石头迷宫的顶部，走过那个卢尔德圣母石窟，进入了坎贝尔表演艺术中心。该中心以硅谷传奇人物比尔·坎贝尔的名字命名，他是财捷集团（Intuit）的前首席执行官、苹果公司董事会成员，给包括史蒂夫·乔布斯、拉里·佩奇和雪莉·桑德伯格在内的无数科技高管做过顾问。坎贝尔的孩子们曾就读于圣心学校，他本人一直是该校八年级男子、女子夺旗橄榄球队[①]受人喜爱的教练。他在2016年去世时，圣心学校在橄榄球场举行了一场悼念活动，引来了包括蒂姆·库克和杰夫·贝索斯在内的硅谷头面人物。[②]

在350座的礼堂里，弥漫着一股愤怒和沮丧的情绪。自从女子长

[①] flag football，擒抱方式不同于一般的橄榄球赛，要从对方的腰带上拽出一块织物。——译者
[②] See Brad Stone, "Bill Campbell, Silicon Valley Coach and Mentor, Dies at 75; Apple's Steve Jobs and Google's Larry Page Were Among Those Who Had Looked to Campbell for Advice," *Bloomberg*, April 18, 2016; Jena McGregor, "Silicon Valley Mourns Its 'Coach,' Former Intuit CEO Bill Campbell," *The Washington Post*, April 18, 2016; and Miguel Helft, "Silicon Valley Takes a Break to Remember 'Coach' Bill Campbell," *Forbes*, April 26, 2016.

曲棍球队在去年春季那次事件以来,抽朱尔的问题便在圣心学校愈演愈烈,接近了戈特列布在几个月之前所说的"流行病"程度。现在,圣心学校的很多学生每天都会在午饭时间抽朱尔,如果有家长开车穿过学校绿树成荫的外围地带,经过一排排形成传统的橄榄树后,他们就可以瞥见孩子们坐在车里,一股股烟雾从车窗往外飘散。圣心学校的一位家长把这个场景比作从市中心的大街上走过,看到瘾君子在青天白日下注射毒品。长期担任圣心学校校长的理查德·迪奥里对没收的一堆堆朱尔恼怒不已,进而带了狗来嗅学生的储物柜。

那天晚上,当彼得·布里格登上主席台时,迪奥里就坐在观众席上。在堡垒投资集团这位高管的私人生活遭到朱尔的入侵,并在绝望中找到迪奥里之后,布里格和迪奥里便开始了密切的合作。那个冬天,两个人来到距离圣心学校 10 分钟车程的斯坦福大学校园,见到了青少年烟草预防专家哈尔本-费尔舍,后者给他们展示了各种图表和数据,并向他们讲解了她所知道的关于尼古丁成瘾、青少年大脑和朱尔所含的强效药物方面的知识。她告诉他们,尼古丁比海洛因更容易上瘾。直到那一刻,布里格和迪奥里才开始意识到问题的严重性。瘾君子们正在圣心学校的神圣殿堂进进出出。

深陷不良债务、复杂的救援融资和比特币世界的这位不会满嘴废话的金融巨头,现在,他准备在 300 多位家长面前谈论一个困扰他的私人问题。布里格和迪奥里请到了哈尔本-费尔舍来跟圣心学校的家长们讲讲抽朱尔的问题。当迪奥里请布里格做开场讲话时,布里格一开始并不情愿。他在自己孩子就读的学校从来没有做过这样的事情。而且他也不喜欢公开宣扬家务事。但是,他更不喜欢朱尔。他也觉得有一种道义责任,要在自己已经深度介入的这件事上身先士卒。

大家都知道,布里格是个直率但心思极为缜密的人,他在开口说话之前,通常会字斟句酌。那天晚上,在座无虚席的表演艺术中心,他和盘托出了整件事。他是如何在自己的家里发现朱尔的。尼古丁成瘾是如何毁了他女儿所在的长曲棍球队的。他是如何开始与一个反电子烟草根组织合作的，而且该组织正在发展成为具有强大影响力的全国性倡导团体。接着，他介绍了哈尔本-费尔舍，她给家长们讲了关于尼古丁成瘾的一切，这些东西她跟布里格和迪奥里分享过，也在全国各地的学校宣讲过。她在巨大的电影幕布上播放着幻灯片，一张张图表显示了青少年使用电子烟激增的现象、尼古丁成瘾如何重组青少年的大脑结构，以及家长该如何识别电子烟设备。

话题转向了几个星期前，朱尔如何跟大型卷烟制造商奥驰亚达成一笔近 130 亿美元的交易。这实际上是布里格和其他人一直在谈论的话题。他们认为，朱尔就是一家伪装成科技初创公司的烟草公司，它所关心的只是以他们孩子的未来为代价，卖出越来越多的尼古丁烟具。

哈尔本-费尔舍结束发言时，圣心学校的家长们都非常愤怒。"像我这样的人根本不知道它是什么东西，"圣心学校一位与会的父亲说道，"我以为那是一只硬盘。而它会像癌症一样撕裂整个身体。它会在各个班级之间疯传。已经有一年多了，家长们却浑然不知。"这位父亲越说越气。"这些小孩子一夜之间就迷上了。"

真正让家长们坐立不安的是他们得知，凯文·伯恩斯就住在这条街上。这家公司像一个破碎球，砸进了他们的家、更衣室和校园，而公司的首席执行官就住在距离学校 5 分钟车程的地方，这听得大家毛骨悚然。"我们现在就该走过去，在他的家门口抗议。"其中一位家长说道。人们的情绪变得非常激烈，如果伯恩斯在那一刻现身这座由一群献身于和平与公正的修女创建于 1898 年的校园，他很可能会遭到围攻。

会议结束之后，紧张情绪久久不能散去。"我要是碰见凯文·伯恩斯这个家伙，"前来圣心参加会议的一位家长说，"我一直认为我的一生中永远不会出于愤怒而做什么让自己处于糟糕境地的事。但如果用棒球棍揍他是合法的，我会直接朝他脸上招呼。"

凯文·伯恩斯实现了他长久以来的愿望。新年刚过，就在 1 月份的第二个星期，朱尔宣布它计划推出有史以来第一波全国性的电视广告活动。这场耗资 1 000 万美元的广告活动，以采访或"感言"为主，主人公是一群上了年纪的男女，其中有些人有明显的皱纹，有些人身着舒适的毛衣坐在宽大的沙发里，其中一人还住在哈莱姆区一栋杂乱无章的老房子里。他们中有理发师、以色列士兵、电影制片人、联邦政府雇员、交通协管员等。在他们诉说着自己跟烟瘾做斗争的过程中，全都漫不经心地拿着一支朱尔。广告分为"帕特的故事""咪咪的故事""卡洛琳的故事"几部分。跟性感、诱人或者时髦绝对不沾边。

这就是伯恩斯要完成的一项艰难任务。大明大白地将品牌摆出来。但与此同时又要转移大家对这个品牌日渐高涨的愤怒情绪。"很显然，我们专注于公司的使命，即让人们摆脱燃烧式香烟。"朱尔的营销副总裁安·霍伊告诉美国消费者新闻与商业频道。①

电视宣传活动的启动在朱尔内部引发了奇怪的并置现象。员工们看到的是一家公司在其一贯的道路上继续进步，但一切又都不一样。跟奥驰亚达成交易后，公司笼罩在一片乌云之中。员工们开始越来越多地发出疑问，并对朱尔所谓的终结香烟的使命产生了矛盾心态。在所有高管进行了热情的宣教之后，他们还值得信赖吗？可以这么说，在这两位创始人中，博文是更强硬的反吸烟旗手，他特意告诉大家，现在有了奥驰亚提供的一大笔钱，朱尔就可以拯救更多人的性命。在有的人听来，这是一个心怀愧疚的人经过反复编排的说辞。是的，说到底这个世界上有 10 亿烟民，这意味着有 10 亿个生命需要拯救。但这也意味着，有 10 亿个人存在购买朱尔的可能性。

尽管两位创始人不是每天都来公司处理事务，但当员工们在楼里看见他们的时候，会以不同的眼光看待他们。有人认为，如果他们在

---

① See Angelica LaVito, "Juul Combats Criticism with New TV Ad Campaign Featuring Adult Smokers Who Quit After Switching to E-Cigarettes," CNBC, January 8, 2019.

跟奥驰亚的交易不是不道德的，那么他们至少也是是非不分的。

没过多久，朱尔就出现了一场集体性的生死危机。员工们曾经乐呵呵地笑谈奥驰亚正在送出的"一袋袋红宝石"，并用它们买房、买车，并找新的理财顾问，现在他们发现自己心在往下坠，觉得自己拿在手里的是一枚枚血钻。一位前员工描述了自己陷入抑郁的过程，想知道他们会怎样结束这场"反乌托邦噩梦"。另一员工在跟奥驰亚的交易达成后离开了公司，将自己的时间用来为加州的贫困儿童修建板球场。

跟奥驰亚达成交易的几个星期之前，在霍伊手下工作的营销主管莱恩·伍德林离职了，因为他的内心越来越充满愧疚感。有的人可能会感到后悔——我本该留下来，等着这张管用一辈子的支票！——但他完全没有这样的想法。在这家公司工作让他大失所望，他真的觉得身心俱疲。

伍德林在此工作的最后一天，一位办公室主任给他包了一份小小的送别礼，里面是几个芒果味烟油。当他最后一次走出Pier 70，走上多帕奇区的砂砾街道时，他掏出朱尔深吸了一口，一股令人满足的蒸汽深深地进入了他的肺部，随后从他的嘴里吐了出来。他感到如释重负。

跟奥驰亚的交易只会让这些事情变得更加糟糕。跟奥驰亚交易后，朱尔原来在招聘新员工时所能夸耀的任何道德高地几乎在一夜之间挥发了。一家公司曾经怀揣着摧毁烟草巨头的使命，现在却有一部分归烟草巨头所有，很难说服人们来为这样一家公司工作。不过，这一点几乎不再重要了。朱尔有了稳定的渠道，现在直接从奥驰亚出发。12月成交，几个星期之后，原来受雇于奥驰亚的人开始悄悄被朱尔聘用。从低层级的销售人员到监管及合规部门的中层管理人员，什么人都有。要不了多久，奥驰亚人就会跟朱尔融为一体。

2018年12月20日上午，华盛顿市中心，斯科特·戈特列布正坐在他公寓附近的青石巷咖啡馆里，这时他的手机上突然弹出一条新闻提示。新闻的大标题称奥驰亚已向朱尔注资 128 亿。他一边浏览这篇文章，一边感到自己的血压在升高。他震惊不已。就在几个星期之前，维拉德还当着他的面告诉他，想跟他共同阻止青少年使用电子烟的危机。后来，他又以书面形式重申了他的承诺，说他坚信基于油仓的产品确实有问题，因此他的公司将把自己的这类产品，也就是马克滕精英撤出市场，以示诚意。与此同时，伯恩斯还列了一项计划，将大幅缩减其产品在零售机构的销售，以遏制呈螺旋式上升的蔓延现象。现在，就是这两家公司宣布了它们的这笔巨额交易，奥驰亚由此入股的不是随随便便一家烟油公司，而是全世界最大的烟油公司。朱尔由此获得的不是随随便便一家公司，而是一家在 23 万家门店拥有无与伦比的零售分销的公司，这会让这家硅谷初创公司的销量暴增。

戈特列布拨通了米奇·泽勒的电话。"你看到这条消息了吗？"他问泽勒。"我们需要有所回应。"戈特列布告诉对方，他想发表一个类似于公开声明或谴责的东西，以立即引起公众对这两家公司的关注。泽勒已经看到了这条消息，他同样感到怒不可遏。不过，他试图说服戈特列布别冲动。泽勒知道戈特列布已经受他老板，也就是特朗普总统的影响，养成了经常上推特表达自己不满的习惯。但泽勒告诉他，这个时候发推特不是个好主意。戈特列布从未专门对某桩商业交易做过评价，泽勒提醒他，这个时候这么做只会让人对他的客观性产生怀疑。他劝对方做个深呼吸。他们会商量出一个更深思熟虑的回应。

戈特列布听从了泽勒的劝告，但他激动的心情并没有因此得到平复。他当即感觉遭到了背叛，坦率地说，是被维拉德和伯恩斯利用了。他曾经竭尽全力让两家公司在他的机构面前有公平的权利。他允许他们来到局长办公室，坐下来好好谈。他听他们的诉求，满足他们的要求。他允许他们提出各自的计划，并为他们精心提出的要求寻求建议和角度。他们向戈特列布保证，会跟 FDA 站在同一立场。他们希望共同解决这个问题。他们是一个战壕的人。而自始至终,这两个人却在密谋一桩惊天交易,这让一切都成了笑料。

1月18日,当戈特列布走上讲台时,FDA大会议室里的观众纷纷鼓掌。[①] 他来为一场关于药物在儿童戒烟项目中的作用的公开听证会做开场发言,这样的主题说明了情况已经糟到了何种地步。

"我们今天正处在这个十字路口,这让我深感不安,"他说,"近年来,我们看似已经准备出手应对我们这个时代最具有危害性的公共卫生挑战之一,即吸烟引起的死亡和疾病。我们在减少青少年和成年人的抽传统香烟方面取得了重大进展……。可悲的是,这一成果正在被近期青少年抽电子烟现象的急剧上升所削弱,如果你愿意,甚至可以说是丧失殆尽。几年前,我根本想不到,有一天我们会坐在这里讨论用药物帮助上瘾的年轻人戒掉电子烟的可能。"

在这次公开听证会上,所有专家、儿科医生和倡导人士都做了发言,他们指出,并没有FDA批准过的针对青少年的尼古丁替代疗法。跟越来越多的儿科医生和公共卫生官员一样,戈特列布正面临一个令人不安的局面,而它在一年前还是琢磨不透的:数百万青少年现在可能需要一种戒烟产品来帮他们摆脱朱尔。

与此同时,戈特列布正在绞尽脑汁地想办法对朱尔-奥驰亚的交易做出恰当的回应,这桩交易仍令他怒不可遏。一天不做出公开谴责,整件事淡出社会舆论的可能性就多一分。戈特列布不希望这件事消失在人海喧嚣中。交易达成几天后,他给伯恩斯和维拉德各写了一封4页纸的措辞严厉的信,要求他们分别就有意误导FDA的原因做出解释。不过,他还没来得及发出信件,白宫就通过小道消息听说了,并进行了干预,要求对信件进行审查。总统的特别助理兼白宫副法律顾问史蒂文·梅纳什立即以严厉的口吻对戈特列布表示了异议。

[①] See the transcript of U. S. Food and Drug Administration, "Eliminating Youth Electronic Cigarette and Other Tobacco Product Use: The Role for Drug Therapies," public hearing, January 18, 2019.

他不同意戈特列布试图利用联邦机构公然恐吓一家公司的行为。因此，他对信件做了标注，并发还给戈特列布。接着，戈特列布的办公室根据要求做了修改，再寄回给梅纳什。就这样，这两封信在 FDA 和白宫之间来来回回六个星期。戈特列布大为光火。

在此期间，白宫正越来越多感受到来自一股政治力量的压力，它们是由亲商业团体组成，比如格罗弗·诺奎斯特的"美国税务改革协会""增长俱乐部"以及其他支持朱尔和电子烟产业的所谓自由联盟。早在 2018 年，奥驰亚就已经在游说白宫和 FDA，朱尔也正在积极增强自己的游说队伍。朱尔的联邦游说支出在 2018 年猛增至 160 多万美元，是前一年的 13 倍。① 2017 年，该公司花钱请了 2 名外部游说者。第二年就达到了 16 人。整个 2019 年，该公司继续招揽更多跟特朗普政府关系密切的华盛顿人士，其中包括副总统迈克·彭斯的前媒体事务主任瑞贝卡·普罗普和前白宫助理约翰尼·德斯蒂法诺。② 朱尔的首席内部沟通顾问特维·特洛伊曾在布什政府中为亚历克斯·阿扎尔工作，现在经常出入白宫，代表该公司进行游说。

走投无路的戈特列布抓起电话，打给了阿扎尔。"我受够了，"戈特列布对阿扎尔说，"太荒谬了，这些政府任命的人提出的修改意见试图软化这封信的语气。" 2 月 6 日，戈特列布终于将信分别寄给了伯恩斯和维拉德，称这起交易似乎"跟你们向 FDA 做出的承诺相矛盾"。他还要求朱尔和奥驰亚派代表，于下个月到他的办公室开会。但是，这已经不是戈特列布当初想要寄出的信。只有一页纸，四段话，措辞没那么严厉。

与此同时，早先跟斯泰尔和迈尔斯等人有过交流的一些州总检察长已经开始对朱尔展开调查。关于州总检察长制定针对朱尔的法律策

---

① 参见来自 Center for Responsive Politics 的数据；亦可见 Chris Hudgins and Sean Longoria, "Juul's Lobbying Boost in 2018 Helps Drive Increase in Total Tobacco Spending," S & P Global Market Intelligence, February 19, 2019。
② See Davis Richardson, "Juul Labs Brings on Top Trumpworld Talent as Federal Investigators Circle," Observer, June 20, 2019.

略的可能性,人们的讨论越来越多,这些总检察长毕竟曾经成功地对香烟公司提起了雪崩般的诉讼,使这一行业陷入困境。因为烟草总和解协议已经摆在那里,它资助了数十年的烟草预防项目,使得青少年吸烟率下降,那么有没有可能利用诉讼——并可能最终达成一份电子烟总和解协议——来资助学校和社区的项目,以应对电子烟成瘾问题呢?

3月5日,戈特列布在全国总检察长协会发表演讲,谈及在抗击青少年抽电子烟这场风潮中,州政策和行动可以发挥怎样的作用。[①]在位于华盛顿的首都希尔顿酒店,他走上讲台,身后是一块宝蓝色帘幕和一面美国国旗。"各位总检察长一次又一次地行使手中的权力,不管是在白宫讲坛,还是针对伤害消费者的欺诈或不公平行为发起的诉讼中,"戈特列布说,"州检察长为减少烟草制品导致的死亡和疾病做出了重要贡献。在座的一些人或许就付出过努力。当然,我指的是1990年代中期各州总检察长对烟草行业提起的一桩桩诉讼……。这些诉讼使得数百万页的内部备忘录、报告和其他烟草公司的文件被公之于众。这些文件揭示了严重的不当营销行为,包括针对青少年和年轻人的营销……。随着这股风潮的出现,我听到了历史的回声再度响起。"

戈特列布接着描述了新烟草产品的大致状况,比如,有360万学生在使用电子烟。他说:"我们已经让吸烟变成可耻之事。但是,很多孩子甚至没有把电子烟和吸烟联系在一起。相反,他们觉得自己只是在'抽朱尔'。"他还敦促在座的总检察长们考虑如何应对这个问题。"我想看看州级执法行动和州级措施如何支持我们的共同目标,我们可以如何更好地与你们合作,推进实现上述目标的诸多努力。"

戈特列布的演讲打动了在场的所有人,它不但具有开创性,而且

---

① See U. S. Food and Drug Administration, "Remarks by Scott Gottlieb to the National Association of State Attorneys General," speech, March 5, 2019.

令人振奋——这是烟草控制的又一个历史性时刻的到来。自总和解协议签署以来,已经过去了 20 年时间。全国各地的家长、教师和其他人如此愤慨,他们恨朱尔直接面向青少年营销其产品,恨其设计了一种爽口的尼古丁盐配方,使它易于吸入,并采用高含量的尼古丁使它具有高成瘾性。最可恶的是,这家公司请了全世界最好的调味师,让产品尝起来像糖果。人们越来越觉得,一场新的战斗可能即将到来。

戈特列布的演讲结束之后,密西西比州前总检察长、1990 年代的烟草和解协议的起草者麦克·摩尔来到会议室外的走廊上。摩尔早就跟戈特列布和另外几名总检察长约好,要讨论朱尔的问题。但是,等摩尔来到外面的时候,他被告知会议已经取消,因为戈特列布需要处理一件紧迫的事情。

不过几个小时,新闻就铺天盖地。戈特列布突然宣布辞职,理由是他希望有更多时间陪伴仍住在康涅狄格州的家人。① 他在任的最后一天是 4 月中旬。

3 月 13 日,距离离开这个机构还有几个星期的时候,戈特列布宣布了一项提议政策,加强对调味电子烟制造商的执法力度,并要求实体零售店将调味电子烟单独陈列在一个未成年人无法进入的封闭区域。② 该提议叫停了 FDA 提出的针对所有调味电子烟的禁令。它也不包含薄荷和薄荷醇口味,公共卫生专家一直认为,这两个才是青少年

---

① See Laurie McGinley, Lenny Bernstein, and Josh Dawsey, "FDA Commissioner Gottlieb, Who Raised Alarms About Teen Vaping, Resigns," *The Washington Post*, March 5, 2019; also, Sheila Kaplan and Jan Hoffman, "F. D. A. Commissioner Scott Gottlieb, Who Fought Teenage Vaping, Resigns," *The New York Times*, March 5, 2019.

② See U. S. Food and Drug Administration, "Statement from FDA Commissioner Scott Gottlieb, M. D., on Advancing New Policies Aimed at Preventing Youth Access to, and Appeal of, Flavored Tobacco Products, Including E-Cigarettes and Cigars," FDS statement, March 13, 2019; and Laurie McGinley, "FDA Rolls Out Vaping Policy to Make It Harder for Minors to Buy Flavored Products," *The Washington Post*, March 13, 2019.

最喜欢的"口味"。

同一天，戈特列布以 FDA 局长身份举行了最后一次正式会议。与会人员有维拉德和奥驰亚的另外三名高管，以及伯恩斯和朱尔的另外三名高管。陪同戈特列布出席会议的 FDA 人员有米奇·泽勒和其他十余名职业工作人员。他们全都聚到了位于局长套房的大会议室。房间里总共有二十来人。

戈特列布等了好几个星期才找到机会把维拉德和伯恩斯痛骂一顿，他的怒气一直没有消散。会议开始 15 分钟后，他就放飞了情绪。

"在我们打交道的其他公司或行业中，没有哪家敢做出这种事，"他说着把身体靠上橡木桌，直视着维拉德，然后是伯恩斯，"我给了你们比任何一家公司都要多的机会来找我。我不只是跟你们见过多次面，也让我手下的员工接听你们所有的电话，回你们所有的电话，回复你们所有的来信。我们对你们的反应也许比任何一个行业都要快……。今天，请不要再说你们想跟我们一起合作！"

房间里的每个人都沉默不语。戈特列布的员工看上去既震惊又自豪。当几位行业高管被叫来解释时，他们看起来有些不好意思。维拉德和伯恩斯自动转成圆滑的说客模式，说他们对该机构尊重有加，还说他们所做的一切都是本着解决青少年抽电子烟泛滥的精神。接下来的会开得非常敷衍。

跟朱尔和奥驰亚的会议是戈特列布在 FDA 局长位子上做的最后一件事，这再合适不过了。他这个 FDA 局长一上任就碰上尼古丁问题。现在，还不到两年时间，他就面对着尼古丁问题结束了任期。在尼古丁把戴维·凯斯勒领导的 FDA 卷入漩涡四分之一个世纪之后，美国最令人犯愁的物质再次让该机构支离破碎。

会议结束后，戈特列布起身走向门口。出门之前，他转过身来，看着维拉德和伯恩斯。

"我会在地狱等着你们。"戈特列布说道。

旧金山市检察长丹尼斯·埃雷拉向朱尔挥出的第一拳打空了。在凯瑟琳·杜马尼和克里斯汀·切森的呼吁下,埃雷拉对朱尔租赁城市房产一事展开了调查。港口委员会举行的听证会已经清楚表明,朱尔是合法地转租,港口当局不能驱逐该公司。该市自己开展的内部调查并没有发现朱尔违反任何规定的证据。因为朱尔的转租合同有效期至少为五年,再加上五年的自动延期,这意味着朱尔不但不会离开,而且可能至少在 Pier 70 待到 2027 年。

在担任该市检察长近 20 年、现在已是第五个任期的埃雷拉,已经处理——并办成了——多个极具争议的问题,从加州禁止同性婚姻到优步给司机的待遇,再到全国步枪协会反对枪支管理法改革等。但朱尔让他很生气。他觉得这家公司不仅从道德上侮辱了旧金山的青少年,而且给他生活了 30 年的这座城市留下了污点。

3 月 19 日,埃雷拉和市议员华颂善(Shamann Walton)站在市政厅的讲台后,两边各站着几个市政官员。[①] 他们是该市最近试图阻止朱尔的行动的部分人手。"像旧金山这样的地方政府有责任站出来保护自己的孩子,"埃雷拉说,"这些公司可以藏在减害产品的幌子下,但是说白了:他们的产品是会上瘾的。"

华颂善刚被选为该市第十区的监事会成员,多帕奇区就在其中。在旧金山政界最高层的大力支持下,华颂善击败另外五位候选人,并立即解决了多个棘手问题,比如采取措施关闭该市的少年拘留中心。他当即答应帮助埃雷拉处理朱尔问题。

那天,埃雷拉和华颂善建议该市立法部门发布命令,暂停销售任何未经 FDA 审查的电子烟。因为当时所有电子烟都还没经过 FDA 的

[①] See "Herrera, Walton Introduce Package of Legislation to Protect Youth from E-Cigarettes," on the San Francisco City Attorney's website, March 19, 2019.

审查,这意味着该提议实际上是对旧金山的所有电子烟下了一道禁令——这是全美首次这么做。前一年,旧金山其实对包括电子烟在内的所有调味烟草产品发布过一项禁令,但这次的立法行动又前进了一步。对朱尔来说,其中意思是明摆着的。

"我们不希望它留在我们这座城市。"华颂善说。

这次波澜将会演变为该市历史上代价最昂贵的政治争端之一。它也成了朱尔的一个转折点,因为它现在被迫保卫自己,跟它诞生的城市针锋相对。

5月2日上午快9点时,霍华德·维拉德带着他的两名高管K.C. 克洛斯威特和穆瑞·加尼克(此人长期担任奥驰亚的总法律顾问,并深度参与了与朱尔的谈判)抵达了位于旧金山市区的君悦酒店。此时的维拉德已经习惯了从里士满到旧金山这种穿越全国的行程,而且是他召集了今天上午的会议。在奥驰亚完成有史以来最大的单笔投资快满5个月的时候,他开始紧张起来。

维拉德知道,要让他的投资释放出全部价值,关键是解决朱尔的青少年使用问题。如果青少年继续成群结队使用朱尔,FDA就不可能得出该产品"适用于保护公众健康"的结论,这是该机构对烟草产品进行授权的标准。随着一群公共卫生组织对FDA给各大制造商提交"烟草产品售前申请"留出宽裕的时间提出质疑,已经没有时间耗下去了。审理此案的法官很有可能将截止日期提前。一切都取决于烟草售前申请程序(PMTA)。如果朱尔没有获得FDA的许可,就不会有它的容身之地。而如果没有朱尔,维拉德的128亿美元也许早就拿去投在卷烟业务上了。

事实是,那个时候的朱尔并不真的需要奥驰亚的钱,它完全可能以多种方式套现。"在当时,没有人觉得给朱尔投资不会大赚,"一位知情人士说,"这不是在20亿美元和什么都没有之间做决定。而是我今天能否赚20亿或者明年能否赚30亿的事。"不过,朱尔需要的是奥驰亚所能提供的无形资产，尤其是该公司现在能够在每年售出的数十亿包万宝路香烟中直接塞进朱尔的优惠券。它还拿到了奥驰亚将提供给该公司的一长串服务清单，包括游说、奥驰亚庞大的顾客数据库、浩大的分销物流配送体系、法律服务、商业营销等。此外，奥驰亚还会与朱尔合作，制定防止未成年人使用其产品的举措。这是5月的那天上午的会上，维拉德想跟朱尔的高管们讨论的最后一个问题。

有关青少年使用朱尔的问题的报道已让事情雪上加霜。就在几个星期前，由近10名民主党参议员组成的一个团体给伯恩斯写了一封措辞严厉的信，谴责了他的公司最近跟奥驰亚达成的交易，并宣称他们会对该公司发起国会调查。信中写道："奥驰亚这家巨型烟草公司劣迹斑斑，曾经用欺诈性营销手段让孩子们沉迷于香烟，从它手里接过128亿美元的时候，朱尔就已经失去了该公司在声称关心公众健康时仅有的一丁点可信度。通过让新一代孩子迷上你们的烟草产品来提高你们的利润，虽然你和你的投资者可能会对此相当满意，但在你们的危险产品从我国孩子们的手里消失之前，我们不会善罢甘休。"与此同时，旧金山市正在加班加点禁止朱尔在该市销售，而美国各地的总检察长也在悄悄地重新启动他们20年前的反烟草工作，正是这些工作催生了烟草和解协议。

去参加这次会议时，伯恩斯的态度很差。他一直倾向于尽可能少跟"里士满"的人互动，而现在他和他的整个高管团队却被召到了这个地方。伯恩斯毫不隐讳地表示，他对奥驰亚的人始终有抵触情绪。他经常在维拉德背后讥讽，说烟草巨头想从硅谷捞钱。而且当着维拉德的面，他也懒得换个语气。这次会议的前一天，伯恩斯给维拉德打了好多个电话，结果对方的助理一再告诉他维拉德很忙。最后，伯恩斯直接打了维拉德的手机，并留下了一条语音信息："我可以帮你节省时间。香烟销量下降了。你能谈谈吗？"如果维拉德来这里是为了让伯恩斯低头，那么他就大错特错了。

伯恩斯像平时那样穿着拉链运动装、牛仔裤和全鸟（Allbirds）运动鞋，大步进入豪华的君悦酒店会议室。维拉德穿着一件犬牙花纹的运动夹克、牛津衬衫、带褶皱的卡其裤和懒汉鞋。克洛斯威特和加尼克都穿着同样的那种90年代中期典型的东海岸公司服装。连帽衫穿戴法还没有传到里士满。

在几个小时里，会议就围着一张U形大桌进行着，与会人员有奥驰亚的三位高管，朱尔员工和朱尔董事会成员共十几人，包括"尼克"·普利兹克及其儿子艾萨克·普利兹克、里亚兹·瓦拉尼、查克·弗兰克尔等人。维拉德听着，偶尔抽一口朱尔，这是过去一年里他在跟朱尔谈判的过程中明显养成的习惯。有人怀疑他抽朱尔只是在作秀。但他抽这玩意儿的架势看起来很地道。

伯恩斯对来这里开会明显心情烦躁。他的手下一直在加班加点地准备这次会议。其计划是用朱尔为控制青少年使用问题而采取的所有措施来镇住奥驰亚人，以此让他们退到一边，别再插手。他们对维拉德大讲特讲各种细节，比如朱尔"神秘顾客"做法以及"物流追踪与溯源"计划，以此诱出把货卖给未成年人的零售商。他们讲解了一项试点计划，它将技术集成到零售商的销售点管理系统中，以防他们将朱尔卖给任何无法核实年龄的人。他们有用来回答所有问题的各种数据。还有能总结这一切的各种图表。如果这些仍不足以向维拉德和他的公司表明一切尽在伯恩斯的掌握之中，那就没有办法了。

然而，伯恩斯非但没有得到赞誉和表扬，反而引来了顾虑重重。开会的过程中，他一直盯着自己的手机。每当有人向他发问，他的回答总是三心二意。看得出来他为自己竟然不得不回答奥驰亚的人提出的各种问题而恼火。

"这些真的会有用吗？"维拉德一度问道。奥驰亚阵营的心态是，这是个极其严肃的问题，而不是什么炫酷的硅谷贝塔测试。他说，全国青少年烟草调查公布的各种数字需要降下来，如果不降，这些华而不实的策略和技术都不会奏效。朱尔提出的有些策略很好，但需要加快实施步伐。更大。更快。马上。

这根本不是伯恩斯想听到的。在他自己看来，他比任何人都更重视青少年使用问题。他已经将非常受欢迎的水果和甜点口味的烟油从零售店撤下，这让公司损失了很大一部分收入（"我从未看到过哪个牌子如此努力地打击自己的销量。"一位前销售高管说）；他已经承诺在"青少年和家长教育以及社区参与工作"上投入3 000万美元；他已经关闭了公司在Instagram的账号；他已经亲自向监管机构和立法机构说明了。

维拉德所期待的摊牌时刻泡汤了。很明显，伯恩斯只是想让他的这帮客人尽快坐着公司的飞机返回弗吉尼亚州，好让他一个人清静清静。这是伯恩斯的失策。实际上，在处理朱尔目前面临的危机方面，奥驰亚的这三位高管的经验比会议室的所有人加起来还要丰富。他们到这里来是要提出一个和平建议——虽说是出于自身利益——那就是将奥驰亚的全部资源抛出来，帮助朱尔摆脱泥淖。而伯恩斯的反应几乎是鼻孔朝天，不理不睬。

伯恩斯或许当着朱尔的首席执行官。但很显然，朱尔的董事会掌握着最终的决定权。这家公司刚刚开出的一张大额支票，数字大到会议室里的（大多数或者）所有人都没见过，而且很可能再也不会见到，伯恩斯却在它的代表面前出尽洋相，会开完几天了，董事会都没法高兴起来。

但是，不满情绪到处皆是。维拉德的人也不高兴。具体来说，就是他那些股东。5月16日，奥驰亚即将在里士满市中心的会议中心再次迎来一年一度的股东大会。前一年，维拉德刚刚坐上公司的首席执行官位置，根本没在会上发言。短短一年的时间，发生了那么多的变化。今年，维拉德有太多的东西要说明。年度大会的前一天，北卡罗来纳州总检察长乔什·斯泰因成为全国第一个起诉朱尔的人，他指控朱尔为吸引青少年而对产品进行有目的的营销和设计，在采用丰富多彩的广告、社交媒体和强效尼古丁解决方案溶液的同时，歪曲其产品的成瘾性。① 越来越多的家长因为朱尔让自己的孩子成瘾而对其提起诉讼。这意味着，从理论上说，奥驰亚现在有可能对这些诉讼案负有责任。与此同时，奥驰亚的股票在交易达成后受到冲击，股东们质疑跟一家处在风口浪尖的公司捆绑在一起是否明智。

当维拉德进入会议中心时，他从一群群青少年身边走过，他们手里举着形状像各种颜色的朱尔油仓的大幅标语，上面写着"你觉得这些口味的目标是谁？"，还有些写着"烟草巨头重施故技""我们不容糊弄，1个烟油＝1包烟"。②

在偌大的会场里，股东们争先恐后地提到了最近跟朱尔达成的那笔交易。一位自1960年代以来一直持有奥驰亚股票的长期股东跟自己的兄弟一起来到了里士满，此时他站起身来直接对维拉德说道：

"我首先想就朱尔交易案表达一点失望和批评。你们都知道，这笔买卖有三个地方应该受到批评：一是花钱太多，二是没有控制路径，这一点更让我不解，三是我们受到限制，不能分销任何别的尼古丁电子烟系统……。这阻碍了我们在这个领域构建多元化的投资组合。我的批评和我的失望之处在于，我认为通过谈判达成的这笔交易，是管理层没能得出明确的结论并根据这些结论尽快采取行动的结果，我感觉这些结论就算不能再早一些，也该在2017年中期得出。"

维拉德轻车熟路地应对着，但是随后的几个问题也反映出了类似的情绪。跟朱尔达成的交易明智吗？维拉德的决定受到了质疑。

至此，里士满已经情绪低落了几个星期，其间，员工们已经从现

---

① See North Carolina Department of Justice, "Attorney General Josh Stein Takes E-Cigarette Maker JUUL to Court," May 15, 2019.
② See, for example, Edward L. Sweda, Jr., senior attorney at The Public Health Advocacy Institute, at phaionline. org, "These Youth Will Not Be Fuuled: An Overview of the 2019 Altria Group Annual Shareholders Meeting," July 1, 2019; for a transcript of the meeting itself, see "Altria Group Inc Annual Shareholders Meeting" from May 16, 2019.

已倒闭的新标办公室或公司其他裁员的部门打包好了自己的箱子。留下来的人正在努力适应那些已经发生的事情，因为这一切发生得太快了。跟朱尔交易后的头几个月里，维拉德试图保持一种正常的感觉。在博卡拉顿市的一次投资者会议上，他信心满满地告诉与会人员，尽管对朱尔的未来存在诸多担忧，但他和公司已经事先对朱尔进行了"深入的战略、运营和财务分析"，考虑到了诸多情形，包括朱尔的市场"因为监管或其他行动的干扰"而放缓。① 维拉德说，他们得出结论，即便在这种情形下，奥驰亚也可以回头依靠自己的"传统烟草类别"，他预测，"这些类别的表现将符合其历史动态，而我们的核心烟草业务将带来你们在历史上见识过的强劲回报"。

换句话说，这是在假设，如果朱尔因为各种原因而被挤下王座，他们依然拥有卷烟。这正是维拉德一直在玩的 3D 国际象棋的一个方面。如果朱尔成功了，奥驰亚将从中获利。如果朱尔失败了，奥驰亚还是可以获利，因为假设人们会再度抽起卷烟。他说："我们相信，从未来的各个方面来说，奥驰亚对朱尔投资比没有投资要好。"无论如何，万宝路依然会屹立不倒。最重要的是，该公司将会一如既往地给股东们发放股息。

维拉德没有因这些异议而止步，他继续推进他的支票本策略，以主导新型、减害的产品市场。在跟朱尔和克罗诺斯达成交易的间隙，他已经在替代产品上花了 146 亿美元。现在，6 月 3 日，维拉德宣布，奥驰亚已经投资 3.72 亿美元购买瑞士一家公司 80% 的股份，此公司生产一种叫做 "on!" 的尼古丁袋②。③ 两个月后，他宣布公司在克

---

① See "Consumer Analyst Group of New York Conference," February 20, 2019.
② nicotine pouches，戒烟的替代产品之一，相比之下唇烟含烟草，而它含的是合成尼古丁、香料等。使用时放在脸颊和牙龈之间。——译者
③ 关于与 on! 品牌的交易，参见 Altria Group, Inc., "Altria Enters Growing Oral Nicotine Products Category with on! Pouch Product," press release, June 3, 2019; and also John Reid Blackwell, "Altria to Pay $372 Million for Stake in Switzerland-Based Maker of Oral Nicotine Products," *Richmond Times-Dispatch*, June 3, 2019。

罗诺斯上的大麻项目刚刚追加3亿美元投资，收购了一家名叫罗德琼斯（Lord Jones）的大麻公司，后者生产豪华型CBD身体乳、凝胶胶囊和染色剂。①

维拉德仍旧在推动奥驰亚进入崭新的未来。

在接下来的几个星期里，随着丹尼斯·埃雷拉和华颂善推进拟议的针对电子烟的条例，朱尔也开始了自己的游说活动。埃雷拉宣布寻求立法的第二天，由朱尔的四位高管组成的一个团队来到华丽的布杂艺术风格（Beaux Arts）的市政厅大楼，进入了市检察长所在的234房间。他们试图向埃雷拉坦白，解释朱尔正在尽其所能——比如，"神秘顾客"、销售点零售监控——以阻止孩子们使用其产品。"不是说要对店主施加限制，"埃雷拉带着纽约口音直白地说道，"而是对你们。"让他感到恼火的是，朱尔一直试图让整件事看起来应该完全归咎于不负责任的零售商，而不是承认自己在这个问题中所起的作用。

又过了几个星期，到了5月中旬，首席执行官凯文·伯恩斯来找埃雷拉。他试图对这位市检察长花言巧语，给对方留下印象，他说多么努力在跟这座城市合作，共同解决青少年成瘾危机。他说，朱尔只是给成年吸烟者的，该产品是为了帮助数百万人。他告诉他们，朱尔正在做的一切都是为了确保其产品不再会落入青少年之手，比如，对零售商的限制、"神秘顾客"、公众意识宣传活动等。

埃雷拉没有一丁点同情。就在这一刻，朱尔仍在市里的学校传播，孩子们的背包里仍旧藏着朱尔，老师们仍在努力控制这种情况。更麻烦的是，家长们现在迫切希望帮助自己的孩子戒掉新染上的尼古丁瘾。埃雷拉用一组统计数据进行了反驳——抽电子烟和朱尔的青少

---

① 关于与罗德琼斯的交易，参见 Ed Hammond and Kristine Owram, "Cronos Near $300 Million Deal for Owner of Lord Jones," Bloomberg News, August 2, 2019。

年多达 360 万，美国近四分之一的高中生是上述产品的当前用户，青少年的烟草使用量自朱尔上市以来猛增。

伯恩斯以守为攻。"你看，我也有孩子，"他厉声说道，"那不是我们要讨论的问题。"他所处的位置并不令人羡慕，因为他要说服大家展望田园牧歌式的未来，届时朱尔不是社会祸害；但是任何人都能看到的是眼前的祸患。

尽管伯恩斯采取了各种外交手腕，朱尔还是在准备应战。随着对禁止朱尔在该市销售的拟议法令投票在即，该公司试图绕开它。5月15日，朱尔向旧金山选举委员会发出通知，表示该公司打算就该投票进行签名征集活动，以此形式讨论埃雷拉和华颂善提出的禁令，并为电子烟的销售建立一个新框架。[①] 朱尔不想被自己的老家拒之门外。政治顾问们立即在旧金山挨家挨户敲门，努力收集该措施通过所需的 9 485 个签名。

最终投票前的几天，伯恩斯跟《旧金山纪事报》的编委会坐下来商量，为关于朱尔的投票做最后的努力。[②] 他说自己的公司本可以更好地跟市政府官员沟通，他还承认自己的公司对青少年使用尼古丁泛滥现象负有责任。"我们占了 80% 的市场份额。我们怎么能不对此负责任呢？"伯恩斯说，"我不认为是故意为之，但我们有责任心，并必须在这方面采取行动。"不过，他也明确表示，朱尔不会被赶出这座城市。"是的，我们要留下来，"他说，"旧金山是我们的家。"

6月18日下午，旧金山监事会花了 25 分钟时间就拟议的条例进行辩论。

"我们在 90 年代与烟草巨头较量过，现在又在电子烟身上看到了它的新形态，"穿着黑色细条纹西装、打着浅蓝色领带、蓄着山羊胡

[①] See Joe Fitzgerald Rodriguez, "Juul Files Ballot Measure to Block Vape Ban; Backed by Tobacco Giant Phillip Morris, Company Pushing Initiative to Protect E-Cigarette Sales," *San Francisco Examiner*, May 15, 2019.

[②] See Catherine Ho, "Juul to S. F.: We're Staying," *San Francisco Chronicle*, June 7, 2019.

子的旧金山监事华颂善说,"我希望你们支持这项立法,以保护我们的年轻人免受尼古丁成瘾的影响,并避免终身成瘾。"

监事会一致通过。旧金山成了美国第一个真正禁止电子烟的城市。朱尔被赶出了老家的市场。

有的公司可能会谦卑地承认失败了。但朱尔不会。就在同一天,该公司宣布,它不但不会搬离这座城市,而且刚刚花了4亿美元,买下了旧金山市中心一座摩天大楼作为自己的新总部。巧得很,地址是使命街(Mission Street)123号。这座28层楼的建筑占地36.3万平方英尺,是旧金山最贵的房产之一。它就像对这座城市竖起的一根28层楼高的中指。①

---

① See Jay Barmann, "Juul Just Bought a 28-Story Office Tower on Mission Street Worth an Estimated \$400 Million," SFist, June 18, 2019.

第十九章　恐　慌

> 我们正在人们的肺部进行一组大型的、不受控制的、记录严重匮乏的化学实验。
>
> ——艾伦·路易斯·希哈德，贝鲁特美国大学气溶胶科学家

麦克·迈耶决定搬到密尔沃基郊区居住的时候，特别想把他那几个孩子送进箭头高中就读，这是威斯康星州最好的公立学校之一，那里的活动包罗万象，从高级机器人项目到常胜的足球队，再到阵容强大、名字直接取自美剧《欢乐合唱团》的音乐剧项目。这所学校有两个田园般的校园——高低年级各占一个——地点十分理想，因为距离他上班的威斯康星儿童医院密尔沃基院区车程很近。

迈耶在儿科领域有很长的职业生涯，他1998年从这家儿童医院起步时是现役军人，2008年返回这家医院，此后一直担任儿科重症医生。这是威斯康星州最大的儿科医院之一，也是美国为数不多的独立所有并独立运营的儿科医院之一。它开办于1894年，当时一群好心的妇女在密尔沃基租了一栋维多利亚时代的房子，能为儿童提供10张病床。后来，它发展到在密尔沃基市中心有一个很大的院区，配备近300张病床，为全州各地的孩子提供治疗。《时代》杂志称它是治疗早产儿最先进的医院之一。①

迈耶知道电子烟已经有一段时间了。他十几岁的女儿的男朋友用过mod型的，那是一种更大更先进的雾化工具，尤其流行于某些圈

子。当迈耶第一次在女儿房间里发现一支笔状电子烟时，他非常生气。几个月前，他还在箭头高中听到了有关朱尔的种种传闻，学校最近实施了一项新政策，对任何被发现持有电子烟的学生一律停课。一次锦标赛后，几个学生运动员被人发现坐在公共汽车后排抽电子烟，他们已经被停课停赛。学校后来不得不在卫生间安装电子烟探测器，它会向校长办公室发送电子邮件警报。但到了 2019 年夏天，迈耶对朱尔已经到了沮丧和抓狂的程度。

迈耶有个同事名叫卢埃拉·阿莫斯，她是医院的儿科肺病医生，早就对电子烟产生了高度警惕。她一直在给密尔沃基的各大学校讲解尼古丁的危害——一夜不用尼古丁会导致第二天上午烦躁不安，它会影响注意力，会对青少年的大脑造成持久的损伤。一直让她担忧的是，孩子们甚至意识不到自己对这些产品上瘾的事实。有的孩子说，他们并不知道烟油里含有尼古丁。2018 年 2 月，阿莫斯在接受当地一家电视台采访时，谈到了青少年抽电子烟的危险。"大家有一种虚假的安全感，觉得这是一种享受尼古丁的无害、安全的方式。"她说，"我最担心的是，在未来针对今天抽电子烟的青少年的研究中，我们将会发现一些对肺部的不良影响。"[2]

回头去看，这似乎是一种不祥的预感。

2019 年夏季，7 月 4 日所在的那个星期，身为威斯康星儿童医院儿科重症监护室主任的迈耶像往常一样查房。除了那是一个放假周，没有什么特别之处。密尔沃基位于密歇根湖畔，湖面呈现出通常的季节性天蓝色，这只是那里的又一个美丽夏日。在湖畔举行的夏日音乐节（Summerfest）吸引了来自世界各地的人，这场为期 12 天的盛会

---

[1] 关于威斯康星儿童医院的文章，参见 Jeffrey Kluger, "Saving Preemies," *Time*, May 22, 2014。
[2] See Adrienne Pedersen, "Growing Number of Middle, High School Students Take Up Vaping," WISN, February 20, 2018.

还剩下最后几天。

迈耶差一点忘记了大约三个星期前入院的那位病人,这个人来到急诊室时发热、气喘、呼吸短促。他后来回忆,在一年中的这个时候看到有人患上间质性肺炎,他自己也觉得有点奇怪。在夏天,一般不会有孩子因为罹患呼吸系统疾病而住进重症监护病房,秋冬季节会更常见,因为这个时候的病毒传播速度更快。夏季一般是病毒传播较慢的季节,孩子们总体上蛮健康的,确实需要紧急处置的往往是骨折、脚踝扭伤,或者因为滑水、远足或从事夏季运动而引起的脱水等。

迈耶立即给那个男孩服了抗生素和类固醇,并给他做了呼吸治疗,因为他的血氧饱和度低于应有水平。但是,即便补充了氧气,那个孩子还是不见好转。他和他的同事,即儿童医院肺病科医学主任林恩·德安德里亚安排了CT扫描,结果显示肺部有奇怪的毛玻璃一样的混浊。"唉,看起来不妙啊。"迈耶对德安德里亚说。他们为那个男孩安排了全面检查,费用20多万美元,要惊动一大批专科医生——免疫科医生来看这是不是一种类似于韦格纳病[①]的自身免疫性疾病,肿瘤科医生来看是不是癌症,甚至找来传染病医生看看那个泥地自行车赛车手的男孩有没有从扬尘中吸入某种含有霉菌的颗粒,在极罕见的情况下,这种霉菌会引起一种名为孢子丝菌病的严重感染。迈耶甚至开始怀疑那个男孩是不是染上了艾滋病毒。密尔沃基地区仍有数量相当多的艾滋病毒阳性人群,因此他开始思考静脉注射药物是否管用。

经过一个多星期的治疗,那个男孩被默认开始康复,最终出院。在没有明确诊断的情况下,迈耶和德安德里亚都不愿意让病人离开。不过,他们至少排除了某些严重的问题。

大约两个星期后的6月28日,医院来了第二个出现类似肺炎症状的青少年。到此时,时间已经经过去太久,没有任何迹象表明这两个

---

① 即韦格纳肉芽肿病,又称坏死性肉芽肿肿血管炎,是一种病因不明但可累及全身多个系统的自身免疫性疾病。病变常累及小动脉、静脉及毛细血管,甚至大动脉。——译者

病人应联系起来。只是听到有人说，啊，好奇怪呀。

但是当 7 月 4 日那个星期，开始不断有病人到来的时候，迈耶和他的同事不可避免地产生了联想。7 月 2 日，星期二，迈耶在重症监护病房查房时，德安德里亚给他收治了第三个有类似肺炎症状的青少年患者。整个放假周，德安德里亚跟一位名叫布莱恩·卡罗尔的儿科肺病同事都在待命，这位病人的到来让人感到有点紧张，因为第二个病人还在医院接受治疗。德安德里亚心想，现在才是盛夏，还不到肺炎流行的时候呀。

第三个病人的胸部 X 光片跟另外两个病人很相似——像是患了严重的肺炎，双肺均受到了影响，伴有气喘、体重减轻和胃肠道问题。她本打算把第三个病人送进手术室做支气管镜检查，也就是将一根细导管插入气道，以便进行更仔细检查并抽取液体样本。如果是肺炎，气道中会有厚厚的黏液。但什么都没有。相反，德安德里亚看到的是气道发红，发炎，有一些褐色小点，看上去像火或者某些化学物质造成的烧伤。

但她告诉迈耶，这还不是全部。就在同一天，也就是 7 月 2 日的晚些时候，又来了一个十几岁的孩子。一直在为病人做初查的卡罗尔将这个病人的详情向德安德里亚做了复述。

"这是个孩子，呼吸有困难，他……"

德安德里亚打断他的话。"你为什么重复同一件事？"她有些不解地问道。

"哦，不是的，"卡罗尔回答，"这是另一个病人，情况一模一样。"第四个病人情况危急，因此德安德里亚把病人送到迈耶那里，并让他知道第三个病人已经进了手术室，正在接受支气管镜检查。

三天后，也就是 7 月 4 日的次日，第五个病人出现，症状一模一样。

"这不是感染。"德安德里亚对迈耶说。

"别开玩笑，"他回答，"这是别的病。"

7月4日那个星期结束的时候，已经有了五个双肺受损的病人，肺科医生卡罗尔不禁思索起这几个病人和他们令人困惑的症状来。他离开医院，穿过人行天桥，回到了他所在的肺科办公室。他坐下来后，开始查看那五个病人的病历，寻找任何可能为医学意见提供信息的线索。他开始回顾他们的病史和体检结果——这基本上是病人故事的开始，这会详细显示他们的入院原因、症状、病史以及社会关系史。多年来，医生们都会问自己的病人是否抽烟。只是到了最近，随着电子烟的出现，他们才开始问另一个问题："你有没有抽电子烟的历史？"

当卡罗尔开始把每个病人的关键信息片段汇聚在一份Word文档上时，他的眼前突然冒出一件事。

他们都报告说自己抽过电子烟。

差不多在同一时间，在威斯康星儿童医院以南约40英里的地方，住在威斯康星州布里斯托市郊区新建的布里斯托湾住宅区一栋漂亮砖房里的20岁的泰勒·哈弗海因斯，正忙着炮制电子烟油。

这套共管公寓坐落在一块有广阔的绿色草坪的土地上，在通往基诺沙县射击场和火星奶酪城堡的路边，后者是一个紧邻94号州际公路的旅游目的地，那里卖德式香肠、啤酒、牛肉干等。大约一年前，泰勒从韦斯托沙中心高中毕业，他曾是该校猎鹰队最有价值的橄榄球运动员。他曾签过一份为湖滨大学打橄榄球的意向书，这是隶属于密尔沃基北部联合基督教会的一所私立文科学校。不过，他走上了歪路。大约在2018年初，连续创业者泰勒转变业务方向，把销售随机物品（包括二手车、收集的"飞人乔丹"纪念品）变为销售装满四氢大麻酚（tetrahydrocannabinol）液的电子烟油——一种完全不同的风险投资。①

---

① See Melinda Tichelaar, "Who Wants to Be a Millionaire? Busy Westosha Student Already on His Way," *Kenosha News*, April 26, 2018.

含有四氢大麻酚的产品在威斯康星州是非法的,但随着电子烟的出现,一个售卖这种产品的黑市迅速发展起来且获利丰厚。[1] 当像朱尔这样的笔状尼古丁电子烟和一些产品变得日益普遍,与之对应的四氢大麻酚产品也在街头、音乐节、Instagram 和 Snapchat 上到处售卖,可选的口味多种多样,如小熊软糖味、酸西瓜味、香草威化饼味等。

泰勒并不住在布里斯托湾的公寓里。实际上,他跟他母亲一起住在邻近的一个镇上,他只是把这套公寓用作一个临时的电子烟油加工厂。他雇了几个人来手工充注烟弹,实行打卡上下班,每填一个给30美分。公寓内,散放着数千个四氢大麻酚的烟弹,或在大箱子里,或在垃圾桶里,或在任何大到足以盛下越来越多的存货的东西里。大手提袋里装着大麻芽,广口瓶里装着蜂蜜一样的黏稠物,柜台上放着一堆堆钞票。泰勒有一头浓密的金发,一双锐利的蓝眼睛,笑容灿烂而年轻,这些特点很容易让人以为他是一个在上大学的橄榄球运动员。现在,他开的是一辆白色宝马,身上随时揣着一把斯普林菲尔德 XD 半自动手枪。

当密尔沃基的医生们忙于给患者鉴别分类时,旧金山的凯文·伯恩斯也忙得团团转。青少年使用他公司的产品而引发的怒火已经到了白热化的状态。这个问题不单是关于孩子的。富国银行的数据显示,朱尔超过 20% 的用户是第一次接触尼古丁类制品,这一数字可能还是保守的。[2] 原本可以避免的事一天比一天变得不可避免:该产品吸引的不只是希望摆脱燃烧式香烟的成年吸烟者。它正在吸引儿童、青少年以及从不吸烟却开始使用朱尔的成年人,由此染上了这一全新的尼古丁瘾。在公共卫生专家看来,青少年使用尼古丁不是好事。对那些

---

[1] 许多细节摘自以下刑事案件材料,State of Wisconsin vs. Tyler T Huff hines, Jacob D Huff hines,#2019CF001170。
[2] 数字摘自富国银行 2019 年 2 月 11 日准备的幻灯片内容,标题是"JUUL Bringing in New Users Driving Growth of Nic Pool"。

原来不吸烟，现在却开始接触尼古丁类产品的人而言，也同样不是好事。

7月15日，美国消费者新闻与商业频道播出了一部关于朱尔和电子烟的纪录片。片中，记者卡尔·昆塔尼拉在朱尔位于威斯康星州的一家烟油填装厂内采访了伯恩斯，这是该公司第一次允许电视台的摄影机入厂拍摄。伯恩斯戴着发网和护目镜，蓝色牛仔服外面套了一件亮橙色的连裤衫，他领着昆塔尼拉参观起了这处设施，从一台台巨大的机器旁走过，看着它们将尼古丁液注入小油仓，看着传送带上成箱的朱尔烟油来来去去，还有装着五颜六色的塑料油仓的大型料斗。①

"如果我们这次参观中有一直在使用这种产品或者已经上瘾的青少年的家长在旁，你会如何为这一切、这么大的规模、这些产品、这么快的增长辩解呢？"昆塔尼拉向局促不安地绞着双手的伯恩斯问道。他回答说："首先，我要告诉他们，我很抱歉他们的孩子在使用这种产品。这不是为他们准备的。我希望我们所做的一切不会对他们产生吸引力。身为一个16岁孩子的家长，我对他们感到抱歉，对他们所面临的各种挑战，我感同身受。"

这个答案不仅令人惊讶于它在问题仍在恶化的情况下采取了认错态度，而且提醒人们，自朱尔问世以来就一直折磨大家的各种深度关切，随着时间的流逝越来越让人担忧。高管们的心情越来越紧张，因为该公司在严格分析其产品成分是否含有潜在的有害物质方面做得很少。不少人很关心，在朱尔的蒸汽中检测到的重金属铬的含量——这是朱尔油仓中的镍铬加热元件的潜在副产品——是否高到了值得关注的程度。

正是在这样的背景和不断加剧的担忧之下，昆塔尼拉问伯恩斯是

---

① See *Vaporized: America's E-Cigarette Addiction*, reported by Carl Quintanilla, the hour-long documentary, originally aired July 15, 2019.

否担心长期抽朱尔的风险——就在公众开始对美国人肺部化学实验愈发感到不安的时候，这个问题的答案可能会一语中的。

"坦白地说，我们至今都不知道，"伯恩斯答道，"我们还没有做我们需要做的长期纵向临床试验。"

德安德里亚差不多立即把几个病人之间抽电子烟这个共同点告知了迈耶。这还不是定论，但似乎是唯一能把他们联系起来的事情。另一个让人心烦的事实是，不止一个病人参加了那场夏日音乐节。音乐节上是否散布过一批受到污染的电子烟？两个人立即联系了威斯康星儿童医院的首席医疗官、内科医生迈克尔·古特赛特。

"有件事情，"德安德里亚告诉古特赛特，"我们收治了5个这样的孩子，我们不知道该找谁。我不知道要不要给卫生部门或者警察打电话。"

这几个孩子是不是得了某种新型传染病？他们是不是因为同一批变质电子烟油而中了毒？或者，会不会是抽电子烟对肺部伤害太大，所以才导致了这种情况？

跟其他人一样，古特赛特对朱尔和电子烟的了解很大程度上是通过一个非正式的家长群，他们第一次接触这个问题，要么在自己孩子身上，要么在孩子的伙伴身上。密尔沃基地区的烟草控制团体也越来越关注这个问题，因为随着他们的孩子成群结队地抽起了电子烟，数十年来在减少青少年使用烟草方面所取得的成果似乎在他们眼皮底下灰飞烟灭了。古特赛特看过图表，青少年使用烟草的线向下倾斜，与之并置的青少年抽电子烟的线则像曲棍球棍那样向上倾斜。那个图一直刻在他的脑海里。当他迅速进行自己的内部调查并加快对所有病人的了解时，他得出结论，自己别无选择，只能警示公众。这可能是一场公共卫生突发事件。

古特赛特把电话打到威斯康星州卫生服务部时，他找到了该州首席医疗官乔纳森·梅曼。古特赛特说明了所有事情，比如孩子们入院的时候大口大口喘着粗气,他们的肺部严重受损,不得不使用呼吸机,以及跟电子烟的关系等。

梅曼简直不敢相信。威斯康星州一直在接二连三地应对公共卫生突发事件。差不多一年前,有几十人因为胃部出血而入当地医院治疗。州卫生部门花了几个星期的时间才弄清楚,原来是一批 K2 香料被老鼠药污染了。在此之前,该州多年来一直在努力对抗不断升级的阿片类药物成瘾危机,它对威斯康星州的打击尤其严重。梅曼对公共卫生突发事件并不陌生,他曾经在塞拉利昂应对过埃博拉疫情,也在沙特阿拉伯治疗过中东呼吸综合征病人。他亲眼见识过阿片类药物成瘾造成的触目惊心的伤亡。但他从古特赛特那里听到的消息让人心情特别沉重。孩子们的肺看起来和那些抽了一辈子烟的人的肺差不多。他答应尽其所能地帮助威斯康星儿童医院的医生们。

7月25日,古特赛特和阿莫斯站到了医院内的一个讲台前,四周是不少新闻记者和电视摄像机。[①] 对古特赛特来说,召集新闻发布会并不是一个容易的决定。医生们习惯了随时应对突发事件,并全程保持镇静。他们不轻易恐慌。但很明显,他们的社区发生了更大的事。更糟糕的是,这件事情似乎冲孩子去的。

"我们今天在此向大家发出警告,我们认为这是一个重大的健康问题,"古特赛特说,"我们儿童医院已经收治了 8 个孩子,他们的肺部在短时间里遭到了严重损伤,他们全都有抽电子烟的历史。我们正在跟威斯康星州卫生服务部合作,以便更好地弄清其原因,以及对这几个孩子可能会有怎样的长期影响。"

同一天,威斯康星州的卫生部门向临床医生发出一封警告信。"报告抽电子烟的青少年中出现了严重肺部疾病",信中写道,它要求医生们"对报告有吸入性药物尤其是电子烟使用史,且入院时伴

[①] See "Teens Hospitalized with Lung Damage After Reportedly Vaping," Children's Wisconsin hospital, July 26, 2019.

有渐进性呼吸道症状的患者中的潜在病例保持警惕"。他们还要求医生将所有类似病例上报卫生部门。①

由此事情开始向瀑布一样直泻而下,而且速度飞快。梅曼联系了美国疾控中心,并分享了所有信息。接着,在7月31日这天,梅曼接到了伊利诺伊州一位医生打来的电话,后者看到了那封警示信,想为他们正在治疗的一位临床病人寻求建议。

与此同时,疾控中心吸烟与健康办公室副主任布莱恩·金成为了首批参与讨论肺部疾病的人之一。他和他的同事在得知不止一个州报告了肺部损伤的病例后,该机构动员了一个多学科的专家组,并向威斯康星州和伊利诺伊州各派了一个流行病学援助现场小组。美国疾控中心还开始跟FDA合作,派出专门人员赴现场协助收集重症病人的产品样本,如笔状电子烟、朱尔烟油、四氢大麻酚烟弹等。然后,这些样本被送到了FDA设在俄亥俄州辛辛那提市的法医化学中心,以筛查可能存在的毒物或确定共性,以缩小调查范围。

8月23日,伊利诺伊州报告一名成年人死于跟电子烟有关的肺部损伤。这是美国第一例与电子烟有关的死亡事件。同一天,美国疾控中心也宣布,全国22个州目前已经报告近200例潜在的与电子烟有关的肺部损伤病例。这似乎是首次出现了全国范围的恐慌。电子烟正在致人死亡,并让孩子患病。不幸的是,抽朱尔成了抽电子烟的代名词。

---

① See "Severe Pulmonary Disease Among Adolescents Who Reported Vaping," Wisconsin Department of Health Service, July 25, 2019;关于儿童医院的新闻通稿,参见 "Teens Hospitalized with Lung Damage After Reportedly Vaping";至于涵盖范围更广的警示,参见 CDC Clinician Outreach and Communication Activity, "CDC Urges Clinicians to Report Possible Cases of Unexplained Vaping-Associated Pulmonary Illness to Their State/Local Health Department," Clinical Action, August 14, 2019。

第二十章　百乐宫

> 问题不只是要不要投降,而是在何种政治环境下投降。
> ——保罗·克奇克梅提,《战略投降:胜利和失败的政治》

2019 年 7 月,当旧金山一家非营利性组织宣布它已经收集到 2 万多个签名,足以确保其提出的"预防青少年使用电子烟产品法案"在 11 月举行投票时,如果有人认为烟草控制团体的人会庆贺一番,那是情有可原的。①防止青少年使用朱尔这样的电子烟产品,正是丹尼斯·埃雷拉、华颂善以及旧金山一帮反烟草倡导者一直在奋斗的事。但是,他们并没有庆祝,因为这一步实际上是由朱尔创立并资助的一家非营利性组织操持的。

埃雷拉关于有效禁止在该市范围内销售所有电子烟的法案在旧金山市通过一个月后,朱尔(及其默认的主要投资者奥驰亚)开始了反扑。在该市头发花白的烟草预防倡导者看来,这只是他们已经打了几十年的那场仗的最新迭代。但是,朱尔的战术中的某些东西似乎尤其让人不安。该公司不仅将这一投票议案命名为"预防青少年使用电子烟产品法案",而且创立并资助了"电子烟合理调控联盟",同时在全市范围内投放电视广告、广告牌和门把吊牌,宣传"阻止青少年抽电子烟""让我们制定全国最严格的监管制度"等。与待投票的提案名称相反,它实际上旨在推翻几个星期前通过的全市电子烟禁令。在众烟草公司创造的一系列"爱丽丝漫游仙境"时刻中,这一次尤为突出。

该市早已见识过大手笔的运动,比如跟爱彼迎、汽水巨头和石油巨头的较量,但朱尔的战略在规模和档次上都是前所未有的。按照《旧金山周刊》的说法,为收集到足够的签名推动提案进入投票环节,朱尔开始"像喝醉酒的水手一样"花钱。②该公司请来了托尼·法布里奇奥,这位资深的共和党战略家在 2016 年总统竞选期间担任过特朗普的民调专家,也是保罗·马纳福特③的业务伙伴。《旧金山周刊》称,它就像"盒装的喜诗糖果"一样,把该市差不多所有的政治战略家都收进囊中——包括前竞选顾问和两党在国会的顾问——意图锁定政治人才,用金钱和影响力搞定这座城市。④ 有人说,朱尔此举是在旧金山打了一只"关有政坛野兽的笼子"。

如果说在一个城市进行一场战斗做得有点过头的话,那是因为朱尔明白其中的利害关系。如果旧金山的禁令得到支持,它可能会在美国各地引发多米诺骨牌效应,就像上个世纪七八十年代发生的那样,当时的反吸烟运动也在这座城市扎根,然后蔓延到全美,从根本上改变了与烟草巨头的力量平衡。就烟草政策而言,人们早就明白:加州怎么做,全国就会怎么做。该公司已经受到了来自多方面的攻击。它无法承受自己的市场一个接一个地被更多的城市乃至全国扼杀。对越来越强硬的反朱尔大军而言,那正是关键所在。

与奥驰亚达成交易后,朱尔内部一直弥漫着一股激动的情绪,尽管对健康的恐惧日益加剧,联邦监管机构也强烈反对。伯恩斯仍然是

---

① See Dawn Kawamoto, "Juul-Supported Coalition Submits Petitions for Ballot Measure to Overturn S. F. Vaping Ban," *San Francisco Business Times*, July 2, 2019; and Catherine Ho, "Juul-Backed Initiative to Overturn SF E-Cigarette Ban One Step Closer to Ballot," *San Francisco Chronicle*, July 2, 2019.
② See Joe Kukura, "Juul Spending Money Like a Drunken Sailor to Overturn E-Cigarette Ban," *SF Weekly*, August 19, 2019; also see that for "See's Candy" reference.
③ 美国共和党政治顾问,当年特朗普总统竞选团队主席。——译者
④ See Dominic Fracassa, "Juul Hires Top Trump Operative as It Shells Out Money for SF Ballot Fight," *San Francisco Chronicle*, May 21, 2019.

一趟全速行驶的货运列车的车长。他一门心思想的是执行自己的计划，把朱尔打造成一家跨国公司，能与世界上最好的消费品品牌一较高下。在过去一年或更长的时间里，高管们一直在吹嘘总有一天，朱尔的价值不止380亿美元，而是1 000亿美元，或者更多。他们在公司内部的会议上放的幻灯片表明，按照现有的销售轨迹，朱尔在五年之后可能会变得比苹果更值钱。的确，这家公司正被热议，但伯恩斯的心态跟朱尔的其他很多人一样，认为最好的日子还在后头。

截至2019年底，朱尔的年收入超过20亿美元，比前一年翻了一番——尽管伯恩斯从市场上撤下了最受欢迎的几种口味，关闭了其社交媒体账号，并采取了其他措施来放缓它在青少年中的迅速扩散。这家公司在全世界迅速发展到3 000多名员工。它像现实版《称霸世界》（*Risk*）游戏一样冲入新的国际市场，把西班牙、韩国、菲律宾和印度尼西亚纳入了自己不断扩大的全球帝国。博文和蒙西斯在世界各地穿梭参加上市仪式，时常在新兴市场举行新闻发布会，上台对新员工讲话。

该公司的几位欧洲高管在波兰格但斯克市的一个"全球商业中心"举行了剪彩仪式。当公司搬进位于伦敦一个豪华街区、有个能俯瞰全城的屋顶平台的新总部时，他们用几杯香槟和一只只印着朱尔图案的气球迎接员工。他们聘请了一家时髦的建筑公司来重新设计他们在苏黎世的办公室。2019年春季，来自世界各地的700多名朱尔实验室的员工来到柏林，参加一场为期三天的奢华聚会，以庆祝该产品的上市销售。丽思卡尔顿酒店的宴会厅悬着枝形吊灯，在这里举行的"好好干，柏林"活动上，特邀嘉宾阿诺德·施瓦辛格发表了激动人心的演讲，穿着燕尾服的服务员为大家送上一杯杯香槟。与会者来自七个国家，按需配备同声传译，这场为期三天的聚会是在显示，来自旧金山的这家初创企业已全球化到何种程度。

一场场剪彩仪式与美国国内发生的事形成了鲜明对照。2019年7月25日，蒙西斯应传唤到国会作证，回答多位怀有敌意的国会议员提出的刁钻问题。①

整个 2019 年，朱尔股票在私人交易市场上的价格一路飙升，接近每股 300 美元，是几个月前奥驰亚付钱时的两倍多。没有什么能阻挡伯恩斯。8 月 28 日，他在哥伦比亚广播公司《今晨》栏目的一次电视采访时承认，肺部损伤现象"令人担忧"，他甚至毫不含糊地敦促不吸烟者不要使用他的产品。"不要抽电子烟，不要使用朱尔，"他说，"如果你跟尼古丁之间还没有瓜葛，就不要开始用。别用这种产品。你们不是我们的目标客户。"② 尽管如此，他仍旧坚持认为他的公司无意减缓或停止生产，因为美国疾控中心还在忙于查明究竟是什么引发了肺部疾病。

"如果有任何迹象表明，不良健康状况与我们的产品具有相关性，我想我们会迅速采取相应的行动。"伯恩斯在接受哥伦比亚广播公司采访时告诉托尼·多库皮尔。

"那么，尽管面对诸多报道，你仍有足够的信心继续销售吗？不是朱尔引发的这几十个病例吗，现在有一百多个了？"多库皮尔追问道。

"在这个节骨眼上，"伯恩斯说，"除非我们看到一些事实……否则，是的，我们会继续销售。"

但是，过快的发展速度开始让伯恩斯尝到了恶果。如果说该公司在跟奥驰亚达成交易之前就发展迅速，那么在交易之后它就已经进入了一种翘曲速度。在硅谷经营的现实意味着，当一家公司拥有独角兽级别的估值时，该公司的运营人员就面临着独角兽级别的压力，为的是实现与估值相称的财务指标。为了促进经济发展并超出预期，伯恩

---

① See an archived video of the event, "Examining JUUL's Role in the Youth Nicotine Epidemic: Part II," hearings, House Committee on Oversight and Reform, July 25, 2019, at https://oversight.house.gov/legislation/hearings/examining-juul-s-role-in-the-youth-nicotine-epidemic-part-ii.
② See Tony Dokoupil, "Juul CEO Tells CBS News: 'I Don't Want My Kids Using the Product,'" *CBS This Morning*, August 28, 2019.

斯正在尽可能快地向炉膛里投入尽可能多的钱。

就在伯恩斯因其在青少年烟草预防会议上对维拉德的轻率态度而受到董事会的指责时，朱尔内部的人也开始对那些看似不受约束的开销和纯粹的不顾后果提出质疑。随着朱尔进军新市场，高管们在所有事情，如货品、机器、常规合同上都加快了步伐，这最终使公司在所有事情上的开销都增加了 2 倍或者 3 倍。他们花费数百万美元购买了几套生产设备，意在改进欧洲的供应链，但它们实际上从未投入生产。他们试产过某个色系的彩色朱尔烟具，但它们从未见过天日。他们在可以俯瞰太平洋的丽思卡尔顿酒店举行了高管务虚会。本应花 1 万美元的，结果花了 3 万美元。本应花 10 万美元的，结果花了 30 万美元。"这就是个态度，"一位员工说，"这就好比是'哦，一天能完成吗？嗯，是的，但是再加点钱。我不在乎。'……我们反正已经在一堆破事儿上花了那么多钱。"

自从加利福尼亚街上那家老意大利熟食店大约两年前关闭以来，高档的劳雷尔村社区的街角店面就一直空着，它的橱窗里挂着"招租"的牌子。砖墙上装着猩红色的雨棚，上面写着熟食店的名字"A.G. 费拉里"，窗户上印着花体的"始于1919"字样。

克里斯汀·切森这位旧金山的母亲认为，这个地点非常适合她的需要。时值 8 月下旬，她还在为得知朱尔已经成功将其提案纳入投票事项而生气。她正在做基层工作，以激发其他家长和旧金山居民的支持，他们将在 11 月 5 日这天投票否决朱尔的提议。曾经的熟食店即将变成他们的作战室。

几个月前，切森冷不丁地给纽约的"家长反电子烟联盟"联合创始人梅瑞迪斯·博克曼打了个电话，最终成为该团体在旧金山的负责人。这两位女性交流了各自孩子的事情，并一起探讨了如何最有力地对抗朱尔，博克曼不时往返于曼哈顿和旧金山，协助开展各项基层工作。她们跟路易丝·雷恩一起制定了战略，这位前市检察长在埃雷拉接替他之前，跟烟草巨头进行过斗争。雷恩让这两位女性联系上了一位政治顾问，后者随即提议她们需要筹集近 400 万美元，才能有机会扳倒朱尔。

那还是"无烟草青少年运动"参与进来之前的事。该团体一直担心，朱尔的提议如果获得通过，可能会导致一项重要的调味烟草禁令被废止，而一年之前，该团体一直在努力确保该市颁布此禁令。该团体的西部地区主任安妮·迪根协助恢复了一年前支持调味禁令的那个委员会，并命名为"旧金山青少年对抗烟草巨头"，同时着手组建了一个联盟，切森和博克曼都加入了其中。

没过多久，资助就滚滚而来，包括美国心脏协会和凯撒基金会的。克里斯汀和凯文·切森各捐了约 2.5 万美元，盖璞公司的联合创始人和旧金山的著名市民多丽斯·费谢、彼得·布里格也捐了这个数目。最早的大额捐款之一来自具有传奇色彩的硅谷风险投资人亚瑟·洛克，他对朱尔的了解部分源于他对美国各地的特许学校的深度参与和财政支持。[1] 朱尔也在这些学校泛滥。"我认为朱尔是不道德的。"洛克说。

到 9 月初，切森夫妇已经租下了那家熟食店，用作"对电子烟说不"运动的拉票办公室。他们雇了一名清洁工，清理了蜘蛛网，在留下的绞肉机上盖上一块布，在原用于装为学校聚餐而买的冷冻千层面的熟食盒上贴上了运动的宣传品。那块黑板还在，上面还留有手写的 A.G. 费拉里菜单。留下来的一张木桌被重新用作志愿者的聚会之需，他们每个周末都会来到这里，帮着钉标牌和安排门把吊牌，其中有的上面写着"不要被朱尔愚弄。在朱尔的票上选'不'"。

很快，"对电子烟说不"联盟就吸纳了旧金山最富裕地区有孩子对朱尔上瘾的家长，还有其他公共卫生团体和一些知名的旧金山居

---

[1] See an online database maintained by the City & County of San Francisco Ethics Commission, called "Campaign Finance Dashboards."

民。加州大学旧金山分校教授、昔日反烟草倡导者史丹顿·格兰茨也加入了该联盟。吉姆·斯泰尔领导的组织"常识媒体"带头提供重要的现场支持和协助。

此时,朱尔在旧金山各地铺天盖地地打出了"对电子烟说是"的广告牌,给居民的手机发送有关活动的短信,并向街头派出一群拉票人员,挨家挨户敲门并分发印有"禁止青少年抽电子烟"和"让电子烟成为成年人的一种选择"等内容的宣传单。朱尔的宣传活动招募了著名的活动咨询公司"龙鹰国际"(音译),以处理日常的宣传事务。开办该公司的大卫·何是一名游说者和咨询师,跟旧金山唐人街有着深厚的政治关系。① 大卫·何管着450多名员工,他们以每小时25美元的报酬挨个拨打电话,挨家挨户敲门。支持朱尔的活动在该市的两个办公室里进行着,一个位于市场街上那栋WeWork大楼里面,另一个在城市的另一端,就在它的对手,即在熟食店开展工作的"对电子烟说不"联盟所在的街尾。有时候,这两个阵营的人会在街头碰上,并在挂着"对电子烟说是"的门把吊牌上再挂一个"对电子烟说不"的吊牌,或者反过来。

"对电子烟说不"这个阵营满腔热情,有时候会进行人身攻击。有一次,在该市与朱尔就投票语言的细节展开法律斗争后,市检察长丹尼斯·埃雷拉予以了猛烈抨击。"我不知道凯文·伯恩斯的脑子里面有没有想过,他自己的孩子可能就是下一个在医院里因为抽电子烟而呼吸困难,要靠一大堆机器设备维持的人。"他在一份新闻稿中说。②

"对电子烟说是"这个阵营有的是钱。即便内部民调显示,选民很可能会反对他们的提案,但朱尔还是投入了比对手多得多的资金。

---

① See Lauren Etter, "Juul Sued for Use of Contractors in Test for Political Campaigns," Bloomberg News, March 4, 2020.
② See Office of the City Attorney of San Francisco, "City Attorney Dennis Herrera's Statement on Juul's Attempt to Rewrite Election Language," September 6, 2019.

后来，在 9 月 10 日这天，随着纽约前市长迈克尔·布隆伯格的加入，游戏发生了变化。

布隆伯格于 2002 年至 2013 年担任市长，他领导下的纽约成了反烟草斗争最激烈的大城市之一。2002 年，布隆伯格签署法令，禁止在餐馆、酒吧等地吸烟，10 年之后，禁令扩大至海滩和公园等户外区域。2013 年，纽约成了首个要求顾客在购买烟草产品时须年满 21 岁的大城市。布隆伯格以市长身份做的最后一件事，是将该市现有的公共禁烟令扩大至电子烟。①

鉴于早在多年前，朱尔就在时报广场竖起了倒霉的广告牌，因此不乏讽刺的声音，说布隆伯格现在要跳出自己游刃有余的地盘，跟对方缠斗。过去几个星期里，布隆伯格的高级助手一直在跟旧金山当地致力于阻止电子烟提案的人们保持定期接触。他们对朱尔的投票策略可能推翻那道关于调味的禁令感到愤怒，而布隆伯格作为反烟草运动中一股强劲且不断壮大的力量，为保护这道禁令已经花了 200 多万美元。但是，他们也担心旧金山这道已经生效的禁令可能做得太过，令选民望而却步，认为政府的手伸得过长。

"对电子烟说不"运动的一些有影响力的支持者开始亲自催促布隆伯格加入这项事业。"我们需要你们，"其中一人对布隆伯格的高级助手说道，"你们是这项事业最重要的资助人。我们需要在旧金山打败他们。如果我们在这里取得了胜利，我们就会在所有的地方取胜。"

在布隆伯格这位全世界最大的金融数据公司之一的创始人看来，

---

① See Michael Cooper, "Mayor Signs Law to Ban Smoking Soon at Most Bars," *The New York Times*, December 31, 2002; also see Verena Dobnik, "NYC Smoking Ban Expands to Parks, Times Square," NBC News, February 2, 2011; Jonathan Allen, "New York City Marks 10th Anniversary of Smoking Ban," Reuters, March 28, 2013; and Mara Gay, Joe Jackson, and Mike Esterl, "New York City Extends Smoking Ban to E-Cigarettes; Mayor Bloomberg Expected to Sign into Law in Regulatory Blow," *The Wall Street Journal*, December 19, 2013.

数据是至高无上的。最终，这位纽约前市长看够了数据。数据不仅继续显示，朱尔的产品正在危及美国几十年来取得的反吸烟进展——包括在他签署吸烟禁令后，纽约市的吸烟率下降了35%——民调结果也一天天变得清晰起来。随着电子烟病例数逐渐增加，支持叫停朱尔投票倡议的数据似乎也越来越高。这不仅是布隆伯格个人相信的一项事业，他也相信这项事业一定会获得胜利。此外，当地已经开展了大量的基层行动。最终，这位纽约前市长得出结论："我们承担不起朱尔获胜的代价。"他承诺要做点大事来阻止朱尔。后来，布隆伯格花了700多万美元来支持"对电子烟说不"运动。

即便对一个亿万富翁而言，这也是很大的一笔钱。但是，让旧金山这群久经风雨的政客感到惊讶的是，朱尔拿出了更多的钱。到宣传活动尾声时，朱尔为支持电子烟提案已经花了近2 000万美元。如果它们以前花起钱来像个喝醉的水手，现在就像是整支舰队都喝得烂醉。

在百乐宫装饰华丽的宴会厅里，在皇冠造型的天花板悬着的枝形吊灯下，当凯文·伯恩斯在几百名朱尔销售人员面前登上讲台时，他一身标志性的运动装，这一次是蓝黄两色的金州勇士队队服。尽管这一身装束对伯恩斯而言并不一定不同寻常，但它跟其他高管穿的时髦西装外套形成了强烈反差。正如有人描述的那样，他的性格是"我才不吃这一套"。

当然，各公司每年举办高规格的务虚会来表彰销售团队的辛勤工作并不是稀罕事。但对朱尔来说，在这个时刻表彰特别奇怪。到9月9日星期一，也就是活动开始的时候，它已经四面楚歌。它的家乡正在努力地把它赶出去。多名州总检察长正在对它的营销行为展开调查。由庭审律师代表朱尔成瘾的青少年提起的几百起诉讼案包含了各种指控，从针对青少年不当营销该产品，到销售导致肺部损伤的产品，再到欺诈性地标示产品的尼古丁含量等。多个联邦机构正在开展自己的调查，包括 FDA、联邦贸易委员会、证券交易委员会等。加州北区的联邦检察官已经开始了一项刑事调查，涉及营销策略和朱尔的高管们对联邦官员所做的陈述。此外，与电子烟有关的肺部损伤病例数每天都在增加，已经影响了近 500 人，并已导致 5 人死亡。因为疾控中心尚未得出指向病因的结论性意见，该机构警告人们不要再抽电子烟。

这一切都无法阻止伯恩斯举办一场杀人犯聚会。

有些活动很低调。研讨会和培训会上都会谈及朱尔作为一个良善的企业公民的重要性，说它采取了合适的营销行为、提供了多样的培训课程、给女性赋予了领导地位。有一场青少年烟草预防研讨会，主讲人是本·杰乐斯，这位全国有色人种促进会（NAACP）的前主席曾经在华盛顿替朱尔游说，最近还被临时任命为该公司的"首席青少年烟草预防官"。参加研讨会的每位员工都拿到了一本 122 页的《以设计促预防》，它对大家回顾了博文和蒙西斯最初的使命——"通过消灭香烟，改善世界上 10 亿成年吸烟者的生活"——同时提醒大家需要"回顾我们自己的过去"，并意识到"青少年使用带来的生存挑战"。书中的内容和菲利普·莫里斯公司充满忏悔的过往岁月遥相呼应。

晚间，员工们迎来了现场娱乐活动。在其中一次活动上，伯恩斯向表现最好的人颁发了"金朱尔"奖杯（形状就像一支大号的金色朱尔油仓）。鸡尾酒会在斯帕戈餐厅举行，这家高档餐厅坐落在路易威登和葆蝶家（BV）两家店之间，可以俯瞰百乐宫的喷泉。

整个活动不费吹灰之力就花了几百万美元，似乎对外界情况充耳不闻。朱尔实验室这个标志贴满了百乐宫的整个大堂，这让有些员工怀疑如此张扬是不是不太好。也许朱尔应该低调一点？直到这股热潮消退？

但是，这股热潮只会日益高涨。9 月 11 日，星期三早上，朱尔的员工一觉醒来，有的人摆脱宿醉状态准备参加上午的研讨会时，大家突然收到一条石破天惊的消息。此时华盛顿是午饭过后,特朗普总统正在椭圆形办公室举行新闻发布会。他坐在壁炉跟前,边上是他的妻子梅拉尼娅,她前一晚已经在推特上表示,她"为我们的孩子越来越多地使用电子烟一事深表担忧"。①

"我们的国家现在面临一个问题,"特朗普说,"这是个新问题。几年前,谁都没有真正思考过,它叫做电子烟。我们需要为此采取措施。"他后来提到,梅拉尼娅越来越担忧的原因之一,是他们的儿子巴伦正处在被电子烟吸引的年龄段。"不要抽电子烟。"他们在家里告诉巴伦。

讲完之后,特朗普请卫生与公众服务部部长阿扎尔发言。阿扎尔说,他所领导的部门已经提前看到了全国青少年烟草调查的最新数字——一年之前的报告差点让戈特列布心脏病发作。情况已经变得越来越糟。现在有540多万高中生和初中生在使用电子烟,比前一年增长了50%。美国近30%的高中生是当前用户。②

"整整一代孩子都有可能对尼古丁上瘾,因为这些电子烟产品的迷惑性、吸引力和唾手可得。"坐在总统身边那张沙发上的阿扎尔说道。

接着,他投下了炸弹:"在总统的支持下,FDA有意定一份最终指导文件,并据此开展执法行动,将除烟草味之外的所有口味清出市

---

① 关于梅拉尼娅·特朗普发的那条讲电子烟的推文,参见"Melania Trump Takes On Issue of E-Cigarettes," ABC News, September 10, 2019。关于特朗普总统在椭圆形办公室的讲话,参见白宫官网上2019年9月11日关于此事的文字稿,"Remarks by President Trump in Meeting on E-Cigarettes";以及美国有线-卫星公共事务电视网(CSPAN)的报道:https://www.c-span.org/video/?464219-1/president-trump-meets-advisers-vaping-products;以及Kaitlan Collins, '"Don't Vape,' Trump Says," CNN, September 12, 2019。
② 关于2019年全国青少年烟草调查数据,参见Teresa W. Wang, Andrea S. Gentzke, MeLisa R. Creamer, et al., Tobacco Product Use and Associated Factors Among Middle and High School Students—United States, 2019, Morbidity and Mortality Weekly Report(MMWR) Surveillance Summaries 68, no. SS-12(December 6, 2019): 1-22。

场。这包括薄荷味、薄荷醇味、各种糖果味、泡泡糖味、水果味、酒精味。你们明白了吧。"

特朗普是一位亲商业、对烟草友好的共和党人，他对电子烟公司采取了比任何总统都要激进的立场。他治下的 FDA 打算将所有口味清出市场。

这一宣布让所有人都大吃一惊。"哦，糟了。"一位坐在百乐宫会议室的研讨会上的朱尔员工在收到这一消息的短信时说道。尽管差不多早在一年之前，伯恩斯就从零售店撤下了水果味和各种甜点味，但该公司仍在网上销售，它们仍是销量的一大动力。特朗普的狠话意味着从整个商业流中撤下所有口味，其中包括深受欢迎的薄荷味和薄荷醇味。这对任何销售人员来说都是最糟的消息——他们的产品线绝大多数将无法再销售。朱尔陷入了一场更严重的危机。

在拉斯维加斯的繁华中，伯恩斯感受到的是寂灭。

9月12日，洛根·克莱恩开始感到非常不舒服。16岁的他是威斯康星州阿特金森堡的阿特金森堡高中的高二学生，那里离密尔沃基以西这个肺损伤危机的发源地约一小时车程。克莱恩本是个身体健康的十几岁孩子，喜欢在法兰西湖里钓大眼鲷，跟朋友一起玩《使命召唤》游戏，并从小就喜欢打篮球。大约一年前，他在一个朋友家里时，有人让他抽了朱尔。他试了芒果味，很喜欢。他几乎立刻就迷上了。因为从不吸烟，他相信抽朱尔就算不是完全无害，至少比抽香烟安全。

那次聚会过后不久，他让一个年龄稍大的人替他买了一支朱尔和几个烟油，终于有了自己的朱尔烟油。开始的时候，他一个星期抽一个烟油。接着，数量增加。他芒果味和薄荷味换着抽，不出几个月，他几乎每隔一天就要抽掉一包四个朱尔烟油。再后来，他也开始使用朱尔之外的笔状电子烟，并在其中装上了四氢大麻酚液。

克莱恩的母亲瑞贝卡是一位抚养四个孩子的单身母亲，是阿尔茨海默症患者之家的持证护理助理。她在阿特金森堡这座只有1.2万人的小镇出生并长大，她自己的孩子也是如此。洛根是瑞贝卡最大的孩子，她把他看作家里的顶梁柱。她一开始对自己儿子的新癖好并不知情。其中一个原因是她太忙，工作时间太长，同时还要照料另外几个孩子。但是在过去几个月里，她注意到洛根的行为发生了变化。他不再像以往那样经常打篮球了，脾气也比原来差了一些。后来，她开始在家里找出一些绿色和橘色的小塑料盖儿。

"这是什么东西？"她在心里琢磨。她捡起小塑料盖儿，扔进了垃圾桶。

再后来，她知道那些彩色的小盖儿是什么，知道儿子养成了抽电子烟的习惯。她并不喜欢，但她所能做的有限。直到2019年夏天，她才知道自己的儿子有多着迷。有一次，洛根的烟油用完了，也没钱了。于是他问自己的妈妈能不能给他买一点。瑞贝卡呆愣当场。她不知道洛根看似平常的抽电子烟习惯已经把他变成了一个魔鬼。她也不知道他已经开始抽四氢大麻酚。"绝对不行！"她愤怒地吼道。

更多的危险信号接踵而至。洛根开始体重下降、咳嗽，不时腹泻。最近几天，他一直在呕吐。瑞贝卡很担心。洛根是个从不生病的孩子。那天晚上，她把他送到了阿特金森堡当地一家医院的急诊室。医生以为他是阑尾破了，于是切除了他的阑尾，不久之后就让他出院回家了。但是，他回到家后继续呕吐，于是在9月15日这天，瑞贝卡直接把他送回了医院。医生们做了一些检查，得出的结论是他脱水了，并给他开了些治疗恶心的药物。瑞贝卡有种不祥的预感，也许情况比这个还要糟糕。洛根发烧了，她注意到儿子的呼吸变得吃力。她要求给他另外安排医生，这位医生听了他的肺部情况，也给他拍了胸部X光片。结果让人震惊。他的肺部充满积液，好像患上了严重的肺炎。

到了当天下午，洛根呼吸急促，病情正在恶化。医生联系了离得最近的儿童医院，也就是大约 40 英里之外的威斯康星大学麦迪逊分校的美国家庭儿童医院。那里的专科医生非常清楚，电子烟损伤正在全国各地层出不穷。他们说，洛根表现出了所有的症状。如果这个孩子不立即转入儿科重症监护病房，他可能会死去。于是，16 岁的洛根被推上救护车，快速驶进了夜色。

洛根到达儿童医院后，重症监护病房的工作人员立即给他上了呼吸机，并连夜监测。第二天早上，他见到了维韦克·巴拉苏布拉马尼扬，这位儿科肺病医生说，如果洛根的病情不见好转，他可能需要插管并用上人工呼吸器。瑞贝卡问他的第一个问题是："我儿子能挺过来吗？"他的回答令人一怔："24 小时后我再告诉你。"

密尔沃基郊外非法贩卖电子烟油仓的泰勒·哈弗海因斯还不知道，他和他那套公寓自 2019 年 7 月开始已经处于当地警方的监视之下，一位秘密线人一直在向执法机构提供信息。线人告诉警察，泰勒是这个毒品交易点的负责人，在他哥哥雅各布的协助下，在这栋公寓里生产含有四氢大麻酚的电子烟烟油。线人向警察展示了泰勒的 Snapchat 账号，这让很多细节得到了证实。照片和视频显示，车库里码放着一些大箱子，步入式衣帽间里塞了数千个像是烟油的东西，还有几个装满大麻芽的大号手提袋以及成堆的现金。

这位秘密线人随后向警察透露，泰勒不久就要飞到加州，去采购一批装有纯大麻油的罐子。果然，2019 年 8 月 28 日这天，侦查人员就在 Snapchat 上看到了泰勒发布的几段视频，他坐在一架飞机的头等舱里的，以及他在加州拍摄的几个镜头。为购买四氢大麻油，他带了 30 万美元现金。没过多久，泰勒回到了家，每天用这批金色的油填充 5 000 个油仓。

9 月 5 日，基诺沙警方突击搜查了泰勒的公寓，结果发现了一把子弹上膛的点 12 口径霰弹枪、几包可卡因、近 20 磅大麻、一些处方药和几台点钞机。警方还发现这里简直是一个工业级的电子烟烟油充装作坊，有近10万个空的塑料油仓，3.1万个装有四氢大麻酚的油仓，以及57个装有四氢大麻油、每个价值6 000美元的玻璃罐。四氢大麻酚烟油装在五颜六色的盒子里，主要是各种糖果味，如葡萄味、酸粉糖味、桃子奶油味和泡泡糖味。警察对整个作坊的估价是50万美元左右。

泰勒和雅各布被捕了。警察找到泰勒的时候，问他为什么要开这个作坊。他告诉警察，事情很简单：人们对四氢大麻酚电子烟烟油有需求，他就抓住了这个商机。起初，他以每个15美元的价格卖出了100个四氢大麻酚烟油，按每充装一个付工人30美分后，他净赚800美元的纯利润。需求飙升后，他将烟油的最低销量提高到500个。"投入越多，赚得越多，"他告诉这位警探，"没有风险，就没有回报。"

这次突击检查后，《纽约时报》问道，哈弗海因斯兄弟是"四氢大麻油界的沃尔特·怀特①吗"？更重要的是，他们的作坊跟威斯康星州多地爆发的肺损伤有关吗？跟全国的呢？②

到了9月中旬，联邦政府正在加紧调查，尽快找出人们为什么会在抽电子烟后住院，有时甚至死亡的原因。16日这一天，美国疾控中心启动了其应急行动中心，通过这一机制将疾控中心的顶级专家、健康传播者、临床医生和技术设备集合到一个地方，以确保对公共卫生紧急状况做出快速协调的反应。③ 至此，全国已有38个州出现了500多例与电子烟相关的肺部损伤病例，7人死亡，但仍旧没有人知

---

① 美剧《绝命毒师》的男主人公。——译者
② See Julie Bosman and Matt Richtel, "Vaping Bad: Were 2 Wisconsin Brothers the Walter Whites of THC Oils?," *The New York Times*, September 15, 2019.
③ See the agency's release, "Investigation of Lung Injury Associated with E-cigarette Product Use, or Vaping; CDC Activates Emergency Operations Center," CDC Newsroom, September 16, 2019.

道什么原因造成的。①

"我想强调的是,根据全国各地的报告,身体原本健康的年轻人患上了这种要命的疾病,疾控中心对此表示非常关注。"安妮·舒查特说,作为该部门第一副主任,当紧迫感和恐惧感在全国蔓延,她开始每周召开一次媒体通气会。"这是一项复杂的调查,它涉及许多州,涉及几百例病例以及各种各样的物质和制品。"

米奇·泽勒,这个一直把电子烟当作全国吸烟泛滥的解决方案的人,现在非常难堪地卷入了调查工作。他定的全面的尼古丁政策不单单导致了新的青少年尼古丁滥用现象。现在,它正被拖入一场要人性命的公共卫生紧急事件。

"我们正在不遗余力地追踪可能存在问题的任何特定产品、成分或化合物的所有潜在线索。"泽勒在一次电话新闻通气会上说。

这时,疾控中心又启动了另一个应急行动中心,以应对刚果民主共和国爆发的埃博拉疫情,这是有记录以来的第二大疫情。② 因此,对这场正在发生的与电子烟有关的危机进行分类的应急行动中心设在了该部门位于亚特兰大的附属园区,大楼里有慢性病损伤、出生缺陷和环境卫生等非传染性疾病方面的专家。

疾控中心的布莱恩·金被推到了这场调查的核心位置。他协助在多个楼层的多个房间建立了指挥,并根据与专家的距离进行组织,无论是流行病学监测、实验室工作还是通信。在随后的几个月时间里,这个小组最终扩大到了400人,每天都会召开多次情况通气会,以便以相对统一的方式报告最新消息、最新发现和突破性进展。金的办公室位于附近的一栋大楼,因此,他每天都在两栋大楼间奔波,坐电梯上上下下。

---

① See a transcript of a CDC call with reporters, "Transcript of CDC Telebriefing: Update on Lung Injury Associated with E-cigarette Product Use, or Vaping," *CDC Newsroom*, September 19, 2019.
② See "CDC Activates Emergency Operations Center for Ebola Outbreak in Eastern DRC," press release, *CDC Newsroom*, June 12, 2019.

与此同时，FDA 成了一个关键的合作伙伴。该机构负责控制和应对食源性疾病的爆发和药物不良反应，长期努力解决一项极其艰巨的任务，即在曲折的全球供应链中找出导致美国人患病的"有害"成分，无论是追踪大肠杆菌查到艾奥瓦州某肉类加工厂的某个工人，在加州中央山谷一个菠菜园查出沙门氏菌，还是找出源自中国某个猪肠加工厂的致命血液稀释剂。与电子烟有关的肺部损伤也面临着相似的问题。尽管在商店购买的尼古丁产品里通常只有五六种成分，但这些成分来自世界各地，而调味品往往还包含几十种"亚口味"，它们又有各自的成分供应链。

不管是来自联邦政府还是州政府实验室，美国各地的初期研究结果表明，大多数肺损伤患者都一直在使用含有四氢大麻酚的产品。这使得追踪成分的工作变得更加艰难，因为大多数州的法律禁止销售大麻，这些产品大多属于非法销售。很多含有四氢大麻酚的产品可能来自街头，而源头又是黑市作坊，比如泰勒·哈弗海因斯的公寓那种。

在 FDA 继续分析样品的过程中，他们检测了每一样东西，包括重金属、杀虫剂和各种毒素。有的实验室已经开始发现，很多四氢大麻酚产品含有增稠剂，包括一种用维生素 E 醋酸酯制成、使用广泛的名为 Honey Cut 的产品。这种金色的糖浆状油通常用于润肤霜或洗发水，如今正越来越多地用来让电子烟烟弹中的四氢大麻酚液体变得黏稠。它还可用来"掺入"四氢大麻酚液体，做出更多产品，并为每个烟弹带来更多利润。

9 月初，纽约州卫生部门报告称其检测结果显示，病人提交的几乎所有产品中都存在维生素 E 醋酸酯，它已经向该产品的三家生产商——其中包括位于圣莫尼卡的 Honey Cut——发出传票。[1] 尽管青少

---

[1] See "New York State Department of Health Announces Update on Investigation into Vaping-Associated Pulmonary Illnesses; Department Warns Against Use of Black Market Vaping Products," press release, September 5, 2019；关于维生素 E 醋酸酯在此次突发事件中的角色的广泛分析，参见 Benjamin C. Blount, Mateusz P. Karwowski, Peter G. Shields, et al., "Vitamin E Acetate in Bronchoalveolar-Lavage Fluid Associated with EVALI," *The New England Journal of Medicine* 382 (February 20, 2020): 697–705。

年仍在进入重症监护病房,但调查已经开始得出答案。

维韦克·巴拉苏布拉马尼扬在病人洛根·克莱恩身上发现的第一件吃惊的事,并不是这个孩子呼吸不畅的症状。作为一个擅长治疗儿童乃至新生儿慢性肺病的儿科肺科医生,他已经看惯了这种情况。洛根的性情让他感到有些好奇。他很烦躁,护士们讨论过可能要给他注射镇静剂才能继续戴上氧气面罩。

巴拉苏布拉马尼扬询问他摄入量时,洛根报告的量让他感到震惊——每天抽大约两个朱尔的烟油。他算了一下每个烟油的尼古丁含量。他意识到,以其每天的用量来看,尼古丁数量可观啊。洛根正处于尼古丁脱瘾状态。于是,巴拉苏布拉马尼扬做了一些以前很少做的事:给这个孩子采用尼古丁替代疗法。在用上贴片大约6个小时后,洛根终于平静了下来,辅以类固醇治疗后,他的病情出现了好转。

接下来的两个星期左右,洛根一直待在医院,他一边康复一边尽量完成学校布置的作业。他尽可能地多给朋友们打电话,警告他们不要抽电子烟,并敦促他们立即停用。他的妈妈瑞贝卡缩短了工作时间,尽量陪着他,并在每天晚上开车到医院陪他。她尽其所能让他的生活维持正常。在两个年幼的双胞胎过生日那天,她买了一个蛋糕,做了鸡肉意面,把两个孩子带到了医院。他们一起唱了生日歌。

巴拉苏布拉马尼扬和威斯康星大学医学院的其他医生决定举行一次新闻发布会,以提升大家对这个问题的认识——至此,他们已经收治了十多个像洛根这样的孩子。他们让洛根发一则声明,他同意了。在新闻发布会那天,他们展示了正常肺部以及他们所称的"电子烟肺"的照片。巴拉苏布拉马尼扬谈到了尼古丁成瘾这个问题以及电子烟的危险性。轮到洛根发言时,他费了好大的劲才让自己干瘦的身板靠近麦克风,他的妈妈站在一旁扶着他。他手里拿着自己写好的声明。他站在讲台前,后面是医院的一个石炉,电视摄像机对准了他苍白的脸,与之形成对照的是他那头披肩黑发。

"上午好，"他虚弱的声音有些沙哑和颤抖，"我叫洛根·克莱恩。今年 16 岁。我是使用朱尔的众多孩子之一。我当初以为抽朱尔比抽普通香烟安全。我错了。"他停顿了一下，使劲地吸了一口气。"我差一点就死了。我的肺已终生受损……这段经历极大地改变了我的人生。如果你现在既不吸烟也不吸朱尔，请千万别开头。如果你已经开了头，我劝你赶快停手，并马上寻求帮助。尽管戒掉可能真的很难，但这样的经历要难受得多。谢谢。"①

尽管还无法确定洛根的疾病是朱尔，还是他同时也在使用的四氢大麻酚电子烟产品所致，但很有可能是后者。证据很快就会变得明朗起来，尽管朱尔很常见，但很有可能非法制造的大麻产品才是肺部损伤的罪魁祸首。至少并非不可想象的是，如果没有朱尔，这个孩子可能永远不会抽其他物质。不管怎么说，对朱尔名声的损害已经造成——在公众的眼里，抽电子烟和抽朱尔已经成了同义词。实际上，接二连三的坏消息已经对朱尔相当不利。随着公众开始意识到青少年抽电子烟已经是普遍现象，与电子烟相关的肺部损伤病例的突然增加似乎令人生疑。还没有人知道，朱尔是不是肺部损伤的主要原因，因此在公众的心目中，朱尔不仅会让青少年成瘾，而且可能会要他们的命。朱尔突然以一种非常糟糕的方式开始时运不济。

洛根 2019 年秋天出院时，是贴着一张 30 毫克的尼古丁贴片缓慢而艰难地走出医院的。

吉姆·斯泰尔一直在加大自己对"对电子烟说不"运动的参与力度。他和他弟弟汤姆长期坚持一条原则：永远不要介入他们所住城市的地方政治。但自从跟戴维·伯克有过交谈以来，他就一直放不下朱尔这个问题。这让他感到很沮丧。再者，这家公司现在正好踩到了

---

① See Stephanie Fryer, ' "I Came Very Close to Dying': Fort Atkinson Teen Urges Others to Stop Vaping," Channel 3000, October 4, 2019.

他在"常识媒体"的地盘。这家非营利性组织在全国有100多万教师成员,他们拿到的教学材料包含媒体对儿童健康、操纵性和欺诈性网络营销的影响等内容。

在斯泰尔看来,朱尔不仅在青少年中间制造了一场公共卫生危机,而且他还觉得它采用了类似的操纵性和欺诈性营销手法,而这样的手法一直被用来让青少年沉迷于某些不健康的产品,比如苏打水、含糖麦片、暴力视频游戏、充满仇恨的社交媒体等等。"他们这是在让美国的孩子再次染上尼古丁瘾。"斯泰尔在谈到朱尔时说。更让他无法忍受的是,这种产品来自他认为没有责任心的硅谷企业。"脸书的座右铭是什么?快速行动,打破规则。那就是了不起的扎克伯格的座右铭,"斯泰尔说,"真的吗?好吧,快速行动、打破规则不要用到孩子身上。实际上,这会很可怕。朱尔和烟草巨头的行动也很快,并有突破性。这跟你在脸书身上看到的行为一模一样,跟我们看到的那种操纵性和成瘾性的东西一模一样——让孩子上钩,不考虑健康后果。"

除了对"对电子烟说不"运动提供帮助,斯泰尔还利用他的组织跟家长和老师的广泛接触来扩散朱尔所具有的危险性。该组织制作了课堂材料,比如"朱尔广告与媒体素养",指导老师打印出一个旧式香烟广告和朱尔早期的一个广告,以此"对广告和商业手段的劝诱花招及深层含义进行案例研究"。

斯泰尔还碰巧跟一帮媒体高管很有交情,他作为儿童权益倡导者跟他们共事几十年,而且媒体公司的内容要通过他的评级取得正式的许可。9月18日,斯泰尔致信各大媒体的高层,其中包括维亚康姆集团(ViaCom)首席执行官罗伯特·巴基什、iHeartMedia[①]的首席执行官罗伯特·皮特曼,以及YouTube首席执行官苏珊·沃西基,要他们抵制朱尔的广告。至此,朱尔已经花了3 000多万美元在近一万

[①] 美国最大电台。——译者

个全国性广告位上做电视广告，专门播放曾经的吸烟者的"推荐之词"。几天前，美国有线电视新闻网（CNN）的负责人杰夫·祖克就说过，他的公司将不再接受朱尔的广告费。斯泰尔写过信后，更多的公司跟进。巴基什亲自给斯泰尔回信，感谢他在这个问题上的倡议。同一天，维亚康姆宣布，它将撤下所有的朱尔广告。①

多米诺骨牌应声倒下。在美国，沃尔玛宣布它在全美国的5 000家门店将停止销售电子烟。几个星期之内，克罗格超市和沃尔格林百货公司纷纷效仿。② 中国最近将朱尔从几大电子商务平台撤下，这有效阻止了该公司进军全球最大的烟草市场的计划。几天之后，印度同样对朱尔采取了有效的禁令。③

朱尔正在内爆。尽管越来越多的调查结果指向黑市上含有四氢大麻酚的电子烟烟油，新闻标题还是心照不宣地暗示朱尔是肺部损伤的元凶，伯恩斯和其他人看得不禁怒火中烧。他们感到愤怒的是，疾控中心没有进一步采取措施明确表示朱尔可能并非元凶，应该怪罪的是黑市造假者。但这话淹没在喧嚣中。事实是，电子烟正在致人死亡，而到目前为止，世界上大多数人都将电子烟和朱尔联系在一起。该公司的品牌优势反过来拖累了它们。

9月25日，也就是在百乐宫举行销售务虚会两个星期后，伯恩

---

① See David Yaffe-Bellany, "TV Networks Take Down Juul and Other E-Cigarette Ads," *The New York Times*, September 18, 2019.
② See for example, Erika Edwards, "Walmart to Stop Selling E-Cigarettes amid National Outbreak of Vaping Illnesses," NBC News, September 20, 2019; and Russell Redman, "Kroger, Walgreens to End Sales of E-Cigarette Products," *Supermarket News*, October 7, 2019.
③ See Jennifer Maloney, "Juul's Sales Halted in China, Days After Launch," *The Wall Street Journal*, September 17, 2019; and Ari Altstedter and Bibhudatta Pradhan, "Tide Turns Against Vaping as India Bans Sales, China Sites Pull Juul," Bloomberg News, September 18, 2019.

斯在朱尔的总部召开了一次全体大会。① 几百名员工挤在那个主食堂——近两年来，他在这里发表过几十次鼓舞人心的讲话——这一次，他宣布自己即将离职。

至少自从伯恩斯表达了他对奥驰亚掺和朱尔事务的绝对反感的那次会议以来，公司内部越来越认为，他是个错误的人选，无法建立跨越各利益相关群体和赢得批判者所需的广泛支持。伯恩斯是个相对直爽的人，在扩张这件事上颇有天赋。尽管这一策略让朱尔拿到了支票，但它现在也危及了公司的生存。"有人开玩笑，说凯文这种人可能在12岁的时候就读过杰克·韦尔奇的回忆录，"一个熟悉他在朱尔任职期间的事的人说，"但他对奥驰亚的看法，跟大街上的人如出一辙——那是一家销售致命产品的邪恶公司。"

尽管跟奥驰亚的交易让伯恩斯拿到了丰厚的薪水，但具有讽刺意味的是，他就是拒不接受一个香烟销售者不知怎的就能来拯救这家公司的想法。他没有领悟到，要做烟草生意，你就必须深刻内化监管制度，同时愿意不乱说话，采用更加微妙但作用不小的策略，说服而不是哄骗公众购买你的品牌。他不愿意内化监管的原因很简单。伯恩斯一直无法接受一个事实，即朱尔尽管身披光环，是硅谷的明星企业，但到头来却是他憎恶的那个玩意儿：一家烟草公司。本·霍洛维茨关于战时与和平时期首席执行官的区分在这一刻并不完全成立。朱尔身陷战争，但这是一场无论如何积极应对也无法获胜的战争。朱尔需要有人能策划战略性投降。伯恩斯不是这样的人。他知道这一点，朱尔的每个人也都知道。

食堂里，博文和蒙西斯站在伯恩斯的边上，跟他站在一起的还有他选出来的接班人：K. C. 克洛斯威特。他曾经是奥驰亚的高管，也是霍华德·维拉德的同事，一年之前参与过跟朱尔的交易谈判。朱尔的

---

① See, for example, Timothy Annett, "Juul Labs CEO to Step Down After Vaping Backlash," Bloomberg News, September 25, 2019.

两位创始人称赞了伯恩斯取得的成就——将公司员工从300人扩展到3 000多人,在全球20个市场推出了朱尔。"凯文将我们这家初创企业变成了全球企业。"他们说。

克洛斯威特知道,自己正在走向一群难对付的人。没有糖衣。朱尔现在将由一个烟草公司高管管理。在宣布任命那天的一封电子邮件中,他并没有回避这个问题:

"正如你们中很多人所知,我在奥驰亚度过了大部分的职业生涯。同样,我也知道,朱尔实验室的很多人对奥驰亚去年向这家公司投资心有疑虑,我猜你们有人可能会问,我在那家公司的背景会如何帮助我推动这家公司去实现它的使命……答案很简单。在奥驰亚的时候,我有机会对成年吸烟者的事有足够的了解,我也同样了解销售尼古丁输送产品的公司怎样才能在社会上赢得一席之地。十多年来,我一直相信未来在于燃烧式香烟的替代品。我亲耳听到过太多成年吸烟者表达他们对替代品的兴趣,也因此相信燃烧式香烟是不可替代的。"

同一天,克洛斯威特宣布,朱尔将立即暂停"美国境内的所有广播、印刷和数字产品广告",并停止就特朗普政府最近宣布的口味禁令向其进行游说。这是克洛斯威特在最近引起最激烈反应的地区发出的撤退信号。①

一如往常,包括克洛斯威特在内的朱尔高管回答了与会人员的提问,因为很多人都在努力消化这条消息的意思。其中一类问题是:"以你在奥驰亚做过负责人的经历,我们怎么能相信这家公司以消灭燃烧式香烟为使命?"另一类问题是:"我们现在算是烟草巨头吗?"克洛斯威特是个完美的外交家,他巧妙地组织措辞,回答了为何说朱尔和奥驰亚是两家独立的公司,以及他将如何致力于朱尔最初的使命。当他赞颂这样的使命,痛心地谈到"青少年的使用已经到了令

---

① See Juul Labs, "Juul Labs Names New Leadership, Outlines Changes to Policy and Marketing Efforts," company news, September 25, 2019.

人无法接受的程度""正在破坏公众的信心"时,他开始听着像个来自过去的鬼魂。

可能很少有人注意到这一点,但克洛斯威特的那番话仿佛停滞在了另一个时代的某一刻,那是菲利普·莫里斯公司的时代,那时候史蒂文·帕里什正在帮助公司走出低谷,跌跌撞撞地走向前途未卜的未来,采用了"重新向社会看齐"等术语,规劝公众再信一次这家美国最受诟病的公司。

"我们必须努力跟监管部门、立法部门和其他利益相关方合作,"克洛斯威特说,"并赢得我们所在社会的信任。"

衔尾蛇就此成形。对于一家因其宣称想扎进大烟草公司的心脏而诞生的公司来说,朱尔从哪里开始,大烟草公司在哪里结束,不再能看得清了。

就在克洛斯威特被任命为首席执行官的那一天,朱尔的很多员工更新了自己的简历,开始找工作。"这是结束的开端。"一位前员工回忆说。

第二十一章　血雨腥风

电子烟民抽电子烟的时间，比修道院的人祈祷的时间还多。
——格罗夫·诺奎斯特

10月1日，就在选举日前一个月，朱尔突然从自己推翻旧金山的电子烟禁令的活动中退了出来。切森和她的团队，以及其他反对朱尔的运动人士听到这个消息的时候都感到难以置信。"这很可能是朱尔跟烟草巨头抛出的又一轮谎言和夸大其词中的一个。"该决定宣布的那一天，"对电子烟说不"运动的负责人拉里·特拉穆托拉说。①

就连朱尔自己的联盟雇佣的活动工作人员都对这一消息感到十分意外——他们不仅事先没有得到这一决定的任何通知，而且现在突然发现自己没工作了。

朱尔已经在这项活动中投入了大量资金，旧金山的大街上和电视上铺天盖地都是"对电子烟说是"的材料，因此大家有所疑虑也是情有可原。但是，克洛斯威特急于推动事态往前发展。这场战争对他和奥驰亚而言，不像它对朱尔或伯恩斯那样有个人针对性，这是这家公司在其诞生的城市的一次生存之战。"对电子烟说不"的富有支持者不是克洛斯威特在阿瑟顿的邻居，却是伯恩斯的邻居，因此他和里士满的人认为没有理由在一场民调显示他们必输无疑的斗争中一笔一笔地投钱。朱尔的这位新任首席执行官在一份声明中说："我正努力确保看到朱尔与所有利益相关方建立富有成效的关系，包括监管部门、立法部门和我们的广大顾客。"换句话说，克洛斯威特跟帕里什一样举起了白旗。朱尔已经深陷这场有关电子烟提案的纷争,因此它别无选择。要么战斗到死,要么投降求生——带着有一天在热潮消退后东山再起的希望。跟菲利普·莫里斯集团公司曾经做的一模一样。

当取得这场艰难的政治斗争的胜利极其渺茫的时候,继续投钱是不负责任的。更不要说,在电子烟致人死亡的时候开展一场倡导抽电子烟的活动肯定会造成极端不好的公众影响。电子烟提案运动绝对是劳民伤财,它只会把朱尔越描越黑。叫停很显然是当务之急。

尽管朱尔已经罢手,但电子烟提案的残余仍然像僵尸一样存在。电子烟提案的广告仍然在播出。电子烟提案的广告牌仍然矗立着。电子烟提案的传单仍然满大街飞舞。甚至在布隆伯格提供的活动经费的支持下,"对电子烟说不"运动的志愿者还在挨家挨户敲门、拨打电话,在朱尔的总部门前举行集会。

如果要大家选一位电子烟斗士,格罗夫·诺奎斯特不会是大多数人的首选。而且,人们想到火人节的时候,也不会最先想到他。其实,这两者都很有道理。这位长期反税收、主张小政府,在罗纳德·里根总统的任期内创立了名为"美国人税收改革"的华盛顿团体的偶像乐于打破现状。2014年,他首次应火人节的联合创办人拉里·哈维之邀参加火人节,之前,他俩因对"糟糕的大政府"表达不满而结缘。据称,国土管理局对火人节事务的过多干预让哈维越来越苦恼。诺奎斯特一听就来了兴趣。

那一年,诺奎斯特和他妻子前往内华达沙漠,在为这一节日的创办者和老年人保留的区域扎营。他们对这里一见倾心。正如诺奎斯特在其发表于《卫报》的文章《我的第一个火人节:一个华盛顿保守者的告白》中所解释的那样:

---

[1] See Juul Labs, "Statement Regarding San Francisco Ballot Initiative," company news, September 30, 2019; and also see "Juul Withdraws Support for Ballot Measure Aimed at Overturning Anti-Vaping Law in San Francisco," CBS News, October 1, 2019.

一些自许"进步人士"的人一想到我要去他们认为是自由派嬉皮士扎堆的地方，就会牢骚不断。是的，有一位先生玩滑板的时候没戴护肘和护膝——也有人穿热裤。是的，我坐过装扮得像猫、蜜蜂或蜘蛛的车；我看见了载有海盗船和30位舞者的卡车。我喝了苦艾酒。但是，如果有人对我这样的华盛顿找茬分子参加火人节说三道四，那他肯定没来过：火人节的第一原则就是"极尽包容"。①

对具有未来性的科技而言，火人节一直是个精神家园。对电子烟也是。② 博文和蒙西斯不仅在这里对普鲁姆进行了贝塔测试，并且跟哈维交上了朋友，还把帕克斯实验室设在了火人节的旧金山办公室。诺奎斯特那种"别爬到我头上来"的性情跟火人节不讲规则——也不交税——的习性一拍即合。

过去20年来，诺奎斯特一直在代表大型烟草公司进行反税辩论，此前他抛出过一份《纳税人保护承诺》，劝说立法者签署，并承诺永远不加税，不允许政府变成掠夺成性的、霍布斯笔下的利维坦，对美国人的生活进行不公正的统治。随着烟草业在1990年代末受到越来越多的攻击，反吸烟倡导者以及随之跟进的州和地方立法者使用的主要武器之一就是主张提高香烟税，以抑制消费，并增加收入去用于资助医疗保健和烟草预防项目。诺奎斯特被菲利普·莫里斯公司和其他烟草公司招募，通过组织反税会议、资助智库撰写白皮书、在州和地方报纸上发表专栏文章，再加上以"传真轰炸"向媒体大量发送有关反击官僚主义、抵制日益滑向福利国家的内容，抹黑财政自由所带

---

① See Grover Norquist, "My First Burning Man: Confessions of a Conservative from Washington," *The Guardian*, September 2, 2014.
② See Gregory Ferenstein, "Why Silicon Valley Billionaires Are Obsessed with Burning Man," *Vox*, August 22, 2014; Tess Townsend, "What Elon Musk and Other Tech Executives Say About Burning Man," *Inc.*, August 28, 2015; and Sarah Buhr, "Elon Musk Is Right, Burning Man Is Silicon Valley," *TechCrunch*, September 4, 2014.

来的"罪恶税"①。②

不管跟火人节有没有关系，反正诺奎斯特立即把电子烟当作他那场针对"罪恶税"的长期斗争的新前沿。"这里是格罗夫·诺奎斯特主持的《格罗夫·诺奎斯特秀》节目，我们来说说税收的事儿，"他在 2015 年 1 月的那集《放开那些抽电子烟的！》中说，"多年来，州立法机构和议员们不是追着烟草或香烟征税，就是追着啤酒、葡萄酒和烈酒征税。不是追着汽油征税，就是追着你们的车征收汽车税。他们想追着征的新的罪恶税是……电子烟，它根本不像烟草那样对健康有害，可政客们就是想对它征税。"③

诺奎斯特那天节目的嘉宾，是他在"美国人税收改革"的一位名叫保罗·布莱尔的同事，后者解释了电子烟群体有多大，其成员可能会被如何利用。"每天大概有 600 万至 700 万的电子烟用户。"布莱尔说。

诺奎斯特听得几乎垂涎三尺。"这是'放开我们'联盟的新生力量啊，"他满意地说道，"电子烟用户，纳税人运动的新方阵。"

随着电子烟用户人数的增加，美国各地的电子烟商店数量也在增加。它们往往是独立经营的店铺，对业务计算中的微小干扰很敏感。多年来，因为电子烟行业几乎没有监管，它已经发展成了一个利润丰厚的行业。更不要说很多电子烟商店的老板已经成为电子烟的忠实信徒。抽电子烟不只是一种习惯或者嗜好，而是一种反主流文化的形式，它源于尼古丁摄取不再需要靠烟草巨头这一观念。它可能来自比利或贝蒂在某个后厨烹煮的烟油。你所要做的就是买烟具，装入烟油，开机。

---

① sin taxes，指对不健康产品征收的税，香烟和烈酒的税就是典型。——译者
② 关于烟草业档案中他向香烟公司提的一项建议，文件编号 2079041606。
③ 要听诺奎斯特关于电子烟的言论，参见"The Grover Norquist Show: Leave Vapers Alone!" from January 7, 2015, https://www.atr.org/grover-norquist-show-leave-vapers-alone。

当州立法者在公共卫生倡导者和烟草控制团体的支持下，开始推动对电子烟征收新税时，正是这些电子烟用户被惹毛了。密歇根州卡里多利亚市的一位电子烟店老板告诉记者，这样的税收和规定威胁到了他的生意。他"只想让自己的店继续开下去。他有种被人不当回事的感觉，因为海洛因瘾君子有安全的地方吸毒，调味酒水依旧在市场售卖，而他使用的蓝莓枫糖味电子烟油却不行"。①

电子烟用户的执着劲变得狂热起来。电子烟用户和电子烟店老板觉得这种产品比香烟安全，对社会的公共健康有利无害，而政府正想方设法不让最需要的人，即吸烟者得到它。于是，战线划好了：电子烟用户对全人类。他们剑已出鞘，格罗夫·诺奎斯特将带领他们投入战斗。

很快，支持自由市场的其他许多个人和组织也投入了战斗。他们将电子烟用户整合成了一个投票集团。其中有自由主义全国委员会，它组建了"我抽电子烟我投票"（I vape I vote）联盟（不要把它和"我们抽电子烟我们投票"组织弄混了）；有美国电子烟协会，它从事的是培训电子烟用户如何参与政治的工作（不要跟在华盛顿的特朗普国际酒店举办过两次活动的"电子烟技术协会"混淆）；有无烟草替代品贸易协会，它开展了"拯救电子烟"活动（不要跟"无烟草替代品消费者权益倡导者协会"混淆）。资深政治运作人员也加入进来，其中包括做过赫尔曼·凯恩的幕僚长的马克·布洛克，他创立了"电子烟政治行动委员会"。② 一些名人也声援了该运动，其中包括特朗普的"影子幕僚长"西恩·汉尼提，他在自己的网站上播放朱尔的广告，而且据报道他本人也抽电子烟。③ 参与其中的还有些颇

---

① See Rachel Bluth and Lauren Weber, '"We Vape, We Vote': How Vaping Crackdowns Are Politicizing Vapers," KHN, October 10, 2019.
② See Bernard Condon, "Vaping Group Plotted Lobbying at Trump's DC Hotel," The Associated Press, September 12, 2019.
③ See Brian Stelter, "Hannity Has Said to Me More Than Once, 'He's Crazy': Fox News Staffers Feel Trapped in the Trump Cult," *Vanity Fair*, August 20, 2020.

具影响力的游说者。在社交媒体上,赞成抽电子烟的账号大量涌现,推特上充斥着大量支持电子烟、反对征税的信息。

等到特朗普跟跟跄跄投入战斗的时候,电子烟用户大军已经子弹上膛。

直到 8 月份的时候,霍华德·维拉德仍对自己的朱尔投资项目保持乐观语调。他对这家公司进入爱尔兰、韩国、奥地利和菲律宾等国际市场表示兴奋。跟朱尔有关的几起诉讼案提及他公司的名字,但数量不多,以至于在公司披露信息时最多加一两个脚注。"我们 2019 年的计划仍在进行中,"他在 7 月 30 日举行的奥驰亚第二季度财报会议上说,"我认为朱尔在今年上半年的表现非常喜人。"①

但是,等到树叶开始变色的时候,大家的情绪也发生了变化,因为肺部损伤的情况演变成了一场公共卫生危机。在那之后没过多久,奥驰亚的最高管理层就产生了集体焦虑感。跟其他所有人一样,维拉德每天都能看到大量的不利消息,就是始终不消停。这就像从噩梦中醒来,却发现噩梦其实是现实。

10 月 1 日,奥驰亚收到联邦贸易委员会发来的民事调查令。该机构已经就奥驰亚对朱尔的投资展开调查,这标志着它对烟草行业的最新一轮挞伐。几年前,它对雷诺美国和罗瑞拉德之间 274 亿美元的并购案提出过质疑,并要求两家公司在最终敲定交易之前剥离部分香烟投资组合。现在,该机构感兴趣的是,朱尔和奥驰亚是否违反了联邦反垄断法,因为在跟朱尔达成交易前几个星期,奥驰亚将马克滕从市场撤下,从而减少了电子烟市场的竞争。

虽然维拉德坚称,他停止销售马克滕是因为非常担心青少年使用基于油仓的尼古丁产品,他给戈特列布的信证实了此事,但联邦贸易

---

① 参见奥驰亚 2019 年 7 月 30 日发布的 2019 年第二季度财报;亦可参见奥驰亚在向美国证券交易委员会提交的文件中披露的"民事调查令";另见联邦贸易委员会的行政投诉。

委员会想知道在跟朱尔谈判的过程中，他其实是不是把马克滕当作讨价还价的筹码。联邦贸易委员会也在调查克洛斯威特从奥驰亚辞职，并随即被朱尔任命为新首席执行官，该机构担心这可能是反竞争行为的进一步证据，因为这两家公司尚未获得该机构的批准来完成交易。如果该机构对朱尔投资案提出正式质疑，它可能会导致多项严厉措施，包括要求撤销这笔巨额交易。

克洛斯威特像一个突然降临到朱尔的大救星。他高调地离开了他长期效力的奥驰亚，一个企业老高管这么做并不是为了投奔更好的前程。这家烟草巨头在克洛斯威特离职的时候，给了他250万美元的"特别贡献奖"。① 朱尔的员工猜测他是奥驰亚派来的间谍，目的是保护该公司的那笔高额投资。

到此时，朱尔的士气已经跌到了谷底。朱尔的雇员原来之所以能容忍跟奥驰亚达成的交易，很大程度上是因为他们拿到的支票。但是，他们怀念自己的初创公司身处前沿的日子。那时候他们是先锋，要奔向一个以使命为核心的未来。那时候他们无视所有的怀疑者和痛恨者，能够昂首前行，相信自己至少肩负着一个非传统的希望。现在，他们被骂得体无完肤。一些人拒绝在自己的简历上写上这家公司，因为他们认为它现在散发着恶臭。

伯恩斯在朱尔的短暂而充满激情的任期内，尽了最大努力去挽救公司的形象，摆脱命运多舛的"雾化"宣传活动的残余，为此，朱尔的众多员工对他感激不尽。当然，他这个人有点可恶，但大家普遍认为他是个有能耐的领导人，也得到了他们的支持。更为重要的是，自2018年12月达成协议以来，他至少在朱尔和伏地魔之间充当了一道象征性的防火墙。现在，随着伯恩斯的离去，伏地魔进了大楼。

克洛斯威特的到来引发了整个朱尔的停滞。他似乎要在自己的旧

---

① 关于这个特别贡献奖的奖金，参见SEC文件。

东家和新东家之间架一座桥，但于事无补。10月1日，朱尔宣布它已聘用"乔"·穆里洛——奥驰亚前副总法律顾问兼新标的总裁——担任朱尔的新一任首席监管官。在之后的几个月里，朱尔还将聘用五六个奥驰亚的前员工，而自双方达成交易以来，已来了十多个这样的员工。

从第一天开始，克洛斯威特就让朱尔在过去两年多时间里积蓄的惊人势头戛然而止。当他打开朱尔的引擎盖查看发动机时，才看清这是一头不折不扣的猛兽。在短短两年里，这家初创公司就从单一市场不超过200名员工发展到在二十多个国家拥有4 000多名员工。整个2019年，朱尔在世界各地增长得如此之快，以至于平均每个月要聘用300人。

克洛斯威特的第一项任务是对全公司进行自上而下的审查，从运营开支到发展战略，以确定哪些地方效率低下。他开始终止大大小小的项目，从广告宣传到数字营销，再到研发。长期以来在进行的一些工作突然被叫停。员工们每一天都屏住呼吸，他们预计裁员即将到来。一连几个星期，朱尔的几十名员工没有任何项目可干，他们只能瞎混，等着裁员的消息板上钉钉。办公室里有一种姜饼屋大赛的感觉。有人开始在网上找工作。员工们星期五就不去办公室了。日子一天过得比一天糟。

但克洛斯威特关注的对象才是最无情的，它就是FDA。不出所料，联邦法官对戈特列布给电子烟公司4年时间向FDA提交申请的决定提出质疑，并下令该机构将截止时间提前。"考虑到作为戒烟设备的电子烟在功效上的不确定性，缩短最后期限可能对生产商造成的影响被夸大，该行业的顽固不化，电子烟的持续供应及其对青少年的吸引力，以及显现出的公共卫生紧急状况，我认为有必要设最后期限。"这位法官在7月写道。

朱尔现在需要在2020年5月20日前而不是2022年8月8日前提交申请。只剩下几个月的时间了，对于要完成该公司的上市前烟草申请的克洛斯威特来说，这个最后期限非常紧迫。这份至关重要的文件需要科学严谨，要有各种数据支撑，以向FDA证明该公司的产品符合其制定的"适合保护公共健康"这一标准。该公司向 FDA 提交的申请文件最终超过 12.5 万页,花费超过 1 亿美元。

现在,在朱尔内部,几乎没别的事情是重要的。如果朱尔公司那些时髦的硅谷工程师设计出了炫酷的新型尼古丁烟具,而 FDA 不批准任何一款上市销售,那还有什么意思呢?

随着 FDA 规定的最后期限还有几个月,朱尔的吸引力显然在从旧金山转移到华盛顿。他们一有时间就专注于挽救公司在华盛顿和公众眼中的形象,通过游说支持"烟草 21"立法,也就是将联邦规定的允许购买烟草产品的年龄由 18 岁提高至 21 岁,并协助推出销售点技术,以禁止未成年人在零售机构购买。

与此同时,华盛顿的压力越来越大,人们要求强迫电子烟公司将调味产品从市场撤下,从而一劳永逸地掌控电子烟公司。正如该公司所害怕的那样,旧金山通过的电子烟禁售令和对调味的禁止令现在已经蔓延至二十多个城市和州,州立法机构和市政机构都在针对电子烟制定越来越多的限制措施。特朗普关于将调味电子烟撤出市场的承诺逐渐具有了政治意味。

克洛斯威特决定先发制人,即发布一系列公告,表示朱尔将主动从美国市场撤下其所有的果味和甜点味产品,如芒果味、焦糖布蕾味、水果味和黄瓜味。① 尽管朱尔几个月前就已经停止在零售店销售上述口味中的大部分,但该公司仍在网上销售。再也不能这么做了。接着,几个星期后,《美国医学会杂志》上的一项研究发现,朱尔的薄荷味烟油实际上是青少年使用者最喜欢的口味。两天后,克洛斯威特宣布他也将撤下这些产品,此举无异于自残,因为朱尔业务量的 70% 来自薄荷味烟油。但在此时此刻,不是钱的事。朱尔进入了救命

---

① See Juul Labs, "Juul Labs Stops the Sale of Mint Juul Pods in the United States," November 7, 2019; and for the study, see Adam M. Leventhal, Richard Miech, Jessica Barrington-Trimis, et al., "Flavors of E-Cigarettes Used by Youths in the United States," *Journal of the American Medical Association*, November 5, 2019.

模式。而克洛斯威特，一边拼命安抚华盛顿和愤怒的公众，一边缩减开支。

10月份就要结束的时候，克洛斯威特向全公司发了一封电子邮件，宣布即将发生重大变化。除了重组朱尔的执行领导团队，公司将大幅缩减规模。

"我知道每个人心里想问什么，我们是不是要裁员、如何裁员以及何时裁员。"克洛斯威特写道，"简单地说，确实如此，我们要调整公司的业务规模和运营预算，使其更符合我们的战略框架……不幸的是，这意味着裁员10%至15%，以及其他领域大幅削减成本，以使支出跟我们的战略性优先事项保持一致。"到11月中旬时，朱尔公开宣布将裁减650人，占其全球员工总数的16%，作为公司重组的一部分，这会节省开支10亿美元。

与此同时，克洛斯威特还宣布，博文和蒙西斯将不再参与公司的日常运营，并成立一个"创始人办公室"，他们俩仍将留在董事会，担任克洛斯威特的"直接顾问"。

血雨腥风开始了。

万圣节那天，奥驰亚公布了第三季度的收益，情况相当毛骨悚然。数据揭示了奥驰亚在朱尔投资中埋下的隐约可见的多颗地雷。公司报告称，朱尔所面临的各种市场状况——销售总量下降、州和市的禁令、负面宣传、与电子烟有关的肺部损伤以及FDA的监管不确定性——迫使其将公司128亿美元的投资价值减记三分之一以上。如此一来，奥驰亚账上的45亿美元蒸发了。[①]

[①] 参见该公司2019年10月31日的第三季度收益报告，亦可参见Jennifer Maloney, "Altria Cuts Value of Juul Stake by \$4.5 Billion," *The Wall Street Journal*, October 31, 2019; and Juliet Chung, "Hedge Fund Darsana Slashes Juul's Valuation by More Than a Third," *The Wall Street Journal*, October 4, 2019; and Miles Weiss, Sophie Alexander, and Donald Moore, "Fidelity Fund Slashes Value of Its Juul Stake by Almost 50%," Bloomberg News, October 30, 2019。

过去几天里,不断出现警示信号。一家对冲基金将其内部对朱尔的估值下调了 140 亿美元,降至 240 亿美元。在奥驰亚公布收入数据的前一天,富达基金将自己持有的朱尔股票的估算价值下调了近半,减至 3.86 亿美元。现在,奥驰亚的 45 亿美元减值导致其面临 26 亿美元的季度亏损,而去年同期是 19.4 亿美元的盈利。

"在完成如此巨额的一笔投资后就不得不这么快地大幅降低自己的估值,你对此有什么看法呢?"摩根士丹利的一位股票分析师问霍华德·维拉德。

"当然,我们也不乐意不得不对朱尔投资做出这样的减值处理,"他回答道,"的确,尽管在我们对朱尔投资时做过各种预测,但我们没有预料到电子烟品类会发生如此翻天覆地的变化。确实,我们没有预料到肺部损伤这个问题。"

11 月 5 日,疾控中心的布莱恩·金的电话响起时,他正坐在渥太华的机场。他是作为一个国际代表团的成员,前来跟美国卫生与公众服务部的加拿大同行举行会晤的。他们就各种话题展开了讨论。金现场介绍了与电子烟有关的肺部损伤的暴发。病例数已经激增至接近 2 000 例,美国几乎每个州都有病例,已有 36 人死亡。随着病例数的持续上升,接二连三的肺部损伤让人揪心不已,以至于疾控中心最近几天给这种疾病专门取了个名字:EVALI,即"与电子烟产品使用有关的肺部损伤"。[①]

金一直在跟目前负责复杂肺部损伤调查的大约 400 名联邦政府雇员一起夜以继日地工作。因为调查覆盖了太多的州,而且市场上的电

[①] See Megan Thielking, "Vaping-Related Illness Has a New Name: EVALI," Stat News, October 11, 2019; and the CDC's report, David A. Siefel, Tara C. Jatlaouis, Emily H. Koumans, et al., Update: Interim Guidance for Health Care Providers Evaluating and Caring for Patients with Suspected E-cigarette, or Vaping, Product Use Associated Lung Injury—United States, October 2019, Morbidity and Mortality Weekly Report (MMWR) 68, no. 41 (October 18, 2019): 919-27.

子烟产品种类繁多——其中有很多在黑市非法售卖——因此,工作只能在数据允许的情况下尽快进行。

政府的调查受到了越来越忧心忡忡的公众的关注,他们要求知道是什么导致成年人和孩子莫名其妙地陷入了如此严重的呼吸困难。国会众议院监督和改革委员会召开了一场紧急听证会,疾控中心一名官员前往作证,而在两个月前,蒙西斯本人曾就青少年中普遍的抽电子烟现象在国会山作证。①

但是,或许没有人比朱尔更急于知道答案。如果它的产品能找到与其无关的证明,那么公众需要知道详情。在近两年的近乎连续增长后,朱尔的销量已经开始放缓,行业分析师将其归因于与肺部损伤有关的负面消息。

恐慌情绪笼罩着整个电子烟行业,此时电子烟店老板和电子烟公司惊恐地看着这个一度蓬勃发展的行业陷入危机,公众也对他们承诺将成为戒烟法宝的产品失去了信心。而那些一生中从未抽过烟的青少年来到医院,他们的双肺像是抽了多年万宝路的男人的。

朱尔看着自己的估值萎缩,看着自己的产品和声誉在媒体上被摧毁,公司内部充满了无助感。朱尔的员工中风传着他们听说的故事,说顾客被肺部损伤吓坏了,又改抽香烟了。让朱尔的高管们抓狂的是,尽管害人的香烟依旧随处可见,人们却试图扼杀吸烟者获得不那么糟糕的产品的机会。但是,当这种表面上没那么糟的产品牵扯到健康危机时,他们很难自证清白。

分歧越来越大,公共卫生领域的人越来越认为抽任何形式的电子烟都不好——看到了吗,死人了,除了空气,任何人都不该把任何东西吸进自己的肺里!而电子烟行业的人拼命想为成年吸烟者保下这个

---

① See "Don't Vape: Examining the Outbreak of Lung Disease and CDC's Urgent Warning Not to Use E-Cigarettes," hearing, September 24, 2019, which was announced here: "Oversight Subcommittee Hearing Examined Outbreak of E-Cigarette-Related Lung Disease," press release, Subcommittee on Economic and Consumer Policy of the House Committee on Oversight and Reform, September 25, 2019.

行业——只有白痴才会在切断电子烟的获取途径的同时,让害人的万宝路唾手可得!不过,在公共卫生危机的阴云笼罩之下,在这两个阵营之间找到共同点的希望比以往任何时候都更加渺茫。让这一形势变得更加复杂的是,朱尔现在的部分所有权落入了烟草巨头手里。朱尔所做的任何事情,都会受到更多的猜疑。

随着肺部损伤病例的增加,朱尔从烟草控制领域挖了一些人才,这不但于事无补,反而激怒了一些人,他们觉得此举会让大家想起烟草行业长期以来屡试不爽的"白大褂"策略。① 该公司请来了埃里克·奥古斯森和马克·鲁宾斯坦,前者曾经是国家癌症研究所的行为科学家,后者是一名任职多年的研究员,与史丹顿·格兰茨同在加州大学旧金山分校的烟草控制研究与教育中心。还有杰德·罗斯,他是尼古丁贴片的共同发明人,多年接受来自菲利普·莫里斯集团公司的资助,后来也开始为朱尔做研究;以及平尼联合公司,FDA 的米奇·泽勒在这家烟草减害咨询公司工作过几年,如今它开始跟朱尔独家合作。朱尔采取合理步骤聘请顶级专家的行为不但没有受到表扬,反而遭到批评人士的猛烈抨击,他们指责这家公司披着公共卫生的外衣,并以大笔金钱收买专家来笼络烟草控制运动。

金接通电话后,得知了盼望已久的重大消息。过去几个星期以来,他的实验室工作人员一直在收集 EVALI 病患身上的支气管肺泡灌洗液(或肺部组织液)样本,并已在 10 个州收集了 29 份样本。首批数据刚刚传回。每一份样本的维生素 E 醋酸酯检测结果都呈阳性,而这种金色的糖浆状添加剂几乎只在四氢大麻酚大麻电子烟液中发现了。尽管几个星期之前,纽约的卫生部门就因为在可疑烟弹中找到维生素 E 醋酸酯而将其锁定为怀疑对象,但这是证实在病人肺部样本中也发现了该物质的第一批数据。

---

① 关于朱尔聘用科学家一事的来龙去脉,参见 Sheila Kaplan, "Scientists Wanted: Recruited by Juul, Many Researchers Say No," *The New York Times*, May 27, 2019。

"我们需要立即公布这件事,"坐在机场等着飞回亚特兰大的金急切地告诉自己在疾控中心的同事。在接下来的 72 个小时里,金和他的团队开始奋笔撰写关于这一发现的研究报告。

在旧金山,到处弥漫着庆祝气息。太阳落山,万圣节开始,一轮弯月升上天空。穿上特殊服装的孩子们走出家门,开始了"不给糖就捣蛋"的游戏,他们穿过一个院子,一具骷髅从两座坟墓边上的草丛里冒了出来。一座坟上写着"这里躺的是朱尔",另一座坟上写着"抽电子烟害人,对电子烟提案说不"。顺着街道往前走,一只喇叭里传出了音乐声,一台造雾机正在往空中喷着蒸汽。切森家的联排别墅的门廊上放着一个亮橘色的糖果碗。碗的后面是一口实物大小的棺材,里面躺着一具穿着西装满是鲜血的尸体。当孩子们走近碗去伸手抓出糖果时,他们没有注意到克里斯汀·切森躲在一边,手指放在一个连着空气压缩机的开关上。只要孩子们的手一伸进碗里,她就按下按钮,尸体就会弹起来。接着就是一阵尖叫和大笑。因为大雾弥漫,因为急于拿到糖果,孩子们可能没注意,但如果细看就会发现,那具尸体的衣领上别着一张标签,上面写着:"你好,我是朱尔实验室的前首席执行官 K. 伯恩斯"。

就在 5 天后,也就是 11 月 5 日这天,当旧金山的民众走向各个投票点时,怒不可遏的反朱尔人士仍旧没从万圣节的喜庆情绪中醒来。至此,问题不再是电子烟提案会不会被否决,而是以怎样的结果被否决。几乎所有的民调都显示出,朱尔已经做好了失败的准备。那天晚上 9 点钟左右,随着投票结束,投票结果陆续出来了,"对电子烟说不"的活动人士开始聚集到和风酒店(Hotel Zephyr),一家风格古怪、可俯瞰渔人码头的精品酒店。人群中有来自"无烟草青少年运动"的安妮·迪根,为此次运动提供帮助的几名律师,以及克里斯汀·切森和凯文·切森夫妇、旧金山监事会的华颂善和市检察长丹尼斯·埃雷拉。

他们用啤酒和葡萄酒相互敬酒，庆祝这场势不可挡的胜利，分享着这场在过去 12 个星期里渐次展开的奇怪运动的各种故事。结果公布，82%的旧金山人给电子烟提案投了反对票。① 尽管朱尔在一个月前就退出了这场运动，但这仍旧是对该公司一次无可否认的公投。这家公司曾经试图在票箱中否决这座城市的决定，最终以失败收场。这意味着在几个星期之后，夏天通过的那项法规将最终生效：朱尔将不再在这个诞生其产品的城市里销售。

疾控中心于 11 月 8 日发布了《发病率和死亡率每周报告》，那是金投过的周期最快的出版物。"这是首次报告在取自 EVALI 病人的生物样本中发现了一种令人担忧的潜在毒物（维生素 E 醋酸酯），"由疾控中心二十多名研究人员和来自公共卫生领域的数十位研究人员共同撰写的这份报告写道，"上述发现提供了维生素 E 醋酸酯存在于 EVALI 病人损伤的主要部位的直接证据。"②

疾控中心在后来发布的报告中说，维生素 E 醋酸酯有可能会干扰肺部的表面活性成分，导致其"失去维持支持呼吸所需的表面张力的能力"，并引发"呼吸功能障碍"。维生素 E 醋酸酯的另一个潜在问题是，尽管该成分被广泛认为可以安全摄入或局部使用，但它经由电子烟吸入后产生了潜在的安全问题，因为该物质在加热过程中可能会产生新的反应性化合物乙烯酮，后者"有可能对肺部产生刺激"。

---

① Final figures from the "No on Prop C" campaign; also see generally "San Francisco Voters Overwhelmingly Defeat Prop C in Early Election Results," KPIX, November 5, 2019.

② See Benjamin C. Bount, Mateusz P. Karwowski, Maria Morel-Espinosa, et al., *Evaluation of Bronchoalveolar Lavage Fluid from Patients in an Outbreak of E-cigarette, or Vaping, Product Use – Associated Lung Injury—10 States, August – October 2019*, Morbidity and Mortality Weekly Report (MMWR) 68, no. 45 (November 15, 2019): 1040 – 41 (November 8, 2019, 报告的电子版发表在 MMWR Early Release); also see Jennifer E. Layden, Isaac Ghinai, Ian Pray, et al., "Pulmonary Illness Related to E-Cigarette Use in Illinois and Wisconsin—Final Report," *The New England Journal of Medicine* 382 (March 5, 2020): 903 – 16.

这一突破性发现引起了各种各样的反应。朱尔的问题是，美国疾控中心的结论并没有让他们彻底脱身。尽管数据清楚地表明，含有维生素E醋酸酯的非法制售的四氢大麻酚产品可能是罪魁祸首，但它不是盖棺定论。疾控中心的数据持续显示，15%左右的肺部损伤病人报告只用过含尼古丁的产品。

上述这些让该机构得出结论，电子烟肺部损伤具有所谓的多因素致病源，这意味着可能有不止一个因素导致了EVALI，尽管主要因素可能是维生素E醋酸酯。这意味着该机构认为，至少有一些EVALI病例可归因于仅含尼古丁的产品。不管电子烟行业多么想把这件事抛之脑后，该机构仍旧坚持自己的立场：它现在还没有足够的数据来证明任何人或事的清白。因此，该机构继续呼吁大家谨慎使用电子烟。①

这简直要把电子烟行业逼疯了。它们开始对监管机构失去耐心，并且认为监管机构就是注定要毁掉它们产品的看门人。美国电子烟协会等团体开始出现在新闻里，竭力为该行业辩护，同时指责疾控中心蓄意隐瞒信息，目的是向政府施加政治压力，从而禁售调味烟油，并往电子烟行业的心脏捅一刀。

"疾控中心正在将一场很明显跟街头非法销售的电子烟有关的健康危机当作武器，以恐吓公众，使他们不敢用尼古丁电子烟产品。"该团体主席格雷戈里·康利说。②

与此同时，随着抽电子烟造成的损伤越来越多，更多的政客被迫采取行动，要么在市或州层面发布调味烟油的禁令，要么像旧金山那

---

① 关于疾控中心呼吁谨慎使用电子烟一事，参见 "Initial State Findings Point to Clinical Similarities in Illnesses Among People Who Use E-cigarettes or 'Vape'; No Single Product Linked to All Cases of Lung Disease," press release, CDC Newsroom, September 6, 2019。在新闻稿中，该机构称："尽管调查工作仍在继续，大家还是应该考虑别抽电子烟。"
② See "CDC Obfuscates on Vaping Illnesses, While FDA Warns 'Don't Vape THC,'" press release, American Vaping Association, September 9, 2019.

样对电子烟寻求更狠的暂停销售令。这使得支持电子烟的人群更加拼命地反击。在特朗普宣布其政府将禁止销售调味电子烟之后的几天至几周里，诺奎斯特和支持电子烟的游说团体的一些人更大力地向华盛顿施压。

诺奎斯特的"美国人税收改革"向立法者发出了一份名为"#我们抽电子烟我们投票"的文件，警告他们：调味烟油的禁令不但会殃及他们的政治生涯，还会殃及他们领袖的政治生涯。"调味烟油禁令会让特朗普输掉 2020 年的大选，"这份文件写道，"成年人用电子烟来戒烟，他们坚信于此并感到自豪，忽视这一事实将是 2020 年总统大选中最严重的政治误判之一。"①

电子烟技术协会在华盛顿组织了一个游说日，来自美国各地的数百名电子烟倡导者和电子烟店老板来到国会山，向国会议员们施压，要求他们驳回任何禁止调味烟油的立法提案。该协会还在福克斯新闻台登广告，试图直接向爱看这个台节目的总统喊话。此外，他们还挤占了白宫的 24 小时热线电话，大谈对电子烟的支持。②

尽管第一夫人梅拉尼娅·特朗普继续公开反对抽电子烟，但总统本人包括在白宫蓝厅参加跟"真相倡议"组织举办的青少年活动时，仍摇摆不定。他当时的竞选主任布拉德·帕斯卡尔提醒他，民调显示，继续实施调味烟油的禁令将有巨大的政治风险。③ 诺奎斯特关于

---

① See Paul Blair, "A Trump Ban on Flavored E-Cigarettes Will Cost Him the 2020 Election: Data on 12 Important Swing States," *Americans for Tax Reform*, September 18, 2019.
② 参见 "VAPE & THE FDA 4, Defending Your Right to Vape"，电子烟技术协会组织，2019 年 9 月 18 日，"Day on Capitol Hill"；关于一些支持电子烟团体的政治行动，参见 Rachel Bluth and Lauren Weber, '"We Vape, We Vote': How Vaping Crackdowns Are Politicizing Vapers," *California Healthline*, October 10, 2019；关于福克斯新闻台的广告，参见 Orion Rummler, "Vape Lobby Again Targets Trump," *Axios*, December 29, 2019。
③ See Michael Scherer, Josh Dawsey, Laurie McGinley, and Neena Satija, "Trump Campaign Urges White House to Soften Proposed Flavored Vape Ban," *The Washington Post*, October 25, 2019.

停止对电子烟实行征税和监管的呼吁，赢得了来自保守的小政府社团的支持，其中包括与科赫兄弟有关的美国立法交流委员会、竞争性企业研究所和戈德华特研究所，他们联名给特朗普写了一封信。①

> 尊敬的总统先生，
> 　　我们恳请您为美国数百万依赖电子烟产品戒烟的成年人保住救命的香烟替代品……成年人喜欢调味产品。这正是从伏特加到冰淇淋的所有东西都有各种口味的原因。说到电子烟，道理同样如此……我们恳请您立即叫停FDA计划采取的行动，这些行动将使数百万依赖调味电子烟产品戒烟的美国人没有选择余地。而且，十几万人工作不保，3 400万成年吸烟者的性命堪忧。
> 真诚的，
> 格罗夫·诺奎斯特

11月22日，十几人围坐在白宫内阁会议室的椭圆形木桌周围。特朗普主持会议，他的左边坐着卫生与公众服务部部长亚历克斯·阿扎尔。他的右边坐的是对调味电子烟持批评态度的参议员米特·罗姆尼。罗姆尼边上坐的是同样对该产品持批评态度的凯莉安·康威。②

特朗普面临着雪崩般的政治压力，要他收回他早些时候有关调味电子烟的那则声明。美国总统将所有的利益相关方召到一个房间里举行这场听证会，是希望达成某种妥协。

过去几个星期里，尽管这个问题已经引发了一场多层面的政治和

---

① See Grover Norquist, Phil Kerpen, Daniel Schneider, et al., "Coalition Urges President Trump to Protect Adult Vapers by Keeping Flavored Products Legally Available," R Street, October 3, 2019.
② See White House, "Remarks by President Trump in a Listening Session on Youth Vaping and the Electronic Cigarette Epidemic," press release, November 22, 2019; and see CSPAN for an archived video of the event; also see Sarah Owermohle, "Trump Hosts Vaping Shoutfest at the White House," *Politico*, November 22, 2019.

公共卫生问题大爆炸,从华盛顿蔓延到了弗吉尼亚和旧金山,但此刻这场爆炸就在这个房间里。20 多名参会者中,有来自奥驰亚的霍华德·维拉德,来自朱尔的 K.C. 克洛斯威特,来自"无烟草青少年运动"的马修·迈尔斯,来自美国肺脏协会的哈罗德·维默尔,来自美国电子烟协会的乔治·康利,来自"美国人税收改革"的克里斯托弗·巴特勒,来自雷诺美国的约瑟夫·弗拉格尼托,以及来自"家长反电子烟联盟"的梅瑞迪斯·博克曼。

这本应是取得进展的地方。大家至少好好相处一天,朝着一个目标共同努力。毕竟,没有谁希望孩子们抽电子烟或者吸烟者死去,这难道不是每个人都应该同意的吗?

已经有传言说总统倾向于调头,收回自己早先宣布的取缔调味烟油的政策——就是几个星期前阿扎尔和 FDA 已经达成一致,准备执行的那项政策。但是,政治压力越来越大。诺奎斯特的联盟似乎让特朗普烦透了,让总统担心继续推进调味烟油的禁令很可能会带来巨大的政治风险。正如大家现在所知,特朗普经常根据吹进他耳朵里的最后一句话做出政策决定。今天,在这间内阁会议室里,在离感恩节还有一个星期的日子里,这个问题所涉及的每个人都会吵着让自己的想法成为吹进总统耳朵里的最后一声。

特朗普坐了下来,在活动正式开始之前,他说了最后一句俏皮话才允许新闻摄像机进入会场。

"这群人会把这次会开得比以巴会谈还要艰难,"总统打趣道,"把假新闻带进来吧!"

媒体人员鱼贯而入,房间里响起了机器的咔嗒声。来客围着桌子坐下来,公共卫生倡导者紧挨着行业从业者,这也许是一种深思熟虑的策略,想建立一种同事情谊,但这么挨着让人紧张,有时甚至是尴尬。他们先做了自我介绍。"35 年来,我一直致力于减少烟草造成的死亡和疾病,"马修·迈尔斯说道,"我从没见过因为电子烟的口味在我们的青少年中引起如此严重、如此迅速、如此来势汹汹的流行病。"

"那么，你认为自己有解决办法吗？"总统问道。

"我觉得我们已经有了一个解决办法，"迈尔斯回答，"我认为，您在 9 月份提出的那个就是朝着正确方向迈出的相当有效的一步。"

"好吧，我们拭目以待。"特朗普说道。

下一个。

K. C. 克洛斯威特就坐在迈尔斯的旁边。"总统先生，感谢您邀请我来到这里。"他带着平和的职业口吻说道，同时，他的双手安静地交叠在桌上那个棕色皮面的笔记本上。"这是一个需要讨论的非常严肃的问题，感谢您安排我们来讨论。我为能够参会而倍感荣幸，我期待着跟在座的各位一起努力，找到这个问题的解决办法。"

"那么，你知道这个问题会引起这么大的争议吗？"特朗普问克洛斯威特。

"是的，先生，"他承认，"我知道自己正进入一个会有强烈反应的环境，但是我很高兴能领导这家公司，并对能为这个问题提供解决办法而深感荣幸。"

随着自我介绍的继续，与会者一边回答总统的提问，一边跟他开着玩笑。有人甜言蜜语，有人暗讽两句。调味烟油禁令的反对者提醒总统，如果他继续推进这项有争议的政策，他可能会失去政治支持。"我们担心这会对成年电子烟用户产生怎样的公共政策影响，"来自诺奎斯特的"美国人税收改革"的巴特勒说，"但是，我们也把它看作让大家继续保有自由的先决条件。"

梅瑞迪斯·博克曼坐在恩乐首席执行官莱恩·尼瓦科夫和雷诺公司总裁约瑟夫·弗拉格尼托两个人的中间。她带了个大大的活页夹，里面都是孩子染上电子烟瘾的家长写来的电子邮件和信件，她把它们摆在了面前。她戴了两根项链——一根带着一只蝴蝶吊坠，另一根上面写着"妈妈"——穿了一件腹泻常备药（PeptoBismol）瓶那种粉色的连衣裙，她刻意这样着装，意在刺激那些对此事忧心忡忡的家长！她认为，要想在一片单调的灰色黑色西装领带的海洋中显得突出，就非得这样。

这是博克曼的一个重要时刻。两年前，她甚至不知道电子烟是什么东西，而现在，她坐在了电子烟的肯塔基赛马会上。她知道，既然来参加会议，她就要努力地让自己的声音被行业巨头听见，而且她从不会退缩，已经准备好反驳她预计的行业巨头精心炮制的信息。到此时，她已经把"家长反电子烟联盟"发展成了一家全国性组织，提供志愿服务的家长来自全国各地，她正在向全国州立法机构和市议会开战。这次会议不仅会让她的组织获得更大的名声，而且她也视此为与成败有关的时刻，可以离她让电子烟从孩子手里消失的目标更近。

博克曼知道总统喜欢听奉承话，于是她决定直接跟他讲，在尽其所能激起特朗普自尊心的同时，忍住不对他翻白眼。"您知道，总统先生，"博克曼说，"大家都知道，您有很好的直觉，我认为在座的许多人都认为，您对解决青少年抽电子烟现象泛滥的第一直觉是非常正确的。那就是扫除市场上包括薄荷醇和薄荷味在内的所有口味，因为正是这些口味引诱了孩子们，并让他们察觉不到这些产品的危害以及尼古丁的存在。"

特朗普依次盘问与会人员，反复询问他们的观点或者他们提出的解决方案。你有什么建议？他问美国癌症协会的首席执行官加里·瑞迪。他们对抽电子烟这种现象有什么说法？他问全国便利店协会的首席执行官。你有什么解决办法？他问博克曼。那么，你对口味方面有什么建议？特朗普问美国电子烟协会的乔治·康利。

康利是一位极善言辞的新泽西律师，是电子烟监管最强烈的反对者之一，他不时出现在有线新闻节目中，吹捧抽电子烟的那些所谓的减害好处，并以言语告诫他眼中的行业敌人。纽约前市长迈克尔·布隆伯格是康利的攻击目标之一，因为这个人最近加入了旧金山的战斗中，这是他更大手笔的行动的一部分，他还将从自己的慈善事业中拿出 1.6 亿美元，在美国各州及市禁止调味电子烟，并为结束青少年中的尼古丁泛滥现象而开展更多工作。康利是只斗牛犬，从不惧怕在人类的领地打响这场战斗。"就在眼下，"他对特朗普说，"重要的是您要知道，迈克尔·布隆伯格可不是您的朋友，他斥资 1.6 亿美元试图禁止这些口味，而这个房间里的很多人都是这笔钱的接受者。因此，他们来到这里，不是抱着'我们可以达成妥协'的态度，他们有的是钱专门用于对付这些产品。"

"那么，你会怎么办？"特朗普问道。

"我们希望吸烟者能够在买到万宝路的任何地方买到这些产品，"康利回答说，"在这场争论中，我们不要忘了那些成年吸烟者。"

特朗普看向马修·迈尔斯，他的"无烟草青少年运动"就收到了布隆伯格提供的资金。"那么，你会怎么办，马修？"

"我为这个问题工作了 35 年，我肯定会制止任何尚未得到 FDA 批准的口味的销售，"迈尔斯回答，"我们在孩子身上看到了之前从未见过的泛滥。现在使用尼古丁制品的青少年比过去 20 年间的任何时候都多。而更让人担忧的是，在使用这些产品的青少年中，有 34% 每个月的使用时间超过 20 天，这意味着他们上瘾了。他们戒不掉了。我们听过孩子们的各种故事，他们说：'我开始抽是因为它很酷，几天之后，我就失控了。'孩子们靠这些产品入睡，因为他们要在半夜醒来。"

特朗普转头看着克洛斯威特。

"你是朱尔的头吧？"

"是的，先生。"

"那么，你有什么要说的？"

克洛斯威特来到这家公司还不到两个月，此刻就坐在电子烟争议的白热化中心，并与总统只有一臂的距离。这正是这位在烟草公司干了快一辈子的高管被训练要时常面对的那种时刻，也许是瓦拉尼、普利兹克和朱尔董事会让他接替伯恩斯时所想到的那个时刻。甚至在进入朱尔之前，克洛斯威特就已经盘算了几个月，特朗普政府最终将会如何对待电子烟。从他来到朱尔那天开始，他就相应地采取行动，从市场上撤下了多种口味，此举既是为了安抚政府，同时也为了平息针对该公司的愤怒。现在，来到这个会场之后，他拿出了他代表烟草公司所能做的每一丝劝解，也展示了他天生的唱诗班男孩的言谈举止。克洛斯威特来到这里，不是来当行业无赖和炸弹投手的。具有真正的烟草公司高管风范的他，来这里是当调解人的，是拿着橄榄枝来解决问题的。

"嗯，当我接手这份工作的时候，"克洛斯威特说，"我们就决定要有所行动。我们一致认为这是个严重问题，因此我们已经从市场上撤下了多种口味。就在刚刚，我们又撤下了薄荷口味，对我们来说，那是业务量的70%。因此，那对我们是一大步，但是我们认为，对于刚刚公布的有关青少年的数据，这一步非常正确。"

从这一刻开始，讨论迅速变为畅所欲言。博克曼知道，自己在这个会场需要大胆一点，但是，当一帮大男人开始提高嗓门并互相交谈时，她还是很难被人听到。突然，她感觉她正跟自己的四个孩子围坐在餐桌旁，度过一个有各种尖锐分歧的夜晚。

罗姆尼一度恼怒地怼道："孩子啊！那些孩子怎么办？我们已经有接近600万个孩子染上了尼古丁瘾，而他们染上尼古丁瘾就是因为各种口味……这是一场卫生突发事件！"

桌边满是吵着要抢在别人前面讲话的人。罗姆尼拍着会议桌继续说道："成年人可以通过朱尔获得薄荷醇产品。他们有烟草味的产品。推出棉花糖味，那是什么——独角兽的屎味？——我的意思是说，你们看看吧，这就是一种青少年产品。我们必须首先考虑孩子。"

可是，成年吸烟者又该怎么办？电子烟的支持者们想知道。"他们不愿意承认，如果成年吸烟者改抽电子烟，那会对他们的健康大有好处，"康利说，"英国皇家医学院、英国公共卫生局，甚至连你们自己的前任局长戈特列布都说过，改抽电子烟的吸烟者健康状况改善了。"

迈尔斯出言打断:"但是区别在于,使用电子烟的这些孩子并不是吸烟者,他们通常也不会成为吸烟者,因此,衡量这些孩子的风险……"

"这种说法不准确。"来自电子烟技术协会的托尼·阿布德插嘴道。

"这跟政府的所有研究结果都是一致的。"迈尔斯反驳道。

"好吧,"总统说,"托尼,请接着说。"

"我很抱歉,这并不是个准确的统计数字,"阿布德说,"大多数孩子在尝试这种产品时候已经试过了香烟或者别的烟草产品。这是些有风险行为的孩子。"

他踩上了地雷,暗示那些抽朱尔的孩子不知不觉中已惹上了麻烦,早晚会以这样或那样的方式沾染尼古丁,而这样的论断没有事实可以支撑。数据已经清楚地显示,在电子烟问世之前,青少年烟草使用者处于历史最低水平。

"他们没有风险行为。"博克曼靠在桌边大声说道,明显觉得自己被冒犯了,因为她接触过她儿子学校所有抽电子烟的孩子。

"我很抱歉,这是个错得离谱的说法。"卫生部长阿扎尔突然插嘴,对阿布德的话表示反对,并提高音量盖过其他几个试图相互交谈的与会人员。

罗姆尼呆住了。"犹他州是个摩门教盛行的州,"他难以置信地笑着说,"一半的高中生都在抽电子烟。对吗?他们不该用这些产品啊。"他坐回椅子,双手一摊。

整场会议中,有一个人坐在吵得不可开交的会议桌旁,除了一开始的正式介绍外始终一言不发,他就是霍华德·维拉德。很显然,奥驰亚虽然与此事有关,会受影响,但维拉德并不是那个被定为前锋的人。这个活现在交给了跟他共事了几乎一辈子的克洛斯威特。

又争吵了大约半个小时之后,特朗普结束了会议。

"非常感谢各位,我们很快就会宣布结果。"

1月1日，当太阳在旧金山升起的时候，一个新时代来到了。再过几天，博文和蒙西斯或者旧金山的任何一个人，都再也无法在他们自己的这座城市买到朱尔。选民在11月份时投票通过的本市法律，将在本月晚些时候生效。

第二天，也就是1月2日，特朗普总统宣布了他那项大家期待已久的最终的电子烟政策。几乎没有人高兴得起来。特朗普的政策允许电子烟商店继续销售用于相对笨重的可再填充的电子烟具的调味电子烟油，其逻辑是，它们不是受到青少年追捧的产品。①

与此同时，该政策实际上禁止了大多数调味电子烟烟弹（如朱尔卖的那种）在美国任何地方销售，直至这些产品取得FDA颁发的营销许可。不会再有独角兽奶味烟油了。不会再有樱桃味棒棒糖烟弹了。不会再有各种水果味了。然而，重要的是，该政策豁免了薄荷醇味，这让公共卫生团体十分生气，因为他们曾向政府施压，要求禁售这种口味，原因是它一直是最受欢迎的产品之一。电子烟商店则对政府推进任何版本的禁令都感到愤怒。

在一片吵闹声中，朱尔显得很乐观。作为一个狡猾的战术家，克洛斯威特早就为这种情况做好了计划。这就是为什么在过去的一个月里，差不多每一天早上7点左右，一辆半挂大卡车都会隆隆地停在阿肯色州靠近路易斯安那州边界的一个偏远村落，在空气中搅起一大片灰白色尘土。车门打开，一排排货架堆到了车厢顶部，上面贴着带有骷髅头和十字架的图案，写着"有毒"字样。近看会发现更多细节。其中一个箱子上写着"调味填充套装"。另一个箱子上写着"黄瓜味5%"。所有箱子上都印着"朱尔实验室有限公司"。

2019年的最后几个星期，数十辆这样满载着价值2 000万美元的

---

① See Stephanie Ebbs, "Trump Administration Restricts Most Flavored Vaping Cartridges but Not Menthol; The Limits Would Not Apply to Flavored Liquids Sold in Adult-Only Vape Shops," CBS News, January 2, 2020; and Laurie McGinley and Josh Dawsey, "Trump Administration's Compromise Vape Ban Provokes Public Health Outcry," *The Washington Post*, January 1, 2020.

朱尔烟油的半挂大卡车驶进了这个偏远的焚化点。自从该公司将其所有的调味产品撤出市场以来,现在面临着销毁它们的任务,这样,这些产品才不会流进黑市。

接下来的几个小时里,人们卸下了如山的货架,里面有成千上万盒朱尔烟油堆叠在一起。大家把它们推上一辆叉车,送进了边上的一个仓库,在那里等待处理。很快,它们被送到销毁地点,放上传送带,投进一扇像怪兽大口一样张开的巨大金属门。大门背后是一个巨大的漏斗,所有的盒子都被扔进去。机器的牙齿把它们撕开后,它们又被送入第二台破碎机。最终,朱尔的残片被送进一台 2 600 度的炉子,这温度高得堪比但丁笔下的地狱。几乎一点灰烬也没有留下。

第二十二章　我来，我见，我征服

　　独角兽传说中的这种动物是如此敏捷、野性、强壮，以至于没法活捉。

　　——赫尔穆特·尼克尔，大都会博物馆馆长，关于独角兽挂毯的言论

"我对我们在朱尔的投资的表现感到非常失望。"2020 年 1 月 30 日，维拉德在投资者会议上说道。①

　　该公司刚刚公布了最近的财务业绩，状况比上一次更加糟糕。奥驰亚第二次减记了它在朱尔的投资价值，这一次减记了 41 亿美元。这意味着，在仅仅一年多的时间里，这家烟草公司当初向朱尔投入的 128 亿美元已经贬值到 42 亿美元。维拉德想正面击杀朱尔，把它当战利品收入囊中，结果事与愿违。

　　股东们已经开始对奥驰亚提起诉讼，要求董事会调查其内部控制何以导致如此糟糕的后果。他们想知道，维拉德用哪门子理由可以证明这笔交易是合理的？董事会何以会批准？②

　　官司一直是烟草业的死穴。近 40 年来，由那位名叫罗斯·西波隆的死于癌症的家庭主妇起诉菲利普·莫里斯公司和其他烟草公司而引发的诉讼潮像雪崩一般淹没了整个烟草行业，奥驰亚成功地解决了很多针对它的案子，并使自己能继续盈利。任何未决的诉讼大多会被记作经营成本，而支付的任何和解款项大多会被计入公司的股价。股东们早已开始预计，投资奥驰亚会带来诉讼风险。多年来，随着针对

奥驰亚的与吸烟有关的未决诉讼数量的减少——从1999年的约425起下降到2019年的不足100起——风险一直在降低。

但是现在，与朱尔扯上关系后，再次增加了具有潜在破坏性的诉讼风险。每个月，官司数量都如雨后春笋般冒出来。到10月末，据该公司报告，它的名字已经出现在近40起与朱尔有关的案子里——12起集体诉讼，26起个人诉讼。现在，奥驰亚被列为100多起与朱尔有关的案子的被告。

当维拉德宣布第二次减值支出的时候，他将责任归于逐渐增多的案件上。"本次减值主要是因为针对朱尔的未决诉讼的数量越来越多，"奥驰亚在其财务披露中写道，"以及针对朱尔的法律案件的数量预计将继续增加。"

2020年2月5日上午，华盛顿，寒风呼啸，K.C.克洛斯威特带着自己在奥驰亚的老同事、现已任职于朱尔的"乔"·穆里洛来到国会山的中心，迅速钻进了大理石包裹的雷伯恩众议院大楼。③ 克洛斯威特跟美国另外四家最大的电子烟公司的首席执行官被叫到众议院能源与商业小组委员会，在一场名为"美国的电子烟：电子烟生产商对公共健康的影响"的听证会上作证。这场听证会的目的，是"让美国公众有机会直接听到来自最大的五家电子烟公司的掌门人的声音，了解他们的营销实践、其产品对公共健康的影响以及他们在应对青少年抽电子烟现象在全国泛滥方面的责任等"。

听证会室内座无虚席——这说明，在 EVALI 病例出现后的几个月时间里，电子烟引发了怎样的怒潮。社会倡议人士占据了几十个座位，他们身穿亮橘色的 T 恤衫，胸前印有 #ditchvape（摆脱电子烟）

---

① 参见2020年1月30日举行的奥驰亚2019年第四季度财报会议的文字稿。
② 关于奥驰亚身上的香烟/电子烟官司数量，参见证券交易委员会各年的文件；有关减值/官司的引言，参见2020年1月30日奥驰亚的财务业绩。
③ "美国的电子烟"听证会由能源与商业小组委员会监督与调查小组于2020年2月5日上午10点30分举行。

字样,在房间里的木板墙和宝蓝色地毯的衬托下格外显眼。顺着过道往前走,一场关于刚出现的冠状病毒的听证会即将举行。这种病毒已经在中国肆虐,但尚未对美国构成确凿的威胁。

这场听证会在2123室内举行,如果听来有点耳熟,那是因为这是刻意为之。二十多年前,这个房间里举行过多场著名的听证会,要求几家最大的烟草公司的首席执行官在众议院能源与商业小组委员会面前作证。首席执行官们站起身来,举起右手,声称自己认为尼古丁不具有成瘾性——自此以后,这个历史性时刻一直困扰着烟草行业。

现在,在很多年之后的这天上午,小组委员会主席戴安娜·狄盖特叫5位首席执行官起立。

"请起立并举起右手。"来自科罗拉多州的民主党人狄盖特说道。

5个人站起身来。

"你发誓你即将提供的证词属实,全都属实,绝对属实吗?"

5个人都做了肯定回答。

"我想通过这个小组澄清几个问题,"她说,"这些问题应该可以用简单的'是'或'否'来回答。那么,我的第一个问题是,尼古丁具有成瘾性,这一点是否属实?请克洛斯威特先生回答。"

"是的,尼古丁具有成瘾性。"他回答道,另外4个人依次做了同样的回答。

听证会接下来的部分没有火药味。没有人投下炸弹。不过就是立法者在询问高管们时常有的那种轻微不适感。跟上一代人的那些听证会相比,这一次的似乎要温和得多。没有自鸣得意的菲利普·莫里斯公司高管试图斥责委员会成员暗指他本人以及数百万美国吸烟者都是瘾君子。没有人像1994年时的烟草高管们那样,将自己的产品跟夹馅面包、巧克力或奶酪等相提并论。没有委员会成员连珠炮似的攻击,这些人一脸不解地斥责烟草业高管是"狂热分子",因为他们板着脸坚持自己的既定立场,即香烟既不具有成瘾性,也不致癌。

但这场听证会本身,以及随之而来的戏剧效果却是清楚明了的。

一代人之后，烟草业依然活着，而且活得很好。

这也意味着，原告的律师依然活着，而且活得很好。过去 25 年间，原告的律师们成功地从惩罚性赔偿或与不利判决、和解相关的其他裁决中捞到了大笔的钱。不管是早年间的集体诉讼，还是佛罗里达各地法院正在审理的针对烟草公司的诉讼，代表吸烟者提起诉讼的执业律师们都将自己的辩护艺术变成了一门高薪的科学。双方的专家证人同样混得风生水起，有的专家被反复用于不同的案件。可以公平地说，正在进行的跟香烟危害有关的烟草诉讼已经发展成了一台运转良好的机器。毫不奇怪，要不了多久，这台机器就会因为朱尔的案子开动起来。

到 2020 年初，个人对朱尔提起的诉讼案已经激增至数千件。全国各地的学区也提起了诉讼，指控的名目各不相同，其中包括朱尔导致学区为控制尼古丁问题而挪用了金钱和资源。很多学区要求朱尔为全国青少年的尼古丁成瘾治疗提供资金。而个人诉讼案数量太多，最后不得不合并交给旧金山的一位联邦法官。

与此同时，自北卡罗来纳州总检察长乔什·斯泰因和马萨诸塞州总检察长莫拉·希利提起诉讼以来，越来越多的州总检察长开始对朱尔提起诉讼。这些诉讼在一定程度上得到了一个律师网络以及其他人的帮助，前者正在对制药商提起诉讼，指控他们在造成阿片类药物流行中扮演的角色，后者是曾经参与烟草总和解协议的人，包括密西西比州原总检察长、"无烟草青少年运动"现董事会成员麦克·摩尔。截至 2020 年底，近 40 个州正在调查或起诉电子烟公司。大家已经在讨论有没有可能达成一份新的总和解协议。

国会听证会一个接一个，诉讼不断增加，怒火在全国日益高涨，朱尔这件事开始看上去越来越像烟草战争时期的泥潭。

这也意味着现在是抽身离去的好时机。3 月 12 日，蒙西斯给全公司发了一封电子邮件，宣布他将离开朱尔，而此时博文仍是公司的首席技术官。

"在这段辉煌的道路上走了 15 年之后，我经过深思熟虑，决定是时候离开朱尔实验室了。"他在邮件中写道，"作为创始人和大股东，我为目前的慎重行为深感自豪，也为在我离开后接手公司并带领它进入下一个伟大篇章的人深感自豪。"

菲利普·莫里斯公司最早的徽标是一枚金色的纹章，一边是一头狂暴的狮子，另一边是一头独角兽（后来改成一匹马）。纹章下方的横幅上用拉丁文写着一句被认为是尤里西斯·恺撒说过的话 veni vidi vici，意思是"我来，我见，我征服"。

霍华德·A. 维拉德三世努力体现公司伟大的征服传统的精神。他将自己的一生都奉献给这家香烟厂商，并亲自投身过其中几场最激烈的战斗。但此时此刻，这位素有雄心壮志、在二十几年前问鼎《财富》500 强公司的高管，就快要招架不住自己的野心了。

到 3 月中旬，冠状病毒已经开始在美国扩散。对一个靠销售吸入人肺的产品为生的行业而言，另一种性质完全不同的呼吸道疾病在这个时候降临这个国家，这似乎是一种说不清的命运。就好像肺在新闻报道里出现得还不够多。现在，大家不仅在谈论抽电子烟是否安全，而且问出了新的问题，即抽电子烟的人是不是更容易感染冠状病毒。

城市已经开始实行封闭式管理以及其他的限制措施，但速度不够快。病毒开始像野火一样燃遍各大社区。尽管如此，当奥驰亚在 3 月 18 日宣布公司内部发现首例冠状病毒病例时，还是引起了一定程度的惊讶。第二天，该公司宣布发现了第二个病例，并宣布将关闭里士满的香烟制造厂——这是该公司在国内唯一的香烟制造厂，这里的产量占全国香烟数量的一半。那天傍晚，还有更糟的消息。长期担任该公司总法律顾问的穆瑞·加尼克，给所有员工发送了一封电子邮件，题目是"关于霍华德的重大消息"。

亲爱的员工，

我很抱歉通知您，霍华德今天被诊断为新冠肺炎阳性。霍华德已经离开办公室数日，我们已经通知与霍华德有过密切接触的人，要求他们自我隔离14天。

至少可以说，这对维拉德而言不是什么好兆头。董事会刚刚否决了他的年度奖金，这是公司董事会很少会采取的一种措施，其理由是"奥驰亚2018年对朱尔实验室有限公司的少数股权投资对股东价值产生了重大影响"。① 现在，随着维拉德因病缺席，自1994年起一直在公司任职，并亲自协助与朱尔进行谈判的首席财务官比利·吉福德被任命为临时负责人，直至维拉德康复返岗。接下来的两个星期里，在维拉德与病魔做斗争时，他的命运因为他那桩极具里程碑意义的交易只会每况愈下。4月1日愚人节这天，联邦贸易委员会提出一项申诉，要求全面解除该交易。

该机构指称，这两家公司所达成的多项协议导致奥驰亚不再是电子烟市场的竞争者，"以换取该市场迄今的主导者朱尔实验室有限公司的实质性所有权"，这违反了联邦反垄断法。

如果联邦贸易委员会坐实了这一点，那么最残酷的结果可能是该机构要求奥驰亚剥离其在朱尔的股权，并全面推翻该交易。这件事很难想象，哪怕只是因为奥驰亚给朱尔的128亿美元早就落入了瓦拉尼、普利兹克、博文、蒙西斯、伯恩斯，以及其他董事会成员、投资人和员工的腰包。该机构还可以采取一系列不那么严厉的措施，包括指派一名独立监察员来监督该安排的各个方面，或要求这两家公司定期向该机构提交报告。审理日定在了2021年4月。

---

① 关于维拉德的奖金，参见证券交易委员会日期为2020年2月26日的8-K文件；亦可参见Reuters, "Altria Says CEO Will Not Get Annual Incentive Due to Juul Investment," February 28, 2020. 关于维拉德的辞职，参见Reuters, "Altria CEO Howard Willard Steps Down, Finance Head to Succeed," April 17, 2020。

联邦贸易委员会提起诉讼大约两个星期后，奥驰亚的首席执行官谢幕了。该公司宣布："身患新冠肺炎即将康复的维拉德先生，在为奥驰亚及其子公司提供 28 年卓著服务后，决定辞职。"维拉德甚至连在里士满举行的第二届年会都没能参加。维拉德曾夸下海口要令疲惫的老式卷烟厂发生变化，但他非但没能给他的前雇主带来荣耀，反而给这家不懈努力了 20 多年以避免这种情况的公司引来了不必要的争议。远离聚光灯。在不引发太多怨怼的情况下，悄悄发展自己致命的业务。现在，它被放到了最不合时宜的聚光灯下。维拉德违反了奥驰亚的基本原则：他试图将分针拨到 3 分钟的位置上。

在美国企业界意外频发的交易万神殿里——从桂格燕麦片 1994 年以 17 亿美元收购斯纳普（Snapple），到拜耳公司 2018 年不合时宜地以 630 亿美元收购孟山都，更不要说 Wework、优步和瑟兰诺这样令光鲜照人的硅谷多年背上污名的折戟和丑闻——维拉德的朱尔交易几乎名列前茅。维拉德的前任马蒂·巴林顿说过的话可能算是一种先见之明。"我认为牢记历史很重要，"他在谈到电子烟公司时曾如此说，"从前就有过火箭无法按照轨迹运行的先例。"

硅谷在这方面很明智。它有能力打磨旧的巨石，将它们从发明者的后代手里解放出来，并让它们获得新生——成为出租车巨头（优步）、旅馆巨头（爱彼迎）、汽车巨头（特斯拉）、健身巨头（佩洛顿）。它有能力把想法和概念装进华丽的玩意儿和灵巧的应用程序里，并把平凡的企业变成勇敢的独角兽。然而，硅谷的光芒是如此耀眼，就连最久经沙场的人也会被晃瞎双眼。

这就是维拉德被投进这光芒时发生的事。奥驰亚正处于谨慎重建的剧痛中，对保护自己长期遭到围困的有护城河的城墙持偏执态度。在那些无可否认的诱人机会面前，奥驰亚的前任领导人抵住了诱惑。看着朱尔一点点长大，终于让维拉德忍无可忍。他坚信，他和他的烟草公司几十年里积累的所有经验和知识都能发挥作用。他确信他可以迅速介入，只需一本支票本就能解决那个终究源于公司自身的历史包袂的棘手问题。毕竟，正是因为公司所售产品的致命性导致其顾客选择离开这种产品，如果不是离开尘世的话。霍华德·维拉德也被硅谷的光芒蒙蔽了双眼。

不只如此。维拉德跟朱尔接触得太晚了，晚到伤害已然造成之后。他投资的财产非但没让这家香烟公司的核心业务更臻完美，反而是一枚手雷，而且已经拔掉了保险针。诚然，他的顾问和董事会都知道他们在做什么，而且一路走来维拉德总是看起来像是房间里最聪明的那个人。但至少从短期来看，情况正如那些怀疑他的人所担心的那样糟糕：维拉德接掌权力的时候，奥驰亚的市值超过 1 000 亿美元。到 2020 年底，这一数字已经低于 800 亿美元，而没过多久，奥驰亚就将自己持有的朱尔股价减记至 16 亿美元。

同样到 2020 年底，奥驰亚在 1 000 多件涉及朱尔的诉讼中被列为被告，其中的指控包括欺诈和不当得利、违反《反敲诈勒索及腐败组织法》（RICO）等。该公司自己的股东也起诉该公司，指控维拉德和奥驰亚董事会在执行朱尔交易的过程中违反了他们的信托义务，没有披露该交易的固有风险。尚不清楚奥驰亚在这些诉讼中最终会面临多少责任，但是对一家已经从战略上避免新的法律风险的公司来说，这是一个次优的局面。

维拉德的一些盟友指出，他别无选择。难道他能袖手旁观，任凭来自斯坦福大学的两个孩子把它的业务掏空吗？广大股东也不会容忍这个。他正被夹在中间，进退两难。

其他人就没那么宽宏大量了。"一团糟，"奥驰亚一位前高管说，"他搞出了大乱子。"

"我认为他是急于留下印记。"另一个高管说。

奥驰亚的第三位前高管的总结也许非常到位："如果他有所愧疚的话，他应该愧疚的是过于在乎那个新职位，想震撼世界，而这蒙蔽了他的双眼。"

然而，尽管如此，奥驰亚仍然设法持续盈利。多亏了公司内置的杠杆，它才能简单地提高香烟的售价，依赖大家对它的产品的刚性需求来抵消销量下滑或熬过艰难岁月，继续创造更多的利润。哪怕一包香烟涨一毛钱，也可能使资产负债表上的箭头改变位置。这就是为什么即便朱尔大幅减记，公众对青少年中的尼古丁泛滥怨怒不已，联邦贸易委员会威胁要解除整个交易，奥驰亚仍能一路高歌。它照常实现了年度盈利增长，照常像过去半个世纪那样向股东发放季度红利。他们说，这头奶牛还能挤出奶，而且很可能未来一段时间还能挤出奶，哪怕是在朱尔这次劫难的阴影下。

这就是香烟行业的神奇之处——不管局势多么糟糕，不管多少人乐于憎恨烟草巨头，近4 000万美国人仍旧要抽烟，每天仍有数百万支白花花的万宝路从工厂生产线上滚落下来。

维拉德确实取得了一项持久的成就。他成了这家烟草公司历史上任期最短的首席执行官。

维拉德的前副手K. C. 克洛斯威特在自己的新岗位上过得并不轻松。在他接任朱尔的首席执行官后没多久，就前往首尔做了第一次正式出访。朱尔几个月前在韩国落地，博文和蒙西斯作为特邀贵宾参加了发布会。① 该公司随后在江南区的一个高档社区开了一家实体店，出售蓝色和银色的烟具，以及名为爽口（Crisp）、乐事（Delight）、新鲜（Fresh）、热带（Tropical）的烟油口味。

韩国是朱尔的第一个亚洲市场，随后（很快）是中国、印度尼

---

① See Song Kyoung-son, "Juul E-Cigarettes to Hit Korean Stores Tomorrow," *Korea JoonAng Daily*, May 22, 2019; Steven Borowiec, "Vaping Giant Targets Lucrative Asian Market with South Korean Launch," *Nikkei Asia*, June 14, 2019; Song Kyoung-son, "Juul Opens First Offline Store in Korea, in Gangnam Area," *Korea JoonAng Daily*, July 15, 2019; Sangmi Cha, "South Korea Warns of 'Serious Risk' from Vaping, Considers Sales Ban," Reuters, October 22, 2019; Sangmi Cha, "South Korean Retailer Drops Flavored Liquid E-Cigarettes," Reuters, October 23, 2019; and Lee Ho-Seung and Lee Ha-yeon, "Juul Labs CEO to Visit Korea After Vaping Sales Suspension over Health Concerns," *Pulse*, November 4, 2019.

西亚和菲律宾，韩国被认为是一个重要的前哨，因为有多达一半的成年男性吸烟，可以大赚一把。韩国代表了这家公司国际扩张的前沿，对包括奥驰亚在内的投资者产生了吸引力，它渴望随着这家公司用自己的产品覆盖全球并落入全世界 10 亿烟民的手中，在这份前所未有的丰厚回报中分一杯羹。优步已经这么做过，爱彼迎也是——这两家硅谷初创公司将其激情迸发的增长战略建立在全球范围的扩张之上，这样的战略充满了风险，因为不同的市场存在不同的监管、规则和影响中心。正如优步在 2019 年首次公开募股之前的财务披露中指出的那样："我们的业务主要依赖于在美国之外的经营活动，包括那些我们经验有限的市场，如果我们无法在国际上控制我们的业务模式带来的风险，我们的财务业绩和未来预期都将受到不利影响。"

当克洛斯威特去照看朱尔在韩国的投资时，该公司已经开始成为上述风险的牺牲品。在美国爆发肺部损伤期间，10 月下旬，韩国卫生部突然向消费者发出警告，要求他们停止使用电子烟，直至科学数据证明它们是安全的。几个小时后，该国最大的便利店零售商之一GS25 将朱尔的调味产品从店中撤下，这对该公司不啻为一记重击。

与此同时，朱尔在韩国的销量迟迟不见增长。对见惯了这种产品在美国受欢迎程度的人来说，这可能令人费解。但对朱尔内部的人而言，这件事情完全不用多想。因为对产品的严格规定，该公司在那里的朱尔烟油中尼古丁含量不到 1%，而在美国销售的烟油中通常含量为 5%。不需要高深的专业知识也能知道，朱尔在美国的成功，靠的是它强效的尼古丁盐溶液，它能轻易勾住使用者。这是这种商业模式的关键因素——让产品的劲头大到足以吸引吸烟者。几乎不含尼古丁的产品根本无法流行开来。

在韩国，一如在其他国际市场，这一点正在令人痛苦地清晰起来：朱尔支撑其国际扩张的乐观销售预期出现了严重误判。"他们知道自己生产的这种产品无法像尼古丁含量为 5%的产品那样让很多人改换门庭，"一位前高管说，"我们都告诉他们不会，但他们将自己的模型建立在一种疯狂的想法上,即这种尼古丁含量较少的产品也能吸引到同样多的人。"

因为尼古丁含量较低,在进入上述市场前没有跟监管机构进行任何小心翼翼的战略对话,加上世界各地采取的一系列严格的地方监管措施,该公司一度雄心勃勃的国际扩张眼看就要彻底失败。中国已经让网上零售商撤下了朱尔。印度于2019年9月禁售电子烟,理由是对潜在的青少年滥用问题感到担忧。菲律宾总统罗德里戈·杜特尔特在2019年11月的一次讲话中呼吁逮捕抽电子烟的人,说"尼古丁是一个让人上瘾的魔鬼"。①

在肺部损伤的冲击和新冠病毒的影响下,克洛斯威特对公司挥起了斧子。没有时间可以浪费了。5月5日,克洛斯威特召开一次全公司大会,宣布了第二轮裁员。这一次,他要将公司剩余的3 000名员工裁掉三分之一,并关闭在韩国的各项业务。更多的海外市场可能会紧随其后,包括奥地利、比利时、法国、葡萄牙、西班牙,克洛斯威特说这些国家的市场不再具有可持续性。朱尔的国际市场已经触底。"我们将不再为了扩张而扩张。"他在一份公司内部备忘录中表示。

随后,克洛斯威特宣布,朱尔将把公司总部从旧金山搬到华盛顿。这样一来,朱尔将更接近那些掌握它命运的监管机构,而公司此时正命悬一线。

上述所有步骤都设计得如外科手术般精确,只有烟草公司高管才知道如何最好地执行。它们旨在抑制该公司那股最要不得的硅谷特有的冲动。让公司远离不惜一切代价实现增长的风气,这样的风气不但催生了独角兽,而且让它流淌着愤怒的公牛的血液。克洛斯威特知道,要拨正朱尔这艘船的方向,并不像搬迁公司总部那么简单,甚至也不像公开否认其病毒式扩散的根源在互联网那么简单。他需要从地

---

① See Jason Gutierrez, "Rodrigo Duterte Calls for Ban on Public Vaping in the Philippines," *The New York Times*, November 21, 2019.

下连根拔起所有腐烂的东西。最终，为了让这家企业成功，它需要摒弃华而不实、痴迷于增长的哲学，接受他原来任职的烟草公司已经变成的样子：做一家平凡、乏味的企业，悄悄为瘾君子服务。

经营一家烟草公司一向是一门艺术，因为这样的公司出售的产品几乎肯定会杀死自己的顾客。尽管有的人可能认为相信它需要一些蛮力，但它要比蛮力复杂得多。仅仅发表一些停止让青少年上瘾的大胆声明远远不够。它要内化这样一种观念，即你需要让社会同意你继续经营下去。它要向别人展示，你不是在随随便便地向活人兜售尼古丁，而是负责任地管理着一系列高度成瘾的产品。

它需要用诡计悄悄展示肌肉。它不需要铁腕外交或者强势威胁，而是需要一种在大门紧闭的国会会场、在政府监管机构沉闷的办公室或者浩瀚的规章制度文本中发挥作用的软实力。哈佛大学著名政治学家约瑟夫·奈曾经如此描述这种权力："诱惑往往比胁迫更有效。"烟草公司的高管们早就知道，没了它，你就会人头落地。

这是菲利普·莫里斯公司在烟草战争之后艰难地学会的如何进行大讨价还价。硅谷一直在寻求谅解，而非许可。克洛斯威特非常清楚，在这个成瘾行业，上述法则需要颠倒过来。你必须首先得到社会的许可，只有这样，你才能在社会恩典的掩护之下继续大把大把地赚钱。战略上最细微的调整都会让一切迥然不同。多年前，在飓风即将来临的时候，史蒂文·帕里什在圣胡安市给员工们讲了两个概念，即"向社会看齐"和"建设性参与"。在《耶鲁大学卫生政策、法律和伦理杂志》上，他写了《弥合鸿沟》一文，其中引用了拉尔夫·沃尔多·爱默生的话："如果你遇见一个宗派分子，或一个敌对党派的信徒，永远不要承认彼此的分歧，而要立足于仍然存在的共同点——只要阳光照着你们，雨水从你们头上落下。这一块会迅速扩大，而在你意识到这一点之前，眼睛紧盯着的边界山脉就已经融化于空气中。"

具有讽刺意味的是，当维拉德和公司最初考虑跟朱尔达成交易时，他们就坦率地谈到了潜在的"所有权风险"——也就是跟一家"邪恶的"烟草公司的简单关联——可能会不可逆转地毁了朱尔的声誉，并因此引发监管部门或市场的反应，进而影响生意，并让涌入公司的宝贵人才流失。奥驰亚的高管还以令人吃惊的自我反思方式说到了潜在的"文化风险"问题。实际上，维拉德提出过警告，如果与朱尔达成交易，这家香烟公司应该确保尽可能地阻止奥驰亚那种令人窒息的等级文化，以免破坏旧金山这家初创企业的魔力。"具体来说，霍华德这番话的意思就是'如果我们经营它，我们就会把它搞砸'，"奥驰亚一位前内部人士说，"我们说我们会遵照指导和步骤来清理干净，但这家公司应该留在西海岸，尽量远离母舰。"

但克洛斯威特别无选择，只能让朱尔更深地融入它的怀抱。这家公司已经深陷泥淖，急需救援，以免奥驰亚最大的投资完全打了水漂。该公司根本没有把自己从沟里捞出来所需的人才，而在其最黑暗的危机时刻，没有比奥驰亚独特的管理专长更好的处方了。因此，随着日子一天天过去，朱尔会变得越来越像烟草巨头。

克洛斯威特令人不快的声明宣布三天之后，又来了一个。该公司的财务部门最近对朱尔的公平市场价值进行了评估。在认真考虑美国及海外最新的财务预测和推断后，该公司的最新估值为 130 亿美元。与奥驰亚投资的时候相比，朱尔现在的估值只是一小部分。

整个 2020 年，在已有数百名个人原告加入旧金山联邦法院的大规模、多地区诉讼的基础上，每天都有数十起针对朱尔的新诉讼。有更多的诉讼是代表那些对朱尔上瘾的未成年人提起的。成年人提起的诉讼越来越多，他们声称朱尔导致了肺部损伤或者胸部疼痛，也有用户声称，存在缺陷的产品设计导致了尼古丁中毒。朱尔聘请了大卫·伯尼克在这场复杂的官司中代表该公司，这位著名的庭审律师曾经在奥施康定诉讼中为塞克勒家族辩护，也在政府那场具有里程碑意义的石棉中毒刑事审判中为格蕾丝公司（W. R. Grace & Co.）辩护。伯尼克还长期代表烟草行业。他在一次香烟集体诉讼中代表过菲利普·莫里斯集团美国公司,并在菲利普·莫里斯集团国际公司担任总法律顾问。在司法部针对烟草巨头提起的敲诈勒索案中,伯尼克代表布朗-威廉姆森烟草公司,并盘问了戴维·凯斯勒。

朱尔的一名股东对朱尔的董事会提起诉讼,指控对方违反了信托义务。"在奥驰亚进行巨额投资后",起诉书写道,董事会其高管们"有违他们的忠诚义务,不成比例地用这笔钱给自己发放巨额奖金。他们也未能向公司投放足够的资金来加强朱尔的内部控制、产品研发和其他项目,如果这些能做到,本可以保护公司免受最近导致诉讼、政府调查和……估值下降的诸事烦扰"。

此时,一些州总检察长提起的诉讼即将进入审理阶段。与此同时,多个政府部门继续对该公司可能违反联邦法律的行为展开调查,包括可能向联邦调查人员撒谎,以及向投资者隐瞒信息。

到 2020 年底,朱尔的估值再次跌至 100 亿美元,与两年前的 380 亿美元相比,大幅缩水。与此同时,其销量也呈下降趋势,曾经势头强劲的口味组合仅剩下一小部分了。这在一定程度上是一些新产品越来越受欢迎的结果,也可能是青少年市场下滑所致。2020 年全国青少年烟草调查显示,使用电子烟的初中生和高中生减少了 180 万,这可能反映了人们对电子烟和致命肺部损伤的负面关注,它们可能吓得青少年避之不及。不过,该数据也显示,剩下的 360 万依旧在抽电子烟的青少年增加了抽的频率——其中近四分之一的人报告说每天都抽电子烟——这表明目前的使用者已经有了很强的尼古丁瘾。

与此同时,朱尔在公司疯狂扩张的巅峰时期买下的位于使命街 123 号的那栋旧金山豪华办公楼,正在成为卡在它脖子的一块巨石。① 朱尔在用 4 亿美元买下它仅仅 5 个月之后,便将该楼挂牌出售。因为

---

① See Catherine Ho and Roland Li, "Juul, Shrinking and Under Fire, May Sell SF Office Tower It Just Bought," *San Francisco Chronicle*, November 21, 2019; and Laura Waxmann, "No Deal: Juul's Second Attempt at Offloading SoMa High-Rise Falls Through," *San Francisco Business Times*, September 18, 2020.

新冠病毒导致的市场低迷，潜在买家寥寥无几。两个都已经落空了。这是一栋28层高的大楼，要以接近朱尔当初买进的价格脱手不是一件容易的事。因此，使命街123号基本上空空如也地耸立着，成了博文和蒙西斯曾经许下诺言的高大图腾。那个诺言是用自己的产品让世界变得更美好。那个诺言是灭掉烟草巨头。都是宏大的承诺，一如硅谷曾经许下的那些。

尽管博文和蒙西斯的尼古丁制品引发了所有的怨怒，但不可否认的是，创始人和投资人像土匪一样赚翻了。就在蒙西斯离开朱尔前后，他花2 400万美元在一座可以俯瞰旧金山全城的山顶上买了一栋房子。这笔买卖打破了该市单栋房屋每平方英尺的最高价格的纪录。装修后的房子里放满了现代艺术品，被人称为当代艺术和建筑艺术的典范。其建筑师描述说，置身这栋光线充足的房子，雾气弥漫的金门大桥尽收眼底，你仿佛飘浮在整个旧金山市的上空。这对蒙西斯来说非常合适，因为从某种意义上说，不管是好是坏，他已经把这座城市踩在了脚下。

他在不久前结了婚。当他离开朱尔的时候，他说自己"期待有更多的时间陪伴家人"。通常而言，当公司高管或政客说自己出于家庭原因辞职时，往往是被解雇的委婉说法。在这件事上，那些熟悉蒙西斯的人都说他是真的想离开。为什么不呢？他和博文创立的公司已没有了原来的模样。它被不共戴天的敌人占领了。他再也不需要战斗了。蒙西斯离开公司的时候，比他当初在斯坦福大学设计学院的后院开始这段冒险之旅时财富增加了几个数量级。他的公司成了独角兽。他已经站到了硅谷科技创始人的巅峰。一如万宝路当初的徽标上所说，他来过、看见过、征服过。

而此时，博文仍留在朱尔，在创始人办公室担任克洛斯威特的顾问，但他基本上放弃了日常控制。他花时间往返于阿根廷，那里有他的家人。他创立的这家公司到头来甚至比"呕吐彗星"更加反地心引力。

"尼克"·普利兹克仍是朱尔的董事会成员,至少在新冠肺炎到来之前,人们在火人节上见过他的身影;在马林县连绵起伏的草原,在长满野生风信子和三叶草的原野深处的家庭大院和养牛场,大家见过他在星空下为朋友们举办盛大的露营活动。因为他在朱尔的投资引发了怒潮,普利兹克家族的声誉可能受到了冲击,但它的银行账户肯定没受丝毫影响。

里亚兹·瓦拉尼过得像个国王。在加入朱尔之前,他在任何他能去的地方争取达成交易,从鲍伊的口袋到硅谷的车库。现在,他相当于好几个亿万富翁。2020 年,他以 4 000 万美元的现金买下了约翰尼·卡森位于马里布的老宅,这位低调的投资人由此拥有了一片乐土,可以俯瞰波光粼粼的太平洋,看到每天日落时分海豚随着波浪的节奏在海中跃入跃出,把桃红色和淡紫色的天空抛在身后。

不是每个人都能在夜里安然入睡。在离开公司后的几天里,朱尔的前员工莱恩·伍德林回顾了自己在朱尔度过的半年时光,以及之前在广告行业度过的那些岁月。他情不自禁地觉得自己对困扰旧金山的地方性问题、日益加剧的财富不平等、无家可归、以利润为重的破碎的价值体系负有部分责任。然后是对青少年尼古丁危机。他需要让自己的生活有所改变。他决定彻底离开广告业,转而攻读社会工作学位。他还决定戒掉朱尔。他觉得有必要清除朱尔在他身上的印记以及它所带来的一切。他想彻底摆脱这一切。售卖这种产品留下的令人愧疚的记忆。一整天,日复一日,将尼古丁输送设备递到嘴边的肌肉记忆。他开始咀嚼尼古丁口香糖,这能带给他足够的满足感,却不会让他心悸。离开朱尔一年之后,他在旧金山为无家可归者提供咨询服务,帮他们联系社会服务机构、寻找住房,并在亿万富翁在他们身边来来往往时应对街头生活的严峻需求。在伍德林看来,为朱尔工作对他的打击是其他工作所没有过的。这段经历对他产生了更深层次的影响。朱尔有的是办法做到这一点。事实上,它一直流淌在人们的血管里。

对彼得·布里格而言，即使在他跟朱尔初次发生冲突多年之后，谈起朱尔依然让他热血沸腾。在跟奥驰亚达成交易后，他意识到这场游戏已经发生了重大变化，如要形成影响，需要比他和他的朋友们所具有的信念和巨大资源更大的实力。

"烟草公司干的是诉讼营生。他们在办公室上了一整天班后回到家里，见到丈夫或妻子时会问候一句：'嗨，亲爱的，你好吗？'然后，他们继续认为自己是好人，即使他们正被卷入诉讼，其结果是，如果官司打赢了，他们将会感染更多的人，"布里格说，"这些家伙有的是钱用来打官司。因此，你得弄清楚你是不是在往大海里一桶一桶地倒水，你是不是真的想跟大海较劲。"尽管如此，布里格还是发誓要继续以自己的方式跟大海斗下去。他加入了加州大学旧金山分校基金会的董事会。他和妻子德雯向加州大学旧金山分校的烟草控制研究与教育中心捐了 165 万美元，设立了一个名为"布里格研究员"的新研究职位，以专注于在世界各地根除烟草的使用。

根除尼古丁成瘾不是一件容易的事。新型尼古丁制品越来越多，为了留在市场上，它们已经琢磨出了如何跟 FDA 的各项规章博弈。比如，Puff Bar，一种一次性电子烟，它并未被归入被禁售的"基于油仓"的产品，因此仍旧可以在电子烟商店买到各种令人眼花缭乱的口味，如蓝色拉兹（Blue Raz）、荔枝冰（Lychee Ice）、拿铁咖啡、O. M. G.（橘子、芒果、葡萄柚味）等。小袋浆果味尼古丁和尼古丁口香糖同样到处可以买到，比如露西牌尼古丁口香糖，装在颜色鲜艳的盒子里，贴有写着"嚼起来像真正的水果而不是尼古丁"的标签。监管机构根本跟不上脚步，市场现在被新一代尼古丁成瘾者推动着，而这些人都是朱尔帮助培养的。

协助开发其专有尼古丁溶液的化学家邢晨悦，在该产品上市约一年时离开了该公司，并创办了自己的电子烟公司，取名为喜雾实验室

(Myst Labs），生产一种与朱尔类似的尼古丁盐烟油制品，以中国的成年吸烟者作为自己的目标客户。

自离开 FDA 后，斯科特·戈特列布一直直言不讳地批评朱尔，用他喜欢的沟通方式在推特上抨击该公司。"青少年抽电子烟这场危机，自始至终是朱尔的危机，"从该机构离职几个月后，他在推特上写道，"我相信他们是始作俑者。一家执意不惜一切代价追求利润增长的公司，很可能搞砸了美国减害产品的整个概念。"

与此同时，FDA 烟草产品中心的米奇·泽勒正在审查从电子烟公司收到的申请，就算没有几千份，也有数百份，这些公司为了继续销售自己的产品，正在向该部门获取必需的至关重要的许可。该机构面临的是一项不可能完成的任务——不管它对朱尔或其他产品采取何种方式监管，毫无疑问，都会引发双方的怒火并可能对簿公堂，而一旦卷入诉讼可能会让该机构多年无法正常工作。如果朱尔拿不到销售许可，该公司将没有产品可供销售。很难想象这个机构做出凭一己之力消灭一家美国公司的决定。不过，毫无疑问，如果该机构得出结论，说对造成青少年尼古丁泛滥负有最大责任的产品符合该机构"适合保护公众健康"的标准，那么，公共卫生倡导者将会怒不可遏。当然，成年吸烟者会争辩说，它应该符合定义，因为还有什么比让人们远离致命的香烟更好的方法来保护公众健康呢？

FDA 在阿肯色州的研究实验室进行青少年尼古丁实验时用作实验对象且活下来的那批松鼠猴，戈特列布曾经发誓要救它们的命，它们确实被送到了一个灵长类动物保护区。在位于佛罗里达州盖恩斯维尔的"丛林之友"，人们可以找到那群研究对象中的珀比特、吉兹莫、皮普等猴子，它们已经开始了新的生活，在树枝上荡来荡去，大嚼香蕉叶。音乐通过扬声器在它们的新栖息地飘荡。某天，当一名记者去看它们的时候，它们正在听《让这世界充满欢乐》（*Joy to the World*）。

来自威斯康星州的少年洛根·克莱恩,花了几个月的时间才在尼古丁贴片的帮助下戒掉了尼古丁。但在因为长期抽电子烟而造成肺部损伤一年之后,他仍未完全康复。即使是最轻微的体能活动也会让他喘不过气来。克莱恩的儿科医生曾警告瑞贝卡,她儿子的肺功能下降可能是一段时间,也可能是终身。

2020年整个夏季,他都跟他的妈妈和兄弟姐妹们住在位于法兰西湖边的家庭小屋里。有一次,瑞贝卡瞥见了洛根在湖中游泳。她的心脏一阵乱跳。远远看去,他好像正在大口喘气,仿佛刚刚游完了整个湖的长度。他还好,但瑞贝卡还是习惯于看到从前那个健康的儿子大口呼吸氧气的样子。

总有好的一面,她告诉自己。

"你知道,孩子们有多不喜欢当着朋友和家人的面说我爱你吗?"她问,"现在,不管他跟谁待在一起——他都会抽出时间告诉我:'我爱你。'"

后　记

听说 16 世纪时巴黎的一位炼金术士很可能是第一个从烟叶中分离出尼古丁的人，我觉得好像是这么回事。烟草原产于美洲，是一种相当可爱的开花型茄科植物。在被烤成焦褐色并被火点燃之前，它能长出翠绿的叶子，开出秀丽的粉色花朵。①

长期以来，人类都被这种植物仙丹般的强大药效弄得神魂颠倒，并好像一直在追求各种奇效，其中的狂热与专注，不亚于炼金术士孜孜以求将贱金属转化成金块。这说明了这种普普通通的叶子的药力，它一直是狂暴与分裂的根源，而历代君王和殖民者以及后来的监管者和立法者都在努力遏制它。

成为奴隶的人被铁链拴着运到美洲殖民地，在弗吉尼亚州肥沃的土地上种植一种作物，为这个新生的国家奠下基石。人们把装满烟叶的大桶从内陆农场滚到码头上，实实在在地在土地上开辟了一条条来自陆地的新路。烟草商人在美洲和欧洲之间的海域往返，他们在地图上绘出了航线。美国独立战争期间，英国军队烧毁了殖民者的烘烤房和烟草田。烟草逐渐发展成为南方经济的支柱，农场主和商人在州立法机构和国会中握有大权，他们在那里继续发挥着巨大的影响力。②

这就是为什么在 1990 年代，当戴维·凯斯勒领导的 FDA 声称对烟草拥有监管管辖权时，他遇到了一个劲敌。烟草一直与美国人的生活息息相关，以至于当美国最高法院就这件事做出裁决时，桑德拉·

The Devil's Playbook　　427

戴伊·奥康纳在她的多数意见书中引述了"烟草独特的政治历史",作为指责 FDA 越界的理由。她声称,毫无疑问,国会从未打算默许该机构监管"一个在美国经济中占很大一部分的行业",甚至将其监管到不复存在。这是魔鬼的剧本的基石——几个世纪以来积累起来的力量和根深蒂固的传统,交织在美国社会的每一根纤维里。

要弄明白朱尔的命运,当务之急是也要理解这些根源。亚当·博文和詹姆斯·蒙西斯是当代的炼金术士。在人类知道尼古丁 400 多年后,他们两个人也退入实验室,捣鼓起了烟草里的油。他们也受到了这种植物的诱惑,甚至迷到把自己的生活交托给了它。他们也陷入了由它的存在所引发的风暴之中。最重要的是,他们被另一个充满故事的地方所蕴含的强大力量裹挟了,那个地方就是硅谷。

硅谷的许多地方都建立在讲故事的基础上。这里的初创公司创始人因编造荒诞不经的故事而臭名昭著,这样的故事只要稍微有点可信度,就会有风险投资人上门。独角兽就是从这些故事中诞生的。实际上,硅谷给了那些善于讲故事的人很大的自由度,让他们从人们的怀疑中得到了极大的益处。纽约大学斯特恩商学院金融学教授、公司金融和估值专家阿斯瓦斯·达莫达兰把这些科技初创企业称为"故事公司"。"正如我们在瑟兰诺公司从无限风光到快速跌落的过程中看到的那样,故事公司也有黑暗的一面,"他写道,"这源于一个事实,即价值建立在个性而非业务之上,而当个性出现问题或者以一种被视为不可信的方式行事时,失控的故事可以很快演变成崩溃的故事,其间各种成分凝结在一起。"[3]

---

[1] 参见 Louis Lewin, *Phantastica*, *Narcotic and Stimulating Drugs*; *Their Use and Abuse* (New York: Dutton, 1931)。
[2] Generally see Jerome E. Brooks, *The Mighty Leaf: Tobacco Through the Centuries* (Boston: Little, Brown, 1952).
[3] 关于他的博客文章,参见 "Runaway Story or Meltdown in Motion? The Unraveling of the WeWork IPO," September 9, 2019, Musings on Markets, at: http://aswathdamodaran.blogspot.com/2019/09/runaway-story-or-meltdown-in-motion.html。

这并不是说朱尔没有作为根基的业务。博文和蒙西斯在尼古丁身上看到了一种体现了柏拉图式的硅谷理想的大好机会。全球尼古丁市场的估值每年高达 8 200 亿美元——不仅包含香烟和其他传统烟草产品，也包含一系列电子烟、口香糖、贴片、含片和喷剂。① 而且，它的顾客是理想的，他们会优先购买你的产品，因为正如实验室老鼠所证明的那样，它最狂热的用户需要它就像需要食物和水一样。而最重要的是，他们不会对购买你的产品感到无聊或者厌倦。甚至有可能，他们会终身用它，从而使他们成为值得抓住的有利可图的顾客。

当博文和蒙西斯第一次偶然发现他们的想法时，他们非常惊讶地得知，香烟还没有被硅谷的魔法触及。他们认为，以前之所以没有人染指，只是因为没有人聪明到那个地步。但是，他们一开始没有想到，投资人也没有明说的是，这个机会之所以一直没有人兴致勃勃地抓在手里，是因为从本质上讲，这种在售产品有一段被诅咒的历史，给社会留下了严重的创伤，以至于没有犯错的余地。

尽管如此，他们还是拿着闪闪发光的斯坦福大学学位，并且在不具备产品本身所要求的最初的一点谨慎的情况下，就像其他任何需要新外衣的行业中人一样抓住了这个机会。在他们构建自己的硅谷故事的过程中，他们没有意识到的是，他们的这个故事是建立在美国那段饱受折磨的历史之上的。正因为这样，不可避免将付出沉重的代价。

最终，史蒂文·帕里什正确地看清了这样一个事实，即烟草是销售时受社会摆布的产品之一，这个社会得允许其存在。"我们不生产小玩意。" 在菲利普·莫里斯公司转型时，他说过一句著名的话。② 不幸的是，博文和蒙西斯所生产的产品，一开始就被他们当成了小玩意。

正因为把朱尔当作智能手机、时尚饰品或一条粉蓝色波浪形腰带

---

① 市场数据由市场研究提供商 Euro-monitor International 提供。
② See Joe Nocera, "If It's Good for Philip Morris, Can It Also Be Good for Public Health?," *The New York Times Magazine*, June 18, 2006.

斜纹布裤来营销，他们忽略了向这个世界释放他们高成瘾性的尼古丁产品可能会带来的后果。他们把他们关于减害产品的故事包装好，系上大大的红色蝴蝶结，呈现给任何愿意倾听的人，并最终将他们创造的产品卖给任何拥有信用卡的人。投资人对历史缺乏必要的了解或对制度没有必要的记忆，有些还对伤亡事件漠不关心，他们给这两人煽风点火。大家共同推动了一种运转良好的共生关系，它能够产生双方都想要的东西——也是硅谷的每个人都想要的东西——丰厚的回报。

他们没有充分考虑设计一个够酷够小，既可以藏在背包里，也可以放在连帽衫下面，还能在各种水果口味的掩盖下输送大量高浓度尼古丁的小玩意，会产生怎样的后果。朱尔给每一个油仓里装入一包烟的量的尼古丁，从而找到了一种方法，能够向人体释放比任何人想象的都要多的尼古丁。只有很少数的吸烟者每天抽一包烟，但是有了朱尔，青少年每天都会吸那么多或者更多。就连那些坏透了的大烟草公司也从没想过自己的产品要输送这个量的尼古丁。

这么多年过去了，这个社会中的我们还没有完全接受尼古丁。在美国，能够合法销售的成瘾产品并不多。大多像处方药一样，不但受到严格的监管，而且作为管制物品出售。尼古丁不是。然而跟一些高成瘾性的药物不同的是，尼古丁既不会导致伤残，也不会特别致命。它不会让人出车祸。它不会导致过量服用，也不会引发自杀。尽管尼古丁不是一种完全无害的物质（尤其在青少年身上），但说到底它是一种非常容易上瘾的产品。暂时抛开青少年使用问题不谈，我们就可以让数百万美国人终身沉迷于一种基本上是良性的药物吗？如果成年人在沉闷枯燥的生活中从它那里获得片刻的快乐和满足，那有什么要紧呢？

尽管含尼古丁的电子烟可能与全国范围内的肺部损伤暴发存在关联，但还有一个实情，那就是其中大多数（不是全部）损伤病例都与四氢大麻酚制品——而且很多可能是非法制品——有关。还有，尽管大规模的青少年成瘾现象爆发一开始可能由朱尔引发，可如果监管机构、零售商和生产商能通过确保该产品的销售被严格限于成年人来解决这个问题，并让这种产品继续存在下去，又会怎样呢？这当然是朱尔以及其他支持电子烟运动的人的论点。无可否认的是，大量研究已经表明，让成年吸烟者由抽燃烧式香烟转为抽替代性尼古丁产品可以拯救数百万人的性命。这难道不是一个值得追求的目标吗？

问题在于，很难让烟草（现在是尼古丁）行业从这种怀疑中受益。长久以来，这个行业里就一直存在着太多的欺诈时刻和坏蛋角色。它会让公众不禁要问："关于其产品，这个行业还有什么没告诉我们？" 50年前它们谈到癌症的时候只是压低音量说"你知道什么"，它们对这个答案的了解，是否与它们今天对电子烟的了解程度差不多？或者，它们是在打着夹馅面包的幌子来掩盖自己的科学，就像一位烟草公司首席执行官在瓦克斯曼听证会上否认香烟具有成瘾性时所做的那样，结果遭到了瓦克斯曼的反诘："是的，但香烟和夹馅面包之间的区别在于死亡。"

当涉及长期将雾化尼古丁吸入人体肺部这个话题时，根本找不到足够的答案。早在1950年代的时候，一位名叫奥尔顿·奥克斯纳的心直口快的医生就开始宣传自己反吸烟的观点，称吸烟与他在多具尸体肺部发现的令人不安的癌性肿瘤数量之间存在关联，这激怒了烟草业。他回忆说，1919年，当他还是个医科学生的时候，肺癌还非常罕见，以至于两个高年级班的学生被召集去，"观看一个死于肺癌的男子的尸体解剖过程，因为医学教授乔治·多克博士觉得，我们有生之年可能再也不会见到类似的病例了"，他在后来《胸部》（Chest）期刊的一篇社论里写道。①

当然，当奥克斯纳成为一名执业外科医生后，他就开始看到了越来越多的类似病例。"在过去15年间，我已经见过几千个病例。"在

---

① 要阅读奥克斯纳的文章，参见 Alton Ochsner, "Bronchogenic Carcinoma, A Largely Preventable Lesion Assuming Epidemic Proportions," Chest, Volume 59, Issue 4, April 1, 1971。

1950年1月的《读者文摘》上一篇名为《香烟的危害有多大？》的文章中他对记者说道，此文在烟草行业掀起轩然大波。他说："我相信，吸烟和肺癌之间存在明确的关系。"奥克斯纳尤其认为，癌症的突然出现根本就不突然——而是在第一次世界大战期间被部署到战场的一代年轻人（有作为战时配给的香烟发放）大量抽烟几十年之后，才刚刚开始显现出来。这些士兵回到家乡的时候，不但带着伤病和创伤，还带回了烟瘾，晚年患上了肺病。各种癌症花了将近一代人的时间生长和扩散，并最终让医学界亲眼见到。

电子烟也会如此吗？难道在使用朱尔的孩子们有了自己的孩子之前，我们都无法知道他们的肺部会受到怎样的长期损伤吗？FDA肯定想知道。在戈特列布任期快要结束的时候，该机构发现有数据显示抽电子烟可能存在潜在的健康风险，于是开展了动物毒理学研究。"我们正在研究电子烟对肺部形成直接损伤的潜在的直接影响以及这些产品可能对健康产生负面影响的其他因素，"2019年4月，FDA在一份并不引人关注的新闻稿中说，"我们尤其担心电子烟对呼吸道产生的直接影响。这包括使用此类产品可能导致对呼吸道的改变，而这有可能成为癌症的先兆。"[1] 贝鲁特美国大学气溶胶科学家艾伦·路易斯·希哈德在谈到电子烟时说："我们正在人们的肺部进行一系列庞大的、不受控制的、文献严重匮乏的化学实验。"[2] 电子烟出现的时间还不够长，任何人都无法给它们开出一份清清白白的健康证明。

另一方面，也许我们今天应该感谢抽烟的那一代人——他们现在大多是我们的父母和祖父母——提供一条救命索。既然大家都知道了

---

[1] See "Statement from FDA Commissioner Scott Gottlieb, M.D., and Principal Deputy Commissioner Amy Abernethy, M.D., Ph.D., on FDA's ongoing scientific investigation of potential safety issue related to seizures reported following e-cigarette use, particularly in youth and young adults," April 03, 2019.
[2] See Robert Langreth and Lauren Etter, "Early Signs of Vaping Health Risks Were Missed or Ignored; Doctors and Researchers Scattered Around the Globe Saw Problems, but 'Nobody Put Two and Two Together,'" *Bloomberg*, September 25, 2019.

香烟的致命性，那么为吸烟者提供某种更安全的东西，哪怕这种选择并不完美，难道不是这个国家的当务之急吗？很多人相信这值得他们冒险一赌。也许的确如此。

这还是没有解决其中最有害的那个问题：青少年。有太多的证据表明，那些更了解烟草行业的人对其未来业务的预测是以今后几代人为依据的，而不是以目前的用户。因此，凯斯勒才会在20多年前明智地指出，尼古丁使用是一种儿科疾病：几乎所有的尼古丁使用都开始于高中毕业之前。如果没有下一代用户，这个行业的未来就没那么光明了。毕竟，没有客户，那还叫公司吗？

在我写这本书的时候，我与密西西比州前总检察长麦克·摩尔有过一次有趣的对话。他在1990年代协助斗倒了烟草巨头，所知道的烟草公司趣事比大多数人都多。当我问他烟草和尼古丁，以及它们在我们身上看似永无休止的魔力时，他的回答像庭审律师一样简洁有力。"这些公司让人们把一些东西吸入自己的肺里，靠这个赚了大把大把的钞票，"他说，"我的意思是，我不想说得那么直白，但你是怎么卖出去的？答案只有一个。尼古丁。除了尼古丁，没有别的东西。没了它，就什么都没有。没有香烟。没有朱尔。什么都没有。"

这就是为什么监管机构在电子烟问题上如此艰难的核心所在。药物通常会受到更高级别的临床测试和长期研究才能上市，那么电子烟在摆上货架之前是否应该像药物那样受到监管？或者，它们应该像M & M's巧克力那样随处可以买到吗？现在，在FDA烟草制品中心的领导下，该机构正在努力解决，因此，上述两个问题的答案都是否定的。它们是烟草，是美国自己富有传奇色彩且令人担忧的商品。泽勒和该机构的其他人专注于拯救成年吸烟者的性命，但该机构并没有完全实施针对燃烧式香烟的尼古丁减害计划，而这本应是一个关键的权衡，目的在于让成年人放弃致命的、令人上瘾的香烟，改用其他看起来更安全的尼古丁产品。更让人恼火的是，朱尔生产的产品对青少年太有吸引力了。因此，在2021年，当该机构权衡是否允许朱尔和其他电子烟继续留在市场上时,留下了一个死结。

实话说,具有讽刺意味且不幸是实情的一点是,当博文和蒙西斯第一次意识到抽烟习惯的愚蠢之处,并梦想要为公共卫生做出重大贡献时,他们是大有可为的。他们把自己的马车套到米奇·泽勒等减害产品支持者身上,还套到了向 10 亿吸烟者提供一种不会要他们命的产品这一有价值的追求上。社会现在对一种产品的妖魔化程度,远超对那些人们已经完全意识到其危害性的产品,这是不是极大的不幸?是的,但这种事在硅谷和大烟草公司撞在一起的时候就会发生。

在美国,尤其在硅谷,仅取得成功是远远不够的。美国初创企业的独特招牌对一件事有着无底洞般、贪婪、不受束缚的欲望,那就是利润。这是我们蛮横的资本主义制度的缩影,它会给那些将每一样东西——个人数据、传奇机构,甚至是青少年的大脑——都摆上利润祭坛的投资者以回报。

博文和蒙西斯创造了一种具有惊人效果的技术,它确实像承诺的那样,为吸烟者提供了燃烧烟叶式香烟的第一个真正替代品。只是怀着满腔热情的他们选择了盲目增长,而不是勤奋刻苦、缓慢跋涉的发展道路,这本可能会让他们有一个长期、可行的战略,得到监管部门的许可和社会的认可。

事实是,没有哪个硅谷投资者会把钱投给一家计划采取缓慢的递增式发展的公司。大多数风险投资人也根本不会这么做。他们把自己的筹码押在那些现在——而不是从现在开始五年后——就像火箭一样往上蹿的公司。

于是,朱尔这个火箭蹿了上去,并且一离开大气层就发生了爆炸。现在,随着残骸坠向地面,烟草行业再一次面临被清算。硅谷再一次颜面尽失。留给美国来收拾这残局。

致 谢

每个人的心中都有一个故事，对于有些人来说，自己讲比让别人讲更容易。这个故事对人们来说并不总是那么容易讲述，这是因为其话题过去是，现在仍然是一根高压电线。朱尔和奥驰亚都深陷官司之中，其结果会在不同程度上影响两家公司的生存和盈利能力。还有，烟草行业的高管们长期以来一直异常反对跟媒体对话，其中不可小觑的原因是新闻记者在将这个行业推向边缘时所扮演的历史性角色。现在或曾经在朱尔工作的数十名员工和高管也是如此，该公司的惯例是叫员工不要接触新闻记者，其中一个手段就是哄骗他们签署保密协议，言明在他们离开公司时可以得到一笔钱，这让那些通常最接近本故事核心的人感到不寒而栗。因为上述原因，以及其他诸多原因，本故事不像直接给知情人打电话，问他们天气如何那么简单。烟草行业里的很多人——从最低层级到最高层级——都认为有必要站出来帮我尽可能最准确地讲述他们认为长期遭到曲解的一家公司和一个行业，因为这个他们发现自己赶上了一个特别重要的时刻。同样，朱尔的无数知情人决定要把自己的故事讲出来，普遍原因是他们认为该公司遭到了曲解，公司中人的良好意图因其后果而蒙上阴影。对于上述所有知情人，其中很多必须匿名，让我很感激的是，他们愿意带着信任与我交谈，他们的个人生活和职业生涯往往要冒巨大风险。没有他们，我就讲不出这个故事。

我为写作本书而采访了一百多个人，其中很多人还多次采访。重要的是，读者不应该仅仅因为我在某个会议或者场景的中间提到过某人名字，就认为该信息直接来自这个人。很多情况下，我会既采访在场的人，也采访那些事后听取简报的人。尽管有的人拒绝接受我的采访，但我会提供一个公平的机会，让他们对有关他们的说法做出回应。

　　书中有多处内容，是我直接摘自跟朱尔和奥驰亚有关的各类法律文书，我在正文或注释中引述了它们。尽管这些记录是公开的，但它们所提到的材料目前处于封存状态，因此，随着案件的推进，朱尔和奥驰亚可能会对上述记录所表达的意思提出异议。

　　本书的完成，我要感谢很多人。首先是我的经纪人 Kirby Kim，他碰巧看到了我在彭博社和《商业周刊》杂志上有关朱尔的报道，并发现了一个更大的故事的内核。从一开始，乃至整个过程，他对我和我这个故事的信任，都是我坚强的后盾。

　　每个记者都知道，作品的好坏取决于编辑。每个记者还知道，好编辑可遇不可求，伟大的编辑更是稀有。我要谦卑并心存感激地承认，我的写作计划放到了一个伟大的编辑桌上，他就是皇冠出版社的执行主编 Kevin Doughten。Kevin 不仅从一开始就对我的写作计划给予了信任，而且给出了一个很大的愿景，我相信换做其他人不会有这样的表达。此外，Kevin 是个了不起的思考者和编辑，他让我的写作大有长进，让我的这本书达到了最好状态。我还要特别感谢皇冠出版社的助理编辑 Lydia Morgan，她是孜孜不倦的 Kevin 的后援，让一个新写手在此过程中有了连续之感。最后，我要感谢皇冠出版社的出色团队为本书提供的支持和付出的努力，其中包括 David Drake、Gillian Blake、Annsley Rosner、Dyana Messina、Gwyneth Stansfield、Julie Cepler，以及绝对不可或缺的 Ted Allen。感谢才华横溢的 Christopher Brand，是他为本书设计出了饱含深意的封面。

　　我深深地感谢彭博社那一群超凡绝伦的同事，是他们帮着我完成了这本书。首先要感谢彭博社新闻调查的执行主编 Bob Blau。我认为自己的职业生涯相当走运，因为 Bob 也是那种可遇不可求的编辑之一。他眼光独到，知道如何抓住一个故事脉动的内核的技巧，这两点源源不断地成为我作品的基石，也帮助我成为了今天这样的作家和记者。此外，他还慷慨地给了我完成本书所需要的时间和空间，尽管这个世界有时候看起来正在分崩离析，为此我尤为心存感激。感谢彭博社那位才华卓著的资深调查编辑 John Voskuhl，他一直鼓励我要相信自己的直觉，顺藤摸瓜，追查那些并非唾手可得的故事。感谢《商业周刊》几位天才编辑 Joel Weber、Jim Aley 和 Daniel Ferrara；还有彭博社美国分社的编辑主任 Flynn McRoberts，感谢他一直提供的决策上的支持；感谢彭博社思维敏捷的编辑 Steve Merelman，是他帮助我在这里开启了自己的职业生涯。如果没有彭博社其他许多人的热情支持作为后盾，如 John Micklethwait、Reto Gregori、Laura Zelenko 以及 Kristin Powers，我就不会有这个机会。

我要衷心感谢彭博社的资深调查记者兼共同作者 Susan Berfield，感谢她对我在写作本书过程中遇到的令人发疯的个人挑战和职业挑战感同身受。如果不提到我们超棒的新闻编辑室的几位同事的名字，那我就太疏忽了，他们关心过我，鼓励过我，还非常慷慨地与我分享想法，甚至是消息来源，包括 Michael Riley、Ben Elgin、Shelly Banjo、Angelica LaVito、Michael Smith 和 Esmé Deprez。我尤其要大声致谢的是彭博社杰出的卫生记者 Robert Langreth，他曾在早期与我一起就电子烟对健康的影响做过重要报道。

我特别要感谢 Bryan Gruley，这位才华横溢的编辑、记者和推理书作者，很早以前给过我一条已经经过时间检验的关于写作的智慧：屁股坐得住。多年前，当我还是《华尔街日报》一名年轻记者的时候，是 Bryan 将我从新闻助理的工作中扒拉出来，继续给我指导、鼓励，做我幽默的源泉，包括在我写作本书的过程中。

我要感谢许多科学家和研究人员，他们如此大度地审读了我手稿中的一些颇多技术性的章节，以便我能保持住烟草烟雾背后异常复杂的科学知识的完整性，其中包括加州大学旧金山分校的医生和医学教授、全球顶尖的尼古丁药理学专家之一 Neal Benowitz，波特兰州立大学化学教授、烟草烟雾化学领域最博学（且最有耐心）的研究员 David Peyton。

在这里，有一个人尤其值得感谢，我希望有一天能让她知道，她就是我姐姐 Kristin Etter。在漫长而黑暗的新冠肺炎流行期间，我正好在推敲写作本书，每当我的创造力或灵感源泉衰竭的时候，是她鼓励并提醒我，我还远没有走到要放弃的地步。

我特别要说声感谢的是我最亲爱的朋友兼搭档记者 Jenny Hoff，多年来，她一直为我提供意见，她是写作搭档、头脑清醒的思考者、啦啦队员，以及我无尽欢笑和灵感的源泉。

此外，还要特别感谢 Devra，是她让我入住她那神奇的花园小屋，写书期间我在那里住了很长时日。纯粹出于心底的善意，她每每带给我几枝散发着香味的柠檬马鞭草和玫瑰花枝，这些都是她从园子里的藤蔓上剪下来的。这些小礼物让身处战壕的我有了一线希望和欢乐。我仍旧相信那只蜥蜴是好运的预兆。

我要衷心感谢我的父母，他俩一直相信我，并以各种方式支持我。他们的支持在我生活中的意义难以言表。当我和我的家人因为这场疫情而连续数月困在他们位于蒙大拿州的家里，而我书写到半途时，我妈妈一直确保我能用上打印机，能喝上现煮咖啡，还能用上他们那栋俯瞰洒满阳光的松林的房子里最好的写字桌。当我需要写作期间不受打扰时，我爸爸把那间翻修过的谷仓收拾了出来，甚至在我起床之前就生好了噼啪作响的柴火，以保证我在寒冷下雪的早晨过去时，有个温暖的写作空间。正是这些举动给了我动力。

但我要将我的一切归功于我的丈夫戴维。纯粹从字面意义上说，如果没有他，这本书就不可能成形。跟其他很多人一样，这场疫情打乱了我们的生活，他每天都在工作，以确保我有时间和空间专注于这个项目,即便在封闭期间我们的房子有时会变得乱糟糟——我们的客厅变成了网课教室和幼儿园。尽管如此,他还是奇迹般地始终以令人钦佩的冷静、力量与爱来对待我和我们那三个年幼的女儿——她们每一个的精力不亚于一颗小彗星。对此,我永远感激不尽。因为上述原因,以及更多别的原因,我将这本书献给你,献给我们的女儿——

"点一点夜空中的星星。用茶匙量一量海水。数一数海滩上的沙粒。"

Lauren Etter
The Devil's Playbook: Big Tobacco, Juul, and the Addiction of a New Generation
Copyright @ 2021 by Lauren Etter
This translation published by arrangement with Crown,
an imprint of Random House, a division of Penguin Random House LLC.

图字：09-2022-0042号

图书在版编目（CIP）数据

魔鬼的剧本/（美）劳伦·埃特（Lauren Etter）著；李雪顺译. —上海：上海译文出版社，2024.2
（译文纪实）
书名原文：The Devil's Playbook：Big Tobacco, Juul, and the Addiction of a New Generation
ISBN 978-7-5327-9400-3

Ⅰ.①魔… Ⅱ.①劳…②李… Ⅲ.①纪实文学—美国—现代 Ⅳ.①I712.55

中国国家版本馆 CIP 数据核字（2024）第 072103 号

魔鬼的剧本
[美]劳伦·埃特/著　李雪顺/译
责任编辑/钟　瑾　装帧设计/柴昊洲　邵　旻　观止堂_未氓

上海译文出版社有限公司出版、发行
网址：www.yiwen.com.cn
201101　上海市闵行区号景路159弄B座
昆山市亭林印刷有限责任公司印刷

开本 890×1240　1/32　印张 14　插页 2　字数 363,000
2024 年 2 月第 1 版　2024 年 2 月第 1 次印刷
印数：0,001—8,000 册

ISBN 978-7-5327-9400-3/I・5873
定价：68.00 元

本书中文简体字专有出版权归本社独家所有，非经本社同意不得转载、摘编或复制
如有质量问题，请与承印厂质量科联系．T：0512-57751097